Charlotte Brontë
by George Richmond
chalk, 1850
NPG 1452

© National Portrait Gallery, London

炎の作家
シャーロット・ブロンテ
秘めた愛の自叙伝

炎の作家
シャーロット・ブロンテ

秘めた愛の自叙伝

Charlotte Brontë: An Autobiography of Her Secret Love

山 田 　 豊 　著

音羽書房鶴見書店

目　次

序　　　　　・・・・・・・・・・・・・・・・・・・・・・・・・・・・・・・・・・・・　1

第 1 章　萌芽期
　　　　　——空想とロマンスの世界 ・・・・・・・・・・・・・・・・・・　5

第 2 章　ブリュッセル留学
　　　　　——愛の目覚め ・・・・・・・・・・・・・・・・・・・・・・・　25

第 3 章　エジェ教授への愛の手紙とその後
　　　　　——『教授』執筆の背景 ・・・・・・・・・・・・・・・・・　46

第 4 章　『教授』
　　　　　——リアリズムの奥に秘めた願望充足 ・・・・・・・・・・・・・・　61

第 5 章　『ジェーン・エア』
　　　　　——秘めた愛の自叙伝 ・・・・・・・・・・・・・・・・・・・・・　122

第 6 章　『ジェーン・エア』の評価とその後
　　　　　——『シャーリ』創造の背景 ・・・・・・・・・・・・・・・　254

第 7 章　『シャーリ』
　　　　　——ロマンスとリアリズムの融合 ・・・・・・・・・・・・・・・　288

第 8 章　『ヴィレット』完成までの 3 年間 (1850～52)
　　　　　——名声の影に隠れて ・・・・・・・・・・・・・・・・・・・・・・・373

第 9 章　『ヴィレット』
　　　　　——続・秘めた愛の自叙伝 ・・・・・・・・・・・・・・・・・・395

第10章　エピローグ ・・・・・・・・・・・・・・・・・・・・・・・・・・・・・504

あとがき ・・・・・・・・・・・・・・・・・・・・・・・・・・・・・・・・・519

索引 ・・・・・・・・・・・・・・・・・・・・・・・・・・・・・・・・・・・525

序

　わが国で英文学を学んだ読者にブロンテ (Brontë) 姉妹の名を知らない人は恐らく一人もいないであろう。中でも妹エミリ (Emily, 1818–48) が書いた『嵐が丘』(Wuthering Heights) は最もよく知られている。大学の卒業論文でもこの作品を扱う学生は少なくない。だが姉シャーロット (Charlotte, 1816–55) の代表作『ジェーン・エア』(Jane Eyre) はその題名が知られていても、論文の対象になることは比較的少ない。その原因は一つには前者の日本語の題名に魅せられ、その上分量が少ないので楽に済ませられるからであろう。しかし『ジェーン・エア』は 1848 年 1 月に出版されると、忽ち読者の心を捉えてベストセラーになった。一方、エミリの作品はほとんど問題にされなかった。その上、エミリはこの作品だけで終わったが、シャーロットはこの出版後僅か 1 年 10 か月後の 1849 年 10 月にこれ以上の大作『シャーリ』(Shirley)、さらに 3 年後の 1853 年初めに同じく長編の『ヴィレット』(Villette) を出版した。その出版から 2 年後肺結核でこの世を去ったが、それから 2 年後（1857 年）それまで放置されてきた彼女の処女作『教授』(The Professor, 1846 年完成）が彼女の夫の手によって出版された。僅か 7 年間の間に 4 冊の大作を書き上げたのである。正に驚くべき創造意欲とその力である。しかしその創造的背景は決して良好とは言えなかった。中でもとりわけ『シャーリ』は、二人の妹の死の悲しみと衝撃の壁を乗り越えて 2 年足らずで書き上げた。さらに続く『ヴィレット』は妹と弟全員を失くした後の絶対的孤独の中で完成させた。その精神力は創造力以上に驚嘆に値する。それを可能にしたのは彼女の作家魂と使命感であり、そのエネルギーの源泉は激しい情熱と秘めた炎の愛であった。

　時代がどのように変わろうとも、文明が進歩して機械が人間にとって代わろうとも、永遠に変わらないのは人の心であり、愛と情熱である。文学の真の意義と価値はこのような心の世界を、愛と情熱を迫真の筆で表現することにある。筆者は 90 年以上人生を歩んできたが、最後にブロンテの小説を改めて読み直してみて、その文学的価値の大きさとその魅力に心打たれた。筆者はその感動を胸に本書を書き始めた。執筆に当たって筆者は何よりもまず 4 作品を熟読玩味し、それと同時に作品創造の背景を知るため彼女の書簡集を丹念に読み尽く

した。従って、作品に関する参考文献に左右されることを完全に避けた。真に価値のある小説は詩と同様に作者の魂の声でなければならないというのがシャーロット・ブロンテの信条であるからだ。

　さて、本書の「目次」を一覧して明らかなように、ブロンテが「秘めた愛の自叙伝」を全4作品を通して構築することを、たとえ無意識であったにせよ意図していたに違いない。作家として極めて不利な条件である人生経験の限られた狭い世界に生きた彼女は、小説に不可欠な主題の「愛」の経験は家族愛と友情を除くと全くゼロに等しかった。その彼女に唯一最大の転機が訪れたのは、彼女が2年間のブリュッセル留学生活を送った時であった。その間彼女は文学担当のエジェ教授 (Constantine Héger, 1809–96) から特別に個人指導を受けた。そして後半の1年間は彼の下で文学の勉強をしながら、同時に英語教師として教壇に立った。この2年間の体験はその後の創作に最大かつ決定的な影響を及ぼすことになる。その主たる原因はエジェ教授に対する特別な感情、即ち「愛」を密かに強烈に感じ始めたことにある。狭い限られた環境の中で、豊かな想像力と鋭敏な感受性だけを唯一の創作のエネルギーとして生きてきた彼女にとって、異性に対する初めての愛の経験は生涯忘れ得ぬ鮮烈な影響を心に残して当然であった。彼女の短い生涯で書いた全4作品のうち『シャーリ』を除く3作は全てこのブリュッセル留学時代の愛の経験が創作の原点にあることを想い起すとき、それが彼女の作家生命にいかに大きい痕跡を残したかが十分理解できると思う。本書の副題を「秘めた愛の自叙伝」とした根拠は正しくこの一点にある。

　最後に、筆者は本書を書くに当たって、ブロンテの小説と手紙を唯一最大の拠り所にしてきたので、これ以外の参考文献から影響を受けた言葉は一語としてない。従って、注も参考文献表もない。ただ原文からの引用文の後に、その章で扱う小説の頁だけ付記し、書簡集からの引用は、*Letters* の後に頁を記入した。筆者が使用したテキストの書名を列記しておく（最初の5冊は Oxford World's Classics の最新版）。

The Professor, edited by Margaret Smith and Herbert Rosengarten.
Jane Eyre, edited by Margaret Smith.
Shirley, edited by Herbert Rosengarten and Margaret Smith.

Villette, edited by Margaret Smith and Herbert Rosengarten.

Selected Letters, edited by Margaret Smith.(*Letters* と略記)

Wuthering Heighs and Agnes Grey, edited by Mrs. Humphrey Ward (London, 1904)

　次に、筆者が一読したブロンテに関する伝記は次の 4 冊である（括弧内は本文中の略語）。

Mrs. Gaskell, *The Life of Charlotte Brontë* (London, 1905) (Gaskell)

Phillis Bentley, *The Brontës and Their World* (London, 1969) (Bentley)

Claire Harman, *Charlotte Brontë: A fiery Heart* (New York, 2017) (Harman)

John Pfordresher, *The Secret History of Jane Eyre* (New York, 2017)

第1章

萌芽期
——空想とロマンスの世界

　英国 19 世紀の小説史上最も多くの読者を得た『ジェーン・エア』(*Jane Eyre*) の作者シャーロット・ブロンテ (Charlotte Brontë, 1816–55) について今さら詳しく説明する必要がないほど、これまで彼女に関する伝記が多く出版され、さらに人生の大部分を過ごしたハワース (Haworth) の牧師館は英国観光の人気スポットになっている。従って、これらについて更なる説明は割愛して本題に入ることにする。だが、その前に彼女の生い立ちを簡単に説明しておきたい。

(1)

　シャーロットの父パトリック (Patrick) は 1777 年 3 月 17 日 (St. Patrick's Day) 北アイルランドのエムデール (Emdale, County Down) で生まれた。12 歳から町の工場で働いていたが、大変な勉強家で知的向上心が強く、16 歳になったとき彼の才能が、長老派の牧師アンドルー・ハードショー (Revd. Andrew Hardshow) に認められ、教会付属の学校の教師に任ぜられた。さらに数年後トマス・タイ (Thomas Tyghe) 牧師の家庭教師になり、その見返りとして牧師からギリシャ語とラテン語を習った。こうして研鑽を積んだ末、25 歳のときケンブリッジのセント・ジョンズ・カレッジ (St. Jhon's College) に特待免費生 (sizar) として入学を許可された（1802 年）。そして 1806 年に牧師補 (curacy) の資格を取得した後（その際、彼の姓を Branty から Brontë に変えた）、一時郷里の北アイルランドに戻り、恩師タイ牧師の教会で初めて説教を行った。

　しかしこれを最後にアイルランドを去り、1807 年秋エセックス州のウェザーフィールド (Wetherfield) の教会の牧師補になった。そして 1809 年初めにシュロップ州 (Shropshire) のウェリングトン (Wellington) の教会に戻り、さらにその翌年 7 月ヨーク州のハダーズフィールド (Huddersfield, West Yorkshire) 近くの教会に赴任した。そして 1812 年、コーンウォール出身のマリア・ブランウェル (Maria Branwell) と知り合い、急速に愛に発展して 12 月 29 日に結婚し

た。パトリックは35歳、マリア29歳だった。二人はハーツヘッド (Harts-head) に新居を構え、それからおよそ1年後の1814年初めに長女マリアが誕生し、翌1815年に次女エリザベスが生まれた。そして同じ年の5月、同州のソーントン (Thornton) に新しくできたセント・ジェイムズ教会に移った。そして翌1816年4月21日に我らの主人公である三女のシャーロットが誕生し、その翌年6月26日に待望の男児パトリック・ブランウェル (Patrick Branwell) が生まれた。さらに1818年7月30日に四女エミリ (Emily)、そして1820年1月17日に五女アン (Anne) が誕生した。それから3か月後の4月20日に、父パトリックはソーントンから数マイル北西に位置するハワース (Haworth) の教会の生涯牧師職 (perpetual curacy) に任ぜられ、一家は教会付属の牧師館に移ってきた。父は晩年ソーントンでのこの5年間を、生涯で最も幸せな期間であったと振り返っている。

(2)

　ブロンテ一家にとって、ハワースでの最初の5年間はソーントンでのそれとは対照的に、生涯で最も不幸な悲劇の連続であった。まず、母マリアはハワースに移ってきてから間もなく肺結核の兆候が表れ始め、苦しい闘病生活の末9か月後の1821年9月15日に他界した。そして4年後の1825年5月6日に長女マリアは母と同じ病気で死に、さらに続いて数週間後の真夏に次女エリザベスが他界したからである。これらの不幸な出来事はシャーロットが5歳から僅か4年の間の衝撃的な体験であったので、彼女のその後の人生はもちろん作品にも強い影を残すことになった。中でも二人の姉の死に至る過程とその要因となった寄宿学校の生活や教育態度について、代表作『ジェーン・エア』の中で恨みにも近い厳しい批判の目を投げかけている。

　さて、上述のように幼い子供6人を残して妻に先立たれた父パトリックの悲しみと絶望感は想像に余りあるが、その急場を救ったのは亡き妻の姉エリザベス・ブランウェル (Elizabeth Branwell) であった。独身の彼女は遥々コーンウォルから駆けつけ、子供たちに対して母の代わりを見事に果たしてくれたからである。だが一方、男盛りのパトリックはこのまま一生独身を通す訳にはいかず、再婚を真剣に考え始めた。そして意中の女性に次々と申し込んだが、彼の熱意にもかかわらず悉く断られた。そこで子供の負担からの解放と教育の目的

で、子供たちを寄宿学校に入れることを考えた。幸いにしてハワースから40マイル北西のカークビ・ラングデイル (Kirkby Langdale) に近いコーワン・ブリッジ (Cowan Bridge) に、ケンブリッジ出身の大地主が牧師の女児のための学校を開設したので、1824年7月21日にまず長女マリアと次女エリザベスを入学させることにした。そして3週間後の8月10日に三女シャーロットを入学させた。

　その学校はカルヴィン的思想に基づいたスパルタ式教育で、早朝の祈祷に始まり、厳しい肉体的鍛錬に加えて質素な食事を旨としていた。長女は入学前から肺結核の兆候をはっきり見せていたが、入学後の厳しい生活様式と環境への不慣れのために、病状が急速に悪化して床に臥す生活が続いた。そして入学から半年後の1825年2月14日に帰宅を余儀なくされ、それから僅か3か月後の5月6日に死亡したのであるから、学校にいる間の彼女の生活はいかに苦しい試練の日々であったかは容易に推測できる。そして長女の死から3週間後（5月末）に次女も同じ理由で帰宅を強いられ、僅か2週間後に姉の後を追って他界した。これを見ても分かるように、コーワン・ブリッジでの学校生活はブロンテ姉妹にとって正に耐え難いほど厳しく冷酷なものであった。

　この姉の姿を絶えず見てきた三女のシャーロットは自らの体験も合わせて、この学校に関する想い出は怨念に近い印象を彼女の心の奥深くに植え付けたに違いない。それは『ジェーン・エア』の寄宿学校における体験談にさらに誇張されて具体的に語られている。中でもとりわけ、姉マリアを映したヘレン・バーンズ (Helen Burns) に対する深い同情と敬愛の念はマリアに対する思慕の念を強烈に映し出している（第5章、136〜47頁参照）。彼女の小説のリアリズムの真髄は正しくこの想い出の描写にある。

(3)

　1825年5〜6月に二人の姉マリアとエリザベスを相次いで失ったシャーロットは妹エミリと共にコーワン・ブリッジの学校を去り、ハワースの牧師館で弟ブランウェル、妹アンと4人一緒に暮らすことになった。そして教育はもっぱら伯母エリザベス・ブランウェルの手に委ねられた。その中で注目すべきはフランス語をしっかり教わったことである。そして弟は父から将来に備えてギリシャ語とラテン語を学んだ。従って、5年後シャーロットはロウ・ヘッド (Roe

Head) の学校に移った頃にはフランス語の小説を難なく読めるようになっていた。だがこの間、ブロンテ姉妹弟は牧師館の外の社会に触れ合うことは殆どなく、彼女たちの外での遊びは周囲の広大な自然、つまり野生の世界であった。ブロンテ姉妹の文学、つまり創造の世界はこのような生活から生まれて当然であった。言い換えると、外界から閉ざされた彼女たちの限られた世界の中で変化と空間を広げる喜びは、独自の空想と想像力の自由な飛翔にかかっている。彼女たちにとって、その最高の楽しみは想いのままに物語を創造して互いに語り合うことであった。そしてこれが後に小説家を志す原点となったことは言うまでもあるまい。

　さて、その発端は、二人の姉が死去した 1825 年のある日、父が子供達への土産として 12 人の兵士の人形を買って帰った。その一つはシャーロットが一番敬愛しているウェリングトン公爵の顔に似ていたので、これを誰よりも先に手にして物語を創り始めた。妹や弟もそれぞれ好きな人形を取って、思い思いに兵士の物語や歴史を空想して語り始めた。そしてこの遊びは 1 日で終わらず幾日も続き、月日を重ねるうちに話がさらに発展し、広がりを見せていった。

　このような創作遊びの先導者はシャーロットであり、その相手を務めたのが弟ブランウェルだった。こうして二人が創造する物語は小説の領域へ発展していった。そしてこれを執筆したのは常にシャーロットだった。彼女は縦 5 センチ横 4 センチほどの小さな紙面に、肉眼では絶対に判読できない小さな字でびっしり書き込み、それを綺麗に閉じて豆本の形にした。その理由は他人（特に父）に読まれたくなかったからである。しかしこれが彼女を極度の近眼にする最大の原因となった。

　その小説の題材は彼女が創造した「アングリア王国」(the Kingdom of Anglia) の物語で、それがシリーズとなって延々と幾年も続いた。最初の内はブランウェルも創作に加わっていたが、その後彼女が一人で書き続け、20 歳を過ぎても終わることがなかった。その字数は（少女時代からのものを合わせると）ブロンテ三姉妹が出版した小説全部を上回るほどの分量であった (Bentley, p. 32)。要するに、シャーロット・ブロンテは小説家としての才能とその志を本質的に持っていたのである。

(4)

　さて、シャーロットは 14 歳（1831 年 1 月）の時、マーガレット・ウーラー嬢 (Miss Margaret Wooler) がマーフィールド (Mirfield, West Yorkshire) のロウ・ヘッドに新設したばかりの女学校に入学した。その動機は、父パトリックの体調が芳しくなく、将来に強い不安を持ち始めたからだった。つまり、娘が自立して生活するための準備をさせる必要を痛感したからであった。その学校はハワースから南東 30 キロ余りのところにあり、13 世紀に建造された 3 階建ての立派な建物で、広大な庭に囲まれていた。発育盛りの生徒の教育に申し分のない環境であった。その上、生徒の数は僅か 10 人で、中産階級の良家の娘ばかりだった。そして年齢もシャーロットと殆ど同じ 13〜4 歳だった。彼女はここで終生変わらぬ最良の二人の友人、エレン・ナッシー (Ellen Nussey, 1817–97) とメアリ・テイラー (Mary Taylor, 1817–93) を見出した。中でも、ナッシーとはシャーロットが死ぬまでの 20 年余りの間に 400 通以上の手紙を出したほどの無二の親友になった。しかもその手紙の 350 通以上が捨てずに残されていたので、彼女の存在は後世のブロンテ研究に最大の貢献をしたと言って間違いなかろう。

　またウーラー先生からは、教室での普通の教科の他に、ヨーロッパ大陸の文化・芸術そして美しい街並みや建造物など、楽しい体験談を聴いて胸を躍らせた。中でも絵画に深い興味を抱くシャーロットにとって、有名な画家の作品を美術館で数多く見た話は彼女に大陸への憧れを目覚めさせた。さらに彼女の授業は教室の中だけではなかった。放課後、天気の良い日などは生徒と一緒に庭園に出て散歩し、車座になって彼女の昔話や様々な体験を話した。その中には 1812 年の工場労働者の暴動ラダイト (Luddite) に関する体験談もあった。シャーロットが『ジェーン・エア』に続いて書いた小説『シャーリ』(Shirley) はこれを題材にした作品であるので、その影響があったのかも知れない。

　このような環境の中でシャーロットは彼女本来の才能と生真面目な勉強の結果として、最優秀の成績で僅か 1 年 5 か月で卒業した後、3 年後の 1835 年からその学校の教師に任ぜられた。そしてウーラー先生が学校を辞めた後も二人の仲は途切れることなく続き、1854 年にシャーロットがニコルズ (Arthur Bell Nicolls, 1819–1906) と結婚した時ナッシーと共に招待され、彼女が花嫁を新郎に「手渡す」(give away) 大役を任せられた。

以上のように、ロウ・ヘッドの学校の体験は、7年前のコーワン・ブリッジのそれと比べると、正に天国と地獄の違いであった。『ジェーン・エア』の幼少期の学校での体験記はこれを見事に反映している。そしてさらに注目すべき点として、彼女がロウ・ヘッドの学校に入る前の5年間の閉ざされた牧師館での妹と弟だけの生活から、開かれた現実の世界への移行は、「アングリア王国」の物語に象徴される空想によるロマンスから、現実社会のリアリズムへテーマを移す第一歩となった。

(5)

1832年6月、ロウ・ヘッドの学校を卒業してハワースの牧師館に戻ったシャーロットは二人の妹を教育することが大切な日課となった。彼女が7月21日に親友のエレン・ナッシーに送った手紙に次のように述べている。

> 午前中は9時から12時半まで妹たちに勉強を教え、私は絵を描いている。それからディナーの時間まで私たちは散歩をし、ディナーが終わるとお茶の時間まで私は縫物をします。お茶の後は気分次第で、読書か、執筆、簡単な手芸、或いは絵を描いています。(*Letters*, p. 3)

この文面から、1年半ぶりにハワースの我が家にブロンテ三姉妹の平和な日常生活は戻ったことがはっきり読みとれる。シャーロットは最も得意とする絵を描いたり、以前から書き続けている物語の執筆に着手し、また午後の暇な時間に三人一緒に周囲の荒野の散策を存分に楽しんだ。平凡だが、彼女たちにとって至福の日々が続いたに違いない。その間にシャーロットはナッシーの住むライディングス (Rydings) の家を訪ね、またナッシーがハワースの牧師館を訪ねてきた。

しかしシャーロットは何時までもこのような生活に浸っているわけにはいかなかった。自活の道を探す必要があったからだ。当時の彼女は、上記の手紙からも読み取れるように、絵を描くことが最大の趣味だった。従って、夢がかなうものなら画家として生計を立てることを希望していた。実際その頃、彼女は妹アンや弟の肖像画を初めとして、風景画にも手を染めていた。それらの絵の特徴は皆一様に細密そのもので、遠くの木の葉まで丁寧に描いている。それは人物描写においても同様であった。しかし彼女の風景画は近眼のために自然の景色から直接描いたものではなく、有名画家の絵を見本に自分の想像力を働か

せて描き上げたものが多かった。人物描写においてもその特徴は全く同様である。これらは全て後に小説を書く時にそのまま彼女の文章の特徴として活かされている。そしてこれが彼女のリアリズムの最大の特徴となったことを見落としてはなるまい。

　さて、シャーロットはロウ・ヘッドの学校を去ってからおよそ3年後の1835年7月、彼女の卓越した才能と実力、そして勤勉さを買われて母校の教師として迎えられた。そのスタッフの一人であるウーラー女史の妹が結婚したので、その後任に選ばれたのだった。自活の道を探していたさ中であったので、反対する理由は何処にもなく、むしろ光栄なことだった。従って、彼女は喜び勇んでハワースを出発したに違いない。そしてこのとき妹エミリも多分一緒だった。何故なら、妹の授業料を免除する代わりにシャーロットの給料は支払われないという条件であったからだ。生活費がぎりぎり一杯の父パトリックにとっては有難い条件であった。しかしエミリにとってハワースを離れた寄宿生活は彼女の性格には全く不向きで、結局ほんの3か月で退学し、彼女に代わってアンが入学した。

　一方、シャーロットは最初の1年間は順調に生活を続けているように見えたが、実際は自由のない日課に縛られた生活は彼女にとっても素直に我慢のできるものではなかった。その上、彼女の教える生徒の頭の鈍さにも我慢がならず、苛立つ毎日だった。頭脳明晰で成績は常に一番だったシャーロットには普通の生徒は皆のろまに見えて当然だった。天才は学校の教師に不向きであることは、メアリ・ウルストンクラフト (Mary Wollstonecraft) が『女性の権利』(*A Vindication of the Rights of Woman*, 1792) で述べているように古今東西共通している。当時のシャーロットの日記にそのような苛立ちの感情を露骨に表した激しい言葉が見られる。

> . . . am I to spend all the best part of my life in this wretched bondage, forcibly suppressing my rage at the idleness, the apathy and the hyperbolical & most asinine stupidity of those fat-headed oafs, and on compulsion assuming an air of kindness, patience & assiduity? Must I from day to day sit chained to this chair, prisoned within these four bare walls while these glorious summer suns are burning in heaven & the year is revolving in its richest glow & declaring at the close of every summer day that the time I am losing will never come again?
>
> (Harman, p. 103)

……生徒の怠慢や鈍感、そしてあの頭の鈍いウドの大木の、大袈裟でロバのような大馬鹿に対する怒りを無理やり抑えながら、そして仕方なしに上辺だけ優しく我慢強く熱心であるような振りをしながら、人生の一番良い時期をこの惨めな拘束された状態で過ごさねばならないのか。私は来る日も来る日も四つの裸の壁に取り囲まれて、この椅子にじっと座っていなければならないのか。一方外では、輝く太陽が空に燃え盛り、年月が最も豊かに輝きながら回転し、そして毎日夏の１日が終わるとき、私が失っている時間は二度と戻ってこない、と叫んでいるではないか。

しかし彼女はこのような日記を書いた後で自ら恥ずかしく思い、憂鬱な自己嫌悪に陥った。1836年10月エレン・ナッシーに送った手紙は次の言葉で始まる。

Weary with a day's hard work—during which an unusual degree of Stupidity has been displayed by my promising pupils. I am sitting down to write a few hurried lines to my dear Ellen. Excuse me if I say nothing but nonsense, for my mind is exhausted, and dispirited. It is a Stormy evening and the wind is uttering a continued moaning sound that makes me feel very melancholy—At such times, in such moods of these, Ellen, it is my nature to seek repose in some calm, tranquil idea and I have now summoned up your image to give me rest.

(*Letters*, p. 6)

授業中に有望な生徒が馬鹿であることが分かり、私は仕事に疲れたので、大急ぎで最愛のエレンに一筆手紙を書くために座っているところです。私は疲れて気落ちしているので、詰らないことしか書かなくてもお許しください。今宵は嵐で、風が絶えずうなり声をあげているので、私は一層憂鬱な気分になります。このような時、そしてこのような気分の場合、エレン、静かで穏やかな考えの中に憩いを求めるのが私の性分ですので、私を休息させるためにあなたの面影を呼び起こしたのです。

シャーロットはこのように突然手紙を書いた理由を説明した後、エレンの静かで穏やかな何時もの姿を目の当たりに思い浮かべる。そしてこのような彼女の「愛に満ちた純で飾り気のない姿」と比べると、今の自分は何と汚らわしい人間かと次のように述べる。

What am I compared to you? I feel my own utter worthlessness when I make the comparison. I'm a very coarse common-place wretch!

Ellen, I have some qualities that make me very miserable, some feelings that you can have no participation in—that few very few people in the world can at all understand. I don't pride myself on these peculiarities, I strive to conceal and suppress them as much as I can, but they burst out sometimes and then those who see the explosion despise me and I hate myself for days afterwards.

(*Letters*, pp. 6–7)

　私はあなたと比べると一体何なのですか。あなたと比べると私は全く価値のない人間に感じる。私は粗野で、俗な卑しい人間です。
　エレン、私は自分を惨めにさせる性質、あなたが全く持ち合わせていない感情、世の中のごく僅かな人しか理解できない感情を持っている。私はこの特殊な感情を誇りにしているのではなく、可能な限り見せないように努力しているのです。しかしそれが時々爆発する。そしてこの爆発を見る人たちが私を軽蔑し、私はその後幾日も自己嫌悪に陥ります。

　シャーロットはこの手紙を書いてからおよそ 1 か月半後の 12 月 5 日にさらに深刻な手紙をナッシーに送っている。まず、「クリスマスまでにあなたに会いに行きたいと願っていますが、それは恐らく無理でしょう。でもその後 3 週間すれば、静かな我が家の屋根の下で私の慰安者（エレンを指す）と間近に会えるでしょう」と述べた後、さらに続けて「（もしあなたと一緒に寝起きしていれば）邪悪な迷った考えや腐った心より、もっと遥かに立派な自分になっていたかもしれない」と述べ、さらに次のように付け加えている。

My eyes fill with tears when I contrast the bliss of such a state brightened by hopes of the future with the melancholy state I now live in, uncertain that I have ever felt true contrition, wandering in thought and deed, longing for holiness which I shall never, never obtain— . . . (*Letters*, pp. 7–8)

　私は未来の希望に輝いているあのような幸せな状態と、私が今生きているこのような迷える状態、つまり真の悔悛を感じたかどうかもわからぬまま、思考と行動の両方に迷い、そして絶対に習得できない神聖を求めながら生きる今の憂うつな自分と比べると、目に涙が溢れてくる。

　シャーロットはここで「私の邪悪な迷った考えや腐った心」(my evil wandering thoughts, my corrupt heart) について具体的に何も語っていない。しかし「真の悔悛」や「神聖」という言葉から、強い宗教的な意味を含んでいることは間違いない。言い換えると、彼女の罪は懺悔に値するものに違いない。彼女のこのような苦しい感情表現は、数年後小説『ヴィレット』(*Villette*) の中でカトリックの僧侶の前で懺悔するときのそれに似ている。場所はロウ・ヘッドとブリュッセルの違いこそあれ、学校の寄宿舎での孤独の状態と共通している。それは単に、馬鹿な生徒への憤懣だけではなく、孤独感と苛立ち、そして欲求

不満などが次から次へ襲ってきた。それを遠ざけ、忘れようと必死にあがく。ナッシーへ手紙を書くことはその唯一最大の救いとなる。それでもなお救われないときは、ハーマンが指摘しているように一時的にせよ恐らくアヘンに頼ったに違いない (Harman, pp. 105–06)。当時アヘンはアルコールに薄めてアヘンチンキ (laudanum) として普通の店で誰でも買うことができた。心身の苦痛を和らげる薬として酒と同じように広く使用されていた。ワーズワスの妹ドロシーも使用したことを日記に記しているほどである。しかし体質や使用頻度によって幻覚症状を起こし、性欲を刺激したりすることもある。宗教心の強い彼女はこのような状態を罪悪と考え、親友に上記のような告白をして苦しみを和らげようとしたものと思われる。

　ところで上記 2 通の手紙の中で、いずれも「迷う」(wandering) 心を強調しているが、彼女は二十歳を過ぎた今自活の道として、このような教師職を一生の仕事に選ぶべきか、それとも真に求める作家の道を多くの苦難を乗り越えて突き進むべきかの選択に心を悩ませていたに違いない。その悩みはナッシー宛ての手紙となって表われ、その解消に一時アヘンに頼らざるを得なかったのかもしれない。しかしクリスマス休暇に郷里の家族の許に戻り、彼女の唯一最大の喜びであり「慰安者」(comforter) である小説の執筆を弟や妹と一緒に始めると彼女の昔の姿を取り戻すことができた。こうして彼女は自分の天職は作家であると確信し、たとえ今は教師の仕事を続けていてもいつか小説家 (authoress) になることを決意していたに違いない。

(6)

　まずそれは、12 月 29 日に当時の桂冠詩人ロバート・サウジー (Robert Southey, 1774–1843) に自分の作品の一部を送って彼の評価を求めた手紙にはっきり表れている。その手紙は現存しないが、それから 2 か月半後（1837 年 3 月 12 日）それに答えたサウジーの次の手紙の文面から彼女の手紙の内容を読み取ることができる。

> You who so ardently desire "to be for ever known" as a poetess, might have had your ardour in some degree abated, by seeing a poet in the decline of life . . . You evidently possess & in no inconsiderable degree what Wordsworth calls "the faculty of Verse" . . . But it is not with a view to distinction that you should

cultivate this talent, if you consult your own happiness. . . . The daydreams in which you habitually indulge are likely to induce a distempered state of mind . . . Literature cannot be the business of a woman's life: & it ought not to be. The more she is engaged in her proper duties, the less leisure will she have for it. . . . But do not suppose that I disparage the gift which you possess . . . Write poetry for its own sake, not in a spirit of emulation, & not with a view to celebrity: the less you aim at that the more likely you will be to deserve, & finally to obtain it.

(*Letters*, p. 10)

あなたは女流詩人として「永遠に名を遺す」ことを真剣に望んでいますが、人生の凋落期に入った詩人を見れば、その熱意も少しは萎んでいたかもしれません。……あなたはワーズワスの言う「詩的才能」を少なからず持ち合わせています。……しかしあなたは自分の幸せを望むのであれば、目立つことを目的にしてこの才能を育てるべきではありません。……あなたの夢想にふける習慣は精神に異常をきたすことになりかねません。……文学は女性の人生の仕事にはなりえませんし、またなるべきではありません。女性は女性本来の職務に専念すれば、そのような暇がそれだけ少なくなるでしょう。……しかし私はあなたが持っている才能を軽視していると思わないでください。……詩を書くのは詩そのもののために書くのであって、競争心や有名になる目的を持ってはなりません。そのような目的を持たなければ、それだけ一層恐らくあなたはそれに値し、最後にそれを手に入れるでしょう。

さて、この手紙を読んだシャーロットは早速（3月16日）次のような感謝の返事を書いた。まず初めに、「あなたの手紙を読んで私自身は恥ずかしく思い、あのようなラプソディを書いたことを後悔しています」と述べた後、実際の自分は彼が思っているような「暇な夢想家」(the idle, dreaming being) ではないことを強調する。そして現在の自分が置かれている立場を正直に伝えている。即ち、「父は牧師で給料も限られているが、長女の私の教育に妹と不平等にならない程度に十分金をかけてくれた。従って学校を出た後は姉として働くべき義務がある」と述べた後、さらに次のように続ける。

In that capacity I find enough to occupy my thoughts all day long, and my head and hands too, without having a moment's time for one dream of the imagination. In the evenings I confess I do think but I never trouble any one else with my thoughts. I carefully avoid any appearance of pre-occupation and eccentricity—which might lead those I live amongst to suspect the nature of my pursuits. (*Letters*, p. 9)

私はその仕事に私の思考と、そして私の頭と手を日中ずっと精一杯働かせてお

り、想像の夢に耽る時間など一瞬たりともありません。だが夜は正直に言って（創作のための）想を練っています。しかし私の思索で誰ひとり迷惑をかけてはいません。私は何かに夢中で風変わりな姿、つまり私の探求的性質について、一緒に暮らしている仲間から疑われないように十分注意を払っています。

　そして最後に、「私の名前が印刷物に載るような野心を決して持ちません。そしてもしそのような願望が湧いてくれば、あなたの手紙を見てその願望を抑える積りです。私はあなたに手紙を書いて、返事を頂いたこと、それだけで十分名誉なことです」と、感謝の言葉を述べている。

　ところで、シャーロットはサウジーに二度目の手紙を出す前、彼の返事を待ちきれずにワーズワスにも手紙を送っている。それはサウジーに最初の手紙を送った日より3週間後の1837年1月19日付の手紙である。それはまず簡単な自己紹介から始まる。即ち、彼女は19年間（実際は20年）この寂しい山間の村で育ってきたので、詩を書くのも食べたり飲んだりするのと同様、自然の赴くまま衝動と感情から出たものである、とワーズワスの共感を呼ぶような表現をする。次に、自分は成人に達したのでそろそろ自分の才能に最も合った自立の道を決めなければならないが、近くに相談相手がいないので、ずっと以前から愛読し尊敬している彼に自分の書いた作品を評価していただきたい。そして最後に次のように述べている。

　　What I send you is the Prefatory Scene of a much longer subject, in which I have striven to develop strong passions and weak principles struggling with a high imagination and acute feelings, . . . Now, to send you the whole of this would be a mock upon your patience; what you see does not even pretend to be more than the description of an imaginative child. But read it, sir; and, as you would hold a light to one in utter darkness—as you value your own kind-heartedness—*return* me an *answer*, if but one word, telling me whether I should write on, or write no more. (Gaskell, p. 151)

　　お送りした作品はこれよりさらに長い主題の序幕です。私はこの詩の中で、高邁な想像力と鋭敏な感情と競いながら強力な情熱と弱い原理を発展させる努力をしてきました。……だが今このテーマの詩を全部お送りすれば、あなたの忍耐をもてあそぶことになるでしょう。あなたにご覧いただいている詩は子供の想像力が産み出した以上のものと私は思い上がってはいません。だが是非ご一読ください。私の完全な暗闇に光を照らすことになり、またあなたのご親切の価値を高めることになりますので、ほんの一言で結構ですから、私が書き続けるべきか、取りやめるべきか、折り返しご返事願います。

表現は 3 週間前のサウジー宛より穏やかではあるが、彼女の詩人・作家への強い志は紙面全体に鮮明に表れている。彼女は自分にその才能があるかどうかワーズワスに決めてほしいと言ってはいるものの、彼女の決意は並々ならぬものがある。

上述のようにシャーロットはサウジーからはもちろんワーズワスからも返事を受け取り、自分の性格に最も相応しい理想の仕事は小説家以外にはない。そのためにはいかなる試練も不快なことも耐え抜かねばならない、という決意が固まった。こうして彼女は 1837 年春にロウ・ヘッドの学校に戻った後、前年のように「迷う」ことなく生活を続けた。日中は自分の感情を極力抑えて生徒に接し、夜は一人で読書と執筆に没頭できたからである。もちろん彼女はこの間も「アングリア王国」の物語の続篇を書いていた。しかしその中身は初期の頃の空想のロマンスの世界から現実の生きた人間存在へと大きく変化を遂げ、本格的な小説の色合いを帯びていたことは言うまでもない。

とろがその年の暮れ近くに妹アンの病状が悪化し、それを極度に心配したシャーロットはウーラー女史に告げたところ、心配し過ぎだと軽くあしらわれたので激昂して、彼女との間で喧嘩騒ぎになった。結局ブロンテ姉妹は父のとりなしで帰宅して騒ぎが治まり、翌 1838 年 1 月に学校に戻った。しかしそれからおよそ 1 か月後、校舎がロウ・ヘッドから数マイル北東のドューズベリ・ムア (Dewsbury Moor) のヘッズ・ハウス (Head's House) へ移ることになった。敷地も建物もロウ・ヘッドと比べると狭く、利点と言えばナッシーの家に近いということだけであった。シャーロットは何れ近いうちに学校を去ることになると覚悟を決めていた。案の定、その校舎に移ってから幾日もしないうちに彼女は健康を害して帰宅することになった。だが 4 月にウーラー女史は重病の父の看病のために 2 週間余り学校を留守にするので、その間シャーロットが学校の管理を任されることになった。クリスマス休暇で学校には誰もおらず、彼女は完全に神経衰弱に陥り、授業が始まっても治る気配を見せるどころかさらに悪化した。従って 5 月に入って帰宅を余儀なくされたが、なおしばらく時間を要した。彼女はこの苦しい病気について後に『ジェーン・エア』の後半で、長い放浪と飢餓のために病床に伏したときの描写に生かされている（第 5 章、219 頁参照）。

こうしてシャーロットが再び学校に戻った後、ウーラー女史は父の病気のこともあり、学校の経営を彼女に譲ることを真剣に考え始めた。それほど彼女の

才能と人柄を信用していたのである。そしてこれを正式に彼女に申し入れたが、シャーロットは断り、その年を最後にその学校に別れを告げ、新しい年をハワースで妹たちと一緒に過ごすことになった。要するに彼女は 3 年半その学校で勤めたことになる。しかしウーラー女史とシャーロットの深い友情はすでに述べたとおり生涯続いた。

(7)

　さて、1839 年をハワースの牧師館で迎えたシャーロットは当面外で仕事を持たずに、長女として父を支え家庭を守ることになった。そして 3 年後ベルギーへ留学するまで殆ど自宅で過ごした。その間の彼女の行動について、幸い彼女がエレン・ナッシーに送った膨大な数の手紙はその詳細を伝えている。以下、それに基づいて 1840 年末（23 歳）までの 2 年間の歴史を必要に応じて詳しく説明してみよう。

　1839 年 2 月下旬シャーロットはエレン・ナッシーの兄ヘンリーから突然求婚の手紙を受け取った。彼はケンブリッジのモードリン・カレッジ (Magdalene College) を卒業してエセックス州の牧師補になってまだ日も浅い 27 歳の生真面目な青年であった。シャーロットの最大の親友の兄とは言え、ほとんど話を交わしたこともない男性からの求婚に応じるわけにはいかなかった。そこで彼女は自分の心境を正直に話して断りの手紙を書いた。その手紙の内容は、3 月 12 日にエレンに送った手紙から十分読み取ることができる。彼女の強い性格や結婚観、そして彼女の小説をより深く理解する観点からもこの手紙を丹念に読む必要がある。

　初めに身辺の話をした後、肝心の問題に話が移る。1 週間ほど前にエレンの兄ヘンリーから突然手紙が届き、「これについてあなたから聞かれなければ誰にも話すつもりがなかった」と前置きした後、その内容について次のように話す。彼はサセックス州に落ち着いてから健康も回復したので、「生徒を募って教室を開くつもりだ。そこで生徒たちの世話をしてもらうために結婚の必要が出てきたので、あなたと是非結婚したい」と、率直かつ真剣に求婚してきた。シャーロットはこのように述べた後エレンに多少気を遣いながら、「彼との結婚は確かに魅力的です。彼と結婚すればエレンと一緒に生活ができ、これほど幸せなことはないでしょう。しかし私は自問せざるを得ません。私自身は彼を、

女性が夫を愛するように愛しているのか、また私は彼を幸せにする資格を果たして持っているのか、と。残念ながら、その答えは両方とも "No" です。そしてさらに次のように続ける。

> I felt that though I esteemed Henry—though I had a kindly leaning towards him because he is an amiable—well-disposed man—Yet I had not and never could have that intense attachment which would make me willing to die for him—and if ever I marry it must be in that light of adoration that I will regard my Husband. (*Letters*, p. 11)
>
> 私はヘンリーを尊敬しているけれども、そして彼は優しく気立てが良いので私も彼に対して優しい感情を抱いていますが、彼のためなら喜んで死ねるほど強い愛情を持っていませんでしたし、また決して持てなかったでしょう。そして仮に私が結婚するとしたら、私が自分の夫に対して抱くべき態度、すなわち、崇敬の念が伴っていなければなりません。

彼女はこのように述べた後次のように結んでいる。「私はもし彼の求婚を受け入れたとすれば、彼を騙すことになるでしょう。私はそのようなことはできないので、彼の申し出を断る理由を丁寧かつ率直に説明し、そして最後に彼に最も相応しい女性はどのような性格の人であるかを説明しておきました」と。

筆者が上記の手紙に特に注目した根拠は、この問題が彼女の人生の単なる一幕に終わらず、彼女の代表作『ジェーン・エア』後半の重要な位置を占めるセント・ジョン・リヴァズ (St. John Rivers) との結婚問題に強い影を落としているからである。小説のヒロイン、ジェーンが長い放浪と飢餓のために死ぬ一歩手前で救ってくれたその青年から、外国へ一緒に布教に出かけるために結婚してほしいと懇願されたとき、真の愛情から湧き出たものではない実利的な結婚はできないと苦渋の拒絶をする場面にそのまま反映している。シャーロット・ブロンテの小説のリアリズムは、このように自らの体験、特に心理的体験を登場人物のそれにそのまま活用する点に最大の特徴があり、それが最も興味深い点でもある。

(8)

シャーロットは上記の手紙を書いてからおよそ2か月後（1839年5月）知人の紹介で初めて家庭教師 (governess) の職に就いた。ハワースから北東12マイルのロザーズデイル (Lothersdale) 近くのストンギャップ (Stonegappe) に住

むシジウィック (Sidgwick) 家の7歳の女児と3歳の男児の家庭教師であった。そこは美しい広大な庭に囲まれた立派な邸宅であった。しかしそのような景色を楽しむ余裕など全くない忍従と屈辱の毎日となった。子供を教えるだけなら我慢もできたが、それ以外のあらゆる雑用を夫人から命じられた。その職に就いてから数週間後の6月8日に妹エミリに送った手紙はその様子を詳しく伝えている。

　まず「今の私の仕事は楽しいとはとても言い難い」と切り出した後、家と周囲の眺めは全て美しいが「それを楽しむ自由な時間も、考える余裕もありません。」そして子供たちは「絶えず私に付きまとい、騒々しく手に負えない。夫人に不平を漏らすと、逆に私に戻ってくる。彼女は私を全く理解しようとせず、私を使えるだけ使おうとしか考えていない。縫物は、ハンカチ類の縁取りからナイトキャップや人形まで私に作らせる。」そしてこの家に来るまでシャーロットは上流社会に憧れてきたが、今ではそれにはうんざりだと次のように述べている。

> I used to think I should like to be in the stir of grand folks' society but I have had enough of it—it is dreary work to look on and listen. I see now more clearly than I have ever done before that a private governess has no existence, is not considered as a living and rational being except as connected with the wearisome duties she has to fulfil. (*Letters*, pp. 12–13)
> 私は上流社会の活気の中にいたいとかつて望んだものでした。しかし私はそれを十分見てきたので、今はそれを見たり聞いたりすると物悲しくなる。個人的な家庭教師とは、その人が果たすべき義務と直接かかわっている時以外は全く存在価値がなく、生きた合理的人間とは認めてもらえないということを、以前にも増して一層はっきり認識するようになった。

　そして最後に、「私がこのような不平を口にするのはほんの気休めです。実際、私は我慢のならない予想もしない屈辱を味わってきた」と述べ、この手紙は父や伯母に絶対見せないように、と念を押している。

　メアリ・ウルストンクラフトはこれよりおよそ50年前、女性の地位の低さの象徴として家庭教師の職を彼女の著作の中で何度も指摘しているが、シャーロット・ブロンテは手紙の中で機会あるごとに言及している。

(9)

1839 年 7 月シジウィック家の家庭教師を終えてハワースに戻ったシャーロットはその後 1 年半余り何等の仕事も持たずに自由に過ごした。ある意味で彼女の人生で最も気楽で幸せな期間であった。それだけに彼女の出版した小説に色濃い影を残すような特筆すべき、印象に残る出来事や事件に直面することがなかったと言える。しかし彼女はその間無為に時を過ごしたわけではない。親友エレン・ナッシーはもちろん学友のメアリ・テイラーと頻繁に手紙を交換し、また互いの家を訪問し合った。中でも 9 月からおよそ 1 か月間エレンと一緒にヨークシャの東海岸の避暑地ブリドリントン (Bridlington) で過ごした体験は正に幸せのクライマックスであった。さらにこの 1 年半は彼女の作家としての成長の歴史の中で最も重要な基礎固めをする期間ともなった。すでに二十歳を過ぎ、学校や家庭教師の体験を通して現実社会の様々な真相を目の当たりにし、また結婚と愛という重要な問題について真剣に考える機会も少なくなかった。このような体験がそれ以後の彼女の創作に大きい影響をもたらした。それ以前の空想の世界で構築してきたロマンスから生きたリアリズムの世界へ彼女の視点が明確に移り始めたからである。そして同時にこの頃から彼女は将来作家として自立する人生設計を描き始めていた。1836 年 12 月にサウジーに送った作品と手紙はその先駆けであったが、それから 4 年が過ぎた 1840 年 11 月に今度はハートリ・コールリッジ（Hartley Coleridge, 詩人コールリッジの長男）に送った手紙と作品は正に彼女の本格的な作家を目指す声に他ならなかった。

シャーロットは 1840 年に入っても「アングリア王国」の物語 (saga) の続篇を書き続けていたが、その中の一篇「アッシュワース」(Ashworth, or Messrs. Percy and West) の原稿の一部を 11 月にコールリッジの許に送り、彼の評価を求めた。しばらくしてその返事が届いたが、その内容は極めてそっけないものであった。それを読んだ彼女は熟慮の末 12 月 10 日に、自分の名を隠して男女の区別が附かない "CT" と署名して次のような手紙を送った。その内容は多少の皮肉を込めてはいるが、彼女の作家としての信念と心情を率直に語った極めて価値のある文章と評してよかろう。まず次の言葉で始まる。

> It seems then Messrs. Percy and West are not gentlemen likely to make an impression upon the heart of any Editor in Christendom? well I commit them to

oblivion with several tears and much affliction but I hope I can get over it.

(*Letters*, p. 25)

それでは「パーシとウェスト両氏」はキリスト教国のどの編集長の心にも印象を残さないというわけですね。私は涙を呑み、大いに悩んだ末にこの作品を忘却の隅におき、それを乗り越えることにしましょう。

　これは恐らく、「このような作品は英国のどの出版会社からも相手にされないだろう」というコールリッジの厳しい評価に対する返答と解釈してよかろう。彼女の「アングリア物語」は元来、リチャードソン (Samuel Richardson, 1689–1761) の大作『チャールズ・グランディソン卿』(*Sir Charles Grandison*) を模範にした長篇のシリーズ小説にする計画の下に書き続けてきた彼女の初期の大作であった。従って、上記に続いてさらに次のように述べている。「あなたはこの作品が全3巻の長さになると計算されているようですが、実はその3倍の長さになりました。私がリチャードソンの真髄である不屈の精神に鼓舞されて日夜頑張って書いた結果です。だがあなたは私の作品を最初の部分だけ読んで無情にも打ち切ってしまいました。もしそれがリチャードソンの『チャールズ・グランディソン卿』であれば、絶対にそうはされなかったでしょう」（大意）と。

　そして自分の創造の世界を次のように説明する。

It is very edifying and profitable to create a world out of one's own brain and people it with inhabitants who are like so many Melchisedecs—"Without father, without mother, without descent, having neither beginning of days, nor end of life". By conversing daily with such beings and accustoming your eyes to their glaring attire and fantastic features—you acquire a tone of mind admirably calculated to enable you to cut a respectable figure in practical life—If you have ever been accustomed to such society Sir you be aware how distinctly and vividly their forms and features fix themselves on the retina of that "inward eye" which is said to be "the bliss of solitude". (*Letters*, p. 26)

自分自身の頭脳から世界を創造し、その世界にメルキゼデクのような住民――父も母も子孫もいない、そして日の始まりも命の終わりもない住民――を住まわせることは心をを啓発し、利益にもなる。このような人間と毎日話をし、彼らのぎらぎらした服装や奇妙な顔にあなたの目を慣れさせることによって、あなたが実生活において尊敬できる人物を描くことを可能にするに十分な心境になれるでしょう。あなたは仮にそのような社会に慣れたとすれば、その人物の姿や形が「孤独の幸せ」と言われる「内なる目」の網膜にいかに鮮明かつ生き生きと映ることか、それに気づくでしょう。

ここでシャーロットが言わんとする自ら描く創造の世界は、ハートリが求めるような実社会ではなく、想像や空想から生まれたロマンスの世界であることに力点をおいている。上記の最後の括弧内の言葉はワーズワスの詩『水仙』(The Daffodils) の最後の1行から採ったものであることは言うまでもないが、彼女が創作において肉眼に映る実社会の姿よりも「内なる目」即ち「心の目」に映る想像の世界により一層重きを置いていることを強調しているのである（『ジェーン・エア』はその観点から代表的作品と言えよう）。

　最後に注目すべきは、50年前に多く読まれた『女性雑誌』(Lady's Magazine) がもし今も流行っておれば、自分の作品はそこに採用されて大いに人気を博すことであろうという主旨の次の一節である（ここにもブロンテのロマン主義的思考の特徴が見られる）。

> I am sorry Sir I did not exist forty or fifty years ago when the Lady's Magazine was flourishing like a green bay tree—in that case I make no doubt my aspirations after literary fame would had met with due encouragement—
> (Letters, p. 26)
> 私は4～50年前の『婦人雑誌』が大流行りであった頃に生まれなかったことを残念に思う。もし生まれていれば私の文学的名声に対する望みは十分かなえられていたでしょう。

　この女性雑誌に掲載された作品は女性読者の間で持てはやされたロマンスが中心であった。当時有名な女流作家の一人ラドクリフ (Ann Radcliffe, 1764–1823) もその流行に乗って書いた最初の2作は、『シチリアのロマンス』(A Sicilian Romance, 1790) と『森のロマンス』(The Romance of the Forest, 1791) であった。しかしこの種の小説に対して批判的態度を鮮明にする作家も少なくなかった。その代表作はウルストンクラフトの『女性の権利』（11頁参照）であった。このようなロマンスに登場するヒロインは一様に感受性に富んだか弱い身寄りのない若い美女であり、騎士道的な男性の保護なしには生きていけない運命に置かれていた。従って、結末はその男性との幸せな結婚で必ず幕が下りることになっている。ウルストンクラフトはこのような小説の筋書こそ自立心のないか細い女性を美化し、それが女性の地位を一層低める結果になっている事実を厳しく糾弾した。彼女は批評だけでなく小説においても持論を貫き通した。即ち、そこに登場するヒロインはロマンスのそれとは対照的に体つきも「官能的」(voluptuous) で様々な試練に耐えうる自立心の極めて強い女性である。従

って、その結末も男性に頼らず自活の道を決然として歩いて行く（詳しくは拙著『作家メアリ・ウルストンクラフト——感受性と情熱の華』を参照されたい）。

　シャーロットはハートリ・コールリッジの批判を受けて、上述のように手紙で反論を試みたものの、自分の作風はやはりロマンスに少々偏っていることに気づき、リアリズムの色合いを強くする必要性を痛感したに違いない。これよりおよそ5年後彼女が最初に書いた本格的小説『教授』(*The Professor*) は彼女の強いリアリズム志向の表現に他ならなかった。しかしその結末はロマンスの色合いを残しているものの、情熱と刺激に欠けるという理由で出版を断られた（詳しくは第4章参照）。従って、これに続く小説『ジェーン・エア』はその主要部分がロマンスそのものと言って過言ではない作品に出来上がっている。そしてこれが出版されると忽ち大衆の心をつかみ、19世紀を代表する人気作品となった。

第2章

ブリュッセル留学
——愛の目覚め

(1)

　1841 年を迎えたシャーロットは春には 25 歳になり（4 月 21 日誕生日）、覚悟と決断の時が来たと思った。小説家への憧れは消えないものの、何はさておき自活の道を探さねばならなかった。家庭教師にだけは二度となるまいと一度は誓ったが、当面自分のできる仕事はやはりそれしかないと覚悟を決めた。そこで同じ家庭教師でも自分に合った我慢のできる口がないかと八方手を尽くして探した結果、彼女の家から西に 10 マイルほど離れたロードン (Rawdon, West Yorkshire) に住む商人の一家が見つかった。彼女がそこに落ち着いてから数日が過ぎた 3 月 3 日にエレン・ナッシーに宛てて、そこに至る事情を次のように述べている。

> I told you some time since that I want to get a situation and when I said so my resolution was quite fixed—I felt that however often I was disappointed I had no intention of relinquishing my efforts—After being severely baffled two or three times—after a world of trouble in the way of correspondence and interviews—I have at length succeeded and am fairly established in my new place—It is the family of Mr. White, of Upperwood House, Rawdon. (*Letters*, p. 28)
> 先日私は仕事に就きたいとあなたに話しましたが、私がそのように言ったとき、私の決心は固まっていました。私は何度失敗しても努力を止めるつもりはありませんでした。二度三度ひどく挫折し、また山ほど多くの通信や面会の労を重ねた末に、遂に成功して新しい職場にやっと落ち着きました。それはロードンのアッパーウッド・ハウスのホワイト氏一家です。

　次に、彼女が特にこの家を選んだ理由について、普通は年 20 ポンド給料を頂くところだが 16 ポンドで引き受けたのは、家族全体が明るくて楽しそうだからと説明する。そして子供は 8 歳の女児と 6 歳の男児だが、彼らと接してみて「私の心と性質のどちらをとってみてもこの仕事が私に向かないことは誰よりも私自身が分かっています」(no one but myself is aware how utterly averse

[25]

my whole mind and nature are from the employment.) と述べている。しかし結局彼女が 9 月までここで務め終えたのは、家族全体の明るさと、広い庭を初めとして周囲の雰囲気がどこよりも開放的であったためと思われる。

さて上記の手紙を書いてから 4 か月半後の 7 月 19 日に休暇で自宅に帰ったシャーロットは、妹と一緒に学校を開く夢を持っていることを打ち明けている。まず、

> ... there is a project hatching in this house—which both Emily and I anxiously wished to discuss with you—The project is yet in its infancy—hardly peeping from its shell—and whether it will ever come out— ... (*Letters*, p. 30)
> ……今私たちの家で一つの計画の卵が育っています。それについてエミリと私は両方ともあなたに是非相談したいと願っていました。その計画はまだ嬰児の段階に達しておらず、卵の殻から辛うじて顔を出しかけたところで、実際殻から出るかどうかも（未定です）……

と述べた後、率直に言ってその計画は学校を開くことであるが、それには多額の資金が必要である。幸い伯母が 150 ポンド提供すると申し出た。そのための条件として適当な数の生徒と好い立地条件であることを主張した。しかし 150 ポンドではそこで生活しながら経営することが難しい。だが借金だけは絶対にしたくないので規模を小さくしてでも何とかできないものかとエレンに相談しているのである。

そしてこれに続く 8 月 7 日のエレン宛の手紙は、今もなおはやる気持ちを抑えて家庭教師の仕事を続けている心境を鮮明に表している。彼女の人生の重要な転機を示唆する重要な手紙と解釈してよかろう。

まず初めに、ホワイト夫妻が友人の家を訪ねてしばらく不在であるので、シャーロットは安らいだ気分でいられることを次のように述べている。

> ... the absence of the Master & Mistress relieves me from the heavy duty of endeavouring to seem always easy, cheerful & conversible with those whose ideas and feelings are nearly as incomprehensible to me, as probably mine ... would be to them. (*Letters*, p. 32)
> ……主人と奥方が不在ですと、私はいつも気楽で楽しい振りを無理やりしなくてはならない重い義務から解放されます。恐らく私の気持ちは……彼らに理解できないのと同程度に彼らの考えや感情が私に理解できない、このような人たちと調子を合わせる義務から解放されるのです。

そして次に話題を変えて、テイラー姉妹が兄ジョン同伴でベルギーのブリュッセルを旅行しており、そこで高価な絹のスカーフと鹿皮の手袋を買って送ってくれたことを伝えた後、自分も彼女たちのように有名な画家の絵や大聖堂のある外国を旅行をしてみたいという強い願望を次のように吐露している。

> I hardly know what swelled to my throat as I read the letter—such a vehement impatience of restraint & steady work—such a strong wish for wings—wings such as wealth can furnish—such an urgent thirst to see—to know—to learn—something internal seemed to expand boldly for a minute—I was tantalized with the consciousness of faculties unexercised—and then all collapsed and I despaired. (*Letters*, p. 32)
>
> 私はその手紙を読むと何と表現してよいのか喉が詰まりそうな気分になった。抑制と単調な仕事に対する激しい苛立ち、羽を広げたい強い願望、富が満たすことのできる願望、早く見たい、知りたい、学びたいという渇望、心の奥底から何かが一瞬大胆に膨らんでくる気分、自分の能力が活用されないままでいるじれったい気分になり、そして全てが壊れて絶望した。

そして彼女はこのことを考えると「胸がきゅっと痛む」(acutely painful) ので考えないことにしていると述べた後、思い直して「私たちの一番大切なこと」(our polar star) は学校を開くことだと、改めて強調する。というのも、「家庭教師の職は体質的に全く合わない」(I have no natural knack for my vocation) ことを3月3日の手紙に続いて説明している。

(2)

さて、シャーロットは上記の手紙を書いてから50日後の9月29日に今度は伯母のエリザベス・ブランウェルに宛てて、今後の仕事の計画について率直かつ真剣に語っている。まず、この計画についてはホワイト夫妻に全てを話して了解してもらった、と前置きをして次のように説明する。

> My friends recommend me, if I desire to secure permanent success, to delay commencing the school for six months longer, and by all means to contrive, by hook or crook, to spend the intervening time in some school on the continent. They say schools in England are so numerous, competition so great, that without some such step towards attaining superiority we shall probably have a very hard struggle, and may fail in the end. (*Letters*, pp. 33–34)
>
> 学校の経営が恒久的に成功することを望むのであれば開設を半年伸ばし、その

期間大陸の学校に留学するための工夫をありとあらゆる手段を講じてもするように、と私の友人たちが薦めています。英国は学校が非常に多くて、競争が激しいので、特別抜き出た利点がなければ恐らくただ苦しんで足掻くばかりで、結局失敗に終わる、ということです。

このように学校経営を成功させるためには外国語（特にフランス語）の習熟が絶対条件であることを力説した後、留学の地をパリではなくベルギーの首都ブリュッセルを選んだ理由を次のように説明する。彼女の親友の妹マーサ (Martha) が現在当地の一流校 (Chateau de Kockleberg) に留学しており、さらに父の知り合いであるフランス領事の妻ジェンキンズ夫人 (Mrs. Jenkins) が学費が安くて質の高い学校を紹介してくれるからである。従って、エミリと一緒に留学しても精々 100 ポンド程度と説明する。伯母が金は有効に使うべきだと常に言っているので、この機会に是非援助してほしいと改めて懇願する。そして最後に彼女の強い決意を次のように語る。

> Papa will perhaps think it a wild and ambitious scheme; but who ever rose in the world without ambition? When he left Ireland to go to Cambridge University, he was as ambitious as I am now. I want us all to go on. I know we have talents, and I want them to be turned to account. I look to you, aunt, to help us. I think you will not refuse. (*Letters*, p. 34)
>
> 父が恐らくこれは乱暴で野心的な計画と思うでしょう。しかし世の中で野心なしに出世した人がいるでしょうか。父もアイルランドを出てケンブリッジ大学に入った時、今の私と同じように野心的であった。私たちは皆飛躍を望んでいる。私たち姉妹は才能を持っていると思う。だから私はその才能を存分に活かしたいのです。伯母様、私はあなたから援助を期待しているのです。あなたはそれを断りはしないと思います。

女性解放の歴史に革命的な足跡を残した英国の作家メアリ・ウルストンクラフトの存在は極めて大きかったが、彼女の代表作『女性の権利』が出版されてから 50 年が過ぎた 1841 年当時も英国の女性の地位はほとんど変わらなかった。「家庭教師」(governess) の身分一つを例にとってみても仕事も給料は殆ど変わらず、学校の制度も旧態依然として個人の手に委ねられていた。そのような時代背景の中で、上記のシャーロットの言葉、中でも「自分の才能を存分に活かしたい」はウルストンクラフトのそれと全く同じであり、彼女の意志と感情の強さは同じ意欲の延長線上にあったこと言える。『ジェーン・エア』のヒロイ

ンは正しくその強烈な具体的表現であった。筆者が『作家ウルストンクラフト──感受性と情熱の華』（2022年10月）に続いて本書を書いた動機の一つは正しくこの点にあったことをここで改めて申し添えておきたい。

　さて、シャーロットのこのような強い意志は、伯母はもちろん父の心をも動かした。伯母は学校の開設資金に取っておいた150ポンドを、エミリと一緒に1年間ベルギーに留学する費用として提供することを約束してくれた。こうしてブロンテ姉妹の外国留学は本決まりとなり、その旨をホワイト夫妻に伝えた。しかし家庭教師の仕事はその年のクリスマス前日まで続けた。その職業が自分に合わないことを強調しながらも実に10か月以上勤めたのである。彼女自身の言葉によると、ホワイト家での家庭教師は給料が低いが恵まれた環境にあったからである。

(3)

　1841年のクリスマスをハワースで過ごし、新しい年を迎えたシャーロットは妹と一緒に留学の準備で慌ただしい毎日を過ごした。そして2月2日遂にその日が来た。朝早くシャーロットとエミリは父パトリックと一緒にハワースを発ち、途中で彼らの案内役である親友メアリ・テイラーと兄ジョー (Joe) と落ち合って列車でロンドンに向かった。夜遅くロンドンに着いたブロンテ一家は父がかつて何度か泊ったことのある宿 (Chapter Coffee House) に投宿した。そこはかつてジョンソン博士を初めとして多くの文士の集まる男性中心の有名な宿であった。ブロンテ姉妹はロンドンが初めてであったので翌日観光で終日過ごした後、ロンドンの港からベルギーのオステンド (Ostend) に向かった。14時間 の長い船旅で、途中何度も船酔いに苦しめられた。そしてオステンドに着くと休む暇もなくコーチに乗車してブリュッセルまで長い旅が続いた。しかし彼女の強い好奇心は疲れを忘れさせてくれた。こうしてブロンテ一行がブリュッセルに着くと、その足でエジェ寄宿学校 (Pensionnat Héger) を訪れて姉妹の入学手続きを済ませた。一方父は1週間ブリュッセルに留まり、その間に有名な観光地ワーテルロー (Waterloo) 古戦場を訪ねた後、オランダ経由でフランスのカレーの港から帰国の途に就いた。

　さて、ブロンテ姉妹が入学したエジェ女学校の様子や印象そして彼女たち自身の生活について、シャーロットは5月初めにエレン・ナッシーに送った手紙

で的確に伝えている。まず初めに、「1〜2週間前（4月21日）26歳になった自分が完全な生徒に戻った気分」を次のように伝えている。

> It felt very strange at first to submit to authority instead of exercising it—to obey orders instead of giving them—but I like that state of things—I returned to it with the same avidity that a cow that has long been kept on dry hay returns to fresh grass— . . . (*Letters*, p. 35)
>
> 始めのうち私は権威を用いるのではなく権威に服すること、つまり命令をするのではなく命令に従うことをとても変に感じていました。しかし今ではあの状態が好きです。長い間干し草で育てられてきた牛が緑の草地に戻ってきたときと同じ貪欲さで生徒の身分に戻っています。

　次に学校の規模は彼女がそれまで経験してきた英国の私的な学校と比べて「非常に大きく」、生徒数は寄宿生12人と通学生40人の計52人である（その後まもなく90人になった）。学校のスタッフは校長のエジェ夫人の他に3人が常勤しており、何れも若くはないが独身の女性である。そして校長のマダム・エジェはブロンテが英国で教わったウーラー先生と比較して教養と性格共によく似ているが、一度も挫折を経験したことがないので「気難しい」(soured) ところがあるものの、結婚しているので「少し柔らかい」(a little softened) と説明する。ウーラー先生と甲乙つけ難いということは彼女をかなり高く評価している何よりの証拠であろう。

　さて次に、これら女性の常勤スタッフの他に非常勤の男性が7名いた。彼らはドイツ語、音楽、絵画、歌や書き方を教えている。彼らは生徒を含めて全員カトリック教徒の上にブロンテ姉妹とは国籍も違うので、彼らとの間に「太い境界線」を作った生活を余儀なくされる。しかしこれでも家庭教師の生活と比べると遥かにましだから、シャーロットは十分幸せな気分で過ごしていると述べる。そして最後に、校長先生の夫エジェ氏に話が及ぶと、手紙の大半を占めるほど記述が詳細かつ冗長になる。彼女の彼に対する関心の強さをこの時点ですでに明確に示している。これ以後の彼との関係の深さが彼女の作家人生に残した影響の大きさを考えるとき、この手紙の記述は極めて重要な意味を持っているので、少々長くなるが全文を引用しておく。

> There is one individual of whom I have not yet spoken Monsieur Heger the husband of Madame—he is professor of Rhetoric, a man of power as to mind,

but very choleric and irritable in temperament—a little, black, ugly being with a face that varies in expression, sometimes he borrows the lineaments of an insane Tom cat—sometimes those of a delirious Hyena—occasionally—but very seldom he discards these perilous attractions and assumes an air not above a hundred degrees removed from what you would call mild & gentleman-like. He is very angry with me just at present because I have written a translation which he chose to stigmatize as peu correct—not because it was particularly so in reality but because he happened to be in a bad humour when he read it—he did not tell me so—but wrote the accusation in the margin of my book and asked in brief stern phrase how it happened that my compositions were always better than my translations—adding that the thing seemed to him inexplicable. The fact is some weeks ago in a high flown humour he forbade me to use either dictionary or grammar—in translating the most difficult English compositions into French. This makes the task rather arduous—& compels me every now and then to introduce an English word which nearly plucks the eyes out of his head when he sees it. (*Letters*, p. 36)

私がまだ話していない人物は一人います。それはマダムの夫のエジェ氏です。彼は修辞学の教授で、知性に関しては強力ですが、非常に怒りやすい、苛々した気性です。小柄で、色が黒く、醜い男です。顔の表情が変わりやすく、時々気の狂った雄猫のような顔つきになり、また時おり錯乱したハイエナのようになります。だがごく稀に、このような危険な魅力を放棄して、あなたの言う穏やかで紳士のような表情を十分とは言えないが見せることもあります。彼は今現在私に対して非常に怒っています。何故なら、「ひどい間違い」と彼が非難した翻訳を私が書いたからです。でもそれは実際特にひどい訳ではなく、彼がそれを読んだときたまたま機嫌が悪かったからです。だが彼はそれを口に出して責めたのではなく、この本の余白に書き、そして私はどうして何時も翻訳より作文の方が立派なのか、と短い厳しい言葉で尋ねていた。そしてどうしてそうなるのか説明がつかぬと付け加えてあった。実は数週間前、最も難解な英語の文章をフランス語に訳すとき、彼は興奮した状態で私に辞書も文法書も用いることを禁じた。この命令は私の翻訳をむしろ過激なものにした。そしてやむを得ず文章の至る所に英語の単語を挿入すると、彼はそれを見たとき顔から眼が飛び出すほどびっくりしていた。

彼女はこのように書いた後、大きい学校では外国人のために授業の内容を変えないのが普通だが、エジェ教授はブロンテ姉妹のために2教科を特別に教えてくれるので、他の生徒から妬みや嫉妬を買っていると述べている。そして次のように付け加えている。"Emily and he don't draw well together at all—when he is very ferocious with me I cry—& that sets all things straight." 「エミリと彼（エ

ジェ教授）とは全然心が一つに繋がらない。一方私は、彼が私にひどく厳しいとき泣けば全てが片付く」と、シャーロット自身は彼と心が解け合っていることを仄めかしている。

　以上、シャーロットの言葉からエジェ教授は彼女に特別な「好意」(favour) を抱いていたことは明らかだが、それに応えて彼女も彼に対して特別な関心を寄せていたことは疑いない。それは最初のうち教える人と教わる人との対立と融和で始まるが、回を重ねるごとに対立が消えて融和だけが深まってゆく。そして最後には心の繋がりへと発展してゆく。上記の長い文章はその最初の段階であった。その観点から上記の一節は彼女の愛の歴史の中で極めて重要な意味を持っている。中でも特にエジェ教授の描写は『ヴィレット』の主役ポール・エマニュエル (Paul Emmanuel) の原型になっている。そしてさらに注目すべき点として、冗長とも言える詳細な記述は彼女の本格的小説の写実的表現の最大の特徴となっている。上記の文章はその原型とも評すべき重要な意味を含んでいる。

(4)

　ブロンテ姉妹がブリュッセルの学校に入学してから 5 か月が過ぎた頃（1842年 7 月）、シャーロットはエレン・ナッシーに送った手紙で次のように述べている。

　彼女たちは英国を出発したとき半年間で帰国する予定であったが、その時期を前にしてエジェ夫妻からさらに半年延ばすように勧められた。その条件として、彼女たちの得意な科目（シャーロットは英語、エミリは音楽と絵画）を他の生徒に週の一部だけ教える。その謝礼として姉妹の食事を含めた寄宿代と授業料を全部免除するという有難い条件であった。エミリは帰りたい気持ちが強かったが、姉に同意して留まることにした。彼女たちの才能が夫妻から高く評価された何よりの証であった。こうして入学してから半年が過ぎた 8 月 15 日にブロンテ姉妹はさらに半年学校に留まることが正式に認可された。

　ところが彼女たちの生徒としての日常生活はなお依然として他の生徒たちと仲良く交わることをせず、孤立したままであった。その理由についてシャーロットは 7 月にナッシーに送った手紙で次のように述べている。

If the national character of the Belgians is to be measured by the character of most of the girls in this school, it is a character singularly cold, selfish, animal and inferior—they are besides very mutinous and difficult for the teachers to manage—and their principles are rotten to the core—we avoid them—which is not difficult to do—as we have the brand of Protestantism and Anglicism upon us. (*Letters*, p. 38)

ベルギー人の国民的性格をこの学校の大部分の女生徒の性格から計るならば、その性格は奇妙なほど冷たく、利己的、動物的、そして劣悪である。彼らはその上反抗的で、先生が扱うのに苦労している。そして彼らの原則は心の底まで腐っている。だから私たちは彼らの原則を避けているが、それは決して難しくない。私たちはプロテスタンティズムと英国主義の悪名を持っているからです。

　しかしこのようなカトリック教徒のベルギー人に対する否定的態度は、エジェ氏との心が通う付き合いを通して弱くなっていたことは間違いない。留学を半年延ばしたことはその何よりの証である。シャーロットのその後の小説の中においても上記のような際立った差別意識は殆ど見られないからである。何はともあれ、ブロンテ姉妹は上述のように8月15日から生徒の身分を残したまま無給教師としてマダム・エジェの学校に留まることになった。ところがそれから2か月半後の10月末に伯母エリザベス・ブランウェル危篤の報せを受けた。そして帰国の準備をしているところへ死亡の通知が届いた。従ってブロンテ姉妹は伯母の死より9日遅れて11月8日にハワースに着いた。伯母は生前3人の姪に遺産としてそれぞれ300ポンドずつ譲渡していた。その金額は彼女たちが十数年間家庭教師を勤める額に相当するものであった。従ってその後彼女たちは最も得意とする創作に余裕を持って打ち込むことができた。彼女たちの出版された最初の作、即ちシャーロットの『教授』(*The Professor*) エミリの『嵐が丘』(*Wuthering Heights*)、アンの『アグネス・グレイ』(*Agnes Grey*)（いずれも1844～45年執筆）はこのような過程の中で書かれた。

　さて、ブロンテ姉妹は上述のように伯母の死によって1年間留学の予定を9か月半で切り上げて帰国したので、エジェ夫妻は彼女たちがブリュッセルに戻ってくることを強く望んでいた。エミリには戻る気が全くなかったが、シャーロットは内心戻りたい気持ちが強かった上に、今度は生徒ではなく教師として迎えたいというエジェ教授からの希望を受けて彼女の心は決まった。ここで見落としてならないのは、シャーロットと教授との間に師弟以上の深い繋がりが

すでにできていたことである。彼女がその学校に留学してから3か月後（1842
年5月）エレン・ナッシーに送った手紙の最後に述べた言葉「エミリと彼（教
授）とは全然心が通じていない。だが私は彼がひどく厳しく当たるとき泣けば
すべてが治まる」（31〜32頁参照）は、それをすでに予感させるに十分であっ
た。こうして彼女は一人でブリュッセルへ戻ることに決まった。

(5)

　年が明けて1843年1月27日の朝シャーロットはハワースを発ち、リーズ
(Leeds) から列車でロンドンへ向かい、夜10時ごろに着いた。従って宿は取ら
ずにそのまま港に向かった。波止場は乗客や荷物の運搬などでごった返してい
たが、彼女をベルギー行きの定期船まで運んでくれる渡し守 (waterman) に無
理矢理頼んで、暗闇の海面を危険を冒して目的の蒸気船 (Earl of Liverpool) に
やっとの思いで乗船することができた。この間の彼女の行動について、これよ
り10年後に出版された小説『ヴィレット』(Villette) で詳しく有りのままに語
られている。彼女のリアリズムの一つの典型例である。こうして彼女は2日後
の1月29日にブリュッセルのエジェ寄宿学校に無事戻った。

　それから1か月余りが過ぎた3月6日にエレン・ナッシーに送った手紙で、
その間における自分自身に関する出来事や心境について次のように述べてい
る。まず、「もちろん私はすっかり落ち着きました。仕事はさほど忙しくなく、
英語を教える以外はドイツ語の上達のため十分な時間を取っています。私自身
はとても幸せであり、この幸運に対して感謝すべきだと考えています」と述べ
た後、「エジェ夫妻こそ私が唯一心から尊敬できる二人である」ことを改めて
強調する。そして「今私はエジェ氏と彼の義弟シャンベルに英語を教えている
が、二人とも上達が非常に速い」と言う。そして最後に、先日彼が別の生徒一
人と一緒に夜のカーニバルに連れて行ってくれたことを伝えた後、親友のメア
リ・テイラーから数通手紙をもらったが、その文面からさほど幸せそうには見
えない、と次のように伝えている。

> Her *Letters* are not the *Letters* of a person in the enjoyment of great happiness—
> she has nobody to be so good to her as Mr. Heger is to me— . . . (*Letters*, p. 40)
> 彼女の手紙は大変幸せそうな人の手紙ではない。私には親切なエジェ氏がいる
> けれど、彼女にはそのような親切な人がいないのです。

この僅か2行の文章に極めて深い意味が秘められている。メアリ・テイラーは前年の10月に最愛の妹マーサを病気で亡くし、今では一人で前と同じ学校にいるのでとても寂しくて幸せではない。一方シャーロットも前年と違って一人で寄宿生活を送っているけれど、彼がいつも側にいて親切にしてくれるのでとても幸せである、という意味が秘められている。要するに、エジェ教授がもしいなかったならば、宗教も国民性も全く違う異国でとても一人で暮らせたものではない、という深い意味が隠されている。

そしてこれより2か月後（5月1日）弟ブランウェルに送った手紙に、エジェ教授に対する感情、つまり深い敬愛の念は一層鮮明に表れている。だがその前に、彼女は最近「ひどく気難しく人間嫌い」（exceedingly misanthropic and sour）になっているが、その原因は自分が教える生徒たちが余りにも愚鈍であるからだ、と次のように激しい口調でまくしたてる。

> . . . amongst 120 persons, which compose the daily population of this house I can discern only 1 or 2 who deserve anything like regard— . . . —they have not intellect or politeness or good nature or good-feeling—they are nothing—I don't hate them—hatred would be too warm a feeling—They have no sensations themselves and they excite none— . . . —being nothing, doing nothing—yes, I teach & sometimes get red-in-the face with impatience at their stupidity—but don't think I ever scold or fly into a passion—if I spoke warmly, as warmly as I sometimes used to do at Roe-Head they would think me mad—nobody ever gets into a passion here—such a thing is not known—the phlegm that thickens their blood is too gluey to boil—they are very false in their relations with each other—but they rarely quarrel & friendship is a folly they are unacquainted with. (*Letters*, pp. pp. 41–42)

……この学校の昼間の全人口120人の中で尊敬に値する人は一人か二人しかいません。……他の人はみな知性も礼節も善意も立派な感情も何一つ持っていない。彼らには何もないのです。私は彼らを憎みません。憎みは暖か過ぎる感情だからです。彼らは感動を持たず、また人を感動させません。……彼らは何でもなく、何もしません。私は彼らを教えていますが、彼らの馬鹿さに我慢ができず、時々顔を真っ赤にします。だが私が叱りつけたり、激昂したりすると思わないでください。もし私がロウ・ヘッドにいた頃に時々やったのと同じように熱くなって話したとすれば、彼らは私を気違いと思うでしょう。ここでは誰も熱くならず、またそのような感情を知らない。無感動が彼らの血を重く濁らせ、ドロドロで沸騰できなくしている。彼らは互いの関係においても厚く偽装して、滅多に喧嘩はせず、友情は彼らの感知しない愚かな行為なのです。

彼女はこのように述べた後さらに続けて、しかしただ一人エジェ氏だけは感情が豊かで知性に富んだ「真の例外」即ち "the Black Swan" であることを強調する。

> The Black Swan Mr. Heger is the sole veritable exception to this rule (for Madam, always cool & always reasoning is not quite an exception), but I rarely speak to Mr now for not being a pupil I have little or nothing to do with him— from time to time he shews his kind-heartedness by loading me with books—so that I am still indebted to him for all the pleasure or amusement I have.
>
> (*Letters*, p. 42)
>
> コクチョウであるエジェ氏はこの一般的規則に対する唯一の例外です（エジェ夫人は常に冷静で常に理性的ですので、全く例外とは言えないからです）。だが私はいま生徒ではないので、彼と関わりを持つことは殆ど、或いは全くありません。しかし時々彼は私に本をたくさん下さり、優しい心を見せてくれます。だから今もなお私の喜びや楽しみの全てを彼から受けています。

『ヴィレット』でもエジェ教授の分身ポール・エマニュエルがルーシー・スノゥの机の上に数冊の本を知らぬ間に置いている場面が幾度となく見られる。

(6)

ここで前年の5月にエレン・ナッシーに送った手紙（30〜31頁参照）と、本年3月6日に同じエレンに宛てた手紙（34頁参照）、そして上記の弟ブランウェル宛ての手紙を読み比べてみると、彼女のエジェ氏に対する感情は時を重ねる毎にますます深く強くなっていることは明らかであろう。1年前はエミリが一緒であったので彼との結びつきはさほど深くなかったとしても、今回は彼女一人であっただけになお一層彼の存在は大きくなって当然であった。上記の手紙の最後に述べた「彼の優しい心」こそ彼女の孤独を癒し、「喜びや楽しみの全て」を与えてくれる最大の恩人になっていたのである。それだけに、夏休みになって生徒も学校を離れ、エジェ一家も避暑に出かけ、一人学校に取り残されたシャーロットは寂しさに耐えかねて外に飛びだし、ブリュッセルの街中を当てもなくさ迷った。その時の様子を9月2日の妹エミリ宛ての手紙で詳しく述べている。まず、

> However, I should inevitably fall into the gulf of low spirits if I stayed always by myself here without a human being to speak to, so I go out and traverse the

Boulevards and streets of Bruxelles sometimes for hours together. (*Letters*, p. 43)
だが私は話しかける人間が一人もいない所にいつも自分一人だけで暮らしていると、必然的に気分がどん底に沈んでいきます。そこで私は外に出てブリュッセルの大通りや様々な道を渡り歩きます。

と述べた後、エミリにブリュッセルの街を思い起させようとするかのように、彼女の歩いた道を詳しく説明する。そして最後に彼女の学校のある大通り (Rue d'Isabelle) へ来たとき学校に帰りたくなかったので、反対側の通りに入ると教会 (Sainte Gudule) の夕べの鐘の音が聞こえてきた。彼女はその音に惹かれて半ば無意識の内にその建物の中に入っていった。中には数名の信者が告白 (confession) をするために待っていたので、彼らが皆カトリック教徒であることを知りながら彼女もその列に並んで自分の番を待った。そして遂に自分の番が来た時のことを次のように述べている。

I commenced with saying I was a foreigner and had been brought up a Protestant. The priest asked if I was a Protestant then. I somehow could not tell a lie and said 'Yes.' He replied that in that case I could not 'jouir du bonheur de la confesse'; but I was determined to confess, . . . I actually did confess—a real confession. (*Letters*, p. 44)
私は外国人で、そしてプロテスタントとして育てられたと切り出した。司祭は「それではあなたはプロテスタントですか」と尋ねた。私はどうした訳か嘘をつけずに、「はい」と答えた。司祭は「そうであるなら、あなたは懺悔する幸せを享受できません」と答えた。しかし私は告白することを決めていた。……そして本当に告白を、真実の告白をした。

この「真実の告白」の内容についてシャーロットは何も具体的に語っていないが、それは妻子のあるエジェ教授への抑えがたい愛を意味していたことは恐らく間違いあるまい。そして彼女をさらに苦しめたのは、エジェ夫人が彼女を疑いの目で見るようになっていたことである。従って、この頃から次第に居辛くなり、帰国の希望を匂わすようになっていた。それに気づいた教授は必死に思いとどまらせようとした。彼女は恐らくこのような悩みを司祭に打ち明けたに違いない。司祭は真剣に耳を傾け、彼の自宅を訪ねてくるように、と丁寧に場所を知らせてくれた。もちろん彼女は彼の自宅を訪ねなかったが、胸に溜まった悩みを打ち明けたので気分が多少なりとも収まったに違いない。
　しかしこの懺悔の体験は彼女の愛の歴史に最も強い影を残した。従って、こ

れより 10 年後に出版した彼女の最後の大作『ヴィレット』の中で、この時の出来事を鮮明に思い起こし、上記の手紙と殆ど同じ内容を同じ口調で述べている（第 9 章、428〜29 頁参照）。

(7)

　夏休みが終わって学校はいつもの賑わいを取り戻したが、シャーロットは日ごろ親しくしていた数名の英国人が次々とブリュッセルを離れていったので、なお一層孤独を感じるようになった。そこで彼女は思い切ってエジェ夫人に直接会って帰国の希望を伝えた。夫人は納得してくれたが、それを知った教授は激昂してそれを絶対に認めようとはしなかった。彼女は彼の怒りを鎮めるために希望を取り下げることにした。10 月 13 日のエレン・ナッシー宛の手紙はこの時の心境や言葉のやり取りを次のように伝えている。

> 　　Madame Heger is a politic—plausible and interested person—I no longer trust her—It is a curious position to be so utterly solitary in the midst of numbers—sometimes this solitude oppresses me to an excess—one day lately I felt as if I could bear it no longer—and I went to Mde Heger and gave her notice—If it had depended on her I should certainly have soon been in liberty but Monsieur Heger—having heard of what was in agitation—sent for me the day after—and pronounced with vehemence his decision that I should not leave—I could not at that time have persevered in my intention without exciting him to passion—so I promised to stay a while longer—how long that while will be I do not know—I should not like to return to England to do nothing.
>
> (Letters, p. 45)
>
> 　エジェ夫人は策士で、口先が上手で、利にさとい人物ですが、私は最早彼女を信用していません。大勢の人に囲まれながらこのように完全に孤独の状態にいることは実に奇妙なものです。私は時々この孤独にひどく悩まされ、これ以上は堪えられないという気分に最近なりました。そこで夫人と直接会って、このことを話しました。もし私が彼女だけの判断に従っていれば、私は間違いなく解放されていたでしょう。しかしエジェ氏は私が思い悩んでいることを聞いて、その翌日私を呼びつけ、そして私を絶対手放さないという彼の決意を激しい口調で告げた。あの時私は彼を激昂させずに私の意志を通すことができなかったので、しばらくここにいると約束した。そのしばらくはどの程度か分かりませんが、私はただ無為に過ごすために英国へ帰りたくありません。

　彼女はこのように述べた後、まだ話したいことは沢山あるが、それは手紙では言えない（人に知られたくない）「奇妙で謎めいた」問題だから直接会って

二人きりになったときに話すと言って筆をおいている。即ち、

> I have much to say Ellen—many little odd things queer and puzzling enough—
> which I do not like to trust to a letter, but which one day perhaps or rather one
> evening—if ever we should find ourselves again, . . . I may communicate to you.
>
> <div align="right">(<i>Letters</i>, p. 45)</div>
> 私は話したいことが沢山あります。奇妙で謎めいた些細な変な事柄が多くあり
> ます。だがそれは手紙で言いにくいので、いつか昼でも、むしろ夜にでも私た
> ちが再び二人きりになったときに、……あなたにお伝えできるでしょう。

　この「手紙では言えない奇妙で訳の分からぬ事柄」は何を意味しているのか。
彼女はこれと全く同じことを３か月半後（1844 年１月 23 日）の同じエレン宛
の手紙で述べており、しかも上記と同様にエジェ氏に対する深い感謝と敬愛の
言葉に続いて述べている点から観て（44 頁参照）、夫人の嫉妬と疑いの態度を
指していると解釈して間違いなかろう。言い換えると、上記の一節はシャーロ
ットと彼との間に師弟関係以上の深い精神的な繋がりが既にできていることを
彼の妻が察知していたことを示唆している。ギャスケル夫人がシャーロットの
伝記を書いた時、この手紙の引用文から上記の一節を削除した事実はこれを明
確に裏付けている。そのような関係は彼女の名誉を傷つけると判断したからで
ある (Gaskell, p. 267)。なお、『ヴィレット』でエジェ夫人はマダム・ベックと
して登場し、ポールとルーシーの仲を絶えず警戒している。

(8)

　結局シャーロットはエジェ氏の強い説得もあってその年の暮れまで学校に留
まることになった。その間彼女は残りの貴重な２か月半をそれまで経験したこ
とがないような多忙で複雑な心境の下で過ごしたに違いない。中でもとりわけ
彼に対する愛惜の情は生涯消し難いものがあった。彼女はその心境を帰国して
間もない頃 107 行〈28 連〉の詩に表している。これこそ彼女の偽りのない生の
告白と解釈すべきであろう。全詩を引用したいところだが長くなるので、最も
印象深い詩連だけ残して他は大意だけに留めたい。
　まず最初の７連（28 行）は、彼女が病気で授業を休んでいるとき先生が彼女
を見舞に来た時の描写で始まる。「ある日私は病床に運ばれて苦しみと戦ってい
たとき、先生がそっと私の耳元に顔を近づけて、早く良くなるのだと囁いた。私
は一瞬彼の手が私の手に触れるのを感じた。私はそれに応えようと心の中で強

く願ったが、それを言葉にも行動にも表すことができなかった。だが先生の優しさが私の回復を早めてくれた。こうして長い休みの末ようやく授業に復帰したとき、先生の顔に一瞬笑みがよぎった。そして授業が終わり、先生が私のそばを通り過ぎるとき一瞬立ち止まり、(次のように)優しく声をかけてくれた。」

> Jane, till tomorrow you are free
> 　　From tedious task and rule;
> This afternoon I must not see
> 　　That yet pale face in school.
>
> Seek in the green-shades a seat,
> 　　Far from the play-ground din;
> The sun is warm, the air is sweet:
> 　　Stay till I call you in. (29–36)

> ジェーン、明日まで君は退屈な
> 勉強と規則から解放される。
> 今日の午後私は学校で
> まだ青白い顔の君と会ってはならない。
>
> 騒がしい運動場から遠く離れた
> 緑の木陰の椅子を探しなさい。
> そこは日差しは暖かく、風は心地よい。
> そこで私が君を呼ぶまで待っていなさい。

彼女は只一人その椅子に座って胸をときめかせながら先生の呼ぶ声をじっと待っていた。すると教室の窓から先生の呼び声が聞こえたので、彼女は喜んで騒がしい校舎に再び入った。先生は「広間の中で行ったり来たりしていたが、私を見ると立ち止まり、眉間の皺が緩み、深く沈んだ目を私の方に向けた。そして元気になったようだなと呟きながら、まあ一休みしなさいと言った。私が微笑むと彼も同じように顔が緩んだ」(41–46)。こうして彼女の健康が完全に回復したのを確認すると、先生と彼女との一対一の厳しい勉強が始まった。そして遂に彼女がそれに打ち勝ったとき、先生は褒美の印として花冠を彼女の頭に載せた。その過程を全行引用しよう。

> My perfect health restored, he took
> 　　His mien austere again.
> And, as before, he would not brook
> 　　The slightest fault from Jane.

The longest task, the hardest theme
　　Fell to my share as erst,
And still I toiled to place my name
　　In every study first.

He yet begrudged and stinted praise,
　　But I had learnt to read
The secret meaning of his face,
　　And that was my best mead.

Even when his hasty temper spoke
　　In tones that sorrow stirred,
My grief was lulled as soon as woke
　　By some relenting word.

And when he rent some precious book,
　　Or gave some fragrant flower,
I did not quail to Envy's look,
　　Upheld by Pleasure's power.

At last our school ranks took their ground;
　　The hard-fought field I won;
The prize, a laurel-wreath, was bound
　　My throbbing forehead on.

Low at my master's knee I bent,
　　The offered crown to meet;
Its green leaves through my temples sent
　　A thrill as wild as sweet. (49–76)

私の健康が完全に回復すると
彼は再び元の厳しい態度を見せた。
そして以前と同様にジェーンに
ごく僅かな間違いも許さなかった。

最も長い宿題と最も難解な題材が
最初の頃と同様に課せられた。
そして私は全ての勉強において
同様に頑張って主席の座を得た。

それでも彼は不満顔で、称賛を渋った。
しかし私は彼の顔に隠された意味を、
そして私の最良の価値は何であるかを
読み取る術を習得していた。

彼は短気な気性のため
私を悲しくさせる口調で話した時でさえ、
私の悲しみは僅かな優しい言葉によって
目を覚ますと同時に眠らされていた。

そして彼が私に貴重な本を貸してくださり、
或いは香しい花を下さったとき、
私は喜びの力に支えられて
妬みの視線に怯えることがなかった。

最後に私たちの学校で順位を決める試合が始まり、
私はその厳しい戦場で勝利を収めた。
その褒美として月桂樹の冠が
私の鼓動する額に巻かれた。

私はその王冠を戴くために
先生の膝まで低く頭を下げた。
緑の葉は優しさと同時に野性的な
旋律を私のこめかみに沁み込ませた。

これはシャーロットがエジェ寄宿学校を去る3日前（12月29日）彼の計らい
で表彰式が開かれ、彼女の在学中の立派な業績に対する褒章として、フランス
語の資格免許状 (diploma) が授与された事実を語ったものである。そしてさら
に学校を去る前日教授から貴重な書籍を1冊贈呈された。従ってこれらはすべ
て彼女の野望を刺激する喜びであると同時に、彼との悲しい永遠の別れを意味
するものであった。上記に続く次の2連はそれを告白している。

The strong pulse of Ambition struck
　　In every vein I owned;
At the same instant, bleeding broke
　　A secret, inward wound.

The hour of triumph was to me
　　The hour of sorrow sore;
A day hence I must cross the sea,
　　Ne'er to re-cross it more. (79–84)

私の全身に野望の鼓動が
打つのを感じた。だが
その瞬間、密かな心の傷が
どっと血を吹き出した。

勝利の時間は私にとって
厳しい悲しみの時間でもあった。
次の日に私は海を横切らねばならない、
そして二度と戻ってこないのだ。

　それから彼女は先生の部屋に入って二人一緒に座っていた。悲しさに耐えきれず涙が溢れてきた。彼は何も言わずにじっと見つめていた。それはほんの僅かな時間だった。そして遂に出発の時間が来た。船員が急げと叫ぶ声が聞こえた。先生は「さあ行くのだと命じ、私を船の近くに連れ戻した。」そして最後の別れ際に彼女をきつく抱きしめ、次のように呟いた。

'Were you not happy in my care?
　　Did I not faithful prove?
Will others to my darling bear
　　As true, as deep a love?

'O God, watch o'er my foster child!
　　O guard her gentle head!
When winds are high and tempests wild
　　Protection round her spread!

'They call again; leave then my breast;
　　Quit thy true shelter, Jane;
But when deceived, repulsed, opprest,
　　Come home to me again!' (97–108)

君は私の世話を受けて幸せでなかったか。
私は誠実である証を立てなかったか。
他の男性は私の愛する人に対して
私ほど親切にそして深く愛するだろうか。

おお神様、私の里子を見守り給え。
おお、彼女の穏やかな頭脳を守り給え。
強風が吹き、嵐が荒れ狂うとき、
彼女の体に保護の手を広げ給え。

彼らは再び呼んでいる。私の胸から離れなさい。
君の避難所から立ち去りなさい、ジェーン。
だが君は騙され、拒絶され、抑圧されたとき、
私の許へ再び帰ってきなさい。

この詩全体はシャーロットが実際に体験したことを詠んでいるのか、それとも単なる願望、即ち「願望充足」(wish-fulfillment) に過ぎないのか、興味深いテーマであるが、筆者はこの大部分が事実に基づいた生の声であると確信している。本章で引用した彼女とエジェ氏との深い精神的結びつきを映した書簡文はそれを裏付けているが、中でもとりわけこの詩とほぼ同時期、つまり彼女が帰国してから3週間後（1844年1月23日）エレン・ナッシーに宛てた次の書簡文はそれを確実なものにしている（イタリックは筆者）。

> I suffered much before I left Brussels—I think however long I live I shall not forget what the parting with Monsieur Heger cost me—It grieved me so much to grieve him who has been *so true and kind and disinterested a friend*—at parting he gave me a sort of diploma certifying as a teacher—sealed with the seal of the Athénée Royal of which he is professor. He wanted me to take one of his little girls with me—this however I refused to do as I know it would not have been agreeable to Madame—I was surprised also at the degree of regret expressed by my Belgian pupils when they knew I was going to leave. I did not think it had been in their phlegmatic natures. (*Letters*, p. 47)

> 私はブリュッセルを去る前に随分悩みました。私はいかに長く生きても、エジェ氏との別れが私を悩ませたその悲しみを一生忘れることができないでしょう。私に対してあれほど誠実で、親切で、己を顧みない友人を悲しませたことを私は悲しく思っています。彼は別れ際にフランス語の資格認可証を下さいました。それは彼が教授をしているアテネ・ロイヤル校の印章付きのディプロマです。彼は自分の幼い子供の一人を私と一緒に（英国で教えてもらうために）連れて行ってほしいと言ったが、私は断りました。エジェ夫人は絶対許さないことを私は知っているからです。また私が驚いたことは、ベルギー人の生徒たちは私が学校を去ることを知ったとき、とても残念がり愛惜の情を示したことです。私はベルギー人の鈍感な性質の中にあのような感情があったとは思いませんでした。

　以上、本章ではシャーロット・ブロンテのほぼ2年間にわたるブリュッセル留学中の教授との深い師弟関係を中心に論じてきたが、そこで習得したフランス語を中心とした幅広い知識に加えて、彼女の作家人生に最大の影響を残したのは彼との深い触れ合い、即ち「愛の目覚め」に他ならなかった。そしてこれが彼女の4作品のうちの3作品、即ち『教授』『ジェーン・エア』『ヴィレット』の創造に決定的な影響を与えた。言い換えると、この「愛の目覚め」を経験していなければ、これらの作品は生まれてこなかったであろう。その意味におい

て今回のブリュッセルにおける単独留学は、彼女の作品解釈になくてはならない重要な価値を持っていたと言えよう。

第3章
エジェ教授への愛の手紙とその後
——『教授』執筆の背景

(1)

　1844年1月2日、およそ11か月ぶりにハワースの我が家に帰ったシャーロットは長旅の疲労と余韻の中で数日を過ごした後、ようやく落ち着きを取り戻した彼女の脳裏に浮かんだ最初の事柄は、第一に将来自立するための生活設計、つまり学校開設の問題であった。そして第二に、これは妹エミリにも洩らさなかったことであるが、エジェ教授に対する抑えがたい慕情の念であった。従って旅の疲れが癒えると彼女が最初に書いた手紙は彼宛であったに違いない。しかもそれは一度ではなく、何通か間を置かずに書いたものと思われる。というのも、彼が彼女に送った手紙で今後手紙の回数を半年に1回程度にする約束を強く求めたからである。これは当然彼の妻に対する気兼ねから出た言葉であることは言うまでもあるまい。

　しかしこれはさておき、彼女がブリュッセルから帰国して3週間後（1月23日）にエレン・ナッシーに送った手紙の結びとして、28歳を目の前にして自ら為すべき行動を次のように述べている。

> . . . there are times now when it appears to me as if all my ideas and feelings except a few friendships and affections are changed from what they used to be—something in me which used to be enthusiasm is tamed down and broken—I have fewer illusion—what I wish for now is active exertion—a stake in life—Haworth seems such a lonely, quiet spot, buried away from the world—I no longer regard myself as young, indeed I shall soon be 28—and it seems as if I ought to be working and braving the rough realities of the world as other people do—It is however my duty to restrain this feeling at present and I will endeavour to do so (*Letters*, p. 47)

……私は今日この頃私の考えや感情が、ごく僅かな友情と愛情を除いて何もかも過去の状態からすっかり変わってしまったかのように見える時があります。かつて私の情熱であったものが今ではすっかり大人しくなって壊れている。つまり幻想が以前より少なくなっているのです。今私が最も望むものは積極的な

[46]

努力です。それが生きる支えです。ハワースは外界から完全に閉ざされた孤独で静かな場所のように見えます。私自身は若いとは最早思っていません。間もなく28歳になります。だから他の人と同じように働き、そして社会の厳しい現実に立ち向かうべき時が来たように思います。しかし今はこの感情を抑える義務があるので、その努力をするつもりです。

　上記の最後の「今はその感情を抑える義務」とは、彼女の父が眼病を患い、殆ど字も読めない状態であるので仕事に出るわけにはいかない、という意味である。次に最も注目すべき言葉は「かつての情熱、即ち幻想」は今は完全に影を潜め、積極的行動に出ることの必要を痛感している点である。これは単に日常的行動だけに留まらず、彼女の創作活動にも反映している点に注目したい。言い換えると、それはロマンスからリアリズムへの移行を意味している。その具体的成果は本章の主題である彼女の最初の本格的小説『教授』(The Professor)であることを前もって指摘しておく。

　さて、シャーロットはこのような決意表明をするその一方で、エジェ教授への強い思慕の情を抑えきれずに何度も手紙を書いていた。そのような折（5月18日）、彼女のブリュッセルでの教え子 (Victoire Dubois) から、シャーロットが英語を教えていた上級クラスの生徒たちの手紙を集めた小包が彼女の許へ届けられた。彼女はブリュッセルを去る直前に教え子たちから別れを惜しむ声を聞いて大いに感激したことは、前章最後のエレン宛の手紙の中でも述べたとおりであるが、今現実に彼女たちの手紙を読んでその感激を新たにした。そこで早速次のような英語の手紙をドュボア嬢宛に書いた。平易な文章の中にも感謝と愛情のこもった表現に注目したい。

　　I cannot tell you my dear Victoire how much pleasure the packet of letters I received from the pupils of the first class, gave me—I knew l loved my pupils—but I did not know that they had for me the affection those letters express—I only fear now that they will exaggerate my good qualities and think me better than I really am.

　　It grieves me to hear that you are not quite satisfied with your present mistress—do not give way to this feeling—Be obedient, docile and studious and then I think she cannot fail to be kind to you— . . . (Letters, p. 48)

　　ヴィクトワール様、上級クラスの生徒たちが私に書いてくださった手紙の小包を手にして私はどれほど嬉しく思ったか言葉に表せません。私が生徒たちを愛していることは分かっていましたが、彼女たちがこれらの手紙で表している

ほど深く私を愛しているとは夢にも思っていませんでした。彼女たちは私の長
所を過大評価し、私を実際以上に良く思っているのかもしれません。
　あなた方は現在の先生に全く満足はしていないと聞いて悲しく思います。あ
なた方が従順で大人しく、そしてよく勉強すれば、その先生も必ずあなた方に
優しくなると思います……。

そして最後に、「もし私がブリュッセルに戻ることがあれば（それはあり得な
いと思いますが）あなたとクレメンスに本当に会いたく思います。彼女によろ
しくお伝えください」と述べている。

　シャーロットはブリュッセルで教師をしていた頃、エジェ教授の存在がなか
ったならば到底一人生活に耐えられたものでないと絶えず苦情を述べていた
が、今ではそれが懐かしさを超えて望郷の念に近い心地よい想い出になってい
た。それはこの手紙からも読み取れる。彼女は38年の短い人生の中で4篇の長
篇小説を書き上げているが、そのうちの2篇はブリュッセルを舞台にした教師
と生徒の両方の体験を元にして描かれている。そしてそこには彼女の留学時代
のベルギー人に対する強い偏見は殆ど消えている。それは単に時の流れのせい
ではなく、上記のような生徒たちの温かい言葉や手紙、さらにはエジェ教授と
の心の繋がりが彼女の心の奥深くに残っていたからである。従って、彼女にも
しこの経験がなかったならば、彼女の小説はもっと狭い退屈なものか、或いは
「アングリア」物語のような空想の世界になっていたかもしれない。そればか
りか、教授との愛の想い出があったからこそ、これら2作だけに留まらず、代
表作『ジェーン・エア』の創造も可能になったことを見落としてはなるまい。

(2)

　シャーロットのエジェ教授との師弟関係はブリュッセルに2年近く留学する
間に日を追う毎に深まり、2年目の一人での留学の間に孤独の寂しさも手伝っ
て一層強くなっていった。そして彼女が彼に英語の個人教育を始めたことによ
って二人の関係は対等になり、自ずとそこに男女の友情からさらに愛情に発展
する余裕が生まれてきた。その過程については前章で彼女自身の手紙を基に詳
しく説明したとおりである。そして彼女の帰国が決まった後の生徒たちの別れ
を惜しむ声や、教授の恩情溢れる行動や贈り物に接してなお一層忘れ得ぬ貴重
な思い出となった。彼女が帰国後エレン・ナッシーに送った手紙の中で「彼と

の別れの悲しみは一生忘れることができない」（44頁参照）と述べた言葉は彼に対する愛情の深さを如実に物語っている。そして時の経過と共にその感情が薄れるどころか、かえって一層強くなっていった。彼女が帰国後彼に送った数多くの手紙の中で現存する4通の手紙の最初の1通（1844年7月24日付）にその感情が鮮明に表れている（この4通の手紙が1913年に公表されるまでの経緯は後述）。

　手紙の冒頭、彼女が彼の返事を待たずに早々に手紙を書いたことに対する弁解の言葉で始まる。そしてその理由として、友人がブリュッセルへ行くことになったので、そのついでにこの手紙を届けてもらうために大急ぎで書いたと説明する。実は、彼女が帰国後彼宛に手紙を何度も送ってくるので、半年に1回程度にすると約束してほしいと彼は手紙の返事に書いていた。彼女はこれを思い出してこのような弁解の言葉で切り出したのである。そしてさらに彼の機嫌を取るかのように、学校が夏休みに入ったのだろうが、彼は生徒の論文審査その他で多忙を極めているので、彼女に手紙を書く暇が恐らくないのでしょう、と多少皮肉交じりの理解を示す。だが「私は今後も短い手紙を何度も書きますのでお許しください」と、彼との約束を守る気が全くないことを暗に仄めかす。そしてさらに次のように語る。使用したテキスト (Oxford World's Classics) は原文のフランス語に英語訳を加えた文であるので、筆者の意訳だけ記すことにする。

> 先日私は一度「理性を欠いた手紙」(une letter peu raisonnable) を書きましたが、心臓がねじれるほど悲しかったからです。だからもう二度とそのような手紙は書きません。これからわがままを言わないように努めます。あなたの手紙は私の人生における最大の喜びの一つですけれど、あなたが手紙を書く気になるまで私は辛抱強く待つことにします。でも私が手紙を何度も書くことをお許しください。私はフランス語を忘れるのが怖いのです。というのも私はあなたと再びお会いできると信じているからです。それは何時どのようにしてお会いできるか分かりませんが、それを強く願っていれば必ず実現するものです。その時私はフランス語が話せずに黙っていたくありません。折角あなたと会って一言も話せないほど悲しいことはないでしょう。私はこの不幸をなくすために毎日会話の本を半頁ずつ暗唱しています。(*Letters*, p. 49)

　28歳の作家を志す才女の文章とはとても考えられない、恋する乙女の男性におもねる言葉である。母国語の英語であればとても恥ずかしくてこのような

表現はできなかったであろう。しかし何はともあれ、これは彼女の偽らざる心情であったに違いない。

　さて彼女はこのように述べた後、話題を変えて彼女が現在直面している仕事について語る。彼女は年俸100ポンドの高給で迎えられているが、病身の父を一人残して出かけるわけにはいかないので、我が家の牧師館で良家の子女数名を集めて教室を開きたいと考えている。しかし都会から隔離されたこのような田舎で生徒を集めることは極めて難しい。だが自分は何もしないで自宅に籠っているのではなく、毎日執筆に精を出している。そして何年か前にサウジーとコールリッジに彼女が書いた作品を送って評価を求めたところ、どちらからも一定の評価を得た（第2参照）。従って、今も作家を目指して執筆を続けているので、もし出版できるようになればエジェ教授に献辞を捧げたいと次のように述べる。

> 私は本を1冊書いて、それを私の師匠、唯一の先生であるあなたに献上したいと心から願っています。私はこれまでフランス語で先生に対する尊敬と感謝の言葉を何度も贈ってきたが、（本の出版によって）英語で是非一度感謝の言葉を献上したいのです。(*Letters*, p. 50)

だが「作家志望の壁は高いので、当分は教師の仕事で我慢しなければなりません」と述べて筆を擱いている。

　さて第2通目は上記よりちょうど3か月後の10月24日、教授から何の返事もなくて苛々しているとき、折よく友人のテイラー兄妹がブリュッセルへ旅する途中に立ち寄ったので、彼の許へ届けてもらうため大急ぎで書いた短い手紙である。まず初めに、「5月初めと7月に手紙を出したが、それを受け取ってくれましたか」と尋ねた後、次のように述べる。

> この6か月間私はずっとあなたの手紙を待ち続けてきました。6か月待ち続けることは本当に長いですよ。にもかかわらず私は不平一つも言わず、この悲しみは十分償われるだろうと信じてきました。もしあなたは進んで手紙を書く気があるのなら、その返事をこの紳士かその妹に手渡してください。そうすればそれは必ず私の許に届くでしょう。それがいかに短い手紙でも私は満足するでしょう。(*Letters*, pp. 54–55)

　ここで注目すべきは、「6か月待ち続けた」という言葉である。つまり教授は4月末にシャーロットの許に手紙を送ってきた。それは彼女がブリュッセル

から帰国して初めて受け取った唯一の手紙であった。もちろん彼女はそれまで少なくとも数通の手紙を送っていた。だが彼の手紙は極めて冷たいもので、彼女の手紙の回数が多いことに触れて以後半年に1回にする約束を求めてきた。彼女はそれを受けて早速5月初めに返事を書いた。彼女の失望と悲しみの余り「理性を欠いた手紙」は、恐らくこの5月初めの手紙を指したものであろう。

　この手紙を書いてから彼女は2か月以上待ったが、彼から何の返事もなかった。ちょうどそこへテイラー氏が帰国したが氏からの手紙を携えていなかった。妹メアリに期待を寄せたが、彼女もまた「彼から手紙もメッセージも」もらえずに帰国した。遂に絶望の淵に突き落とされたシャーロットは年が明けた1845年1月8日、激しい生の感情をそのまま手紙にぶちまけた。最も重要な第3番目の彼宛の手紙である。正しく「炎の作家シャーロット」と呼ぶに相応しい手紙である。その中の特に注目すべき部分を少々長くなるが筆者の意訳で引用しよう。

> 私は夜も昼も眠れず休めず、眠ったとしても夢に悩まされる。あなたはいつも私に対して厳しく怒っている。私はまたあなたに手紙を書いているが怒らないでください。（手紙を書くことによって）苦しみを和らげる努力をしないで、私はどうして生きてゆけるのでしょうか。あなたはこの手紙を読んで腹を立てて、私が興奮して険悪になっていると言うでしょうね。それで結構です。私は自分を正当化せず、人の非難を甘んじて受けましょう。ただ自分で分かっていることは、私はあなたの友情を全て失ったと思いたくないこと、それが全てです。それを失ったことの後悔にさいなまれるぐらいなら、最大の肉体的苦しみを喜んで受けます。もしあなたは私から友情を完全に取り下げるのであれば、私には全く希望がありません。だがあなたはほんの少しでも友情を示して下されば、私は満足で幸せです。そして生きて働く動機を持つことができます。
>
> (*Letters*, p. 57)

ブロンテはこのように述べた後、次のようなやけくそめいた言葉でこの手紙を閉じている。

> あなたは恐らく私にこう言うでしょう。「私は君にはもう興味がない。君はもはや我が家の者ではない。私は君を忘れてしまった」と。そのようにはっきり言ってください。私にはショックで、恐ろしいことですけれど、曖昧よりも遥かにましです。

シャーロットがこのように一見「理性を欠いた」投げやりな言葉を吐くのを、筆者はこのフランス語の手紙以外に一度も見たことはない。もし母国語であれ

ば、彼女の自尊心と教養はそれを敢えて抑えていたであろう。しかしこのような激しい炎の感情は彼女の心の底に常に潜んでいたことは確かであった。彼女の理性と教養、そして本来穏やかな性格はそれを押し隠していたが、極限状態に達したときこのような感情が爆発しても何も不思議ではなかった。それが作品に具体的に表れたのは『ジェーン・エア』であった。そしてこれが読者の共感を得て未曾有のベストセラーとなった。彼女がブリュッセルに留学していた時に書いたレポートの中で、「真の詩は全て詩人の魂の中で起きる、また起きたことの忠実な表現に他ならないと確信しています」(I believe that all true poetry is but the faithful imprint of something that happens or has happened in the poet's soul.) と論じているが、このエジェ宛ての第 3 の手紙はこの観点からも極めて貴重な告白文である。

(3)

　さて、シャーロットがエジェ教授に宛てた現存する最後の手紙は 1845 年 11 月 18 日付になっている。上記の第 3 の手紙との間に 10 か月 10 日の空白がある。その間二人は一度も手紙を交わさなかったのであろうか。その答えはこの第 4 の手紙の冒頭の言葉からはっきり読み取ることができる。即ち、「沈黙の 6 か月が過ぎました。今日は 11 月 18 日で、私が最後に出したのは確か 5 月 18 日でした。だから私は約束を守って書いているのです」と。「沈黙の 6 か月」は、この半年間に教授から 1 通の手紙も来なかったことを意味している。6 月 18 日に出した彼女の手紙は現存していないのでその内容は定かではないが、この 11 月 18 日の手紙の中で、「あなたの最後の手紙は私を生き返らせてくれた。それが 6 か月間私の栄養の元になった」と述べているので、恐らく 5 月上旬に彼から（その年に）初めて待望の手紙が届き、彼女は上機嫌で 5 月 18 日にその返事を書いたのであろう。

　しかしエジェ氏からその手紙を受け取るまでは、1 月 8 日付手紙（上述）の絶望的な心境を心の奥に隠したまま 4 か月近く過ごしたに違いない。3 月 24 日のエレン・ナッシー宛ての手紙にそれが言葉となって表われている。

Sometimes I get melancholy—at the prospect before and behind me—yet it is wrong and foolish to repine—undoubtedly my Duty directs me to stay at home for the present—There was a time when Haworth was a very pleasant place to

第 3 章　エジェ教授への愛の手紙とその後　53

me, it is not so now—I feel as if we were all buried here—I long to travel—to work to live a life of action— . . . (*Letters*, p. 60)

時々私は後先の見通しについて考えると憂鬱になります。しかし愚痴を言っても愚かで空しいことです。確かに今のところ私は家に留まって義務を果たさねばなりません。かつてハワースは私にとって楽しい所でした。しかし今はそうではありません。私たちは皆ここに埋もれてしまいそうな感じがします。私は本当に旅に出たい。働いて活動的な生活をしたい。

　彼女の「旅に出たい」という言葉の裏には、ブリュッセルに戻ってそこで働きたいという強い想いが秘められていることは間違いない。その先には当然エジェ教授との再会が待っているからである。彼女のブリュッセルへの望郷の念がいかに強かったかを裏書きする手紙は、彼から手紙を受け取った5月初めから3か月後の7月31日のナッシー宛ての手紙にはっきり表れている。即ち、彼女がナッシーと夏の休暇を楽しんだ帰り道、列車の中でたまたま同席したフランス人と久しぶりにフランス語をしゃべっただけでなく、多少ドイツ語なまりに気づいたのでそれを指摘したことをいかにも楽しそうに語っている。彼女はブリュッセルでドイツ語もかなり勉強していたからなお一層得意な気分になれたに違いない。

　　I got home very well—There was a gentleman in the rail-road carriage whom I recognized by his features immediately as a foreigner and as a Frenchman—so sure was I of it that I ventured to say to him in French "Monsieur est francais n'est ce pas?" He gave a start of surprise and answered immediately in his own tongue. He appeared still more astonished & even puzzled when after a few minutes further conversation—I enquired if he had not passed the greater part of his life in Germany—He said the surmise was correct—I had guessed it from his speaking French with the German accent. (*Letters*, p. 63)

　　私は無事帰宅しました。帰りの車中で、その顔立ちから見てすぐに外国人で、フランス人と分かる紳士が一人いました。私の判断に間違いないと確信したので、思い切ってフランス語で「あなたはフランス人ですね」と話しかけました。彼ははっと驚いて、すぐに母国語でそうですと答えた。それからなおしばらく話をした後、「あなたは人生の大半をドイツで過ごしたのではありませんか」と尋ねると、彼はさらに驚いて当惑した表情をして、私の推測は正しいと答えた。彼の話すフランス語はドイツ語なまりであったのでそのように推測したのでした。

　彼女はナッシー宛の手紙でわざわざこのように述べているところを見ると、半年ぶりにフランス語を話す機会を得たことがよほど嬉しかったに違いない。

だがその背景にはエジェ教授との深い心の繋がりがあったことを忘れてはなるまい。その証拠に、これより5か月後の彼宛の第4の手紙の最後に、この部分だけフランス語ではなく英語で、この車中でのフランス人との出会いに言及している。まず、「私は（フランス語を忘れないように）手に入るフランス語の本をすべて読み、その一部を毎日暗唱している」と述べた後、次のように伝えている。

> . . . but I have never heard French spoken but once since I left Brussels—and then it sounded like music in my ears—every word was most precious to me because it reminded me of you—I love French for your sake with all my heart and soul. (*Letters*, pp. 68–69)
>
> ……だが私はブリュッセルを去ってからフランス語の会話を耳にする機会がただ一度しかありませんでしたが、その時その言葉は私の耳に音楽のように聞こえました。単語の一つ一つが私にとってすごく貴重でした。なぜなら、私はフランス語をあなたのために心の底から愛しているからです。

　このようにエジェ氏宛ての（現存する）最後の手紙は、彼とブリュッセルへの限りない愛と望郷の念で終わっているが、この手紙の大半は彼の手紙を半年以上ただ空しく待つ人の切ない思いを、繰り返し言葉を変えて訴えている。しかしそこには、10か月前（1月8日）の手紙のような「理性を欠いた」言葉は全く見られない。つまり半ば諦めの中にも冷静さを取り戻している。彼女の最初の大作『教授』はこのような心境の中で書き始め、そして4か月後の1846年3月には完成していた。従って、我々はこの作品を読むときこのような心理的背景を十分念頭に置いておく必要がある。

(4)

　1846年1月28日シャーロットは自分を含めた三姉妹の詩集の出版をエイロットとジョーンズ (Aylott and Jones) 宛に手紙で依頼し、自費出版という条件で2月6日にその原稿を送った。そして5月22日に待望の詩集がそれぞれ偽名 (Currer, Ellis, Acton Bell) の下で初めて世に出た。さらにその間彼女たちはそれぞれに書き上げた小説の出版を計画していた。そして4月6日に同じ業者にその出版を求める手紙を原稿と一緒に送付した。しかし今度は自費出版ではなく業者がその費用を負担するという条件であったので、小説の中身を検討し

た末早急に返事が欲しい、と次のようにシャーロットは三人の代理人のような言葉使いで述べている。

It is not their intention to publish these tales on their own account. They direct me to ask you whether you would be disposed to undertake the work—after having of course by due inspection of the M.S. ascertained that its contents are such as to warrant an expectation of success. An early answer will oblige as in case of your negativing the proposal—inquiry must be made of other Publishers.
(*Letters*, p. 72)

彼らはこれらの物語を自費で出版するつもりはありません。この出版を引き受けてくださるかどうか、貴殿のご意志を聞いてほしいと言っています。もちろんそれが成功するかどうか中身を十分検討して確かめた結果で結構です。そしてもしお引き受けできない場合は早急にお返事下さると幸いです。別の出版業者に依頼する必要があるからです。

　結局これら三作品の出版は断られたが、シャーロットは上の手紙でも述べているように別の業者に原稿を送ってその是非を問うた。しかし何れも断りの返事を返してきたが、諦めずに努力を重ねるうちに妹二人の作品『嵐が丘』と『アグネス・グレイ』は認められたが、シャーロットの『教授』だけは拒否された。その理由は、平凡で変化に乏しく、刺激と興奮に欠けるというのが大方の言い分であった。だが彼女はそれに挫けることなく、妹の作品の出版に時期を合わせるために新たな作品の執筆にとりかかった。それこそ彼女の代表作となった『ジェーン・エア』に外ならなかった。

　その出版を引き受けたのはロンドンの出版会社「スミス・エルダー社」(Smith, Elder, & Co.) であったが、その前に彼女はやはり『教授』の出版を優先してほしいという主旨の手紙を添えてその原稿を送付している（7月15日）。

I beg to submit to your consideration the accompanying Manuscript—I should be glad to learn whether it be such as you approve and would undertake to publish—at as early a period as possible— (*Letters*, p. 85)

同封の原稿をよろしくご審査お願いします。出版を承認できるかどうかお聞かせ願えれば幸いに存じます。できるだけ早くお返事ください。

　それから3週間後スミス氏から断りの返事が届いた。その理由はストーリが単調で「変化に富んだ面白さに欠ける」点にあった。彼女はこれまで同様の理由で何度も断られてきたので何も驚かなかった。そこで次のような手紙を改め

て送った（8月7日）。

> I have received your communication of the 5th. inst. for which I thank you. Your objection to the want of varied interest in the tale is, I am aware, not without grounds—yet it appears to me that it might be published without serious risk if its appearance were speedily followed up by another work from the same pen of a more striking and exciting character. The first work might serve as an introduction and accustom the public to the author's name, the success of the second might thereby be rendered more probable.
>
> I have a second narrative in 3 vols. now in progress and nearly completed to which I have endeavoured to impart a more vivid interest than belongs to the Professor; in about a month I hope to finish it—so that if a publisher were found for "the Professor", the second narrative might follow as soon as was deemed advisable—and thus the interest of the public . . . might not be suffered to cool.
>
> (Letters, pp. 85–86)

　今月15日付のお手紙は拝受しました。有難うございます。物語が変化に富んだ面白さに欠ける点に反対しておられますが、それはごもっともと存じます。しかしこれを出版した直ぐ後から同じ作者による一層胸を打つ刺激的な性格の作品を続けて出版すれば、深刻なリスクにならないと思います。最初の作品は第二の作品の序章として役立ち、作者の名を読者に慣れさすことにもなり、それによって第二の作品の成功の度合いが一層高まると思います。

　全3巻からなる次の作品は目下執筆中で、ほぼ完成に近づいています。私はこの作品が『教授』より一層生き生きとした興味深いものになるように努力してきました。それはおよそ1か月後に完成すると思います。従って、もし『教授』を出版する人が見つかれば、第二の作品が頃合い良く続いて出ることになるでしょう。こうして読者の興味も……冷えずにすむでしょう。

　筆者はシャーロットの意を汲んで幾分思い切った訳を付けたが、彼女の『教授』に対する思い入れがいかに強いかを十分読み取れたと思う。中でも注目すべきは、この作品を第二の作『ジェーン・エア』の「序章」にしてもよいと明言している点である。一見平凡ではあるがリアリズムに重点を置いた『教授』を、ロマンス的要素を思い切って採り入れた『ジェーン・エア』と一対にする試みは今突然思い付いた方便とは思えない。言い換えると、この二つの作品の奥には作家にとって最も重要な同じ創造的要素が秘められていたことを意味している。それは最愛の妹エミリにさえ明かすことができなかったエジェ教授への胸の奥に秘めた炎の愛に他ならなかった。我々はこれを無視してこの二つの作品を真に深く理解することができないであろう。そしてさらに7年後に出版

された『ヴィレット』にその影を強烈かつ鮮明に残している。本書の第2章「ブリュッセル留学」と第3章「エジェ教授への手紙」は、これら3作品を解釈する上で不可欠な序章的意味をもっている。そしてさらに付け加えると、第7章で論じる『シャーリ』でさえ、その徹底したリアリズムの別の世界の中で演じられるロマンスにもその愛の影を残している。以上を総合すると、シャーロットのブリュッセルにおける2年間の教室での体験は、彼女の小説のリアリズム志向の中で絶対不可欠なロマンス的要素の全ての基盤にあると言って過言ではあるまい。その観点から彼女の最初の作『教授』は彼女の生存中に出版されなかったとは言え、他の作品すべての「序章」的価値を持っていたと言えよう。

『ジェーン・エア』がその年 (1847) の10月に出版されと忽ち爆発的な人気を博したので、なお一層『教授』出版への思いが強くなった。それからおよそ2か月後の12月14日に、スミス・エルダー社の文学アドヴァイザーで、『ジェーン・エア』の出版を強く推奨したウィリアムズ (William Smith Williams, 1800–75) に宛てた手紙の中で、シャーロットは『教授』のとりわけ写実的価値を次のように力説している。

> A few days since I looked over "the Professor." I found the beginning very feeble, the whole narrative deficient in incident and in general attractiveness; yet the middle and latter portion of the work, all that relates to Brussels, the Belgian school &c. is as good as I can write; it contains more pith, more substance, more reality, in my judgment, than much of "Jane Eyre". It gives, I think, a new view of a grade, an occupation, and a class of characters—all very common-place, very insignificant in themselves, but not more so than the materials composing that portion of "Jane Eyre" which seems to please most generally—. (*Letters*, p. 93)

> 数日前『教授』をざっと読み返してみました。その最初の部分は確かに弱いことが分かりました。物語全体は事件に事欠き、総じて魅力に欠けています。しかし中盤と後半は全てブリュッセルとベルギーの学校その他に関するものばかりで、私が最も力を入れて書きました。そこには『ジェーン・エア』よりも大きい真髄と実体と現実がある、と私は評価しています。また私はその作品の中で等級や職業やある階級の登場人物についての新しい見解を示したと考えています。それらは全てが非常に平凡で、それ自体が非常に無意味なものではあるが、それらは『ジェーン・エア』が読者の大多数を楽しませた部分を構成している題材よりも平凡で無意味とは思いません。

前述のようにウィリアムズが『ジェーン・エア』の原稿を読んで大いに感動し、その出版を強く薦めた立役者であっただけに、シャーロットは『教授』の

弁護になお一層力が入ったのも当然と言えよう。しかし結局その出版は認められなかった。

　しかし彼女はこの作品の出版を簡単に諦めようとはしなかった。その証拠に、上記の手紙を書いてからしばらくして（1850 年初め頃）『教授』の出版を真剣に考えて「序文」(preface) を書いている。それは 1 頁半の短い覚書程度のものだが、上記のウィリアムズ宛の手紙で述べた主意を見事に反映している。まず、英国におけるこれ以前の作品は「余分な装飾の多い」(ornamented and redundant) 点が特徴であったが、今度の作品はこれとは逆の「素朴で飾り気のない」(plain and homely) ことを旨としている点を強調した後、その写実的価値と意味について次のように力説している。

> I said to myself that my hero should work his way through life as I had seen real living men work theirs—that he should never get a shilling he had not earned—that no sudden turns should lift him in a moment to wealth and high station—that whatever small competency he might gain should be won by the sweat of his brow—that before he could find so much as an arbour to sit down in—he should master at least half the ascent of the hill of Difficulty—that he should not even marry a beautiful nor a rich wife, nor a lady of rank. (*The Professor*, p. 3)
>
> 私は自らに言って聞かせた。即ち、私のヒーローは私自身が実際に生きた人間の働く姿を見てきたように働いて生きるべし、自分で稼がない金はびた一文たりとも受け取るべきでない、突然一瞬にして金持ちや高い身分になるべきではない、自分が手にした資産がいかに少額であっても額に汗して勝ち得たものであるべし、休息する木陰を見つけるにしても困難という山を少なくとも半分は登るべし、美女や裕福な人妻や身分の高い女性と絶対に結婚すべきではない。

　シャーロットは自らに課したこの原則を基本に『教授』のヒーローを登場させた。ところが出版業者は皆一様にこれを快しとはせず、「より想像的で詩的なもの、より高度な空想や、哀愁にたいする生得的好み、そしてより優しく、高揚した非現実的な感情に一層調和したもの」(something more imaginative and poetical—something more consonant with a highly wrought fancy, with a native taste for pathos—with sentiments more tender—elevated—unworldly) を好むことが分かったと述べる。要するに、彼ら出版業者はリアリズムの原則を好まず、50 年昔に流行した「ロマンスと感受性」(romance and sensibility) を好むことを、自分がリアリズムに執着して改めて分かった、という。

　この序文は彼女の死後、彼女の夫の手によって『教授』が出版されたときに

初めて公けにされたものであるが、この言葉の裏には小説の正論とも言うべきリアリズムが出版業者に拒否されたので、彼らの好みに従って『ジェーン・エア』を書いてみたところ意外や世紀のベストセラーになった、という皮肉が込められている。

シャーロットはこの「序文」を書いてからおよそ1年後（1851年2月初め）、『ジェーン・エア』の出版会社の支配人ジョージ・スミス George Smith, 1824–1901) にも『教授』の出版を打診したところ、快諾ではなく「お受けする」(accept) という返事を受け取った。その頃シャーロットの作家としての人気が絶頂に達した最中であり、スミス氏から絶大な信頼を得ていた。その人から必ずしも色好いとは言えない返事を受けたので、彼女の自尊心が傷つき、断りの返事と解釈した。こうして彼女は『教授』出版の執念を断ち切ってしまった。それを伝えた彼宛の手紙（1851年2月5日付）はこの作品を解釈する上で不可欠な極めて興味深い参考資料と言えよう。手紙の冒頭、「あなたはウィリアムズ氏から話を聞いて既にご存じと思うが、私は自尊心を守るために『教授』の出版を不承不承取り下げた」という趣旨の言葉で始まった後、この作品に対する限りない愛着と、それを評価しない出版業者に対して皮肉を込めて次のように述べる。

"The Professor" has now had the honour of being rejected nine times by the "Tr—de". Three rejections go to your own share; you may affirm that you accepted it this last time, but that cannot be admitted; if it were only for the sake of symmetry and effect, I must regard this martyrized M.S. as repulsed or at any rate—withdrawn for the ninth tine! Few—I flatter myself—have earned an equal distinction, and of course my feelings towards it can only be paralleled by those of a doting parent towards an idiot child. Its merit—I plainly perceive—will never be owned by anybody but Mr. Williams and me; . . . You may allege that that merit is not visible to the naked eye. Granted; but the smaller the commodity—the more inestimable its value. (*Letters*, p. 184)

『教授』は今日まで出版業者から9回拒絶されてきました。その中の三度はあなたからのものです。あなたは最後に今度こそ受け入れると断言しているようですが、私にはそれは受け入れられません。それはただ（『ジェーン・エア』との）釣り合いと効果のためだけなら、この犠牲になった原稿はまた拒絶されたと見なさざるを得ません。何れにせよ、9度目に取り下げられたのです。本当にこれほど際立った屈辱を味わった人は滅多にいないと自負している次第です。もちろんこの作品に対する私の感情は、白痴の子供を溺愛する親の気持ちに匹敵します。この作品の価値はウィリアムズと私以外の誰も分からないだろ

う、と私は率直にそう感じます。……その価値は裸眼では見えないとあなたは
仰るかもしれません。それは認めますが、品物が小さければ小さいほどその価
値は計り知れないものになります。

　またスミス氏はその原稿を預りたいと申し出たのに答えて、彼女は自分の書
斎の書庫に大切に保存しておくと述べる。その理由は、出版社に預けておくと
何時かは廃品として別の用途に使用されることを何よりも恐れているからだと
伝える。

　シャーロットはこの手紙を最後に『教授』の出版をきっぱり諦め、それに代
わって同じブリュッセル留学時代の体験を新たな見地から、中身も倍増して本
格的に書き直すことを決意した。そしておよそ 3 年後（1853 年 1 月 28 日）同じ
スミス・エルダー社から『ヴィレット』と題して出版した。

　では一体何故シャーロットはこれほどまでにこの作品に深い愛着とその出版
に強い執念を持ち続けたのか。その答えは筆者が本書の第 2 と第 3 章で力説し
てきたブリュッセルでの 2 年間の留学生活で経験した貴重な体験、とりわけエ
ジェ教授との愛の想い出があったからである。それらはすべて初めての体験で
あり、小説家を真剣に志す彼女にとって最大かつ最高のリアリズムの題材に他
ならなかった。それまでの彼女の物語の世界はハワースの牧師館とその周囲の
荒野であり、そして付き合う人間社会は弟と二人の妹に限られていた。14 歳
からロウ・ヘッドの寄宿学校に入学し、その後同じ学校の教師を 3 年間勤め、
さらに家庭教師の経験もしたが、それらはすべて少人数の狭い世界での経験に
すぎず、彼女が書く物語は空想と想像力の産物、つまり甘いロマンスの域を出
なかった。そしてこのような世界では小説に不可欠な男女のリアルな愛の主題
は期待できない。ブリュッセル留学は彼女に初めてそれを強烈かつ深刻に経験
する機会を与えてくれた。そして本書の第 3 章で詳述したように彼女の恩師へ
の熱烈な愛の告白の手紙を 2 年間にわたって書き続ける結果となった。小説
『教授』はこのような過程を経て生まれた念願の第一作であった。

第4章

『教授』
——リアリズムの奥に秘めた願望充足

前篇

(1)

　まず第1章は本小説の序文 (introductory) の意味を兼ねて、主人公クリムズ
ワース (William Crimsworth) が本題に入るまでの過去数年間の歴史について、
作者に宛てた手紙の形式で語っている。彼の父は裕福な商人であったが事業に
失敗して破産し、その後まもなく死んだ。そして母は次男のウィリアムを出産
した後、夫の後を追うように他界した。従って彼は母の顔も知らずに孤児の人
生を歩むことになった。彼は母方の二人の叔父、ティンドゥル卿 (Lord Tyndale)
とジョン・シークーム閣下 (Hon. John Seacombe) の庇護の下に置かれ、イート
ン校で10年過ごした後、独り立ちすることになった。そこで彼は叔父の後を
継いで牧師になり、彼の娘と結婚してシークームの家系を継ぐことを強く薦め
られたが、彼は断固それを断った。こうして彼は叔父との仲が断絶し、無目的
のまま兄エドワードと同じ商人の道を自分の好みに反して選択せざるを得なく
なった。このように彼が叔父への義理に背いて頑固に意地を通した背景には、
父が死んだ後の母に対する彼らの非道とも言える冷淡な振る舞いに対する怒り
が渦巻いていたからである。そこで彼は十年以上会っていない兄に縋るほかな
く、その旨を手紙で知らせて彼の家を訪ねることになった。

　ロンドンから二日間かけてヨーク州 (Yorkshire) の彼の工場から数マイル離
れた郊外の豪壮な邸宅 (Crimsworth Hall) に着いた。兄はまだ工場から帰って
いなかったのでしばらく待つことにした。やがて彼は帰ってきたが、初めて見
る兄は彼に対して全くの他人行儀で冷たく形式的な挨拶をした。そして仕事の
話は翌日することにして、今後互いの接触はあくまでも従業員と雇い主の関係
であることを強調した。兄は体格も顔立ちも立派で、いかにも成り上がりの実
業家タイプの男性であった。そこへ彼の若い妻が入ってきて彼に形式的な挨拶
をした後、夫に食事の準備ができたことを告げた。そして二人はしばらく冗談

めいた話を交わしていたが、彼女の態度は見るに堪えないほど甘ったるい媚び
を売る情婦のような姿であった。兄はこのような妻に心底惚れこんでいるよう
にさえ見えた。作者シャーロット・ブロンテはこのような女性に対して虫唾が
走るほどの嫌悪を覚えたと見えて、その不快な姿を1頁近くに渡って描写して
いる。自らの感情を包み隠さずにありったけ登場人物の口を通して語る典型例
である。その一部を引用しておく。

> She spoke with a kind of lisp not disagreeable but childish,—I soon saw also
> that there was a more than girlish—a somewhat infantine expression in her, by-
> no-means small, features; this lisp and expression were, I have no doubt, a
> charm in Edward's eyes, and would be so to those of most men—but they were
> not to mine. I sought her eye, desirous to read there the intelligence which I
> could not discern in her face or hear in her conversation; . . . (p. 11)
>
> 彼女の話し方は不愉快ではないが子供っぽい舌足らずであった。しかし間もな
> くそこには女の子っぽさ以上のものがあることが分かった。また彼女の決して
> 小さくはない顔の造作の中に幼児っぽいところがあった。このような舌足らず
> で子供っぽい表情は明らかにエドワードの目には魅力的であった。それは大抵
> の男性の目にもそうであろうが、私にはそうではなかった。私は彼女の目の中
> に知性を読み取ろうと思ってじっと見つめたが、彼女の顔にそれが認められず、
> 彼女の会話にもそれが開かれなかった。

ここで述べる「女の子っぽさ以上のもの」とは大人の「あだっぽい」(coquettish)
媚態を意味していることは言うまでもない。また「小さくもない」大人の顔に
幼児っぽい表情を見せるのも、同様の皮肉をこめた表現である。そして最後に、
このような女性に「一般の男性は魅力を感じる」と皮肉っている。

　そして最後に、暖炉の上に掛けられた女性の肖像画に目を移し、それが父の
死後競売を免れた唯一の母の形見であることに気づく。その顔は兄エドワード
の若い妻とは全く対照的な「思慮深いけれど優しい表情」をした「真剣な灰色
のまなざしに強く魅了された」という言葉でこの第1章を結んでいる。

> I had seen this picture before, in childhood; it was my mother; . . . The face, I
> remembered, had pleased me as a boy, but *then* I did not understand it, *now* I
> knew how rare that class of face is in the world, and I appreciated keenly its
> thoughtful yet gentle expression. The serious grey eye possessed for me a
> strong charm, as did certain lines in the features indicative of most true and
> tender feeling. I was sorry it was only a picture. (p. 12)
>
> 私は以前子供の頃この絵を見たことがある。それは私の母の絵だった。……私

はその顔を見るのが楽しかったことを覚えているが、その頃はまだその意味が分からなかった。しかし今はその顔が世間で滅多に見られない種類であることが分かり、その思慮深いが優しい表情をじっと真剣に見つめた。その真剣な灰色のまなざしは私にはすごく魅力的だった。真心から出た優しい感情を意味するその顔の多少の皺にも同様の魅力を私は感じ取った。だがそれが絵に過ぎないのは残念だった。

この母の肖像画は後に兄の事業の失敗と同時に再び競売に出されるが、最後に友人の手によって買い戻されて彼の手元に戻ってくる。作者シャーロットは5歳の時に母を亡くし、その面影を慕う強い気持ちを、この絵の存在に深い意味を含ませたのである。さらに言い換えると、この小説を亡き母の御霊に捧げる意味をこの絵に持たせたのである。

(2)

　第2～6章はウィリアム・クリムズワースが兄の会社で働き始めてからベルギーのブリュッセルへ新たな仕事を求めて出国するまでの生活とその経緯を具体的に興味深く描いている。従って、以上は本題に入る前の序章と解釈してよかろう。なお、第2章以下最終章まで、主人公のウィリアムは「私」すなわちナレーターを務めることによって写実的効果を高めている点に注目したい。

　まず第2章は、ウィリアムがクリムズワース邸に着いた翌朝早く目が覚め、広大な庭の散歩に出かけるところから始まる。周囲には雄大なヨーク州の景色が広がり、大きく蛇行する川面に十月の太陽の光が眩しく反射していた。しかし遠くの工場から吐き出す「蒸気と商売と機械はその景色からロマンスと静謐のすべてをずっと以前に追い払ってしまった」(Steam, Trade, Machinery had long banished from it all romance and seclusion.) と述べる。そして自分はこれからその世界へ仕事に出かけるのだと諭す。部屋に戻り朝食を済ますと、兄エドワードと一緒に一頭立て二輪馬車に乗って彼が経営する工場へ向かった。兄の馬の扱いは極めて乱暴で、まるで奴隷のように情け容赦なく鞭を打ちながら突っ走った。ここにも兄の冷酷さが読み取れる。こうして兄の工場に到着して事務室に入った。中には一人中年の事務員がいたが、席を外すように命じられた。ウィリアムと二人きりで仕事の要件を話すためであった。まずここでは兄と弟の関係ではなく、自分はあくまでも雇い主であることを強調したうえで、

年俸 90 ポンドと決して安くないので、それに見合う仕事をしてもらうが、それができなければ解雇すると念を押した。そして彼の能力を試すことから始めた。弟は兄と違ってイートン校を卒業しているので、ラテン語とギリシャ語には精通しているのであろうが、そんなものは何の役にも立たないことを強調したうえで、ドイツ語とフランス語ができるかと問うた。弟ができると答えると、早速事務員の机の引き出しからドイツの得意先に送る手紙を出させて、これをドイツ語に翻訳してみろと言った。彼はこのような仕事が得意であったので何の苦もなくすらすらと訳してしまった。これを見た兄エドワードは自らの敗北を認めたかのように背を向けて部屋を出て行った。

　続く第 3 章は、ウィリアムが根気よく真面目に卒なく仕事をしているところから始まる。そこへエドワードが入ってきて、「どうして暮らしているのか」と皮肉たっぷりに聞いた。給料は四半期ごとに支払うことになっているので、それまででの 3 か月間を借金でもして暮らすのであろうと考えていたからである。だがウィリアムは幸いイートン時代から貯蓄をしてきたので部屋を借りて自活できると答えた。兄はここでもまた足をすくわれたのである。

　第 3 章は、ウィリアムが兄の工場で仕事を初めてから 3 か月が過ぎた頃、エドワードの誕生パーティが盛大に催された。もちろんウィリアムもそこに招待された。しかし彼は殆ど誰からも相手にされず、部屋の片隅でただ傍観しているだけであった。一方、兄は多くの美女に取り囲まれて談笑していたが、いかにも満足そうに弟をあざ笑うかのような視線を投げかけた。彼は孤独感に耐えかねて、自ずと母の肖像画のある食堂へ足が向かった。彼はろうそくを手に持ってその絵の前に立ち、その顔の表情をじっと見つめた。母の顔立ちや表情、そして額と目は自分とよく似ており、母から遺伝したことを嬉しく思った。そして「母特有の美しさ」は他の人の目にはどのように映るのであろうかと考えていると、背後から「その顔には特有の味があるね」(There's some sense in the face) という声が聞こえた。振り向くと、かつて兄の家で時々見かけたことがある 30 歳前後の背の高い紳士ハンズデン (Yorke Hunsden) が立っていた。彼は兄と同じ工場経営者 (a manufacturer and a millowner) であったので本能的に彼を避けようとしたが、彼から呼び止められた。こうして二人の対話が始まり、この章の終わりまで続く。この紳士は小説の最初と最後に登場して、物語を構成する上で重要な役割を果たすことになるので、この人物の紹介を兼ねて二人

の対話の要点を説明しておく。

　彼はまず次のように切り出した。「君は何処へ行くのだ。しばらくここにいろ。舞踏室はひどく暑い上に、君は踊らないのだろう。今晩君にはお相手がいないのだな」と。彼のこのようなぶしつけな話し方や態度はウィリアムにとって不快ではなく、かえって気分を楽にした。また「目下にへりくだるような態度」(condescension) が全く見られないのがさらに快かった。こうして二人の間に話が弾んだ。話が肖像画に戻って、彼は「この絵はとても良い」と言ったので、ウィリアムが「顔が綺麗と思うか」と聞くと、「とんでもない、落ち込んだ目、窪んだ頬がどうして綺麗と言えるのか。しかしそこに個性がある。何かを考えているように見える。もし彼女が生きていれば、（一般の女性が話すような）服装や訪問やお世辞以外の話題について話ができるだろう」と答えた。そして彼女の顔には貴族の血が流れており、ウィリアムはその血を受け継いでどこか貴族的な所があると言った。一方彼の兄は父譲りの商人で、体格と容貌は（貴族のハンズデンと違って）実に立派だ。だが貴族出の女性は子供のころから躾けられ教育を受けているので（一般庶民の女性より）遥かに優れている。しかしこと美貌に関してそうは行かない。兄エドワードの若い妻と肖像画の顔と比較すれば明らかだろう、と暗にクリムズワース夫人の安っぽさを風刺する。

　そこで最後に、ウィリアムは「どうして自分はエドワードの弟であることが分かったのか」と尋ねると、「最初は分からなかったが、何度か会っているうちに貴族的一面を見たからだ」と答えた後、「世の中は不条理なものだ」(This world is an absurd one.) と述べた。ウィリアムはどうしてかと聞くと、「君自身がその最たる証だ」(yourself a strong proof.) と答えた。そして「君は本気で商人になるつもりか」と聞いたので、「3 か月前はそのつもりだった」と言った。これを聞いたハンズデンは「君は何というバカ者だ。君の顔は商人に全く似合わない」とあざ笑った後、「君の突出した理想と優越と自尊心そして誠実は、ここにいて何の役に立つというのか」(What good can your bumps of ideality, comparison, self-esteem, conscientiousness, do you here?)。そして「俺はもう知らない、好きなようにしろ」と叫んで、プイと背を向けて舞踏室の中へ入って行った (p. 23)。

(3)

　上記に続く第4章は、それからおよそ1か月後ウィリアムは仕事を終えて帰宅したが、部屋の窓が真っ暗で寒々しているのを見て入る気にはなれず、幸い月夜で気分も良かったのでそのまま郊外へ散歩に出かけた。そしてしばらく考え事をしながら歩いていると何時しかグローヴ・ストリートに来ていた。そして前方の家の門の側に人影が見えたが、そのまま急ぎ足で通り過ぎようとしたところ、「どうしてそんなに急ぐのだ」という声が聞こえた。よく見るとそれはハンズデンだった。彼らはそこでしばらく話を交わした後、結局彼の家に立ち寄ることになった。かなり広い屋敷で、玄関から廊下を通って彼の居間に入った。部屋は広くてとても居心地が良く、暖炉の側の安楽椅子に座るように勧められた。こうして二人の長い会話が始まった。

　まず初めに彼から「コーヒーか、それともワイン」と聞かれたので「コーヒー」と答えたことから始まり、ハンズデンが一房のブドウに1パイントのソーダ水で夕食を済ませるのを見て、まるで「隠者」(anchorite) のようだと言ったところ、彼は何かを瞑想しているのか全く返事がなかった。その間隙を利用して、シャーロット・ブロンテ得意の1頁近くに及ぶハンズデンの人物描写が続く。そして彼の瞑想が解けるといきなり、「君はあのような鬱陶しい家で暮らしているとはよほど馬鹿だ。どうしてグローヴ・ストリートに住まないのだ」と切り出した。「工場から遠すぎるから駄目だ」と答えると、彼は「花や緑の木々の間を毎日2〜3回往復すると健康に良い。君はそれが感じられないほどの化石 (fossil) になっている」とやり返した。そしてさらに次のように続ける。

　　What are you then? You sit at that desk in Crimsworth's Counting-house day by day and week by week; scraping with a pen on paper, just like an automaton; you never get up, you never say you are tired, you never ask for a holiday, you never talk about change or relaxation, you give way to no excess of an evening, you neither keep wild company nor indulge in strong drink. (p. 30)

　じゃあ君は何だ。君はクリムズワースの事務室の机に向かって毎日毎週座っている。まるでロボットのようにペンで紙面をがりがりかいている。君は絶対に立ち上がらず、疲れたと言わず、休みが欲しいと言わない。また気分の転換や気晴らしについて語らず、夜の遊びもせず、奔放な仲間も持たず、酒に溺れることも絶対にない。

そして最後に「人間は耐えられないことに耐えると化石と同じだ」と極めつける。

　この間黙って聞いていたウィリアムは「私の我慢強さ」(my patience) を彼がどうして知っているのかと尋ねると、彼の雄弁が再び始まる。彼はクリムズワースの事務所を何度か訪ねた間、ウィリアムが兄からまるで犬か奴隷のように扱われているのに何一つ文句を言わずに黙々と働いているのを目の当たりにしたからだ、云々と。そして最後に再び、彼の忍従ぶりを次のように揶揄する。

> How patient you were under each and all of these circumstances! . . . if you are patient because you think it a duty to meet insult with submission, you are an essential sap, . . . (p. 30)
> 君はこのようなありとあらゆる境遇の中でも何と我慢強いことか。……もし君はこのような侮辱に大人しく従うのが義務であると考えて我慢をしているのであれば、君は根っからの馬鹿だ。

　ハンズデンの言葉は一方的で棘があったが、確かに真実を突いていたので、それを黙って聞いているウィリアムは決して腹が立たなかった。彼は自分が敏感に感じる同じ相手の急所を攻撃して楽しんでいるようにさえ見えた。彼らは互いに貴族の血を受け継いだ間柄であったからだ。商売こそウィリアムに全く合わない職業であることを彼は誰よりもよく知っていたので、最後に次のように忠告する。

> As it is you've no power; you can do nothing; you're wrecked and stranded on the shores of Commerce; forced into collision with practical Men, with whom you cannot cope, for *you'll never be a tradesman*. (p. 31)
> 実際君は無力だ。君は何もできない。君は難破して商売の岸辺に座礁した。そして仕方なく商売慣れした男たちと争いに巻き込まれるが、君には到底勝ち目がない。何故なら、君は商人には決してなれないからだ。

　ウィリアムはひどく悔しかったが真実であったので、何も言わずににっこりした。ハンズデンが勝負に勝ったと思ったのかさらに力を入れて、「君は商売では何もできない。……精々金持ちの未亡人と結婚するか、遺産を受け継いだ娘と駆け落ちでもするしかないのだ」と追い討ちをかけた。ウィリアムはこれ以上話しても無駄と思い、彼の家を後にした。夜道を一人歩きながら悔しいよりも自分自身を侮辱したい気持ちになった。そして床に入った後も眠れず、

「なぜ、自分は商人になったのか」を繰り返した。

(4)

　第5章は、人生にはクライマックスというものが必ずあるものだ、という言葉で始まり、前夜のハンズデン邸での出来事は正しくそれであった。その気分をそのまま心に抱いて何時ものように工場の事務所に出勤した。そして10時を過ぎた頃いつものようにエドワード・クリムズワースが顔を出し、ウィリアムの顔を厳しい顔で見つめたが、この日はいつもと違って額に皺を寄せ、目は鋭かった。だが何も言わずにそのまま出て行った。だが、12時のベルが鳴って昼食の時間が来て、「私」（ウィリアム）は部屋を出ようとしているところへ彼が再び入ってきて、「しばらく話したいことがある」と言って「私」を引き留め、扉に鍵をかけた。そしていきなり「余計なことを言いふらす偽善者、おとなしい面をした洟垂れのおべっか使い」(Hypocrite and Twaddler! Smooth-faced, snivelling Greasehorn!) (p. 35) と怒鳴りつけた。「私」はこの最後の言葉にさすがに我慢がならず、「もう沢山だ。この辺で互いに清算しようじゃないか。私はこの3か月間この世で最もひどい扱いを受けていながら、あなたに十分仕えてきた。私の代わりの事務員を探してくれ。私は今日限りでここを辞めるから」と言った。そして自分は「偽善者」や「おべっか使い」と呼ばれる根拠がどこにあるのかと問いただすと、彼がその日の朝工場に向かう途中、群衆の前でハンズデンが彼の悪徳非道ぶりを演説している場面に来合わせたからだと説明した。前夜「私」がハンズデンの家にいたことを知り、その時「私」が一切合切告げ口をしたと誤解したのだった。そして有無を言わさず手に持っていた乗馬用の鞭で殴りかかってきた。それは一度ならず二度も「私」の頭を打ったので、裁判に訴えると言ったら急に静かになった。こうして二人の激しい争いの後、「私」は自分の所持品をカバンに入れ、部屋の鍵を机の上に置き、罵倒する彼を尻目に部屋を出て行った。外に出た時の解放感を次のように表現する。

　　A load was lifted off my heart, I felt light and liberated. I had got away from Bigben Close without a breach of resolution; without injury to my self-respect: I had not forced Circumstances, Circumstances had freed me; Life was again open to me; no longer was its horizon limited by the high, black wall surrounding Crimsworth's Mill. (p. 37)

第 4 章『教授』 69

重荷が私の胸から取り除かれた。私は身も軽く解放された感じだった。私はビグベン・クローズから離れて行った、私の決意に傷一つ付かず、また自尊心を汚すこともなく、私が境遇を突き破ったのではなく、境遇が私を解放してくれたのだ。人生は再び私の前に開けた。人生の地平線は最早クリムズワースの工場の高く黒い壁によって限られることはない。

　さて第 6 章では、上記のようにウィリアム・クリムズワースは解放感に浸りながら 3 時間以上足の向くまま夢中に歩き回って我が家に戻ったとき激しい空腹に襲われ、昼食をとっていないことに初めて気づいた。部屋に入ると暖炉に火が赤々と燃えており、「私」がいつも座る椅子に別の人が座っていた。「今晩は」とハンズデンの声が聞こえた。「私」は空腹のため苛々していたので、彼が部屋を暖めて待っていたことに対して感謝する気にもなれず、むしろ面倒な奴が来たなと思った。そして二人の会話が始まったが、彼のとぼけた態度は前夜と同じだった。「私」は彼のお陰で失職したことを告げると、ハンズデン家の血はクリムズワースのような悪党を徹底的にやっつけたくなる急進的性格なので、若い群衆の前で演説しただけだと説明する。こうして二人は互いに生真面目になり、肝心の問題に話が及ぶ。「私」は失職したので新しい仕事を今すぐにでも見つけなければならないと切り出すと、「君の叔父に頼んでみてはどうだ」と提案する。「私」は彼らとは喧嘩別れをしたので二度と会いたくないと告げると、彼はここで初めて本気になっていきなり、「君は商人にも牧師にもなりたくない。君は金がないから、弁護士にも医者にも、また紳士にもなれない。だから旅に出ることを君に勧めたい」(You won't be a tradesman or a parson, you can't be a lawyer or a doctor or a gentleman, because you've no money—I'd recommend you to travel.) (p. 43) と述べた。そこで「私」はそのような金はないと言うと、「大陸へ渡って自分に合った仕事を見つけるのだ。節約すれば 5 ポンドで行ける」と続けて述べた。そしてブリュッセルは彼が一番よく知っているのでそこへ行けと言って紙とペンを要求し、さっと推薦状を書いて封筒に入れ、それを「私」に手渡した。「私」は余りの嬉しさにお礼の言葉も忘れて早速旅の準備を始めた。ハンズデンは約束の 7 時が来た時、「お礼の言葉はどうした」と笑いながら部屋を出て行った。「私」は彼の後を追いかけようとしたが、いつかまた必ず会えると思い、明日の出発の準備を始めた。

以上で本小説の序章に相当する全6章は終わった。第7章以下はシャーロット・ブロンテがブリュッセルの女子寄宿学校 (pensionat des demoiselles) で自ら生徒と教授の両方を体験した「事実」(reality) を織り込みながら、彼女が求める理想の愛の世界を描いている。一方、序章の部分は完全な仮想の世界である。従って、小説のヒーローがベルギーへ旅立つ動機も事実とは全く異なった仮想のシチュエーションを創ることになった。小説の生命をリアリズムに求める彼女にとって、これは不本意であったに違いない。彼女がこの序章の部分に対して自ら否定的な評価を下したのは恐らくそのためであったろう（57頁参照）。ブロンテ姉妹がベルギーへ留学することになった動機と目的について、第3章で詳しく説明したとおりであるが、ブリュッセルの女学校に入学するまでの計画と、カリキュラムその他の具体的な交渉は全てシャーロット一人の手によってなされたことを改めて付け加えておく。

(5)

　さて小説の本題に入って、その最初の第7章はウィリアムがベルギーの港町オステンドに上陸したところから始まる。そしてブリュッセルに向かうまでの途中の感想を1頁以上費やして述べているが、これは全てシャーロット自身が感じた事実を記したものである。彼女の小説のリアリズムの特徴は自分の感情や体験をそのまま登場人物に映している点にある。その中から注目すべき言葉を引用すると、まず、

> When I left Ostend on a mild February Morning and found myself on the road to Brussels, nothing could look vapid to me. My sense of enjoyment possessed an edge whetted to the finest, untouched, keen, exquisite—I was young; . . . Liberty I clasped in my arms for the first time and the influence of her smile and embrace revived my life like the sun and the west-wind. (pp. 46–47)
> 穏やかな2月の朝私はオステンドを出発して、ブリュッセルに向かった時、すべてが私には新鮮に見えた。私の歓喜は鋭く繊細に研いだ絶妙の刃のように鋭敏になっていた。私は若かった。……自由を初めて私の両腕に抱きしめ、そして自由の微笑みと抱擁の影響は太陽と西風のように私の生命を蘇らせた。

と述べ、そして車窓から見たベルギーの田舎の景色を次のように描写している。

. . . narrow canals, gliding slow by the roadside, painted Flemish farm-houses, some very dirty hovels, a grey, dead sky, wet road, wet fields, wet house-tops; not a beautiful, scarcely a picturesque object met my eye along the whole route, yet to me, all was beautiful, all was more than picturesque. (p. 47)

……道路に沿ってゆっくり流れる運河、ペンキを塗ったフランドル式の農家、数件の汚い小屋、灰色の死んだ空、濡れた道、濡れた田畑、濡れた家の屋根、美しくなく、絵の様とは言えない景色が全道程を通して私の目に映った。しかし私にとって、その全ては美しく、絵以上に美しかった。

　こうしてブリュッセルの街に入り、目的のホテルに着いた。そして夕食を済ませると直ぐ床に入った。旅の疲れでぐっすり眠った。朝目を覚ました時、自分はまだヨークシャーの自分の部屋にいる錯覚を起こしたが、窓のカーテンを開けると初めて自由の身であることを実感した。部屋は非常に広く、天井も高かった。ロンドンで最後に泊った宿 (Coffee House) と比較してみた。部屋は狭くて煤けていたが居心地が悪くなかった。そして何よりもセント・ポールの鐘の音を静かな暗闇の中で聞いた喜びは忘れられないと述べた後、ブロンテ自身がロンドンで二泊した時の懐かしい想い出をそのまま記している。

　さて朝食を済ませた後、ブリュッセルへ来た唯一最大の目的である仕事を手に入れるため、ハンズデンに書いてもらった紹介状を持ってブラウン氏を訪ねることにした。これを終えるまでは町の観光など考える余裕もなかった。何度も道を尋ねながらようやく彼の家にたどり着いた。彼はその紹介状を見ると、非常に丁寧かつ愛想よく迎えてくれた。そしてしばらく考えた後、2～3の仕事を申し出てくれたが何れも商業であったので断ったところ、それでは「教授」(professor) はどうですか、と尋ねた。「私」は教授などとても無理だと答えると、「教授」とは「教師」(teacher) の意味だと教えてくれたので、喜んでそれを受け入れた。そこで早速その日の夕方の5時に彼の家でその学校の経営者でもある校長と会うことになった。それまで数時間余裕があったので、今度は思う存分観光を楽しんだ後、約束の時間に再びブラウンの家を訪ねた。すでに校長ペレ氏 (M. Pelet) が来て、彼を待っていた。互に挨拶を交わした後、早速肝心の問題について話が始まった。彼はブラウン氏を心から信用していたので、結論が早かった。食事と部屋付きで年俸千フラン〈40ポンド相当〉で、英語とラテン語を教え、余った時間は隣の女学校に出講してもよいという条件であった。ベルギーの物価は英国の半値以下であったので決して悪い条件ではなかった。

そして翌日から仕事を始めることになった。

　ここで校長ペレ氏の人物紹介が始まるが、それはシャーロットの観察眼の鋭さを裏付ける冗長とも言えるほどの精緻な描写である。その特徴を簡単に説明すると、年は40歳ぐらいで、大きさは中ほど、ベルギー人ではなくフランス人、学校の校長にしては外見は優しく厳しさがない。結論から言って「彼は前の雇い主エドワード・クリムズワースとは正しく「対照的な人物」であった。

　さて、その翌日学校へ出向いてペレ氏と会うと、早速教室を見て回ることになった。彼が教室に現れると、それまで騒がしかった生徒はペレ氏の目線一つで急に静かになった。外見はあれほど優しい彼が生徒の前では睨みの利く先生であることが分かった。彼は突然「私」に一度生徒の英語の力を試してみてはどうか、と勧めてきた。「私」は予想もしていなかったので内心狼狽したが、意を決してやってみることにした。教科書はゴールドスミスの『ウェイクフィールドの牧師』(Oliver Goldsmith's *The Vicar of Wakefield*) であった。その最初の数頁を十数名の生徒に順番に読ませ、その間「私」は一切言葉を挟まずにじっと聞いていた。生徒の発音はフランス語なまりの全くひどいものであったので、「私」は最後にゆっくりと読んで聞かせた。生徒は皆驚いて聞き入っていた。これで私の最初の授業が終わった。側でじっと見ていたペレ校長は「立派、とても立派」(C'est bien! c'est très bien.) と、満足した様子であった。そして授業が終わってから校長は「私」の住む部屋へ案内してくれた。部屋は狭くベッドも小さかったが、窓が二か所にあった。しかし一方の窓は板を打ち付けて外が見えないようにしてあった。外は隣の女学校の生徒の遊び場であったので、若い男性教師に見られては困るという女学校の校長ロイター女史 (Mdlle Reuter) の特別な配慮によるものだった。

　こうして「私」は最初の数週間を無事に過ごした。その間に習得した最良の教育方法は、生徒の性格と能力をまず知ることである。端的に言って、ベルギー人の子供は一様に動物的本能が発達しているが、知性は極めて低く鈍感である、と次のように述べている。

> Their intellectual faculties were generally weak, their animal propensities strong; thus there was at once an impotence and a kind of inert force in their natures; they were dull, but they were also singularly stubborn, heavy as lead and like lead, most difficult to move. (p. 56)

彼等の知的機能は概して弱く、彼らの動物的本能は強い。故に彼らの性質の中には無能と一種の無気力とが同時に存在している。彼らは愚鈍だが、また奇妙に頑固で、鉛と同様に重く、鉛のように動くことが極めて難しい。

そして最後に、ワーズワスの詩『虹』(*The Rainbow*) の名句 "Child is the father of man." を借りて、ベルギーの子供は大人の鏡であり、「ペレの学校はベルギー国民のほんの縮図に過ぎなかった」(Pelet's school was merely an epitome of Belgian nation.) と結んでいる。

このようなブロンテのベルギー人に対する侮蔑的な見解は、彼女がブリュッセル留学中に友人に送った手紙の中にもしばしば見られる（33, 35 頁参照）。それは両国の貨幣価値の大きな違いにもはっきり表れている。当時ベルギーの物価はイギリスの半分以下であり、経済的な理由からベルギーに住所を移す英国人もいたほどである。ブロンテのこの国民に対する蔑視はこれを半ば反映したものであろうが、何よりも宗教の違いが大きかった。プロテスタントの牧師の家に生まれた彼女がカトリック教徒のベルギー人をある種の偏見を持って見ても何も不思議ではなかったからである。このような偏見はこれより数年後に書かれた小説『ヴィレット』の中ではある程度薄れているものの、完全に消えることはなかった。

(6)

第8章は「私」の雇い主であるペレの人物評から始まる。彼はいつも実に愛想が良くて親切だが、同じ使用人の助手 (usher) に対しては極めて冷淡かつ横柄な態度を示すのを見て驚いた。その理由は彼らがフランドル人 (Flamand) だからと説明する。彼らは個人的には正直でお人よしだが、人種としてみた場合このように差別されることに作者ブロンテは厳しい批判をしている。さらに彼の女性観にも疑問を投げかける。彼は女性を "le beau sexe" と呼び、感受性を欠いた安っぽい人間と見ている。従って「私」は女性に関して彼と話をしないことにしていると述べる。これはブロンテ自身のフランス人の男性一般に対する見方と解釈してよかろう。

話が変わって、「私」がここに赴任してから 2～3 週間したころペレの母が訪ねてきて、突然お茶に招待された。彼女に連れられて居間に入ると、そこにもう一人の女性が暖炉の側に座っていた。隣の女学校の校長の母マダム・ロイタ

一 (Mde. Reuter) であった。二人の女性は息子と娘には秘密で「私」をお茶に誘ったのだと言う。その目的は、ロイターの娘ゾライド (Zoraïde) が「私」を彼女の学校の先生としてぜひ迎えたい、という希望を伝えに来たのだった。それは彼にとって願ってもない嬉しい話だった。年頃の娘と教室で毎日顔を合わす自分を想像して浮き浮きした気分でその日を過ごした。

さて第9章は、「私」即ちウィリアム・クリムズワースは女子寄宿学校の校長ロイター嬢と会って、そこの教師 (professor) になる契約を結ぶ場面を描いた僅か4頁ではあるが、作家ブロンテの文章の特徴が顕著に表われた一章である。

ペレ氏から週に4日間午後の時間を隣の女学校で教師をする許可を得たウィリアムが、その翌日ロイター嬢と会うため朝からその準備をしている場面から始まる。社会的に地位の高いインテリ女性と初めて会うので身なりに気を遣うのは当然だが、その描写は服装に無頓着な男性であることを強調している。しかし身なりに無意識に気を遣う女性特有の（ブロンテ自身の）デリケートな表現である。

> I held a brief debate with myself as to whether I should change my ordinary attire for something smarter; at last I concluded it would be a waste of labour; "Doubtless," thought I, "she is some stiff old maid, for though the daughter of Mde. Reuter, she may well number upwards forty winters—besides if it were otherwise, if she be both young and pretty—I am not handsome, and no dressing can make me so—therefore, I'll go as I am." And off I started, cursorily glancing sideways as I passed the toilet-table, surmounted by a looking-glass; a thin irregular face I saw, with sunk, dark eyes under a large, square forehead, complexion destitute of bloom or attraction, something young but not youthful, no object to win a lady's love, no butt for the shafts of Cupid. (p. 64)

私は普段着をいくらか洒落た服装に替えるべきか自問自答した結果、これは時間の無駄遣いと結論した。そして考えた、「おそらく間違いなく彼女は体の固い老嬢であろう。マダム・ロイターの娘とは言え、40歳を十分超えているのだろうから。その上、仮に彼女がそうでなかったとしても、また若くて綺麗であったとしても、私は醜男で、何を着ても同じだから、このままで行こう」と。そして私はさっと部屋を出たが、鏡を置いた化粧台の側を通り過ぎるとき横目にちらっと私の痩せた無様な顔を見た。大きな四角い額の下の窪んだ目、人を引き付ける明るさを欠いた表情、若い所もあるが若々しさがなく、女性の愛を引き付ける対象、キューピッドの矢の的にはならない自分を見た。

こうして彼は普段着のままロイター嬢と会うため彼女の学校へ出かけた。玄関に入ると廊下の奥に素晴らしい庭が見えた。ここで再びブロンテの得意の詳細かつ精緻な描写が1頁近くに渡って続く。そして女中に案内されて応接室に入って部屋を眺めていると（ここでも詳細な描写が続く）、すぐ側に一人の女性が立っていた。ゾライド・ロイター嬢だった。その姿は彼の予想とは全く異なっていた。彼女は小説前半のヒロインであるので、紹介を兼ねてブロンテ特有の緻密な人物描写を全文引用する。

> There stood by me a little and roundly formed woman, who might indeed be older than I, but was still young, she could not, I thought, be more than six or seven and twenty; she was as fair as a fair Englishwoman, she had no cap, her hair was nut-brown and she wore it in curls; pretty her features were not, nor very soft nor very regular, but neither were they in any degree plain and I already saw cause to deem them expressive. What was their predominant cast? Was it sagacity? sense? Yes—I thought so, but I could scarcely as yet be sure; I discovered however that there was a certain serenity of eye and freshness of complexion, most pleasing to behold. The colour on her cheek was like the bloom on a good apple, which is as sound at the core as it is red on the rind.
>
> (p. 66)
>
> 私の側に小柄な丸みを帯びた女性が立っていた。私より確かに年上であるが、まだ26～7歳を超えていないと思った。彼女は美しいイギリス人の女性と同じ程度に美しかった。帽子を被っておらず、髪は栗色で、カールしていた。彼女の顔は綺麗でもなく、非常に優しいわけでもなく、また非常に整っているわけでもない。しかし決して醜くはなく、表情豊かな顔をしていることを私はすでに読み取っていた。彼女の顔の特に優れた点は何か。それは賢さ、感性か。そうだ、感性だと私は思った。しかしそれはまだ保証ができない。彼女の目はどことなく穏やかで、表情が新鮮で、見ていると楽しかった。頬の色は、皮が赤ければそれと同様にその芯が健全な良質の林檎のように明るかった。

　挨拶を交わすと早速要件について話し合った。彼女は「私」の給料について用心深い遠回しの口調で年500フランを提示した。高すぎることはないが同意した。これで話が決まったが、「私」は彼女の話ぶりに魅了されてしばらくそれを楽しんでいた。とりわけ黄昏の光を受けた彼女の穏やかな表情に見惚れていた。こうして1日が終わった。

(7)

　第10章から小説の本題であるロイター女子寄宿学校における「私」の教師生活が始まる。言い換えると、小説『教授』の本命である作家ブロンテのブリュッセル留学時代の実体験を映したリアリズムの本番に入ったことになる。従ってこれまでの9章は、彼女の実体験を伴わない本題に入るための序章と解釈すればよい。第10章はこの寄宿学校における「私」の最初の授業の様子をブロンテ自身の体験に基づいて生き生きと面白く描いている。

　午前中、男子の学校で仕事を終えた「私」は正午のベルが鳴ると同時に隣の女子学校へ胸をときめかせながら向かった。途中ペレと会って「浮き浮きしているね」と冷やかされた。学校の玄関に立つと前日と同じように女中に案内されて同じ廊下を通ってゆくと、校長のロイター嬢が待っていた。彼女の態度は前日と違って、厳しい顔で丁寧に挨拶した。そして最初の授業は生徒にテキストを読ませるか、書かせるのが一番良いと勧めてくれた。私もそれに同意した。こうして教室に入った「私」は冷静を装って真っすぐ教壇 (estrade) に向かった。教壇の机の上には白いチョークと黒板消し用の濡れた雑巾が置いてあった。正面を見渡すと、14～5歳の少女から18～20歳の女性まで様々の年齢の生徒が座っていた。

　まず初めに「書き取りをするからノートを取りだして」と告げると、机の蓋を上に開いて取り出すとき、その板の蓋に生徒の顔が隠れて見えなくなった。それを良いことに最前列の生徒三人がくすくす笑いながら「まだ青二才だ」などと囁くのが聞こえた。「私」はそれを耳にして、それまで女生徒たちを「黒い上着に、束ねた髪の半天使」と想像していたので急に気分が楽になった。書き取りを始めると、問題の三人のお転婆娘が口々に「もっとゆっくり読んで」とか、「意味が分からない」とか、小声でぶつぶつ文句を言っている。「私」は意に介さずに最後まで書き取りを続けた。そして数名の生徒にノートを提出させた。その中の一人は間違いが殆どなかったので若干の訂正をして、「よくできた」と褒めながらノートを返した。一方、前列のお転婆娘のノートはただ落書だけして澄ました顔をしていた。「私」はそのノートを見るなり、何も言わずに破り捨てた。これを見た三人娘は静まり返り、その後授業は静かに順調に進んだ。

第 4 章 『教授』　77

　こうして最初の授業を終えて廊下に出ると、ロイター嬢は待っていた。「ど
うでしたか」と尋ねたので、「うまくいった」と平然と答えた。これを聞いた
彼女は急に態度が変わり、互いに「対等」(even) の関係になった。と同時に
「私」に対して馴れ馴れしく話をするようになった。それは「私」の本当の姿
を知ろうとして探りを入れているのか、それとも気を惹こうとしているのか、
いずれにせよ「私」は彼女の話を興味深く聞いた。第 10 章の最後は次の言葉
で締め括っている。

> "I am growing wiser," thought I as I walked back to M. Pelet's . "Look at this
> little real woman! is she like the women of novelists and romancers? To read of
> female character as depicted in Poetry and Fiction, one would think it was made
> up of sentiment, either for good or bad—here is a specimen, and a most sensible
> and respectable specimen too, whose staple ingredient is abstract reason." (75)
> 私はペレの宿舎へ帰る途中考えた。「私は賢くなっている。この小さな現実の女
> 性を見なさい。彼女は小説やロマンスに出てくる女性みたいじゃないか。詩や
> 小説に描かれている女性の性格について読んでみると、それは良し悪しは別と
> して感傷から成り立っている。ここ（ロイター嬢）に一つの見本がある。最も
> 物分かりの良い尊敬すべき見本がある。彼女の主要素は抽象的な理性だ」と。

　この言葉の通り彼女は次章から、真のヒロインが登場するまで主役を務める
ことになる。その相手は言うまでもなく「私」であるが、ペレがライバルとし
て興味深い役割を果たす。従って、次の第 11 章は「私」とペレとの対話で占
められている。
　ロイター嬢と長話を終えたとき既にディナーの時間になっていた。「大した
策士」だなと思いながら歩いていると、ペレと会った。時間が既に過ぎていた
ので、本来なら食事にありつけなかったが、ペレのお陰で何とか都合をつけて
もらった。食事を終えて自分の部屋に戻ろうとしていると背後から彼は「ちょ
っと話したいことがある」と言って彼の部屋へ「私」を連れて行った。そして
暖かい暖炉の前にテーブルを挟んで座った。そしてコーヒーを飲んでいると、
彼はいきなり「ロイター嬢の部屋であれほど長い間何をしていたのだ。4 時に
授業が終わって 5 時までそこにいたじゃないか」と切り出した。彼女が「話し
たいことがあるので部屋まで一緒に来て」と言ったからだと答えると、「何の
話だ」と問い詰めるので、「くだらない話さ」と受け流した。ペレは「君の腹
を探っていたのだ」と言うので、「多分そうだろう」と同意した。すると彼は

急に真剣になった、「君の弱点はセンチメンタルだから、彼女はキューピッドの矢を君の感受性の奥深くに打ち込んだのだ」と述べ、さらに「さあ正直に話すのだ。彼女は君より多分３歳年上だが、まだ十分若い。彼女は君に取って可愛い母の優しさと妻の愛情の二つを結び付けた魅力がある」と詰め寄ってきた。

　こうして二人の間に彼女を巡って様々なやり取りが１頁以上続く。そして最後に「彼女は結婚する気があるのだろうか」と聞くと、彼は急に大真面目になって次のように本音を吐く。

> Marry! Will birds pair? Of course it is both her intention and resolution to marry when she finds a suitable match . . . ; no one likes better to captivate in a quiet way. I am mistaken if she will not yet leave the print of her stealing steps on thy heart, Crimsworth. (p. 79)
>
> 　結婚？　鳥が番うように？もちろん適当な相手が見つかれば、結婚することは彼女の意図であり、決断でもある。……彼女は誰よりもうまく静かな方法で相手を摑まえたいのだ。クリムズワース、君のハートに彼女はそっと足跡を残そうとしているに違いない。きっとそうだ。

　「私」はそれをきっぱり否定すると、ペレは「だが猫が爪を隠す諺通りそっと歩み寄ってくる」(But the soft touch of a patte de velours) と言った。彼女はそのような女性ではなく、「型どおりで控えめ」(all form and reserve) だと言うと、彼はなおも続けて「彼女は巧みな建築家」だから、「最初に地盤を固め、次に愛情の床を作り、そして最後に愛の大邸宅を完成するのだ」と突き放した。

　彼はここまで行ったところで急に話題を変えて、女子寄宿学校の有名な三人のお転婆娘──言い換えると「三人の名うてのコケット」(three arrant coquettes) ──について話を始めた。そして最後に、彼女たちの誘惑に負けてはいけないと警告しながら、これはすべて冗談と笑い飛ばしたところでこの第11章を終えている。

(8)

　第12章は小説前半のクライマックス、つまり物語の最初の山場であり、ここから小説の本題に入ってゆく。だがその前にブロンテが最も得意とする超精密な人物描写、つまり彼女特有のリアリズム（写実的表現）の典型例が見られる。それは第10章の三人のお転婆娘の描写に続いて、今度は留学生ばかりが

集まる第2教室の最も特徴的な生徒数名の描写である。これらは全てブロンテ自身が留学中に実際に目にした姿を想い起しながら描いたものであろう。彼女の小説におけるリアリズムの真価は正しくここにある。

「私」ウィリアム・クリムズワースはロイター女子寄宿学校で英語を教えるようになってから、それまで女生徒について抱いていた理想と現実のそれとの差の大きさに毎日驚かされている、という言葉で始まる。その具体例として、オーレリア (Aurelia)、アデール (Adèle)、ジュアナ (Juana) の三人を挙げ、それぞれについて第10章の三人の「名うてのコケット」以上に精密に描写した後、彼女たちは全て実在の女性がモデルであったことを強調している ("These three pictures are from life.")。これら三人は何れも国籍が違い、それぞれに特徴があるが決して褒められたものではない。そして最後に、第10章でも登場したシルヴィという生真面目な娘について再び言及する。しかしその真面目さはカトリック教の修道女的な自由のない拘束されたものであると手厳しい批判に変わっている ("destined as she was for the cloister, her whole soul was warped to a conventual, . . ." 「修道院へ行くように運命づけられ、彼女の魂は全て修道院風に歪曲されている」)。このようにブロンテのカトリック教に対する厳しい態度は一貫している。敬虔なプロテスタントであるブロンテは、大部分がカトリック教徒の生徒に対して厳しい批判的ないしは排他的な態度を見せたのもやむを得なかったのかもしれない。1842年7月にエレン・ナッシーに送った手紙の中でベルギー人の生徒全般について述べた侮蔑に近い悪評をここで是非想い起す必要があろう(第2章33, 35頁参照)。

さて上記の3人の生徒に続いて、今度は3人の女性教師について言及している。そしてこれもまた実在の教師を名を変え、多少色を付けて小説の中にそのまま採り入れている。まず、1842年5月のエレン・ナッシー宛ての手紙では、

There are 3 teachers in the school Mademoiselle Blanche—mademoiselle Sophie & Mademoiselle Marie—The two first have no particular character—one is an old maid & the other will be one—Mademoiselle Marie is talented & original—but of repulsive & arbitrary manners which have made the whole school except myself and Emily her bitter enemies. (*Letters*, p. 35)

学校には三人の教師、ブランシュ嬢、ソフィ嬢、マリ嬢がいます。最初の二人は特別な人物ではない。その一人は老嬢で、他の一人もそろそろ老嬢です。マリ嬢は才能があり、個性的ですが、よそよそしく身勝手な態度があるので、私

自身とエミリ以外の全ての生徒からつまはじきされている。

と伝えているが、小説では次のように述べている。

　　The teachers . . . were three in number, all French, their names Mesdemoiselles
　　Zéphyrine, Pélagie, and Suzette, the two last were common-place personages
　　enough; their look was ordinary, their manner was ordinary, their temper was
　　ordinary, their thoughts, feelings and views were all ordinary— . . . Zéphyrine
　　was somewhat more distinguished in appearance and deportment than Pélagie
　　and Suzette, but in character, a genuine Parisian coquette, perfidious, mercenary
　　and dry-hearted; . . (p. 86)

　　教師は三人、全てフランス人で、彼女たちの名はゼフィリン嬢、ペラジ嬢、
　　スゼット嬢だ。あとの二人の顔は普通。態度も普通、気性も普通、彼女たちの
　　感情と意見も全部普通。……ゼフィリンはペラジやスゼットと比べると姿と動
　　作が幾らか際立っているが、性格は生粋のパリっ子的コケットで、不誠実にし
　　て打算的、そして冷淡だ。

そして他にもう一人女性の教師がいるが、彼女は別の狭い部屋で裁縫や編み物
そして手芸などを教えているので、滅多に会う機会もなく、彼女の性格など知
る由もない。ただ見たところ「教師にしては少女っぽく、それ以外に目立った特
徴はない」(she had a very girlish air for a maitresse, otherwise it was not striking,
of character.)。そのような訳で、生徒から絶えず「謀反」を起こされている。
彼女は学校の外に住んでおり、名は本小説のヒロイン「アンリ嬢」(Mdlle.
Henri) である。だが彼女についてはここで打ち切られ、関心の的は小説前半の
主役ロイター嬢に向けられてゆく。

　まずロイター嬢について、上記 4 人の女性教師とは対照的に、「賢く、聡明
で、愛想のよい校長は鬼火が一杯の沼地の上空で輝く不動の星のようだ」(the
sensible, sagacious affable Directress shone like a steady star over marsh full of
Jack o'lanthorns.) と述べ、彼女自身もそれを自覚しているので振舞いに自信と
余裕を持っている。また生徒に対しては、叱ったり罰したりする行為は全て部
下の教師たちに任せ、自分は許して褒めるだけの仕事だから生徒からは常に尊
敬の眼差しで迎えられる。そして男性の非常勤講師に対しても「巧みな手法」
を用いて強い影響を与えている。中でも「私」に対して、次のような方法で迫
ってきたと述べる。

Me, she still watched, still tried by the most ingenious tests, she roved round me, baffled yet persevering; I believe she thought I was like a smooth and bare precipice which offered neither jutting stone nor tree-root, nor tuft of grass to aid the climber. Now she flattered with exquisite tact, now she moralized, now she tried how far I was accessible to mercenary motives, then disported on the brink of affectation— . . . (pp. 87–88)

私を彼女はじっと見つめ、最も巧妙な試みで私をなおも試し、私の周りをうろつき、挫折させられてもじっと我慢していた。私がまるで、よじ登る助けになる突き出た石や木の根や草の束が全然ない滑らかな裸の岩壁の様だ、と彼女は思っていたのであろう。だから彼女は、ある時は絶妙な技でお世辞を使い、ある時は説教し、またある時は金目的で私にどの程度近付けるか試し、それから愛情一歩手前の仕草を楽しんだ。

　一方、「私」は彼女の誘惑を何度も巧みにかわしたが、彼女は懲りずに根気よく「私の秘密の小箱」の中に手を触れようとした。こうしてある日、授業が終わった時、少々風邪気味で咳をしていると、彼女が近寄ってきて優しく「顔色が良くないわね」と言って、近くの部屋で新鮮な飲み物を用意してくれた。そして翌日また彼女と会って、今度はさらに優しく教室まで付き添い、別れ際に彼女は手袋を脱いで握手をしてくれた。そのとき彼女の明るく微笑んだ顔はとても魅力的だった。そして授業が終わると隣の部屋で待っていた彼女は「あまり無理をしてはいけない」と言いながら、天気が良いので庭を「少し散歩してみてはいかが」と誘った。「私」は何も言わずに彼女を振り向きながら廊下を通って庭に出た。そして次の瞬間、「白い花が咲く果実の木で縁取られた小道」を彼女と肩を並べて歩いていた。その後の情景を次のように述べている。

The sky was blue, the air still, the May afternoon was full of brightness and fragrance; released from the stifling Class, surrounded with flowers and foliage, with a pleasing, smiling, affable woman at my side—how did I feel? Why—very enviably. . . . I gave my arm to Mdlle Reuter and led her to a garden-chair, nestled under some lilacs near. She sat down, I took my place at her side; . . .

(p. 89)

　空は青く、空気が静かな5月の午後は明るさと芳香で満ち溢れていた。息苦しい教室から解放され、花と木の葉に包まれ、楽しそうに微笑む愛想のよい女性を側において、私はどのように感じた？　非常に妬ましく思われる気分だった。……私はロイター嬢に私の腕を預け、近くのリラの木陰の庭園の椅子まで導いていった。彼女は腰を下ろし、私は彼女と並んで座った。

彼女は気楽に話しかけ、「私」は耳を傾けた。その瞬間「啓示を受けたように愛してしまいそうになった」ので、気を紛らすために花を2~3本摘んで彼女に与えようとすると、彼女は立ち上がって側のリラの木から花を摘んで優しく丁重に「私」に手渡してくれた。「私はそれを受け取り、今はともかく、未来に希望を持って彼女と別れた。」

　その夜はさすがに眠れず、窓辺に座って庭を眺めながら昼間一緒に過ごした彼女の姿を思い浮かべていた。「彼女は世間で言われる美人ではないが、彼女の整った顔が好きだ。彼女の茶色の髪、彼女の青い目、あの生き生きとした頬、あの白いうなじ、すべてが私の趣味に合っている」云々と。そして結婚する場合、宗教上の違いを乗り越える手立てまで考えを巡らせていた。そして庭の向こうの建物に目をやると、彼女の部屋の窓から明かりが見えた。彼女も眠れずに起きているに違いないと「私」は思った。辺りはますます静けさを増してきた。だがその時近くの木陰から人の話し声が聞こえてきた。そして間もなく男女が互いに手を組んで歩いている姿が見えた。驚いたことに、二人はフランソワ・ペレ氏とゾライド・ロイター嬢だった。耳を澄ませると、二人は結婚の日取りを話し合っていた。ペレ氏の方は1日でも早く結婚したい様子だったが、彼女は8月の夏休みまで待ってほしいと言っているように聞こえた。それから話が「私」に及び、「私」が彼女を好いていることに対してペレ氏は強い嫉妬を抱いており、彼女はそれを心中大いに楽しんでいるように見えた。ペレ氏が彼女に真剣に訴えている言葉を引用しよう（英訳）。

　　Cruel Zoraïde! You laugh at the distress of one who loves you so devotedly as I do, my torment is your sport; you scruple not to stretch my soul on the rack of jealousy for, deny it as you will, I am certain you have cast encouraging glances on that school-boy, Crimsworth; he has presumed to fall in love, which he dared not have done unless you had given him room to hope. (p. 92)

　　残酷なゾライド、君は私のように真心から愛している人が困っているのを見て笑っている。君は私の苦悩を楽しんでいる。君は私の魂を嫉妬の拷問台に横たえて平気でいられる。さあ本当のことを言ってくれ。君はクリムズワースというあの若僧に色目を使っていることは確かだ。彼は図々しくも愛してしまったのだ。君が彼に希望の余地を与えさえしなければ愛する勇気が出なかったろうに。

　これに対して彼女は「彼が私を愛していると思っているの」と問い返すと、ペレ氏は「完全に」(Over head and ears) と答える。彼女はそれを誰から聞い

たのかと聞くと、彼は「彼の顔を見ればわかる」とペレ氏は答える。彼女はそれを聞いていかにも「満足そうに媚びた笑い顔」を見せた。ペレ氏はなおも執拗に、彼女が「私」を本当に愛していないという確かな言質を得ようと食い下がっていた。彼女はそれを存分に楽しんだ末、遂に次のように「私」を否定した。

> What folly! How could I prefer an unknown foreigner to you? And then—not to flatter your vanity—Crimsworth could not bear comparison with you either physically or mentally; he is not a handsome man at all; some may call him gentleman-like and intelligent-looking, but for my part— (pp. 92–93)
> なんと馬鹿な、私は見知らぬ外国人をあなたよりどうして好きになるのでしょう。その上、あなたにお世辞を言うわけではありませんが、クリムズワースは身体的にも精神的にもあなたとは比べ物になりません。彼は全然ハンサムではない。ある人は彼を紳士的だとか、知的な顔をしていると言いますが、私自身は――

　彼等が遠ざかって行ったので、続きは聞こえなくなった。しばらくすると、ペレ氏が自分の部屋に入って行く足音が聞こえ、ロイター嬢の部屋の明かりが消えた。そして「私の愛の火も消えたが、その夜はよく眠れなかった。」以上で小説前半のクライマックスである第12章が終わり、本題の新たな愛が始まる。

(9)

　第13章は小説のヒロイン、フランシス・アンリ (Frances Henri) 登場の場面である。「私」は何時ものようにロイター女子寄宿学校へ午後2時5分前に登校した。まだ午後のミサが行われていた。5分間待って教室に入ろうとしたときロイター嬢と会った。彼女は教壇まで私についてきて、何時もと変わらず愛想よく「気分がすっかり良くなりましたか」と話しかけてきたので、私は「昨夜あなたはとても遅く庭を歩いていて風邪をひきませんでしたか」と逆に聞いてやった。彼女はその意味が分かって一瞬顔色が変わったが、すぐに冷静さを取り戻して教壇から離れて自分の椅子に座った。「私」はそのまま授業を始めたが、彼女は編み物に熱中しているように見えた。「私」は生徒に英語の作文をさせている間に彼女の顔の表情をじっと観察していた。その時の表情や動作についてブロンテは例によって詳細かつ極めて精密に約1頁に渡って描写している。これがブロンテ文学の最大の写実的描写の特徴であるので全文引用したいが長すぎるので、その典型例として最後の一節を記載しておく。

Presently I discovered that she knew I was watching her, for she stirred not, she lifted not her crafty eyelid; she but glanced down from her netting to her small foot, peeping from the soft folds of her purple merino gown, thence her eye reverted to her hand, ivory white, with a bright garnet ring on the fore-finger and a light frill of lace round the wrist; . . . in these slight signs I read that the wish of her heart, the design of her brain was to lure back the game she had scared. A little incident gave her the opportunity of addressing me again. (p. 96)

やがて間もなく私が彼女をじっと見つめていることに気付いたことが分かった。何故なら、彼女は微動もせず、巧妙な瞼を上げることもなく、ただ視線を編み物から、紫色のメリノ羊毛のガウンの柔らかい折り目から覗いている自分の小さな足へ移し、さらにそこから人差し指にガーネットの指輪をはめた象牙のように白い手と、手首に巻いた軽いフリルの方へ目をそらした。……このような軽い仕草の中に、彼女の心の願望と頭脳の計略は彼女の怯えた獲物（私）を罠にかけて取り戻すことである、という意図を読み取ることができた。その時ささいな出来事が起こり、再び私に話しかける好機が彼女に訪れた。

　この「些細な出来事」とは、ちょうどその時一人の生徒が教室に入ってきて、空いた席に座ったからである。この生徒こそ正しく小説のヒロイン、フランシス・アンリであった。ロイター嬢はこの「些細な出来事」を好機と捉えて教壇に上がり、「私」の耳元で彼女が英語の授業を受けに来た事情について話し始めた。以下、それを要約すると、アンリはこの学校の生徒ではなく、裁縫と手芸などを教えている先生である。彼女は正規の教育を受けてはいないが志は高く、気立ても良いので、ロイター嬢の特別な計らいで英語の授業を受ける許可を与えられた。彼女は実力も威厳もないので、生徒から馬鹿にされて授業が混乱している。だが彼女は非常に貧しく、教師を辞めるわけにはいかない、とロイター嬢自身の善意と温情で彼女がここにいられることばかり宣伝しているので「私」はしびれを切らし、生徒に向かって「作文ができましたか」と言ってそれを集めるため教壇を下りた。そして作文を順番に集めながらアンリの側に来た時、「次から遅れないようにしなさい」と注意した。「私」はその時彼女の顔を見なかったので、彼女の反応が分からなかったが、それからしばらくして彼女の方を見ると空席になっていた。だがその時「私」は特別気にもかけなかった。ベルギー人はそれほど感受性が強いと思っていなかったからである。

(10)

　第14章後半の全2頁は小説のヒロイン、フランシス・アンリ嬢の人物描写で占められている。一人の人物描写にこれほど詳細かつ精密に書かれた文章はブロンテの全作品の中でもこれに類するものは他にない。彼女は作者の分身として登場しているだけになお一層注目に値する。

　ある日「私」は何時ものように教室に入ると、後ろの席にアンリが座っているのに気づいた。授業が始まって生徒に作文をさせている間に「私」は眼鏡をかけて改めて彼女をはっきりと見た。こうして彼女の表情や顔立ち、そして仕草や服装に至るまで詳細に描写し、そこから彼女の性格まで読み取ろうとしている。骨相学に関心の深いブロンテ特有の文章である。このように詳しく書いてもなお不十分と見えて、肖像画を得意とするシャーロット・ブロンテらしく次のように付け加えている。

> Now Reader—though I have spent a page and a half in describing Mdlle. Henri I know well enough that I have left on your mind's eye no distinct picture of her; I have not painted her complexion, nor her eyes, nor her hair, nor even drawn the outline of her shape. (p. 103)
>
> さて読者よ、私はアンリ嬢について1頁半を費やして論じてきたが、読者の心の目に彼女の明確な姿を焼き付けていないことを十分承知している。彼女の顔の表情、彼女の目、彼女の髪を描いていない。また彼女の体の輪郭について描いてさえいない。

ブロンテはこのように述べた後、その日の授業の後半に入って、生徒が書いた作文を集めていく過程でアンリの作文を見て、意外にもその立派なのに驚いた「私」が感情を隠し、ただ "Bon" とだけ頁の下に書き添えた。それを見た時の彼女の表情を次のように述べて第14章を閉じている。

> She smiled, at first incredulously, then as if reassured, but not lift her eyes; she could look at me it seemed, when perplexed and bewildered, but not when gratified; I thought that scarcely fair. (p. 103)
>
> 彼女は最初信じられないように、それから改めて確信したかのように微笑んだ。だが彼女は私を見上げることができなかった。彼女が満足した時ではなく、困惑したり当惑したとき私を見つめることができるようだった。だがそのやり方は公平ではないと思った。

第15章は、それから幾日か過ぎたある日、教室でアンリにテキストを読ませたところ、発音は英国人そっくりの見事なものだった。「私」は驚いたが言葉や表情に表すことなく過ごした。だが授業が終わってから彼女に近づいて、「以前に英語の授業を受けたことがあるのか」また「英国で暮らしたことがあるのか」と尋ねたところ、いずれも "No" であった。だがその時「私」は彼女の本の表紙の隅に "Frances Evans Henri" とサインしてあるのを見て、母が英国人であることが分かった。そこで「私」はさらに話を続けようと思っているところへ、ロイター嬢が近寄ってきてアンリを遠ざけ、彼女の問題について話し始めた。例によって彼女の話は長いので要約すると、アンリは教室で裁縫や手芸を教えているが、生徒がいつも騒いで全く抑えが利かないので辞任したいと申し出た。彼女は非常に貧しく、この仕事が生活の唯一の支えになっている。ロイター嬢は彼女に同情してこの仕事を与えたことを強調する。そこで男性の「私」が彼女に、いかにすれば生徒が静かになるかを教えてあげてほしい、というのが彼女のたっての願いであった。女性のロイターが話すと彼女の感受性に触れて、却ってこじれてしまうからである。

「私」は彼女の「長広舌」(harangue) にうんざりしたので、「失礼」と言って彼女から離れたが、彼女はなおも話したげにじっと「私」を見つめていた。彼女は先日の夜の事件（ペレ氏との逢引き、82～83頁参照）で弱みを握られているので、それ以来彼女は「私」に対して弱い態度に出るようになっていた。以下これについて第15章の最後まで1頁近く説明が続く。その最初の数行だけを引用しておく。

> Her manner towards me had been altered ever since I had begun to treat her with hardness and indifference; she almost cringed to me on every occasion, she consulted my countenance incessantly and beset me with innumerable little officious attentions. (p. 107)

彼女の態度は、私が彼女に対して厳しくすげなく扱うようになって以来一変した。彼女は機会あるごとに私に半ばへつらい、絶えず私の顔色を窺い、そして無数の差し出がましい心配りで私を包囲攻めにした。

後篇

(1)

　第15章で前篇の主役ロイター嬢の性格と役割はほぼ説明しつくされた。後篇はいよいよ本書のヒロイン、フランシス・アンリが完全な主役の座を占める。第16章はその第1章と解釈して言ってよい。彼女のヒロインとしての真髄は、「私」が教室で彼女を観察し始めてから2週間が過ぎた頃、「アルフレッド大王と百姓小屋」と題して自由に作文を書かせた時だった。他の生徒は皆いい加減な短いものを提出したが、ただアンリだけが数頁に及ぶ労作を提出した。「私」はそれを家に持ち帰って丹念に読んだ。第16章の前半はその作文の内容で占められているが、結論として彼女の才能を次のように絶賛している。

> The girl's mind had conceived a picture of the hut, of the two peasants, of the crownless king; she had imagined the wintry forest, she had recalled the old Saxon ghost-legends, she had appreciated Alfred's courage under calamity, she had remembered his Christian education and had shewn him, with the rooted confidence of those primitive days, relying on the scriptural Jehovah for aid against the mythological Destiny. This she had done without a hint from me, I had given the subject, but not said a word about the manner of treating it.
>
> (p. 112)

> アンリは百姓小屋と二人の農夫と王冠を奪われた王様の姿を心の中に描いた。彼女は冬の森を想像し、古いサクソン人の亡霊伝説を想い起した。彼女はアルフレッドの逆境下における勇気を称え、彼のキリスト教の教育を想い起した。そしてあの原始時代の根深い確信を持って、神話的運命に対して聖書のエホヴァを信じる彼の姿を描いた。彼女はこれらをすべて私からのヒントなしに書き上げた。私はただ題材だけを与え、その扱い方については一言も教えなかった。

　アンリのこのような才能はブロンテ自身がブリュッセル留学時代にエジェ教授から個人教育を受けた時の体験、つまりこれと同様の作文を数多く書いて教授を驚かせた体験をリアルに反映させたものである。そして彼女自身もこのような作文を書くことによって作家としての修練を積んだことをはっきり認めている。小説の中では、教師の経験をしたブロンテ自身とエジェ教授の二役を演じる「私」はアンリの才能に対して絶賛を惜しまなかった。彼は次のように述べている。「私はその作文を楽しんで読んだ。何故なら、そこに趣味の高さと深い空想力を読み取ったからである」(I perused it with pleasure because I saw in it some proofs of taste and fancy.) そして「神と自然が君に与えた才能を養う」(cultivate the faculties that God and Nature have bestowed on you.) ように強く奨励した。それを聞いた彼女は「勝ち誇ったように目に笑みを浮かべて次のように語っているように見えた」と述べている。

> I am glad you have been forced to discover so much of my nature; you need not so carefully moderate your language. Do you think I am myself a stranger to myself? What you tell me in terms so qualified, I have known fully from a child.
> (p. 114)
> あなたが私の性質をそれほど多く発見せざるを得なくなったことを私は嬉しく思います。あなたが言葉を控え目にしようとそのように気を使う必要はありません。私が自分の才能を全く知らない、とあなたはお考えですか。あなたが私にそのような素質があると随分お手柔らかにおっしゃったものは、私は子供の頃から十分知っていました。

この言葉もまたブロンテ自身の気持ちをそのまま反映している。何故なら、彼女自身が少女の頃から物語を書くことを日常の趣味とし、二十歳を過ぎた頃から作家になることを志していたからである。しかし同時にまた多くの欠点を持っていることを十分承知していた。上記に続く次の言葉はそれを物語っている。

> She did say this as plainly as a frank and flashing glance could, but in a moment the glow of her complexion, the radiance of her aspect had subsided: if strongly conscious of her talents, she was equally conscious of her harassing defects . . .
> 彼女の飾気のない輝く瞳は何よりもそれをはっきり物語っていた。だが一瞬彼女の明るい表情と輝く顔が暗くなった。彼女は自分の才能を強く意識していたにしても、それと同程度に自分の悩ましい欠点を強く意識していたからである。

以上のように、「私」即ちウィリアム・クリムズワースは、ブリュッセルのエジェ女子寄宿学校の教師を体験したブロンテ自身と彼女の恩師の二役を演じながら、同時に彼女の分身であるフランシス・アンリを演じるという一人三役を演じきっているのである。そして「私」とアンリとの関係は、ブロンテ自身とエジェ教授の関係がこのようであってくれればと願う理想の姿、言い換えると彼女の願望を小説化したもの、つまり'wish-fulfillment'「願望充足」の表れと言えよう。以下、このような主題の下に小説は展開してゆく。正しくロマンスとリアリズムの見事な融合と評すべきであろう。

(2)

　第17章はアンリと「私」との対話で占められている。それは授業が終わった直後のごく短い時間に交わされた二度にわたる対話である。アンリに対して強い関心を覚えるようになった「私」はある日授業が終わると同時に彼女の席に近寄り、英語を教える振りをして彼女の個人的事情を一つ一つ尋ねていく。こうして分かったことは、彼女の母は純粋のイギリス人、父はスイス人で教会の牧師であった。父はすでに他界し、母も10年前に亡くなった。そして現在父方の叔母と二人で暮らしている。家は貧しいので、アンリは叔母から裁縫や編み物を習ってそれを職に生活をしている。しかしこのような卑しい仕事をいつまでも続ける気持ちはなく、英語を習得して近い将来家庭教師か学校の教師になることを強く望んでいる。母がイギリス人であったので、彼女は小さいころ英語を上手に話したが、母が死んだ後は友人とフランス語ばかり使っていたので、英語をほとんど忘れてしまったと言う。彼女の叔母は年収1200フランでアンリを学校にやる余裕が全くなかったので、彼女は縫い物で稼いだ資金で本を買い、独学で必要な科目を勉強してきた。そして最後に彼女の願望は母の母国イギリスでフランス語の教師をすることだと述べた。彼女自身の言葉を借りると、「イギリスは（私にとって）、モーセの時代のイスラエル人がカナンの地について語ったであろうと、あなたが想像するようなもの」(England as you might suppose an Israelite of Moses' days would have said Canaan.) (p. 119) であった。

　ここまで話が進んだところへ、突然ロイター嬢が入ってきて、「雨が降りそうだから、早く家に帰りなさい」とアンリに忠告したので、二人の会話が打ち切られてしまった。「私」がアンリと長話をしているのを見て、ロイター嬢は彼女に激しい嫉妬を覚えたのである。しかし「私」は他人の嫉妬や中傷をものともせずにその翌日もまた授業が終わった後で彼女の側へ行き、前日の話の続きを始めた。そしてまず「君はイギリスをどのような国と考えているのか。イギリスへ何故それほど行きたいと思うのか」と聞いた。それに対して彼女は、「イギリスはユニークなところがあると読んだり聞いたりしている。私の考えは漠然としているのでそれをはっきりさせるためにも是非行きたい」と答えた。このあと2頁ほど二人の間で、彼女が一人でイギリスへ行くことの意義につい

て押し問答が続く。そして最後に、彼女はイギリスへ行けば様々な多くの挫折や衝突を経験するだろうが、同じ挫折を経験するのならイギリスでしたい、と答えた。そしてさらに次のように付け加えた。

> Besides, Monsieur, I long to live once more among Protestants, they are more honest than Catholics; a Romish school is a building with porous walls, a hollow floor, a false ceiling; every room in this house, Monsieur, has eye-holes and ear-holes, and what the house is, the inhabitants are, very treacherous; they all think it lawful to tell lies, they all call it politeness to profess friendship where they feel hatred. (p. 121)
>
> その上、先生、私はカトリック教徒より正直なプロテスタントの国で住みたいと強く望んでいます。カトリック教の学校は穴の開いた壁、穴の開いた床、偽の天井のある建物です。その建物の部屋は全て、先生、目の穴、耳の穴を持っている。そして建物それ自体と住民は大変な裏切り者です。彼らは皆嘘をつくことを正当なことと思い、憎いと感じながら友情を宣言することを礼儀と呼んでいる。

　アンリはここまで話した時、ロイター嬢から伝言が届いたので話を打ち切り、苦笑いを浮かべながら急いで席を立って教室を出て行った。ロイター嬢は密かに遠くから二人が仲良く話し合っているのを見て、嫉妬と怒りに狂っていたに違いない。

　以上で第17章は終わるが、ロイター嬢が二人の気付かぬところで絶えず見張っている行為は、アンリが述べた上記の「「建物は全て目の穴、耳の穴を持っている」を正しく裏付ける言葉であり、またロイター嬢の彼等に対する優しく親切そうに見える態度や言葉遣いは、上記の「憎いと感じながら友情を宣言する」態度そのものである。このように上記のアンリの言葉は、彼女に対するある種の嫌悪感と警戒心の表現でもあった。次の第18章はそれを裏付けるロイター嬢の「大変な裏切り行為」に発展する重要な一節となる。

(3)

　第18章は「私」のアンリに対する放課後の個人指導が日を追ってその質を高めてゆく中で、文学作品を自由に読みこなす段階に達したことを伝える記述で始まる。彼女の文学に関する以前の「趣味」(taste) と「空想」(fancy) が今では「判断力」(judgment) と「想像力」(imagination) へと高まっていた。そして彼女は「私」から褒められることよりもむしろ「愛情」(affection) を示してく

れることを望むようになっていた。従ってそれは「私」が彼女に教えるときの態度にも表れてきた。私は彼女のノートにコメントを書き添えるとき、互いに顔と顔が、そして手と手が触れそうになることもしばしばであった。

　このような二人の関係に対して疑いを抱いたロイター嬢は授業が終わった後、教室になおも残っている二人を見張りに来たので、「私」は話を中断して帰らざるを得なかった。一方、アンリは「私」から褒められて自信が付くに従って健康も回復し、表情も明るくなり、体全体が丸みを帯びてきた。ブロンテは彼女の体型や表情について、何時ものように詳細に（十数行に渡って）描写しているが、その中から、アンリはブロンテ自身を完全にモデルにした人物ではないことを裏付ける数行だけ引用しておく。シャーロットの背丈は「優美な標準的背丈」に遥かに及ばなかったからである。

> Her figure shared in this beneficial change—it became rounder and as the harmony of her form was complete and her stature of the graceful middle height, . . . still slight, though compact, elegant, flexible— . . . (p. 123)
> 彼女の姿は有益な変化を共有していた。顔は丸くなり、そして体型の調和は完全で、優美な標準的背丈の立ち姿は……固く締まっているがほっそりと上品で、しなやかであったので、……

　このようにアンリは「私」から褒められ愛されることによって勉強に弾みが付き、健康を取り戻し表情も明るくなっていった。そして自分に自信がつくと生徒からも信頼され、以前のように授業中に騒いだりされなくなった。そしてある日、英作文の宿題をクラスで朗読する授業があった。宿題の題名は「移民者が祖国の友人に送った手紙」(an emigrant's letter to his friends at home) であった。彼女の論文は彼女自身がアメリカ大陸に移住した時の気分になって、初めて見る大自然の景色や新しい土地での様々な苦労や感動をリアルに語り、生活のために必要な忍耐と努力を強調した後、最後に「信仰」(religious faith) の必要を説いて結んでいた。他の生徒はじっと耳を澄まして聞き入っていた。

　この朗読を同じ教室で聴いていたロイター嬢は、授業が終わってからしばらくして、「私」の側に近寄り、話したいことがあると言って「私」を庭の静かな場所へ導いていった。以下、彼女の話はこの章の最後まで全6頁に渡って続くが、その内容を端的に説明すると、一人の生徒を特別扱いしてはいけないこと、そしてアンリに高い希望を持たせると却って彼女を不幸にさせる。何故な

ら、彼女は下賤な生まれだからそれに相応しい仕事に就かせておけばよい。そして結論として彼女を解雇したことを告げた。さらに彼女はいま何処に住んでいるのか誰も知らないことを特に強調した。前章の最後にアンリが述べた「内心で憎んでいるが、顔では友情を示す大変な裏切り者」こそ、ロイター嬢に外ならないことを自ら証明したのである。言い換えると、彼女こそブロンテが一番嫌う 'dissimulator' の典型例に他ならなかった。その具体例として、「私」がアンリの住所を聞き質した時の彼女の最後の返答を引用しよう。

> Her address? Ah!—well—I wish I could oblige you, Monsieur, but I cannot, and I will tell you why; whenever I myself asked her for her address—she always evaded the inquiry—I thought—I may be wrong—but I *thought* her motive for doing so, was a natural though mistaken reluctance to introduce me to some probably very poor abode; her means were narrow, her origin obscure—she lives somewhere doubtless in the 'basse ville'. (p. 131)

> 彼女の住所？　そうですね、あなたに教えてあげたいのですが、私は知りません。その訳は、私は彼女に住所を何回聞いてもその質問をいつも逸らしてしまうからです。私が考えるに、間違っているかも知れませんが、彼女がその質問を逸らす動機は、彼女の貧しい住まいに私を招きたくないという、自然ではあるが狭量な考えからではないかと思います。彼女は生活費に事欠き、生まれもはっきりしないので、「下町」のどこかに恐らく住んでいるのでしょう。

ここで言う「下町」とはブリュッセルの旧市街で、狭い道の入り組んだ様々な職種の人間が住んでいる庶民の街であり、そこで人を探し出すのは至難の業であることをロイター嬢が承知の上で述べた言葉である。言い換えると、「私」がアンリを探しにそこへ行くことを予想して特にその場所を口に出したのである。本当は彼女の住所を知っていたが、ただ「私」を困らすための方便としてそのように言ったに過ぎなかった。

(4)

　第19章は本小説のクライマックスであることは言うまでもないが、それ以上に作家シャーロット・ブロンテの想像力とリアリズムが見事に融合した珠玉の一篇でもある。それは『ジェーン・エア』のクライマックスの第3巻第11章とは性質を異にしたブロンテ文学の最高傑作と称して過言ではあるまい。外見は平凡なリアリズムの言動の奥に秘めた炎の情熱、彼女の小説の真髄は正し

くここにあると断言して間違いなかろう。拙著のタイトル『炎の作家シャーロット・ブロンテ』の真意もまたここにあることを申し添えておきたい。

さて、本章は小説の生命とも言うべきリアリズムはいかにあるべきか、というブロンテの信念の力説から始まる。即ち、

> Novelists should never allow themselves to weary of the study of real life—if they observed this duty conscientiously, they should give us fewer pictures checquered with vivid contrasts of light and shade; they would seldom elevate their heroes and heroines to the heights of rapture—still seldomer sink them to the depths of despair; for if we rarely taste the fulness of joy in this life, we yet more rarely savour the acrid bitterness of hopeless anguish; . . . (p. 133)

> 小説家は現実生活の研究を絶対に怠ってはならない。彼らがそれを注意深く観察していれば、光と影の鮮明なコントラストによって彩色された絵を読者に提供することは一層少なくなるはずである。彼らは小説のヒーローとヒロインを歓喜の頂点まで高めるようなことは滅多にしないであろう。ましてや絶望の淵まで陥れることはなお一層しないであろう。何故なら、我々がこの世で歓喜を腹一杯味わうことは滅多にないとするならば、絶望の苦しみの厳しい酸味を味わうことはさらに少ないからである。

ブロンテはこのように述べた後、喜怒哀楽を極端な形で表し、歓喜の頂点から絶望の淵に沈む行動は健全な理性と信仰を持ち合わせていない野獣のすることだと述べる。従って、正常な人間は「絶対に絶望しない」と述べる。その具体例として、「人は破産すると打撃を受けて一瞬ぐらつくが、その痛みから覚めると立ち直って損失を補おうと努力する。そして病気になれば必死に直そうと努力し、それも叶わず死に直面すると諦観と信仰によって未来に希望を持つことができる」（大意）と説明している。幼くして母と二人の姉を失い、長じてから弟と妹の三人と死別して孤独の身になったシャーロットの不幸を思うとき、彼女のこの一見平凡な言葉の中に深みと崇高感さえ漂っているように感じる。要するにこれらを総合すると、彼女が強調する小説のリアリズムとは一見平凡な日常生活の中に具体例を求めるべきである。そのためには特別「注意深い人間観察と研究」が何よりも大切である。ブロンテはこの持論をこの小説執筆の過程で誠実に実行した。その頂点はこの第19章である。ブロンテはこの作品を書いてからおよそ4年後（1850年）、この出版をなおも諦めずにその「序文」を書いているが、そこで力説している彼女の持論は上記のそれの正しく延長であることを改めて付け加えておきたい（58頁参照）。

以上、第19章冒頭のブロンテのリアリズム論を念頭に置いて、以下小説の
ヒーロー「私」の行動を章の終わりまで「注意深く観察」していくと、彼女の
持論を見事に反映していることが分かる。

　さて、フランシス・アンリが「私」のクラスに姿を現さなくなってから1週
間が過ぎた。その間「私」は絶えず彼女のことを気に掛けながらも平静を装っ
て授業を続けた。しかし真情は「私の両手から宝物が奪い取られ、手の届かぬ
所へ持っていかれた」気分だった。そのような心境の折、ロイター嬢と出会っ
た。「私」は改めて彼女にアンリの居場所を尋ねてみた。彼女の返事はいつも
と同じ「知らない」であった。そこで「私」はこの6月限りで学校を退職した
いので、夏休みの間に後任の教師を探しておくようにと伝えた。アンリのいな
い職場にはもはや用はないと覚悟を決めたからである。そして彼女の返事を待
たずに家に帰った。しばらくすると郵便物が届いたので封を開くと中に5フラ
ン硬貨が4個入っており、手紙が添えられていた。アンリからの手紙であり、
20フランは3か月分の英語の授業料であった ("the 20frs.—the price of the
lessons I have received from you")。手紙は1頁程度の短いものだったが、その
内容は、先生と別れの挨拶をするために学校へ行ったがロイター校長はそれを
許してくれなかった。だから今こうして手紙を書いているのですが、もし直接
会っていたとすれば胸が詰まって何も言えなかったでしょう。しかし「先生と
別れるのは胸が引き裂かれるほど辛い」(I am afflicted—I am heart-broken to be
quite separated from you.) と述べた後、「しかし私は先生から同情を求める権
利がどこにあるのでしょう。何処にもありません。私はこれ以上言うことがあ
りません」(What claim have I on your sympathy? None; I will then say no more.)
(pp. 135–36) という言葉で終わっている。

　「私」は手紙のどこかに彼女の住所が記されていないか探してみたが、それら
しいものは何処にもなかった。その瞬間から彼女を探し出すことが私の日課と
なった。授業のある日は午後4時から、日曜日は終日ブリュッセルの大通りは
もちろん狭い路地に至るまで全て歩いて回った。そして教会はもちろん人の集
まるところは全て見て回った。街中で出会う人の顔や後姿を全て注意深く見て
歩いた。このような日々を丸1か月続けたが彼女らしい姿は見つからなかった。
彼女は最早ブリュッセルに住んでいないのだと半ば諦め、ルヴァン門 (Porte de
Rouvain) から郊外に出て人気のない田園地帯を通り、小高い丘を登ってさらに

歩いて行くといつの間にかプロテスタント墓地の門の側に来ていた。錆びた鉄の扉を開けて中に入って行った。そして様々な国籍の名を刻んだ墓石を左右に見ながらしばらく歩いて行くと前方に人影が見えた。それは若い女性の姿で新しい墓石の側の椅子にうつむいて座っていた。彼女は何か考え込んでいるようで、私が近づいたことに気づいていなかった。墓石の碑銘を読むと、"Julienne Henri, died at Brussels aged sixty. Augst. 10th. 18—"と刻まれていた。私ははっと気づいて女性の方を見た。その時の感動を次のように述べている。

> It was a slim, youthful figure in mourning apparel of the plainest black stuff, with a little simple black crape bonnet; I felt, as well as saw, who it was, and moving neither hand nor foot, I stood some moments enjoying the security of conviction. I had sought her for a month and had never discovered one of her traces, never met a hope or seized a chance of encountering her anywhere; I had been forced to loosen my grasp on expectation and, but an hour ago, had sunk slackly under the discouraging thought that the current of life and the impulse of destiny had swept her forever from my reach; and behold—while bending sullenly earthward beneath the pressure of despondency, while following with my eyes the track of sorrow on the turf of a grave-yard, here was my lost jewel dropped on the tear-fed herbage, nestling in the mossy and mouldy roots of yew-trees! (p. 140)

> その姿はほっそりとして若々しく、小さい素朴な喪章を付けたボネットを被り、最も粗末な生地の喪服を着ていた。私はそれが誰であるか、見ると同時に感じ取った。私は手も足も動かさずにほんのしばらくの間、自分の確信を楽しみながらじっと立っていた。私は1か月間彼女を探し続けてもなお彼女の足跡さえ見つけられなかった。彼女とどこかで会うかもしれないという望みも機会も失くしていた。私は彼女と会えるという望みも捨てざるを得ない気分になり、ほんの1時間前に、人生の激流と運命の定めいよって彼女は永遠に私の手の届かない所へ追いやられた、という絶望感に打ちひしがれていた。そして今、失意の抑圧に沈んでぼんやりと地面を見つめていると、そして墓地の芝生の上の悲しみの跡を目で追っていると、イトスギの苔で覆われた朽ちた根っこに抱かれた涙に濡れた草の上に、見よ、私のこの上もなく貴重な宝石を見つけたのだ。

彼女は「私」が側に立っていることに気付かなかった。彼女は亡き叔母の想い出に浸り、涙に暮れていたからである。「私」はそっと彼女の肩に手を置くと、驚いて目を上げ、すぐに私に気付いた。その時の彼女の表情を次のように描写している。

Nervous Surprise had hardly discomposed her features, ere a sentiment of most vivid joy shone clear and warm on her whole countenance—I had hardly time to observe that she was wasted and pale, ere called to feel a responsive inward pleasure by the sense of most full and exquisite pleasure glowing in the animated flush and shining in the expansive light, now diffused over my pupil's face. It was the summer sun flashing out after the heavy summer shower, and what fertilizes more rapidly than that beam, burning almost like fire in its ardour? (p. 141)

神経質な驚きが彼女の表情を乱したがその瞬間、最高に明るい歓喜が彼女の顔全体にきらりと暖かく輝いた。彼女がやつれて顔色が悪いと私が気付く暇もなく、私の生徒の顔全体にぱっと光り輝く満面の圧倒的な喜びによって、彼女の心の内もそれに反応して喜んでいる、と私は感じざるを得なかった。それは夏の激しい驟雨の後でぱっと輝く夏の太陽であり、そしてその情熱の炎のように燃えるあの光ほど豊饒をもたらす光が他にあろうか。

　彼女は「私」の存在に気付き、あの魅力的な「澄み切った薄茶色の目」(clear hazel eye) でじっと見つめ、「あの大好きな声」で、「私の先生、私の先生」(Mon maître! Mon maître!) と叫んだ。以下、彼女と「私」の互いの愛について約1頁に渡り力説しているが、その中の注目すべき表現だけ引用しておく。

I loved her, as she stood there, pennyless [sic] and parentless, for a sensualist—charmless, for me a treasure, my best object of sympathy on earth, thinking such thoughts as I thought, feeling such feelings as I felt, my ideal of the shrine in which to seal my stores of love; personification of discretion and forethought, of diligence and perseverance, of self-denial and self-control— . . . I knew how quietly and how deeply the well bubbled in her heart; I knew how the more dangerous flame burned safely under the eye of reason; . . . (p. 141)

無一文になり親も亡くしてここに立っている彼女を私は愛した。彼女は俗物には魅力がなくても私にとっては宝物であり、この世で最も心を分かち合える人物である。彼女は私が考えたように考え、私が感じたように感じる人だ。彼女こそ私の愛の秘宝を秘蔵できる理想の社である。分別と先見、勤勉と忍耐、そして自己否定と自制心の権化である。……彼女の心の中で湧き出る泉はいかに静かでいかに深いか、そして彼女の危険なほど激しい情熱の炎を理性の監視の下でいかに安全に燃やしているか、私はそれを知っていた。

　「私」は心の中でこのように述べた後、互いに腕を組んで墓地の門の外に出た。その時「私」はそれ以前にはなかった新たな感情、即ち彼女に対する強い「信頼」(confidence) と「尊敬」(respect) の念を持っていたと述べている。つま

り、二人の間に完全な理想の愛が芽生えていたのである。こうして二人は過去
1か月間の互いの行動や体験について話しながら、アンリの家まで歩いて行っ
た。彼女はルヴァン通り (Rue de Rouvain) からさほど遠くない所に住んでいた。
家に着く直前に雨が激しく降り出したので、彼女の勧めで「私」も一緒に部屋
に入った。部屋は狭く、家具も簡素だったが、次のように描写している。

> Poor the place might be; poor truly it was, but its neatness was better than
> elegance and, had but a bright little fire shone on that clean hearth, I should
> have deemed it more attractive than a palace. (p. 144)
> 部屋は貧しかったかもしれない。本当に貧しかった。しかしその清潔さは優美
> にまさっていた。そしてあの清潔な暖炉に小さな火が明るく燃えていれば、宮
> 殿より魅力的と私は思ったであろう。

　アンリはロイター嬢が言ったようにとても貧しく、暖炉に火を付ける余裕が
なかったのである。彼女はそれに気づいたのか部屋の奥へ入り、石炭と薪の入
ったバケツを持って出てきて暖炉に火を付けた。今日は暖かいので火を付ける
必要がないと言うと、彼女は「お茶を沸かす必要があるから少し暑くても我慢
して」と言ってその準備に取り掛かった。ここにも互いの優しい気の遣いよう
が読み取れる。そしてこの間の彼女の簡素な服装や柔らかい身のこなしについ
てブロンテ特有の精密描写が半頁以上続く。
　部屋は温まり、薬缶の湯は音を立てていた。「私」は生まれて初めて経験する
暖かい家庭的気分に浸りながら、アンリがお茶の準備をする姿をじっと見つめ
ていた。食器棚から出して食卓に並べる食器は全て古い英国製のものだった。
その時彼女は私が珍しそうに見つめているのに気づいて、「先生、英国のよう
ですか」と尋ねたので、「私」は「100年前の英国にいるようだ」と答えた。す
ると彼女は「これは私の祖母の祖母が英国から持ってきたもので、少なくとも
100年前のものです」と説明し、「あなたはこれを見ると一瞬家に帰ったように
(at home) に思うでしょう」と言った。そこで「私」は「英国に我が家があれば、
きっとそれを思い出すでしょう」と答えた。こうして二人は互いに貧しくても
愛に満ちた楽しい我が家を夢見ながらお茶を飲んだ。そして互いに見つめ合っ
ていると感情が次第に高まり、彼女が私と同様何を言ってよいのか困惑してい
るように見えたので、「私」はとっさに「英語の本を持ってきなさい、雨がひ
どくなったので止むまで半時間ほど勉強しましょう」と急場を切り抜けた。

彼女が6頁ほど読んだとき雨が止んで空が晴れてきたので、「私」は「結構」(enough) と言って勉強を打ち切り、帰宅の用意を始めた。そして帰り際に、彼女に「仕事が見つかったのか」と聞いてみた。彼女はロイター校長から推薦状がもらえなかったので仕事を見つけるのに苦労しているが、希望を失わずに頑張ってみると答えた。そこで私は彼女に「君の究極の目的」(your ultimate views) は何かと訪ねると、彼女は「海峡を渡れるだけの資金をためること。私は何時も英国を私のカナンの地と見ている」(To save enough to cross the Channel—I always look to England as my Canaan.) ときっぱり答えた。私はこのまま彼女の側にいたいという気持ちを無理やり理性で抑えて部屋を出た。そして階段を下りながらこの無念は必ず晴らすと自らに誓った。この時の思いをブロンテは約1頁に渡って詳細に自己分析している。言い換えると、エジェ教授に対する彼女の炎の愛を想い起こしながらその夢想の世界を克明にリアルに描いている。小説家ブロンテの力量の見せどころは正しくここにある。全文を引用したいところだが、その一部として、彼女が英語の間違いを指摘されたときの表情と仕草を引用しておく。大好きな人から叱られて甘えてすねた態度を実に見事に描写している。

> . . . after I had been near her, spoken to her a few words, given her some directions, uttered perhaps some reproofs, she would, all at once, nestle into a nook of happiness and look up serene and revived. The reproofs suited her best of all: while I scolded she would chip away with her pen-knife at a pencil or a pen; fidgeting a little, pouting a little, defending herself by monosyllables, . . .
>
> (p. 148)
>
> ……私は彼女の側に座って二言三言話しかけ、いくらか指示を与え、そして多分いくらか叱責を投げかけると、直ぐに彼女は幸せのねぐらに潜り込み、静かな生き返った眼差しで私を見上げた。中でもとりわけ叱責は彼女の身にぴったり合っていた。私が叱っている間、彼女はペンナイフで鉛筆やペンを削り、少しもじもじして唇を少し突き出し、ぶつぶつ言い訳をしたものである。

　こうして「私」は家の外に出た時、彼女に返すつもりで持ってきた20フランのことを思い出したが、彼女がそれを受け取るはずがないので、自分が手袋を置き忘れたことを口実に引き返した。そして彼女がそれを探している間、暖炉の上の飾り食器の下にそっと隠した後、暖炉の下に手袋が見つかったと言って再び部屋を出た。雨がすっかり晴れ上がり道路は乾いていた。「私」は太陽

が沈みかけた西空を背に東に向かって歩いた。前方の晴れ上がった空に「高く、広く、くっきりと弧を描いた完全な夕べの虹を見た。」(I had before me the arch of an evening rainbow; a perfect rainbow, high, wide, vivid.) (p. 149)「私」はそれを長い間じっと見つめていたので、夜になって床に入った後もその光景が目に焼き付いて離れなかった。そしてようやく眠りに就いた後も夢となって現われた。「私」は夢の中でテラスに出て欄干から見下ろすと海が見え、はるか遠くの水平線上に黄金の光が浮かび、それが次第に大きくなって形を変えて近づいてきた。そして遂に天と地の間に浮かぶ巨大な虹となった。それを見ていた私は自ずと心の底から囁いた「希望は努力の上に微笑む。」(Hope smiles on Effort.) (p. 150)

(5)

　第 20 章は前章のクライマックスから一転してベイソス (bathos) に急変している。主題も清純な愛から色欲の世界へ、言い換えると 'spiritual' から 'sensual' な世界へ低落している。そして登場するヒロインは清純なフランシス・アンリから文字通り 'sensual' なゾライド・ロイターに変わっている。そして歴史は前章より 1 か月以上遡って 7 月中旬から始まる。

　さて、7 月中旬の夜遅くペレ氏は珍しく泥酔して帰ってきた。相手かまわず当たり散らし、乱暴を働き、暴言を吐いている。中でも「私」に向かって罵詈雑言を浴びせながら飛び掛かってきた。そもそもその原因は、「ペレの暴言から判断すると、ロイター嬢は彼を撥ね付けただけでなく、私に対して特別な好意を抱いていることを口にしたことが明らかであった。」(. . . it was evident, from what Pelet said, that not only had she repulsed him but had let slip expression of partiality for me.) (p. 153)

　前篇で明らかになったように、ロイター嬢はペレ氏の求愛を受け入れて結婚の約束までしておきながら、「私」が彼女の学校で教鞭を取るようになってから彼女は「私」に付きまとって色目を使い始めた。そして「私」がアンリに特別熱心に英語を教えているのを見て激しい嫉妬をもやし、彼女を学校から追放してしまった。ペレ氏の泥酔騒ぎはこの間の出来事であった。しかし「私」がロイター嬢に辞表を提出した後、彼女はようやく目が覚めたらしく、ペレ氏の求愛を改めて受け入れて正式に結婚の約束をするに至った。その後はペレ氏の

私に対する態度も変わり、ロイター女学校の退職で失った給料20ポンドを増額すると申し出た。だが私はその申し出を断って彼の学校をも退職する決意を固めた。その理由を次のように説明している。彼女が彼の求婚を受け入れたのは、愛情ではなく物欲からであった。従って彼と結婚した後も「私」がそこに留まっている限り、私に対する色欲を捨てることはあるまい。そしてこれが面倒な結果を招き、「私」は退職に追いやられることは必至であろう。

　しかしこのように決心するまで、分別と良心との葛藤が続いた。即ち、短気を起こして職を失ってはアンリとの結婚はどうなるのか、それとも「良心の声」に従うべきか悩み抜いた末に、「あらゆる生き物の友、愛の神」(the Deity of love, the Friend of all that exists) の命に従うことを決断した。第20章はペレ氏宛てに辞表を書く所で終わっている。

　さて続く第21章は、「私」が辞表を提出してから幾日か過ぎたある日の朝起きて見ると、手紙が2通届いていたところから始まる。その一つはフランシス・アンリからの手紙であった。その内容は、先日暖炉を掃除していると飾り食器の下に20フランが隠されていた。それは彼女に気付かれないように「私」が置いた金であることが直ぐに分かった。だがその金は絶対に受け取る意思のないことを強調した後、幸い彼女は有利な仕事を見つけたのでそのような気遣いは無用であることを伝えていた。彼女の語学力と広い知識が認められて「公認の学校」の英語の教師になり、1,200フランの年収を手にしたからである。そして毎日6時間勤務すれば後は自由であるから読書を楽しむ時間がたっぷりあると述べた後、最後に、この幸せを神に感謝すると同時に心から信頼する人に語らずにはおれない気分になったので、突然このような手紙を書いた次第です、と結んでいた。

　二つ目の手紙はハンズデン氏からで、彼は近くブリュッセルに来るのでその時ぜひ訪ねたいと述べた後、「君は最近小さな小太りの金持ちの女性と親しくなっている」ことを耳にしたので、彼女と一度会って値踏みしてみる必要がある、という主旨の簡単な手紙であった。

　人の噂と事実との違いの大きさに、彼は「私」と会って驚くだろうと自嘲しながらアンリの手紙を改めて読み返してみた。そして新たな感情、即ち彼女の幸せを共有できない惨めな感情が私を襲った。何故なら、今の「私」は仕事を失った浮浪者のような存在であったからである。そしてもし「私」は辞表を出

してさえいなければ、自分の給料 60 ポンドと彼女の 40 ポンドを合わせると、物価の安いベルギーで豊かな生活ができたであろうに、と悔やんだからである。「私」はこのような後悔の念に襲われ、狭い部屋の中を行ったり来たりしながら悩み続けた。だがこれを解決したのは私本来の「良心」(Conscience) の大きい声であった。「人間は永遠の悪（悲しみ）を避けるためには一時の善（喜び）を捨てなければならないことがある。こうしておけば良かったのにと悔やむことは実に馬鹿げたことだ。君を盲目にしている塵煙と君を聞こえなくしている騒音が鎮まれば、自ずと道が開けてくる。大切なことは自分の義務を果たすことだ。」

「私」は良心の声に従って解決の道を探っていると、ふと思い浮かんだのは、数か月前池でボートが転覆して溺れている少年を助けた時のことだった。彼は良家の一人息子で、両親の喜びようは尋常一様ではなく、感謝の印として「私」に困ったことが起これば何時でも相談に応じると約束してくれた。「私」はこれを天の恵と思い、誇りを捨ててその日の夕方ヴァンデンフーテン氏 (M. Vandenhuten) の家を訪ねた。しかし生憎一家は 1 週間の休暇を取ってオステンドへ出かけて不在であったので、名刺だけ残して帰宅した。

(6)

第 22 章は、ヴァンデンフーテン氏宅を訪ねてから 1 週間が過ぎた 9 月某日ペレ氏とロイター嬢は結婚してパリへ新婚旅行に出かけ、その翌日「私」はペレの学校を出てアパートへ引っ越した、という記述で始まる。そして第 19 章でアンリと会ったあの日から随分長い間一度も会っていないので彼女の家を訪ねたいと思ったが、仕事が見つかるまで我慢することにした。狭い孤独の部屋で彼女の姿を想像していると、教室で彼女を教えた当時の彼女の顔が想い浮かんできた。シャーロット・ブロンテの写実的表現の真髄は正しくこの「想像力」（想い浮かべる機能）による描写に見られるので全文を引用しよう。

"You will find her reading or writing," said she (=Imagination). "You can take your seat at her side; you need not startle her peace by undue excitement; you need not embarrass her manner by unusual action or language. Be as you always are; look over what she has written; listen while she reads; chide her, or quietly approve; you know the effect of either system; you know her smile when pleased; you know the play of her looks when roused; you have the secret of awakening what expression you will, and you can choose amongst that pleasant variety. With you she will sit silent as long as it suits you to talk alone; you can hold her under a potent spell; intelligent as she is, eloquent as she can be, you can seal her lips and veil her bright countenance with diffidence; yet you know she is not all monotonous mildness; you have seen, with a sort of strange pleasure, revolt, scorn, austerity, bitterness lay energetic claim to a place in her feelings and physiognomy; you know that few could rule her as you do; you know she might break but never bend under the hand of Tyranny and Injustice but Reason and Affection can guide her by a sign. Try their influence now. Go— they are not passions; you handle them safely." (pp. 166–67)

　想像力は私に言った。「君は彼女が読み書きしている姿を見つける。君は彼女の側に座る。君は彼女を余計に興奮させて動揺させる必要はない。君は普段と違った行動や言葉を掛けて彼女を当惑させる必要はない。君は何時もしているようにしなさい。彼女が書いたものに目を通し、彼女が読んでいる間じっと耳を傾け、間違いを正すか、静かに賛意を示しなさい。君は叱責と称賛の何れの効果も良く知っている。君は彼女の嬉しいときの微笑を、そして注意されたときの表情の変化を知っている。君は意のままに彼女の表情を目覚めさす秘訣を知っており、そして彼女のあの変化に富んだ喜びの中から（好きなものを）選ぶことができる。二人きりでいるのが君にとって都合の良いとき彼女は黙って君と一緒に座り、そして君は彼女を強力な魔法にかけることができる。彼女は知的で、弁が立つにもかかわらず、君は彼女の唇を封印し、彼女の明るい表情を無関心の顔に変えることもできる。しかし彼女は只単調に穏やかでいるわけでないことを君は知っている。何故なら、君はこれまで不思議な喜びを感じながら、彼女の感情と顔の表情の中に反抗と侮辱と威厳と苦渋が権利を主張していることを読み取ってきたからだ。君は自分ほど彼女を支配できる人は他にいないことを知っている。また彼女は独裁や不正の手には絶対に屈しないが、理性と愛情には合図だけで従うことを君は知っている。さあ行け、理性と愛情を試してみるがよい。それは情熱ではないのだから、それを安全に取り扱うことできるだろう。」

　この良心の最後の命令に対して「私」は、ただ一言 "No" と答える。何故なら、「愛は今や私を完全に制圧している」(Love has conquered and now controlled me.) からと説明する。彼女と二人きりでいて、理性と愛情の調和などできるはずがないと主張しているのである。

　以上の言葉の裏にはブロンテ自身とエジェ教授との師弟愛が隠されていることは言うまでもないが、とりわけ彼女が帰国後彼に送った4通の手紙を読み返せば（第3章参照）、「愛は今や私を完全に制圧している」心境をそのまま反映

していること分かる。ただ唯一事実と異なる点は、小説のナレーターであると同時にヒーローでもある「私」が教授の分身ではなく、シャーロットの願望充足 (wish-fulfillment) の産物ということである。言い換えると、ブロンテ自身がヒロインであると同時にヒーローの役を自分の願望そのままに演じているのである。要するに、上記の一節は本書第4章の副題「リアリズムの奥に秘めた願望充足」を裏付ける代表例と言えよう。そして小説『教授』創造の動機と背景は正しくここにあると言って過言ではあるまい。彼女はエジェ教授に送った前述の手紙はもちろん、彼に対する愛情そのものについて、最愛の妹エミリにも秘密にしていた。そして一般読者に対しては作者自身の名をカラー・ベルと男性名を使用することによって、彼との関係を完全にフィクションの次元へ移してしまった。しかし自分の感情や思想を作品に反映させることを作家の使命と心得る彼女は、上記のような手法で本来の目的を果たしたと言える。つまり、リアリズムの外装をしっかり守りながら抑えに抑えてきた激情を見事に晴らしたのである。

　さて、「私」ウィリアムはこのような気分に浸っていると、不意にハンズデンが入ってきた。以下、彼との対話が8頁続く。つまり第22章の大半を占めている。その大部分は特筆すべきものは何もないが、最後の1頁は極めて意味深長である。即ち、彼は帰り際になって突然思い出したかのように、「私」の兄エドワードが倒産してクリムズワース邸 (Crimsworth Hall) はもちろん、家財道具その他すべてが売り払われたと話した。そこで「私」は「絵もですか」と尋ねると、「どの絵だ」と彼は聞いた。そこで「私」は次のように説明した。"There were two portraits, one on each side the mantlepiece; you cannot have forgotten them, Mr. Hundsden, you once noticed that of the lady." 「（あの食堂の）暖炉の両側に掛けられた2枚の肖像画です。ハンズデン、君はその絵のことを忘れたはずがない。君はかつてあの夫人の肖像画に気付いていただろう」（65頁参照）と。彼はこれに答えて次のように述べた。

　　　"Oh I know! the thin-faced gentlewoman with a shawl put on like drapery. Why as a matter of course it would be sold among the other things. If you had been rich—you might have bought it—for I remember you said it represented your Mother: you see what it is to be without a son." (p. 174)
　　　「ああ知っている。掛け布のようなショールを纏った細顔の婦人だったね。も

ちろん他の品物と一緒に売りに出されたのだろう。君が金持ちだったら、買い戻すことができたかもしれない。その絵は君の母をよく表していると、君が言ったのを覚えている。君は分かるだろう、その絵が息子なしでは何の意味もないことを。

「私」は彼の言う通りだと思ったが、同時に何時か金がたまれば必ず買い戻そうと思ったので、「誰が買ったのだ」と聞いてみた。すると彼は次のように答えをはぐらかした。

> "How is it likely? I never inquired who purchased anything; there spoke the unpractical man—to imagine all the world is interested in what interests himself! Now good-night—I'm off for Germany tomorrow morning; I shall be back here in six weeks and possibly I call and see you again; . . ." (p. 174)
>
> 「誰でしょうかね。私は誰が何を買ったのか絶対に聞かなかったから。非実用的人間が言ったじゃないか。自分に興味のあるものを世の全ての人も興味を持つと想像するようにと。さあお別れだ。明朝ドイツへ出発する。6 週間後に戻ってくるので、恐らくまた会いに来るかもしれない。」

　彼と別れた後「私」はどうしたのか気分が落ち着かず、床に就いても眠れなった。そして朝方ようやく眠りに就いたころ、隣の居間で物音がした。人が入ってきて何かで床をこするような音がした。それからそっと扉を閉める音が聞こえ、再び元の静寂に戻った。それはわずか二分間の出来事であった。その間「私」は半ば夢心地であったので、さほど気にもせずにそのまま眠ってしまった。だが明るくなってから目を覚まし、そのことを思い出して隣の居間に入ると、大きな平べったい物が立てかけてあった。それは丁寧に梱包されていたので、中を見るまで時間がかかった。それは「豪華な額縁に入った大きな絵」(a large picture in a magnificent frame) であった。明るい太陽の光に当てて見ると、それはあの母の肖像画であった。「私」は思わず、"Mother" と叫んだ。競売にかけられて人の手に渡ったはずのこの絵が誰の手によってここに届けられたのか、不思議に思いながら視線を下に落とすと、額縁の隅に封筒が張り付けてあった。開くと次の手紙が入っており、最後にハンズデンの頭文字が記されていた。

> There is a sort of stupid pleasure in giving a child sweets, a fool his bell, a dog a bone. You are repaid by seeing a child besmear his face with sugar; by watching how the fool's ecstasy makes a greater fool of him than ever; by watching the dog's nature come out over his bone. In giving William Crimsworth his

Mother's picture, I give him sweets, bells and bone, all in one; what grieves me is, that I cannot behold the result; I would have added five shillings more to my bid if the auctioneer could have promised me that pleasure. H.Y.H. (pp. 175–76)

子供に菓子を与え、馬鹿に鈴を、そして犬に骨を与えることに一種の馬鹿げた喜びがある。人々は子供が砂糖で顔を汚し、馬鹿が有頂天になってさらに大馬鹿になる様を見、そして犬が骨に飛びつくのを見て、報われた気分になっている。私はウィリアム・クリムズワースに彼の母の肖像画を与えることによって、菓子とベルと骨を一度に全部与えたことになるが、その結果（彼の喜んでいる顔）を見ることができないのは誠に残念だ。もし競売人がウィリアムの喜ぶ顔も見せてやると約束してくれていたならば、さらに5シリング付け加えていたであろう。H.Y.H.

　ハンズデンはクリムズワース邸が売り出されたとき、「私」の母の肖像画も競売にかけられることを知っていたので、いち早くそれを落札して「私」の許に送る予定であった。しかしそれよりもっと「私」を驚かせる方法を考えた。まず「私」の住所を確かめて直接会い、いろいろ雑談した後、帰り際に急に思い出したかのようにクリムズワース邸が売り出されたことに触れて、肝心の肖像画に言及して去って行った。そして翌朝ドイツへ旅立つ前に、「私」が寝ている間にそっと部屋に忍び込んで「私」が最も切望している母の肖像画を置いて帰ったのである。実に心憎いまでに粋で優しい友情の何よりの証である。言葉や態度は荒っぽく、皮肉に満ちてはいるが、内心は女性のように繊細で優しい思い遣りのあるハンズデンの真の姿がここに表れている。

　さて、その日「私」は朝食をすませてからヴァンデンフーテンの家を訪ねることにした。前に訪ねた時から1週間が経つので、もしかするとオステンドから帰っているかも知れないと思ったからである。訪ねてみると主人だけが所用で帰っていた。「私」は早速自分の用件を率直に話した。ヴァンデンフーテン氏は好人物で「私」が仕事の推薦を依頼するために訪ねてきたことを心から喜んで迎えてくれた。しかし「私」が求めたのは就職の斡旋ではなく、仕事の口を紹介さえしてくれれば、後は「私」自身の力で道を切り開く決意であることを強調した。こうして2週間自分の能力に相応しい仕事を試してみた。そして幾度も失敗を重ねた末、ついに自分にとって理想的な仕事に就くことができた。それは某カレッジの英語の教師で、給料は年3,000フランと前のペレ男子学校の3倍であった。その上余った時間を他の学校で教えるとさらに3,000フラン増えることが約束された。もちろんこの有利な就職の背景には彼自身の能力の

他にヴァンデンフーテン氏の力添えがあったことは言うまでもない。

　小説の物語はここで一応完了したと言ってよい。従って第23章以下は一種のエピローグ、つまり小説の結びの章であり、普通一般のロマンスであればごく簡単に1章だけで終わるはずだが、ブロンテの小説は全3章と非常に長く、彼女独自の創造力最大の見せ所でもある。

(7)

　さて第23章は、新たな希望通りの仕事が見つかった「私」がこの朗報を一秒でも早くアンリに知らせたいと思ったが彼女が職場から帰宅するのは6時以降であるので、はやる気持ちを散歩によって紛らすところから始まる。そして6時が来た時、胸をワクワクさせながら興奮した面持ちで彼女の住むアパートに向かった。何せあれから10週間彼女と一度も会っていないのだから。こうして「私」は彼女の部屋の扉の前に立った。そして中の物音にしばらく耳を澄ませて聞いた。彼女が部屋の中を歩きながら何か話しているような声が聞こえた。それはウォールター・スコットが書いたバラッドを口ずさむ声だった。彼女は相変わらず一人で英語の勉強をしていたのだった。「私」は扉を軽くたたいて中に入ると、彼女は目の前に立っていた。その時の彼女の表情を次のように描写している。

> Her face was grave; its expression concentrated; she bent on me an unsmiling eye, an eye just returning from abstraction, just awakening from dreams; . . . it seemed to say "I must cultivate fortitude and cling to poetry; one is to be my support and the other my solace through life; human affections do not bloom, nor do human passions glow for me." (p. 181)
>
> 彼女の顔は生真面目で、表情は集中していた。彼女は笑みのない目を、今まさに瞑想から正気に戻り、夢から覚めようとしている眼を私に向けた。……それはまるで「私は忍耐と詩への執着を養わねばならない。前者は私の生きる支えとなり、後者は私の一生変わらぬ心の慰めとなるはずだ。人の愛情は花開かず、人の情熱は私のために輝くことはない」と語っているように見えた。

ここで述べる「人」は「私」を暗に意味していることは言うまでもない。つまり、「私」は10週間も彼女を訪ねて来なかったので、彼女に対する情熱が恐らく消えたに違いない、と語っているように見えたのである。だから「忍耐」こそ生きる「支え」であり、「私」から学んだスコットの詩を口ずさむことが心

の「慰め」になっていたのである。

　このように彼女は最初、部屋に入ってきた人が「私」であることに気付かなかったが、私が机の側の椅子に座って挨拶した時やっと気付いたらしく、「彼女は優しい静かな声で私の挨拶に答えた。」(in a voice, soft and quiet, she returned my greeting.) 私は自分の感情をそのまま言葉と態度に表したいという欲望を必死に抑えて、何時ものように先生と生徒の関係を装った。彼女もそれに応えて教科書とノートを持ってきて、机の上に置いた。ノートの最初の頁に先ほど立ち聞きしたスコットの詩が書かれていたが、次の頁には彼女自身が作った詩が書かれていた。私がそれを読もうとすると、彼女は一度それを手で隠そうとしたが手を引いてしまった。その詩は「彼女自身の体験をすべて語ったものではないが」少なくとも一部は自身の体験の上に立って、「空想を働かせ、情熱を満足させた」(the fancy was exercised, and the heart satisfied) 作品であった、とブロンテ自身が「私」の名を借りて告白している。これは全108行からなる詩であるが、第2章の第8節でその大部分を既に引用しているので、そこで引用しなかった最初の28行だけ引用しておく。

> When sickness stayed awhile my course,
> 　　He seemed impatient still,
> Because his pupil's flagging force
> 　　Could not obey his will.
>
> One day when summoned to the bed
> 　　Where Pain and I did strive,
> I heard him, as he bent his head,
> 　　Say "God—she must revive!
>
> I felt his hand with gentle stress
> 　　A moment laid on mine,
> And wished to mark my consciousness
> 　　By some responsive sign.
>
> But powerless then to speak or move,
> 　　I only felt within,
> The sense of Hope, the strength of Love
> 　　Their healing work begin.
>
> And as he from the room withdrew
> 　　My heart his steps pursued,

I longed to prove by efforts new
　　My speechless gratitude.

When once again I took my place,
　　Long vacant, in the class,
Th' unfrequent smile across his face
　　Did for one moment pass.

The lessons done; the signal made
　　Of glad release and play,
He, as he passed, an instant stayed
　　One kindly word to say. (1–28)

私が病気で授業を休んでいたとき、
彼はやはり我慢ができないように見えた。
何故なら、彼の生徒が元気をなくして
彼の意のままにならなくなったからだ。

ある日私は病床に伏して、
苦しみと戦っていたとき、
彼が顔を私に近づけ、
「神様、彼女を蘇らせ給え」
と言う声を聞いた。

私は彼の手が一瞬私の手に
優しく触れるのを感じた。
そして私は意識していることをはっきり
何かの合図で答えたいと願った。

だがその時私はただ心に感じるだけで、
言葉と動作で伝える力がなかった。
だが希望の喜びと愛の力は
病を治す作用を示し始めた。

そして彼が病室を出たとき、
私の心は彼の足跡を追った。
私は言葉では言えない感謝を
新たな努力で示したいと願った。

私は長い間空席にしていた
教室に戻ったとき、
滅多に見られない微笑が
一瞬彼の顔をよぎった。

授業が終わり、嬉しい休憩と
遊びの合図が示され、そして
彼が通り過ぎるとき一瞬立ち止まり、
私に優しい言葉を掛けてくださった。

　この続きは第2章の第8節でその大部分を引用して説明を加えているので（40～43頁参照）重複を避けるが、この詩はブロンテがエジェ教授とブリュッセルで最後の別れを交わして英国の我が家に戻って幾日も経たない頃、彼に寄せる切なる想いを詠んだ詩であること、言い換えると、彼との愛の「願望充足」の典型例であることを見落としてはなるまい。従って、この詩は『教授』より少なくとも1年以上先に書いた作品である。その間に彼女は彼に切実な愛の手紙を繰り返し送ったが、その願いは空しく終わった（第3章参照）。要するに、小説『教授』は彼女の夢が冷めた頃、つまり彼に寄せる情熱が理性によって抑えられた頃、「願望充足」の感情を心の奥に秘めたまま書かれた作品であった。以上を念頭に置いて、この詩が小説の第23章に採り入れられた意味を考えてみると、この章の価値は一層深いものとなるであろう。

　さて、「私」はこのアンリの詩を読んで最高に幸せな気分になった。そしてすぐ側で彼女のスカートは揺れ、「すらりと真っすぐ優雅に」(slight, straight and elegant) 立っている姿を見て、「私」は言葉では表せない「衝動」(impulses) 以外の、しかし理性では抑えられない自然な本能によって、彼女を抱き寄せて自分の膝に乗せ、彼女の手をしっかりと握った。こうしてしばらくしてから彼女に初めて正式に求婚した。もちろん彼女はそれを受け入れた。ここに至る過程の描写にブロンテは2頁以上を費やしているが、全文の引用は長くなるので割愛する。しかし「私は大げさではない交わりを好む。色っぽい言葉で圧倒するのは私の好みでなく、ましてや無理矢理抱擁をせがむようなことはしない」(I like unexaggerated intercourse; it is not my way to overpower with amorous epithets, any more than to worry with selfishly importunate caresses.) と彼自身が述べているように、二人の会話は最後まで単純素朴で、激しい情熱的な言葉や動作が全く見られない。そこで最後にアンリは対話の締めくくりとして、一言お願いがあると次のように述べる。

　　“Well—monsieur, I wished merely to say that I should like of course to retain my employment of teaching. You will teach still I suppose, Monsieur?” (p. 188)

「あの先生、私はもちろん（結婚後も）教師の仕事を続けたい、とこれだけただ一言いっておきたかった。先生も多分教師をそのまま続けるのでしょう。」

　彼女はこのように述べた後、結婚後も自立した仕事を持つことを何よりも強く主張する。これに対して「私」は年6千フランの収入があれば二人が贅沢に暮らしていけるので、これまで一人で随分苦労してきたアンリは今こそゆっくり休む時だと重ねて勧めた。しかし彼女の意志は固く、次のように反論した。

"Monsieur, were you not saying something about my giving up my place? Oh no! I shall hold it fast! Think of my marrying you to be kept by you. Monsieur! I could not do it—and how dull my days would be! You would be away teaching in close, noisy school-rooms from morning till evening, and I should be lingering at home unemployed and solitary; I should get depressed and sullen and you would soon tire of me." (p. 189)

先生、私が仕事を辞めたらどうかと、あなたは言っているのではありませんか。とんでもありません。私は仕事を絶対に離しません。あなたに養われるために私が結婚する、と考えるなんて、先生、私はそれはできません。私の毎日は全く退屈なものになるでしょう。あなたは朝から晩まで狭くて騒がしい教室で教えながら過ごすのでしょうが、私は家庭で何もせずに一人でぶらぶらしている。私は気分が落ち込み、不機嫌になり、そしてやがて間もなくあなたに飽きられてしまうのでしょう。

そこで「私」は「だが君は読書と勉強が大好きじゃないか」と質してみると、彼女はさらに強く次のように主張した。

"Monsieur, I could not; I like a contemplative life, but I like an active life better; I must act in some way and act with you. I have taken notice, Monsieur, that people who are only in each other's company for amusement, never really like each other so well, or esteem each other so highly, as those who work together and perhaps suffer together." (p. 189)

「先生、それはできないでしょう。私は思索する生活は好きですが、行動する生活の方がさらに好きです。私は何らかの方法で行動し、そしてあなたと一緒に行動しなくてはなりません。ただ楽しいから仲良く付き合っている人は、共に働きそして恐らく共に苦労する人と比べると、実際はそれほど好き合っていないし、またそれほど尊敬もしていないことに、私は気付いてきました。

　「私」はこれを聞いて遂に彼女の主張に折れ、その賛同の印として彼女に深い接吻を与えた。それが初めての経験の彼女もはにかみながらそれに答えた。彼女は心から幸せそうな明るい笑みを浮かべていた。そしてこの時「私」は彼

女と初めて会った当時の表情との違いの大きさに気付いた。その当時の顔と現在のそれとの違いをまず次のように述べている。

> I know not whether Frances was really much altered since the time I first saw her, but as I looked at her now, I felt that she was singularly changed for me; the sad eye, the pale cheek, the dejected and joyless countenance I remembered as her early attributes were quite gone and now I saw a face dressed in graces; smile, dimple and rosy tint rounded its contours and brightened its hues.
>
> (p. 189)

フランスは私が彼女と初めて会って以来本当に大きく変ったのかどうか分からないが、今彼女を見ると、私には不思議なほど変わったように感じられる。彼女の最初の頃の顔の特徴として私が記憶している悲しそうな目、青白い頬、気落ちした暗い表情は完全に消えていた。そして今は優美に化粧された顔を見た。微笑とえくぼとバラ色がその輪郭を丸くし、その色合いを明るくしていた。

次に、彼女の表情の変化と共に「私」の彼女に対する愛情も質的に変化してきた。即ち、最初の頃は彼女の気の毒な身分や貧しい姿に対する憐れみと同情から湧き出た愛情であったが、現在は心身の両面からの愛情であることを強調している。

> It is true Frances' mental points had been the first to interest me and they still retained the strongest hold on my preference, but I liked the graces of her person too; I derived a pleasure purely material from contemplating the clearness of her brown eyes, the fairness of her fine skin, the purity of her well-set teeth, the proportion of her delicate form; . . . It appeared then, that I too was a sensualist, in my temperate and fastidious way. (p. 190)

フランスの精神的要素が私の興味を引いた最初の魅力であったことは事実であり、それが今もなお私の大好きな点であるが、同時にまた彼女の体の優美な点も好きだった。私は彼女の澄み切った茶色の目、肌の繊細な美しさ、綺麗に並んだ清らかな歯、そして均整の取れたきゃしゃな彼女の体をじっと見つめることによって純粋に官能的な喜びを引き出した。……従って私もまた私なりに穏やかで気難しい官能主義者であるように見えた。

以上のように、「私」とアンリは今や心身共に結婚する条件が完全に整ったのである。しかしここに至る数か月は、特にアンリにとって正しく試練の連続であった。ロイター嬢の嫉妬が原因で学校からの追放に始まり、唯一の親族である伯母との死別、彼女の唯一の心の支えである「私」ウィリアムとの果てしない別離、そして極度の貧困。彼女はこれらの全てを乗り越えてようやく自分

の希望に適った教師の仕事を見つけた。そして今遂に理想の夫である「私」と再会してめでたく結ばれることになった。そしてこの長い試練の過程の中で彼女は見事な「変身」を遂げた。これらを総合すると、彼女にとってこの長い数か月間は、文字通り「人間の成長物語」(Bildungsroman) そのものであった。その意味において、『教授』の後半はこの小説の伝統に基づいたものと解釈できる。そしてここで忘れてならないのはブロンテ自身の個人的背景である。本章の前半で引用した 108 行の詩は、彼女が 1844 年初めにブリュッセルから帰国後、恩師エジェ教授に対する激しい恋慕の情を言葉に表したものである。彼女はこの感情をその後も長く持ち続け、それを彼に宛てた数通の手紙で有りのままに訴えた。その中の現存する 4 通の手紙はブリュッセルから帰国後 2 年近くに渡って書かれたものであるが、その間に彼に対する感情は微妙に変化している。その主たる理由は、教授からは妻の嫉妬を気遣ってか返事が殆ど届かず、失意と苦悶の日々が 1 年以上も続いたためと想像できる。そしてこの苦悶の中から彼女の体得したものは自立の精神であったと考えられる。従ってたとえ結婚したとしても、それは彼女が主張したように「あなたに保護され、養われること」(to be kept by you) を意味するものではなかった。それは「共に働き、共に苦労する」ことであった（110 頁参照）。ブロンテがエジェ氏に送った最初の頃の手紙は只ひとえに彼の愛に縋る内容、つまり彼女本来の自尊心が一体どこへ行ってしまったのかと疑いたくなるような内容になっている。彼女自身も自分の弱さに気付き、2 年近くが過ぎた頃にようやく決別を決意するに至った（詳しくは第 3 章参照）。『教授』の執筆は恐らくこの時期に始まったことを考慮に入れると、アンリの強い自立の精神はブロンテ自身の決意そのものであったと解釈できるであろう。

　以上の観点から、小説のヒロインの変身の過程は、ブロンテのこのような苦悶の歴史を映したものと解釈して間違いなかろう。彼女はエジェ教授との愛の歴史を誰にも語ることなく心の奥に秘めたままにしていた。それだけになお一層この小説は、シャーロット・ブロンテの秘めた情熱の「発露」(effusion) であると同時に「願望充足」の所産に他ならなかった。そして最後に見落としてならない注目すべき点は、本小説はヒロインを中心とした「成長物語」であると同時に、半世紀前にメアリ・ウルストンクラフト (Mary Wollstonecraft, 1750–97) が唱導した女性の自立と男女同権の必要を、ここで改めて読者の前に明確

に示した点である。次の第24章は上記に続いて男女同権に関するブロンテの基本的姿勢を、アンリとハンズデンとの互いに譲らぬ激しい論争の中に見事に反映させている。

(8)

　第24章は、11月の晴れた日曜日の朝フランシス・アンリと一緒に散歩に出かけるところで始まる。途中で彼女は多少疲れたので、木陰で一休みしていると、英国人の観光客が数名近くを通り過ぎた。その中にハンズデンがおり、二人に気付いて挨拶をした。そのとき彼の表情にどこか意味深長な所があった。彼は彼女をペレの妻ロイターと勘違いしていたのである。彼はそれを確かめるためその日の夕方必ず「私」を訪ねてくると思ったので、彼女を彼に紹介する目的を兼ねて彼女のアパートを訪ねることになるだろうと告げた。予想通りその日の夕方訪ねてくるといきなりその件に触れて、「結婚してまだ日も浅い人妻とデートするとは、君も相当の悪党 (scoundrel) だな」と切り出した。「私」はしばらくの間とぼけた顔をしていたが結局本当のことを教えた。アンリはレース修理婦 (lace-mender) だと言うと、彼は驚いた顔をして、何時もなら彼特有の「嫌味か皮肉」(sarcasm or cynicism) を言うのだが、この時ばかりは何も言わずに黙っていた。そしていかにも同情するような優しい声で、「では失礼するよ。君の未来の妻と幸せを祈る」と言って帰ろうとした。そこで「私」は「彼女と会いたくないのか」と問いかけると、「彼女に迷惑でなければ」と同意した。こうして二人はアンリのアパートを訪ねることになった。彼女が狭い屋根裏 (attics) に住んでいると彼は思ったのか、彼女の部屋の前を通り過ぎて3階に向かう階段を登ろうとしたので、「ここが彼女の部屋だ」と言って彼を引き止め、そして中に入った。ハンズデンは彼女の姿や服装、そして部屋全体の清潔な雰囲気に驚いた様子で、彼の何時もの態度が一変した。彼は紳士らしく丁重に挨拶を交わし、言葉も型通りの礼儀正しいものに変わっていた。そして話題も最初は日常的な問題に触れていたが、英国に話が及ぶとアンリの表情はがぜん活気を帯び始めた。その時の彼女の表情の変化を次のように述べている。

At last England was mentioned and Frances proceeded to ask questions. Animated by degrees, she began to change, just as a grave night-sky changes at the approach of sunrise: first it seemed as if her forehead cleared, then her eyes glittered, her features relaxed and became quite mobile, her subdued complexion grew warm and transparent; to me, she now looked pretty; before, she had only looked ladylike. (pp. 196–97)

終に英国に話が及ぶと、フランシスは自ら進んで質問するようになった。そして次第に熱が帯びてくると、彼女は日の出の接近と共に黒い夜の空が変化するように変わり始めた。初めに彼女の額が明るくなり、次に目が輝き、表情が緩み、そして自由に動き、それまで抑えていた顔色が明るく透明になった。そして今や彼女は私の目にきれいに見えた。以前の彼女はただ女性らしく見えただけであったが。

　こうして彼女はハンズデンと話が弾み、彼女の好奇心は「まるで毒蛇が冬眠から覚めたように」蘇り、二人の対話はいつ果てるともなく続いた。気分が高まると言葉もフランス語から英語に変わっていた。そして話題も広がり、対話は何時しか激しい論争へと発展していった。互に自分の意見を主張して譲ろうとはしなかった。そして遂にハンズデンが立ち上がり、「明日イギリスへ帰るが、1年後また来るから、そのとき竜より好戦的な (fiercer than a dragon) な君に会えるのが楽しみだ」と言って出て行った。

　以上のように第24章の大半は、アンリとハンズデンとの対話で占められている。ハンズデンの存在は前にも述べたように、小説の物語を動かす 'deus ex machina' 的な役割を果たしてきたが、本章の意義はそれ以上にアンリの女性としての成長を決定づけている。言い換えると、本章の価値は前章に続いて、ブロンテ自身が理想とする女性の自立した姿、男性と対等に行動できる姿を見事に描いて見せた点にある。

(9)

　第25章（最終章）は「私」とアンリの結婚で始まる。アンリは叔母の2か月の喪が明けた正月元旦の朝プロテスタントの教会で祈祷書を手に誓いを立てた後、ヴァンデンフーテンに引き渡されて「私」と結婚式を終えた。挙式は極めて簡素で、小説の中でもその描写は、"(We) went through a certain service in the Common Prayer book and she and I came out married: Vandenhuten had given the bride away."と、僅か2行で終わっている。もちろん新婚旅行に出かけることもなかった。第22章の冒頭で述べたペレ氏とロイター嬢との「荘厳な結婚式」と贅沢なパリでの新婚旅行と比べると何たる違いか。ここにも実質

（愛）を伴わない外面を飾るカトリック教批判が明確に表われている。こうして正月の休暇が終わると、二人はいつもと変わらず仕事に就いた。ブロンテはこのように働くことの意味を、「私たちは労働者であり、真面目に努力してパンを稼ぐのが当然である」(We are working people, destined to earn our bread by exertion and that of the most assiduous kind.) と強調している (p. 206)。

　それから1年半が過ぎた6月の晴れた朝、妻は食事をしながら「私は今の仕事に満足していない」と切り出した。その日、彼らは郊外へ散歩に出かける予定を立てていたので、そこでゆっくり彼女の話を聞くことにした。サンザシの木陰の土手に腰を下ろし、フランシスは自分の考えを話し始めた。それは彼女がかねてから計画を立ててきた学校を開くことであった。1年半の間に十分に資金が貯まったので遂にそれを実行する時がきたのである。「私」はこの計画に反対しないどころか心から賛成した。何故なら、「彼女は何もせずに受け身の状態で生きることのできない女性、重要な義務を果たし、何かに集中して真に役立つ仕事をしなくては我慢できない女性であることを知っていた」からである。

　こうして苦節十年、私たちの学校は順調に発展し、大成功を収めることができた。その間、ハンズデン氏の協力によって英国からも多くの良家の子女を迎え入れた。妻フランシスが理想とする「自立」と「義務」を真の意味で見事に果たしたと言える。言い換えると、ブロンテ自身が心に描いてきた理想の生活を小説の中で見事に実現した。つまり彼女の長年の「願望を満たした」のである。しかもそれは同時にウィリアム・クリムズワースとの「愛の願望充足」を果たしたことを意味している。

　ところでブロンテのこのような願望充足の裏には、第一にエジェ教授への満たされぬ不毛の愛があったことは言うまでもないが、第二に、幼少のときに母と死別して孤児意識が極めて強かったこと、第三に、二人の姉が劣悪な学校生活のせいで幼い命を落とした悲しい記憶が心の奥深くにトラウマとなって残っていたことを決して見落としてはなるまい。それだけになお一層、フランシスが経営する学校での生徒に対する深い愛情と気配りは、その記述に3頁を費やしているほどの手厚いものであった。

　このように学校経営に大成功を収めたクリムズワース夫妻は、結婚した当初から時期を見て英国へ戻って自適の生活を送る計画を立てていた。そして十年

が過ぎた今ようやくその時期が到来した。フランシスにとって英国は一生の「憧れの地」(Canaan) であり「約束された土地」(Promised land) であった。彼女の生涯の夢が遂に実現する時が来たのである。ブロンテの言葉を借りると、「私たちは今まさに英国へ飛び立つ決心をした。私たちは無事そこに着いた。フランシスは一生の夢を実現したのである。」(To England we now resolved to take wing; we arrived there safely; Frances realized the dream of her life time.) 彼らは英国の各地を旅して回った後、クリムズワースの郷里（ヨーク州）の田舎町に落ち着いた。それは言うまでもなくブロンテの故郷ハワースを意味していた。彼女はその風景を次のように描写している。

> . . . my heart yearned towards my native county of—shire; . . . That home lies amid a sequestered and rather hilly region, thirty miles removed from X—, a region whose verdure the smoke of mills has not yet sullied, whose waters still run pure, whose swells of moorland preserve in some ferny glens, that lie between them, the very primal wildness of nature, her moss, her bracken, her blue-bells; her scents of reed and heather; her free and fresh breezes. (p. 215)
> ……私の心は郷里の（ヨーク）州を憧れていた。……その故郷は某市から30マイル離れたひっそりとした小高い丘陵地帯であった。そこは緑がまだ工場の煙で汚されておらず、清らかな川は今もなお流れている。そして荒野の丘は、丘の間に横たわるシダの森、原始時代の野生の自然、自然の苔、自然のシダの藪、自然のブルーベル、自然のヨシとヒースの香り、そして自然の自由で新鮮な微風を、今もなおそのまま残している。

そして彼らが住む家と庭について次のように描写している（ブロンテ自身の住む牧師館をそのまま描いている点に注目）。

> My house is a picturesque and not too spacious dwelling, with low and long windows, a trellised and leaf-veiled porch over the front-door; . . . The garden is chiefly laid out in lawn, formed of the sod of the hills, with herbage short and soft as moss, full of its own peculiar flowers, tiny and starlike embedded in the minute embroidery of their fine foliage. (215)
> 私の家は、低くて長い窓と、正面の扉を覆う格子に這わせた木の葉で覆われたポーチのある決して広過ぎない絵のような姿の住居です。……庭は主に山の芝土でできた芝生が敷き詰められ、苔のように短くて柔らかいハーブの他に、繊細な葉で細く縁取られたそこだけの特殊な可愛い星のような花が一杯咲いていた。

さらにポーチの前からヒナギクの咲く小道「ヒナギク小道」(Daisy-lane) が遠くまで伸びており、その先にエリザベス朝時代の古い館「ハンズデンの森」(Hunsden-wood) が建っていた。言うまでもなくハンズデンの住居であった。クリムズワース夫妻とハンズデン氏はこのヒナギク小道を通って互いに旧交を温めるのが日々の喜びとなった。

　さて小説の最後の数頁は、彼らが結婚してから3年後に生まれた長男ヴィクター (Victor) の成長した姿に当てられている。その最初の一例として、彼がハンズデンからもらった愛犬ヨークと散歩中、狂犬病の野良犬と喧嘩して深傷を負った。「私」は家族に感染するのを恐れて、即座に愛犬を銃で撃ち殺してしまった。当時そのような処置は常識であったが、それを見た長男は「私」を恨み、口も利かなくなった。私が彼をいかに宥めて説得しても許してくれなかった。しかし母の愛情と優しさは長男の悲しみを慰め癒し、彼女の説諭は「私」に対する恨みを解きほぐした。ここでもまたその記述に1頁以上を費やしている。こうしてヴィクターが母から学んだ教訓を、「彼の心の土壌の中に、同情と愛情と誠実が健全に膨らむ原種を見た。そして彼の知性の庭園の中に、理性と正義と道義の健全な原理が豊かに成長する姿を発見した。」(I saw in the soil of his heart healthy and swelling germs of compassion, affection, fidelity—I discovered in the garden of his intellect a rich growth of wholesome principles—reason, justice, moral courage . . .) (p. 221) と述べている。

　当時ヴィクターはまだ7~8歳であったが、何れ近い将来イートン校へ入学させる予定であった。一人息子の彼を手放すのは両親にとって非常に辛いことであったが、ハンズデンから指摘されたように「甘やかす」(milk-sop) ことだけは避けねばならないと思っていた。そしてここでもハンズデン氏の存在は小さくなかった。ヴィクターは彼から多くを学んだからである。その様子を次のように描写している。

　　I see him now—he stands by Hunsden—who is seated on the lawn under the beech—Hunsden's hand rests on the boy's collar and he is instilling God knows what principles into his ear. Victor looks well just now—for he listens with a sort of smiling interest, he never looks so like his mother as when he smiles—pity the sunshine breaks out so rarely! Victor has a preference for Hunsden—full as strong as I deem desirable—being considerably more potent, decided and indiscriminating than any I ever entertained for that personage myself. (p. 222)

ヴィクターは今ハンズデンの側に立っているのが見える。ハンズデンはブナ
　の木陰の芝生の上に座り、手をヴィクターの襟に載せ、何か神のみぞ知る原理
　を彼の耳の中に注ぎ込んでいる。ヴィクターはちょうど今楽しそうな顔を見せ
　ている。何故なら、彼は面白そうに微笑みながら耳を傾けているからだ。彼は
　微笑むとき母に一番良く似ている。ただ残念なことに太陽がごく稀にしか照ら
　ない。ヴィクターはハンズデンが好きだ。彼は私が望ましいと願う程度に十分
　強く、私自身が歓迎すべき人物として迎えてきた誰よりも遥かに力強く、毅然
　として、しかも差別をしない人であるからだ。

しかしフランシスにとってハンズデンはこれまで彼女の厄介な論敵であっただ
けに不安であったらしく、「空を舞う鷹から雛を守る鳩のように落ち着かない
様子でヴィクターの周りをうろうろしていた」(she roves with restless move-
ment round like a dove guarding its young from a hovering hawk)。
　それから数日後、「私」は書斎で仕事をしていると、ハンズデンが急に窓か
ら覗き込み、次のようなニュースを伝えた。「私」の兄が鉄道会社の株で大儲
けをしたこと、ヴァンデンフーテン夫妻が来月ここを訪ねてくること、そして
最後に、ペレ氏と妻ゾライドの家庭生活は必ずしも順調とはいかないが、学校
経営がうまく運んでいるので何とか持ちこたえている。以上、小説の主要人物
の消息を伝えたところで幕となる。

結び

　シャーロット・ブロンテは『教授』を書いた背景に、ブリュッセル留学中の
恩師エジェ教授への熱愛があった事実について第3章で詳しく説明したが、小
説の中では彼女自身の激しい情熱は極力抑えられている。その第一の理由とし
て、彼女が帰国後2年近くに渡って彼に熱烈な手紙を送り続けたにもかかわら
ず、最初の数か月間2～3度返事があっただけで、その後は完全に途絶えてし
まった。さすがの彼女も情熱が冷め、自分を冷静に見つめる時が来た。1845
年11月18日の手紙はそれを映している（52～54頁参照）。『教授』はちょうど
その頃に書き始めたので、自分を冷静に客観的に見つめることができたに違い
ない。第二の理由として、作者の名を「カラー・ベル」と男性的偽名を用いた
ために、小説のヒーロー兼ナレーターを男性にせざるを得なかったことが最大
の要因と思われる。もし女性をヒロイン兼ナレーターにしていれば作者自身の

感情をそのまま存分に表現できたに違いないからである。彼女はこの過ちに気付いて、次の『ジェーン・エア』からヒロインがナレーターになっている。従って、後の作品では作者自身の感情をごく自然に思いのまま表現することができた。一方、『教授』ではナレーターである「私」は男性に扮しているものの、作者ブロンテ自身の声を代弁している。そしてヒロインのフランシス・アンリは作者の分身であることは言うまでもない。つまり、主役の「私」はブロンテに対するエジェ教授の優しい部分と彼女の慕情を満たす理想の男性の二役を演じているのである。従って、二人の関係は作者の思い通りに理想的に発展して当然であり、そこには精神的な軋轢も緊張も生じない。

　以上は作家ブロンテ本来の炎の情熱が小説のヒーローの言動に素直に表われなかった主な原因と考えられる。そしてこれが出版会社から拒否された要因の一つであったに違いない。ブロンテ自身もこれを十分認識していたので、『ジェーン・エア』が出版されて爆発的な人気を博した 1847 年 12 月にウィリアムズに宛てた手紙の中で、「『教授』に登場する人物の階級や職業そして性格それ自体は非常に平凡で、全く取るに足りないものである」ことを率直に認めている。しかし「小説の 中盤と後半は私が最も力を入れて書いた」と述べているように（57 頁参照）、そこに登場する真の主役フランシス・アンリは正しく作者ブロンテの分身であり、それだけになお一層彼女の性格や主義主張の説明に熱がこもっている。中でもとりわけ小説のヒーローである「私」との恋愛感情の表現に最大の力が込められている。その背景に、ブロンテ自身のエジェ教授に寄せる激しい恋慕の情が秘められていることを見落としてはなるまい。本小説の最大の見所が正しくここにある。ブロンテは小説を書くことの最大の意味を自分自身の魂と心の発露の場と考えていた。その観点から、フランシス・アンリの登場によって見事にそれを達成したと解釈してよかろう。一方、アンリの恋人役である「私」はブロンテの「願望充足」(wish-fulfillment) を満たすために必要なヒーローであるため、幾らか理想化されてリアリティに欠ける嫌いがある。逆に、もしヒーロー役の「私」がエジェ教授の分身そのものであったとすれば、興奮と緊張に満ちた迫力のある恋愛小説になっていたであろう。だが彼女は彼との関係を妹にさえ話さず、また作者名を男性に偽装するほど自分の姿を公にすることを嫌った。その上、小説の価値をリアリズムに求める彼女はより真実らしくより日常的に見せる必要からこのような結果になった。しかし

この作品に対する彼女の愛着は特別なものがあった。彼女はこの小説を書いてからおよそ4年後（1851年2月5日）ジョージ・スミスに送った手紙の中で、「この作品に対する私の感情は、白痴の子供を溺愛する親の気持ちに匹敵する」（原文は59頁参照）と述べているほどであった。

　本書の第2・3章で詳しく説明したシャーロット・ブロンテの2年間に及ぶブリュッセル留学生活と、その間のエジェ教授との師弟関係を知る者にとって、彼女のこの小説に対する特別な思い入れは至極当然と評さざるを得ない。その背景に秘めた忘れがたい様々な体験、別けても彼に対する沸き立つ恋愛感情をアンリと英語教師との純愛に反映させ、それをリアルに描いたこの一見平凡な「願望充足」の小説に、筆者自身も特別なシンパシーを感じる。

　小説の発端と結末で主役を演じる一見豪放磊落なハンズデンは、その実極めて繊細かつ温情に富んだ紳士で、貴族の出であるにもかかわらず身分の壁を越えて正義感に満ち、ブロンテが重視する原理原則 (principles) をわきまえている。従って、彼は上辺は軽薄に見えるが彼の登場は小説の進行に一種の安心感を与える。ブロンテ小説の主要人物には多くの場合、生きたモデルが存在するが、彼のような人物は彼女の周辺には存在せず、彼女が心に描く理想の男性像であったに違いない。一方、彼と一緒に小説の冒頭に出てくるウィリアムの兄エドワード・クリムズワースは、ブロンテが最も忌み嫌う軽蔑すべき人物であり、ハンズデンと好対照をなす。言い換えると、彼は唯物主義 (sensualism) の典型であり、小説前半のヒロイン、ゾライド・ロイター嬢もまた高慢な唯物主義者の象徴的存在であった。英国国教会の牧師を父に持つブロンテは本質的にローマ・カトリック教を嫌った。それが原因の一つとなって、ウィリアムが教えるベルギーの女生徒は誰一人として尊敬の対象にはならなかった。だがこのような人物の集団の中にただ一人きらりと光る小さな真珠、わが小説のヒロイン、フランシス・アンリがいた。ロイター嬢の執拗な誘惑にうんざりしていたウィリアムはこの小さな真珠を発見して新たな世界が開けたような思いがした。こうして二人の間に愛が芽生えるのを感じ取ったロイター嬢は執拗な妨害工作に出る。二人は引き裂かれて一時は絶望状態になるが、それを乗り越えて再会する。そして一旦職を失ったウィリアムは寛容な知人の助けによって年6千フランの教師の職を手に入れ、その知人の介添えによってフランシスと念願の結婚を果たす。彼女は結婚の条件として、独身時代と同様に自立した職を持

つことを主張して聞き入れられる。その自立の精神はウルストンクラフトが
『女性の権利』(*Vindication of the Rights of Woman*, 1792) の中で主張した基本理
念と全く同じであり、この点から見ても小説『教授』は一見平凡に見えても揺
るがぬロマン主義の精神を貫いていることが分かる。ハンズデンも貴族の身分
でありながら因習や常識の壁を越えて自由奔放に振る舞っている。小説の最終
場面で、フランシスが彼と自由活発に議論を交わす姿は正しく二人に共通した
精神と感情が流れていた何よりの証である。以上の観点から、小説『教授』は
「リアリズムの奥に秘めたロマンス」と解釈してよかろう。しかし表面的には
平凡で刺激のないリアリズムの壁を打ち破ることができなかった。そしてこれ
が出版拒否の最大の原因となった。

　ブロンテはこれに答えて、次に新たに書いた『ジェーン・エア』では一転し
て彼女本来の豊かな想像力を存分に働かせ、炎の情熱の赴くままに「愛」を主
題にした作品に打ち込んだ。こうして 1 年後リアリズムの壁を破った彼女独自
の理想の想像の世界を全 3 巻の長篇小説に創り上げた。なお、最後に一言付け
加えると、小説前半のヒロイン、ロイター嬢は『ヴィレット』の中で、マダ
ム・ベックと名前を変えて準主役の代表として登場するが、年齢が違っても性
格その他様々な点で彼女の延長線上にある。何れの場合もヒーローとヒロイン
の仲を絶えず監視してそれを妨害するため画策する点において共通している。
その作者の心理的背景には、エジェ教授夫人の嫉妬による監視の目に対するブ
ロンテの潜在的な恐怖と警戒心が強く働いていることを見落としてはなるま
い。ブロンテがエジェ教授に出した 4 通の手紙は、何れも屑籠に破り捨てられ
ていたものを警戒心の強い夫人が拾い集めて糊で張り合わせて保存していたも
のである。「監視」(surveillance) がマダム・ベックの性格を象徴する言葉であ
ることを再確認させる行動である。

第5章

『ジェーン・エア』
──秘めた愛の自叙伝

　シャーロット・ブロンテは1846年4月に『教授』を書き上げてその出版を
エイロットとジョーンズに依頼したが、平凡で刺激と興奮に欠けるという理由
で断られた。彼女はそれに屈することなくその後も別の業者に何度も依頼した
が、同じような理由で悉く拒否され続けた。以上の過程については第3章の
第5節で詳しく論じた。それからおよそ4か月後の8月、「一層胸を打つ刺激
的な性格の作品」（原文は55～56頁参照）即ち『ジェーン・エア』(*Jane Eyre:
An Autobiography*) を新たに書き始めた。そして1年後の1847年8月に完成し
てその原稿を出版会社「スミス・エルダー」(Smith, Elder) に送付した。この5
百頁に及ぶ大作を僅か1年間で書き上げたわけであるから、この間彼女はもっ
ぱら執筆に専念したのであろうと想像するのが普通であるが、一家の長女とし
ての義務と責任を果たしながら様々な困難に打ち勝ってこの大作を書き上げた
のである。作品について論じる前に、この1年間の苦難の家庭事情について簡
単に説明しておく。

　まず第一に、シャーロットがブリュッセルから帰国した頃から悪くなってい
た父パトリックの視力が翌1846年に入るとますます悪化した。父の眼病は白
内障であることが分かったので、その方面の医者を探したところマンチェス
ターにウィリアム・ウィルソンという名医がいることを知り、8月初めに妹エミ
リと一緒に直接そこに出向いて彼と相談した。そしてハワースに戻ってから親
友のエレン・ナッシーに送った手紙（8月9日）で、「2週間後父の目の白内障
を手術してもらうため一緒にマンチェスターへ行きます。白内障が十分進んで
いれば直ちに手術しますので、当分そこに滞在することになります」と伝えて
いる。そして25日に手術が行われて無事成功したことを、その翌日再びナッ
シーに伝えている。当時は術後の手当てに長い日時を要したので、シャーロッ
トはアパートを1か月間借りて、そこで自炊しながら父の回復を待つことにな
った。『ジェーン・エア』の執筆は8月から始めたので、マンチェスター滞在

中も執筆に精を出していたことになる。劣悪な環境の中での彼女の集中力は正に驚嘆に値する。

次に、彼女の心配事はこれだけではなかった。それは弟ブランウェルの常軌を逸した日ごろの振舞いだった。それは前年の7月、彼が2年前から務めていたロビンソン一家の家庭教師 (tutor) の職を突然解かれたことに始まる。その理由は、彼の雇い主であるロビンソン氏の妻リディア (Lydia) と密通を重ねた罪によるものだった。同じ一家の家庭教師を務めていた妹アンはこの関係に気付いていたが、シャーロットにとってこの報せは大変なショックであった。1845年7月31日にエレン・ナッシーに送った手紙はその衝撃的な事実を（言葉は婉曲的だが）生々しく伝えている。次にその全文を引用しよう。

> It was ten o'clock at night when I got home—I found Branwell ill—he is so very often owing to his own fault—I was not therefore shocked at first—but when Anne informed me of the immediate cause of his present illness I was greatly shocked, he had last Thursday received a note from Mr. Robinson sternly dismissing him intimating that he had discovered his proceedings which he characterised as bad beyond expression and charging him on pain of exposure ro break off instantly and for ever all communication with every member of his family—. We have had sad work with Branwell since—he thought of nothing but stunning, or drowning his distress of mind—no one in the house could have rest—and at last we have been obliged to send him from home for a week with some one to look after him—he has written to me this morning and expresses some sense of contrition for his frantic folly—he promises amendment on his return—but so long as he remains at home I scarce dare hope for peace in the house—We must all I fear prepare for a season of distress and disquietude. (*Letters*, p. 63)

　私が家に帰ったのは夜の10時でした。ブランウェルは泥酔状態でした。彼は自分の過ちからそのような状態に何度もなっているので、私は初めは何も驚きませんでした。だがアンから彼がこのような泥酔状態になった直接の原因を聞いたとき、私は大変なショックを受けました。先週の木曜日にブランウェルはロビンソン氏から厳しい罷免の通知を受け取ったからです。それはロビンソン氏が話したことをそのまま言葉に表すことができないほど悪い振舞いをブランウェルが犯したその過程を彼が見破ったこと、そして今から永遠に彼の家族全員とのあらゆる繋がりを絶つこと、これを破れば彼の罪を公表する、という内容の通知であった。それ以来私たちはブランウェルには辛い思いをしてきました。彼は自分の精神的苦痛をただアヘンか酒で紛らすことしか考えていなかったが、家族は誰一人として休むことができなかった。そして遂に私たちは彼

を1週間家から出して誰かに世話してもらうしか他に方法がなくなりました。今朝彼から私宛に手紙が届きましたが、彼は自分の愚かな行為を幾分か悔いており、帰ったら償いをすると約束していました。しかし彼が家にいる限り、家庭の平和は到底期待できません。私たち全員は不幸と不安の長い月日を覚悟しなくてはなりません。

　ブランウェルのこのような病状（中毒症状）はその後も治まるどころか悪化の一途を辿った。一方、リディアは自らの過ちを悔い、夫の病気の一因は自分にあると考えて献身的に看病した。しかし彼女の看病も空しく翌1846年5月26日、夫ロビンソン氏は肺結核で死亡した。実情を何も知らないブランウェルはリディアの夫が死亡したので、彼女の愛情が自分に戻ってくると期待した。しかしそれは完全な妄想でしかなかったことに気付いたとき、彼の病気であるアヘンとアルコール依存の度合いが一層ひどくなった。シャーロットが6月17日にナッシーに宛てた手紙はそれを如実に物語っている。

> Shortly after came news from all hands that Mr. Robinson had altered his will before he died and effectually prevented all chance of marriage between his widow and Branwell by stipulating that she should not have a shilling if she ever ventured to reopen any communication with him—Of course he then became intolerable—to papa he allows rest neither day nor night—and he is continually screwing money out of him sometimes threatening that he will kill himself if it is withheld from him—He says Mrs R—is now insane—that her mind is a complete wreck—owing to remorse for her conduct towards Mr R— . . . he[Branwell] will do nothing—except drink, and make us all wretched.
>
> *(Letters*, p. 74)

> （ロビンソン氏が死んでから）しばらくしてあらゆる方面から、彼は死ぬ前に遺言書の条項を、彼の未亡人がブランウェルと交際を再開するならば一文たりとも遺産を受け取ること能わずと明記することによって、彼女とブランウェルとの結婚の機会を有効に封じたというニュースが聞こえてきた。もちろんブランウェルはこれには耐えられなかった。彼は父を昼も夜も休ませなかった。そしてもし金をくれなければ自殺してやると時々脅しながら、父から絶えず搾り取っていた。そして彼が言うには、ロビンソン夫人は夫に対する自分の行為について悔悟の念から、今は気が狂って完全に破滅している。……ブランウェル自身は何もしようとせず、ただ酒ばかり飲んで、私たち全員を惨めな状態にしている。

　ブランウェルのこのような状態がさらに悪化して、他人からも金を借りるようになった。麻薬患者の常套手段である。そして1847年に入ると遂に借金不払いの罪で逮捕状が出るようになった。3月1日のナッシー宛ての手紙はそれ

を示唆している。

> Branwell has been conducting himself very badly lately—I expect from the extravagance of his behaviour and from mysterious hints he drops—(for he never will speak out plainly) that we shall be hearing news of fresh debts contracted by him soon—. (*Letters*, p. 83)
> ブランウェル自身が最近行っていることは全くひどいものです。彼の並外れた振舞いや彼が口にする謎めいた暗示から（何故なら彼ははっきり言わないからです）、彼が新たな借金をこさえているというニュースを私たちは間もなく聞くことになると思います。

　このような次第で親友のナッシーでさえ家に招待できないほど家庭内も全くひどい状態になっていた。シャーロットはそのような環境の中で『ジェーン・エア』の執筆に精を出していたのである。彼女の忍耐と集中力、そして何よりも彼女の作家的情熱に改めて敬意を表さざるを得ない。彼女は自分が体験した身辺の些細な出来事や、人物の言動や表情を敏感に作品の中に採り入れて極めて精彩に描写した。しかしブランウェルの余りにも異常な言動や病状については、作品の中に反映させることは一切なかった。それは親友のナッシー以外の誰にも話さなかったほどブロンテ一家にとって遺憾な恥ずべき出来事であったからだ。敢えてその一例を挙げるとするならば、『教授』の第 12 節のペレ氏とロイター嬢のあの夜の密会の場面ぐらいであろう（82〜83 頁参照）。それはロビンソン邸の庭のボート小屋でブランウェルとリディアが逢引きしている場面を下男に見つかり、二人の破局の原因になった事件をシャーロットが想い起していたのかもしれないからである。

　さてこれは兎も角として、この間に彼女とナッシーとの間で交わされた手紙の主要な話題は、互いに 30 歳という結婚か、生涯自立の人生を送るかを決断する分岐点にきていたので、必然的にこの問題に帰結した。従って、この主題が当時執筆中の『教授』と『ジェーン・エア』に直接反映して当然であった。その観点から後者は前者の続篇と呼んでも間違いではあるまい。実際、両作品の繋がりについて、『ジェーン・エア』がほぼ完成に近づいた 1847 年 8 月 7 日に彼女自身が出版会社スミス・エルダー社に送った手紙は明確にそれを裏付けている（第 3 章、55〜56 頁参照）。筆者も作者の意図に沿ってこの大作を論じることにする。つまり、『ジェーン・エア』を『教授』の続篇として、言い換えると、前者をまず読んでから後者を読むと、なお一層馴染みやすく、作者の意

図がより一層理解できるからある。

　次に、『教授』の唯一最大の失敗はナレーターで主人公の「私」を架空の男性にした点にあった。本来作者の感情をそのまま言葉に表すブロンテにとって、その長所を発揮する機会が最初から奪われたからである。その上、作者の分身であるヒロインが小説の後半にようやく登場するので、作品全体が迫力に欠けるのもやむを得なかった。そしてこれが出版業者のスミス氏に指摘された通り「変化に富んだ面白さに欠ける」結果となった。従って、作者自身もこれを認めているように、『ジェーン・エア』では、「一層胸を打つ刺激的な性格の作品」にするため、主人公であるナレーターを作者の分身の女性にすると同時に、内容に変化をもたすために物語を幼児期から大人に成長してゆく自伝的小説、即ち 'Bildungsroman' の様式を採用した。

『ジェーン・エア』(*Jane Eyre: An Autobiography*)
第 1 巻 (Volume 1)

(1)

　小説の副題が「自叙伝」となっていることからも分かるように、少なくとも第 1 巻は自伝的要素が極めて濃厚である。しかしそれはあくまでも精神的側面においてであり、外面的な出来事や人物の多くは仮想的 (fictitious) ないしは空想 (fancy) によるものである。何よりもまず、小説のヒロインは『教授』のフランシス・アンリと同様に孤児である。違う点はフランシスが 19 歳で登場したのに対して、ジェーンは 10 歳である。そしてこれより後に書かれた『シャーリ』と『ヴィレット』のヒロインも同様に孤児として成長した。シャーロットは 5 歳の時に母と死別した後、父と伯母の手によって育てられたので決して孤児ではなかった。では何故彼女はそれほどまでに孤児にこだわったのか。その答えは小説『ジェーン・エア』の第 1・2 章で明らかにされている。ジェーンは幼少の頃父に続いて母とも死別し、その後母の弟リード氏に引き取られて家族同然の生活をしていたが、その優しい叔父も間もなく死亡した。ところが叔父の死後、未亡人のリード夫人から召使以下のひどい扱いを受けるようになった。そして三人の従兄妹のとりわけ長男のジョンから単なる差別を通り越した迫害を受け続けた。その一例として、彼女の唯一の楽しみである読書をして

いたとき、彼が突然部屋に入ってきて、彼女の大好きな本 (*Bewick's History of British Birds*) を取り上げて次のように述べた。

> You have no business to take our books; you are a dependent, mama says, you have no money; your father left you none; you ought to beg, and not to live here with gentlemen's children like us, and eat the same meals we do, . . . (p. 10)
>
> お前には我々の本など用がない。お前は従者だ。ママの言うには、お前は文無しだ。お前の父はお前に一銭も残さなかった。だからお前は物乞いしなければならない。お前は紳士の子供と一緒に生活し、我々と同じ食事をすべきではないのだ。

　彼はこのように言ってジェーンを殴り倒した。頭に深い傷を負った彼女はさすがに我慢がならず猛然と彼に飛び掛かった。その騒ぎを聞きつけたリード夫人は彼女をこっぴどく痛めつけた末に「赤い部屋」(red-room) と称する部屋へ閉じ込めてしまった。その部屋はリード氏が最後に息を引き取った部屋で、今もなおそのベッドが当時のままそこに残されていた。ジェーンはその部屋に一昼夜閉じ込められていたので、真夜中にリード氏の亡霊を何度も見た。その時の恐怖を長年忘れることができず、しばしば悪夢となって現われた。

　彼女に対するリード一家の迫害はその後も別の形、つまり差別的な言葉や態度で続いた。第2章はこのような差別的な言葉や行動の連続であった。だが中でも最も彼女の胸に強く響いたのは、「もし私が元気で、明るく聡明で、気楽で、強引で、綺麗で活発な子供であったなら、たとえ身寄りがなく友人がいなくても、リード夫人は私の存在をもっと気持ちよく受け入れたであろう」(had I been a sanguine, brilliant, careless, exacting, handsome, romping child—though equally dependent and friendless—Mrs. Reed would have endured my presence more complacently; . . .) (p. 15) という思いを植えつけられたことであった。

　このようにリード一家から受けた迫害に対する怨念にも似た怒りと憎しみの感情は小説の第1・2章を満たしているが、その感情の源はシャーロットが幼少の頃コーワン・ブリッジの女子寄宿学校で受けた苦い体験によるものだった。これについては本書第1章の初めに述べたように（6頁参照）、彼女の母の死後間もなく二人の姉マリアとエリザベスが入学したこの学校での厳しい生活が原因で病床に伏し、帰宅後相次いで他界した。そしてシャーロットに続いて妹エミリも同じ学校に入学して共に経験した苦い想い出が重なって、この学校とそ

の経営者に対する憎悪の念は生涯拭い去れない一種のトラウマとなって彼女の心に残った。小説『ジェーン・エア』の第 1・2 章のリード一家に対する厳しい感情はそのトラウマの余波と理解して好かろう。そして第 4 章以下のゲイツヘッド (Gateshead) における学校生活の描写にそれがもろに表れてくる。

(2)

　第 3 章は次の場面で始まる。ジェーンが「赤い部屋」の暗闇の中に閉じ込められ、夜中に亡きリード氏の亡霊を見たため恐怖のあまり気を失っていたが、翌日目を覚ますと自分のベッドに横たわっていた。そして側に下女のベッシー (Bessie) が手に洗面器を持って立っていた。そして枕元に一人の紳士が座っていた。彼はリード家の使用人が病気の時だけ招かれる薬剤師 (apothecary) のロイド氏 (Mr. Lloyd) であった。当時は「薬剤師」と「医師」(physician) とは厳然と区別されており、金持ちや身分の高い人は「医師」に診てもらった。従って、「薬剤師」と訳すより「下級医師」と呼んだ方が意味を正しく伝えている。それを裏付けるように、ジェーンは、「私は彼を知っていた。何故なら、ロイド氏は薬剤師で、召使が病気の時リード夫人が彼を招いたからである。しかし彼女自身と彼女の子供の場合は医師を雇っていた」(I knew him; it was Mr. Lloyd, an apothecary, sometimes called in by Mrs. Reed when the servants were ailing: for herself and the children she employed a physician.) (p. 18) と述べている。以下、彼とジェーンの対話が第 3 章の大半を占めている。ただ中間に、ベッシーのジェーンに対する優しさを物語る対話や歌が組み込まれている。

　まずこの医師は「目は鋭く、厳しい表情をしているが、心の優しい顔」をしており、病人の苦しい原因を納得するまで聞いてくれる。最初ジェーンの説明を容易に理解してくれなかったが、彼女は遂に勇気を振り絞って事の次第を全て有りのまま話した。彼は全てを聞き終えたとき、「本当にここを出たいのか」と尋ねたので、彼女ははっきりそうだと答えた。すると彼は「学校へ行きたいのか」と尋ねた。ジェーンはベッシーから学校へ行った若い女性が絵も音楽も良くでき、知識も広く、フランス語もできることを聞かされていたので、潜在的な競争心から「行きたい」と答えた。その上、何よりも「変化」と「旅立ち」を強く求めていることを次のように述べている。「その上、学校は完全な変化であろう。それは長い旅を意味している。ゲイツヘッドからの完全な離別であ

り、新しい人生への出発である」(Besides, school would be a complete change; it implied a long journey, an entire separation from Gateshead, an entrance into a new life.) (p. 24) と。「完全な変化」と「長い旅」は「成長物語」の特徴である。『ジェーン・エア』には全部で4回の「長い旅」があり、その旅ごとに新しい運命的な出会いと大きい「変化」を経験している。ブロンテはここに『教授』の中に見られなかった刺激と興奮を求め、結果的に大成功を収めた。そしてこの成長物語の身近な見本としてディケンズの『オリヴァ・トゥイスト』(*Oliver Twist*, 1838) を強く意識していたにちがいない。それは次の第4・5章で一層はっきりしてくる。

　さて、この善良な薬剤師は帰り際にリード夫人と会って、ジェーンが学校へ行くことを希望している旨を伝えた。夫人はジェーンを1日でも早く追い出したかったので喜んでこれを了承した。ジェーンはこの事実をベッシーとアボットが話しているのを寝床で聞いた。その時アボットが「もしジェーンは立派で可愛い子であったなら、彼女の哀れな運命は同情されたであろうに。あのように小さなヒキガエルでは誰も気にもかけないだろう」(if she were a nice, pretty child, one might compassionate her forlornness; but one really cannot care for such little toad as that.) と話すのを、ジェーンは耳にした。

　続く第4章は、ジェーンがリードの家を1日でも早く出られることを待ちわびる言葉 ── ". . . a change seemed near,—I desired and waited it in silence." ──で始まる。そしてベッシーはジェーンが近く家を出ることを知ってから、彼女に対する態度は明らかに優しくなった。彼女自身の言葉を借りると、"she had a capricious and hasty temper, and indifferent ideas of principle or justice: still, such as she was, I preferred her to any one else at Gateshead Hall."(p. 28)「ベッシーは気紛れで短気で、そして原則や正義に無関心だった。しかし彼女のような女性を私はゲイツヘッド・ホールの他の誰よりも好きだった。」こうして二人は最後の別れる瞬間まで互いの友情を深めていった。

　さて、ジェーンがゲイツヘッドを去ることが決まってからおよそ3週間後、彼女が行く予定の「ローウッド学校」(Lowood School) の支配人ブロクルハースト氏 (Mr. Brocklehurst) が訪ねてきた。ジェーンの人物調査に出向いて来たのである。そこでまずジェーンとの対話に始まり、その後リード夫人との対話が続く。そして最後にジェーンとリード夫人との激しい言葉のやり取りで終わ

っている。小説『ジェーン・エア』第1巻の最初の見所で、クライマックスで
もある。全部で8頁以上に及ぶのでその一部だけ紹介すると、まず、ブロクル
ハーストの「聖書を読むか」の質問に答えて、彼女は「黙示禄」「ダニエル書」
「創世記」「サムエル記」「出エジプト記」「列王記」そして「ヨブ記」等を読む
と述べた。これに対してブロクルハーストは「讃美歌は好きか」と問い直すと、
彼女は「讃美歌は面白くない」(Psalms are not interesting.) と答えた。すると
彼は直ちに次のように説教を始めた。「それは君の心が邪悪な証拠だ。君は神
様に心を変えてください、新しい綺麗な心をください、私の石の心を取り除い
て肉の心をください、とお祈りしなければなりません」(That proves you have
a wicked heart; and you must pray to God to change it: to give you a new and a
clean one: to take away your heart of stone and give you a heart of flesh.) と。ジ
ェーンは「心を新しいものに変える手術の方法を教えてください」と問い返し
てやろうと思ったが、その時リード夫人が「私たちの中に入ってきて、その椅
子に座りなさいと私に命じた後」次のように述べた。

> Mr. Brocklehurst, I believe I intimated in the letter which I wrote to you three
> weeks ago, that this little girl has not quite the character and disposition I could
> wish: should you admit her into Lowood school, I should be glad if the
> superintendent and teachers were requested to keep a strict eye on her, and,
> above all, to guard against her worst fault, a tendency to deceit. I mention this in
> your hearing, Jane, that you may not attempt to impose on Mr. Brocklehurst.
>
> (pp. 32–33)
>
> ブロクルハースト氏、私は3週間前あなたに、この小さな女の子は私が望む
> ような性格と気性を全く持っていない、と手紙でお知らせしました。あなたは
> 彼女をローウッド・スクールに入学を許可してくださって、校長先生と教師の
> 方々にお願いして彼女を厳しく監視していただければ、私は本当に嬉しく思い
> ます。そしてとりわけ彼女の最悪の欠点である嘘をつく性癖に注意してくださ
> ると有難いです。ジェーン、お前がブロクルハースト氏を騙そうという気を起
> こさないように、今お前の目の前で特にこのことを言っておきます。

これを聞いたブロクルハーストは、「欺瞞は本当に子供の嘆かわしい欠点です。
それは嘘偽りと同じです。嘘をつく子は全て火と硫黄で燃える湖の中に入るこ
とになるでしょう。しかし彼女はよく監視しましょう。リード夫人、私はテン
プル嬢と教師の方々に話しておきましょう。」(Deceit is, indeed, a sad fault in a
child; it is akin to falsehood, and all liars will have their portion in the lake

burning with fire and brimstone: she shall, however, be watched, Mrs. Reed; I will speak to Miss Temple and the teachers.) (p. 33) と同調した。そして最後に、ローウッドの教育はキリストの教えに基づいていることを強調する。即ち、

> Humility is a Christian grace, and one peculiarly appropriate to the pupils of Lowood; I, therefore, direct that especial care shall be bestowed on its cultivation amongst them. (p. 34)
>
> 謙遜はキリスト教徒の美点です。それは特にローウッドの生徒に相応しいものです。それ故に私は生徒たちの間でその教育に特別注意を払うように指導しています。

そして生徒の服装や髪型は年齢とは無関係に（人間の本性を無視して）全員同じである点を特に強調している。

> Consistency, madam, is the first of Christian duties; and it has been observed in every arrangement connected with the establishment of Lowood: plain fare, simple attire, unsophisticated accommodations, hardy and active habits; . . .
> (p. 34)
>
> 奥様、一貫性こそキリスト教徒の第一の義務です。それはローウッド学校に結び付くあらゆる制度において順守されています。それは質素な食事、簡素な服装、簡素な宿泊設備、丈夫で活動的な衣服などです。

ここで述べるローウッドのカルヴィン主義に基づく厳しい規律や「質素な食事」に「簡素な施設」は、ブロンテ姉妹が幼い頃に入学したコーワン・ブリッジの寄宿学校そのものを、激しい怒りを胸に秘めて述べた言葉であることは言うまでもない。シャーロットの二人の姉はこれが原因で病状がさらに悪化して死亡したからである（7 頁参照）。

さて、ブロクルハーストはこのように述べた後、帰り際にジェーンに 1 冊のパンフレットを「お祈りしながらこれを読みなさい」と言って手渡した。それは『子供の教育』(*Child's Guide*) と題する本であったが、中でも特に「マーサ・G という名の嘘をつく悪い習慣の子供が恐ろしい突然死をした話」(an account of the awfully sudden death of Martha G—, a naughty child addicted to falsehood and deceit) の箇所をぜひ読んでおきなさいと言った。嘘をつくことが何よりも嫌いで、そのためにリード夫人からひどい虐待を受けてきた「私」が嘘つきの汚名をきせられたことに我慢がならなくなり、素知らぬ顔で縫い物をしている彼女の姿を見ると突然怒りが込み上げてきた。そして遂にそれが言葉となって

爆発した。

> "I am not deceitful: if I were, I should say I loved you; but I declare, I do not love you: I dislike you the worst of anybody in the world except John Reed; and this book about the liar, you may give to your girl, Georgiana, for it is she who tells lies, and not I." (p. 35)

> 「私は嘘つきではない。もし嘘つきであったら、私はあなたが好きだと言ったでしょう。だがはっきり言いましょう、私はあなたが好きではない。ジョン・リードを除く世界中の誰よりも一番あなたが嫌いだ。この嘘つきの本はあなたの娘のジョージアナに上げてください。嘘をつくのは彼女で、私ではないからです。」

ジェーンはこの後さらに胸に詰まった怒りをぶちまけた。中でもそれは「赤い部屋」に一昼夜閉じ込められたあの非道な仕置きに対する激しい抗議であった。彼女はこれら全てを言い尽くすと無上の解放感を覚えた。それを次のように表現している。

> . . . my soul began to expand, to exult, with the strangest sense of freedom, of triumph, I ever felt. It seemed as if an invisible bond had burst, and that I had struggled out into unhoped-for liberty. (p. 36)

> 私の魂はこれまで経験したことのない最も不思議な自由と勝利の気分で広がり、高まり始めた。それはまるで、目に見えない拘束が突然切れ、そして予想もしない自由の中へくぐり抜けたような気分だった。

シャーロット・ブロンテの小説の主要な登場人物は実在の人物をモデルにすることが少なくなかったが、ジェーン・エアをこれほどまでに迫害したリード夫人はあくまでも架空の人物であった。ブロンテは人間社会の様々な不正や不条理の象徴的姿を架空のリード夫人に求め、自らの内に秘めた怒りを彼女にぶちまけたのであった。一方ブロクルハーストは、ブロンテ姉妹が幼少の頃に寄宿したコーワン・ブリッジの学校の創設者で支配人であったウィルソン牧師 (Revd. William Carus Wilson, 1791–1859) がモデルになっている。彼女の二人の姉がこの学校のカルヴィン主義に基づく厳しい教育制度と劣悪な食事が原因で持病が悪化して死を早めることになった、この事実をシャーロットは生涯忘れることがなかった。彼女はこの記憶をブロクルハーストの歪んだ教育方法とジェーンに対する不条理な仕打ちに見事に反映させた。だが彼の描写には何処かカリカチャー的な要素があり、必ずしも憎めない所がある。しかしコーワン・

ブリッジの学校に対する遺恨は生涯断ち切ることができなかった。その怒りの感情は次の第5章において、彼女の長女マリアの分身であるヘレン・バーンズ (Helen Burns) の登場と同時に頂点に達する。

(3)

　第5章は1月10日の朝5時前ジェーンが出発の準備をしている場面から始まる。午前6時に彼女の住むゲイツヘッドの門前でローウッドに向かうコーチが停車するからである。ベッシーがただ一人ジェーンと同時に起きて朝食の準備をしている。しかしジェーンは緊張と興奮のせいで朝食が喉を通らなかった。こうして出発の準備が終わり、時間が来たので6時5分前に門の前に出た。しばらくすると馬車が近づく音が聞こえ、彼女の前で止まった。手荷物が車の中に放り投げられ、「急げ」と言ってベッシーと抱き合う「私」を無理やり引き離した。こうしてジェーンは全く知らぬ世界へ運ばれて行った。彼女はその旅の記憶を次のように述べている。

> I remember but little of the journey: I only know that the day seemed to me of a preternatural length, and that we appeared to travel over hundreds of miles of road. (p. 41)
> 私はその旅についてほんの僅かしか覚えていない。その日は私にはとてつもなく長い1日で、数百マイル以上の道を旅したように見えたことだけ覚えている。

ジェーンにとって最初の旅立ちであり、人生航路の始まりでもあった。未来にどのような試練が、或いは幸せが待っているのか、不安と興奮の内に何時しか眠ってしまった。そして車が激しく揺れて止まったので目を覚ますと扉が開き、そこに召使らしい姿の女性が立っていた。そして「ジェーン・エアという女の子はいませんか」と言った。こうして彼女に連れられて目的のローウッドの学校に入った。校舎は非常に長く、壁にはいくつもの窓があった。中に入って幾つもの廊下を通って暖炉の火が赤々と燃える暖かい部屋に入った。そこで最初に見た人は「黒い髪に、黒い目をした背の高い、堂々とした威厳のある女性」だった。彼女は優しい声で「一人で来たの」とジェーンに問いかけ、そして側にいた若い女性に「この子は直ぐに床に就かせた方がよい、とても疲れているようだから」と言った。そして「お腹を空かせているようだからすぐに夕食を取らせなさい」と指示した。この若い女性は下級教師（under-teacher, 下級生

を担当する教師。逆に上級生を担当する教師は 'upper-teacher'）のミラー嬢 (Miss Mirrer) で、年齢は 25 歳前後であった。一方、最初に会った威厳のある夫人はこの学校の校長に相当するテンプル嬢 (Miss Maria Temple) で、年齢は少し年上の 29 歳前後であった。

　さて、ジェーンはその若い教師に連れられて静かな廊下を歩いて行くと、遠くの部屋から騒音が聞こえてきた。近づいてみるとそこは生徒たちの自習室で、翌日の授業の準備をしている最中であった。生徒の数は約 80 人と聞かされて驚いた。ミラー嬢はジェーンに扉の近くの席に座るように命じた。そしてモニター（助教生）に教科書などを集めさせた後、夕食の用意をするように命じた。盆に載せて運んできた食事は水と薄っぺらなオート・ケーキだけであった。しかしジェーンは余りにも疲れていたので食事が喉を通らず、水だけ飲んで終わった。それから全員は寝室に向かった。寝室は大きな長い部屋で、ベッドが並んでいたが、全員が一つのベッドに二人寝ることになっていた。ジェーンはその夜ミラー嬢と一緒に寝た。こうしてジェーンの最初の 1 日は終わった。

　さて、ローウッド最初の朝は夜明けのベルで始まった。皆一斉に起きて顔を洗うと、二度目のベルがなり、全員が教室に向かった。そこで生徒が 4 組に分かれて、4 脚のテーブルの周りの椅子に座った。しばらくすると三人の別の助教師が入ってきて、それぞれのテーブルの椅子に座った。ミラー嬢はジェーンと同じ四つ目のテーブルの椅子に座り、朝の祈祷が始まった。そして聖書の中の数章を読み終わると、今度は「圧倒的に高い」ベルの音が聞こえたので一斉に食堂に向かった。ブロンテは以上の過程を非常に詳しく描写しているが、それは彼女がコーワン・ブリッジの寄宿学校で体験したことをそのまま採り入れたものに違いない。こうして朝食が始まったが、持ち込まれた「粥は古いものを焼き直した」(The porridge is burnt again.) 食事であったので、臭くてかちかちで誰も手を付けようとしなかった。上級生の一人が、"Abominable stuff! How shameful!"「何とひどい食事だ。恥を知れ」と呟いた。ジェーンは丸一日何も食べていなかったので、無我夢中で 2～3 口したものの後は止めてしまった。

　朝食が終わると授業が始まるまで 15 分の休憩時間があった。その間生徒たちは皆口々に朝食について不満を述べていた。中でも上級生はミラー嬢を囲んで、支配人のブロクルハーストに抗議の言葉を吐いていた。ミラー嬢は生徒たちを表情でたしなめていたが心で同調していた。そして 9 時のベルが鳴ると皆

第5章『ジェーン・エア』　135

一斉に各自のサークルに戻り、ミラー嬢はジェーンが所属する最下級のテーブルに就いた。と同時に3人の上級教師が入ってきてそれぞれのテーブルに就いた。80人の全生徒が少女から大人の女性まで皆同じ服装と同じ髪型の正に異様な集団であった。ブロンテはこれを次のように詳細に描写している。

　　　. . . a quaint assemblage they appeared, all with plain locks combed from their faces, not a curl visible; in brown dresses, made high and surrounded by a narrow tucker about the throat, with little pockets of holland (shaped something like a Highlander's purse) tied in front of their frocks and destined to serve the purpose of a work-bag: all too wearing woolen stockings and country-made shoes fastened with brass buckles. Above twenty of those clad in this costume were full-grown girls; or rather young women: it suited them ill, and gave an air of oddity even to the prettiest. (pp. 45–46)
　　　……それは不思議な集団であった。彼女達は全員、顔から櫛で梳いたカールが一つとして見えない飾り気のない髪、喉の周りを狭いレースで巻いて高くしたポケットのある茶色の服、（ハイランド人の財布のような形をした）オランダ織の小さなポケットを前に縫い付けて仕事袋の役をさせている子供服を纏い、そしてまた全員がウールの靴下と真鍮の締め金で縛った田舎づくりの靴を履いていた。このような制服を着た全生徒の中の20人以上は十分に成長した女子か、若い大人の女性であった。それは彼女達には全く不似合いであり、最も綺麗な生徒にとっても不釣り合いに見えた。

上記の中でも最後の2行は特に注目に値する。十分成長した生徒にも十歳未満の子供と同じ制服を着せるカルヴィン主義の型にはまった狭隘な教育制度に、ブロンテは全く我慢がならなかったからである。前の小説『教授』では、外面だけを飾り立てるカトリック教の儀式とその倫理観に憤懣の色を隠せなかったが、『ジェーン・エア』ではこれに劣らずカルヴィン主義に鋭い批判の目を投げかけた。それは小説の最後まで一貫している。

　さて、午前中の授業が終わった時、それまで教室の奥で控えていた背の高い威厳のある女性、ジェーンが最初の夜に会った女性が教室の前に出てきて、全生徒に向かって次のように述べた。

　　　You had this morning a breakfast which you could not eat: you must be hungry:—I have ordered that a lunch of bread and cheese shall be served to all.
　　　　　　　　　　　　　　　　　　　　　　　　　　　　　　　　(p. 47)
　　　皆さんは今朝の食事が食べられなかった。お腹が空いているに違いない。私は昼のランチにパンとチーズを全員に供するように命じておきました。

この言葉を聞いた教師は皆驚いた顔をしていた。というのも、この学校の絶対的権力者は支配人のブロクルハーストであり、彼の許可なしに何もできないことを知っていたからである。しかしこの女性は自分の責任でこのような温情ある行動をとったのである。言うまでもなく彼女はこの学校の校長に相当する "superintendent" のテンプル嬢であった。ブロンテはこの女性の容姿とその特徴について半頁に渡って説明しているが、端的に言ってジェーンが心から尊敬できる立派な先生であった。そして彼女の生きたモデルはシャーロットがロウ・ヘッドの生徒の頃の恩師であると同時に生涯の親友であったマーガレット・ウーラー嬢であったことを申し添えておく。

さて、皆ランチを食べ終えると一斉に校庭に出た。しかし外はとても寒く、体の弱い生徒は体を丸めて一か所に集まっていた。その中の一人はしきりと咳をしていた。よく見ると彼女はグループから少し離れてひたすら本を読んでいた。ジェーンは何とはなしに彼女の側に近づいて読んでいる本を見た。そこには文字がぎっしり詰まっており、ジェーンがいつも読む本と趣が全く違っていた。それに気づいた彼女はジェーンを見つめて、「見てもいいわよ」と言って本を差し出した。見るとその本のタイトルは 'Rasselas' (Dr. Samuel Johnson の1759 年の作) であった。ジェーンは読書が大好きだったが、日ごろ読んでいる本と違って難しそうであったので返した。すると彼女は直ぐ元の姿勢に戻ってその本を読み始めた。しかしジェーンは彼女といろいろ話をしたくなり、勇気を振り絞って、「学校の新しい建物の戸口の上に 'Lowood Institution' と銘打っているのは何故か」と、「学校」ではなく「施設」になっている意味を尋ねてみた。彼女は読書を辞めてその意味を丁寧に教えてくれた。簡単に言って、この学校は生徒の授業料で運営されているのではなく、資金の多くは慈善団体の寄付によることを教えてくれた。従って、ここに来る生徒は全て、両親もしくは片親を亡くした孤児であり、彼女自身も孤児であることを告げた。ジェーンも孤児であったので俄かになお一層親しみを感じ、次から次へと質問をした。そして戸口の上の銘板の 'Naomi Brocklehurst' はこの学校の創設者で、現在の支配人は彼女の息子であることが分かった。従って彼は絶対的な権力を握っており、学校の運営は全て彼の認可を得なければならなかった。しかし昼のランチは彼の認可なしに、テンプル嬢の一存で与えられたものであった。それだけになお一層彼女の勇気のある温情がジェーンの心に染みたに違いない。二人は

なおも話を続け、ジェーンは各教師の性格などについて質問した。そして中でも特に「小さな体の黒髪」のスカチャード (Scatcherd) 嬢について尋ねると、「彼女は短気だから、怒らせないように気を付けなさい」と忠告してくれた。こうしてしばらくするとディナーのベルが鳴ったのでみんな食堂に入った。そして食事が終わると午後の授業が始まった。

　その授業中に彼女の注目を惹いた「唯一最大の出来事」は、昼間に親しく話をしたあの 4 歳ほど年上の彼女がスカチャード先生の怒りを買って、広い教室の中央に立たされるのを見た時であった。あの尊敬する先輩がこのような侮辱を受けても涙一つ流さずに黙って耐えている姿に驚かされた。もし自分だったら穴に入りたいような気分になったであろうと思いながら、彼女が一体何を考えているのだろうか、と次のように想いを巡らした。

> She looks as if she were thinking of something beyond her punishment—beyond her situation: of something not round her nor before her. I have heard of day-dreams—is she in a day-dream now? Her eyes are fixed on the floor, but I am sure they do not see it—her sight seems turned in, gone down into her heart: she is looking at what she can remember, I believe; not at what is really present. I wonder what sort of a girl she is—whether good or naughty. (p. 51)
> 彼女は自分が受けた罰を（遥かに）超えた、つまり自分の立場を超えた何かについて考えているように見える。自分の周囲や自分の前のことは全く考えていないように見える。私は白昼夢について話を聞いたことがあるが、彼女はいま白昼夢の状態にいるのだろうか。彼女の目は床を見据えているが、それを見ていないと私は思う。彼女の視線は内に向かい、彼女の心の中に深く入り込んでいるように見える。彼女は思い出すことのできる過去の何かを、現実の目の前の事柄ではない何かをきっと見つめているに違いない。彼女は一体どういう種類の女の子か、良い子かそれとも悪い子か、と私は訝る。

このように自らに問いかけることによってこの不思議な病弱の少女に読者の関心を集中させる。そしてこの少女ヘレン・バーンズこそブロンテ自身も述べているように、彼女の長女マリアの分身に他ならなかった。ブロンテは彼女を心から尊敬し愛していたが、第 1 章でも述べたように 12 歳の若さでこの世を去った。その原因は、小説の中でも絶えず咳をしていることからも分かるように、在学中にすでに肺結核に侵されていた。しかし学校側の無責任な処置と厳しい教育制度によって病状がさらに悪化して死を早める結果になった。これに対する怨念に近いブロンテの怒りは生涯彼女の心から消えることがなかった。それ

は既に述べたようにジェーンのリード夫人に対する反発と憎しみとなって表され、さらにヘレンの登場と同時に彼女に対する教師スカチャードの不条理極まる冷酷な処罰により一層強く表れている。だがその一方で、長女マリアの死後20年以上過ぎた今、上記のジェーンの言葉からも読み取れるように彼女の姿がさらに一層浄化され、現実を離れた霊的存在へと高められている。これは長女マリアの霊に捧げる想い出のイメージであったに違いない。以上の観点から、ヘレンの登場はこの学校の教育制度に対するブロンテ自身の厳しい声であり、小説『ジェーン・エア』第1巻の影のヒロインでもあった。

(4)

第6章はジェーンがローウッドの学校へ来て二日目の朝を迎えた場面から始まる。まず、シャーロットはコーワン・ブリッジの学校の朝食の時に体験したことを想い起しながら次のように述べている。

> Before the long hour and a half of prayers and bible reading was over, I felt ready to perish with cold. Breakfast-time came at last, and this morning the porridge was not burnt; the quality was eatable, the quantity small; how small my portion seemed! I wished it had been doubled. (p. 51)
>
> 1時間半の長い祈祷と聖書の朗読が終わる前に私は寒さで死にそうに感じた。朝食の時間が遂に来た。今朝の粥は焦げていなかった。味は食べられたが、量は少なく、私の分は特別少なく見えた。私はこの倍が欲しかった。

授業は何時ものように始まった。ジェーンは最下級の第4クラスに入れられた。ヘレンは最上級の第1クラスにいた。全クラスは同じ部屋にいるので、第1クラスの様子はもちろん声まではっきり聴きとることができた。第1クラスでスカチャード嬢は英国史を教えていたが、彼女の生徒に対する質問は中身ではなく名称や日時ばかりで、それに正しく答える生徒は一人もいなかった。しかしヘレン・バーンズは只一人その質問にすべて正しく答えた。ところがスカチャード嬢は彼女を褒めるどころか突然大声で、「お前は汚い不愉快な女だ。お前は今朝爪を一度も洗っていない」(You dirty, disagreeable girl! You have never cleaned your nails this morning!) と叱りつけた。それを聞いたジェーンは今朝水が凍っていたので仕方がないと思った。それからしばらくして気付いて見ると、ヘレンは彼女に命じられて部屋から出て箒を持って戻って来てそれを彼女

に手渡した。すると彼女はいきなりヘレンのピナフォーを脱がし、その箒で彼女の首筋を12回殴打した。ヘレンは涙一つ流さずにそれに耐え抜いた。スカチャード嬢はヘレンの並外れた知性の高さと平然とした態度に対して、嫉妬の混じった劣等感からこのような復讐に近い冷酷な行動に出たのである。

　さて、二日目の授業も終わり、夜の自由な時間が来た。生徒はグループを作って暖炉の周りに集まって談笑している中で、ヘレンは只一人離れて暖炉の火を明かりに本を読んでいた。ジェーンは彼女とゆっくり話す機会が欲しかったので、彼女に『ラセラス』を読んでいるの、と話しかけた。彼女は今読み終えたところと答えた。こうして二人の対話が第6章の後半を占めている。本章の最大の見所である。筆者の解釈を多少加味してその要点を説明すると次のようになる。

　ヘレンが訳もなく体罰を加えられることに対して何一つ抵抗しないで黙って耐えているのは何故か、ジェーンならその鞭をもぎ取ってへし折ってやると述べると、彼女は「そのようなことをすると、退学させられて親族に迷惑がかかるだろう」と戒める。次に、ヘレンは教師の質問に全て正しく答えたにもかかわらず、なぜ教室の中央に立たされたのか、という質問に対して、「自分はその英国史の部分（チャールズ1世の処刑の箇所）を日頃から興味を持って読んでいたので教師以上に良く知っていたからであり、それ以外はスカチャードの授業が退屈だから自分の楽しい夢想に耽っていて全然答えられないことが多いからだ」と述べる。そこで「テンプル先生の場合はどうだ」と問い返すと、「彼女の授業は内容が立派で面白いので夢想にふける暇はない」と答えた。そして最後に、スカチャードのような横暴を許しておくと、世の中は独裁者が自由勝手に権力を行使する時代に戻ってしまうという主旨の反論をした。するとヘレンはしばらく黙っていたが、「暴力は憎しみを抑えることができず、復讐は受けた傷を癒すことができないからだ」と述べた後、キリストの教えに従いなさいと次のように語る。"Love your enemies; bless them that curse you; do good to them that hate you and despitefully use you."「汝の敵を愛し、汝を呪う人を祝福し、汝を憎み、汝を侮辱する人に対して親切にしなさい」と。これに対してジェーンは、「リード夫人を到底愛することはできないし、彼女の息子のジョンを祝福することなど不可能だ」と反発した。ヘレンはそれは何故かと聞いたので、ジェーンは怒りの理由を腹の空くまでぶちまけた。それを聞き終

えた彼女はしばらく黙って考えていたが、最後に次のように語った。長広舌であるので一部を割愛して引用する。

　　She[Mrs. Reed] has been unkind to you, no doubt; because, you see, she dislikes your cast of character as Miss Scatcherd does mine: but how minutely you remember all she has done and said to you! What a singularly deep impression her injustice seems to have made on your heart ! No ill usage so brands its record on my feelings. Would you not be happier if you tried to forget her severity, together with the passionate emotions it excited? Life appears to me too short to be spent in nursing animosity, or registering wrongs. We are and must be, one and all, burdened with faults in this world: but the time will soon come when, I trust, we shall put them off in putting off our corruptible bodies. . . . I hold another creed; which no one ever taught me, and which I seldom mention; but in which I delight, and to which I cling; for it extends hope to all: it makes Eternity a rest—a mighty home, not a terror and an abyss. Besides, with this creed, I can so clearly distinguish between the criminal and his crime; I can so sincerely forgive the first while I abhor the last: with this creed revenge never worries my heart, degradation never too deeply disgusts me, injustice never crushes me too low: I live in calm, looking to the end.

(pp. 57–58)

　　リード夫人はあなたに冷たかった。何故なら、あなたも知っているようにスカチャード嬢が私の性格が嫌いであるのと同様に、リード夫人はあなたの性格が嫌いだったからです。だがあなたは彼女が行ったことや言ったことを、何と細かい点まで実に良く記憶していることか。彼女の不当な扱いはあなたの心に何とも不思議なほど深い傷跡を残したように見えます。私の場合は、ひどい扱いを受けても自分の感情に強い傷跡を残すことはありません。あなたは彼女のひどい扱いを、それが招いたあなたの激しい感情と一緒に忘れようと努力した方が一層幸せとは思いませんか。人生は敵意を育てたり、受けた侮辱を胸に留めたりするほど長くはありません。私たちはこの世では皆一様に過ちを背負って生きなければなりません。だが私たちは肉体の消滅と共にその過ちを脱ぎ捨てる時が間もなく来ると信じています。……私はこれ以外の別の信念を持っています。それは誰からも教わったものではなく、滅多に人に話すこともない、私自身が楽しんでしっかり胸にしまっている信念です。何故なら、それは全ての人に希望を広げ、未来永劫を憩いの場、恐怖や地獄ではなく強大な我が家にするからです。さらにその上、この信念を持っていれば、私は罪人と罪とを明確に区別できます。私は罪を憎むが、その一方で罪人を真心から赦すことができる。この信念を持っていれば復讐心が私の心を決して悩ますことがなく、堕落を見ても胸が悪くならず、また不公正に接しても決して圧し潰されることはありません。私は終焉を待ちながら穏やかに生きています。

上記の後半の「別の信念……」以下は、シャーロット・ブロンテ自身の信条そのもの、即ち「万人救済」(universal salvation) の原理に他ならなかった。何故なら、彼女はこの小説を書いた年より 3 年後（1850 年）の 2 月 14 日に彼女の恩師で親友でもあるマーガレット・ウーラー嬢宛の手紙の中で、「私は聖職者が万人救済の原理を好まないことを残念に思う。それは彼らのためにも大変気の毒なことです。だが彼らは私が真実と確信するものを否定もしくは抑制することを望むほど理性を欠いた連中ではないと思います。」(I am sorry the Clergy do not like the doctrine of Universal Salvation; I think it a great pity for their sakes, but surely they are not so unreasonable as to expect me to deny or suppress what I believe the truth.) (p. 469) と述べているからである。ということは取りも直さず、ヘレン・バーンズは姉マリアの分身であると同時にシャーロット自身の信条の代弁者でもあった。言い換えると、彼女はバーンズの口を借りて二人の姉の悲劇の源となったコーワン・ブリッジの学校とその経営者ウィルソン牧師に対する激しい抗議の態度を、ジェーン・エアと共に示したと言えよう。そして次の第 7 章では、ウィルソン牧師の分身とも言えるブロクルハースト牧師を戯画化することによって痛烈に抗議・批判している。

　さて第 7 章は、ジェーンがローウッドの学校に入ってから厳寒の 3 週間が過ぎた時、あのブロクルハーストは学校の視察にやってきた。ジェーンは彼の姿を「あの痩せた体形」(that gaunt outline)「例の黒い柱」(the same black column)「この亡霊」(this apparition) と呼んでいる。彼は生徒が皆校則に従って同じ質素な髪型と服装をしているか調べに来たのである。この時彼は自分の妻と若い娘二人を伴っていた。彼女たちは学校の生徒とは全く対照的に贅を尽くした最新流行の派手な姿をしていた。まるで自分の権威と富を誇示しているようにさえ見えた。彼は生徒のごく僅かな髪型の違いや服装の変化に敏感に反応して逐一それを厳しく指摘し、側にいる教師に注意を促している。そして先日朝食の粥がとても食べられる状態ではなかったので、テンプル嬢がパンとチーズのランチを生徒に配ったあの温情ある行動に触れて、次のように彼女に苦言を呈した。

　　Madam, allow me an instant!—You are aware that my plan in bringing up these girls is, not to accustom them to habits of luxury and indulgence, but to render them hardy, patient, self-denying. Should any little accidental disappointment of the appetite occur, such as the spoiling of a meal, the under or the over dressing of a dish, the incident ought not to be neutralized by replacing with something more delicate the comfort lost, thus pampering the body and obviating the aim of this institution; it ought to be improved to the spiritual edification of the pupils, by encouraging them to evince fortitude under the temporary privation. (pp. 61–62)

マダム、ちょっと時間を拝借。あなたもご存じのように、この娘たちを教育する私の計画は贅沢や気ままに慣れさせることではなく、彼女たちを苦しみに耐え、辛抱強く、克己心の強い人間にすることです。時たま食欲を満せない事件が起こったとしても、例えばドレッシングが強すぎたり弱すぎたりして食事を駄目にしたとしても、もっと美味しい食べ物を代わりに供給して空腹を癒し、こうして肉体を甘やかし、本学の目的を台無しにすべきではない。それは生徒に一時的な欠乏を味わせて不屈の精神を奨励することによって、生徒の精神の啓発に利用するべきです。

　言葉は常に立派で道理に適っているが、心は強欲で偽善の塊である。いかにも厳格なカルヴィン主義を振りかざしてはいるが、一緒に連れてきた彼の妻と娘の服装や髪型は贅沢の限りを尽くした最新流行のものである。

　さて一方、ジェーンはその間彼の厳しい視線を警戒して、できるだけ目立たない部屋の後ろにひっそり身を隠していた。そして石板に一所懸命字を書いている振りをしていた。だがその時不運にも石板が膝から床にずり落ち、音を立てて二つに割れてしまった。その音に気付いたブロクルハーストはジェーンを目ざとく見つけた瞬間、リード夫人から「嘘つきの悪い子」という折り紙を張られた当人であることを思い出した。彼は夫人との約束を果たす好機とばかりにジェーンを教室の前に呼び出して椅子の上に立たせた。その時テンプル嬢はそっと耳元に近寄り、「ほんの出来事だから、罰せられることはありません」と優しく慰めてくれた。しかしブロクルハーストの折檻と侮辱はジェーンにとって耐え難いものであった。そして最後に生徒全員に向かって、ジェーンが犯した罪状について論じた長広舌は聖者の言葉を巧みに利用する偽善者の正しく見本とも言うべき名調子であった。まずその前半を引用しよう。

My dear children, this is a sad, a melancholy occasion; for it becomes my duty to warn you, that this girl, who might be one of God's own lambs, is a little castaway: not a member of the true flock, but evidently an interloper and an alien. You must be on your guard against her; you must shun her example: if necessary, avoid her company, exclude her from your sports, and shut her out from your converse. Teachers, you must watch her; keep your eyes on her movements, weigh well her words, scrutinize her actions, punish her body to save her soul; if indeed, such salvation be possible, for (my tongue falters while I tell it) this girl, this child, the native of Christian land, worse than many a little heathen who says its prayers to Brahma and kneels before Juggernaut—this girl is—a liar! (p. 65)

　可愛い子供たち、これは実に悲しく憂鬱な仕事です。何故なら、皆さんに警告しなければないことが起きたからです。今ここにいる女の子は神の仔羊の一人になれたのに、神から見放された子供になりました。本当の羊の群れの仲間ではなく、明らかにもぐりの異端者です。皆さんは彼女に対して用心しなければなりません。彼女の真似をしてはいけません。彼女を仲間にせず、一緒に遊ぶのを避けなければなりません。そして彼女と話をしてもいけません。先生方に申し上げますが、彼女を監視し、彼女の動作に目を配り、彼女の言葉を秤にかけ、彼女の行動を精査し、彼女の魂を救うために体罰を加えなければなりません。そして本当にこのような救済がたとえ可能としても、（私が言葉に詰りますが）この女の子はキリスト教国の生まれですが、ブラマに祈りを捧げ、ジャガノートの前に跪く異教徒の子供よりも悪い。つまりこの女の子は嘘つきです。

　彼はこのように述べた後、さらに続けてジェーンを引き取って子供同然に育ててくれた叔母のリード夫人の恩義に背く不届き者と、全く事実に反した罵倒を繰り返した。そして彼女を椅子に立たせたまま教室を出て行った。他の生徒たちも全員教室を出て行ったが、ただ一人ヘレン・バーンズが彼女の側を通るとき、「勇気を持ちなさい」とにっこり微笑んだ。彼女のやつれた顔、落ち込んだ目はまるで「天使の姿」を帯びて見えた。

(5)

　第8章はジェーンが誰もいない広い教室の中でただ一人椅子に立たされたままの状態で始まる。だが疲れ果てて床の上に降り、悔しさの余り泣き崩れた。だがしばらくするとヘレン・バーンズが側に近寄り、ジェーンを慰め、勇気づける。結核に侵されて自らの死を覚悟した彼女は神がジェーンの真実を知っていること、「天使が私たちの苦しみを見つめ、私たちの無実を認めている」(angels see our tortures , recognize our innocence) ことを真剣に繰り返し説いた。こうして彼女の気分が少し落ち着いた時、テンプル嬢が近づいてきて、「あなたを探していたのよ。ヘレンも一緒に私の部屋にいらっしゃい」と言って二人を彼女の暖かい部屋に連れて行った。彼女は召使に茶とパンを持ってこさせた。二

人はおいしそうに食べたが、まだ物足りない顔をしているので、今度は自分の机の引き出しからパンとチーズを取り出して提供した。二人が満腹したのを見て、彼女はジェーンに向かって本当のことを何もかも話しなさい、と言った。ジェーンは素直にすべてを有りのままに話した。これを聞き終えた彼女は次のようにジェーンに告げた。

> Well now, Jane, you know, or at least I will tell you, that when criminal is accused, he is always allowed to speak in his own defence. You have been charged with falsehood: defend yourself to me as well you can. Say whatever memory suggests as true; but add nothing and exaggerate nothing. (p. 69)
>
> ところで、ジェーン、あなたもご存じでしょうけれど、人は罪を訴えられたとき自らを弁護することが許されている。あなたは嘘つきの罪を着せられた。あなたは精一杯自分の弁護をしなさい。真実と思う記憶を全部話しなさい。余分なことは何も話さず、また何一つ誇張してはいけません。

　彼女はこのように述べた後、弁護を裏付ける第三者の証言があるかと尋ねたので、ジェーンはロイド医師が全てを知っていると告げた。テンプル嬢はしばらくじっと彼女を見つめた後、次のように述べた。

> I know something of Mr. Lloyd; I shall write to him; if his reply agrees with your statement, you shall be publicly cleared from every imputation: to me, Jane, you are clear now. (p. 70)
>
> 私はロイド氏をいくらか知っている。私は彼に手紙を書きましょう。彼の返事があなたの話しと一致していれば、あなたの罪状は公の前で全て晴れるでしょう。ジェーン、私に関しては今、あなたに何の疑いも持っていません。

　この後テンプル嬢はヘレンとしばらくフランス文学などについて話していたが、ジェーンには知識の及ばない世界であった。こうして就寝の9時が来たので、二人はテンプル嬢の部屋を出た。その時彼女は「別れるのが辛そうに、私ではなくヘレンを見送った。」(p. 72) テンプル嬢はヘレンの死が近いことを予感していたのである。

　それから1週間後、ロイド医師から返事が届いた。その内容はジェーンの話と完全に一致していた。テンプル嬢は生徒全員を集めて、ジェーンには全く罪がないことを伝えた。彼女は全生徒から暖かく迎えられ、先生たちから握手を求められた。こうして彼女は真剣に勉強に励み、2か月後には最上級のクラスに入り、フランス文学にも興味を持つようになった。

さて続く第9章は、ジェーンがローウッドに来てからおよそ4か月が過ぎ、自然が最も美しい5月で始まり、彼女は時間の許す限りその自然を満喫した。しかしその一方でチフスが大流行して、ローウッドの校舎は病棟 (asylum) に変わった。多くの生徒は学校を去り、帰り先のない生徒は学校で死ぬより他なかった。だが健康な者にとって生徒が少なくなった分、食事に余裕ができて以前のような空腹に苦しむこともなくなった。このような中でジェーンは幸い健康で、新たにできた少し年上のウィルソン嬢 (Mary Ann Wilson) と二人でよく散歩やピクニックに出かけた。テンプル先生は病気の生徒の看病に時間の大半を取られ、ジェーンと個人的に会う機会も少なくなり、親友のヘレンとは彼女の病状悪化のために会うことさえ許されなかった。このような素晴らしい初夏のさなかに病室でじっと死を待つ彼女のことを思うと、人生には今現在の瞬間だけが現実で、それ以外は目に見えぬ「果てしない淵」(an unfathomed gulf) のように思われた。

　彼女はこのような瞑想に耽っていると、医師のベイツ氏 (Mr. Bates) が看護婦に見送られて馬に乗って帰る姿を見た。彼女にヘレンの状態を聞いたところ、「非常に悪い、もう長くはないだろう」(Very poorly. She will not be here long.) という返事が返ってきた。その時9時のベルが鳴ったので大急ぎで部屋に戻り、床に入った。それから2時間が過ぎた夜の11時に皆が寝静まったのを確認して、そっと部屋を抜け出し素足のまま長い廊下を通ってテンプル先生の部屋に向かった。途中チフス患者の部屋の前を通った時ショウノウのようなきつい匂いがした。看護婦に見つかっては帰されると思いびくびくした。こうして遂にテンプル先生の部屋の前に来た。換気のため扉が少し開いたままだった。中を覗くと先生はいなくて、看護婦が一人椅子に座ったまま眠っていた。ジェーンがそっと部屋に入ってヘレンのベッドに近づいた。以下、小説第1巻前半の最後の見せ場である。

　ベッドにカーテンが下りていた。ジェーンは「ヘレン、起きているの」と囁いた。するとヘレンはカーテンを手繰って顔を見せた。その顔は「青白くやつれていたが、穏やかだった。私の目にはさほど変わっていなかったので一安心した。」彼女はか細い声で「ジェーンなの」と聞いた。これだけ物が言えるのだからまだまだ大丈夫だとジェーンは思った。そしてベッドに体を寄せて彼女に接吻した。「彼女の額は冷たく、頬は冷たく痩せていた。手も手首も冷たか

った。しかしいつもと同じようにほほ笑んだ。」彼女は「11 時が過ぎたのに何故来たの」と言ったので、ジェーンは「あなたに会うために来たの。あなたがとても悪いと聞いたので、あなたと話をするまで眠れなかったから」と答えた。ヘレンは「私にお別れを言いに来たのね。やっと間に合ったわね」と言った。ジェーンは「ヘレン、あなたは家に帰るのね」と聞くと、彼女は「そう、長い道を通って最後の家に帰るの」と答えた。ジェーンは溢れる涙を抑えようとした。ヘレンは疲れたのか咳始めたので、側にいる看護婦が目を覚ますのではないかと気がかりだった。ヘレンはジェーンが素足であるのを見て、「さあ、横になって一緒に布団の中に入りなさい」と勧めた。

　ジェーンは床に入った。ヘレンは彼女の体に手を置いたので、ジェーンは身を寄せた。こうして二人は抱き合ったまましばらく黙っていたが、ヘレンは絞り出すように言った。「私はとても幸せです。私が死んだと聞いても悲しんではいけません。私たちは皆何時かは死ぬのだし、死は優しく徐々に来ます。私の心は穏やかです。私に父がいますが、彼は別の女性と結婚して私のことを忘れています。その上、若くして死ねば人生の苦しみを経験しなくて済みます。私は気高い心も才能もなく、間違いだらけの人間です」と。ジェーンは「ではあなたは何処へ行くのですか」と聞くと、「私は信仰が厚いので、神の許へ行くと信じている」と答えた。そして「私とあなたの創造主である神は自ら創造した人間を壊したりしません。私は神の善意を全面的に信頼しています。私は復活して神の許へ帰るまで、残りの時間を数えているところです」と語った。ジェーンは「私たちは死ぬと魂がたどり着ける天国のような場所が本当にあるのかしら」と尋ねると、ヘレンは「来世はきっとあります。神は善意であることを信じています。私は私の不滅の部分を何の迷いもなく神に委ねることができます。神は私の父であり、私の友人です。私は神を愛しているので、神も私を愛していると信じています」(I am sure, there is a future state; I believe God is good; I can resign my immortal part to him without any misgiving. God is my Father; God is my friend; I love him; I believe he loves me.) とはっきり述べた。ジェーンは「死ねばまた会えますね」と念を押すと、彼女はさらに力強く「あなたは同じ幸福の世界に来るでしょう、そして同じ万人の父に必ず迎えられるでしょう、ジェーン」(You will come to the same region of happiness; be received by the same mighty universal Parent, no doubt, dear Jane.) と答えた。ジェーンは

「来世は何処だろう、それが本当に存在するのか」と考えたが、それは口に出さずに、「さらに強くヘレンを抱きしめた。そして以前よりなお一層愛しく思われ、彼女を絶対に行かせたくないと感じて彼女の首に顔を隠した。」やがてヘレンは優しく次のように語った。この最後の会話の場面を全行引用しよう。

> 'How comfortable I am! That last fit of coughing has tired me a little; I feel as if I could sleep: but don't leave me, Jane; I like to have you near me.'
> 'I'll stay with you, dear Helen: no one shall take me away.'
> 'Are you warm, darling?'
> 'Yes.'
> 'Good-night, Jane.'
> 'Good-night, Helen.'
> She kissed me, and I her; and we both soon slumbered. (p. 80)
> 「なんといい気分。先ほどの咳で少し疲れたので、眠れるように思います。だが私から離れないで、ジェーン。私の側にいてほしいのです。」
> 「あなたと一緒よ、ヘレン。誰にも私を引き離させません。」
> 「暖かい？　ジェーン。」「ええ。」「お休み、ジェーン。」「お休み、ヘレン。」
> 彼女は私に接吻した。私も彼女に接吻した。私たち二人は間もなく眠った。

こうしてジェーンは眠りから覚めた時、彼女は自分の寝室で看護婦に抱かれていた。後で聞いたことだが、その日の夜明けに看護婦は気がついて見ると、ジェーンがヘレンの体に抱きついたまま眠っていた。だがヘレンはすでに死んでいた。

以上で、『ジェーン・エア』の「成長物語」の最初の一幕は終わった。彼女は二人の性質の異なる立派な恩師と先輩の強い影響を受けて大きく成長したのである。そして彼女の過去の暗い影、即ちリード夫人とブロクルハーストから受けた迫害に対する怨念もほぼ完全に消えていた。言い換えると、作者ブロンテが心から敬愛していた長女マリアがヘレンと同じ運命を背負って12歳の若さで他界した無念の思いを、作者はこの小説を書くことによって慰め、そして解放したのである。彼女はこの第9章、とりわけ上記の最後の一節を万感の思いを持って書き終え、そして解放されたに違いない。

(6)

第10章は冒頭、「私はわが人生のさほど重要でもない最初の10年間について詳しく述べてきましたが、これは正規の自叙伝ではないので、特別記憶に残

る興味深い部分を取り上げることにしている」と断った上で、次の8年間については数行で済ませたいと述べる。まずその8年間の内訳は、最初の6年間はこの学校の生徒であったが残りの2年間は同じ学校の教師を務めた。次に、前章でも述べたようにチフスが学校に横行して、多くの生徒の命を奪った、その原因は学校の食事や服装その他が劣悪で不衛生であることが主たる原因であることが判明した。そこでブロクルハーストがその責任を問われることとなり、学校の体質が完全に変わっていった。そしてジェーンは本来の勤勉と才能によって成績は最優秀で、6年間の学業を終えると同時に同じ学校の教師に採用された。

　こうして2年が過ぎ、彼女の恩師で友人のテンプル嬢が結婚して学校を去った今、ジェーンは新たな人生を求めて、より自由で広い世界へ飛び出したくなった。その第一歩として家庭教師の道を選んだ。彼女はその資格を十分に持っているという自負があったからである。そこでその仕事を見つける方法として熟考の末、新聞広告をすることに決めた。そして『ヘラルド紙』(the *Herald*)の編集部宛に手紙を送った。それから1週間余りしてからロートンの郵便局まで返事が来ているか調べに行ったところ1通だけ家庭教師を求める手紙が届いていた。その手紙の出し主は、"Mrs. Fairfax, Thornfield, Millcote"で、年30ポンドと現在より2倍であったので、ジェーンは即座に引き受けることを決めた。第10章の最後は、リード家の召使ベッシーがジェーンが学校を辞めることを聞いて8年ぶりに彼女と再会して別れを惜しむ場面で終わっているが、この時ベッシーが語った言葉の中で特に注目すべき話として、ジェーンにはリード家以外にもう一人親族がいること、それは彼女の父の弟で葡萄酒の商人として8年前にマデイラ島に渡ったこと、そして英国を去る前にジェーンに会うためリード家を訪ねてきたことなどを話した。この叔父は小説の最後まで出てこないが、彼の妹の息子と娘二人、つまりジェーンの三人の従兄姉妹が小説の第3巻に登場して、ジェーンを絶望の淵から救う重要な役を果たすことになる。その観点からベッシーとの最後の対話は重要な意味を持っている。

　以上で本小説の序章に相当する全10章は終わるが、この間のジェーンの人生の歩みは、シャーロット自身のそれと比較してみるとかなりの開きがあることが分かる。それにもかかわらず敢えて小説の副題を「自叙伝」とした動機は何か。その奥に秘めた深い真の意味を探るのが筆者の最大の目的であるので、

この自叙伝の背景となった作家自身の実際の歩みを（第1章で詳しく論じたが）ここで改めて年譜形式で記しておこう。

1824年8月、コーワン・ブリッジの女子寄宿学校に入る。
1825年5月、長女マリア肺結核で死亡。
同年6月、シャーロット寄宿学校を去り、ハワースに戻る。
1831年1月、シャーロットはローヘッドのウーラー嬢が経営する学校に入る。
1832年6月、同学校を去る。
1833年7月、同学校の教師となる。
1838年3月、同学校はロー・ヘッドからドューズベリ・ムアへ移る。
同年12月、シャーロット同学校を去る。
1839年5〜7月、シジック家の家庭教師。
1841年2〜6月、ホワイト家の家庭教師。
1842年2月〜1843年12月、ブリュッセル留学。

　上記の年譜をジェーンの経歴と照らしてみると、彼女のローウッドでの6年間の生徒の時代は、シャーロットが8歳から9歳にかけての僅か9か月のコーワン・ブリッジでの学校生活と14〜16歳の1年6か月のロー・ヘッドの学校生活を組み合わせたことが分かる。そしてジェーンがローウッドの卒業と同時にそこの教師になるのに対して、シャーロットはロー・ヘッドの学校を出てから1年後に同じ学校の教師になり、そこで5年余り務めている。また彼女が初めて家庭教師になったとき23歳であったのに対して、ジェーンは18歳であった。因みに『教授』のヒロイン、フランシス・アンリも18歳でブリュッセルの学校の裁縫の教師となり、19歳で恩師と愛し合って結婚している。ジェーン・エアも18歳で教師を辞めてロチェスター家の家庭教師となり20歳で彼と結ばれている。要するに「自叙伝」といっても形の上では現実とは相当の開きがあるが、ジェーンはフランシス・アンリの延長線上にあることだけは間違いない。ただ違うのは結婚に至るプロセスだけである。作者シャーロットの胸の内にある秘めた主題は全く同じ「愛の告白」と解釈して間違いなかろう。従って「自叙伝」の意味も同様の観点から解釈すべきであろう。要するに、『教授』を読まずに『ジェーン・エア』だけを論じることはその主題の本質を見逃すことになる。そしてこの主題の原点は、本書の第3章で詳しく論じたエジェ教授

に対するシャーロットの満たされぬ情熱にあると言えよう。筆者はここに論点を置いてこの傑作を論じていきたい。

(7)

　第11章はジェーンが十数時間の長旅を終えて目的地のミルコート (Millcote) に着き、そこのホテル (George Inn) の一室で、最終目的地であるソーンフィールドから迎えの車が来るのを待っている場面から始まる。ローウッド・スクールの閉ざされた内なる世界から広い外界に向かって新たな人生の幕が今まさに開けようとしているところである。シャーロットもそれを強く意識しているので、冒頭次の言葉で始まる。

> 　A new chapter in a novel is something like a new scene in a play; and when I draw up the curtain this time, reader, you must fancy you see a room in the George Inn at Millcote, . . . (p. 91)
> 　小説における新しい章は芝居の新しい場面にどこか似たところがある。私が今幕を上げた時、読者はミルコートのジョージ・インの一室を眼前に想い浮かべるに違いない。

　こうして迎えの車を待っている間、ジェーンは自らの心境を次のように実に的確に表現している。

> It is a very strange sensation to inexperienced youth to feel itself quite alone in the world: cut adrift from every connection; uncertain whether the port to which it is bound can be reached, and prevented by many impediments from returning to that it has quitted. The charm of adventure sweetens that sensation, the glow of pride warms it; but then the throb of fear disturbs it; . . . (p. 92)
> 未経験の若者が世の中で一人ぼっちでいるときは実に奇妙な気分である。それはあらゆる繋がりから切り離され、向かうべき港に果たして着けるかどうか不確かな状態で、しかも出発した港に引き返す手段も絶たれた心境であった。冒険の魅力はこの気分を心地よくし、誇りの光がそれを暖めてくれた。だが次に、不安な鼓動がその気分を乱した。

　しかし半時間ほどするとベルが鳴ったので、自分を迎えに来た車だと思って尋ねてみるとやはりそうだった。それは一頭立ての馬車で、御者はジェーンと彼女の手荷物を車に乗せると直ぐに出発した。ソーンフィールドまでの距離を聞くと、およそ6マイルという答えが返ってきた。馬車はゆっくりと進んだ。辺

りがすっかり暗くなり、出発してから 2 時間が過ぎたころ御者が振り向いて、間もなくソーンフィールドと言った。それから 10 分ほどすると馬車は大きな門の前に止まった。御者は門を開けてさらに車道を奥に進み、長い建物の玄関の前で停車した。若い女中がジェーンを迎え、彼女を待つフェアファックス夫人の部屋へ案内した。部屋はこじんまりとして暖かく、やや年を取った小柄な女性が肘掛椅子に座って編み物をしていた。ジェーンを見ると直ぐに立ち上がって愛想よく彼女を迎えた。彼女は「家庭教師として望みうる最高の出迎え」と思った。実際フェアファックス夫人の暖かい歓待ぶりは「まるで訪問客を迎えたようだった。」さらに彼女は「あなたが来てくれて本当に嬉しい」とまで言った。この広い家で召使とだけで暮らすのは、夏の間はまだしも、侘しい冬の間は耐えられたものではない。この秋の初めに可愛いアデーラ・ヴァレンズ (Adela Varens. なお小説の中では 'Adèle' となっているので、以下「アデール」と呼ぶことにする) がフランス人のナースと一緒に来て多少明るくなったところへ、さらにジェーンが来てくれたのだからなお一層感謝しているとまで言った (p. 95)。そして話が弾むうちに 12 時になったので、「長旅で疲れているでしょう」と彼女の隣のこぢんまりした居心地の良い部屋に案内された。ジェーンは神に感謝の祈りをした後深い眠りについた。

　翌朝目を覚ましてカーテンを開くと太陽の光が室内をぱっと明るく照らした。途端に希望が湧いてきて、「わが人生により明るい時代が始りつつあると感じた。」そして鏡に映った自分の姿を見て、「私」は几帳面な性格だが綺麗でないのが悔やまれた。「頬がバラ色で、鼻筋が通り、口がサクランボのように可愛く、背が高くて堂々として立派であればよいのに」と思った。だが「フェアファックス夫人から尊敬され、私の生徒から好かれるように」まるでクエーカー教徒のような生真面目な服装をして部屋から出た。そして長い複雑な廊下を通って庭に出た。外から眺めた建物の外形を次のように描写している。

　　It was three stories high, of proportions not vast, though considerable; a gentleman's manor-house, not a nobleman's seat: battlements round the top gave it a picturesque look. Its grey front stood out well from the background of a rookery, whose cawing tenants were now on the wing; . . . (p. 97)

　　それは 3 階建てのかなり大きいが広大というほどではなかった。つまり、紳士のマナーハウスで、貴族の館ではなかった。てっぺんの胸壁はピクチャレスクな眺めを呈していた。館の灰色の正面はミヤマガラスの森を背景にくっきり立

っていた。その森のカーカー鳴く住人は今羽を広げて飛び回っていた。

　そしてその館と周囲の景色との調和について、「静かでさみしい山々は、ミルコートの騒がしい地域にとても近い所にあるとは予想できないほど、ひっそりとソーンフィールドをどっぷり取り囲んでいるように見えた」(. . . a quiet and lonely hills enough, and seeming to embrace Thornfield with a seclusion I had not expected to find existent so near the stirring locality of Milcote." (p. 97) と述べている。

　ジェーンはこのような素晴らしい環境の中で仕事ができることを幸せに感じつつ同時にフェアファックス夫人のことを考えていると、夫人が戸口に現われて、「もう起きたのですか。早起きですね」と話しかけてきた。こうして話を続けているうちに、夫人はこの館の主ロチェスターとは遠い親類であるが、今はただの管理人で使用人に過ぎないことが分かり、さらに一層親しみを感じるようになった。二人がこのように話をしていると、そこへジェーンの生徒アデール嬢がナースのソフィ (Sophie) と一緒に現れた。そして互いに挨拶を交わした時、ジェーンがフランス語を流暢に話したので、彼女は大変喜んでジェーンにいろいろと話しかけた。彼女は 7~8 歳であったが、英国へ来たのは半年前であったので英語が殆ど話せなかった。ジェーンはローウッド在学中にフランス人の教師から直接教わっていたのでフランス語には全然不自由を感じなかった。アデールは孤児であったが、母が舞台女優であったらしく、ジェーンの前でオペラの歌詞やカンツォーネを歌って見せた。だがこの時、彼女はどうしてロチェスターに引き取られてここに連れて来られたのか、彼女から聞き出すことはできなかった。

　朝食が終わった後、フェアファックス夫人はジェーンとアデールを図書室へ案内した。そこはジェーンが彼女に勉強を教える部屋で、様々な種類の本が大きな書架に一杯並んでいた。さらにピアノと画架も置かれてあった。ここでアデールを教えることになったが、彼女は正規の教育を受けていなかったので、無理に教えるのではなく彼女に興味がありそうな話をすることから始めた。彼女は従順な良い子であった。そして授業が終わると、フェアファックスはジェーンを待っていたかのように館の部屋を次々と案内をし始めた。どの部屋を見ても、主人が滅多に帰って来ないというのに何時もそこに人が住んでいるかの

ようにきれいに整頓されていた。その理由を聞くと主人はいつ帰って来ても平常と同じでないと機嫌が悪いからだ、と説明した。しかしそれ以外のことには寛大で優しく、使用人はもちろん近隣の人からも尊敬されている。だが彼の性格に「一風変わった点」(peculiarities) があるのではないか、とジェーンが質問を投げかけてみた。すると彼女は半ば彼を弁護するように、「彼はどちらかと言えば風変わりです。彼はずいぶん多くの旅をし、多くの世界を見てきた。彼は賢い人だと思う。でも私は彼と余り話をしないので」と言葉を濁してしまった。しかしジェーンはなおもしつっこく「どんな風に変わっているの」と聞くと、彼女は次のように答えた。

> I don't know—it is not easy to describe—nothing striking, but you feel it when he speaks to you: you cannot be always sure whether he is in jest or earnest, whether he is pleased or the contrary; you don't thoroughly understand him, in short. (p. 103)
>
> 分かりません。説明するのは容易ではありません。特別なものは何もないのですが、彼があなたに話しかければ、あなたはそれを感じるでしょう。彼は冗談を言っているのか、真面目なのか、また喜んでいるのか、その反対なのか、あなたは確信が持てなくなるでしょう。要するに、あなたは彼を完全には理解できないでしょう。

こうして二人は食堂を出ると、フェアファックス夫人は家の中を案内しましょうと言ったのでジェーンは彼女の後について行った。階段を上がり下がりしながら様々な部屋を見せてもらった。どの部屋も立派で贅沢な家具類はもちろん、壁には肖像画などの絵がかかっていた。しかし夜になって月の明かりが部屋を照らすとき何とも言えぬ不気味な雰囲気を醸し出すだろうとジェーンは思った。そこでジェーンは「召使はこれらの部屋で寝るのか」聞いてみた。彼女はとんでもないと否定して、裏の狭い部屋で寝ていると答えた後、「ソーンフィールド・ホールに幽霊が出るとすれば、この部屋だろう」と言った。しかしこの館に亡霊が出たという話は聞かない、とその可能性を否定した。そして屋上の一番眺めの良い所へジェーンを案内した。素晴らしく開けた明るい眺望であった。このような場所に亡霊など出るはずがないとジェーンは思いながら、3階の屋根裏部屋 (attic room) に通ずる狭い階段を上っていくとそこに暗い廊下があり、いくつかの部屋が並んでいた。奥に進んでいくと扉の閉まった一つの部屋から奇妙な笑い声が聞こえてきた。その笑い声をジェーンは次のように述べている。

It was a curious laugh; distinct, formal, mirthless. I stopped: the sound ceased, only for an instant: it began again, louder: for at first, though distinct, it was very low. It passed off in a clamorous peal that seemed to make an echo in every lonely chamber; though it originated but in one, and I could have pointed out the door whence the accents issued. (p. 105)

それは奇妙な笑い声だった。はっきりした、型通りの、悲しそうな笑い声だった。私は足を止めた。すると音が止んだ、ほんの一瞬だけ。しかしまた始まった。さらに一層高い声で。何故なら、最初はっきりしていたが、それは非常に低かったからだ。その声は割れるよう響き声で静かな部屋の全てに鳴り響くように見えた。もちろんその音はただ一つの部屋から出たものであり、私はその音が出る部屋の扉を指摘できたけれど。

　この時フェアファックス夫人は階段を下りていく途中だったので、ジェーンは大声で、「あの笑い声を聞きましたか。あの声は誰ですか」と聞いた。夫人は「女中の誰か、恐らくグレース・プール (Grace Poole) でしょう」と答えた。ジェーンは「あなたもその声を聞いたでしょう」と念を押すと、夫人は「彼女はリー (Leah) と時々この部屋で話をしているのです」と説明して、大声でグレースを呼んだ。するとその部屋から「30 と 40 歳の間の四角い顔立ちの、赤毛の醜い女が出てきた。彼女はフェアファックス夫人から厳しく注意を受けた後再び部屋の中に入った。夫人はジェーンに、グレースはリーに編み物を教えているのだ、と一言説明した後、「ところでアデールの勉強の方はどうですか」と突然話題を変えてしまった。彼女はこの件にこれ以上触れたくない様子だった。

　以上で第11章は終わるが、本小説の真の主題の幕が開いたと言ってよかろう。それは実に奇妙な謎めいた雰囲気の中で始まっている。読者の好奇心を誘うに十分な筋書である。前の小説『教授』の平凡な始まりと比べて何たる飛躍か。出版会社の要求に見事に応えたと言うべきであろう。これは半世紀前に人気を博したゴシック小説 (Gothic Novel) の影響を受けていることは明らかだが、それとの根本的な違いは、前者（ラドクリフの『シチリアのロマンス』(Ann Radcliffe, *A Sicilian Romance*, 1790) はその典型例）が不気味な恐怖感をあおることを本意としているのに対して、『ジェーン・エア』はその奇妙な声の主は果たして誰かという現実的な疑問を読者の心に植え付けることを目的としている。つまりロマンスとリアリズムとの違いである。「（グレースのような）堅い不器量な顔では、これほどロマンチックでもなく、また幽霊らしくもない亡霊はほとんど考えられなかった」(with a hard plain face: any apparition less romantic or less ghostly could scarcely be conceived.) (p. 105) と、感想を漏らしたジェーンの言葉は何よりもそれを裏付けているであろう。

(8)

第12章はこの奇妙な「特異性」を代表するソーンフィールドの主ロチェスターに焦点が移る。しかし彼の登場はさらに3か月後のことであった。一方、ジェーンは上記のような謎めいた女性の笑い声にある種の不信感を抱いていたが、それ以外は全て事もなく順調かつ気楽に暮らしていた。そして退屈な時は広い庭を散歩したり、屋上の見晴らしの良い所に出て周囲の景色を心行くまで楽しんだ。そのような時、彼女は人生について、とりわけ女性の生き方について静かに瞑想することが多かった。それは『教授』のヒロインと考えや信条と全く同じか、その延長であった。言い換えると、作者ブロンテ自身の信念そのものであった。次にその注目すべき記述を引用しよう（イタリックは筆者）。

> It is in vain to say human beings ought to be satisfied with *tranquillity*: they must have action; and they will make it if they cannot find it. Millions are condemned to a *stiller doom* than mine and millions are in silent revolt against their lot. . . . Women are supposed to be very calm generally: but women feel just as men feel; they need exercise for their faculties, and a field for their efforts as much as their brothers do; they suffer from too rigid a restraint, too absolute a *stagnation*, precisely as men would suffer; and it is narrow-minded in their more privileged fellow-creatures to say that they ought to confine themselves to making puddings and knitting stockings, to playing on the piano and embroidering bags. It is thoughtless to condemn them, or laugh at them, if they seek to do more or learn more than custom has pronounced necessary for their sex. (p. 107)

人間は平穏な生活で満足すべし、ということは実に空しい。人間は行動しなければならない。それを見つけることができなければ、自分でそれをつくるであろう。数百万の人々は私自身より静かな（何もしない）生活に運命づけられている。また数百万の人々は自らの運命に静かに逆らっている。……女性は一般に非常に穏やかであると思われている。しかし女性は男性が感じるのと同じように感じるのだ。女性は自分の機能を果たすには訓練が必要であり、自分の兄弟と同じように努力をする分野が必要である。女性は厳し過ぎる規制や有無を言わせぬ絶対的な淀みに苦しんでいる。それは男性が苦しむのと全く同じである。女性は家に閉じこもってプディングをつくり、靴下を編み、ピアノを弾き、そしてバッグに刺繍をしていればよいというのは、より高い特権階級の男

性の狭量な考えである。習慣が女性のために必要と決めた以上のことを（女性が）しようとしたり、学ぼうとすると、（男性が）それを責めたり、あざ笑ったりすることは思慮の浅い愚かな行為である。

　さて、ジェーンはこのようなことを考えながら屋上から屋根裏に何時ものように下りてくると、またしてもグレース・プールのあの奇妙な笑い声が聞こえてきたが、今度は「それよりさらに不思議で奇妙な囁き声」を聞いた。その声はグレースのものとはとても考えられなかった。その上、「彼女がその部屋から洗面器や皿や盆を持って出てくる」のをしばしば見かけた。そして「（読者のロマンチックな期待を裏切って申し訳ないが）台所まで下りてきて、黒ビールの入ったポットを持って部屋に戻った。」と付け加えている。ジェーンは不思議に思って彼女と話をしようとしたが、彼女は口数が少なく何も聞き出せなかった。

　こうして 10、11、12 月が過ぎて新しい年を迎えた。そしてある日の午後、ジェーンはフェアファックス夫人の手紙を郵便局に届けるために、2 マイル離れた町まで歩いて出かけた。その日は非常に寒かったが快晴であったので周囲の景色を楽しみながら歩いた。だが道は殆ど上り坂であったので途中で疲れてしまい、道路わきのスタイル（stile. 畑の柵を超えるための階段）に腰を下ろして休んでいた。辺りは静寂そのもので、至る所から小川のせせらぎの音が聞こえてきた。そのとき遠くから、馬の足音が聞こえてきた。道が曲がりくねっていたのでその姿は見え隠れしていたが、やがて彼女の目の前を巨大な犬が通り過ぎ、続いて馬が通り過ぎた途端に凍った道路に脚を滑らせて転倒し、乗っていた男性も一緒に倒れた。男性は怪我をしたらしくしばらく起き上がれなかったが、ようやく立ち上がってびっこをひきながらジェーンが座っていたスタイルに腰を下ろした。その人物は胸の分厚い中背のいかつい顔をした中年（35歳ぐらい）の男性だった。もしその人は若い美男子だったらジェーンは気後れして近づけなかったが、そうでないのが幸いして彼女は彼の側に近づき、勇気を出して「このような遅い時間に、そしてこのような寂しいところであなたを一人にしておくわけにはまいりませんので」と、彼に救いの手を差しのべた。こうしていろいろ話をしているうちに、彼はソーンフィールドの主ロチェスターであることが分かった。彼女はそこの家庭教師であることも話した。そして最後に彼女は彼の大きな体を支えて馬の背に乗るのを助けた。彼は礼を言って

第 5 章 『ジェーン・エア』　157

大急ぎで立ち去り、彼女は町の郵便局に向かって足を速めた。しかしこの僅か
数十分の出来事は彼女にとって極めて深い意味を持っていた。彼女はそれを次
のように説明している（イタリックは筆者）。

> The incident had occurred and was gone for me: it was an incident of no
> moment, no romance, no interest in a sense; yet it marked with *change* one
> single hour of a *monotonous life*. My help had been needed and claimed; I had
> given it: I was pleased to have done something; trivial, transitory though the
> deed was, it was yet an active thing, and I was weary of an existence all passive.
> (p. 113)
> その出来事は起こり、そして私にとって消え去った。それはある意味で全く重
> 要でない、全くロマンチックでない、そして全く面白くない出来事であった。
> しかしそれは単調な人生のほんの 1 時間に変化という特徴をもたらした。私の
> 助けを必要とし、それを要求された。私はそれを与えた。私は何かをしたこと
> を嬉しく思った。それは些細な束の間の行為であったけれども、しかしそれは
> 積極的行為であった。そして私は全く受動的な生活に飽き飽きしていたのだ。

　ジェーンはこのように考えながら手紙を郵便局に届け、月明かりの夜道の散
策を楽しみながらソーンフィールドに戻った。しかし家の中に直ぐに入る気に
はなれなかった。彼女はその理由を次のように説明している。上記の一節と並
んでシャーロット・ブロンテの炎の情熱、即ち激しい創造意欲の発露を読み取
ることができよう。またそれは小説『ジェーン・エア』創造の原動力に他なら
なかった（イタリックは筆者）。

> I did not like re-entering Thornfield. To pass its threshold was to return to
> *stagnation*: to cross the silent hall, to ascend the darksome staircase, to seek my
> own lonely room and then to meet *tranquil* Mrs. Fairfax, and spend the long
> winter evening with her, and her only, was to quell wholly the *faint excitement*
> *wakened by my walk*, . . . (p. 114)
> 私はソーンフィールドに戻りたくなかった。玄関を通ることは淀みの中に戻る
> ことであり、静かなホールを横切り、薄暗い階段を上り、私の孤独の部屋を探
> し、それから物静かなフェアファックス夫人と会って、冬の夜長を彼女と二人
> きりで過ごすことであり、私の散歩によって呼び覚まされた僅かな興奮を全て
> 消してしまうことであったからだ。

さらに彼女はこの第 12 章の初めに、単調で退屈な日々の生活の中で想像力に
富んだ物語を創ることの意義を次のように説明している。

. . . and best of all, to open my inward ear to a tale that was never ended—a tale my imagination created, and narrated continuously; *quickened with all of incident, life, fire, feeling*, that I desired, and had not in any actual existence.

(p. 107)

そして何よりも良いことは、決して終わることのない物語に私の心の耳を開くことである。それは、私の想像力が創り出して限りなく語り続ける物語、現実の世界では得られない私が望む出来事、生活、炎そして感情の全てに刺激されて創り出された物語である。

　以上のジェーンの言葉は全て作家ブロンテの心の叫びであることは言うまでもあるまい。中でも注目すべき言葉は筆者がイタリックで示した語句である。例えば、‘tranquillity’と‘stagnation’をそれぞれ2度使用し、これらと共通する言葉として‘monotonous life’を用い、そして「単調な生活」との対照的な表現として、a ‘change’「変化」と「ロマンチック」(romantic) という形容詞を用い、さらに‘excitement wakened by my walk’「散歩によって目覚めた興奮」とか、‘quickened with . . .’「……に刺激されて」等の言葉から、ジェーン即ちシャーロット・ブロンテは創造的な刺激をいかに強く求めていたかが読み取れる。そしてこの刺激の最たるものは「純愛」(pure love) に他ならなかった。ロチェスターとの出会いは正しくその第一歩、その確かな兆しを意味していた。と同時に「愛」こそ作者ブロンテの創造力の発揚に不可欠な最高の刺激剤であることを意味していた。そしてこの愛の原点は筆者が本書の第3章で明らかにしたブリュッセルにおけるエジェ教授への熱愛が彼女の心奥に根付いていたことを見落としてはなるまい。彼女がこの小説の副題を「自叙伝」とした根拠は正しくここにあった。従って、筆者が本書第5章の副題を「秘めた愛の自叙伝」とした理由もまたこれに従ったものである。以上の観点から『ジェーン・エア』の第12章は彼女が最も力を入れた一章と解釈して間違いなかろう。

　さて、ジェーンは夜遅く帰宅したものの閉ざされた家の中に入る気にはなれずに美しい月夜の空を何時までも眺めていたが、12時を知らせる時計の音に気付いて中に入った。そして大急ぎでフェアファックス夫人の部屋に向かった。部屋に入ると暖炉の火は赤々と燃えていたが、ランプは消したままであった。何か大きなものが座っていると思い、よく見ると数時間前郵便局へ行く途中に馬と一緒に見たあの大きな犬だった。女中に聞いてみると、「つい先ほど主人のロチェスターと一緒に来た」と答えた。ジェーンはここで改めて、馬が倒れ

て怪我をした男性がここの主人であることを確認した。

(9)

　さて第13章は、ロチェスターがソーンフィールドに帰宅したその翌日のジェーンと彼との最初の正式の面会とその時の対話に焦点が当てられる。その日の午前中は来客で賑わっていたが、午後静かになった。そして夕方フェアファックス夫人が部屋に入って来て、6時にロチェスターと一緒にお茶を飲むように誘われていることを知らせた。ジェーンは主人と初めて会うのだから盛装するように言われたので、彼女に手伝ってもらって服を着替えて一緒に彼の部屋に赴いた。

　彼は安楽椅子にゆったり座り、側にアデールがおり、足元には愛犬のパイロットが寝そべっていた。フェアファックス夫人が「ジェーンが参りました」と告げると、彼は頷いたが姿勢を変えなかった。ジェーンはその態度を見て「解放された気分」(disembarrassed) になった。というのも、非常に丁重に迎えられると緊張して却って「当惑した」からである。その上、彼の「風変わりな態度」(eccentricity of his proceeding) は彼女にある種の「興味を覚えさせた。」最初彼はフェアファックス夫人と二言三言話をしていた後、女中に茶を持ってこさせた。そしてジェーンがそれを彼に手渡した。側にいたアデールはジェーンにも「土産」(cadeaux) を持ってきたのでしょう、と彼に話したのがきっかけとなって彼とジェーンとの間で会話が始まった。彼は「見知らぬ人に贈り物をするはずがないだろう」と述べた後、アデールがこの数か月間に驚くほど立派になっているのは家庭教師のお陰だと謝意を表した。ジェーンは「それが私にとって最高の土産です」と答えた。こうして二人の間で話が弾んだ。まず、彼は彼女の経歴についていろいろと尋ねた。彼女は特にローウッドの8年間の生活について話した。ロチェスターは彼女にピアノが弾けるかと聞いたので、彼女は早速弾いて見せた。彼は平均より上だと言った。そして最後に、「今朝アデールから君の絵を見せてもらったのだが、それは君が全部描いたものか」と聞いたので、ジェーンは「そうです」と答えて自分の部屋から画帳を持って来て彼に見せた。彼はしばらくじっと真剣に見つめていたが、「これらの絵はすべて同じ筆使いだが、君が描いたのだな」と改めて確認した。そこで彼女は誰からも教わることなく彼女独自の想像力を働かせて描いたことを強調した。彼は

これを聞いて驚き、さらにいろいろ質問を浴びせてきた。例えば、何時どのようにして描くのかと。彼女はローウッド時代に夏休みの暇なときに主に描いたものだと説明した。彼はしばらくじっと考え込んでいたが、遂に「君は絵を描いている時幸せか」と聞いたので、彼女は「私は絵に没頭しますので幸せです。一言で言って、絵を描くことは私が経験した喜びの中で一番痛切にそれを感じさせてくれます」と答えた。ロチェスターは「恐らく君は一種の芸術家の夢の中で生きてきたのだろう。ここには不思議な色が溶け合って整えられているが、君は自分の努力の結果に満足しているのか」と聞いた。そこで彼女は「とんでもない。私の考えと作品との間の大きい開きに胸を痛めている。何れにせよ、私は実現不可能な何かを想像してきたのです」(Far from it. I was tormented by the contrast between my idea and my handiwork: in each case I had imagined something which I was quite powerless to realize.) (p. 124) と答えた。彼は同意したが、18歳の女子にしては大した出来だと褒めてくれた。ここまで話したところで、彼は急に疲れを感じたのか、9時だからアデールが寝る時間だ、と話を打ち切った。彼女を寝かせた後、ジェーンとフェアファックスはロチェスターの特異な性格についていろいろと話し合った。その原因は彼の複雑な家族関係のせいであり、兄の死後ソーンフィールドの屋敷を受け継いだがここに来るのを避けている、とフェアファックスは説明した。ジェーンは「どうして避けているのか」とその理由を聞いたが、彼女は言葉を濁し、彼の性格でしょうと言い逃れた。例の屋根裏部屋の女性の奇妙な笑い声にその謎が秘められていることを再び暗示しながらこの第13章を閉じている。

　さてこれに続く第14章は、それから数日後ロチェスターに暇ができたので、ジェーンを初めてお茶に招くところから始まる。彼女が彼の部屋に入って行くと、彼は大きな安楽椅子にくつろいでいた。顔の表情も以前とは全く違って穏やかで微笑んでいるようにさえ見えた。ここでシャーロット特有の骨相学的な描写が始まる。前章では彼女が得意とする水彩画を巡っての論議が交わされたが、本章では彼女が強い関心を持つ骨相学 (phrenology) または人相学 (physiognomy) の観点から見たロチェスターとの論議で始まっている。まず、彼は暖炉の火をじっと見つめていると、その顔をジェーンがじっと見つめているのに気づき、「君は私の顔をじっと見ているが、ハンサムと思うか」(You examine me, Miss Eyre, do you think me handsome?) と、いきなり聞いてきた。

彼女はただ一言、"No, sir." と答えた。驚いた彼は「君は少し変わっているね。君は小さな廉価版 (nonnette) のような振りをしながら、……鈍くはないが、少なくとも無愛想で、角のない返事をする。それはどういう意味だ」と問い直した。彼女は人にはいろいろ好み (tastes) がありますので、「美しさは殆ど問題ではありません」(beauty is of little consequence.) と弁解した。彼は「確かにそうだ」と認めた後で、「私の額はどうだ。批評してくれ」と重い髪をかき上げてみせた。ここから骨相学的論議が始まる。

　額の形や大きさによって、その人は知性が高いか、人情が厚いかが読み取れるらしいが、ロチェスターは「自分は馬鹿」に見えるかと聞いたところ、ジェーンは「とんでもない。それよりもあなたは博愛主義者？」と問い返した。これを聞いた彼は急に生真面目になって、自分の若い頃には現在のジェーンのように純真であったことを長々と語る。そして最後に、「今夜、私は社交的で、話がしたくなった」(I am disposed to be gregarious and communicative to-night.)。「君を部屋に呼んだのはそのためだ」と言ってさらに話を続ける。まず、この暖かくて明るい部屋、この愛犬、アデール、そしてフェアファックス夫人だけでは彼の心を和ますには十分ではない。しかしジェーンと話していると実に「良く気が合う。」最初の晩に彼女と会った時、「謎めいた」(puzzled) 印象だったが、「今夜君と会ってそのような考えは完全に払拭された」と述べる。こうして新たに二人の対話が始まる。

　まず、彼自身の 18 歳頃の記憶があるかという彼女の質問に答えて、「それは私本来の性質ではなく環境のせいだが、金持ちのどら息子が陥る些細な普通一般の罪を犯した」と述べた。そして自分の犯した罪を大まかに語った後、最後に「自分はもっとしっかりしておればよかったのだ。後悔は人生の毒だ」(I wish I had stood firm. . . . remorse is the poison of life.) (p. 133) と述べた。そこで彼女は「悔悟」(repentance) は改善に繋がるのではないか、と反論すると、彼は「後悔」と「悔悟」とは全く別で、自分の場合は「改善」も「修復」も完全に絶たれてしまった絶望的な後悔だと言う。彼の真意を理解しないジェーンはこの謎めいた言葉を巡って押し問答してもきりがないと思い、席を外そうとした。すると彼は「どこへ行くのだ。私のスフィンクスのような話が怖いのか」と聞かれたので、「アデールの寝る時間ですから」と説明すると、彼は彼女を絶えず監視しているから心配いらないと言った後、今度は話題をジェーン自身に変

えて、「君は滅多に笑わないが、実際は明るく笑えるはずだ。それは閉ざされたローウッド学校のせいだ。……今の君は時々かごに入れられた小鳥のような奇妙な落ち着きのない目つきをしている。もし解放されれば、君は雲まで高く飛翔するであろう」と述べる。そしてアデールはまだまだ寝ないと言って、彼女の方に目を向けた。彼女はロチェスターが買ってくれた土産の包みを開き、中から彼女が着る可愛いダンサーの服を取り出して有頂天になっていた。そして部屋から出て行き、女中のソフィに手伝ってもらって新しい服に着替えて戻ってきた。その服は彼女の母セリーヌ・ヴァレンのダンス用の服と同じ形をしていた。彼女はそれを着て部屋の中を狂喜乱舞していた。ロチェスターはそれを見ながら、彼女の母に魂を奪われた当時の自分を思い出しながら次のように語る。

> She (=Celine Varens) charmed my English gold out of my British breeches' pocket. I have been green, too, Miss Jane— . . . My Spring is gone, however; but it has left me that French floweret on my hands; which, in some moods, I would fain be rid of. Not valuing now the root whence it sprang; having found that it was of a sort which nothing but gold dust could manure, I have but half a liking to the blossom; especially when it looks so artificial as just now. I keep it and rear it rather on the Roman Catholic principle of expiating numerous sins, great or small, by one good work. I'll explain all this some day, Good Night. (p. 137)
>
> 彼女（セリーヌ・ヴァレン）は僕の英国仕立てのズボンのポケットから英国の金貨を色目を使って奪い取った。ジェーン嬢、僕もまた青二才だった。……僕の春は既に過ぎた。しかしそれは私の両手にあのフランスの小さな花を残した。僕はその花を喜んで手放したいという気持ちをいくらか持っている。その花が芽生えた根を今の僕は軽視しており、金粉だけを肥料にして育てた種類の花であることを知っているので、その花を半分程度にしか愛することができない。今あのように着飾った姿を見ると特にそうだ。僕は犯した大小様々な罪を、一つの善行によって贖うローマ・カトリックの原理に基づいて、その花を大切に育てている。これについて何時か全部話すつもりだ。ではお休み。

　以上で第14章は終わる。と同時にロチェスターの人生の謎の一つであったアデールと彼との関係がほぼ明らかになった。しかしこれらは単なる「過ち」の結果に過ぎず、彼の言う重大な取り返しのつかない「後悔」の種ではなかった。そして次の第15章でこの重大な後悔と深く結びつく最大の秘密の深層に近づく。

(10)

　第 15 章は、第 14 章の最後に予告したようにロチェスターが若い頃に犯した過ちの続きを語り始める。ジェーンが庭でアデールと一緒に遊んでいると、彼は庭を散歩しようと誘い出し、歩きながらそれを全て語り終える。それは実に在り来たりの面白味のない筋書だが、一応簡単に説明しておく。大金持ちの馬鹿息子にしばしば見られるように、ロチェスターもセリーヌ・ヴァレンという名のダンサーの誘惑にまんまと引っ掛かり、金品や宝石、カシミアの衣服、そして車とホテルまで与えてしまった。彼女から彼のような不器量だががっしりした体格の男が好きだという甘い言葉に浮かれてしまったのである。そしてある日、彼女は彼が訪ねて来ないと思って外出し、別の男（金で買った士官）と逢引きして一緒に帰宅した。その時ロチェスターは自宅のバルコニーで彼女の帰宅を胸をわくわくさせながら待っていた。ちょうどそこへ彼女はその士官と一緒に車で帰宅した。それを見たロチェスターは彼女の部屋に先回りしてカーテンの後ろに隠れて待っていた。そこに彼女たちが入ってきて、偶々テーブルに置かれてあった彼の名刺を見て、散々彼を馬鹿にして悪口雑言を吐いた。ロチェスターはこれらの言葉を全部聞き終えたところでカーテンから出てきて、二人の罪の現場を押さえた。そして結局、その翌日ブーローニュの森で決闘することになり、ロチェスターは相手の腕に弾丸をぶちこんで全てが落着したと思った。ところが浮気な彼女は別の男（歌手）と一緒になり、ロチェスターの子供と称するアデールを捨ててその歌手と駆け落ちしてしまった。一方、ロチェスターは自分の子供という証拠がどこにもないアデールを引き取って育てることになった。

　以上で、ロチェスターの話は終わるが、その話の間にソーンフィールドの館の胸壁を正面に見た時、彼は突然話を中断して神妙な表情を見せた。その時の複雑な表情をジェーンは次のように表現している。

> Lifting his eye to its battlements, he cast over them a glare such as I never saw before or since. Pain, shame, ire—impatience, disgust, detestation—seemed momentarily to hold a quivering conflict in the large pupil dilating under his ebon eyebrow. Wild was the wrestle which should be paramount; but another feeling rose and triumphed: something hard and cynical; self-willed and resolute; it settled his passion and petrified his countenance. (p. 139)

彼はその胸壁の方へ眼を向け、私がそれ以前にもその後も見たことがないような凝視で見渡した。苦痛、恥辱、怒り、そして忍耐、嫌悪、憎悪が同時に、彼の黒い眉毛の下の大きく開いた瞳の中で葛藤しながら震えているように見えた。その葛藤は狂暴で、圧倒的であった。しかし他の感情が起こり、それに打ち勝った。厳しいシニカルな、そして自制心のある毅然とした何かが、彼の感情を落ち着かせ、そして彼の表情を石のように固くした。

この間ロチェスターは無言のままだったが、しばらくすると我に返り、自分の運命と戦っていたことを告げた。運命はあのブナの木陰から『マクベス』の魔女のように現れ、「お前はソーンフィールドが好きか」(You like Thornfield?) と尋ね、その言葉をまるで「忘れ形見」(memento) のように館の壁いっぱいに書いた。彼はこのように話した後、自分の決意を次のように語る。

> "I will like it." said I. "I dare like it;" . . . I will keep my word; I will break obstacles to happiness, to goodness—yes, goodness; I wish to be a better man than I have been; than I am— . . . (p. 139)
>
> 私は言った。「自分はソーンフィールドを好きになろう。必ず好きになる」と。……私は約束を守ろう。幸福と善意を邪魔する物を打ち破ろう。そうとも善意だ。私はこれまでの自分より、そして今の自分より立派な人になりたい。

　要するに、ロチェスターがセリーヌ・ヴァレンとの間に犯した過ちは世間によくある行為で、容易に償いのできる問題であるが、彼にはこれとは別に取り返しのつかぬ「後悔」(remorse) の種を残していた。それはソーンフィールドの胸壁の下の屋根裏部屋と深く関わっていることが、上記の彼の表情と言葉から十分読み取れる。さらに言い換えると、それは屋根裏部屋から聞こえる女性の狂気の笑い声と一層深く関わっていることを暗示している。第15章の後半はその謎の解明に向かってさらに一層近づいていく。

　さてその日の夜ジェーンは、日中のロチェスターの話や、あの不思議な表情が思い浮かんできて、床についても眠れそうになく、様々なことを思い巡らした。その中でも特に頭から離れなかった大きい疑問としてまず次のように述べている。

> As he had said, there was probably nothing at all extraordinary in the substance of the narrative itself: a wealthy Englishman's passion for a French dancer, and her treachery to him, were everyday matters enough, no doubt, in society; but there was something decidedly strange in the paroxysm of emotion which had

suddenly seized him, when he was in the act of expressing the present contentment of his mood, . . . (p. 142)

　彼が話したように、その物語の内容に全く異常な所は恐らく何もなかった。裕福な英国人がフランス人のダンサーに情熱を燃やして裏切られることは社交界では確かに日常茶飯事だった。ところが決定的に解せない何かがあった。それは彼が満ち足りた気分を表明している最中に突然苦悩の痙攣を見せるという不思議な態度であった。

　この不思議な態度と、3階の屋根裏部屋から聞こえてくる女性の不思議な笑い声とが無関係でないことは読者の誰もが感じる所であろう。その謎は本章の最後により一層明らかになる。

　さて、これとは対照的にジェーンを幸せな気分にした想いは、ロチェスターの態度が明らかに優しい態度に変わったということである。そして彼女自身の彼に対する気持ちの変化を次のように述べている。まず、「私は時々、彼が私の雇い主というよりもむしろ親族であるかのように感じることがある。」(I felt at times, as if he were my relation, rather than my master.) と述べた後、さらに続いて次のように告白している。

　　　And was Mr. Rochester now ugly in my eyes? No, reader; gratitude, and many associations, all pleasurable and genial, made his face the object I best like to see; his presence in a room was more cheering than the brightest fire. (p. 143)

　　　そしてロチェスターは私の目に今も醜く映ったのか。とんでもない。感謝と、有りとあらゆる嬉しく暖かい数々の連想は、彼の顔を私が一番見たいと願う対象にしてくれた。部屋の中にいる彼の存在はその暖炉の火よりも陽気だった。

そして最後に、彼女が内に秘めた優しい愛情を次の言葉で見事に表現している。

　　　I thought there were excellent materials in him; though for the present they hung together somewhat spoiled and tangled. I cannot deny that I grieved for his grief, whatever that was, and would have given much to assuage it.
　　　　　　　　　　　　　　　　　　　　　　　　　　　　　(pp. 143–44)

　　　彼は素晴らしい素質を内に秘めていると思った。今のところその素質がどうした訳か損なわれて縺れているけれども。その原因は何であれ、彼の悲しみを見ていると私自身も悲しくなり、それを癒すために精一杯してあげたいという気持ちを打ち消すことができない。

　彼女はこのようなことを考えながら夜中の2時頃まで眠らずにいた。するとその時、部屋の天井付近から、つまり3階の屋根裏部屋から「特殊な悲しげな

はっきりしない囁く声」(a vague murmur, peculiar and lugubrious) が聞こえて
きた。しばらくするとその音が治まったので、眠ろうと思ったその瞬間部屋の
扉を何かがこするような音がした。彼女は最初それを、部屋から出てきた犬（パ
イロット）がしっぽでこすった音かと思った。だが次の瞬間、扉の鍵穴から「低
い、押し殺したような深い、悪魔の笑い声」(a demonic laugh—low, suppressed,
and deep) が聞こえてきた。驚いて起き上がり、辺りを見まわしたその時廊下
の方から「奇妙な音」(strange sound) が聞こえた。彼女は思わず「誰ですか」
と叫んだ。すると訳の分からぬ声に続いて、逃げてゆく人の足音が聞こえ、そ
の足が3階の屋根裏部屋に通じる階段を上り、それから扉を閉める音が聞こえ
た。ジェーンはそれが悪魔にとりつかれたグレース・プールかも知れないと思
いながら、念のため廊下に出てみた。すると驚いたことに煙が立ち込めており、
その煙はロチェスターの部屋の扉の隙間から流れ出ていた。彼女は思い切って
部屋に入ると、彼のベッドとカーテンから火が出ていた。彼女は大急ぎで近く
のたらいや水差しから（運よく水が入っていたので）水をぶっかけてかろうじ
て難を免れた。その間ロチェスターは何も気づかずにぐっすり寝入っていた。
だがこの騒動に気付いて目を覚ましたので、ジェーンは事の次第をすべて話し
た。彼はそれを真剣に聞いていたが、彼の顔は「驚いたというよりも心配そう
な表情を見せていた。」(expressed more concern than astonish-ment.) そしてこ
のことは家の誰にも話さないように強く求めた後、自分が部屋に戻って来るま
で動かずに待っているように、と言って3階の屋根裏部屋の方へ出て行った。

　彼はしばらくすると戻ってきた。そして「非常に暗い青白い」顔をして、
「すべてが分かった。考えていたとおりだ」(I have found it all out. It is as I
thought.) と言った。ジェーンが「どのようにですか」(How, Sir?) と尋ねても、
彼は黙ったまま腕を組んで考え込んでいたが、「廊下で誰も見なかったか」と
ジェーンに尋ねた。彼女はローソク立てだけでしたと答えると、「君は女性の
奇妙な笑い声を聞いたのだな」と問い返したので、彼女は「グレース・プール
という縫子さんがおり、彼女は奇妙な人です」と答えた。彼はほっとしたよう
に頷き、「今晩の事件の詳細を知っているのは君だけであったのは嬉しい。だ
がこれは絶対他言無用だ」と改めて念を押した後、時計の方を見て、「間もな
く4時だから、女中も起きてくるだろう。君は自分の部屋に戻りなさい。私は
図書室で寝るから」と言った。だが彼女が「お休みなさい」と言って帰ろうと

すると、彼はいかにも寂しそうに「そんな風にしてもう帰るのか」と引き止めた。そして次のように言った。"Why, you have saved my life!—snatched me from a horrible and excruciating death!—and you walk past me as if we were mutual strangers! At least shake hands."「君は僕の命を救ってくれた。私を恐ろしい責め苦の死から救ってくれた。だのに君は互いに他人同士でもあるかのように僕のそばを通り過ぎるのか。せめて握手だけでもしよう」と。そしてジェーンの手を両手でしっかりと握りしめて、"You have saved my life: I have a pleasure in owing you so immense a debt. I cannot say no more."「君は僕の命を救ってくれた。僕は君から莫大な借りをしたことを嬉しく思う。もうこれ以上何も言えない」と声を詰まらせ、唇を震わせた。そして再び同じ感謝の言葉を繰り返したので、ジェーンは「私に何も恩義を感じる必要はありません」と言って帰ろうとすると、彼はさらに情熱的に顔を紅潮させて同様の言葉を繰り返して彼女の手を放そうとしなかったので、遂に彼女は窮余の策として、「フェアファックス夫人が起きてきました」と言って別れることができた。そして床に就いたが興奮して眠ることができなかった。第1部の最終章はジェーンが一種の妄想状態で見た自分の姿を「希望の港」（結婚を意味する）にたどり着きそうで容易に着けない自分を励ましている描写で終わっている。

『ジェーン・エア』第2巻

(1)

　第1章は、ロチェスターの部屋の前で召使たちは前夜の火事騒ぎについて話し合っている場面から始まる。彼らは絶対口には出さないが、その火付けの犯人は3階の屋根裏部屋に隠されたロチェスターの狂気の妻であることを確信している。一方、ジェーンは彼にこのような妻がいることを全く知らされていないので、その部屋に出入りするグレース・プールが奇妙な笑い声の主である、と同時に放火の犯人であると半ば信じ込まされている。しかしジェーンは彼女の日頃の態度を観察していると異常な所が全く見られない。ましてや前夜の放火犯人が彼女とは到底考えられない。そこでジェーンは思い切って彼女と話し合ってみることにした。しかし彼女は極めて冷静で、しかも警戒しているので何一つ手掛かりになるものが得られなかった。そして朝食の時間が来たので、彼

女は何時ものように盆に食事を乗せて3階へ向かった。ちょうどその時フェアファックス夫人が来たので一緒に朝食に向かった。ジェーンは誰よりもロチェスターに会いたかったが、彼が見えなかったので彼女に尋ねると、彼は知人の家で催されるパーティに出席するため今朝から出かけたので当分帰って来ないということだった。彼女も数年前にそのパーティに出席したことがあるので、その話に花が咲いた。中でもそこに出席した女性たちの華やかな姿について個人名を挙げながら楽しく話した。その中でも特にブランチ・イングラム (Blanche Ingram) 嬢は異彩を放っていた。そして話は彼女一人に絞られてゆく。フェアファックス夫人の説明によると、ブランチ嬢は「背が高く、立派なバスト、なで肩、優美なうなじ、オリーブ色の顔……」(tall, fine bust, sloping shoulders; long, gaceful neck; olive complexion, . . .) をしていた。ロチェスターは彼女と馬が合い、パーティの席で彼女とデュエットを歌った。ジェーンはこれを聞いた瞬間昨晩からの浮き浮きした気分が一気に吹っ飛び、「この美しい申し分のない女性は結婚しているの」と確かめた。その答えは「まだ結婚していないと思う」であった。ジェーンは「多くの立派な紳士が彼女に求愛するはずです。ロチェスターもその一人でしょう」と言うと、彼女は「年が開き過ぎているから無理でしょう」と答えたので、ジェーンは「年の差なんか問題ではない。世間にはもっと年の開いた夫婦がいる」と反論した。このように彼女はイングラム嬢についてさらに多くの質問をしようとしたところへアデールが近寄って来たので中断してしまった。しかしその夜は彼女のことが頭から離れず眠れなかった。中でも特に前夜のロチェスターのジェーンに対する優しい態度の意味について考えをめぐらした。そして到達した結論は、社会的常識から判断して、金も地位も美貌も全て無縁の小娘と結婚するはずがないという自嘲的な諦めであった。そしてさらに自分を納得させるために、自分の顔を鏡に映してクレヨンで自画像を僅か2時間で描き上げ、"Portrait of a Governess, disconnected, poor, and plain"「身寄りもなく、貧しく、そして不器量な家庭教師の肖像」と題名を付けた。そして次にイングラム嬢の肖像画をフェアファックス夫人から聞いた通りの顔を想像しながら2週間もかけて念入りに描き上げ、"Blanche, an accomplished lady of rank"「ブランチ、完成した高貴な女性」と題名を付けた。そして二つの肖像画を見比べることによって、何事にも動揺しなくなった。

(2)

　ロチェスターがソーンフィールドを留守にして 2 週間が過ぎた時、3 日後に十数人の客を引き連れて帰るという手紙がフェアファックス夫人の許に届いた。客は家族毎に女中と下男を伴っているので、総人数は 20 人を優に超えることになる。従って、これだけの客を 2 週間近く接待するとなれば、ソーンフィールド現有の使用人では対応できないので、さらに数名の使用人と料理人を臨時に雇う必要が出てきた。フェアファックス夫人はこれら全てを取り仕切って 3 日間で万事そつなく準備を完了した。その間ジェーンも台所などで手伝いをすることが多かった。その時、あの屋根裏部屋に住むグレース・プールについてひそひそ話をしているのを耳にした。彼女は他の女中の 5 倍の給料をもらっており、銀行に多額の預金をしている、しかしあのような仕事はいくら給料が高くてもしたくない、等々と話していた。そしてジェーンが近くにいることに気付いた途端に声を潜めて話を止めてしまった。ここで初めてジェーンは自分だけがその秘密を知らされていないことに気付き、その謎について考えているところへアデールが来たので中断してしまった。ちょうどその時、ロチェスター一行がそろそろ到着する時間になっていたので、ジェーンはアデールと一緒に窓辺で彼等の到着を見守ることにした。

　最初に 2 台の馬車、次に若い騎手が二人、最後にロチェスターと並んでイングラム嬢が続いてやってきた。彼女は紫色の乗馬服を纏い、ヴェールは微風になびき、豊かな輝く黒髪が透けて見えた (p. 162)。やがて間もなくホールから彼等来客の話し声が聞こえてきた。それから夜のパーティ用の服に着替えるため各自の部屋に入って行ったので、一時静けさが戻った。一方、ジェーンとアデールは日中召使たちが多忙のために昼食 (dinner) を取らずにいたので、俄かに空腹を覚え始めた。そこで彼女は部屋から出てきた御婦人方に気付かれないように様子をうかがいながら台所の食糧貯蔵室に入り、必要な食べ物を集めて持ち帰った。こうして時間を過ごしているうちにピアノの音が聞こえ、一人の女性のソロに続いてデュエット、最後にグリー（glee, 3 人以上の合唱）が聞こえてきた。そしてみんなの楽しそうな話声が聞こえた。ジェーンはその中からロチェスターの声を聴き分けようと真剣に耳を澄ました。アデールも 11 時近くまで一緒に聞いていたが、遂に眠ってしまった。パーティは夜中の 1 時前ま

で続いた。

　さて、翌朝は快晴であったので、来客は全員郊外へ散歩に出かけた。イングラム嬢は只一人馬に跨り、昨日と同様にロチェスターと並んで出かけた。その姿をジェーンはフェアファックス夫人と一緒に眺めていたが、私は突然、「あの二人は結婚を考えていない、とあなたは（先日）仰いましたが、彼は彼女を誰よりも好いているように見受けられます」と切り出した。そしてさらに、「彼女がいかにも彼を信頼しているように、彼女の頭を彼の方に傾けて話しているのを御覧なさい。私は一度彼女の顔を見てみたい」と付け加えた。するとフェアファックス夫人は、「今日あなたがディナーの後で応接間にアデールと一緒に来るように」とロチェスターから依頼されたが、「あなたがあのように派手な、全員見知らぬ人たちばかりのパーティに出るのは好きではないでしょう」(you would not like to appearing before so gay a party—all strangers) とロチェスターに話すと、彼は「彼女が拒否すれば、私が連れに来る」(I shall come and fetch her in case of contumacy.) と言ったことをジェーンに伝えた。そこで彼女は仕方なくパーティに出ることにした (pp. 164–65)。

　ジェーンはパーティの席で正式に挨拶することが何よりも苦手であったので、ご婦人方が応接間（パーティの会場）に姿を現すより先に来て、窓辺の椅子にカーテンに隠れるようにして本を読んでいるふりをして座っていた。アデールは彼女の側の小さな椅子に大人しく座っていた。やがて女性の話し声が聞こえ、姿を現した。全部で8人だった。ジェーンは立ち上がってお辞儀をした。それに応えて頭を下げてくれた女性は一人か二人で、他は全員ジェーンに目をやっただけだった。要するに彼女は全く相手にされなかったのである。だがこれが幸いして彼女は完全な傍観者となり、8人の女性の特徴を冷静かつ的確に観察することができた。

　第2章の後半はこれら8人の女性の特徴を詳細に描写しているが、とりわけジェーンの最大の興味の対象はブランチ・イングラム嬢であった。彼女はその理由を次のように三つ挙げているが、第三は最も重要であることは言うまでもない。

> I regarded her, of course, with special interest. First, I wished to see whether her appearance accorded with Mrs. Fairfax's description; secondly, whether it at all resembled the fancy miniature I had painted of her; and thirdly—it will out!—

whether it were such as I should fancy likely to suit Mr. Rochester's taste.

(pp. 167–68)

私はもちろん彼女を特別な関心を持って眺めた。第一に、彼女の姿はフェアフ
ァックス夫人が述べたのと一致しているかどうか見てみたかった。第二に、そ
の姿は私が想像して描いた肖像画に似ているかどうか。そして第三に、それは
ロチェスターの好みに合いそうな姿をしているかどうか、これをはっきりさせ
たかった。

　ジェーンはこのような強い目的を持ってイングラム嬢を観察し、顔の表情か
ら言動に至るまでその特徴を仔細に描写している。骨相学や人相学に深い興味
を持ち、肖像画を最も得意とするシャーロット・ブロンテの小説の見所の一つ
である。 まず、彼女の顔や姿は、フェアファックス夫人が述べた通り、「立派
なバスト、撫で肩、上品なうなじ、黒い瞳に黒い髪」であった。だが、彼女が
デント夫人と植物について議論しているのを見て、彼女の知識ぶった高慢な態
度を次のように評している。

　. . . she was self-conscious—remarkably self-conscious indeed. She entered
into a discourse on botany with the gentle Mrs. Dent. It seems Mrs. Dent had
not studied that science; though, as she said, she liked flowers, 'especially wild
flowers;' Miss Ingram had, and she ran over its vocabulary with an air. I
presently perceived she was (what is vernacularly termed) trailing Mrs. Dent;
that is, playing on her ignorance: her trail might be clever, but it was decidedly
not good-natured. (p. 168)

　……彼女は自意識が強く、実際際立って自意識が強かった。彼女は穏やかな
デント夫人と植物について議論し始めた。デント夫人は植物学を勉強していな
いように見えたが、彼女が言うように「特に野生の花」が好きだった。一方イ
ングラム嬢は植物学の知識があったので、専門用語を得意げに並べ立てた。彼
女がデント夫人の無知を（俗な言葉を使うと）「トレイル」即ち「弄んでいる」
と私は直ぐに感じた。彼女の弄ぶ行為は利口なやり方かも知れないが、明らか
に善意ではない。

　ジェーンはこのような彼女の言動を見ていると、ロチェスターはこのように
「偉そうな」(majestic) 女性が彼の「好み」に合うのだろうかと疑いを持つよう
になった。だが彼の「女性の美」に対する好みが分からないので、最後まで全
部観察しようと心に決めた。

　女性客に続いて男性の客が部屋に入ってきた。そして最後にロチェスターが
入ってきた。ジェーンの目はその一点に注がれた。だが彼は彼女の方に目を向

けず、反対側の席に腰を下ろして周囲の人と話を始めた。ジェーンは先日火事のあった夜の彼の態度を想い起し、何という違いかと思った。しかし彼の顔を改めてじっと見つめてみると、「美は見る人の気持ち次第」とは言うものの、彼の顔はジェーンにとって「美しい以上の力」を持っていると確信した。即ち、

My master's colourless, olive face, square, massive brow, broad and jetty eyebrows, deep eyes, strong features, firm, grim mouth,—all energy, decision, will,—were not beautiful, according to rule; but they were more than beautiful to me: they were full of an interest, an influence that quite mastered me, . . . and now, at the first renewed view of him, they spontaneously revived, green and strong! (p. 170)

私の主人の淡白なオリーヴ色の顔、四角い大きな広い額、そして黒い眉毛に深い目、力強い顔立ち、堅固な揺るぎない口、これら全ては活力、決断、意志の表れであるが、物の規準に従えば美しいとは言えなかった。しかし私にとってこれら全ては美しい以上のものがあり、私の心を捉えて止まない興味と影響力に満ち溢れていた。……そして今再び（2週間ぶりに）初めて彼を見ると、それら全ては自ずと瑞々しく強烈に蘇ってきた。

彼女はこのように述べた後、他の4人の男性とロチェスターを比べてみる。そして次のように情熱的に語る。

I had no sympathy in their appearance, their expression: yet I could imagine that most observers would call them attractive, handsome, imposing; while they would pronounce Mr. Rochester at once harsh-featured and melancholy looking. I saw them smile, laugh—it was nothing: . . . I saw Mr. Rochester smile;—his stern features softened; his eye grew both brilliant and gentle, its ray both searching and sweet. . . . I understand the language of his countenance and movements: though rank and wealth sever us widely, I have something in my brain and heart, in my blood and nerves, that assimilates me mentally to him.
(pp. 170–71)

私は他の男性の容貌や表情に何の共感も覚えなかった。だが彼らは大部分の人の目に、魅力的でハンサムで堂々として見えるであろうと私は想像した。一方、ロチェスター氏は粗野な顔立ちに憂鬱な表情、と彼らは明言したであろう。私は他の男性が微笑み笑うのを見たが、（私にとって）それは何の意味もなさなかった。……だがロチェスターが微笑むと、彼の厳しい顔は和らぎ、彼の目は輝きそして優しく、目の光は鋭くそして甘美だった。……私は彼の顔の表情や動きの言葉を理解している。私たちの間に地位と富の大きな開きがあっても、私の頭脳と心の中に、そして私の血液と神経の中に、精神的に彼と一つに溶け合う何かを持っている。

ジェーンはこのように述べた後、数日前ロチェスターと自分との関係は「雇い主」(paymaster) と使用人のそれに過ぎない、と自分に言い聞かせたが、これは「自然（真実）に対する冒涜だ」(Blasphemy against nature!) と打ち消す。そして彼に対する抑えがたい感情を次のように自らに告白する。

> Every good, true, vigorous feeling I have, gathers impulsively round him. I know I must conceal my sentiments: I must smother hope; I must remember that he cannot care much for me. For when I say that I am of his kind, I do not mean that I have his force to influence, and his spell to attract: I mean only that I have certain tastes and feelings in common with him. I must, then, repeat continually that we are for ever sundered:—and yet, while I breathe and think, I must love him. (p. 171)
>
> 私が持っているあらゆる正しい真実の激しい感情は衝動的に彼の周囲に集まっている。私は自分の感情を隠さねばならないことを心得ている。私は望みを窒息させなければならない。彼が私を大いに気にかけてくれるはずがないことを私は忘れてはならない。私は彼と同じ性質だと言ったが、それは私が彼のような影響力や魔法の魅力を持っていることを意味しているのではなく、彼と共通した趣味と感情を持っていることを意味しているに過ぎない。だから私たちは永久に引き離されていることを絶えず口にしていなければならない。とはいえ、私は息をして考えている限り、彼を愛するに違いない。

　以上のジェーンの独白に似た記述は、本小説の副題「自叙伝」の真意を凝縮しているように思う。そもそもこの小説の副題を「自叙伝」としたことに疑問を抱く読者は少なくないはずである。第1巻にはブロンテ自身の過去の体験が部分的に顔を出しているが、第2巻は完全に彼女の想像の世界、フィクションの世界である。中でもこの第2章の華やかな社交界は現実のブロンテ自身にとって無縁の世界であったはずである。従って、彼女はパーティの席では部屋の片隅の窓際でカーテンに半ば身を隠して、完全に傍観者の立場をとっている。しかしジェーンの恋敵と想像されるブランチ・イングラムが現れ、次いでロチェスターが現れると、彼女の感情は激しく騒ぎ鼓動し始める。そして上記のような「告白」(confession) にも似た感情を吐露した記述が紙面を支配する。これこそ正しくブロンテ自身の（エジェ教授に対する）秘めた愛の告白であり、自叙伝の中の真髄と称すべきであろう。このような感情の吐露はこの小説の生命とも称すべき主題の根幹をなしている。以上の観点から筆者は本書の副題を、『ジェーン・エア』のそれに倣って「秘めた愛の自叙伝」としたとした次第である。

閑話休題、女性に続いて男性客が入ってきた。最後にロチェスターが入ってきた。ジェーンの視線はイングラム嬢に続いて彼に集中して当然である。彼女が果たしてロチェスターに相応しい人物であるかを見極めようとしていたのである。彼女は最初一人離れて立っていたが間もなく彼の方に近寄り、暖炉の側の彼の隣に座った。そしていきなり、「あなたは子供が好きではないと思っていたが」と切り出した。彼はそうだと答えると、彼女は「ではどうしてあの女の子を引き取ったのか」と問い質し、彼女を学校へ入れるように勧めた。彼は「費用が高くつくから」と答えると、彼女は窓際のジェーンの方に目を向けながら、「家庭教師を雇う方が高くつくはずですが」と皮肉った (pp. 171–72)。高慢なイングラム嬢は（財産目当てで）彼と結婚したとき、アデールとジェーンの存在が邪魔になるので、このような言動に早くも出たのである。

　この話を側で聞いていたデント夫人は、イングラム嬢にそっと耳打ちをした。「問題の家庭教師（ジェーン）があそこで聞いているわよ」と恐らく言ったのであろう。それを聞いたイングラム嬢は「何構うものか」(tant pis!) と言って、ことさら聞こえるように大きな声でイングラム一家がこれまで雇ってきた数々の家庭教師の悪口を喋り始めた。その話に彼女の母と兄も加わり、悪口を散々楽しんだ末、「家庭教師と男性教師との情事」(liaisons between governesses and tutors) にまで話が発展した (pp. 172–73)。イングラム一家は貴族の末裔だが、その中身はいかに下劣で、欲に絡んでいるかが十分読み取れるであろう。そのようなイングラム嬢に対してロチェスターが丁寧に対処しているのは、あくまでも客人に対する紳士としての礼儀に過ぎないことは明らかであった。

　家庭教師に対する悪口に飽いた彼女は急に話題を変えて、ロチェスターの歌声が綺麗であるので彼女のピアノの伴奏で歌声を披露するように巧みに誘導した。ここでも彼女の下心は見え透いているが、その言動は極めて横柄かつ一方的である。ジェーンは見るに耐えかねたので部屋を出ようと思ったが、彼が歌い始めたのでそのまま席に座って最後まで聞いたが、彼の「甘く力強いバス」(a mellow, powerful bass) は素晴らしかった。こうして彼の歌も終わり、客が部屋を出始めたので、ジェーンは別の戸口から静かに外に出た。そして廊下に立ち止まって靴の紐を結びなおしていると、背後から男性の足音が聞こえた。振り返るとロチェスターが立っていた。彼は、"How do you do?" と話しかけ、「どうして僕に話しかけてこなかったのか」と聞いた。ジェーンはそれに正直

に答えようと思ったが、「あなたが忙しくしていたので邪魔したくなかった」とだけ述べた。彼は「僕が留守の間君はどうしていたのか」と聞いたので、ジェーンは「何時ものようにアデールに勉強を教えていた」と答えた。彼は、彼女の顔色が良くないが、「何か辛く悲しいことがあるのか」と重ねて聞いた。彼女は「何もありません、何も気落ちしていません」(Nothing—nothing, sir. I am not depressed.) と打ち消したが、涙を抑えることができなかった。それを見たロチェスターは次の言葉でこの第2章を結んでいる。

'But I affirm that you are: so much depressed that a few more words would bring tears to your eyes—indeed, they are there now, shining and swimming; and a bead has slipped from the lash and fallen on to the flag. If I had time, and was not in mortal dread of some prating prig of a servant passing, I would know what all this means. Well, to-night I excuse you; but understand that so long as my visitors stay, I expect you to appear in the drawing-room every evening: it is my wish; don't neglect it. Now go, and send Sophie for Adèle. Good night, my—' He stopped, bit his lip, and abruptly left me. (p. 176)

「だが君は確かに気落ちしている。これ以上一言でも話せば目から涙が出るほど落ち込んでいる。もうすでに涙が光って浮かんでいるではないか。そして涙の粒がまつ毛から溢れて床に落ちている。私に時間があれば、そして抜け目のないお喋りの女中が側を通る恐れさえなければ、君の涙が何を意味するのか全て聞かせてもらいたいところだが。だから今晩は聞かないことにしよう。だが、来客がここに滞在している期間、君は毎晩応接間に姿を見せるのを待っている。それは私の願いだから、忘れないでほしい。さあ、行きなさい。ソフィにアデールを迎えに行かせなさい。お休みなさい、私の」とまで言って、唇を噛み、突然私から離れていった。

　以上のように『ジェーン・エア』第2巻の第2章は、その頁数から見ても分かるようにブロンテが最も力を入れた章の一つであり、小説の方向を予見させるに十分な内容に富んでいる。中でも特にブロンテの声を代弁するヒロインの告白はブロンテの感情表現そのものであり、小説の副題「自叙伝」に最も相応しい意味合いを持っている。

(3)

　続く第3章は、前章と同じ部屋で催されたパントマイムの主役にロチェスターとイングラム嬢が選ばれ、二人が夫婦の契りを結ぶ儀式と、それを部屋の片

隅から眺めているジェーンの心情告白が前半の主題を占めている。中でも彼女の心情告白は前章のそれ（173頁参照）よりさらに心の奥底から湧き出た2頁以上に及ぶ独白 (soliloquy) に近い最大の見所の一つである。

　晴れた日には来客の殆どすべては戸外で過ごしたが、雨の日などは屋内でいろいろと趣向を凝らして時を過ごした。その一つにパントマイムがあった。家中から余った衣服を掻き集めてそれぞれの役柄に応じた服装をした。応接間もその目的に相応しく模様替えをした。そして最初の演技は上述のようにロチェスターとイングラム嬢がイスラエル風の結婚をする仕草であった。もちろんこれはイングラム嬢が仕組んだ演技だった。それを部屋の片隅からじっと見つめていたジェーンは心穏やかではなかったが、それだけになお一層イングラム嬢の動作とそれに対するロチェスターの反応を最後まで注視していた。そしてその間彼女の心を支配していた確信は、いかなることがあっても彼に対する愛は変わらないことであった。この確信を独白風に2頁以上にわたって繰り返しているが、その中から特に注目すべき部分だけを引用する。

I could not unlove him; merely because I found that he had ceased to notice me—because I might pass hours in his presence, and he would never once turn his eyes in my direction— . . . I could not unlove him, because I felt sure he would soon marry his very lady—because I read daily in her a proud security in his intentions respecting her— . . .

　There was nothing to cool or banish love in these circumstances; though much to create despair. . . . But I was not jealous; or very rarely;—the nature of the pain I suffered could not be explained by that word. Miss Ingram was a mark beneath jealousy: she was too inferior to excite the feeling. . . . She was not good; she was not original: she used to repeat sounding phrases from books; she never offered, nor had, an opinion of her own. She advocated high tone of sentiment; but she did not know the sensations of sympathy and pity: tenderness and truth were not in her. (pp. 180–81)

彼は私に注目しなくなったから、そして私が彼の前で数時間すごしても私に一度も目を向けないから、というそれだけの理由で、私は愛さないことはあり得なかった。……彼は近くその令嬢と結婚することが確かであると分かったからといって、また彼女の日頃の表情に彼を射止めた誇らしい自信を読み取ったからといって、私は彼を愛さないことはあり得なかった。……
　このような境遇の中にあっても、またたとえ私を絶望させるものが多くあっても、私の愛を冷やし消し去ることは絶対なかった。私は嫉妬を燃やすことは全くなく、あったとしてもごく稀であった。私の感じた苦しみはそのような言葉

で説明できるものではなかった。イングラム嬢は嫉妬以下の対象であった。つまり彼女は私にそのような感情を呼び起こすには余りにも低級すぎたからである。……彼女は善良ではなかった。彼女には独自のものがなかった。彼女は書物からかき集めた響きの良い言葉を何時も繰り返した。彼女は自分の意見を提供せず、また持ってもいなかった。彼女は感情を声高に唱えるが、共感や憐れみの感情を知らなかった。つまり優しさと真実は彼女の中になかったのである。

　上記の中でもとりわけ最後の4行（"She was not good . . ." 以下）に注目したい。それは人間一般に対してだけでなく、文学作品にも適用できるからである。言い換えると、彼女の批評精神は正しくこの4行に集約されると言っても過言ではないからである。

　とは言え、イングラム嬢のロチェスターに対する言動が気になって仕方がなく、彼らに続く別のパントマイムは全く目に入らなくなってしまった。このように第3章は第2章に続いて、ジェーンの独白に近い愛の告白に焦点が当てられる。その最大の注目点は、彼女の愛はたとえ報いられなくとも純粋に心から愛した、という一途な気持ちに自らの生きる道を求めている点にある。この小説の副題を「自叙伝」とした真意は、ジェーンの声、即ち作者ブロンテの声に外ならなかったからである。従ってこれら2章の彼女の独白にブロンテは最大の力を注いだに違いない。この自伝的背景として、本書の第3章で論じたエジェ教授宛の手紙が伝える炎の愛が、これら二つの小説の創造的原動力になっていたことをここで改めて想い起す必要があろう。

　さて、それから幾日か過ぎた頃、ロチェスターが急用でソーンフィールドを終日留守にすることがあった。ホストのいない客は皆まるで気が抜けたようにその日を過ごした。その日の夕方、彼の帰りを待ちわびていたところへ1台の馬車が入ってきた。ロチェスターは何時もの愛馬で出かけたのに馬車で帰ってくるのは変だと思って迎えてみると、それはやはり別人のメイソン (Mason) と名乗るマデイラ (Madeira) から帰ってきた昔の友人であった。そして彼を囲んで話をしているところへ、近くにキャンプを張るジプシーの一人が占い師だと称して訪れ、皆の占いをするまで絶対に帰らないと主張して居座った。イングラム嬢は強引に帰らせようとしたが、他の客は「面白いから見てもらおうじゃないか」ということになった。これを占い師に伝えたところ、占う相手は若い独身女性に限るということになった。そこでイングラム嬢は誰よりも先に勇気を出して、占い師が待つ隣の部屋に入って行った。そして15分ほどして出

てきたが、彼女の目つきは「人を寄せつけない冷たい目」(one of rebuff and coldness) であった。彼女は憮然として質問にも応じず、ソファに座って本に目を移した。ジェーンは彼女のその姿を最後までじっと観察していたが、最後まで1頁もめくることがなかった。見る振りをして考え込んでいたのである。多分彼女の高慢な下心を占い師に見抜かれて指摘されたに違いない。この間の彼女の様子をジェーンは次のように述べている。

> I watched her for nearly half an hour: during all that time she never turned a page, and her face grew momently darker, more dissatisfied, and more sourly expressive of disappointment. She had obviously not heard anything to her advantage; and it seemed to me, from her prolonged fit of gloom and taciturnity, that she herself, notwithstanding her professed indifference, attached undue importance to whatever revelations had been made her. (p. 189)
> 私は半時間近く彼女をじっと観察していたが、その間彼女は本を1頁もめくらなかった。彼女の顔は一瞬一層暗くなったり、不満そうになったり、またひどく失望したような表情を見せた。彼女は明らかに自分にとって不利な話を聞いたに違いない。そして彼女の長く鬱陶しい無口な様子から、上辺は無関心を装っているものの、彼女が受けた占いの中身を異常なほど重く受け止めているように見えた。

　この後残りの三人の若い女性は独りで行くのが怖くなり、三人一緒に予言を受けることになった。彼女たちは意中の男性の名を指摘されたらしく互いにはしゃいでいたが、最後に窓辺に控え目に座っているジェーンが呼ばれた。好奇心の強い彼女は喜んで部屋に入って行った。以上で第3章は終わる。

(4)

　第4章はジェーンと女性占い師との対話で始まるが、最後にロチェスターが変装していたことが、小指にはめた指輪で判明する。ジェーンの本心を引き出すための仮装であった。

　ジェーンは占い師のいる図書室に入ってゆく。彼女は何も恐れるものはないので冷静で落ち着いている。彼女は最初から占い師を信用していない。しかし相手は占い師に変装したロチェスターであるので、彼女のことは何もかも知っている。まず、彼（女性占い師に変装したロチェスターであるので、「彼女」ではなく「彼」とした方が混乱しないで済む。以下同様）はジェーンを「冷た

く、病的で、愚か」(cold, sick, silly) だと言う。彼女はそれを証明してみせなさいと反論すると、まず「冷たい」理由について、「君はいつも孤独でいるので、人と接触して君の体内に宿る炎を燃やさないからだ」(because you are alone; no contact strikes the fire from you that is in you.) と説明し、次に「病的」な理由を、「自分の一番良い感情、つまり自分が持っている最高の最も美しいものを自ら遠ざけているから」(because the best of feelings, the highest and the sweetest given to man, keeps far away from you.) と指摘する。そして最後の」愚か」の理由を、「幸福が君を待っているのにそれを迎えに一歩足を踏み出さない」(. . . nor will you stir one step to meet it where it waits you.) からだ、と教える。これに対してジェーンは人に頼って生きていかなければならない「受け身」(dependent) の身分ではそうならざるを得ないと反論すると、彼はジェーンが同じ家庭教師でも「特別な地位」にいる、と次のように述べる。". . . you are peculiarly situated: very near happiness; within reach of it. The materials are all prepared; there only wants a movement to combine them." (p. 192) 「君は特別な地位にいる。幸せに非常に近い所にいる。手の届くところにいる。材料は全部そろっている。後はそれを結び付ける行動を起こすだけだ」と。これに対してジェーンはこのような謎めいた言葉の意味が分からないと答えると、彼はさらに体を近づけて、「手を見せてくれるとはっきり言える」と述べた。彼が1シリング銀貨を求めているのだろうと思って、ジェーンは銀貨を差し出したところ、彼女の手を見た途端きれい過ぎて占うことができないと言った。そして顔の特徴から占いを始めようとした。骨相学に興味を持つジェーン（ブロンテ自身）は「これは本物だ」と思い、占い師を信用する気になった。しかし彼は占いとは無関係の質問を始める。まず、ジェーンは華やかな社交場で「君はただ一人何を考えていたのか」と尋ねた。ジェーンは「お金を貯めて学校を開くつもりだ」と答えた。すると彼は、「自分の知り合いのプール夫人と同じだ」と言った。ジェーンは3階の屋根裏部屋に住むあの奇妙な女性の名を聞いたので、大きな衝撃を受けた。それを見た彼は、「プール夫人は何も危険な人物ではない。穏やかな信頼できる人だ」と弁護した。そして隣の社交場の華やかな女性たちの中で一人離れて「君は寂しくないのか、何とも思わないのか」などといろいろ質問した後、最後にイングラム嬢に話が及び、次のように問いかけてきた。

'Nothing to you? When a lady, young and full of life and health, charming with beauty and endowed with the gifts of rank and fortune, sits and smiles in the eyes of a gentleman you—' (p. 193)

君にとって何の関係もない？　若くて元気はつらつとした女性。美しくて魅力的で、地位と富に恵まれた才能のある女性が、（君が多分好意を抱く）一人の紳士の目の前に座って微笑んでいるのを見ても何とも思わないのか。

　上記の最後に「君が」で言葉が詰まったので、ジェーンは「私は何ですか」(I what?) と問い返すと、「君が多分好意を抱く」(you perhaps think well of) と付け加えた。ジェーンは「彼は今日家にいない」(He is not at home) と言うと、「確かに彼は今日ミルコートへ出かけて留守だが、彼があの威勢の良い女性と結婚するという噂を聞いても平気でいられるか」という意味の質問をした。女性占い師はこのように「次から次へと予期せぬ事実を語り始めた」のでジェーンは魔法にかけられたような気分でいたが、最後に「彼は本当に彼女と結婚するのか」と改めて聞くと、その通りだと答えた後、次のように付け加えた。

He must love such a handsome, noble, witty, accomplished lady; and probably she loves him: or, if not his person, at least his purse. I know she considers the Rochester estate eligible to the last degree; though (God pardon me!) I told her something on that point about an hour ago, which made her look wondrous grave: the corners of her mouth fell half an inch. I would advise her black-aviced suitor to look out: . . . (pp. 194–95)

彼はあのような綺麗で高貴で、機知に富んだ完成した女性が好きに違いない。そして多分彼女も彼を愛している。彼の人物でないとすれば少なくとも彼の財布を愛しているのだろう。彼女はロチェスターの資産が最も選択に値すると考えていることを私は知っている。1時間ほど前に（神様私を許し給え）私はこの点についていくらか彼女に話した。彼女はそれを聞いて驚くほど深刻な顔をした。彼女の口角は半インチ下がった。私は彼女の浅黒い求婚者に用心しなさいと忠告しようと思っている。

イングラム嬢は占い師の部屋から戻ってきたとき「人を寄せ付けない冷たい」目つきをしていたその原因は、やはり占い師から彼女の卑しい下心を指摘されたためであった。

　上記のように占い師はロチェスターのことばかり話をして、肝心のジェーンについて何一つ占ってくれないので、彼女は遂にしびれを切らし、時間の無駄だからと帰りかけると、占い師は彼女を制して真剣にジェーンの顔を見つめる。

そしてまるで独り言を言うようにつぶやく。そしてまず彼女の目を見、次に唇を、そして最後に彼女の額を最も真剣に見つめて彼女の本質を見事に指摘する。次にその「つぶやき」(muttering) の一部を引用しよう。

> The forehead declares, "Reason sits firm and holds the reins, and she will not let the feelings burst away and hurry her to wild chasms. The passions may rage furiously, like true heathens, as they are; and the desires may imagine all sorts of vain things: but judgment shall still have the last word in every argument, and the casting vote in every decision. Strong wind, earthquake-shock and fire may pass by: but I shall follow the guiding of that still small voice which interprets the dictates of conscience." (pp. 195–96)
>
> 君の額は明言している。「理性はしっかり手綱を握っている。理性は感情が爆発して狂暴な淵へ急がぬようにしている。情熱は真の蛮族さながらに猛り狂うかもしれない。そして欲望はあらゆる種類の空なるものを想像するかもしれない。しかし判断力はあらゆる議論に最後の審判を下し、あらゆる決断のキャスチングボート（決定票）を握るであろう。暴風、地震の衝撃、そして大火が襲ってくるかもしれないが、私は良心の教えを説くあの静かな小さな声の導きに従うであろう」と。

これは作者シャーロット・ブロンテの信念であり、生きる姿そのものである。筆者が本書の主題に「炎の作家」、そして副題に「秘めた愛の自叙伝」とした根拠は正しくここにある。彼女のエジェ教授に宛てた4通の手紙は（本書第3章参照）、彼女の「感情が爆発した（想像力の描く）空なる欲望」の結果であったのかもしれない。しかしこの感情を理性によって見事にコントロールして、『教授』を書き上げた。そして今、『ジェーン・エア』のヒロインにその理想の姿を結晶させた。

　さて、このような占い師のつぶやきを黙って聞いていたジェーンは彼女の本心を余りにも見事に突いているので、自分が夢を見ているのではないかという錯覚に陥った。ここで彼女はキーツの詩『ナイチンゲールに寄せるオード』(*Ode to a Nightingale*) の最後の一句、"Was it a vision, or a waking dream? / . . . Do I wake or sleep?" を借りて、"Did I wake or sleep? Had I been dreaming?" と述べている。だがそのとき占い師は用が済んだので帰れと手を差し出したので、ジェーンはその手をはっきり見た。その手は老婆に似合わず皺がなく、しかもその小指にジェーンが見慣れた指輪が見えた。こうして一瞬にして彼がロチェスターであることに気付いた。彼はジェーンの本心を引き出すためにこのよう

な仮装をしていたのだった。これと同時にイングラムの下心を暴くことでもあった。彼はこの二つの目的を見事に成功させたと言える。そしてこれによってジェーンも彼の愛に対する不安を一掃することができた。彼女は時間も遅いので引き下がろうとすると、彼は引き止めて隣の客の様子などを聞いた。こうして話をしているうちに、メイソンという見知らぬ男性が西インド諸島から彼を訪ねてきたことを話した。彼はこの名を聞いただけで突然顔色が変わり、震える手でジェーンの手首を握りしめた。そして彼にいかなることがあっても彼女の愛が変わらないか、という主旨の真剣な言葉が繰り返された。そしてメイソンに今すぐ会いたい、と伝えてきてほしいとジェーンに頼んだ。こうしてまたもや新たな不安と謎を残したままジェーンは自分の部屋へ戻った。しばらくするとロチェスターがメイソン氏を彼の寝室へ案内する明るい声を聞いたので、彼女は安心して眠りに就くことができた。

(5)

　さて第5章は、ロチェスターがメイソン氏を彼の部屋に案内したその夜、ジェーンは床に入っても眠れず窓に映る月夜を眺めていた。すると突然彼女の部屋の真上から耳をつんざく女性の悲鳴に続いて「助けて」という声が微かに聞こえた。その音は広い建物全体に鳴り響いたので、宿泊中の客は驚いて全員部屋の外に出てきた。ジェーンはこれはただ事ではないと思い、服を着て待機していた。すると扉をたたく音が聞こえ、ロチェスターが入ってきた。そして「すぐ来てくれ」と言ったので付いて行くと、3階の屋根裏部屋のグレース・プールが何時も出入りしている部屋の前に立った。彼は「スポンジと炭酸アンモニウム (volatile salt) が君の部屋にあれば、持ってきてほしい」と言った。彼女は大急ぎで戻って取ってきた。彼は「血を見ることになるが、君の手を貸してほしい」と言って一緒に中に入った。ベッド脇の椅子にぐったりと寄り掛かったメイソンの顔は血の気がなく、片腕が血で真っ赤に染まっていた。扉の奥の部屋にはグレース・プールがいるに違いないとジェーンは思った。彼が低い声で何か囁いたからである。ジェーンは命じられるままに片手に洗面器を、別の手に蝋燭を持って、彼の側に立った。彼はスポンジを水で濡らしてメイソンの腕と肩から滴る血を拭った。そしてアンモニウムの入った瓶をメイソンに嗅がせると彼は目を開けた。ロチェスターはこれから医者を呼んでくるから1時

間余り彼の看病をしてくれと言って家を出て行った。ジェーンは命じられるままに彼がしたのと同じように一言も喋らずに看病した。真っ暗の部屋の中で怪我人と二人きりで、そして隣の部屋にいる狂ったプールの存在に怯えながら、ロチェスターの帰りを待つ心境と部屋の雰囲気はゴシック小説そのものであった。彼女にとってこの1時間余りは1週間にも値する不安な待ち時間であったが、予定通り彼は医者を連れて戻ってきた。夜が明けるまでにメイソンを無事に家から運び出すのが彼の至上命令であったので、医者は手際よく傷口を包帯でくるんだ。肩の傷は人間の歯で強く噛まれたものであった。傷の手当てが終わると、彼は着替をさせられ、両肩を支えられて家の外に出た。そして用意された馬車で首尾よく門の外に出た。

　二人が別れ際に交わした最後の言葉は、メイソンが「彼女の世話を頼む。できるだけ優しく扱ってくれ。そして」と言って、泣き崩れた。ロチェスターはそれに答えて、「私は精一杯やる。これまでも精一杯やってきたし、今後もそうするつもりだ」と約束した。こうして緊迫した真夜中の数時間が終わり、東の空はようやく明るくなってきた。小説はこの間の経緯を6頁 (204–09) に渡って、ブロンテの絶妙の筆致で精密に描かれている。この一見ゴシック風小説の見所の一つと言えよう。しかし第5章の真価はこの後のロチェスターとジェーンとの対話、とりわけ彼自身の過去の告白に見られる。それは二人の揺るぎない愛の誓いそのものであったからである。

　さて、メイソンが去った後、ジェーンは自分の用が済んだと思って部屋に引き下がろうとしたとき、ロチェスターは彼女を呼び止め、しばらく庭を一緒に散歩しようと誘った。二人は様々な木々で覆われ、夜露を受けて光る春の花が咲く小道を並んで歩いた。ちょうどその時、朝陽が東の空に顔を出した。ブロンテはその光景を二人の心を象徴するかのように描いている。「折しも太陽はまだら模様の東の空に顔を出した。そして太陽の光は花の咲く夜露に濡れた果樹園の木々を照らし、木々の下の静かな散歩道に光を投げかけていた。」(. . . the sun just entering the dappled east, and his light illumined the wreathed and dewy orchard trees and shone down the quiet walks under them.) (p. 210)。彼は道端に咲くバラの花を摘んで彼女に与え、そして「このような日の出の静かな香しい空気が好きか」と話しかけた。彼女は「とても好きです」と答えた。

　こうして二人は前夜の恐ろしい事件に話が及び、「私が君をメイソンの側に

一人置き去りにしたとき怖かっただろう」と言った。ジェーンは、「奥の部屋から誰かが出てくるのではないかと思いました」と答え、そして「その部屋にグレース・プールはやはり住んでいるのですか」と尋ねた。すると彼は「彼女のことで頭を悩ますな。彼女のことは忘れろ」と言った。このようにジェーンはこれまでの奇妙な恐ろしい事件が全てプールの仕業と、（不自然とは思いながらもなお）半ば信じていたのである。プールがあの部屋にいる限り彼に危険が及ぶのではないか、となおも問い質すと、彼は「用心しているから大丈夫だ」と答えた。そして「メイソンが英国にいる限り不安が残る」と述べ、さらに自分の現在の心境を「活火山の噴火口の縁に立っている気分」と表現した。それに対してジェーンは、「でもメイソンは従順で、危険な所は全く見られない」と意見を述べると、ロチェスターは、「確かにメイソンは私に反抗しない。彼はそれが分かっているので危害を及ぼさないが、彼は意図せずにほんの一言で一瞬にして私から、命があっても幸せを永久に奪ってしまうだろう」(Oh, no! Mason will not defy me; nor, knowing it, will he hurt me—but, unintentionally, he might in a moment, by one careless word, deprive me, if not of life, yet for ever of happiness.) (p. 211) と、実に謎めいた返事をした。彼の言葉をすべて真に受ける純なジェーンは、「彼に気を付けるように言ってください。あなたが恐れていることを彼に知らせなさい。そしてどうすれば危険が避けられるか教えてあげなさい」と述べた。さすがの彼も余りにも純で無垢な彼女の言葉に驚き、思わず彼女の手を握りしめたが、すぐに手を放して、「単純なお人だ。それが分かれば、どこにも危険がないだろう」(If I could do that, simpleton, where would the danger be?) と笑い、さらに意味深長な謎めいた言葉を続ける。「私を傷つけることが可能であることを彼に知られないようにすることが、（私の安全の）絶対条件だ」(it is imperative that I should keep him ignorant that harm to me is possible.) と。

　以上のように、ロチェスターは純粋無垢なジェーンに対して、自分が宿命的に抱える「破滅」(annihilation) の原因はあの屋根裏部屋に住む女性と深く関わっていることを匂わす「謎」(puzzle) めいた言葉が 2 頁以上に及んだ。

　そして最後に、このような悲劇を孕んだ彼に対してジェーンはこれまでと同じように彼の命に忠実に従うか、と尋ねた。彼女の返事は「その命が全て正しければ、私はあなたに仕え、あなたに従いたい」(I like to serve you, sir, and to obey you in all that is right.）と、きっぱり答えた。しかし彼の命が間違っていれば従うことはできないと明言した。彼女の「恒星のように微動もしない」(immutable as a fixed star) 強い意志による明確な返答を受けて、彼は次のようにさらに謎めいた言葉を残す。

> Well, you too have power over me, and may injure me: yet I dare not show you where I am vulnerable , lest, faithful and friendly as you are, you should transfix me at once. (p. 211)
> 君も私を支配する力を持っている。だから私に傷を負わせることができるかも知れない。だが私の傷つきやすい場所を教えるわけにはいかない。君は忠実で優しいが、それを教えると忽ち私を突き刺すからだ。

　彼の胸の内に隠した深い意味を知らぬジェーンはただ無邪気に、「私と同じように彼からも恐れることがなくなれば、あなたは本当に安全ですね」と相槌を打った。この言葉に胸を打たれた彼は、「おお神様、そのようにしてください」(O God grant it may be so!) と言って、木陰のベンチに一緒に座ろうと誘った。こうしてさらに対話が続き、ロチェスターはさらに深い胸の内（過去の過ちの歴史）を一種の仮定法の形式で（I を you に置き換えて）すべて打ち明けた (p. 212)。しかし彼の「最も傷つきやすい点」つまり屋根裏部屋の奇妙な女性の謎については一言も触れなかった。だがこの長い懺悔録の最後に、ジェーンと巡り会って彼の人生に初めて明るい希望が湧いてきたことを告白する。即ち、

> 　You(i.e. Rochester) make a new acquaintance— . . . you find in this stranger (i.e. Jane Eyre) much of the good and bright qualities which you have sought for twenty years, and never before encountered; and they are all fresh, healthy, without soil and without taint. Such society revives, regenerates: you feel better days come back—higher wishes, purer feelings; you desire to recommence your life, and to spend what remains to you of days in a way more worthy of an immortal being. To attain this end, are you justified in overleaping an obstacle of custom—a mere conventional impediment, which neither your conscience sanctifies nor your judgment approve? (p. 212)
> 　君には新しい友人ができた。……この友人の中に君が 20 年間探し求めてきた立派な明るい多くの性質を見出す。そしてその性質は何らの濁りも汚れもない全く新鮮で健康そのものだ。従ってそのような人間関係が蘇り、再生する。そしてより良き日々が、より崇高な望みとより純粋な感情が戻って来るように感じる。君は自分の人生を一からやり直し、そして自分の残りの人生を神の思

し召しに一層値する方法で過ごしたいと思う。君はこの目的を達成するために、習慣の障壁を乗り越え、君の良心が認めず、また君の判断が許さない、単なる因習の障害を乗り越えることを是とするか？

　ここで述べる「世間の習慣や因習の壁を乗り越える」言葉の背景には、同じ身分のイングラム嬢との結婚という世間の常識に立ち向かい、彼が心から愛する身分の低いジェーンとの結婚を願っていることは言うまでもあるまい。彼女はこの願いを彼から聞いた時、直ぐに返事ができずに黙っていると、彼はさらに続けて彼女に寄せる強い思いを次のように述べる。

　　　Is the wandering and sinful, but now rest-seeking and repentant man, justified in daring the world's opinion, in order to attach to him for ever, this gentle, gracious, genial stranger; thereby securing his own peace of mind and regeneration of life? (p. 213)
　　　さまよう罪深い人であったが今では安らぎを求めて懺悔する男は、優しくて慈悲深く寛容なこの見知らぬ女性を永遠に自分に引き付けるために、世間の意見に勇敢に立ち向かうことは許されて当然ではないか？　それによって彼自身の心の平和と生命の復活が確保できるのだから。

　ジェーンはこれに答えて、彼のこのような懺悔は「私」ではなく「神」に向かってするべきだ、と返答した。しかし彼は神の「召使」(instrument) としての「君」の慰めが不可欠と主張した。だがここで言葉が詰まり、しばらくして真剣な表情で彼女の手をしっかり握り、もう一度前夜のような急場で二人きりで会うと約束してほしいと述べた。彼女は「はい」と返事すると、さらに彼は「例えばイングラム嬢との結婚の前夜に」と述べた。そして「あの大柄で肉感的な彼女と。結構なことだ」と、自らをあざ笑うように彼女と結婚する意志が全くないことを暗に強調してジェーンと別れた。

(6)

　第6章は、ある日ジェーンは見知らぬ人が訪ねてきたことを知らされたので、フェアファックスの部屋へ行ってみると、かつてゲイツヘッド・ホールで御者 (coachman) を勤めていたロバート・レヴン (Robert Leaven) が立っていた。9年ぶりの再会であった。彼は今も同じ所で仕事をしており、その間にベッシーと結婚して子供が3人いるとのことだった。彼は100マイル以上も離れた場所

からわざわざ訪ねてきた目的は、リード夫人が余命僅かの病床に伏しており、死ぬ前に是非ジェーンに伝えたい重要な話があるので来てほしい、ということだった。そこで彼女はロチェスターにその旨を伝えて翌朝ロバートの馬車で出発した (p. 220)。彼女は当初 1 週間ほどで帰る予定であったが、結果は 1 か月そこに滞在することになった。本章は第 2 巻の中で最も長い 20 頁もあり、その大部分はジェーンが 9 年ぶりに見たゲイツヘッドのリード一家の有りのままの描写からなっている。それは一見この小説の主題と本筋から逸れているように見えるが、ブロンテの鋭い人間観察の重要な一幕と解釈すべきであろう。それと同時に、小説の副題「自叙伝」の意味する要素の一部と解釈することができる。

　さて、ジェーンはその日の午後 5 時ごろゲイツヘッドに着いたが直ぐにはその家に向かわず、門の側にあるベッシーのロッジ (porter's lodge) を訪ねた。彼女はジェーンがリード夫人の家に住んでいた頃彼女に唯一優しくしてくれた恩人であり、友人でもあった。ベッシーはブロンテが本質的に好む純朴で活発な女性の典型である。それはジェーンがロッジに入って間もなく見た彼女の動作にはっきり表れている。

> Old times crowded fast back on me as I watched her bustling about—setting out the tea-tray with her best china, cutting bread and butter, toasting a tea-cake, and, between whiles, giving little Robert or Jane an occasional tap or push, just as she used to give me in former days. Bessie had retained her quick temper as well as her light foot and good looks. (p. 221)
>
> 　彼女が忙しそうに立ち振る舞っている姿——最上等の茶碗と一緒にお盆を揃え、パンとバターを切り、茶菓子を焼き、その間、かつて私にしたように、小さなロバートやジェーンの肩を時々叩いたり押したりする姿——を見ていると、過ぎし日々が俄かに蘇ってきた。ベッシーはかつての軽い足取りと明るい表情と同時に彼女のせかせかした性質をそのまま留めていた。

そしてジェーンが食卓に向かおうとすると動かなくて済むように、ベッシーは小さなテーブルを暖炉の側に移し、その上に食事を並べる、といった優しい気の遣い様であった。こうして 1 時間ほどお喋りをした後二人はリード一家の住む館へ向かった。

　家の中に入ると、最初にリード夫人の二人の娘と会った。9 年前の面影がすっかり消えて別人のように見えた。ここでブロンテ得意の詳しい人物描写が始

まるが、結論から言って、姉のイライザ (Eliza) は「イングラム嬢と同じほど
の背だけで、浅黒い厳めしい表情」で、修道女のような服装をしていた。一方、
妹ジョージアナ (Georgiana) は「成熟した丸みを帯びた蠟人形のような」美女
で、服装も黒みを帯びていたが、姉のピューリタン的とは逆のスタイリッシュ
なものだった (p. 222)。服装や外見の違いはそのまま性格にも現れていた。二
人はジェーンを迎えた時、姉は無愛想に一言挨拶しただけで暖炉の火を見つめ
ていたが、妹は挨拶の後に長旅の疲れや天候のことなど話をしながらジェーン
の服装をじろじろ眺めていた。

　それからしばらくしてジェーンはベッシーに案内されてリード夫人の病室に
向かった。寝室はジェーンが子供の頃叔母から折檻を受けるために何度も入っ
たことのある部屋だった。彼女は叔母を見たときかつての「恐怖と悲しみ」が
蘇ってきたが、感情を抑えて接吻をした。叔母はそれに気づいて、「ジェーンか」
と言ったので、「そうです、叔母様、気分はいかがですか」と聞いた。そして布
団から出た叔母の手を優しく握った。しかし彼女は一度はそれに応じたものの
直ぐにその手を引っ込めてしまった。彼女のジェーンに対する憎しみは９年の
歳月を経ても消えない身体の一部になっていたのである。ジェーンもそれを感
じて怒りがこみ上げ、叔母に絶対服するものかと心に決めたが、やはり悲しく
て自然と涙が溢れてきた。しかし彼女はそれをこらえて叔母を遥々訪ねてきた
理由を話した。だが叔母は今日は夜も遅いので、疲れて思い出せないと断り、
まるで独り言のように彼女がいかにジェーンを嫌い憎んでいたかを長々と話し
始めた。そしてその主な理由を彼女の夫が姪のジェーンを我が子以上に可愛が
ったからだと、これまた長々と話した末、最後に彼女の最愛の息子ジョンがロ
ンドンで身を持ち崩して借金を積み重ねた末に命を絶った過程に話が及んだ。
結局ジェーンは仕方なく引き下がり、叔母が話す気になるまで待つことにした。

　こうして叔母から何の話も聞き出すこともできずに 10 日余り過ごした。そ
の間リード姉妹と一緒に過ごすことも多かったが相変わらずジェーンに対して
冷たい態度を取り続けた。だがジェーンは絵を描く道具を持ってきていたので、
孤独の時間を想像力の赴くままに大好きな絵を描くことによって楽しく過ごす
ことができた。そしてある日、彼女は何とはなしにロチェスターの顔を想い起
しながら、彼の肖像画を描いていた。たまたまそれを見た二人の姉妹は非常に
興味を示し、ジェーンの才能にすっかり驚いた様子であった。ジェーンは彼女

たちの依頼に応えて肖像画を順番に描いてあげた。こうしてジェーンは彼女達と打ち解けて話し合うようになったが、とりわけ妹のジョージアナと話す機会を多く持った。彼女はジェーンを散歩に誘い出し、数か月前にロンドンで過ごした楽しい想い出を限りなく話した。そのような時彼女はジェーンに完全に心を許していた。彼女が体験した社交界の最新の流行や事件に関する話は、まるで「社交界を描いた小説が彼女によって即興的に創られた」(a volume of a novel of fashionable life was improvised by her) かのような感じで、大いに参考になった、と作家ブロンテ自身の気持ちをそのままジェーンに移して述べている (p. 228)。

　それから数週間が過ぎたある日、ジョージアナはソファーで居眠りし、イライザが教会へ奉仕に出かけ、看護婦も不在の時、ジェーンは一人でリード夫人の病室へ入って行った。「病人はじっと寝たままで昏睡状態のように見えた。顔は土色で枕の中に沈んでいた。暖炉の火が消えそうだったので、私は火を起こし、乱れたベッドクロスを整えた。」外は風雨で窓に激しく打ち付けていた。「魂は今肉体から飛び出そうとあがいているが、その魂はどこへ行くのだろうか」と、ジェーンは死の神秘について考えていると、かつてローウッド時代の親友ヘレン・バーンズの最期の言葉とその表情が自ずと想い出された。即ち、

> I thought of Helen Burns; recalled her dying words—her faith—her doctrine of the equality of disembodied souls. I was still listening in thought to her well-remembered tones—still picturing her pale and spiritual aspect, her wasted face and sublime gaze, as she lay on her placid deathbed, and whispered her longing to be restored to her divine Father's bosom— (p. 231)

> 私はヘレン・バーンズのことを考えた。彼女の最期の言葉——彼女の信仰——肉体から分離した魂の平等についての彼女の原理を私は想い起した。私はよく覚えている彼女の声の響きを心の中でなおも聞いていた。死の床に静かに横たわり、そして聖なる父の胸に帰りたいと囁いた時の彼女の青白い霊的な表情、彼女のやつれた顔、崇高な眼差しが、なおも私の目に浮かんできた。

　ところがその時、ベッドの方から弱い声で、「誰がいるの」と囁いた。「私です、叔母様」と返事をしたが、叔母は意識朦朧としてジェーンに気が付かなかった。このような対話を何度か繰り返しているうちに、ようやく気が付いた彼女は部屋に誰もいないことを確認したうえで、ジェーンに対して二つ悪いことをしたとまず述べた後、その一つは夫との約束に反してジェーンを大切に扱わ

ずに迫害したことだという。しかしこれは彼女にとって重要な問題ではないと
述べた後、自分が本当に悪いことをしたと慙愧の念に顔を歪めて、ジェーンに
机の引き出しにある手紙を取り出して読みなさいと告げた。それはジェーンの
叔父 (John Eyre) からの手紙で次のように書かれていた。

> Will you have the goodness to send me the address of my niece, Jane Eyre,
> and to tell me how she is: it is my intention to write shortly and desire her to
> come to me at Madeira. Providence has blessed my endeavours to secure a
> competency; and as I am unmarried and childless, I wish to adopt her during my
> life, and bequeath her at my death whatever I may have to leave. (p. 232)

> 私の姪ジェーン・エアの住所をお知らせいただき、そしてついでに彼女の健
> 康について知らせてくださると幸いです。私は彼女に短い手紙を書いて、マデ
> イラの私のところに来るように伝えるつもりでおります。私は神様のお陰で蓄
> 財の努力が実りましたが、私は結婚せず、子供もいないので、私が生きている
> 間に彼女を養子として引き取り、私が死んだとき資産を全部彼女に譲渡したい
> と考えています。

ジェーンは彼女に何故この手紙のことを知らせてくれなかったのかと尋ねる
と、彼女はその最大の理由を「お前が叔父に引き取られて安楽に暮らすことは
私には我慢できないことだった」(for you to be adopted by your uncle and placed
in a state of ease and comfort was what I could not endure.) と説明し、彼女がど
れほどジェーンを憎み、恐れていたかをおよそ1頁に渡って延々と話す。その
間ジェーンは、「これは昔のことだから忘れましょう」と彼女を宥めすかして
も、叔母は耳を貸さずにしゃべり続けた。こうして憎しみの言葉を使い果たす
と昏睡状態に陥り、その日の夜12時に息を引き取った。ジェーンの親友ヘレ
ン・バーンズの最期の言葉と何という大きな開きか。生前の生きる姿がそのま
ま死に際のそれに表れている。

　リード夫人が息を引き取った時二人の娘もジェーンも側にいなかった。翌朝
それを知らされたが、すでに棺に納められていた。ジェーンとイライザは亡き
がらと対面したが、涙を流すことがなかった。亡骸はかつての厳しい表情をそ
のまま残していた。「彼女の額と頑固な特徴は冷酷な魂の印象をなおも留めて
いた」(her brow and strong traits wore yet the impress of her inexorable soul) の
である。ジェーンはその亡骸を見たとき、「柔らかいもの、優しいもの、そし
て憐れみや希望や服従を誘う感情は何一つ湧いてこなかった」(nothing soft,

nothing sweet, nothing pitying, or hopeful or subduing, did it inspire) と述べている (p. 234)。

(7)

　第7章は、リード夫人の葬儀が終わった後、ジェーンがゲイツヘッドに用がなくなったので直ぐに出ようと思ったが、二人の姉妹はそれぞれの都合でしばらく留まることを強く求めた。しかし結局ジョージアナは叔父ギブソン (Gibson) の招きでロンドンへ向かい、姉のイライザは修道院に入るため家を出て行った。こうしてジェーンはソーンフィールドへの長い帰途に就いた。往路はロバートが迎えに来てくれたのでその日に着いたが、帰りは乗合馬車を利用したので、途中で1泊しなくてはならなかった。従って考えることも遥かに多く、最初の1日はリード夫人の死に顔と葬儀、その時の両姉妹の姿やベッシー一家のことばかりが思い浮かんだ。しかし1泊していよいよソーンフィールドに帰るのだと思うと、先のことしか考えなくなった。ゲイツヘッドに滞在していた間に受け取ったフェアファックス夫人の手紙にロチェスターとイングラム嬢との結婚話が詳しく書かれていたからである。彼女が彼の妻としてそこに住むことになれば、家庭教師としての自分とアデールの存在が恐らく邪魔になるのではないか、などと考えたりした。馬車がミルコートに着いた時、ジェーンは帰宅の日時を予め知らせていなかったので迎えの車はなかった。従って、重い荷物は宿の馬丁 (ostler) に預けて自分はソーンフィールドまで歩いて帰ることにした。6月の夕方6時は昼間のように明るく、変化に富んだ色合いの夕空を眺めながら田園風景の中を足取りも軽く楽しんで歩いた。そしてソーンフィールドに近づいた時、自分がこの家を何時かは出なくてならないという暗い気分を押し殺して走り続けた。道端にバラが咲き乱れていたが、それを摘む暇もなかった。そして家の門まで二区画の田畑を横切ればよい地点まで来た時、柵の階段 (stile) に本とペンを持って座っているロチェスターの姿が見えた。その瞬間ジェーンは「私の全神経が緩み、自分自身が制御できなくなったような気分になった。」(every nerve I have is unstrung; for the moment I am beyond my own mastery.) そしてすぐに引き返すか、別の道を通って帰ろうかと迷っていると、彼が素早く彼女を見つけて、「やあ、君か、こちらへおいで」と声をかけてきた。彼女は動揺した表情が顔に表れないように必死に冷静を装って彼に近づいた。

彼は「君は本当にジェーンなのか。この夕暮れにミルコートから歩いて来るとは」と切り出した。そして「君はまるで夢か影のように黄昏と共に我が家に忍び寄って来るとは」と続け、最後に、「君はこの1か月間一体何をしていたのだ」と聞いた。ジェーンは「亡くなった叔母のところにいました」(I have been with my aunt, sir, who is dead.) と答えた。彼は1か月ぶりに会った望外の喜びを冗談めかして次のように述べた。

> 'A true Janian reply! Good angels be my guard! She comes from the other world—from the abode of people who are dead; and tells me so when she meets me alone in the gloaming! If I dared, I'd touch you, to see if you are substance or shadow, you elf!—but I'd as soon offer to take hold of a blue *ignis fatuus* light in a marsh. Truant! truant!' he added, when he had paused an instant, 'Absent from me a whole month: and forgetting me quite, I'll be sworn!' (p. 238)

> 「誠にジェーンらしい返答だ。天使よ私を守り給え。彼女はあの世から来たのだ。死んだ人ばかりの住所から来たのだ。そしてこの夕暮れに私と二人きりで会ってこのように話しかける。できることなら、君が実在か影か確かめるため君に触れたいところだ、私の小さな妖精。それとも沼に住む青い鬼火を掴もうと申し出た方がよいかもしれない。ずるけ者、ずるけ者め！」と言って一瞬声が詰まり、さらに付け加えた。「丸1か月留守にして、私を完全に忘れてしまったのだろう、きっと。」

ジェーンはこの言葉を聞いて心から嬉しく思い、彼とこのように二人きりで話し合えるだけでも幸せに思った、と述べた後、次のように真情を漏らしている。

> His last words were balm: they seemed to imply that it imported something to him whether I forget or not. And he had spoken of Thornfield as my home—would that it were my home! (p. 238)

> （上記の）最後の言葉は慰めになった。私が彼を忘れているかいないかは、彼にとって重要であることを意味していたからだ。そして彼はソーンフィールドを私の家と呼んでくれた。本当にそれが私の家であればよいのに。

彼は柵の階段から腰を上げようとしないので、ジェーンはそこを乗り越えて帰ることができなかった。そこで彼女は、「ロンドンへ行ってきたのですね。フェアファックス夫人が手紙に書いていましたから」と話しかけた。すると彼は「何の目的で行ったと書いていたか」と聞いた。ジェーンは「その目的は誰もが知っています」と答えた。それに対して彼は何も答えずに、ロンドンで買

ってきた新しい馬車は自分に似合うかどうか、そのことばかり話していた。そして「私の顔がそれに似合う美男になる魔法の薬が欲しい」と言ったので、彼女は「それは魔法の力を超えています」(It would be past the power of magic, sir.) と述べたが、心の中で自分の本心を次のように言い足した。「愛する目は必要な魅惑の全てです。そのような人にとってあなたは十分ハンサムです。それよりむしろ、あなたの厳めしさは美以上の力を持っています」(A loving eye is all the charm needed: to such you are handsome enough; or rather, your sternness has a power beyond beauty.) と。ジェーンのこのような言葉がロチェスターの心に届いたかどうかは分からないが、「彼自身が滅多に顔に表さない彼特有の笑みを浮かべた。その笑みは平凡な目的をはるかに超えた深い意味を持っているように見えた。その笑みは感情の真の陽光であり、それを彼は私に投げかけたのだった」と述べている (p. 239)。

　ここまで述べたところで、ロチェスターはそれまで座っていた柵越えの階段 (stile) を立ち退いて、「さあ、ここを通りなさい。そして君の小さな疲れた足を友人の家で休めなさい」と優しく言った。彼女はこれ以上何も言うことがないので彼の言葉に従った。そして柵を黙って乗り越えて家路を急ぎかけたが、急に立ち止まって振り返り、彼に感謝の言葉を述べた。次の数行は本章の最高の一場面であると同時に、彼女とロチェスターの愛の運命的な絆を象徴ないしは予言している。

> An impulse held me fast,—a force turned me round: I said—or something in me said for me, and in spite of me:—'Thank you, Mr. Rochester, for your great kindness. I am strangely glad to get back again to you; and wherever you are is my home,—my only home.'(p. 239)
> ある衝動が私をしっかり捉えた。ある力が私を振り返らせた。或いは私の体内の何かが私に代わって、そして私の意思に反して次のように言った。「ロチェスター様、大変なご親切、本当に有難うございました。私はあなたのところに再び帰るのが不思議なほど嬉しい。あなたのいるところは何処であろうと、私の家、私の唯一の家です」と。

こうして大急ぎで家に帰ると、アデールは飛び上がって喜び、フェアファックスは何時もの穏やかな友情で迎えてくれた。「互いの深い愛情は黄金の平和の輪で私たちを囲んだ。私たちは何時までも別れることがないようにと神に祈った。」ちょうどそこへロチェスターが入ってきて、皆が仲良くしているのを見

て心から喜んだ。ジェーンは彼が結婚した後もこのように三人一緒に暮せることを半ば期待した。

　それから2週間が過ぎた。しかしその間ロチェスターの結婚の件が不思議なことに全然話題に上ることがなかった。そしてさらに異常なことは彼がイングラム嬢の家を一度も訪ねようとしなかったことである。20マイル離れていることは理由にはならなかった。愛情さえあれば、乗馬の得意な彼にとってその距離は「ほんの朝の乗馬程度」(but a morning's ride) とジェーンは思った。一方ジェーンに対しては、彼女が気落ちしている時、彼は「これまでにないほど何度も私を彼の前に呼んで、これまでにないほど親切にしてくれた。ああ、私はそれほども彼を愛してこなかったのに。」(Never had he called me more frequently to his presence, never been kinder to me when there—and, alas! never had I loved him so well.) と、この注目すべき第7章を結んでいる。

　要するに、ロチェスターとイングラム嬢との結婚話は世間一般の常識に基づいた噂に過ぎなかったのである。彼は社交の場で儀礼的に彼女に対して慇懃な態度を見せていたに過ぎない。彼はジェーンの純真で一途な態度に触れて次第に人生観が変わり、世間の常識や因習に捉われない純粋の愛に基づく結婚を今まさに心に決めていたのである。そしてこれこそ作者ブロンテ自身の結婚の理想の姿であった。小説の副題「自叙伝」の意味もまたここから読み取ることができるであろう。

(8)

　第8章は前章の続篇であり、第2巻のクライマックス、つまり二人の愛の頂点を意味している。しかしブロンテはここで読者の意表を突く奇策を楽しんでいる。それは第4・5章でロチェスターが占い師を仮装して真実を暴いた以上の奇策を演じている。前章の最後にジェーンは「私は（彼が私を愛しているほど）彼を愛してこなかった」のではないか、と自らに疑問を投げかけたが、彼自身もそれを感じ取ったのか、第8章で彼女の愛の深さとその真実を試すために、彼が近くイングラム嬢と結婚するのでジェーンに新しい仕事の口を見つけてきたことを直接伝え、それに対する彼女の反応を見る。第8章の前半はこの緊迫した過程を、読者にその真相が気づかれないように巧みに話を運んでいく。そして彼女の愛情が限りなく深く真実であることがはっきり分かったところ

で、急転直下彼は真実を明かす。後半は作者ブロンテの愛と結婚のあるべき理想の姿を二人の対話を通して強烈に読者に訴えている。そしてここに本小説の主題の核心が明確に読み取れる。

　ジェーンは「真夏の夕方、24時間の中で最も心地の良い時」庭の散策に出かけた。すると葉巻の匂いが図書室の方から流れてきたので見上げると、窓が半開きなっていたので彼が見ているに違いないと思い、近くの木陰に隠れた。そして夕暮れの散策を存分に楽しんでいると、今度は花々の香りに交じって同じ葉巻の匂いが漂ってきた。そしてその匂いがだんだん近づいてきた。ロチェスターもまた同じように庭を散策していたのだった。最初彼を見た時、ジェーンの存在に気付いていないように見えたので身を隠そうとすると、彼は足下のアゲハチョウ (moth) を見たまま、彼女の方を振り向かずに、「ジェーン、ここへ来てこの蝶を見てご覧」と声をかけた。彼はとうに彼女の存在に気付いていた、否むしろ彼女が近づくのを待っていたのである。彼女は一瞬驚いたが、側に近づくと蝶が飛び去ったので帰りかけると、彼は後から付いてきて、「このように素敵な夜、家の中に引きこもる馬鹿はいないだろう」と引き止めたので、ジェーンは断る理由もなかったのでそのまま一緒に歩いた。暗い木陰で二人きりでいることに不安を覚えたが、彼は驚くほど落ち着いていたので、自分が不安を抱いたことを恥ずかしく思ったほどである。やがて彼は極めて真面目な表情で、「君はこの庭に愛着を持っているか、アデールとフェアファックス夫人を大切に思っているか」と問いかけた後、さらに「彼女たちと別れるのは辛いだろうね」と言った。彼女は変に思ったが、「はい」と答えた。すると彼はさらに続けて、「辛いだろうが、別れは世の常だから、君は新しいところに落ち着くと何時もと同じように日常生活が始まるだろう」と呟いた。この言葉に驚いた彼女は、「私はここを出なくてはいけないのですか」と問い直した。これに対して彼ははっきりと、「ジェーン、君はここを出なくてはならないと思う。残念ながら出なくてはなるまい」と答えた。この後さらに彼女の質問に対して、全く信じられないほど意外で唐突な彼の言葉が続く。彼女はこの言葉に強い衝撃を受けたが冷静に、「出発の命令がきたとき出られるように準備しておきます」と答えると、彼は「今直ぐだ。今晩にも通達する」と述べた後、「君は噂を聞いて知っているだろうが、私はイングラム嬢と結婚することを決めた。彼女の性格を考慮すると、君は新しい仕事を見つけ、アデールは学校へ行くこと

196　炎の作家シャーロット・ブロンテ

になるだろう」と伝えた。そこで彼女は今直ぐ広告を出して新しい仕事を探す
と答えると、彼はアイルランドに家庭教師の仕事を既に見つけているのでその
必要はない、と述べた。ジェーンは「ずいぶん遠く離れた所ですね」(It is a
long way off, sir.) と答えた。ロチェスターは「君のように分別のある女性には
距離や航海は問題ではなかろう」と述べた。これに対してジェーンは「問題は
航海ではなく、距離です。その上、海が障壁になっている」と答えると、彼は
「何からの障壁だ」と聞いたので、彼女は「イングランドとソーンフィールド
から」と述べた後、少し口ごもって「あなたからです」(From you, sir.) と答え
た。そしてこの時の彼女自身の悲痛な思いを次のように説明している。

> I said this almost involuntarily; and with as little sanction of free will, my tears
> gushed out. I did not cry so as to be heard, however; I avoided sobbing. The
> thought of Mrs. O'Gall and Bitternutt Lodge struck cold to my heart; and colder
> the thought of all the brine and foam, destined, as I seemed, to rush between me
> and the master at whose side I now walked; and coldest the remembrance of the
> wider ocean—wealth, caste, custom intervened between me and what I naturally
> and inevitably loved. (pp. 244–45)
>
> 　私はこれを半ば無意識に話した。そして殆ど自由意志の認可なしに涙が溢れ
> 出た。しかし聞こえるほど高い声を出して泣かなかった。またすすり泣くのも
> 避けた。(アイルランドの勤め先の) オゴール夫人とビタナット邸を思うと私の
> 心は寒さに震えた。そして今一緒に歩いている主人と私の間に押し寄せる定め
> のように見える荒海を思うと、さらに一層心が寒くなった。そして私が自ずと
> 避けがたく愛している人と私の間に介入するさらに広い大海、即ち富と階級制
> 度と因習を想い起こすと私の心は極度に寒くなった。

だが彼女はこれを言葉には出さず、ただ「ずいぶん遠く離れたところですね」
を繰り返した。ジェーンの愛情の深さを試すためにこのような芝居を敢えてし
ているロチェスターは、さらに続けて彼女の涙を誘う優しい同情の言葉をなげ
かける。中でも彼女の胸を最も強く打った言葉は、「君は私の身内のように思
える。……私の左の肋骨が君の小さな体と一本の紐でしっかり結ばれているか
のようだ」と述べ、さらに「(君と別れると) その紐がぷっつり切れて、君が
私を忘れてしまうと思うと胸が引き裂かれそうだ」(大意) であった。その時
それに歩調を合わせるように近くの森でナイチンゲールが感傷的な唄声を響か
せていた。彼女は「その鳴き声を聞いて、それまで抑えていた感情を最早抑え
きれなくなって激しくすすり泣いた。」(In listening, I sobbed convulsively; for I

could repress what I endured no longer: . . .) (p. 245) そしてようやく落ち着き
を取り戻した時、次のように述べた。

> I grieve to leave Thornfield: I love Thornfield:—I love it, because I have lived
> in it a full and delightful life. . . . I have talked, face to face, with what I reverence;
> with what I delight in,—with an original, a vigorous, an expanded mind. I have
> known you, Mr. Rochester; and it strikes me with terror and anguish to feel I
> absolutely must be torn from you for ever. I see the necessity of departure; and
> it is like looking on the necessity of death. (p. 246)

> 私はソーンフィールドを離れるのが悲しい。私はソーンフィールドを愛してい
> ます。私はそこで精一杯楽しく生活して住んできたので愛しているのです。……
> 私は尊敬する人と、話して楽しい人と、そして独創的で、精力的で、心の広い人
> と、面と向かって一対一で話をしてきました。ロチェスター様、私はあなたと
> お知り合いになりました。そのあなたと永久に絶対的に別れなければならない
> と思うと、恐怖と苦悩で胸が張り裂けそうです。私はあなたの許を去らねばな
> らない必要を十分存じていますが、それは私にとって死の必然を見るようです。

ロチェスターはこのジェーンの真剣な言葉を聞き、これ以上芝居を続ける必要
がないと確信した。そこで突然言葉の調子を変えて、「どうしてその必要があ
るのか」ととぼけてみせた。ジェーンは「あなたの花嫁の高貴で美しいイング
ラム嬢」がいるでしょうと答えた。すると彼は「私に花嫁はいない。これから
持とうと思っている」と、暗にジェーンとの結婚を指して言った。そしてさら
に「私は絶対に誓いを破らない」と付け加えた。しかしジェーンはこの言葉を
イングラムとの結婚の誓いと受け止めていたために、それまで自制していた激
情が遂に爆発した（イタリックは筆者）。

> I tell you I must go! Do you think I can stay to become nothing to you? Do you
> think I am an automaton?—a machine without feelings? . . . Do you think,
> because *I am poor, obscure, plain, and little*, I am soulless and heartless?—You
> think wrong!—I have as much soul as you—and full as much heart! And if God
> had gifted me with some beauty, and much wealth, I should have made it as
> hard for you to leave me, as it is now for me to leave you. I am not talking to you
> now through the medium of custom, conventionalities, nor even of mortal
> flesh:—it is my spirit that addresses your spirit; just as if both had passed
> through the grave, and we stood at God's feet, equal—as we are! (p. 246)

> 私は行かなければなりません。私はあなたにとって何の意味もない人間にな
> ってもなおここに留まることができるとあなたはお考えですか。……私は貧し
> い、名もない、醜い、小さい女だから魂も心もない、とあなたはお考えですか。

あなたの考えは間違っています。私はあなたと同じ程度に魂を持ち、十分同じ
程度に心を持っています。そしてもし神様が私にある程度の美貌と大きな富を
与えてくだされば、私が今あなたと別れるのが難しいのと同じように、あなた
は私と別れるのが難しくなっていたでしょう。私は今あなたに習慣や因習、或
いは脆い肉体の媒体を通して話しているのではありません。私の魂があなたの
魂に向かって語っているのです。恰も私たちが一緒に墓を通り抜けて神の足元
に平等に佇んでいるかのように。そうです今私たちが佇んでるように。

この言葉を聞いてさすがのロチェスターも情熱を抑えきれずに、「このように」
(As we are) と言って彼女を強く抱きしめ、深い接吻をした。しかしジェーン
は彼に弄ばれていると誤解して断固たる態度に出る。こうした二人の言葉のや
り取りは見るべきものがあるが、その中の注目すべきものとして、"I am no
bird; and no net ensnares me: I am a free human being with independent will;
which I now exert to leave you. (p. 247)「私は小鳥ではない。いかなる網も私を
捉えることはできない。私は自立した意志を持った人間です。今私はあなたと
別れるためにその意志を発揮しているのです。」を引用しておく。一方、ロチ
ェスターもそれまでの言動は彼女を試すための芝居に過ぎなかったことを納得
させるために自分の本心を繰り返し告白する。中でも次の言葉はジェーンの疑
いを完全に取り除き、彼の愛情の深さを確信させた（イタリックは筆者、その
一部は原文）。

Am I a liar in your eyes? Little sceptic, you *shall* be convinced. What love have I
for Miss Ingram? None: and that you know. What love has she for me? None; as
I have taken pains to prove: I caused a rumour to teach her that my fortune was
not a third of what was supposed, and after that I presented myself to see the
result: it was coldness both from her and her mother. I would not—I could
not—marry Miss Ingram. You—you strange—you almost unearthly thing!—I
love as my own flesh. You—*poor and obscure and small and plain as you are*—I
entreat to accept me as a husband. (p. 248)

私は嘘つきに見えますか。小さな疑い深い子よ、君は私を信じるべきです。私
はイングラム嬢をいかほど愛しているか。それは皆無です。君も知っているで
しょう、彼女の私に対する愛は何であるかを。それは皆無です。私はそれを裏
付けるために色々と随分苦労した。私の財産は一般に想像されている量の３分
の１もないことを彼女に教えるために噂を流した後で、彼女の前に姿を現すと
結果がはっきり分かった。彼女と彼女の母の態度は冷たいものでした。私はイ
ングラム嬢と結婚する気もないし、するはずもない。不思議な君、殆どこの世
のものとは思えぬ人よ、私は君を私の体の一部のように愛している。君は（君

自身が言うように）貧しい、名もない、小さい、そして醜いけれど、私を夫として受け入れるようお願いする。

　上記のイタリックの部分はジェーンがその前に述べた言葉――"*I am poor, obscure, plain, and little*"（197 頁引用文参照）に応えた言葉である。この後も二人の間で愛の確認の会話が 2 頁近く続くが、その中でも特にロチェスターの次の言葉に注目したい。"I know my Maker sanctions what I do. For the world's judgment—I wash my hands thereof. For man's opinion—I do defy it."(p. 249)「造物主は私の為すことを認めてくれる。世間の判断に関して私はきっぱり手を洗う。人の意見に私は挑戦する。」これはその前にジェーンが述べた言葉――"I am not talking to you now through the medium of custom, conventionalities, . . ."（197 頁の引用文参照）――に応えたものである。

　以上のように、ロチェスターは第 5 章に続いて自ら偽装することによって、ジェーンから愛の真実とその信念を直接引き出すことに成功した。それは同時にシャーロット・ブロンテ自身の信念そのものであった。その観点からもこの第 8 章は小説『ジェーン・エア』の副題「自叙伝」の真意を伝える主要な一章と言えよう。その中でもとりわけ筆者がイタリック書体で示したジェーンの言葉――「私は貧しい、名もない、醜い、小さい女」――の反復によって自伝的色合いがなお一層鮮明になっている。

(9)

　第 9 章は、前章で結婚の約束を交わしたその翌日、ジェーンはロチェスターに呼ばれて下の部屋に行くと、結婚式は 1 か月後に行うと告げられた。そして彼の妻に相応しい貴婦人としての身なりを整える必要を強調するところから始まる。これに対して彼女は真っ向から反対し、「私が美人であるかのように話しかけないでください。私はあなたのクウェイカー教徒のような家庭教師ですから」(Don't address me as if I were a beauty: I am your plain, Quakerish governess.) と答えた。しかし彼は耳を貸さずに彼女が美人に変身する夢を描いている。そこで彼女は次のように述べる。「それでは私は最早あなたのジェーン・エアではなく、道化師のジャケットを着た猿か、借り物の羽を纏ったカケスでしかありません」(I shall not be your Jane Eyre any longer, but an ape in a harlequin's jacket,—a jay in borrowed plumes.) (p. 252) と。このように互いに打ち解

けて話している中で、突然彼女は、「彼がイングラム嬢と結婚する」と彼女に
信じ込ませた理由を尋ねたところ、彼は彼女の髪を撫でながら微笑んで次のよ
うに答えた。

> I think I may confess, even although I should make you a little indignant,
> Jane—and I have seen what a fire-spirit you can be when you are indignant. You
> glowed in the cool moonlight last night, when you mutinied against fate, and
> claimed your rank as my equal. (p. 255)
> 私は白状すると、君を少し怒らせてやろうと思ったのだが、ジェーン、君が
> 怒ると何と炎の魂になることが分かった。君は昨夜あの冷たい月明かりの中で
> 熱くなり、運命に対して激しく謀反を起こし、君の身分が私と同等であると主
> 張した。

筆者がここで特に注目した言葉は「炎の魂」である。それは本書のタイトル
「炎の作家」が示すようにシャーロットの作家魂そのものであるからだ。

こうして二人はアデールを伴って先日買ったばかりの新しい馬車でミルコー
トへ買い物に出かけた。彼は高級衣服店や宝石店で次々と高価な品物を注文す
るのを見たジェーンはそれを悉く断り、自分に相応しい質素な品物を少しだけ
買った。彼が高価な品物を注文すればするほど、彼女は堕落したような気分に
なり、困惑で顔が真っ赤になった。そしてやっとの思いで店を出て馬車に乗っ
た時、叔父からの手紙のことを思い出し、彼から贈られる遺産の件をロチェス
ターに打ち明け、これによって彼女が彼に庇護されているという卑屈な思いが
解消すると思った。彼女はこの心境を次のように述べている。

> 'It would, indeed, be a relief,' I thought, 'if I had ever so small an independency; I
> never can bear dressed like a doll by Mr. Rochester, or sitting like a second
> Danae with the golden shower falling daily round me. . . .' And somewhat
> relieved by this idea, I ventured once more to meet my master's and lover's eye;
> . . . I thought his smile was such as a sultan might, in a blissful and fond
> moment, bestow on a slave his gold and gems had enriched; . . . (p. 261)
> 私は「これで楽になるだろう。少しでも自分の財産を持てばロチェスターから
> 人形のように服を着せられることも、また黄金のシャワーを毎日体の回りに浴
> びせられる第2のダナエのように座っていることもなくなるだろう」と思った。
> ……そしてこのような考えによって私は幾分気が楽になったので、私の主人で
> 恋人の目をもう一度大胆に見つめた。……その微笑はサルタンが彼の黄金と宝
> 石で飾られた奴隷に投げかける微笑と同じであると思った。

それを感じたジェーンは「このような小さなイギリス娘をトルコの後宮 (seraglio) に一歩たりとも近づけないでほしい」と抗議し、さらに彼のかつての愛人セリーヌ・ヴァレンに触れて次のように述べる。

> Do you remember what you said of Celine Varens?—of the diamonds, cashmeres you gave her? I will not be your English Celine Varens. I shall continue to act as Adèle's governess: by that I shall earn my board and lodging, and thirty pounds a year besides. I'll furnish my own wardrobe out of that money, and you shall give me nothing but your regard: and if I give mine in return, that debt will be quit. (p. 262)
> あなたがセリーヌ・ヴァレンについて、あなたが彼女に与えたダイアモンドやカシミアについて、語ったことを覚えていますか。私はあなたのイギリス人のセリーヌ・ヴァレンになるつもりはありません。私は何時までもアデールの家庭教師として行動し続ける積りでいます。私はそれによって食費と住居費、さらに年30ポンドを稼ぎ続けるでしょう。私はそのお金で自分の衣装を手に入れ、後はあなたの尊敬意外に何も戴くつもりはありません。そしてその返礼として私の尊敬をあなたに与えれば、私の借りは返したことになるでしょう。

女性の自立の必要は結婚した後もなお変わることはない。これはシャーロット・ブロンテの持論であり信条でもあった。『教授』のヒロインは結婚した後も同じ仕事を続けることを結婚の条件としてウィリアム・クリムズワースに約束を求めた（110頁参照）。妻は夫の庇護の下に置かれるのではなく、夫婦は同等の権利と義務を持つべきだという持論は50年先輩のメアリ・ウルストンクラフトと全く同じであった。新妻は夫のペットでもなく人形でもなく、同じ人間としての権利と義務を果たすべきことをジェーンがロチェスターに強く説いているのである。

　こうして彼らはソーンフィールドに戻ってきたとき、ロチェスターは今晩食事を一緒にしようと誘ったが、ジェーンは「お断りします」(No thank you.) と答え、その理由として結婚の日まで1か月間今まで通りの生活をしたいから、と次のように説明した。

> I shall just go on with it as usual. I shall keep out of your way all day, as I have been accustomed to do: you may send for me in the evening, when you feel disposed to see me, and I'll come then; but at no other time. (p. 263)
> 私は何時もと同じように生活を続けます。日中はこれまで通りあなたとは違った方法で過ごします。だが夜あなたが私に会いたくなれば呼んでくださって結

構です。それ以外の時間はだめです。

このようにジェーンは彼の甘い愛の要求を執拗に迫ってくるのを見事にかわし続ける。その最高の見せ場は、夕食の後で彼がピアノを弾きながら得意の美声でラブ・ソングを歌った時である。ジェーンはそれを聞きながらロマンチックな甘い気分になったが、敢えてそれを抑えて彼が求める共感を否定した時の次の言葉に注目したい。だがその前に彼が歌ったソングの最後の4行――"My love has sworn, with sealing kiss, / *With me to live—to die,*/ I have at last my nameless bliss:/ As I love—loved am I!"「私の愛する人は接吻の契りをもって私と一緒に生き、一緒に死ぬことを誓った。私は遂に言い尽くせぬ幸せを得た。私は愛し、愛されているからだ。」――のとりわけイタリックの語句を頭に入れておく必要がある。

> . . . he had talked of his future wife dying with him. What did he mean by such a pagan idea? I had no intention of dying with him—he might depend on that. . . . I had as good a right to die when my time came as he had: but I should bide that time, and not be hurried away in a suttee. (p. 265)
> ……彼は未来の妻が彼と一緒に死ぬことを話した。そのような異教徒の考えは何を意味していたのかしら。私は彼と一緒に死ぬ気は全くありません。彼はそれを当てにしているのかも知れませんが。……私は彼と同様に自分の寿命が来た時に死ぬ権利を持っています。私はその時を待つべきであり、夫の後を追って急いで命を捧げるべきではないと思います。

このようにジェーンはロチェスターの甘い言葉に対して、「冷たく、手荒い言葉」で対応して見事に成功した。彼女は結婚するまでの4週間が彼にとって、'probation'「試練の見習い期間」と考え、このような冷たい態度を貫いて成功したことを次のように述べている。

> The system thus entered on, I pursued during the whole season of probation and with the best success. He was kept, to be sure, rather cross and crusty: but on the whole I could see he was excellently entertained. (p. 266)
> このようにしてその方法が取り入れられ、厳しい見習いの全期間その方法を守り通し、そして見事に成功した。彼は確かに不機嫌で怒りっぽい状態の時もあったが、概して立派に務めおおせていることが分かった。

小説『ジェーン・エア』は 'Bildungsroman' の流れを汲む作品であることを前に説明したが（126頁参照）、それはジェーンだけでなくロチェスターにも見事に

当てはまることが、以上のジェーンの言葉から十分裏付けられたと思う。しかしこれはほんの第一歩であった。その試練は次の第10章から本格的に始まる。

(10)

　第10章はジェーンの結婚式前日の彼女の心境の描写に始まり、小説第2巻のゴシック的場面のクライマックスで終わっている。それだけに本小説の主題である自伝的意味の最も希薄な、つまりフィクションとしての興味に価値が求められる一章である。だがこの仮想の世界をリアルに描くことこそ、ブロンテの豊かな想像力と卓越した筆力に他ならない。

　ロチェスターは結婚式の二日前の夜に仕事に出かけて、それ以来ジェーンと一度も顔を合わせていない。彼女は翌日の準備に多忙な1日を過ごした後、自分の名が「ジェーン・ロチェスター夫人」に変わることに複雑な気分で想いを巡らせている。そして気分転換のために庭に出ると、外は強風が吹き空は黒い雲で覆われていた。結婚前夜として決して歓迎すべき天気ではない。むしろ不吉な空気さえ漂っていた。彼女はしばらく庭を散策した後、部屋に戻って彼の帰りを待った。そしてやがて時計が10時を知らせてもなお帰って来ないので不安になり、門の外まで彼を迎えに出かけた。その時の空模様を、"... the moon shut herself wholly within her chamber, and drew close her curtain of dense cloud: the night grew dark; rain came driving fast on the gale."「月は自分の部屋の中に完全に隠れ、濃い雲のカーテンをきっちり引いた。夜は暗くなり、雨が強風に乗って激しく降ってきた」と描写している。彼女は降りしきる雨の中を4分の1マイルほど行くと馬の蹄の音が聞こえ、愛犬に先導されて彼が現れた。彼女は彼の馬に相乗りしてソーンフィールド邸に戻った。そして早速乾いた服に着替えて彼の部屋へ行った。こうして二人の会話が深夜まで続く。読者の興味を途切れなく引っ張ってゆくブロンテの巧みな話術の見せどころでもある。ジェーンは彼と一緒になる喜びを隠せないが、彼女の顔に深い不安の影が漂っている。彼はその表情が気になり、その原因を説明をするように何度も促す。彼女は最初言いそびれていたが、遂にその原因を明らかにする。それは前日の夜彼女は奇妙な夢ばかり見て満足に眠れなかったが、その時部屋が少し明るくなったので夜が明けたのかと思って目を開けると、テーブルの上に蝋燭の火が灯っていた。そして結婚式の衣裳をかざっているクローゼットの扉が開

いており、中から物音がした。下女のソフィかと思って彼女の名を呼んだが返事がなかった。間もなく人影がそこから出てきて、ジェーンの衣装ケースにかけている衣類を調べ始めた。ジェーンは驚いて起き上がって見ると、ソーンフィールドに住む人とは背丈も形も異なった全くの別人が立っていた。そしてジェーンの結婚式に着るベールを取り出し、それを頭からかぶって鏡の前に立った。ジェーンはその瞬間鏡に映った顔をはっきりと見た。ロチェスターは「その顔はどうだった」と尋ねたので、ジェーンは次のように答えた。

> Fearful and ghastly to me—oh, sir, I never saw a face like it! It was a discoloured face—it was a savage face. I wish I should forget the roll of the red eyes and the fearful blackened inflation of the lineaments! (p. 275)
> 恐ろしいぞっとする顔だった。そのような顔は見たことがありません。それは蒼白い顔でした。獰猛な顔でした。あのぎょろりとした赤い目、あの恐ろしい、黒ずんだふやけた顔を忘れてしまいたい。

これに対してロチェスターは「亡霊は皆蒼白い」と言ったので、彼女はさらに、「その顔は紫色、唇は膨れて黒く、額は深い皺、血走った目の上に黒い眉毛。……それは吸血鬼の顔だった」と付け加えた。「それは何をしたか」と彼は聞いたので、ジェーンは、「それはやつれた頭からベールを脱いで、二つに引き裂き、それを床に投げつけて、踏みつけた」(it removed the veil from its gaunt head, rent it in two parts, and flinging both on the floor, trampled on them.) と、見たままを伝えた。「その後どうした」と彼はさらに尋ねたので、ジェーンは次のように話した。

> It drew aside the window-curtain and looked out: perhaps it saw dawn approaching, for, taking the candle, it retreated to the door. Just at my bedside the figure stopped: the fiery eye glared upon me—she thrust up her candle close to my face, and extinguished it under my eyes. I was aware her lurid visage flamed over mine, and I lost consciousness: . . . (p. 276)
> その人影は窓のカーテンを引き、外を眺めた。恐らく夜明けが近づいているのを見たのでしょう。何故なら、それは蠟燭を取って戸口に引き返したからです。だがその人物は私のベッドの脇で立ち止まり、その赤い目が私を睨みつけた。彼女は私の顔の間近に蠟燭を突き出し、そして私の目の下でその火を消した。そこで私は彼女のぎらぎらした顔が私の顔の上で燃えているのが分かり、（恐怖の余り）気を失ってしまった。

このようにジェーンは実際に見たままを正直に話したが、ロチェスターはあく
までもそれを夢か幻覚と言って受け入れようとしない。このような問答を何度
か繰り返した後、最後にジェーンは今朝起きて見ると床の上に、昨夜その女が
引き裂いたベールがそのままカーペットの上に落ちていた、と話した。これを
聞いた彼は最早事実を覆い隠すことができず、驚いて身を震わせながらジェー
ンがメイソン氏のように傷つけられずに済んで本当に良かった、とここで初め
て本心を語った。そして詳しい事情は「結婚してから1年後にすべてを話す。
しかし今はだめだ」と言って、彼女を落ち着かせた後その夜は別れた。そして
彼女はその後アデールの子供部屋に入り、気を静めるために同じベッドで一緒
に寝た。

(11)

　最終章は第2巻全体を通して暗い影を残してきた小説の舞台ソーンフィール
ドの秘密が遂に露見して、ヒーローとヒロインの関係が破局を迎える。また全
体を通してどの事件も出来事も作者ブロンテが実際に体験したことのない仮想
の世界、つまり作者の想像力が創造した世界である。言い換えると、小説の副
題である「自叙伝」に最も縁の遠い一章であった。にもかかわらずこの第2巻
を小説の中核に据えた作者の意図は何か、その自伝的意味は何か。改めてこれ
を念頭に置いてこの緊迫感に富んだ最終章を読んでみたい。
　結婚式の朝、ロチェスターとジェーンは大急ぎで近くの教会へ歩いて出かけ
た。立会人のいない牧師と書記の4人だけの結婚式だった。だが教会に近づい
た時から、不吉な予感がジェーンの心から離れなかった。というのも彼女たち
の後を二人の男が影のように見え隠れしながら付いてくるのが目に入ったから
である。教会に入った後もその影は機会を窺うように付いてきた。この間の描
写は読者にも少なからぬ緊迫感を与える。
　やがて式が始まり、牧師が二人の前で、結婚を誓う上で障害 (impediment)
になるものはないか質した。しばしの沈黙の後、牧師は「汝はこの女性を妻と
して迎えるか」と尋ねた瞬間、背後からはっきりした声で「その結婚は成立し
ない。障害物が存在する」と宣告した。その声の主は先ほどの影の存在の一人、
弁護士ブリッグズ氏 (Mr.Briggs) であった。そして彼の側に依頼人のメイソン
氏がいた。

弁護士はロチェスターが15年前にメイソンの姉バーサ・メイソン (Bertha Mason) と結婚した証明書を持っていること、そして彼女は今もなお生きている事実をメイソン氏が1か月前ソーンフィールドを訪ねた時に確認したことを申し述べた。観念したかのように黙って聞いていたロチェスターはこれらの全てを認めた上で、その事実をさらに明らかにするためにバーサ・メイソンの住む部屋へ彼らを案内し、彼女の現実の姿を見せた。彼女はハイエナと同様に獰猛で、グレース・プール以外の侵入者には相手かまわず飛び掛かってきた。ロチェスター以外の男性は全員外に逃げたが、彼はジェーンを自分の背後に隠してバーサに立ち向かった。幸い彼女は刃物を持っていなかったが、彼の喉にしがみついて頬に嚙みついた。彼女は男性と変わらぬほど大きく力も強かったので、二人の「格闘」(wrestle) はしばらく続いた。しかし最後に彼は彼女をねじ伏せて、苦笑いを浮かべて次のように述べた。

'That is *my wife*,' said he, 'Such is the sole conjugal embrace I am ever to know—such are the endearments which are to solace my leisure hours! And *this* is what I wished to have (laying his hand on my shoulder): this young girl, who stands so grave and quiet at the mouth of hell, looking collectedly at the gambols of a demon. I wanted her just as a change after that fierce ragout. Wood and Briggs, look at the difference! Compare these clear eyes with the red balls yonder—this face with that mask—this form with that bulk; then judge me, priest of the Gospel and man of the law, and remember, with what judgment ye judge ye shall be judged! Off with you now. I must shut up my prize.

(pp. 285–86)

「これが私の妻だ」と彼は言った。「これが私の知り得た唯一の夫婦の抱擁だ。これが私の暇な時間の慰めになる愛撫だ。そして、（彼の手を私の肩に置きながら）これこそ私が持ちたいと望んでいるものだ。地獄の入り口にあってもこのように厳粛かつ静粛に、悪魔の踊りを冷静に見つめながら佇んでいるこの若い娘こそ、私はあの狂暴なラグーの後の気分転換として正しく望んでいたものだ。ウッドとブリッグズ、この大きな違いを見よ。この清らかな瞳とあの血走った眼玉とを比較してみよ。あの仮面を被ったこの顔、あの大きな図体を見よ。福音を説く人と法律の人よ、これを見て私を裁いてほしい。汝らが裁くその裁きによって汝らは裁かれるであろう、という（聖書の）言葉を思い出すがよい。さあ、皆お帰り。私は私の捕獲物を閉じ込めなくてはならない。」

このロチェスターの言葉をどのように解釈すべきか、同情的、或いは批判的に読むかによって大きく変わると思う。しかし彼の行為はいかに同情に値する

とは言え、妻の存在を隠して純粋無垢な若い娘と重婚の罪を敢えて犯そうとした罪は決して許されるものでない。にもかかわらずその罪を上記のように堂々と正当化している。リア王の言葉を借りれば、"I am more sinn'd than sinning." つまり自分が被害者だという立場を取っている。それは彼の横柄な口調にも表れている。牧師が彼と別れ際に「叱責」か「戒め」の言葉を投げかけているが、彼を「横柄な教区民」(his haughty parishioner) と呼んでいるのを見ても分かるであろう。要するに、彼は自ら招いた破局を真剣に「試練」とは受け止めていないのであろう。作者ブロンテも恐らくそのように考えていたに違いない。それは弁護士がジェーンと別れ際に詳しく話した事情説明にはっきり表れている。これによって読者には彼の結婚式場での妨害発言に対する誤解が完全に解けた。それどころか、彼とメイソン氏の突然の介入によって、ジェーンは重婚の罪はもちろん、ロチェスターの妾 (mistress) になる悲運からも逃れることができた。次に、その弁護士の説明を要約すると、ジェーンから手紙を受け取った叔父のジョン・エア氏は彼女が近くロチェスターと結婚することを知った。そこへメイソンが訪ねて来て、彼はすでに結婚しており、妻が同じ家に住んでいることを知らされた。それを聞いた叔父は驚き、直ちに結婚を止めさせる準備に取り掛かった。しかし叔父は病身のためメイソンに全てを任せた。そして上述のように結婚式の日にちょうど間に合い、ジェーンが不幸の淵に落ちるのを際どい所で救った。要するに、メイソンと弁護士は結婚を妨害した「侵入者」(intruder) ではなく、彼女を破滅から救ったのである。

　さて、ジェーンは彼らを見送った後、自分の部屋に戻り、日ごろの服に着替えた。そして椅子に座ってテーブルに寄りかかり、両手に顔を伏せて深い物思いに沈んだ。後は章の終わりまで2頁近くに渡って彼女の黙想と独白が続く。その主要な部分を引用しよう。

> I looked on my cherished wishes, yesterday so blooming and glowing, they lay stark, chill, livid—corpses that could never revive. I looked at my love: that feeling which was my master's—which he had created; it shivered in my heart, like a suffering child in a cold cradle; sickness and anguish had seized it: it could not seek Mr. Rochester's arms—it could not derive warmth from his breast. Oh, never more could it turn to him; for faith was blighted—confidence destroyed! Mr. Rochester was not to me what he had been; for he was not what I had thought him. I would not ascribe vice to him; I would not say he had betrayed

me: but the attribute of stainless truth was gone from his idea; and from his presence I must go: . . . Real affection, it seemed, he could not have for me; it had been only fitful passion; . . . Oh how blind had been my eyes! How weak my conduct! (pp. 287–88)

私は大事に育ててきた願望を顧みた。昨日はあれほど華やかに輝いていたのに、今は硬直した冷たい、絶対に蘇ることのない土色の死体に変わっている。私は自分の愛を見つめた。その感情は主人のそれ、つまり主人が創ったものだった。それは私の心を震わせた、冷たい揺籃に寝かされた病んだ子供のように。病と苦悩は私の心を捉えたが、ロチェスター氏の介護を求めることができなかった。私の心は彼の胸から温かみを引き出すことができなかった。ああ、それは最早彼の方を向くことはあるまい。何故なら、信用は枯れ果て、確信が壊れたからだ。私にとってロチェスター氏はかつての彼ではない。何故なら、彼は私が思っていた人ではないからだ。だが私は罪を彼のせいにしたくはない。また彼が私を裏切ったと言いたくない。だが穢れのない真実の特性は彼の観念から消え失せた。だから私は彼の前から去らねばならない。……彼は真の愛情を持ちえなかったように見える。ただ衝動的な情熱だけしか持っていなかったのだ。……ああ、私の目は何と盲目であったことか。私の行動は何と弱いものであったことか。

　しかし彼女は絶望からの救いを神に求めても得られないことを自覚していた。苦しみに立ち向かうしか他に道がなかった。最後は次の悲痛な言葉で終わっている。

The whole consciousness of my life lorn, my love lost, my hope quenched, my faith death-struck, swayed full and mighty above me in one sullen mass. That bitter hour cannot be described: in truth, 'the waters came into my soul; I sank in deep mire: I felt no standing; I came into deep waters; the floods overflowed me.' (p. 288)

私の人生は侘しく、私の愛は失われ、私の希望は絶たれ、私の信念は死滅した、という意識の全てが一つの鈍い塊となって私の頭上にどっと押し寄せてきた。あの苦渋の１時間は言葉に言い尽くせない。正しくそれは「大量の水が私の魂の中に侵入し、私は深い沼の中に沈み、私の立つ場所は何処にもなく、深い水底に入り、洪水が私に覆いかぶさってきた」気分だった。

　以上で、本小説の中核であるジェーンの第二の人生、即ち愛の目覚めとその試練の始まりを描いた第２巻は終わった。第３巻に入る前に、本節の冒頭で述べたように小説の副題である「自叙伝」の意味について改めて考えてみたい。言うまでもなく、第２巻の出来事は全てブロンテの想像力から生まれたフィク

ションの世界であり、彼女自身の体験とは直接何の関わりも持っていない。しかしこの第2巻は読者に最高の興奮と緊張を与えるに十分なリアリティを持っている。何故か。その理由は作者の分身であるヒロインの情熱と感情の表現が読者の心に強く訴えるからである。ブロンテ小説の真髄であるリアリティは正しくここにある。彼女が日頃真剣に考え、そして感じる事柄を仮面をかぶせずにそのまま直に言葉に表現しているからである。言い換えると、作者のヒロインに対する感情移入ないしは共感は彼女自身の告白に等しい力と迫真性を持っているからである。さらにこれを深掘りすれば、彼女がブリュッセル留学時代の恩師エジェ教授に送った手紙で見せたあの情熱的な愛情表現がこの小説の第2巻に自ずと「溢れ出た」(effuse) と解釈すれば、「自叙伝」の意味が一層鮮明になるであろう。その観点からも、『ジェーン・エア』は『教授』の続篇と解釈して間違いなかろう。

『ジェーン・エア』第3巻

(1)

　第1章は、ジェーン・エアが自分の部屋に閉じこもったまま、西日の差し込む壁を見つめながら「自分はこれから何をすべきか」と自問しているところから始まる。「良心」(conscience) の声は「情熱」(passion) を押し殺して、今直ぐここを「立ち去れ」(depart) と命じている。彼女は朝から何も食べておらず、その上彼女の部屋を訪ねて来る人もいない。「運に見放された人は友人からも忘れられる」と思いながら、部屋の鍵をかけて廊下に出た途端、何かに足を取られて倒れかかったが、気がついて見るとロチェスターに抱きかかえられていた。こうして二人の対話が始まる。第1章は全篇で一番長い25頁からなるが、その大部分はこの対話で占められている。

　対話はまずロチェスターが自分の秘密を彼女に隠していた理由の説明から始まる。即ち、ソーンフィールド邸に狂人が住んでいることが人に知れるとアデールの家庭教師が見つからなくなるのを恐れたので、家の使用人全員に秘密を守るように命じた。彼はソーンフィールド邸の他にファーンディーンにマナー・ハウス (Ferndean Manor) を持っているが、それは深い森の中の一軒家であるので狂人をそこに隔離すれば容易に秘密を守ることができたが、彼の良心がそ

れを許さなかった、と説明する。これに対してジェーンは、彼が自分の妻をあのようにひどい扱いをしたのでなお一層気が狂ってしまったのだ、という意味の反論をした。これは完全な誤解であることは言うまでもないが、彼はこの誤解を何よりもまず解くために、彼はジェーンを心から愛しているので、もし仮にジェーンが狂人になったとしても、却って一層彼女を慈しみ大切に扱うことを繰り返し強調する。そして最後に彼はこの呪われたソーンフィールドを離れて「確かな避難所」(a secure sanctuary) へ移るつもりであると述べる。しかし彼女はすでに彼と別れることを決意していたので、彼がそこへ移るときアデールも当然一緒でしょうと言うと、彼は「アデールを学校へ送る」と答えた。そこで彼女は「それでは寂しくなるでしょう」と言うと、彼は「ジェーンと孤独を分かち合う」(You are to share my solitude) から寂しくないと答えた (p. 293)。

　これに対してジェーンは何も言わずに首を横に振った。さすがの彼もこれには相当のショックを受け、しばらく黙って部屋の中を歩いていたが、必死に怒りの感情を抑えながら険しい表情で、「またジェーンの性格の縺れが出た。絹の釣り糸は十分遠くまで滑らかに流れていても、いつもこのように縺れることを私は承知していた。……おお神よ、私はサムソンの力のほんの僅かでも引き出して、この縺れをくず糸のように断ち切りたいものだ。」(Now for the hitch in Jane's character. The reel of silk has run smoothly enough so far, but I always knew there would come a knot and a puzzle: . . . By God! I long to exert a fraction of Samson's strength, and break the entanglement like tow!) (p. 294) と叫んだ。そして再び歩き始めたが突然足を止めて、「ジェーン、理性的になるのだ。でなければ私は暴力に訴えるぞ」と、今にも我慢の糸が切れるような粗暴な言葉を彼女の耳元に吐いた。これを聞いた彼女はここで自分を取り乱して「反発したり、逃げ出したりすれば、すべてが一瞬に終わってしまう」と思い、この「危機」(the crisis) から逃れるために彼女本来の「内なる力」(an inward power) を取り戻した。そして彼の手を取り、こぶしの指をほぐしながら、「まあ、お座りなさい。私はあなたの好きなだけ話します。そしてあなたの話を全部聞きましょう」と述べた後、必死に涙をこらえながら「あなたが感情的になっている間、私は冷静になろうと思ってもなれません」と言ってどっと泣き崩れた。これを見た彼は、「ジェーン、私は少しも怒っていない。ただ君を余りにも愛しているだけだ。だが、君はあのように頑固な冷たい青白い顔をして向かって

きたので、我慢ができなくなったのだ。さあ涙を拭いて」と、機嫌を取り戻した。そして彼女を抱き寄せようとしたが、彼女はそれを断固拒否した。それを見た彼は何とも言えぬ「悲しそうな苦い口調」で、「君の私に対する愛情はそれだけのものだったのか。私は君の夫になる資格がないと考えているので、私がまるでヒキガエルか猿のように君は私を避ける」と呟いた。この言葉に彼女は深い同情を覚えたが、自分の決心を変えることができなかったので、「私こそあなたを今まで以上に愛しています。しかしそのような感情に浸っているわけにはまいりませんので、これを私の最後の愛情表現にしたいと思います」と述べた。これを聞いた彼は、「これが最後とはどういう意味だ、一緒に生活をしているのに」と激しく聞き質したので、彼女は思い切って「私はこれ以上あなたと一緒に住むことができません。これを言えばあなたは激昂するでしょうが、これしか他に方法がありません」と答えた。そしてさらに「私はアデールとソーンフィールドとも別れ、あなたとは一生別れて暮らさなければなりません」と付け加えた。しかし彼はそれでもなお納得がいかず、アデールとソーンフィールドと別れても、彼女とは一緒に地中海の海岸の別荘で楽しく幸せに暮らすことを提案する。しかしジェーンはこれに対しても首を横に振った。驚いた彼は「君は理性を失ったのか、またもや気が狂ったのか」と、声を荒げ、鼻孔を広げ、目を真っ赤にして詰問する。彼女は覚悟を決めてはっきりと、「あなたの奥様は生きておられる。今朝あなた自身がその事実を認めたでしょう。もし私はあなたが望むようにう生きれば、私はあなたの娼婦になるでしょう。そうでないと仰るのは詭弁です、偽りです。」(Sir, your wife is living: that is a fact acknowledged this morning by yourself. If I lived with you as you desire, I should then be your mistress: to say otherwise is sophistical—is false.) と答えた。ロチェスターはこの言葉を耳にして遂に我慢の糸が切れて次のように述べる。

　　Jane, I am not a gentle-tempered man—you forget that: I am not long-enduring; I am not cool and dispassionate. Out of pity to me and yourself, put your finger on my pulse, feel how it throbs, and—beware! (p. 296)
　　ジェーン、私は穏やかな性質の男ではない。君はそれを忘れている。私は長い間我慢してきた。私は冷ややかな情熱を欠いた男ではない。私と君自身に対する憐れみを捨てて、私の脈拍に手を当てて見ろ、いかに激しく鼓動しているか分かるであろう。いいか、用心しろ。

彼は腕をまくり、血管の浮き出た手を差し出した。彼の顔面は蒼白だった。ジェーンは最早抵抗は不可能と思い、ただ神に助けを求めるしかなかった。そして思わず本能的に「神様、助けてください」と祈った。ロチェスターはこれを見た途端に態度が変わり、「君は私の妻について全く何も知らない。私は実質的に結婚はしていない。私が全てを話せば君はきっと同意してくれるであろう」と言って、自分の長い過去の歴史を語り始めた。以下 10 頁余りにわたってその話が続く。

　エドワード・ロチェスターは富豪の名家の次男であった。強欲な父は財産を分割したくなかったので遺産を全部兄ローランドに譲渡した。しかし弟も兄と同様に富豪の仲間に入れるため、西インド諸島で巨万の富を手にした知人のメイソン一家の娘との結婚を勧めた。彼女が 3 万ポンドの遺産を受け継いでいることを知っていたからである。エドワードはメイソン嬢 (Miss Bertha Mason) と初めて会った頃、彼女は町では美貌で知られ、「ブランチ・イングラムのように長身の浅黒い堂々とした体形の立派な女性」(a fine woman, in the style of Blanche Ingram; tall, dark, and majestic) であった。世の中のことは何も知らない初心なエドワードは勧められるままに一目惚れして早々と結婚してしまった。当時彼女の母はすでに死亡していると聞かされていたが、実は精神病院 (madhouse) に入っていることを秘密にしていたのである。従って次男も同じ病気で白痴になって既に死亡していた。このような家系であることをエドワードは誰からも知らされずに彼女と結婚したのである。結婚した当時は彼女にまだその病気の兆候が見られなかったが、趣味も性格も彼と全く合わず、1 日として気の休まることがなかった。そして数年もしないうちに彼女の体内に潜んでいた狂気が芽を吹き始め、彼女との生活は最早耐えられなくなった。

　一方、その間エドワードの兄が死に、さらに 4 年後父も他界したので、膨大な遺産が全て彼自身のものになった。しかし精神的には「極貧」と何ら変わらなかった。従って彼は心の安らぎと解放を求めて自由の風が吹くヨーロッパに目が向いて当然であった。こうして彼は大変な苦労を重ねた末、およそ 10 年前にマデイラから船で狂気の妻と一緒に祖国へ戻り、ソーンフィールド邸の 3 階の秘密の部屋に妻を匿うことになった。そしてその看護婦としてグレース・プールを 200 ポンドの高額で雇い、使用人の全てに秘密を完全に守るように命じた。これによって彼は新たに結婚できると確信して、今度こそ自分に最も相

応しい妻探しを始めた。しかし結果は思うようにはいかず、快楽を求めてヨーロッパ各地を旅して回り、その間に幾人かの女性と深い仲になった。その最初の女性は第2巻で詳しく述べたように、後に私生児アデールを産んだフランス人のオペラ歌手セリーヌ・ヴァレンであった。そして彼女と別れた後、イタリア人のジャチンタ (Giacinta) に続いてドイツ人のクララ (Clara) と関係を持った。しかし彼の女性との関係はあくまでも「遊興」(dissipation) であり、「放蕩」(debauchery) ではなかったことを強調している。だが同時に、このような自分を「無感覚で、だらしない無軌道な道楽者」(an unfeeling, loose-principled rake) と呼び、女性を金で買う行為は「奴隷を買うのに次いで悪いこと」(the next worse thing to buying a slave) と強く反省している (p. 303)。そして遂に、このような目的のない外国生活に飽いて久しぶりにソーンフィールドに戻ってきたあの真冬の夕暮に家の近くで、馬が氷で滑って倒れた時にジェーンと初めて会った。

　以上は、ロチェスターがジェーンと会うまでの十数年間の回顧録であるが、これ以下の数頁は彼が彼女と会って求愛するまでの数か月間の愛の成長の跡を情熱的に語る。それは第2巻で彼が見せた様々な行動の奥に秘めた愛の真実を告白した最も意味深い部分である。次にその一部を紹介すると、まず、彼女と初めて会ったその翌日自分の部屋に呼び出して彼女と話をした時の印象を非常に詳しく述べているが、その中でも特に彼女の目の表情について語った一節を引用したい。何故ならそれはシャーロット自身の自画像の特徴でもあるからだ。

> . . . when addressed, you lifted a keen, a daring, and a glowing eye to your interlocutor's face: there was penetration and power in each glance you gave; when plied by close questions, you found ready and round answers. Very soon, you seemed to get used to me—I believe you felt the existence of sympathy between you and your grim and cross master, Jane; for it was astonishing to see how quickly a certain pleasant ease tranquillized your manner: . . . (p. 305)
>
> ……私は君に話しかけた時、君は鋭い大胆な輝く目を質問者の私の顔に向けた。その君の視線の一つ一つに鋭く射貫く力があった。込み入った質問をすると、君はすらすらと淀みなく答えた。そしてすぐに私に慣れたように見えた。私は君と君の厳しく難しい主人との間に共感の存在を感じた。何故なら、ある楽しい気楽さが非常に早く君の態度を落ち着かせるのを見て私は驚いたからだ。

こうして数週間もしないうちに二人の間に急速に愛の感情が芽生え、成長していった。そして彼は彼女に求愛するに至った時の心境を次のように述べている。

After a youth and manhood passed half in unutterable misery and half in dreary solitude, I have for the first time found what I can truly love—I have found *you*. You are my sympathy—my better self—my good angel—I am bound to you with a strong attachment. I think you good, gifted, lovely: a fervent, a solemn passion is conceived in my heart; it leans to you, draws you to my centre and spring of life, wraps my existence about you—and, kindling in pure, powerful flame, fuses you and me in one. (p. 306)

私は青春と成年の時代を半分は言い尽くせぬ悲惨の中で、そして半分は恐ろしい孤独の中で過ごした後、初めて真に愛することができるもの、即ち君を発見した。君は私の共感であり、私のより良き半分であり、私の天使である。私は君と強い愛情で一つに結ばれている。私は君が善良で、才能があり、可愛いと思っている。私の心の中に今激しく厳しい情熱が大きく膨らんでいる。その情熱は君に寄りかかり、君を私の中心に、私の生命の泉に引きつけ、私の存在で君を包み、そして純粋で力強い炎となって輝きながら君と私を一つに溶かせている。

彼はこのように真実の愛を告白した後、彼女に本当のことを言わなかった理由を、彼女の「頑固な性格」と「早くから教え込まれた偏見」(early instilled prejudice) を恐れたからだ、と説明する。そして自分の臆病を悔い、彼女の「高貴な寛容」(nobleness and magnanimity) に訴えるべきであった、と述べる。このように長々と過去の全てを語った後、晴天白日の下で改めて彼女に結婚を申し出た (p. 307)。

しかしジェーンは返事ができずに黙っていた。彼女はこの間次のように思い、悩み抜いていたのだった。

I was experiencing an ordeal: a hand of fiery iron grasped my vitals. Terrible moment: full of struggle, blackness, burning! Not a human being that ever lived could wish to be loved better than I was loved; and him who thus loved me I absolutely worshipped: and I must renounce love and idol. One drear word comprised my intolerable duty—'Depart!' (p. 307)

私は試練を体験していた。赤く焼けた鉄の手が私の肺腑をえぐった。恐ろしい瞬間だった。足掻き、暗黒、炎火のるつぼだった。この世に私が愛された以上に愛されたいと望むことができる人はこの世に一人としていないであろう。そしてこのように私を愛した人を私は絶対的に崇拝していた。私はこの愛と偶

像を拒否しなければならない。「別れよ」というこの恐ろしい一言は私の耐え難い義務を形作っていた。

ジェーンはこの「義務」という言葉を、「原則」(principle) と「法則」(law) という語にしばしば置き換えて用いている。ブロンテは彼女の小説の中で、「原則のない人」(an unprincipled person) を最も軽蔑すべき人間の一人と看做している。それだけに今、ロチェスターを誰よりも深く愛しているとは言え、重婚という罪だけは絶対に避けなければならぬ、という「原理、原則、義務」を断固守る「決意」(resolution) がすでに固まっていた。従って、この後ロチェスターが繰り返し言葉を尽くして懇願しても、彼と一緒に暮すことを拒否し続けた。要するに、冷たい「理性」(reason) が熱い「情熱」(passion) を抑えた。言い換えると、「頭脳」(head) の機能が、人間にとって最も大切な「心」(heart) の自然な躍動を制してしまった。ジェーンはこれに未だ気付いていなかったのである。つまり、彼に妻がいるという現実に直面した衝撃は余りにも大きく、彼女の信条である「原則」にこだわる余り、「心」のゆとりを失ってしまったのである。彼女が最後に語った次の言葉はそれを如実に物語っている。

> I will keep the law given by God; sanctioned by man. I will hold to the principles received by me when I was sane, and not mad—as I am now. Laws and principles are not for the times when there is no temptation: they are for such moments as this, when body and soul rise in mutiny against their rigour: stringent are they; inviolate they shall be. . . . Preconceived opinions, foregone determinations, are all I have at this hour to stand by: there I plant my foot.
>
> (pp. 308–09)

> 私は神が定め、人間によって批准されたた法を守るつもりだ。私は狂気ではなく、今のように正気の時に受け入れた原則を堅持しよう。法と原則は如何なる誘惑もない時のために在るのではない。肉体と魂がその苛酷さに謀反を起こす、このような時のために在るのだ。それは正に厳しく、侵し難いものであろう。……私が予め考えた見解、先に心に決めたこと全ては、今この時こそ守るべきだ。いざ、そこに足を踏み入れよう。

このように決意を固めた彼女は、彼の最後の願い――「君は私の慰安者、救済者となってくれないのか。私の深い愛、私の激しい悲しみ、私の必死の祈りは全て君にとっては無意味なのか」(You will not be my comforter, my rescuer?—My deep love, my wild woe, my frantic prayer, are all nothing to you?) ――を

拒否し、「さらば、永遠に」(Farewell, for ever) を残して自分の部屋に戻った (p. 310)。そしてその翌朝まだ夜が明けないうちに殆ど何も持たずに家を抜け出し、行く当てもないまま夜明けの道をひたすら歩いた。その間彼女の脳裏をかすめたことはロチェスターのことばかりであった。しかし自分が決めた「原則」に必死に縋りながら、帰りたいという強い想いを退けた。その時の心境を次のように述べている。

In the midst of my pain of heart, and frantic effort of principle, I abhorred myself. I had no solace from self-approbation: none even from self-respect. I had injured—wounded—left my master. I was hateful in my own eyes. Still I could not turn, nor retrace one step. God must have led me on. (pp. 312–13)

　　私は心の痛みと、原則を追求する気違いじみた努力の最中で自己嫌悪に陥った。私は自己賛辞から何一つ慰めを得られず、自尊心からでさえ慰めを得られなかった。私は主人を痛め、傷つけ、そして置き去りにした。私は私自身の目に憎らしく映った。それでもなお私は向きを変えることも、一歩として引き返すこともできなかった。神が私をどんどん導いて行ったに違いない。

こうして泣きながら歩き続け、疲れ果てて腰を下ろしているところへ乗合馬車が来たので乗せてもらい、持ち金 20 シリングの距離に相当する所まで運んでもらった。

(2)

　第 2 章はジェーンが馬車を降りたところから始まる。彼女が降りた場所は何処か全くわからなかったが、十字路になった所で南北東西の方向を示す道路標識が立っていた。そしてその時初めて貴重品の入った包みを車中に置き忘れたことに気付いた。こうして彼女は文無しの浮浪者になってしまった。見渡す限り荒野で、人の通る気配は全くなかった。既に夕暮れが近づいていたので野宿をするためにヒースの草むらの中に入って行った。こうして彼女は人生の新たな試練、これまで経験したことのない全く異種の人生を迎えることになる。彼女の「成長物語」の第 3 幕の始まりである。

　彼女の足に触れるヒースはまだ温かく、そして乾いていた。空を見上げると星が輝き、草むらは柔らかかった。「自然は私に優しく寛大であるように見えた。私は浮浪者であるにもかかわらず自然が私を愛しているように思えた。」彼女は町で数ペンスで買ったパンの残りを、周囲から採取したコケモモ

(bilberries) と一緒に食べて飢えをしのいだ。彼女は折に触れてロチェスター
を思い出すと胸がひどく痛んだが、それさえなければ「幸せ」(blissful) に思っ
た。こうして何時の間にか夜になっていた。星が輝き、静かな夜だった。辺り
は穏やかで、不安が忍び寄る余地がないように思えた。「神は至る所に存在す
る」(God is everywhere.) ことを改めて再確認した (p. 315)。このようにして最
初の一夜は事もなく過ぎた。

　しかし二日目は、生きる支えになるものを何一つ持たない彼女に、何よりも
まず空腹という「欠乏」(want) が彼女を襲った。周囲ではトカゲが岩を駆け上
がり、ミツバチはコケモモの花の中で働いていた。だがこのようなものは一切
気にならず、ただ偏に「欠乏に備え、苦しみに耐え、責任を果たす」(the want
provided for; the suffering endured; the responsibility fulfilled) ために自然のね
ぐらを出て、人の住む村へ向かった。周囲のロマンチックな景色は疲れた彼女
の目にとうに入らなくなっていた。こうして午後2時ごろやっと村に着いた。
しかし彼女の本当の試練はここから始まる。

　彼女は二日間殆ど何も食べていなかったので、彼女の最初の必要は飢えをし
のぐことであった。偶々パン屋が目に入ったのでそこに入り、まず疲れた足を
休めるために空いた椅子に腰を下ろした。一文も持ち合わせていないので、ハ
ンカチと手袋と交換にパンを戴こうと考えたが勇気が出ず、さりとて乞食の真
似もできず、この近辺に働き口がないかと尋ねたりした。そのうちに他の客が
入ってきたので、結局相手にされずにその店を出た。そしてどこか相手にして
くれそうな家を探しながら極度の疲労と飢えと戦いながら歩いていると、小高
い丘の上にこじんまりした家が見えたので覚悟を決めて玄関の扉をノックし
た。上品な夫人が出てきたので、女中として雇ってもらえないかと頼んだが、
あっさり断られてしまった。パンを恵んでくださいと頼んだ方がよかったと思
った。彼女は「飢えた野良犬」のようにあちこちさ迷っているうちに教会が見
えたので、牧師館を訪ねたところ牧師が生憎不在で、女中から全く相手にされ
ずに追い払われた。仕方なく再び前述のパン屋へ引き返し、今度こそハンカチ
と手袋を交換にパンを戴こうと思って頼んだが、手袋はどこかで盗んできたも
のと疑われて追い払われてしまった。そして太陽も沈みかけた頃、農夫が玄関
口で夕食にパンとチーズを食べているのを見て、その一部をくださいと頼むと、
ジェーンを乞食ではなく只の「変わり者」(an eccentric sort of lady) と思って、

一切れ恵んでくれた。これが彼女にとってその日の唯一の食事となった。日が暮れたので寝場所を探したが、結局前夜と同じ場所へ足が向かい、雨で濡れたヒースの床で一夜を過ごした。

　その翌日ジェーンはさらに悲惨な1日を過ごしたことは言うまでない。これについて何も語っていないが、それを物語る代表例として、小さな子供が夕食の残り物を豚の餌箱に投げこもうとするところを頼んで分けてもらったと述べている。こうして彼女は身も心も疲れ果て、最期の死に場所を荒野の片隅に求めて暗闇の中を手探りしながら歩いて行った。すると遠くの森の中に一点の明かりが見えた。死の直前の生き物が本能的に明かりに向かって動くように、彼女はその「希望の光」に向かって歩いて行った。そして長い時間をかけて遂にその家にたどり着いた。その狭い窓から中の様子がはっきり見えた。二人の若い女性が大きい辞書を側において何か難しい本を勉強していた。側で下女らしい中年の女が編み物をしていた。

　ジェーンはこの二人の「優しい知的な女性」に深い興味を覚え、我を忘れてじっと見入っていた。そのうちに10時を告げる時計の音で我に返り、恐る恐る扉を叩いた。下女が扉を開けて、何の用かと尋ねた。ジェーンは「納屋かどこかで一晩泊めてほしい。そしてパンを一切れほしい」と頼んだ。下女は、パンはあげるが泊めるわけにはいかない、ときっぱり断った。しかしジェーンは「お嬢さんに合わせてください。このまま追い出されると死ぬしかありません」と執拗に頼んだ。しかし下女はジェーンを夜盗の手先と怪しみ、扉を閉めてしまった。ジェーンは扉の側に倒れたまま、「私はただ死ぬのみ。私は神を信じている。静かに神のご意志を待つのみ」(I can but die, and I believe in God. Let me try to wait His will in silence.) と声を出して祈った。すると彼女のすぐ背後から、「誰もが一度は死なねばならないが、君のように若くして飢えて死ぬ必要もあるまい」という声が聞こえた。仕事から帰ってきたその家の長男が先ほどから二人の対話をじっと聞いていたのだった。彼は直ちに彼女を起こし、扉をたたいて家の者を呼んだ。下女のハナ (Hannah) が出てきて、「周囲に悪い人がいると思って」とジェーンを締め出した行為を弁解した。彼は「私は二人の話を聞いていたが、彼女に特別な事情がありそうなので是非聞いてみたいのだ」と言って、ジェーンを暖かい部屋の中に招き入れた。そしてジェーンは極度の疲労と飢えのためにやつれ果てて口もきけない状態であったので、長女の

ダイアナ (Diana) はパンをミルクに浸して少しずつ食べさせてくれた。その時の彼女の優しい態度を次のように表現している。「彼女の顔は私の顔の側にあった。その顔に憐れみの情が見えた。私は彼女の忙しい息遣いに共感を感じ取った。『食べてみてごらん』という彼女の短い言葉の中に、共感と同じ香油のような優しさが聞こえた」(Her face was near mine: I saw there was pity in it, and I felt sympathy in her hurried breathing. In her simple words, too, the same balm-like emotion spoke: 'Try to eat.' (p. 327) と。

　彼女の妹メアリも姉に協力した。兄のセント・ジョン (St. John) は側で細かく指示をした。彼らはジェーンに名前と連絡先などを尋ねたが、彼女は自分の居所を知られたくなかったのでジェーン・エリオットと偽名を使い、それ以外のことは体調が回復してから話すと伝えた。実際、彼女は疲れ切っていたので声が出ず、意識も半ば朦朧としていた。それからしばらくして姉妹の一人が下女のハナに指示して、ジェーンを乾いた服に着替えさせ、2 階の寝室へ連れて行った。第 2 章は次の言葉で終わっている。「私は神に感謝し、表現できないほどの疲労の中で感謝の歓喜の光を経験した。そして眠りに就いた。」"I thanked God—experienced amidst unutterable exhaustion a glow of grateful joy —and slept." (p. 329)

(3)

　第 3 章は、ジェーンが三日三晩眠り続けてようやく目を覚ましたところから始まる。そして話好きな下女のハナからリヴァズ家 (the Rivers) の詳しい歴史を聞かされる。彼女はこの家で 30 年間忠実な下女として勤めてきたからである。まず、彼らが住んでいる家を 'Marsh End' とか 'Moor House' と呼んでいる。長男のセント・ジョンはこの家には住まず、モートン (Morton) の教区の牧師としてそこに居を構えている。彼の父は 3 週間前に脳卒中で死に、母はちょうど 1 年前に死んだ。父は由緒ある家柄の出であるが一般の村人と同じように狩りをしたり、百姓をしていた。一方、母は夫と違って読書が大好きで、大変な勉強家でもあった。三人の子供は母の血を引いたものと思われる。父は数年前に信頼して金を貸していた人が倒産したので自分も文無しになってしまった。従って、二人の娘も自活するためにロンドンその他の町で家庭教師をして働いているが、今は父の葬儀のために休暇を取ってしばらく帰宅している。彼

女たちは我が家 (Marsh End) ほど良いものはないと言って、周囲の荒野を歩き回っている。彼女たちほど仲の良い姉妹を見たことがない、と述べた。

　ハナがちょうど話し終わったときに、二人の姉妹とセント・ジョンはモートン (Morton) への散歩から帰ってきた。ジョンがジェーンを見て、ただ「挨拶して通り過ぎた」だけであったが、「二人の姉妹は足を止め、妹が「ジェーンが2階から降りて来られるほど良くなったのを見て本当に嬉しい」と優しく述べた。そして姉のダイアナは（駄目じゃないか）と首を横に振って、「あなたは下に降りても良いと私が許可するまで待っているほうがよかった。あなたはまだ顔色が悪く、すごく痩せ細っているじゃないの。可哀そうな子」(You should have waited for my leave to descend. You still look very pale! Poor child!—poor child!) と述べた。これら三人の態度と言葉に、それぞれの性格はもちろんジェーンに対する愛情の度合いと思い遣りの違いがはっきり表れている。中でも特にセント・ジョンとダイアナとの違いが歴然としている。そして以下本章の終わりまで、この二人の性格の違い、とりわけ「情愛」(heart) の違いについて、二人のジェーンに対する言葉遣いの相違に最大の力点をおいて話を進めている。まず、二人の姉妹について、それぞれの魅力の特徴を次のように述べている。

　　Diana had a voice toned, to my ear, like the cooing of a dove. She possessed eyes whose gaze I delighted to encounter. Her whole face seemed to me full of charm. Mary's countenance was equally intelligent—her features equally pretty: but her expression was more reserved; and her manners, though gentle, more distant. Diana looked and spoke with a certain authority: she had a will evidently. It was my nature to feel pleasure in yielding to an authority supported like hers; and to bend, where my conscience and self-respect permitted, to an active will. (p. 334)

　　ダイアナの声は私の耳に鳩が鳴くような音色に聞こえた。彼女の目は私がその視線に出会うと嬉しくなった。彼女の顔全体は私には魅力で一杯だった。メアリの顔は同じように知的で、彼女の顔立ちも同じようにきれいだった。彼女の態度は穏やかであったが、姉よりも隔たりがあった。ダイアナの表情と話し方に威厳があった。彼女は明らかに意志を持っていた。彼女のような意志に支えられた権威に服従し、そして私の良心と自尊心が許す範囲でその行動的な意志に従うことに喜びを感じるのが、私本来の性質であった。

　この後、ジェーンが兄セント・ジョンの質問に答えて過去の長い歴史を殆ど語り終えた時、ダイアナは横から兄に向って、「セント・ジョン、これ以上彼

女に話させるのは止めなさい」と言って、ジェーンをソファーに座らせる優しい気の遣い様を見せている (p. 338)。

　一方、セント・ジョンはダイアナとは全く対照的に、ジェーンの立場を考えずに自分が決めた方式で次から次へと問い質す。彼は確かにジェーンの命の恩人ではあったが、人間的な「情」(heart) に欠け、「理知」(head) と「原理」(principle) だけを身上とする冷徹な人間を作者ブロンテは最も忌み嫌った。以下、ジェーンに対する応答の中にその特徴が随所に表れている。まず、彼の容貌について次のように述べている。

> He was young—perhaps from twenty-eight to thirty—tall, slender; his face riveted the eye: it was like a Greek face, very pure in outline; quite straight, classic nose; quite an Athenian mouth and chin. It is seldom, indeed, an English face comes so near the antique models as did his. (p. 335)
>
> 彼はまだ若く、28 から 30 歳ぐらいだった。長身痩躯で、目が顔に固定されていた。その顔はギリシャ人のようで、輪郭が非常にはっきりしており、真っ直ぐで古典的な鼻に、アテネ人的な口と顎だった。実際、彼の顔ほど古典的な模範に近い顔をした英国人は滅多にいない。

端的に言って、ロチェスターとは全く対照的な冷厳なほど均整の取れた古典的な美男子であった。それが彼の態度と口調に鮮明に表れていた。ジェーンが彼に呼ばれて部屋に入って行くと彼は読書しており、彼女の方に目をやることもなかった。そこへハナが茶とケーキを持ってきた。そこで初めて目を彼女に向けて、「食べなさい。お腹が空いているのだろう」と言った。その時の彼の「青い絵のような目」(his blue, pictorial-looking eyes) の表情を次のように表現している。

> There was an unceremonious directness, a searching, decided steadfastness in his gaze now, which told that intention, and not diffidence, had hitherto kept it averted from the stranger. (p. 336)
>
> （彼は私をじっと見たが）その目はぶしつけで、探るような、断固とした落ち着きがあった。その目は彼がこれまで見知らぬ人から目を逸らしてきたが、それは気後れではなく、意志であることを物語っていた。

そして彼女に「ぶしつけ」に質問を投げかけてきた。彼女も無愛想にそれに端的に答えた。彼女の家族や友人の住所を聞いたので、そのような人は一人もい

ないと答えた。次に名前を聞かれたので、「ジェーン・エリオット」(Jane Eliot) と嘘の名を告げた。さらに彼女の年齢や未婚かどうか、そして最後の住所などを次々と質問した。ダイアナは側から兄に対して,「余りにもあれこれ聞き過ぎよ」と、たしなめるほどであった。一方、ジェーンは「最後の住所とその家族」については絶対に秘密ときっぱり答えたが、それ以外のことは過去の歴史を含めて全てを話した。そして話し終えてソファーに座った時、彼女の偽名を呼ばれて狼狽の表情を浮かべたので、それを目ざとく見破った彼は本当の名前を尋ねたが、彼女は「これだけは絶対に明かせない」と答えた。そして最後に、彼女はここを出て自活したいので、どのような仕事でもするから探してほしいと頼むと、彼は「自分は貧しい田舎の教区の牧師をしているが、手伝ってくれるか」と尋ねた。側にいたダイアナはジェーンに代わって「彼女は正直な仕事なら何でもすると言っていたじゃないの」と述べ、兄がモートンの教会で子供たちに教えている仕事の手伝いをすることで話が決まった。

　こうしてジェーンは彼女の天職とも言える教師の仕事に就くことになり、第2巻のソーントン邸での生活とは全く異なった世界で新たな実体験をすることになる。彼女の「成長物語」の第3幕の始まりである。

(4)

　第4章は、ジェーンの健康が完全に回復してリヴァズ姉妹とはまるで本当の妹でもあるかのように親しくなった生活の描写で始まる。そのような時、彼女たち三人は家の周囲に広がる荒野の散策に出かける。その描写におよそ2頁を費やしているが、それはブロンテ三姉妹（シャーロット、エミリ、アン）が郷里ハワースの大自然の中を自由に散策した時の楽しい体験をそのまま描写したものと解釈して間違いなかろう。その描写は実に詳細かつ精緻であることはもちろん、何よりも注目すべきは二人の姉妹と幸せを共に享受している点にある。ジェーンはこれを強調して次のように述べている。

　　The strong blast and the soft breeze; the rough and the halcyon day; the hours of sunrise and sunset; the moonlight and the clouded night, developed for me, in these regions, the same attraction for them—wound round my faculties the same spell that entranced theirs. (p. 341)

　　この地方における強い突風や優しい微風、荒れた日や穏やかな日、日の出や日没の時間、月明かりや曇った夜がこの地域において姉妹を魅了したのと全く

同じように私を魅了した。そして彼女たちを有頂天にさせた同じ魔力が私の感覚に纏わりついた。

　そしてここでさらに注目すべき点として、ダイアナとメアリは何れもジェーンより少し年上である。言い換えると、シャーロットが9歳の時（1825年）に死別した長女マリアと次女エリザベスを念頭に置いたものと解釈してよかろう。中でも特に姉のダイアナからジェーンは優しくされ、彼女自身も彼女に対して深い敬愛の情を抱いている。この小説の第1巻（第9章）でも、長女マリアの分身とも言えるヘレン・バーンズに対する深い同情と敬愛の念を惜しみなく言葉に表して与えているが、ダイアナ・リヴァズ嬢に対する感情はその延長線上にあったと考えられる。つまり、第1巻で一度は死んだものの第3巻で蘇らせて再び登場させたのである。長女マリアに対するシャーロット・ブロンテの愛惜の情の深さを物語る最も印象的な章節として心に留めておきたい。この小説の自伝的要素の代表例として見落としてはならない箇所でもある。

　さて、冒頭のリヴァズ姉妹との心の通った日々の生活の描写に続いて長男のセント・ジョンに話が及び、以下第9章まで第3巻のヒーローとして話の中心になる。まず初めに、「さてセント・ジョン氏であるが、私と彼の姉妹の間で極めて自然にそして急速に沸き起こった親しみは彼にまで波及しなかった。」(As to Mr. St. John, the intimacy which had arisen so naturally and rapidly between me and his sisters did not extend to him.) (p. 341) と述べた後、その第一の理由として彼が雨の日も風の日も毎日教区に出かけてマーシュ・エンドにいることが少なかったからと説明する。次に、彼自身の性格、即ち「控え目で、抽象的で、考え込む性質」(a reserved, an abstracted, and even of a brooding nature) の所為と彼の姉妹は説明する。だが、ジェーンにとって彼と心が通わない主な理由の一つは、自然との接し方が根本的に違う点にあった。つまり、彼にとって自然は「喜びの宝庫」(the treasury of delight) にならなかったことである。次に、最大の理由として、彼の宗教は、「心の癒し」ではなく「厳しいカルヴィン主義」に基づいていることにあった。ジェーンは彼の説教を聞いているときの印象を次のように述べている。

> Throughout there was a strange bitterness; an absence of consolatory gentleness: stern allusions to Calvinistic doctrines—election, predestination, reprobation—were frequent; and each reference to these points sounded like a sentence

pronounced for doom. (pp. 342–43)

（彼の説教には）一貫して不思議な苦々しさ、心を癒す優しさの欠如、カルヴィン主義を匂わす厳しさ、選ばれた人間、宿命、永罰──これら全ては彼の言葉にしばしば表れた。そしてこれらの論点に関する言及は人の運命の宣告のように響いた。

さらに彼の説教を聞いていると、「彼は確かに純粋に、良心的に生きてはいるが、人間の全ての理解を超えた神の平和を未だ見出していないと思った」と述べている。心配りの優しいダイアナはこのような兄について、「彼は長い間心に決めた計画を実行するため全てを犠牲にするだろうが、本来の愛情と感情を決して失ってはいない。彼は一見穏やかに見えるが、彼の心臓に炎を隠している」(He will sacrifice all to his long-framed resolves, natural affection and feelings more potent still. St. John looks quiet, Jane; but he hides a fever in his vitals.) (p. 347) と、ジェーンに対して兄をかばって見せた。しかし彼の頑なな原理主義とそれに基づく野望は、人間本来の自然な感情とりわけ愛情にたいして彼の心を頑固に閉ざそうとしていた。第5章以下の彼のジェーンに対する言動の全てはこの精神の延長である。こうして彼女は命の恩人であるセント・ジョンを前にして、「原理」と「愛情」の狭間で新たな厳しい試練に直面することになる。

それはさておき、ジェーンはかねてから彼に頼んでいた自立のための仕事の件について尋ねたところ、彼はモートンで女児のための学校を開く計画を立てており、そこの教師としてジェーンを年30ポンドで雇う予定であることを告げた。その学校を開くための家をすでに見つけて準備ができていると語った。ただ彼が心配しているのは、ジェーンが「人に対する愛情と共感」(human affections and sympathies) が余りにも強いために「孤独の時間」(your leisure in solitude) に耐えられるかどうかだと付け加えた。しかし彼女はこの仕事を快諾した。

こうしてジェーンは教師の仕事に就くためにマーシュ・エンドを離れることになった。一方、リヴァズ姉妹も父の葬儀のために取った1か月の休暇も終わり、家庭教師の仕事に戻るため、ほぼ同時に去ることになった。その二日前、彼らの母方の伯父ジョン・エア死亡を報せる手紙が届いた。彼らはその伯父と一度も会ったことがなかったので何の感情も湧かなかったが、その手紙に彼の莫大な遺産2万ポンドがリヴァズ兄姉妹「以外の親族」(the other relation) の

手に譲渡されることが記されてあった。そして彼らには葬儀用指輪の費用として 30 ギニーが送られてきただけであった。彼らは大した金額を期待していなかったとは言え、さすがに落胆した様子だった。だが彼らはそれを口に出すことなく、それぞれの職場に向かってマーシュ・エンドを去って行った。だがその時、2 万ポンドが譲渡される「他の親族」はまさかジェーン・エア本人であるとは誰も気づかなかった。

(5)

　第 5 章は第 3 巻の主題のヒーローとなるセント・ジョンの人格形成の過程とその実体を明らかにしてるが、それはジェーンと極めて共通した要素を秘めていることが分かる。即ち、ジェーンは自らに課した厳しい「原理」(principle) と「法則」(law) を守るために楽しい「誘惑」を敢えて拒否したが、それと同様にセント・ジョンも「原理」と「義務」(duty) のために「誘惑」と自らの「好み」(inclination) を排除する決意を表明している。第 5 章はその真相を自らの口を通して語らせている。

　まず、ジェーンはモートンの質素な「我が家」に教師として入居した最初の 1 日が終わった時の感想で始まる。生徒は 20 人だが、そのうち字が読めるのは僅かに 3 人、書いたり計算のできる生徒は皆無といった状態であるが、このような「粗野な子供たち」も上流階級の子弟と同じ「肉と血」を持っているので、彼らを立派に教育するのが教師の「務め」(duty) であると自らに諭す。しかし自分が決断した選択は果たして正しかったのか、という厳しい自問が後に続く。

> Which is better?—To have surrendered to temptation; listened to passion; made no painful effort—no struggle;—but to have sunk down in the silken snare; fallen asleep on the flowers covering it; wakened in a southern clime, amongst the luxuries of a pleasure-villa: to have been now living in France, Mr. Rochester's mistress; . . . —or to be a village schoolmistress, free and honest, in a breezy mountain nook in the healthy heart of England? (p. 350)

どちらが良いか。誘惑に屈し、情熱に耳を傾け、苦しい努力をせず、もがきもせず、ただ絹の罠にどっぷりはまり、それを覆う花の床で眠り、南の国の贅沢な快楽の屋形で目を覚まし、そして今ロチェスターの妾としてフランスでのうのうと暮らしているのが良いか、……それとも、イングランドの健康な奥地の微風が吹く片隅で自由に正直に田舎の教師をする方が良いか。

彼女はこのように自問した後、直ちに次のように答える（イタリックは筆者）。

> Yes, I feel now that I was right when I adhered to *principle* and *law*, and scorned and crushed the insane promptings of a frenzied moment. God directed me to a correct choice: I thank His providence for the guidance! (p. 350)
>
> そうです、私は原理と法に固執し、狂気の瞬間の狂った衝動を軽蔑して踏み潰した時、私は正しかったと今感じている。神様は私を正しい方向へ導いてくださった。私を導いてくださった神の摂理に感謝いたします。

　彼女はこのように自答しながら戸口に立って、遥か遠くの夕暮れの景色を眺めていると、何時しか彼女の目に涙が溢れていた。彼女はこの涙が何を意味するのかと自問した。「私の主人への愛を引き裂いた運命のためか、二度と会えない彼のためか」それとも「彼が絶望の悲しみと怒りのために復活不可能な堕落の世界に陥ってしまうのではないか」という同情の涙かと。

　彼女はこのような思いに浸っていると、庭の門が開く音が聞こえてセント・ジョンと愛犬が入ってきた。彼は妹が去った時にジェーンへの贈り物として預かっていた絵の道具を持ってきただけだと言った。そして彼女の顔を見て涙を流していたことに気付き、彼女に色々と気遣ってその理由を聞いた。だが彼女は、自分を乞食の身分から救ってくれた上に彼の姉妹から親切にしてもらった好意に感激して、と答えた。しかし彼はそれを見破り、彼女が過去の甘い想い出に浸るよりも現実の仕事にしっかり目を向けるように諫める。

> What you had left before I saw you, of course I do not know; but I counsel you to resist, firmly, every temptation which would incline you to look back; pursue your present career steadily, for some months at least. (p. 351)
>
> 私は君と会う前に君が何を残してきたのか、もちろん私は知らない。だが君が過去を振り返りたくなる誘惑の全てを断固抑えるように勧める。少なくとも数か月間は現在の君の仕事にしっかり従事すべきだ。

そしてさらに続けて、「自分のしたい気持ちを抑え、生まれつきの性癖を変えることは困難な仕事であるが」(It is hard work to control the workings of inclination, and turn the bent of nature.) と前置きした後、自らの運命を切り開いてきた体験の歴史を話す。即ち、現在の伝道 (missionary) の道に入る前、自分は僧侶の服を着ることを嫌い、文学や芸術、そしてもっと自由で活発な仕事をしたいと願っていた。しかし苦しい試練と苦闘の末に突然光が差し、世界が無限に

広がった。神が私のために使命 (errand) を持ってきた。それを遠くへ運び、伝達する技と力と勇気と雄弁を賜った。そしてこれら能力の全てが立派な伝道を行うため一つになった」（大意）と語る。そして伝道師になることを決意した瞬間から自分を拘束してきた足かせが解けたような気分になったと話す。しかし彼は伝道のために、つまり「義務」と「使命」を果たすために、人間にとって最も大切な「愛情」を「誘惑」という名の下に完全に排除している。言い換えると、自らに課せた「原理」と「使命」の虜になってしまっている。

　それを裏付けるように、ちょうどそこへ彼がかつて思いを寄せた絶世の美人の、上に明るくて愛嬌のあるロザモンド・オリヴァ嬢 (Miss Rosamond Oliver) が姿を見せ、銀の鈴のような美しい声で、「今晩は」と彼に声をかけてきた。だが、今の彼はそれに愛想良く答える心を自ら封殺していた。彼はしばらく時間をおいて、「美しい夜だね。だが夜遅くどうして一人で来たのだ」と尋ねたので、彼女は「新しい女性教師と会ってこいとパパが言ったから」と答えた。こうしてしばらくジェーンと彼女の間で、家の住み心地や学校の生徒の態度などについて話を交わした後、彼女は昨夜シェフィールドで夜会に出席して若い士官たちと素敵な夜を過ごしたことを彼に話した。ジェーンはその間の彼の複雑な表情について仔細に観察している。オリヴァ嬢は彼が無愛想なのを見て彼の愛犬を愛撫しながら、「あなたの主人は友人に対して無愛想だけれど、もしあなたに口が利けたら愛想よくしゃべるでしょうね」と遠回しに皮肉った。これを聞いた時の彼の反応をジェーンは次のように描写している。

> I saw his solemn eye melt with sudden fire, and flicker with resistless motion. . . . His chest heaved once, as if his large heart, weary of despotic constriction, had expanded, despite the will, and made a vigorous bound for the attainment of liberty. But he curbed it, I think, as a resolute rider would curb a rearing steed.
>
> (p. 455)
>
> 私は彼の厳めしい目が突然の炎と溶け合い、落ち着かない動揺で小刻みに揺れているのを見た。……彼の大きな胸が恰も独裁的な圧迫に疲れたかのように一度大きく膨らみ、意志に逆らって広がり、自由を達成するために精力的に弾んだ。しかし彼は、毅然とした騎手が跳ね上がる駿馬を制御するように見事にそれを抑え込んだ。

　彼女はなおも続けて、彼女の父が待っているので家に遊びに来るように何度も勧めたが、彼は一向に首を縦に振ろうとしなかった。彼女は遂に諦めて「あ

なたが何時も話に加わりたくないことを忘れていました」と言って、彼と軽く握手して別れた。これに対して彼は「自動人形」のように答えたが、「それには相当の努力が必要であることを彼自身も自覚していた。」そして最後に、「ダイアナは兄を『死のように冷酷』(inexorable as death) と評したが、それは決して誇張でないことが分かった」と述べて、この第5章を結んでいる。

　以上のようにセント・ジョンは自らの「意志」と「使命」を全うするために、人間にとって最も大切な「愛情」(affection) の源泉である「心」(heart) の機能を抑圧し、「頭脳」(head) と「原理」(principle) の命ずるままに直進している。ジェーンはこれを批判的な目で見ているが、彼女自身も自分の原理と原則を盾に最愛のロチェスターを見捨ててしまった。セント・ジョンは彼女のこの強い性格を見抜いていたので、自分の伝道活動の理想のパートナーにしようと目論んだとしても何の不思議もなかった。

(6)

　第6章は、ジェーンがオリヴァ家の令嬢で絶世の美女ロザモンドの肖像画を描くことから始まり、それをセント・ジョンに見せて彼の反応を観察しながら彼の本心を聞き出す場面が大半を占めている。しかし最後に、その絵の上に敷いていた白い紙にジェーンの実名が小さく記されているのを彼は目敏く見つけ、その部分をそっと切り取って手袋の中に閉まって帰る場面で終わっている。これ以外の見所はセント・ジョンのロザモンド・オリヴァ嬢に対する秘めた感情とそれとの闘いの描写に最大の力点が置かれている。

　さて、ロザモンド嬢は午前中ジェーンの学校へ、セント・ジョンが生徒に教義問答 (catechism) を教えに来る時間に合わせて訪ねてきた。その時の彼の顔の表情を次のように描写している。

> A sort of instinct seemed to warn him of her appearance, even when he did not see it; and when he was looking quite away from the door, if she appeared at it, his cheek would glow, and his marble-seeming features, though they refused to relax, changed indescribably; and in their very quiescence became expressive of a repressed fervour, stronger than working muscle or darting glance could indicate. (p. 357)

彼女の姿がまだ見えないのに、一種の本能が彼女が現れたことを彼に知らせた。そして彼は扉から遠く離れたところを見ていたが、彼女が戸口に現れると、彼

の頬はほてり、彼の大理石のような顔は緩むのを拒否していたものの名状し難いほど変化した。そしてその表情の静止の中に、筋肉の動きや視線が示す以上に強く秘めた情熱を表していた。

そして彼女が側に近寄って、「彼に話しかけ、微笑んだ時、彼のキリスト教的克己主義 (his Christian stoicism) にもかかわらず彼の手は震え、目は燃えた」と述べている。

それから数日後ロザモンドはジェーンの家を訪ねて来て、（彼女がこの家を世話したので）住み心地や生徒の様子などについていろいろと話し合った。話をしていると彼女は非常に魅力のある可愛い娘で、ジェーンはすっかり彼女が好きになった。彼女もジェーンに気楽に話をするようになり、ジェーンがリヴァズ氏と「ハンサムでない点を除けばよく似ている」と言った。気紛れに言った彼女のこの言葉こそ正しく真実を突いていた。何故なら、リヴァズ自身もそれに気づいて、やがて彼女を伝道の最適のパートナーとして結婚を迫ることになるからである。

さて、ロザモンド嬢はこのような話をしながら、机の上に置かれた絵を見て彼女の才能に驚嘆した。そして結局ジェーンは彼女の肖像画を描くことになった。もちろん彼女はその見事な出来栄えに感動して父にその絵を見せた。父は早速彼女を自宅 (Vale Hall) に招待した。そしてリヴァズ家は村一番の古い名家で、彼自身も立派な人物であるが、伝道師として国を出る決意をしたことは誠に残念と、自分の気持ちを次のように明かした。

He accounted it a pity that so fine and talented a young man should have formed the design of going out as a missionary: it was quite throwing a valuable life away. It appeared, then, that her father would throw no obstacle in the way of Rosamond's union with St. John. (p. 360)

あのように立派な才能のある若者が伝道師として国外に出る計画を立てたことは誠に残念、それは貴重な人生を投げ捨てるようなものだ、と彼女の父は説明した。その時の彼はロザモンドとセント・ジョンとの結婚話が出たとしても反対しないように見えた。

それから数日後、今度はリヴァズ氏がジェーンの家を訪ねてきた。その時彼は彼女の孤独の慰めにと言って、ウォルター・スコット (Sir Walter Scott, 1771–1832) の詩『マーミオン』(Marmion) を持ってきてくれた。スコットの作品は小説を含めてジェーンの最高の愛読書であることを彼は知っていたからであ

る。ブロンテは18歳の時（1834年7月4日）、親友のエレン・ナッシーから読むべき文学書を教えてほしいという依頼の手紙に答えて、ロマン主義時代の詩人、即ちワーズワスやサウジーを挙げ、そして「小説に関しては、スコットだけを読みなさい。彼以後の作品はすべて読む価値がない」(For fiction, read Scott alone. All novels after him are worthless.) (*Letters*, p. 5) と伝えている。それから十数年後『ジェーン・エア』の中で、ロマン主義時代を「現代文学の黄金時代」(the golden age of modern literature) と最高に高く評価した後、とは言え現在の文学界に対して絶望はしていないと次のように述べている。

> Alas! The readers of our era are less favoured. But, courage! I will not pause either to accuse or repine. I know poetry is not dead, nor genius lost; nor has Mammon gained power over either, to bind or slay; they will both assert their existence, their presence, their liberty, and strength again one day. . . . Poetry destroyed? Genius banished? No! Mediocrity, no: do not let envy prompt you to the thought. No, they not only live, but reign, and redeem: . . . (pp. 360–61)

> ああ、わが時代の読者は黄金時代ほど恵まれてはいない。しかし勇気を出すのだ。私は立ち止まってそれを責めたり悲しんだりはしない。詩は死なず、天才は失われてはいない。また拝金主義者たちは（詩と天才を）縛ったり、殺したりする力を持ってはいない。彼らはいつの日か共に生存し、存在し、そして最後に自由と力を再び主張するであろう。……詩は破壊されたか、天才は追放されたのか。凡人よ、（黄金時代を）羨むあまりそのような考えを起こしてはいけない。そうとも、詩と天才は共に生きるだけでなく、君臨し、復興している。

　ジェーンはこのようなことを考えながら早速その詩を読み始めた。一方その間、セント・ジョンは机の上のほぼ完成した肖像画に気付き、立ったまま真剣に見つめていた。彼はそれがロザモンド・オリヴァの絵であることを認識していたからだ。ジェーンはこの時こそ彼の本心を聞き出す絶好の機会と思って話しかけた。彼女はまず、「お座りなさい」と言った後、「その絵は誰に似ている？」と尋ねた。しかし彼は無関心を装って、「誰ですかね。私はよく見なかったものですから」と返事した。そこで彼女は、「あなたは目を近づけてしっかり見ていたじゃありませんか。もう一度じっくり御覧なさい」と言って、その絵を彼に手渡した。こうして彼と打ち解けて話し合えるようになり、彼の本心を引き出す機会に恵まれた。そして話は20分という了解の上で話が弾んだ。ジェーンが彼の心に新たな足かせ (fetter) を何故かけるのかと問い詰めると、

彼は「私をそのような堅物 (hard things) と思わないでほしい」と述べた後、自分も人並みに愛に溺れ、そして今現にロザモンドを溺愛していることを打ち明ける。

> . . . human love rising like a freshly opened fountain in my mind, and over-flowing with sweet inundation all the field I have so carefully, and with such labour, prepared—so assiduously sown with the seeds of good intentions, of self-denying plans. And now it is deluged with a nectarous flood—the young germs swamped—delicious poison cankering them; now I see myself stretched on an ottoman in the drawing-room at Vale Hall, at my bride Rosamond Oliver's feet: . . .
> (p. 363)

> 人間的な愛は私の心の中に新たに開いた泉のように湧き上がり、私が丹精込めて耕し、そして善意と自己否定の種を熱心にまいてきたその田畑を全て甘い洪水で満たした。そして今もその愛は甘い洪水に漬かり、若い胚種を泥まみれにし、甘い毒で腐らせている。現に今私はヴェイル・ホールの応接室で私の花嫁ロザモンドの足元の長椅子の上に寝そべっている姿を見ている。

　しかし彼はこの甘い誘惑に打ち勝たねばならない。もし彼女と結婚すれば、「私の天職、私の大作、私が天国に大建築を建てるために造った地上の基礎はどうなるのだ。人類の改善という輝かしい大仕事をする野望の全てを一つにした仲間の一人になる私の希望はどうなるのだ」(p. 364) と述べた。このような押し問答をなおも続けているうちに約束の 20 分が尽きた。こうして帰り際に彼は再びロザモンドの肖像画を手に取って見た。その時、絵が汚れないように敷いている白い紙を彼は突然見て、その端を切り取って手袋の中に閉まった。ジェーンは「どうかしたの」と尋ねたが、彼は彼女をじっと見つめながら「何もない」と言って部屋を出て行った。その白い紙の端に彼女の実名を書いてあるのを彼は目敏く見つけて持ち帰ったのである。しかし彼女はその意味が分からなかったが、「大した問題じゃない」(could not be of much moment) と思って全く気にもしなかった。

(7)

　第 7 章はジェーン・エアの実名を知ったセント・ジョン・リヴァズがその翌日彼女を訪ねてきたところで始まり、彼女は伯父ジョン・エアの死によって 2 万ポンドの譲渡を受け、リヴァズ兄姉妹とは従兄姉妹の関係であることを知る。そこでジェーンは彼等から受けた恩義に報いるため、彼女の遺産を四等分して

彼らに5千ポンドずつ贈与することに決めたことで終わっている。従って、本章の興味はジェーンとセント・ジョンとの対話の妙に絞られる。端的に言って、それはジェーンの「感情」(feeling) 対セント・ジョンの「理性」(reason) の応酬に絞られる。その最も興味深い個所を紹介しよう。

ジェーンは2万ポンドの贈与を受けたことを聞いて大いに驚き、しばらく考えた末に、その金を従妹たちと4等分したいと突然申し出る。これを聞いたセント・ジョンは彼女に水をコップ一杯飲んで、「感情を冷やしなさい」(tranquil-lize your feelings) と述べる。彼女はそれを全く聞き入れず、「5千ポンドの金で英国に残って「普通の人と同じようにオリヴァ嬢と結婚しなさい」と勧めると、彼は「自分が余りにも突然この話を持ち出したので、君は頭が混乱している」と言って彼女を落ち着かせようとする。彼女はあくまでも冷静であることを主張した後、「自分は（2万ポンドを独り占めするほどの）野獣のように利己的で、盲目的に不当で、悪魔のように恩知らずではない」(brutally selfish, blindly unjust, or fiendishly ungrateful) と述べ、さらに「それは法律 (law) 上は私のものだが、正義 (justice) に反している」と主張する。我々はこの言葉に注目する必要がある。何故なら、彼女は「原則」と「法律」を重視した結果、「愛情」を捨ててロチェスターの許を離れたからである。シャーロット・ブロンテ（ジェーンは彼女の分身）は本質的に、原理の源泉である「理性」と「知性」よりも、愛情の源泉である「心」と「感情」を重視するロマン主義的気質の作家であった。それがこの第7章後半のセント・ジョンとの対話の中に鮮明に表れている。

そこで彼はなおも続けて、「君の意見はとっさの衝動に基づいたものだから、数日じっくり考えなさい」とたしなめる。彼女はここで再び「正義」と「感情」に加えて、さらに「良心」の重要性を次のように強調する。

> With me it is fully as much a matter of feeling as of conscience: I must indulge my feelings; I so seldom have had an opportunity of doing so. Were you to argue, object, and annoy me for a year, I could not forgo the delicious pleasure of which I have caught a glimpse—that of repaying, in part, a mighty obligation, and winning to myself lifelong friends. (pp. 376–77)

私に関してそれは良心と同様に大切な感情の問題なのです。私は感情を満足させなければなりません。私はそれを実行する機会を滅多に持つことがなかった。あなたは1年間私を説得し、反対して私を悩ませても、私は一目見た甘い

喜び、つまり（あなた方から受けた）巨大な恩義に一部でも報い、生涯の友だ
ちを自分のものにする喜びを捨てることはできないでしょう。

　この後、なお1頁以上に渡って同様の押し問答が続くが、結局彼はジェーン
の要求を聞き入れ、伯父の遺産を四等分することに決め、その法的処理をオリ
ヴァ氏と法律家に依頼することになった。

(8)

　第8章はセント・ジョンがインドへ宣教師 (missionary) として出国する2週
間前ジェーン・エアにかねてから計画していた結婚を申し出るシーンで占めら
れている。愛のないただ仕事だけの都合で妻を必要とする計算された要求に彼
女は断固拒否する。彼の原理主義に基づいた固い信念と、彼女の女性としての
自然な感情との激闘が続く。そして互いに理解し合えない冷たい関係で1日が
終わる。この二人の激闘は一口に言って、「頭脳」(head) 対「心」heart)、「理
性」(reason) 対「感情」(passion) との闘いであり、葛藤でもあった。そしてセ
ント・ジョンなる人物のモデルは、ロチェスターと同様に作家ブロンテの現実
の世界に存在せず、彼女の想像力が描いた架空の男性である。それは醜い中年
の大富豪と29歳のギリシャ彫刻のような美男性との対照的な人物の創造を見
ても分かるように、何れも想像上の人物であり、そのリアリティはあくまでも
ブロンテの心の中にある。従って、ジェーンとロチェスターとの愛情はもちろ
ん、セント・ジョンとの激しい葛藤はブロンテ自身のそれをそのまま言葉に表
したものと解釈して間違いなかろう。その観点からも、この大作の副題「自叙
伝」に最も相応しい、ブロンテが最も力を入れた一章と言えよう。

　伯父からの遺産を譲渡したジェーンは数か月過ごしたモートンの学校を閉じ
て、ムア・ハウス (Moor House, 別名 Marsh End) に戻り、古い家を綺麗に改
装し、家具も新しく入れ替えて、クリスマスにリヴァズ姉妹を迎え入れる準備
を始める。そこへセント・ジョンが入ってきて、彼女がいそいそといかにも楽
しそうに仕事をしているのを見て意外に思い、「君にはもっと高い野心的な目
的があるのじゃないか」と尋ねる。これに対して彼女は、「ダイアナとメアリ
が帰ってきたときに喜んでもらうのが私の野心です」と答える。すると彼はせ
せら笑いながら、「最初の活気の火が消えると、君は家庭的な愛着や喜びより
少し高度なものを探すだろうと私は信じる」(I trust that when the first flush of

vivacity is over, you will look a little higher than domestic endearments and household joys.) と述べた後、さらに次のように語る。

I hope you will begin to look beyond Moor House and Morton, and sisterly society, and the selfish calm and sensual comfort of civilized affluence. I hope your energies will then once more trouble you with their strength. (p. 380)

君はムア・ハウスやモートンより、そして姉妹同士の社会や自分だけの平穏で感覚的な庶民的豊かさの安楽より、もっと遠い所を見始めることを私は希望する。君のエネルギーはその力で君をもう一度苦しめることを私は希望する。

こうして部屋の改良もすっかり終わり、リヴァズ姉妹が帰宅する日が来た時セント・ジョンに部屋を案内して回った。しかし彼はジェーンの苦労を認めたが、自分の家が立派になったことを喜んでいる様子が全く見られなかった。彼女はがっかりして模様替えに不満なのか尋ねると、「ジェーンはもっと価値のある事柄に心を配るべきだった」(Jane must have bestowed more thought on the matter than it was worth.) と答えた。そしていよいよ姉妹が帰宅して部屋が立派になっているのを見て陽気に騒いでいたが、彼だけはそれに加わろうとしなかった (pp. 382–83)。

ジェーンは彼のこのような態度は何時ものことと大して気にもしていなかったが、そのうちに彼は彼女を特別な目で見るようになってきた。例えば、彼の姉妹が陽気にはしゃいでいると彼はさほど気にもしないが、ジェーンも同じように振る舞っていると機嫌を損ねるようになった。彼女はモートン・ハウスを閉鎖した後も村の学校へ週に一度だけ教えに出かけていたが、一度悪天候のため休むように姉妹が強く勧めた時、彼がそれを制して彼女を無理やり行かせてしまった。このように彼はジェーンだけに厳しい試練を要求するようになった。そして彼女が誰よりも熱心に長時間ドイツ語の勉強に打ち込んでいるのを見て、彼女もヒンズー語の勉強をするように強く薦めた。こうして彼女はまるで魔法にかけられたように彼の命ずるままに行動せざるを得なくなっていった。

それから幾日か過ぎたある日、セント・ジョンは「ジェーン、これから散歩に行くのだ。私と一緒に」(Now, Jane, you shall take a walk; and with me.) と命令口調で言った。ジェーンは「ダイアナとメアリも呼んでください」と返事すると、今朝は君一人だけだときっぱり断った。こうして二人は台所から外に出て荒野の谷の方へ歩いて行った。そして谷の入り口の岩場に腰を下ろした。彼

は「ガンジス川の畔で眠っている夢を見た」と語った後、半時間ほど黙っていたが、「私は6週間後に出発する。6月20日の船の切符をすでに買ってある」と述べた。そして彼の計画と同じ旗の下に出発する人が周囲にいないのは残念だと述べた。そこでジェーンは「あなたのような力のある人と一緒に行動する力の弱い馬鹿はいません」と答えると、彼は「私はそのような弱い人を相手にしてない」と述べたので、彼女はそのような強い人を見つけるは難しいとやり返した。すると彼は、「それは確かに難しいが、もし見つかれば」彼らを次のように教育するという。それはジェーンを念頭に置いた言葉であることは言うまでもない。

> . . . when found, it is right to stir them up—to urge and exhort them to the effort—to show them what their gifts are, and why they are given—to speak Heaven's message in their ear, —to offer them, direct from God, a place in the ranks of his chosen. (p. 391)
>
> （そのような人が）見つかった時、彼らを鼓舞し、努力するように促し諭し、彼らの才能は何であるか、そして何故に与えられたかを彼らに示し、天のお告げを彼らの耳に伝え、そして神から直接与えられた選ばれた地位を彼らに提供することこそ正しいのだ。

ジェーンはそれに答えるのはその人の「心」(heart) だと言った。すると彼は「では君の心は何と答えるか」(what does your heart say?) と、彼女の答えを要求した。彼女はこの言葉を聞いたとき、運命的な魔力にとりつかれたように身震いしたが、「私の心は無言です」(My heart is mute.) を繰り返した。これに対して、「君は答えねばならない」と言う彼の「深い容赦しない声」(the deep, relentless voice) に続いて、「ジェーン、私と一緒にインドへ来るのだ。私の伴侶として、同志として来るのだ」(Jane, come with me to India: come as my helpmeet and fellow-labourer.) と述べた。ジェーンはこの言葉を聞いたとき、「谷と空は回転し、丘が膨らみ、天からお告げを聞いたかのような」衝撃を感じたと述べている。そこで彼女は彼に慈悲を乞うた。しかし「自分の使命と信じる仕事を果たす」ことしか頭にない彼にとって、「慈悲」や「悔恨」など考える余地はなかった。彼は「君を愛のためではなく、伝道の仕事のために妻に迎える。だから君は私の妻にならねばならない。それは私の快楽のためではなく我が神のためだ」と強く主張した (p. 391)。

この後二人の間で激しい押し問答が続く。中でも彼女が彼の妻になることは、心まで完全に自由を拘束されることを意味していた。だが妹か友人として同行するのであれば肉体だけの苦しみだけで済むだろうと、「心」の自由を何よりも大切に考えていた。即ち、

I should suffer often, no doubt, attached to him only in this capacity: my body would be under rather a stringent yoke, but my heart and mind would be free.

I should still have my unblighted self to turn to: my natural unenslaved feelings with which to communicate in moments of loneliness. There would be recesses in my mind which would be only mine, to which he never came; and sentiments growing there fresh and sheltered, which his austerity could never blight, nor his measured warrior-march trample down: but as his wife—at his side always, and always restrained, and always checked—forced to keep the fire of my nature continually low, to compel it to burn inwardly and never utter a cry, though the imprisoned flame consumed vital after vital—*this* would be unbearable. (pp. 396–97)

私はしばしばこの能力（耐える力）においてだけ彼に縛られることがきっとあるだろう。私の体はたとえ厳しい抑圧の下に置かれても、私の心と精神は自由でありたいのだ。

私は自分が頼りになる健全な姿のままでいたい。私は孤独の瞬間でも心の通う自然な抑圧されない感情を保持したい。私は彼が絶対立ち入ることのない私だけの心の中の奥まった所を持っていたい。そこでは感受性は、彼の権力によって決して破壊されることがなく、常に新鮮で安全に守られて成長している。またそこでは彼の軍人のような安定した足取りによって踏みつけられることもない。しかし彼の妻となれば、常に彼の側におり、常に抑制され、常に調べられ、私の本来の性質である炎（情熱）は絶えず冷やされ、閉じ込められた炎がその命を次々と消耗していくにもかかわらず、体内で燃えながら絶対に叫び声をあげてはならないようにされる。これには全く我慢できないであろう。

　この内に秘めた自由を求める魂と、権力に対する激しい抵抗心こそ、シャーロット・ブロンテの生命力であり、創造力の源泉であった。彼女はそれをこの第3巻でジェーンを通して見事に表現した。そして彼女のロマン主義の精神は正しくここに結実したと評して過言ではなかろう。

　さて、ジェーンはこのように決意を固めた後で、「私はあなたの伝道の仲間としてならどこへでも行きますが、あなたと結婚してあなたの一部となることは絶対にできません」ときっぱり断った。しかし彼はこの言葉を聞いてもなお依然として態度を変えることなく、次のように一方的に通告した。

It is a long-cherished scheme, and the only one which can secure my great end: but I shall urge you no further at present. To-morrow, I leave home for Cambridge: I have many friends there to whom I should wish to say farewell. I shall be absent a fortnight—take that space of time to consider my offer: and do not forget that if you reject it, it is not me you deny, but God. Through my means, He opens to you a noble career: as my wife only can you enter upon it. Refuse to be my wife, and you limit yourself for ever to a track of selfish ease and barren obscurity. Tremble lest in that case you should be numbered with those who have denied the faith and are worse than infidel. (p. 398)

これは長い間暖めてきた計画であり、私の偉大な目的を確保できる唯一の計画だ。しかし今はこれ以上君に推し進める積りはない。明日私はケンブリッジへ出かける。そこには友人が大勢いるので、彼らに別れの挨拶をしたいのだ。私は2週間留守にするから、その間に私が申し出たことをじっくり考えてほしい。君がそれを拒否すれば、君が否定するのは私ではなく、神を否定することになる。私という手段を通して、神は君に気高い経歴を開いているのだ。君は私の妻となって初めてその道に入ることができる。君は私の妻になることを拒否すれば、君は永遠に利己的な安逸と不毛の薄暗い通路に自らを閉じ込めることになる。そのようになれば、君は信仰を否定し、不信心者以上に悪い仲間の一人に数えられるだろう。そうならないように恐れ慄きなさい。

　ブロンテは彼女の作品の中で時々宗教に言及しているが、ローマ・カトリック教を除くと厳しい態度をとることは滅多にない。しかしここでは、同じキリスト教徒ではあるが人間本来の自然な感情、とりわけ愛情を無視した「原理」と「義務」に凝り固まったセント・ジョンのような独善的信徒に対して痛烈な風刺と批判の言葉を浴びせた。

　しかしジェーンはこのように半ば喧嘩別れの状態で1日を終えた後、彼に対する優しい同情と深い理解を示している。そして夜、家族が皆別れるとき互に接吻をしたが、その日に限って彼はジェーンに対して手さえ握らずに部屋を出て行った。それを側で見ていたダイアナは彼女に、「さあ、彼の後を追いかけなさい。彼はまだ廊下でうろうろしていますから」と、優しく仲直りを勧めた。ジェーンは自尊心を投げ捨てて彼の後を追った。そして彼に「お休みなさい」と声をかけて、握手を求めた。だが「彼の手は冷たく、私の指に軽く触れただけだった。」彼はジェーンの日中の厳しい言葉によほど腹を立てていたに違いない。しかし彼は怒りを抑えてキリスト教徒らしく「我慢強く穏やかに」振る舞ってくれた。その時、「いっそのこと私を殴り倒してほしかった」と第8章

を結んでいる。

(9)

　第9章は文字通り本小説のクライマックスである。その最後の場面は究極の愛の決定的瞬間である。ブロンテはこの場面を構想を練った最初の瞬間から心に描いていたに違いない。彼女はこの小説の副題を「自叙伝」としたが、この一章に彼女の本心がそのまま鮮烈に表われている。聖書の名言を感動的な声で繰り返し引用しながら聞き手の心を完全に奪ってしまう宗教家の言葉と、人間本来の自然な心から湧き出る情熱的な愛の叫び声と、何れが決定的な力を持っているかに見事に答えた一章である。敬虔な牧師の娘として育った彼女にとって恐らく勇気のいることだが、彼女の情熱と作家としての使命が語らせたと言えよう。

　さて、セント・ジョンのケンブリッジ行きは1週間延びたが、ジェーンに対する彼の有無を言わせぬ専横的な要求は一向に変わることがなかった。そして彼女が前章の最後に述べた侮辱的な言葉、即ち、「聖職者に対する新前弟子のように敬い服従するのは、もう御免だ。恐れるなかれだ。」(a neophyte's respect and submission to his hierophant; nothing more—don't fear.) (p. 397) に対して彼は激しい怒りを表情にはっきり表したが、それを行動に示すどころか、「彼女に髪一本触れる」こともなかった。「彼本来の性質と原理の両方によって怨念を晴らす野蛮な卑しい行動に打ち勝った」(Both by nature and principle he was superior to the mean gratification of vengeance.) (p. 399) からである。夜に彼は姉妹と一緒になった時、彼女たちに対しては何時もと同じであったが、ジェーンにだけ「石のように冷たく」接した。そしてこの時も上記と同様に「それは悪意からでなく、原理に基づいていたことは確かである」(I am sure, he did, not by malice, but on principle.) と、彼の言動は全て原理が原点であったことを強調している。だがそれと同時に、彼女は「彼の原理と才能を尊敬していた」(venerated my cousin's talent and principle) と付け加えている (pp. 400–01)。シャーロットの分身であるジェーンは日頃から「原理と法」に基づいた言動を何より大切にしてきただけに、セント・ジョンの厳しい原理に基づいた行動を是認して当然であった。だが、愛情の源泉である「心」(heart) の支配を絶対に認めない彼の要求は、たとえ神のお告げであろうとも絶対に受け入れることが

できなかった。第9章の前半はこのような激しい押し問答で終始している。しかし後半に決定的な転機が訪れる。

　リヴァズ家では夕食の時セント・ジョンが聖書の一部を姉妹たちの前で朗読する決まりになっていた。彼はケンブリッジへ旅立つ前日「黙示録」(the Revelation) の第21章を朗読した。その日は常になく「彼の良い声は美しく充実しており、彼の態度は印象的だった。」彼がそれを読んでいる時ジェーンは不思議な戦慄を覚えた。そしてその章の最後の栄光の詩行を読んでいる「彼の静かな押し殺した勝利の声」(a calm, subdued triumph) は彼女の心に強く響き、畏れを感じた。こうして彼の祈りは終わり、二人の姉妹は彼と接吻して部屋に引き上げた。ジェーンも同調して引き上げるとき彼に手を差し出して、「楽しい旅を」と声をかけた。彼はそれに答えて、「私は2週間後にケンブリッジから帰って来るので（結婚について）考え直す時間があります。私の主人（キリスト）は長い苦しみに耐えたが、私も同じ苦しみを味わうだろう。私は君を破滅 (perdition) に追い込むことはできない。だから過ちを悔いて、決断しなさい。まだ遅くありません」と言って、彼の手をジェーンの頭に置いた。その時の彼の表情は「真剣で穏やか」であった。それは愛人 (mistress) を見る目ではなく、「迷える羊を呼び戻す牧師の顔」であった。その時彼女の心に新たに起こった感情を次のように説明している。

> I felt veneration for St. John—veneration so strong that its impetus thrust me at once to the point I had so long shunned. I was tempted to cease struggling with him—to rush down the torrent of his will into the gulf of his existence, and there lose my own. I was almost as hard beset by him as I had been once before in a different way by another. (p. 407)
>
> 私はセント・ジョンに対して敬意を感じた。その敬意は余りにも強かったので、その衝撃は私が長い間避けてきた点まで一気に私を押し出した。私は彼との争いを止めたい気分に誘われた。彼の意志の激流にどっと流されて彼の存在の深みに落ち込み、私自身の存在を失ってしまいそうになった。私は以前と方法が異なるが、別の人によって巻き込まれたのと殆ど同じほど強烈に、彼に巻き込まれていた。

　ここで述べる「別の人」とはロチェスターを指している。「方法が異なるが」は、彼女自身の「原理の間違い」に基づいた「情熱」を意味している。上記に続く彼女の反省の言葉はそれを明確に裏付けている。即ち、

I was a fool both times. To have yielded then would have been an error of principle; to have yielded now would have been an error of judgment. So I think at this hour, when I look back to the crisis through the quiet medium of time: I was unconscious of folly at the instant.

私は何れの場合も馬鹿であった。あの時私が屈服したのは原理の間違いであっただろう。そして今屈服したのは判断の間違いであったろう。私は現時点で、時間という静かな手段を通してその危機を振り返ってみるとき、私はその瞬間自分の愚かさに気付かなかったのだ。

　要するに、彼女がロチェスターを情熱的に愛して別れたのは「原理の間違い」が原因だったが、今セント・ジョンの「黙示録」の朗読によって心を大きく動かされたのは「判断の誤り」に基づくものであった、と反省しているのである。

　こうして彼女は今正に彼の意のままに「屈服」しそうになった。この時の彼の行動と彼女の心境を次のように説明している。

He pressed his hand firmer on my head, as if he claimed me: he surrounded me with his arm, almost as if he loved me; . . . I contended with my inward dimness of vision, before which clouds yet rolled. I sincerely, deeply, fervently longed to do what was right; and only that. 'Shew me—shew me the path!' I entreated of Heaven. I was excited more than I had ever been; . . . (p. 408)

彼は恰も私を要求するかのように彼の手を私の頭に一層強く押し当てた。彼は殆ど恰も私を愛しているかのように彼の腕を私の体に回した。……私は心の中で依然として回転する雲でぼんやり霞んだヴィジョンと戦っていた。私は真剣に、深く、そして熱烈に正しいことをしたいと、ただそれだけを望んでいた。「私にその道をお示しください」と天にお願いした。私はこれまでにない程興奮していた。

「辺りは静かだった。蠟燭が消えかけていたが、部屋全体は月明かりで満たされていた。私の心臓は早く激しく鼓動していた。その時言葉で表現できない感情が走り、鼓動が止まったような気分になった。その感情は電気的ショックのようではなく、はっと驚くような鋭い不思議なものであった。私の感覚は何かを期待していた。目と耳はそれを待っていた。」（大意）セント・ジョンは「何か聞いたのか、何か見たのか」と尋ねた。だがその時「私は目に見えないが、何処からか、『ジェーン、ジェーン。ジェーン』と三度私の名を呼ぶ声を聞いた。後は何も聞こえなかった。」その声は「部屋の中でも、家の中でも、庭でも、空中でも、地の底からでも、頭上からでもなかった。その声は人間の声で、

私が知っている忘れることのできない、愛する人ロチェスターの声だった。」さらにその声は「悲痛な、激しい、不気味な、緊急の」(in pain and woe wildly, eerily, urgently) 呼び声だった。

　彼女はその声を聞いて、「私は参ります。待っていてください。私は参ります」(I am coming! Wait for me! Oh, I will come!) と叫んで、部屋を飛び出し、庭に出たが、何も見えなかった。風がモミの木を揺るがし、周囲は荒野の孤独と真夜中の静けさだけだった。彼女は迷信を信じなかったので、それは「自然の声であり、奇跡ではなく、最良の声を出した」と確信した。この最も注目すべき感動的一場面を是非ここに引用しておく必要があろう。何故なら、第11章の最後のロチェスターの言葉はこれと見事に符合するからである（248頁参照）。

> ‘Where are you?’ I exclaimed.
> The hills beyond Marsh-Glen sent the answer faintly back—‘Where are you?’ I listened. The wind sighed low in the firs: all was moorland loneliness and midnight hush.
> ‘Down superstition!’ I commented, as that spectre rose up black by the black yew at the gate. ‘This is not thy deception, nor thy witchcraft: it is the work of nature. She was roused, and did—no miracle—but her best.’ (pp. 408–09)

> 「あなたは何処にいるの」と私は叫んだ。
> マーシュ・グレンの向こうの山々は微かに「あなたは何処にいるの」と答えた。私は耳を澄ませて聞いた。風はモミの林の中で低くため息をつき、辺りは全て荒野の孤独と真夜中の静けさだった。
> 門の側の黒いイチイの陰であの亡霊が黒く立っていたので、「迷信よ消えろ」と私は命じた。「これはお前の欺瞞でもなく、お前の魔法でもない。それは自然の為せる業だ。自然は起き上がって、奇跡ではなく、一番良い仕事をしたのだ。」

ジェーンはセント・ジョンの手を振り切って彼から逃れた。彼の強圧的な呼び止める声に耳を貸さずに部屋に戻り、扉に鍵をかけ、床に膝まづいて神に祈った。そして次の言葉で第9章を結んでいる。

> I seemed to penetrate very near a Mighty Spirit; and my soul rushed out in gratitude at His feet. I rose from the thanksgiving—took a resolve—and lay down, unscared, enlightened—eager but for the daylight. (p. 409)

> 私は強力な聖霊のすぐ側へ突き抜けたように見えた。そして私の魂は感謝しながら神の足元へ突進した。私は感謝の祈りから立ち上がり、決断して床に就いた。何の恐れもなく、啓発され、ただ偏に夜が明けるのを待った。

愛が原理の壁を乗り越え、理性の抑圧を退けた瞬間であった。彼女はそれを神に心から感謝しているのである。そしてこれと同時に見落としてならないのは、彼女が真に愛するロチェスターの声を聞いたあの超自然の力を確信している姿である。それは迷信ではなく、真実の愛がなせる人間本来の「自然の業」に他ならなかった。第 11 章最後のロチェスターの言葉はそれを見事に裏付けている（248〜49 頁参照）。そしてさらにここに、ブロンテ文学のロマン主義的特質の最たるものを見ることができる。

(10)

　第 10 章はジェーンがロチェスターに会うためムア・ハウスを出発するところから始まり、36 時間の長旅の末ホイットクロス (Whitcross) に着く。そこから 2 マイルの道を歩いて懐かしいソーンフィールドに着く。しかしそこに見たものは無残に焼け落ちた廃墟であった。彼女は仕方なくホイットクロスへ引き返し、そこのホテル (Rochester Inn) の主にその詳しい事情を聴く。彼はかつてロチェスター家の執事 (butler) を勤めていただけあって誰よりも詳しく話してくれた。そして現在ロチェスターは、火災の時に妻を失い、使用人もすべて手放したので、田舎のマナーハウスでひっそりと暮らしている。しかし彼の姿はかつての面影もなく、火災の時に使用人たちを助け出すために受けた深傷がもとで片腕と片目を失い、一方の目も殆ど見えない状態と話した。

　ところで、ジェーンが出発の前夜セント・ジョンがそっと扉の隙間から差し入れた手紙と、それに答えた彼女の短い言葉である。その手紙は僅か数行で、次のように書いてあった。「昨夜君は突然私を置き去りにした。もうしばらく側にいてくれれば、私はあなたの手をキリストの十字架と天使の王冠に触れさせることができたはずです。私は今日から 2 週間後に帰ってきますが、あなたの明確な決断を待っています。その間君は誘惑の道に入らぬよう目を開けて祈ってください。精神は（正しい方向に）向かっていても肉体が弱いと私は確信している。私はあなたのために祈り続けます。あなたのセント・ジョン」と。これを読んだジェーンは「私の精神は正しい方向へ向かっている。そして私の肉体は、その意志が一度はっきり分かったとき、天の意志を全うするに十分強いと思う」(My spirit is willing to do what is right, and my flesh, I hope, is strong enough to accomplish the will of Heaven, when once that will is distinctly known to me.) (p. 409) と心の中で答えた。人の感情を最後まで読み取ることのできない頑なな宗教家に対する痛烈な皮肉と筆者は解釈したい。

　次に注目すべきは、宿の主人の話であるが、ソーンフィールド邸が焼け落ちる時ロチェスターが最後まで屋内に留まって使用人を全員助け出し、自分一人が犠牲になったことを話した長い一節である。まず第一に、放火した犯人で狂人の妻を救い出そうとして3階まで駆け上り、彼女が屋上から叫び声を挙げながら地上に投身する姿を目前にした後、使用人全員が屋外へ出るのを確認してから階段を下りてくる途中で家屋が崩壊し、彼がそこから助け出されたときの姿を、最後に次のように語っている。

> It was all his own courage, and a body may say, his kindness, in a way, ma'am: he wouldn't leave the house till every one else was out before him. As he came down the great stair-case at last, after Mrs. Rochester had flung herself from the battlements, there was a great crash—all fell. He was taken out from under the ruins, alive, but sadly hurt: a beam had fallen in such a way as to protect him partly; but one eye was knocked out, and one hand so crashed that Mr. Carter, the surgeon, had to amputate it directly. The other eye inflamed: he lost the sight of that also. He is now helpless, indeed—blind and a cripple. (p. 417)
> それは全て彼自身の勇気であった。ある意味でそれは彼の優しさだと言う人もいるだろう。彼は自分以外の全ての人が先に出るまで家の外に出ようとしなかった。そしてロチェスター夫人が胸壁から飛び降りた後で、彼が最後に主要階段を下りていくとき破壊が起こり、全ては崩れ落ちた。彼は生きたまま助け出されたが、ひどい傷だった。梁が彼の体の一部を守るような具合に落ちてきた。だが片目が飛び出し、片手が潰れたので外科医のカーターがそれを直ぐに切除しなければならなかった。残りの目も焼けて視力を失った。だから今の彼は本当に盲目で片手のない無力な人間である。

彼の話はこれで終わったが、ジェーンは最後に「彼は今どこに住んでいるのか」と尋ねた。彼はそこから30マイル離れたファーンディーン (Ferndean) のマナーハウスに、「老いたジョンとその妻を除くと只一人で住んでいる」と教えてくれた。彼女はこれを聞いて、早速御者に二倍の料金を払ってファーンディーンへ向かった。

　以上で第10章は終わるが、野望を満たすために己の愛はもちろん他人の愛まで犠牲にする「石の心」を持った青年美男子セント・ジョンに対して、己を犠牲にして他人の命を救う「心の優しい勇気ある」中年の醜男エドワード・ロ

チェスターの真の姿が鮮明に浮かび出た一章でもある。

(11)

　第11章は実質的に小説の最終章である。その日の夕方ファーンディーンに着いたジェーンはしばらく木陰で家の様子を眺めていた。すると視力を完全に失ったロチェスターは玄関から外に出てきて、手を出して外の空気を感じ取ろうとしていていたが、彼女の存在に気付かなかった。その時彼女が見た彼の姿を次のように描写している。

　　His form was of the same strong and stalwart contour as ever: his port was still erect, his hair was still raven-black; nor were his features altered or sunk: not in one year's space, by any sorrow, could his athletic strength be quelled, or his vigorous prime blighted. But in his countenance, I saw a change: that looked desperate and brooding—that reminded me of some wronged and fettered wild-beast or bird, dangerous to approach in his sullen woe. (p. 419)

　　彼の体つきはかつてと同じ屈強な体形だった。彼の姿勢はなお依然として真っすぐで、髪はなお真っ黒、そして彼の顔立ちも変わったり落ち込んだ様子もなかった。また1年という期間にいかに悲しいことがあったとしても、彼の活動的な力が減退したり、彼の旺盛な活力が衰えるはずもなかった。しかし私は彼の顔の表情に変化を見た。それは絶望的な物思いに沈んだ表情だった。それは傷められて捕らえられた野獣や鳥が不機嫌な時に近づくと危険であるような姿を思い出させた。

　しばらくすると下男のジョンが出てきて、「雨が降りそうだから中に入りましょうか」と手を貸そうとすると、「一人にしてくれ」と拒絶した後、間もなく中に入った。そこでようやくジェーンは木陰から出てきて、家の扉を叩いた。ジョンの妻メアリが出てきて、彼女を室内へ案内した。そして台所へ入ると居間にいるロチェスターからベルが鳴ったので、メアリが彼の部屋へ水を持って行こうとした。するとジェーンは彼女を止めて、自分でそれを持って彼の部屋へ黙って入って行った。ここから最も感動的な場面と対話が始まる。

　ジェーンが部屋に入ると彼の足元で寝ていた愛犬パイロットは逸早く彼女に気付いて飛びついて来た。コップの水がこぼれたので、彼女は犬に「お座り」(Lie down) と声をかけた。彼は何が起こったのか見えないので座りなおして、「メアリ、水をくれ」と言った。ジェーンは近づいて水が半分になったコップを彼に手渡した。犬はなおも喜んで興奮していた。ロチェスターは「何が起こっ

たのだ」と尋ねた。ジェーンは再び犬に「お座り」と声をかけた。これを聞いた彼はコップをテーブルに置いて、「メアリではないね」と言った。彼女は「メアリは台所にいます」と答えた。彼は手を伸ばして彼女に触れようとしたが届かなかった。彼は「誰だ君は」を繰り返した後、命令口調で「答えろ」と叫んだ。ジェーンは「水をこぼしましたので、もう少し持ってきましょうか」と聞きなおした。彼は「君は誰だ」を三度繰り返した。ジェーンは、「犬も、ジョンもメアリも私がここにいることを知っています。私は今晩たった今ここに来たばかりです」と答えた。そして彼は遂に彼女の存在に気付いた。以下、二人の会話を引用しよう。

> 'Great God!—what delusion has come over me! What sweet madness has seized me?'
>
> 'No delusion—no madness: your mind, sir, is too strong for delusion—your health too sound for frenzy.'
>
> 'And where is the speaker? Is it a voice? Oh! I cannot see, but I must feel, or my heart will stop and my brain burst. Whatever—whoever you are—be perceptible to the touch or I cannot live!'
>
> He groped: I arrested his wandering hand, and prisoned it in both mine.
>
> 'Her very fingers!' he cried, 'her small, slight fingers! If so, there must be more of her.'
>
> The muscular hand broke from my custody; my arm was seized, my shoulder—neck—waist—I was entwined and gathered to him. (p. 422)

> 「おお神様、何たる妄想が私を襲ったのか。何たる心地よい狂気に取り付かれたのか。」
>
> 「妄想ではありません。狂気でもありません。あなたの心は強くて妄想の入る余地がありません。あなたは健康過ぎて狂気にはとてもなれません。」
>
> 「話している人は何処にいるのだ。それは声だけなのか。ああ私には見えない。だが感じられるに違いない。でなければ私の心臓は止まり、頭脳は破裂するだろう。君は何であれ、また何者であれ、私は手で感じることができる、でなければ生きていられない。」
>
> 彼は手で探った。私は彼の迷える手を捉え、私の両手でしっかり握った。
>
> 「彼女の指だ。彼女の小さな細い指だ。もしそうなら、彼女の指以外のものもあるに違いない。」
>
> 彼の太い手が私の指から離れ、私の腕を捉えた。そして私の肩、首、腰を捉えた。私は彼に取り巻かれ、締め付けられた。

ロチェスターはこのようにしてジェーンの存在を確認した後、二人は1年ぶ

りに再会した喜びを分かち合い、愛の確認をする。そして互いに空白の 1 年の歴史を語り合う。読者はその歴史をすでに知っているので、その重複を避けるためブロンテは話題をジェーンとセント・ジョン・リヴァズとの関係に絞り、ロチェスターの嫉妬を誘う方法を選択している。その対話の進め方は実に巧みで笑みを誘う。しかもジェーンのその意図は、彼に嫉妬を感じさせることによって沈滞した精神に活を入れる、という優しい思い遣りがあった。従って、最後にロチェスターを誰よりも深く心から愛していることを誓うことによって、なお一層彼を歓喜の世界へ誘い込む。次に、この長い対話の中の最後の部分を引用しておく。

> He is good and great, but severe; and, for me, cold as an iceberg. He is not like you, sir: I am not happy at his side, nor near him, nor with him. He has no indulgence for me—no fondness. He sees nothing attractive in me, not even youth—only a few useful mental points. Then I must leave you, sir, to go to him? (p. 432)
> 彼は立派で偉大であるが、厳しい。彼は私にとって氷山のように冷たい。彼はあなたのようではありません。私は彼の側にいても、近くにいても、一緒にいても、決して幸せではありません。彼は私に対して寛大ではなく、愛情もありません。彼は私に何の魅力も感じていません。私の若さにも魅力を感じず、ただ精神的に役立つ点が少しあるだけです。これでも私はあなたと別れて彼の許へ行かねばなりませんか。

彼女はこのように述べて、「本能的に私の盲目の愛する主人を一層強く抱きしめた。」彼は「これは本当か、君とリヴァズとの本当の関係か」を繰り返し聞き質したので、ジェーンは、「絶対本当です。あなたはもう嫉妬する必要はありません。私はあなたを活気づけるために少し焦らしたくなりました。怒りは悲しみより良かろうと思ったからです」(Absolutely true, sir. Oh, you need not be jealous! I wanted to tease you a little to make you less sad: I thought anger would be better than grief.) (p. 432) と答えた。

　こうして二人は手を取り合って庭を散策しながら互に愛を確かめ、改めて結婚を誓った。そして結婚に際して新たに衣装や宝石を買い求めず、彼が以前彼女に贈った首飾りを彼女が姿を消して以来ずっと自分の首に巻いたままにしている、その首飾りを改めて贈りたいと申し出た。彼はこのように話した後しばらく黙り込んで物思いに沈んだかと思うと突然、彼女が彼の許を去って以来今日に至るまでの心境の変化についてしみじみと語り始めた。

第 5 章『ジェーン・エア』　247

Jane! You think me, I daresay, an irreligious dog: but my heart swells with gratitude to the beneficent God of this earth just now. He sees not as man see, but far clearer: judges not as man judges, but far more wisely. I did wrong: I would have sullied my innocent flower—breathed guilt on its purity: the Omnipotent snatched it from me. I, in my stiff-necked rebellion, almost cursed the dispensation: instead of bending to the decree, I defied it. Divine justice pursued its course; disasters came thick on me: I was forced to pass through the valley of the shadow of death. *His* chastisements are mighty; and one smote me which has humbled me for ever. You know I was proud of my strength: but what is it now, when I must give it over to foreign guidance, as a child does its weakness? (p. 434)

　　ジェーン、君は恐らく私を不信心な犬と思っているだろう。しかし私の心はちょうど今この地上の慈悲深い神に対する感謝の思いで大きく膨らんでいる。神は人間が見るようには見ないが、はるかに鮮明に見ている。神は人間が判断するように判断しないが遥かに賢明だ。私は悪いことをした。私は私の無邪気な花を汚した。その純真さに罪を吹き込んだ。全能なる神はその花を私から奪い去った。私は頑固な謀反を起こして神の配剤を呪った。神のお告げに頭を垂れずにそれに反抗した。神の裁きは本来の正しい道を通った。災難は次々と私を襲った。私は死の影の谷を通り抜けるように強いられた。神の罰は強大であった。その一撃は私を永遠に屈服させた。私は自分の力を誇りにしていたことを君も知っているだろう。だが今はそれが何だ。今の私は何だ。子供が自分の弱さを人の手に委ねるように、その力を他人の案内に委ねなければならないのだ。

　そしてさらに続けて、「ジェーン、最近私は自分の運命の中に神の手（導き）を見て感謝するようになった。私は後悔、つまり悔悟の念を経験して、神と和解したくなり始めた。私は時々祈り始めた。それは非常に短いが、真剣な祈りだった。」(Of late, Jane, I began to see and acknowledge the hand of God in my doom. I began to experience remorse, repentance; the wish for reconcilement to my Maker. I began sometimes to pray: very brief prayers they were, but very sincere.) (pp. 434–35) と、過去に見られなかった敬虔な宗教的感情が湧いてきたことを強調する。つまりジェーンを失った悲しみとその後の数々の悲劇が彼の心に神の救いを求める「祈り」を呼び覚ましたのである。このような心境の中で、4日前の午後11時と12時の間に、「奇妙な気分が私を襲った」(a singular mood came over me)。そのような異常な状態の中で、ジェーンへの恋しさの余り大声で彼女の名を三度続けて叫んだ、と次のように語る。

I was in my room, and sitting by the window, which was open: it soothed me to feel the balmy night-air; though I could see no stars, and only by a vague, luminous haze, knew the presence of a moon. I longed for thee, Janet! Oh, I longed for thee both with soul and flesh! I asked of God, at once in anguish and humility, if I had not been long enough desolate, afflicted, tormented; and might not soon taste bliss and peace once more. That I merited all I endured, I acknowledged—that I could scarcely endure more, I pleaded; and the alpha and omega of heart's wishes broke involuntarily from my lips, in the words—"Jane! Jane! Jane!" (p. 435)

　私は自分の部屋で、開いた窓辺に座っていた。香しい夜の空気は私を良い気分にさせてくれた。星は全く見えないけれど、仄かに光る靄によって月の存在を私は感じていた。私は君を恋しく思った。おお、ジャネット、私は身も心も君を恋しく思った。私は苦しみと同時に謙虚な心で神様に尋ねた。私はもう十分長い間、惨めで悩み苦しんできたのではないか、だから間もなくもう一度幸せと平和を享受しても良いのではないか、と。私が味わった全ての苦難は当然の報いであることを認める。私はこれ以上の苦しみに殆ど耐えられないと訴えた。そして私の心の願いの全てが自ずと言葉となって溢れ出た、「ジェーン、ジェーン、ジェーン」と。

　これを聞いたジェーンはそれは「先週月曜日の真夜中前ではなかったか」と確かめたところ、彼は「時間などどうでもよい。問題はその後に起こった不思議なことだ。君は私が迷信深いと思うだろうが、……これは真実なのだ。少なくともこれから話すことは私が実際に聞いたことだ」と前置きして次のように語る。

As I exclaimed "Jane! Jane! Jane!" a voice—I cannot tell whence the voice came, but I know whose voice it was—replied, "I am coming: wait for me" and a moment after, went whispering on the wind, the words—"Where are you?"
(p. 435)

　私は「ジェーン、ジェーン、ジェーン」と叫んだ時、その声は何処から来たのか分からないが、それは誰の声だったかはっきり分かる。その声は「私は参ります。待っていてください」と答えた。そして直ぐその後に「あなたは今どこにいますか」という言葉が風に乗って囁いてきた。

　彼女のその最後の言葉は周囲の山々に反響して聞こえてきた。彼はこの常識を超えた超自然的な出来事を次のように説明している。

I could have deemed that in some wild, lone scene, I and Jane were meeting. In spirit, I believe, we must have met. You no doubt were, at that hour, in unconscious sleep, Jane: perhaps your soul wandered from its cell to comfort mine; for those were your accents—as certain as I live—they were yours!

(p. 436)

私は寂しいどこかの荒野でジェーンとあたかも会っているように思えた。魂となって私たちは会っていたに違いないと信じる。その時間に君は無意識の眠りの中にあったのであろう。そして恐らく君の魂は私の孤独を慰めるために狭い肉体から抜け出してきたのだった。何故なら、その言葉は君の声だった。それは私が今生きているのと同様に間違いなく君の声だった。

ジェーンはこれに対して自分も同時間に同じ体験したことを一切口にせず、最後まで黙って聞いていた。それを口に出して「超自然の影を一層深める必要もない」と考えて胸に閉まっておいたからだと弁明している。そして最後に、彼は次のように述べて、長い愛の告白を結んでいる。

You cannot now wonder that when you rose upon me so unexpectedly last night, I had difficulty in believing you any other than a mere voice and vision: something that would melt to silence and annihilation, as the midnight whisper and mountain echo had melted before. Now I thank God! I know it to be otherwise. Yes, I thank God! (p. 436)

昨晩君は不意に私の前に立った時、君が単なる声か幻以外の何か、つまり以前に溶けて消えてしまった真夜中の囁きと山のこだまのように静かに溶けてなくなる何か以外の物であるとはとても信じ難かったことを、君は今変だとは思わないだろう。だから今私は神に感謝している。それは幻以外のもの（彼女自身）であることを私は知っている。そうです、だから私は神に感謝している。

彼はこのように話しながらジェーンを彼の膝から下し、「立ち上がって恭しく額から帽子を脱ぎ、見えぬ目を大地に向けて」次のように祈っていた。

I thank my Maker, that in the midst of judgment he has remembered mercy. I humbly entreat my Redeemer to give me strength to lead henceforth a purer life than I have done hitherto! (p. 436)

神が私の裁きの最中に慈悲を思い出してくださったことに感謝いたします。私の救い主は私がこれまでしてきた以上に純粋な生活を送る力をお与えくださるよう心からお願い申し上げます。

彼はこのように祈った後、彼の手をジェーンの肩に回し、彼女に導かれて「私たちは森の中に入り、そして我が家に向かって歩いて行った。」(We entered the wood, and wended homeward.) と第 11 章を結んでいる。この最後の言葉は

ミルトンの『失楽園』(*Paradise Lost*) 最後の2行――"They hand in hand with wandering steps and slow, / Through Eden took their solitary way."「彼ら（アダムとイヴ）は手に手を取って、ゆっくりとした足取りでエデンの園の孤独の道を歩いて行った。」――を恐らく想い描いていたに違いない。

　以上で小説『ジェーン・エア』はエピローグの第12章を残して実質的に完結したが、上記最後のロチェスターの素朴で純な言葉と、第9章のセント・ジョンの聖書の言葉を並べた尊大な言葉を改めて比較してみる必要があろう。その違いは一言で説明すると、情熱の源泉である「愛情」の質そのものにある。極論すれば、一人の女性への愛を貫徹するか、神に愛の全てを捧げるか、にある。ロチェスターがジェーンを求めて彼女の名を三度大声で叫んだその声こそ愛の全てを象徴すると同時に、小説『ジェーン・エア』の究極の主題 (motif) でもあった。ジェーンは自分の生活を支えてきた「原理」と「法」を優先し、人生で最も大切な「愛」を犠牲にした。しかしセント・ジョンと巡り会い、原理と野望を実践する手段として結婚を求められて改めて「愛」の絶対的価値を身に染みて痛感した。正しくその時、ロチェスターの彼女を求める悲痛な叫び声は彼女の耳にはっきり聞こえた。第9章は、愛こそ時空を超え、常識とリアリズムの壁を突き抜ける神の「摂理」ならぬ自然の「真理」であることを力説したクライマックスの一章であり、第11章はそれを裏打ちするロチェスターの揺るぎない素朴な証言に他ならなかった。

(12)

　最後の第12章は小説のエピローグであるが、最後はセント・ジョンの聖なる野望に贈る皮肉な賛辞で終わっている。まず初めに、ジェーンとロチェスターは牧師と書記だけの簡素な結婚式を済ませて帰宅する。そこで初めて召使のメアリとジョンは主人とジェーンが結婚したことを知らされる。ジェーンは早速リヴァズ兄姉妹に結婚通知を出す。姉妹は祝意を表す手紙を送ってきたが、兄セント・ジョンは半年後まで返事も来なかったが、それから定期的に手紙を送ってきた。その内容は生真面目な宗教的論説ばかりだった。ロチェスターの養女アデールを厳し過ぎる寄宿学校から一度は家に引き取るが、夫のロチェスターの世話で手が回らず、別の優しい寄宿学校へ改めて入学させる。ロチェスターはジェーンの愛情と優しい介護の結果、2年後片方の目に光が差し、読書

第 5 章 『ジェーン・エア』　251

は無理としても一人で散歩ができるようになる。そして生まれた男の子は父と
そっくりの黒いつぶらな目をしていた。彼らは地上で最も仲の良い幸せな日々
を送った。そして最後にセント・ジョンに話が及び、エピローグの枠を超えた
長い賛辞で終わっている。それは彼の野望に対するこれまでの厳しい批判的言
葉の埋め合わせを試みているようにさえ見える。次にその賛辞の一部を引用し
てこの小説を閉じることにする。

> His is the exaction of the apostle, who speaks but for Christ, when he says—
> 'Whosoever will come after me, let him deny himself, and take up his cross and
> follow me.' His is the ambition of the high master-spirit, which aims to fill a place
> in the first rank of those who are redeemed from the earth—who stand without
> fault before the throne of God; who share the last mighty victories of the lamb;
> who are called, and chosen, and faithful. (p. 440)
>
> 彼の野望はキリストのためにのみ語る使徒の強要、即ち、「私の後に付いてく
> るものは全て己を否定し、己の十字架を取り上げて私に従う」ことである。そ
> れは、地上から贖いを受けて神の玉座の前に完全無欠の状態で、誠実な選ばれ
> た人として佇む人たちと同じ最前列に座ることを目指す、高邁な精神から出た
> 野望である。

しかし上記の賛辞の裏に、このような高邁な志を抱いた英雄的人物よりも一般
庶民の個人の愛の歴史を描くことこそ小説家本来の仕事であることを、暗に皮
肉を込めて強調しているように思われる。

結び

　シャーロット・ブロンテの最初の本格的小説『教授』が刺激と変化に乏しい
退屈な作品という理由で出版会社から拒否された。『ジェーン・エア』は、そ
の反動としてブロンテ本来の炎の情熱と豊かな想像力を思いのままに燃焼させ
た大作となった。しかもそれに「自叙伝」という副題を付け、作者の名を隠し
て自分の心に秘めた愛の世界を存分に展開させた。
　内なる世界を覆い隠さず言葉に表現するのが純粋の作家の本能であるから
だ。小説の舞台がイングランド北部のヨークシャーである点を除けば、その大
部分は作者の実体験から産み出された世界ではない。言い換えると、作者の想
像力が創ったフィクションそのものである。『教授』第 19 章の冒頭で述べてい

るように（93頁参照）、人間が現実の世界で経験する領域は極めて限られたものである。しかしこれに対して想像力、つまり心の世界は無限に思いのまま広がってゆく。小説におけるリアリズムとロマンスとの違いは正しくここにある。『ジェーン・エア』は、ブロンテの想像力、つまり心の内にリアリティを追い求め、それを見事に具体化した最高傑作と定義してよかろう。一方、『教授』は彼女が実際に体験したブリュッセルでの留学生活を基にして描いたささやかなロマンス、つまり愛の願望を充足させた作品である。言い換えると、フィクションの要素を可能な限り抑制し、写実に力を注いだ作品であった。それだけに感動と刺激が一層抑制されて当然である。それに反して『ジェーン・エア』はリアリティと常識の壁を跳び越え、想像しうる最大の苦難や精神的迫害と侮辱をヒロインに経験させ、これらの試練を全て乗り越えた末に至上の幸せを掴む、というロマンスの一種である。従ってその途中に、50年以上前に流行ったゴシック小説を連想させる奇怪な叫び声や恐怖の場面を頻繁に織り交ぜながら話が進行してゆく。と同時に小説の伝統的様式である「成長物語」(Bildungs-roman) の過程を辿っている。小説の舞台は全4幕からなり、その幕が変わるたびに新たたな人生の門出（出発）が展開される。最初の門出はゲイツヘッドからコウワン・スクールへ、第2はそこからロチェスターの住むソーンフィールド邸へ、第3は、そこからリヴァズ兄姉妹の住むマーシュ・エンドへ、そして最後は、究極の安息の場ファーンディーン・ホールへの旅立ちになっている。そしてこれら試練の旅立ちを経験するごとにヒロインは大きく成長してゆく。そして最後は神の性質に最も近い心境の中で純粋の幸せをヒーローと共に享受する。ジェーンのような孤児が数々の試練を乗り越えて最後に幸せを掴む筋書きは、当時流行作家の頂点に君臨していたチャールズ・ディケンズも通った道である。『オリヴァ・トゥイスト』(Oliver Twist)『デイヴィッド・コパフィールド』(David Copperfield) そして『大いなる遺産』(Great Expectations) はその代表作であろう。

　以上の観点から英国の読者はこの無名の作家の新作を驚きの目で大歓迎して何も不思議ではなかった。こうしてブロンテは一躍英国文壇の寵児となり、やがて間もなく彼女の実名も広く知られるようになった。しかし彼女は『ジェーン・エア』のような想像の世界を主体にしたロマンスに満足できず、『教授』で強調したリアリズムへと再び舵を取り直すことになる。とは言え、『ジェー

ン・エア』第 3 巻の最終章を除く最後の 3 章（第 9～11）で見せたあの感動の世界はいかなるリアリズムの力をもってしても遥かに及ばないであろう。

第6章

『ジェーン・エア』の評価とその後
——『シャーリ』創造の経緯と背景

(1)

　1847年10月半ば、ブロンテの新著『ジェーン・エア』はロンドンの書肆「スミス、エルダー社」(Smith, Elder & Co.) から上梓され、19日の朝そのコピーが6部ハワースに住むシャーロット・ブロンテの許に届けられた。彼女は早速その本の出来栄えに満足の返事を送った。そして出版されてから10日もしないうちに早くもその反響が現れた。しかもそれは当時文学界でディケンズと並んで最高の地位にあったサッカレー (William Makepeace Thackeray, 1811–63) から、23日に同書肆のアドヴァイザーを勤めるウィリアムズ (Smith Williams) に送られてきたその作品に対する賞賛の手紙であった。彼はその小説を読み始めると寝るのも忘れて「一昼夜読み続けた」(lost a whole day in reading) と述べていた。ウィリアムズは早速この手紙をブロンテに知らせた。彼女はこの手紙を読んで次のような喜びの返事を書いた（10月28日）。

> I feel honoured in being approved by Mr. Thackeray because I approve Mr. Thackeray.... No author seems to distinguish so exquisitely as he does dross from ore, the real from the counterfeit. I believed too he had deep and true feelings under his seeming sternness—now I am sure he has. One good word from such a man is worth pages of praise from ordinary judges. (*Letters*, p. 88)
>
> 私はサッカレー氏に認められたことを光栄に感じます。何故なら、私はサッカレー氏を（偉大な作家と）認めているからです。……彼ほど金と屑鉄、そして本物と偽物との違いを見事に識別できる作家はいないように思う。また彼が外面は厳しく見えても、深い誠の感情を持っていると私は信じていたが、今それを確信しました。このような人物からの一言の賛辞は並みの人間の数頁の賞賛に値します。

ブロンテがサッカレーをこれほどまでに高く評価した理由の一つに、彼はロチェスターと同じように狂気の妻を隠していることをブロンテ自身がその事実を知らずに、小説の話題に取り上げたことに対して悪感情を持たずに小説自体を

正当に評価したからである。このような関係から、『ジェーン・エア』の第2版（1848年1月）で彼に贈る献辞をその序文とした。もちろん作家名は「カラー・ベル」のままであった。しかし彼は作品の内容と文体から女性であること確信していた。

　さて、小説の出版から数週間が過ぎると各種の新聞や雑誌から書評が洪水のように溢れ出た。その中には彼女の正体を巡って様々な興味深い的外れの憶測がなされていた。またシャーロット・ブロンテ気付で「カラー・ベル」宛の手紙が数多く送られてきた。その中で特に彼女の興味を引いたのはルイス (George Henry Lewes, 1817–78) からの手紙であった。こうして二人は頻繁に手紙を交わすようになった。その手紙の主題は主に小説のリアリズムの重要性に関する議論であった。それらはブロンテのその後の小説の作風に深い影響を及ぼすことになるので、是非詳しく取り上げてみる必要がある。

　ブロンテがルイスから最初の手紙を受けたのは『ジェーン・エア』を出版してからおよそ3週間後の11月5日であった。それは彼女の小説がメロドラマに過ぎず、もっと事実 (real) に即したものでなければならないという主旨の厳しい手紙であった。彼女は早速これに答えて次のような返事を書いた。それは彼女の最初の作品『教授』が余りにも事実に即したものであったために出版会社から断られ、もっと刺激と興奮に満ちた作品にするようにという強い要請を受けたからだ、と説明している。『教授』から『ジェーン・エア』へと大きく衣替えした動機と過程を知る上で極めて注目すべき文章であるので全文を引用しておく（カラー・ベルの偽名で手紙を書いているので、訳文も男性的にした）。

　　You warn me to beware of Melodrame and exhort me to adhere to the real. When I first began to write, so impressed was I with the truth of the principles you advocate that I determined to take Nature and Truth as my sole guides and to follow in their very footprints; I restrained imagination, eschewed romance, repressed excitement: over-bright colouring too I avoided, and sought to produce something which should be soft, grave and true.

　　My work (a tale in 1 vol.) being completed, I offered it to a publisher. He said it was original, faithful to Nature, but he did not feel warranted in accepting it, such a work would not sell. I tried six publishers in succession; they all told me it was deficient in "startling incident" and "thrilling excitement", that it would never suit the circulating libraries, and as it was on those libraries the success of works of fiction mainly depended they could not undertake to publish what would be overlooked there—"Jane Eyre" was rather objected to at first [on] the same grounds—but finally found acceptance. (*Letters*, p. 90)

　あなたは私にメロドラマに要注意と警告し、事実に忠実であるように勧めている。私は小説を書き始めた時、あなたが支持する原理の真実に私は強く胸打たれたので、自然と真実を私の唯一の案内者としてその足跡を辿ることを決意した。私は想像力を抑制し、ロマンスを避け、そして興奮を抑えてきた。また過度に明るい色彩を避け、柔らかくて生真面目で真実であるべきものを産み出すように努めてきた。

　私の作品（全1巻の物語、つまり『教授』）が完成した時、それを出版業者に提出した。しかし彼の言うには、作品は独創的で、自然に忠実であるが、それを受け入れると（成功が）保証できそうもない。そのような作品は売れないからです。私は6人の出版業者に立て続けに頼んでみましたが、彼らは皆口を揃えて、「びっくりするような事件」や「スリリングな興奮」に欠ける、それは巡回図書館に適さない、そして小説の成功は主としてこれら巡回図書館に依存しているので、そこで見過ごされるような作品を引き受けることはできないと言った。『ジェーン・エア』も同じ理由で最初はどちらかと言えば拒否されたが、最後に受け入れられました。

　ブロンテはこのように述べた後、「（小説を書くとき）経験という地面から大きく逸脱しないように」(not to stray far from the ground of experience) と、「実体験」(real experiencee) の重要性をルイスは強調しているけれど、「もし作家は自分の限られた実体験だけに頼っていると、ただ自分を繰り返し主張するエゴイストに終わってしまうのではないか」と反論し、最後に、作家にとって「想像力」の必要を次のように力説している。

Imagination is a strong, restless faculty which claims to be heard and exercised, are we to be quite deaf to her cry and insensate to her struggles? When she shews us bright pictures are we never to look at them and try to reproduce them?—And when she is eloquent and speaks rapidly and urgently in our ear are we not to write to her dictation? (*Letters*, p. 91)

想像力は強力で休みなく語り掛け、それに応えるように要求してくるとき、その叫び声に全く耳を貸さず、その苦闘に無感覚でいるべきでしょうか。想像力が私たちに明るい世界を見せるとき、私たちはそれに目を向けず、それを再生する努力をせずにいるべきでしょうか。そして想像力が雄弁に私たちの耳に激しく執拗に語っているとき、私たちはその指示に従って書くべきではないでしょうか。

　『ジェーン・エア』は確かに作者の実体験に基づいて書いてはいないが、想

像力の指示に忠実に従って書いたことを強調しているのである。我々はこのブロンテの言葉にしっかり耳を傾けてこの大作を解釈すべきであり、そしてここに彼女の作家としての真髄を見る必要があろう。彼女は自分の実体験の狭さを強く自覚していたからこそ尚一層想像力の価値を重視していたのである。

それから 2 か月半後ルイスは『フレイザーズ・マガジン』(*Fraser's Magazine*) で『ジェーン・エア』の書評をしているが、そこで彼は「作者は静かな孤独の生活をしているのなら、よほど用心して作品に取り掛かる必要がある。何故なら、実体験のない小説に本当の成功はあり得ないからだ」と述べ、今後作品を書くときこの点に気を配るように注意してあった。これを読んだブロンテは翌1848 年 1 月 12 日のルイス宛の手紙で、これに応えてやや皮肉交じりに次のように述べている。

> I mean to observe your warning about being careful how I undertake new works: my stock of materials is not abundant but very slender, and besides neither my experience, my acquirements, nor my powers are sufficiently varied to justify my ever becoming a frequent writer. (*Letters*, p. 98)
>
> 私が新しい作品を書くときの注意すべき点についてのあなたの警告を私は順守するつもりです。だが私の題材の在庫が十分ではなく、非常に貧弱なもので、その上私の経験も知識も能力の何れも、私が頻繁に作品を書くだけの十分な多様性を持っておりません。

彼女はこのように述べた後、さらに同じ雑誌の別の号でルイスが『ジェーン・エア』をメロドラマと評した後、オースティン (Jane Auten, 1775–1817) の「穏やかな目と抑えた感情」を称賛した点に触れて、次のように激しく反論している。非常に興味深いので全文を引用する。

If I ever do write another book, I think I will have nothing of what you call "melodrame"; I think so, but I am not sure. I think too I will endeavor to follow the counsel which shines out of Miss Austen's "mild eyes"; "to finish more, and be more subdued"; but neither am I sure of that. When authors write best, or at least, when they write most fluently, an influence seems to waken in them which becomes their master, which will have its own way, putting out of view all behests but its own, dictating certain words, and insisting on their being used, whether vehement or measured in their nature; new moulding characters, giving unthought-of turns to incidents, rejecting carefully elaborated old ideas and suddenly creating and adopting new ones. Is it not so? And should we try to counteract this influence? Can we indeed counteract it? (*Letters*, p. 98)

もし私が次に作品を書くとすれば、あなたがメロドラマと称するものは一切書かないと思いますが、私は保証できません。また私はオースティン嬢の「穏やかな瞳」から輝き出る助言に従う努力、つまり「より一層落ち着き、より一層控え目になる」努力をしますが、これもまた保証できません。作家は一番うまく書けている時や、最も流ちょうに筆が進んでいる時、ある力が体内に目覚めて、それが権力をふるい、自分以外のあらゆる命令を追い払って自分流に行動し、そしてある言葉を書きとらせ、その性質の激しさと落ち着きとは関係なく、その言葉を使用すべきことを主張しているように見える。こうして新しく造られた人物は事件に思いもよらぬ展開をもたらし、注意深く念入りに作られた古い考えを拒否し、そして突然新しい考えを採用する。そうではありませんか。私たちはその影響力に背を向ける努力をするべきでしょうか。本当にそれに背を向けることができましょうか。

ブロンテはこのように述べた後、手紙の最後に再びオースティンの小説に戻り、「ルイスが何故それほどまでにオースティンが好きなのか、私にはさっぱり分からない」と、まず次のように述べる。

Why do you like Miss Austen so very much? I am puzzled on that point. What induced you to say that you would rather have written "Pride & Prejudice" or "Tom Jones" than any of the Waverly Novels? (*Letters*, p. 99)

あなたは何故それほどまでにオースティン嬢が好きなのか。私はこれだけは全く分かりません。あなたは（スコットの）どのウェイヴァリ小説よりも『高慢と偏見』や（フィールディングの）『トム・ジョーンズ』をむしろ書いてみたかったと述べたその理由は一体何ですか。

我々はここで是非想い起すべきは、これより 12 年前（1834 年 7 月 4 日）エレン・ナッシー宛ての手紙で、「小説に関しては、スコットだけ読みなさい。彼以後の小説は全部読む価値は有りません」(For fiction—read Scott alone, all novels after his are worthless.) (*Letters*, p. 5) と述べた言葉である。そして次に注目すべきは『ジェーン・エア』第 2 版の「序文」（サッカレーに贈る献辞）の最後に、サッカレーを「鷲」(eagle) に、そしてフィールディングを「ハゲタカ」(vulture) に譬えている。要するに、ブロンテにとってオースティンと並んでフィールディングの小説は自分の好みに合わなかったのである。

　さて、上記の手紙の言葉に続いて、ブロンテは『高慢と偏見』を初めて読んだ感想として、自分と全く肌が合わないことを次のように強調している。

And what did I find? An accurate daguerreotyped portrait of a common-place face; a carefully-fenced, highly cultivated garden with neat borders and delicate flowers—but no glance of a bright vivid physiognomy—no open country—no fresh air—no blue hill—no bonny beck. I should hardly like to live with her ladies and gentlemen in their elegant but confined houses. These observations will probably irritate you, but I shall run the risk. (*Letters*, p. 99)

この小説を読んで分かったことは、平凡な顔の正確な銀板写真的描写。几帳面に縁どられ、繊細な花で飾られ、注意深くフェンスで囲まれ、手入れの行き届いた庭園。だがそこには明るい生き生きとした顔立ちが一つも見られず、ゆったりした田舎も、新鮮な空気も、青い丘も、可愛い小川もない。私は彼女の上品だが閉じ込められた家に出てくる貴婦人や紳士と一緒に生活したいとは思わない。私のこのような見解は恐らくあなたには腹立たしいでしょうが、私は危険を冒して敢えて申し上げましょう。

ブロンテはこれだけでは収まらず、最後に、ジョルジュ・サンド (George Sand) の「利発で奥深い」(sagacious and profound) のに比べて、オースティンは「ただ厳しくて抜け目がないだけ」(only shrewd and observant) と切り捨てている。

　ブロンテはこの手紙を書いてから 2～3 日して再びオースティンについて論じた手紙を出したらしく、1 月 18 日のルイス宛の手紙からそれが読み取れる。彼女はその中でオースティンが「詩人」(poetess) でもなく「感情」(sentiment) にも欠ける、と述べたことに対してルイスは猛然と反論した。小説には詩や感情は必要ない、必要なものは「分別」(sensible) と「事実」(real) である。そしてオースティンは「最も偉大な芸術家、人間の性格の最も偉大な画家、末端まで実によく行き届いた最高の作家の一人」(one of the greatest artists, of the greatest painters of human characters, and one of the writers with nicest sense of means to an end that ever lived.) であることを、ブロンテが知るべきだと説いていた。彼女はこれに対して、1 月 18 日の手紙で、「彼女の小説は確かに分別があり、"real" であるが、"true" ではなく、決して偉大とは言えない」と反論している。要するに、彼女の作品に詩がないのと同様に、「心」(heart) から湧き出る「真実」の響きがないことを力説しているのである。ブロンテの常識や定説にこだわらない率直な言葉は正しく的を射た批評であり、ここに彼女の作家としての真髄がある。

　一方、ルイスも本心ではブロンテの作家としての価値を他の批評家に劣らず高く評価していた。それは同じ『フレイザーズ・マガジン』の中で、この小説

の「自叙伝」としての価値を次のように高く評価している（イタリックは筆者）。

> It is an autobiography—not, perhaps, in the naked facts and circumstances, but in the actual suffering and experience. This gives the book its charm: it is soul speaking to soul: *it is an utterance from the depths of a struggling, suffering, much enduring spirit.* (*Jane Eyre*, Appendix, pp. 442–43)
>
> それは、生の事実や境遇ではなく、実際の苦しみや経験を述べた自叙伝である。魂が魂に語りかけ、もがき苦しみ、それに耐える精神の奥底から出た叫び声、これこそこの小説の魅力である。

そしてさらに1か月後（1848年1月）、『ウェストミンスタ・レヴュー』(*Westminster Review*) の中で、過去3か月間の書評の大部分の声を恰も代弁ないしは要約するかのように、この作品に対して改めて次のような賛辞を贈っている。

> Decidedly the best novel of the season; and one, moreover, from the natural tone pervading the narrative, and the originality and freshness of its style, possessing the merit so rarely met with nowadays in works of this class, of amply repaying a second perusal. Whoever may be the author, we hope to see more such books from the same pen. (*Jane Eyre*, Appendix, p. 447)
>
> 決定的に今期の最高の小説。物語全体の自然な口調、文体の独創性と新鮮さ。今日このクラスの作品に滅多に見られない、二度読み返して十分に報われる価値のある作品。その作者は誰であろうと、我々は同じ作者によるこのような作品をさらに多く読みたいと思うだろう。

ブロンテはこれらの書評を読んでいたので前述の手紙の冒頭で、ルイスの寛容な論評に対する感謝の言葉 ("I thank you sincerely for your generous review.") で始めていることを、最後に一言付け加えておく。

(2)

ブロンテが『ジェーン・エア』を出版してから最も頻繁に手紙を出した相手は本章の初めに述べた W. S. ウィリアムズであった。彼はこの小説の書評の殆ど全てを彼女の許へ送ってきただけでなく、彼女に第二の小説の執筆を後押しした。彼女はその度ごとに丁寧に返事を書き、自分の本心を伝えた。その中で特に興味深いのは、前節で説明したように書評に対する敏感な反応であった。それによって彼女の作家魂を明確に読み取ることができた。彼女は他の作家と違って自分の作品が大流行して、カラー・ベルの名が読書界に知れ渡ったから

と言って、決して自分の本名を明かすこともせず、ひっそりとハワースの牧師館に留まっていた。もちろんウィリアムズも彼女の正体を敢えて知ろうとはせず、シャーロット・ブロンテ気付「カラー・ベル」宛に手紙を書き続けていた。

　このような数多くの手紙の中で、まず最初に最も注目すべきは1847年12月14日の手紙である。『ジェーン・エア』を発表して2か月が過ぎ、その人気が絶頂に達した頃、上記ルイスの書評でも述べているように、ブロンテの第二作の出版が早くも期待されるようになった。その声を反映してウィリアムズも彼女にその期待を手紙の中で表明した。12月14日の彼宛の手紙はそれに答えたものである。次の作品はディケンズが行っているように連載形式で発表してはどうかという彼の提案に答えて、まず次のように述べている。

> Of course a second book has occupied my thoughts much. I think it would be premature in me to undertake a serial now; I am not yet qualified for the task: I have neither gained a sufficiently firm footing with the public, nor do I possess sufficient confidence in myself, nor can I boast those unflagging animal spirits, that even command of the faculty of composition, which . . . is an indispensable requisite to success in serial literature. (*Letters*, p. 93)
>
> もちろん私は第二作のことで頭が一杯です。だが今のところ連載物を引き受けるには早すぎると思います。私にはその仕事をする資格はまだありません。私は大衆の中に十分しっかりした地盤を持っていないし、私自身十分な自信もなく、また連載小説の成功に必要不可欠な……創作能力を自在に発揮するあのたくましい動物的精神を私は誇示できません。

彼女はこのように連載形式で発表することをはっきり拒否した後、『ジェーン・エア』と同じ3巻本にして新しい小説を書く計画を三つほど立ててみたが、「どれも気に入らないので、数日前に『教授』の原稿を読み直してみた。」そしてこの小説の価値を改めて認めた上で、この良い所を残して全面的に書き直して3巻本にしてはどうか、と思うようになった。この未発表の小説に対するブロンテの思い入れの深さについて第3章で詳しく説明したが、ここでもそれに対する執念の深さがにじみ出ている。彼女はこれより4年後『教授』の増補改訂版として『ヴィレット』(Villette) の執筆を開始するが、『ジェーン・エア』を出版して僅か2か月後に早くもこの小説の計画が真剣になされていたことが分かる。以上の観点から、この手紙の持つ意義は極めて大きいと言わざるを得ない。以下、その大部分を引用する。

A few days since I looked over "the Professor." I found the beginning very feeble, the whole narrative deficient in incident and in general attractiveness; yet the middle and latter portion of the work, all that relates to Brussels, the Belgian school &c. is as good as I can write; it contains more pith, more substance, more reality, in my judgment, than much of "Jane Eyre". It gives, I think, a new view of a grade, an occupation, and a class of characters—all very common-place, very insignificant in themselves, but not more so than the materials composing that portion of "Jane Eyre" which seems to please most generally—.

My wish is to recast "the Professor", add as well as I can, what is deficient, retrench some parts, develop others—and make of it a 3-vol. work; no easy task, I know, yet I trust not an impracticable one. (*Letters*, p. 93)

数日前に『教授』を読み返してみました。最初の部分は非常にまずく、物語全体として事件に乏しく、概して魅力に欠けてることが分かりました。しかし作品の中ほどと後半のブリュッセルとベルギーの学校やその他について述べたものは全て私としては最高の出来栄えです。私の判断では、そこには『ジェーン・エア』以上の核心と実質と実体があると思います。それは登場人物の程度や仕事や階級についての新しい見解を示していると思います。全体は平凡で、それ自体無意味ですが、『ジェーン・エア』の最も面白い部分を構成している題材よりも平凡で無意味ではないと思います。

私の願望は『教授』を書きなおして、欠けている所を可能な限り補い、ある部分を削除し、別の部分を発展させ、そして3巻本に仕上げることです。これは容易な仕事でないことは分かっていますが、不可能な仕事ではないと確信しています。

彼女はこのように述べたものの、『教授』を全面的に書き直して3巻本にすることは容易な業でないことを自覚していたので、できることなら一部を修正・捕捉して次の作品にしたい、という執念を捨て切れなかった。それは上記に続く次の言葉にはっきり表れている。

I have not forgotten that "the Professor" was set aside in the agreement with Messrs. Smith & Elder—therefore before I take any step to execute the plan I have sketched, I should wish to have your judgment on its wisdom. You read or looked over the M.S.—what impression have you now respecting its worth? And what confidence have you that I can make it better than it is? (*Letters*, p. 93)

私はスミスとエルダー氏との契約で『教授』が除外されたことを忘れていませんが、私が胸に描いた計画を実行に移す前に、私の考えについてあなたの判断を聞かせていただきたいと思います。あなたがその原稿をざっと読み返してみて、その価値についてあなたが今どのような印象をお持ちか、そして私がそれより良いものができるというあなたの確信の度合いをお聞かせください。

しかし結局『教授』の改訂版は諦めることになり、これより数か月後これに代わって『シャーリ』(*Shirley*) と題する全く新しい作品が書かれることになった（1849 年 10 月出版）。しかしそれから 3 年後、ブリュッセルを舞台にした彼女の体験を正しくリアルに描いた 3 巻本の大作『ヴィレット』を出版することによって彼女の長年の執念とも言うべき願望を見事に果たした。

(3)

　1848 年 1 月 22 日、『ジェーン・エア』の第 2 版が出た。初版から僅か 3 か月後である。ブロンテはその序文としてサッカレーに贈る献辞を書くことにした。本章の初めにも述べたように、彼女はこの小説を出版して 10 日も経たぬうちに彼から暖かい賞賛の手紙を受け取り、それ以来この偉大な作家に対する感謝と尊敬の念が絶えることがなかったからである。彼女はその序文を書くにあたりかなり苦心したらしく、ウィリアムズにその原稿の内容について彼の意見を求めている。そして結局 12 月 22 日に彼に送った最後の原稿が採用されることになった。

　その序文は 2 頁余りの短いものだが、単なる謝辞に終わらず、その言葉の奥に厳しい社会批判と同時に『ジェーン・エア』の裏に厳しい批判の意味が隠されていることを教えている。まずその前半で、一般読者と言論界が無名の作者の作品を温かく寛容に迎えてくれたことに対して深い謝意を示す。だがこれに反して、彼女の小説を不道徳で不敬と批判する狂信的な頑固者 (bigotry) や偽善者 (Pharisee) に対して厳しく立ち向かっている。それはジェーン・エアがブロクルハースト牧師に対して見せた厳しい反抗を思い出させる。次に、世の中は「因習」(conventionality) に従うことを「道徳」(morality) と取り違え、「外見」(appearance) と「真実」(truth) を混同して、その見極めができない点を強調して次のように述べている。

> The world may not like to see these ideas dissevered, for it has been accustomed to blend them; finding it convenient to make external show pass for sterling worth—to let white-washed walls vouch for clean shrines. It may hate him who dares to scrutinize and expose—to rase the gilding and show base metal under it— . . . (*Jane Eyre*, p. 4)

　世の中はこれらの概念（外見と真実）を分離することを好まないようだ。何故なら、世間はこれらを融合することに慣れてきたからだ。外見を本物として

通用させると便利であることを知っているので、白漆喰の壁を奇麗な聖堂の保証にさせる。だから世間は、精査して暴露する人を憎み、金メッキをはがしてその下の安っぽい金属を見せる人を憎むのだろう。

ブロンテも『ジェーン・エア』執筆の裏で「外見」と「真実」の厳しい暴露を随所に行っている。その第 2 巻でロチェスターがジプシーの占い師に変装して事実を暴露する場面などはその典型である（177～80 頁参照）。

さて、ブロンテはこのように述べた後、この真実を教えた現代の偉大な作家サッカレーに贈る献辞が序文の最後を飾っている。まず、彼の偉大さを聖書のたとえ話を例に挙げて説明した後、最後に次のように結んでいる。英国 18 世紀前半を代表する作家フィールディングとの比較に特に注目したい。

> Why have I alluded to this man? I have alluded to him, Reader, because I think I see in him an intellect profounder and more unique than his contemporaries have yet recognised; because I regard him as the first social regenerator of the day—as the very master of that working corps who would restore to rectitude the warped system of things; . . . They say he is like Fielding; they talk of his wit, humour, comic powers. He resembles Fielding as an eagle does vulture: Fielding could stoop on carrion, but Thackeray never does. His wit is bright, his humour attractive, but both bear the same relation to his serious genius, that the mere lambent sheet-lightning playing under the edge of the summer-cloud, does to the electric death-spark hid in its womb. (*Jane Eyre*, p. 4)

> 何故私はこの人物に言及したのか。その理由は、彼は同時代の人々が認めている以上に深くそしてユニークな知性を持っていることを私が知ったからであり、さらに彼は時代の最初の社会的再生者として、つまり社会の歪んだ組織を元の正しい姿に変えた労働者団体の指導者として私が尊敬しているからである。……人々は彼がフィールディングの様だと述べ、彼の機知とユーモアと喜劇的才能について語る。しかし彼がフィールディングに似ていると言うのは、鷹がハゲタカに似ていると言うのと同じだ。フィールディングは腐った肉に頭を下げるが、サッカレーは絶対にしない。彼（サッカレー）の機知は明るく、彼のユーモアは魅力的だ。だがその何れもは彼の生真面目な才能と同じ関係を持っている。それは、夏の雲の縁で戯れる単なる淡い光の広がりとその源に電気的死の火花が隠されているのと同じだ。

本章の第 1 節で引用したようにブロンテがオースティンと並んでフィールディングと全く肌が合わないことを物語る強い言葉は、『ジェーン・エア』第 2 版を出版する 10 日前（1 月 12 日）ルイスに宛てた手紙の中に見られる（218～19 頁参照）。これと上記の言葉とを読み合わせてみると、ブロンテはフィール

ディングのような作家に背を向けていることがはっきり読み取れるであろう。

　さて、『ジェーン・エア』の第2版が出版されてから6日後（1月28日）ブロンテはウィリアムズを通してサッカレーの手紙を受け取った。彼女は喜びと不安の混じった心境で封を切った。そこで彼女は、サッカレーに狂気の妻がおり、それが世間に知られないように一室に幽閉していることを初めて知った。それは『ジェーン・エア』のヒーロー、ロチェスターと全く同じ不幸な境遇であったので、彼女は「びっくり仰天した」(astonished, and dismayed)。だが彼の手紙は「極めて友好的で、そのような境遇について手紙の初めに簡単に知らせている」だけだった。そしてさらに続けて次のように述べる。

> I suppose it is no indiscretion to tell you this circumstance, for you doubtless know it already. It appears that his private position is in some point similar to that I have ascribed to Mr. Rochester; that thence arose a report that "Jane Eyre" had been written by a Governess in his family; and that the Dedication coming now has confirmed everybody in the surmise. (*Letters*, p. 101)

> あなたは既によくご存じと思うので、このような境遇についてあなたに話しても何ら不謹慎ではないと思いますが、彼（サッカレー）の個人的な立場は私がロチェスターに帰せたものと、ある点において同じであるように見えます。そのために『ジェーン・エア』は彼の家の女性家庭教師によって書かれたという噂が生じたようです。そして第2版の献辞がこの推測に確証を与えたように思われます。

　要するに、この言葉からも読み取れるように、『ジェーン・エア』は読書界でいかに人気が高く、その偽名の作者を巡って様々な噂や憶測を呼び起こし、それがさらに人気を高める結果になったことが分かる。

　さて、ブロンテはこのように述べた後、自分の複雑な心境を次のように述べている。彼女の繊細な感情、心遣いを知る上で貴重な言葉と思うので全文を引用する。

> Well may it be said that Fact is often stranger than Fiction! The coincidence struck me as equally unfortunate and extraordinary. Of course I knew nothing whatever of Mr. Thackeray's domestic concerns: he existed for me only as an author: of all regarding his personality, station, connections, private history—I was . . . totally in the dark: but I am <u>very</u>, <u>very</u> sorry that my inadvertent blunder should have made his name and affairs subject for common gossip.
> The very fact of his not complaining at all—and addressing me with such kindness notwithstanding the pain and annoyance I must have caused him—

increases my chagrin. I could not half express my regret to him in my answer, for I was restrained by the consciousness that that regret was just worth nothing at all—quite valueless for healing the mischief I had done. (*Letters*, pp. 101–02)

　現実は小説より奇なり、ということはしばしばあるものですね。この偶然の一致は私が不運であると同様に異常な人間ということを、はたと気づかせました。もちろん私はサッカレー氏の家庭の問題について何も知りません。彼は私にとって作家としてだけの存在です。彼の人格、位置、人との繋がり、個人的な歴史に関して全く知りません。私は……完全な暗闇の中にいました。だが私の不注意な失策は彼の名と諸問題を世間のゴシップの種にしたことを非常に遺憾に思っています。

　彼がこれに対して不平一つも言わないという事実、そして私が引き起こしたに違いない苦しみや迷惑にもかかわらずあのように親切に私に話しかけるその事実は、私の残念な気持ちを一層増大させます。私は返信の中で彼に対する遺憾な気持ちを半分も表現できなかった。何故なら、私はあのような後悔は全く価値のないという意識、私が犯した失敗を癒すためには何の価値もないという意識によって抑制されたからです。

　だが、彼女はこのように述べるその一方で、胸の内で自分の想像力が浅い経験を補って余りある創造的才能を確信したに違いない。そして今回のサッカレーの手紙は彼女に作家として自立できる自信を与えた。さらに彼女の次の作品に対するウィリアムズの大きい期待と強い関心は彼女にとって強い励みとなり、創造意欲を駆り立てた。以上の観点から、1月28日のウィリアムズ宛の手紙はブロンテが作家として立派に生きて行く決意表明と解釈してよかろう。上記に続く最後の一節からその決意が控え目ながらもはっきり読み取ることができる。それは彼女の次の作品に寄せるウィリアムズの様々な要望や助言に対する感謝の言葉で始まった後、最後に、作家として自立する決意を次のように述べる。

I keep your letters, and not unfrequently refer to them. Circumstances may render it impracticable for me to act up to the letter of what you counsel, but I think I comprehend the spirit of your precepts—and I trust I shall be able to profit thereby. Details—Situations which I do not understand, and cannot personally inspect, I would not for the world meddle with, lest I should make even a more ridiculous mess of the matter than Mrs. Trollope did in her "Factory Boy" . . . —yet though I must limit my sympathies—though my observation cannot penetrate where the very deepest political and social truths are to be learnt—though many doors of knowledge which are open for you, are for ever shut for me—though I must guess and calculate, and grope my way in the dark and come to uncertain conclusions unaided and alone . . . —yet with every disadvantage, I mean still, in my own contracted way to do my best. Imperfect my best will be, and poor—and compared with the works of the true Masters—of that greatest modern Master, Thackeray, in especial (for it is him I at heart reverence with all my strength) it will be trifling—but I trust not affected or counterfeit. (*Letters*, p. 102)

　私はあなたの手紙を保存し、たまにはそれを参考にしています。いろいろな事情であなたが手紙で助言してくれた通りに実行できないこともありますが、あなたのご指示の意味をよく理解していますので、それを必ず利用できると確信しています。私には分からず、そして調べることもできない複雑な事情に、私はいかなることがあっても立ち入ろうとはいたしません。トゥロロップ夫人が『工場の少年』の中でやったよりもっと滑稽な大失敗をしでかすといけませんから。その上、私は本当に経験していない感情や問題を一つでも知っているような振りは致しません。……たとえ私の共感は限られていても、たとえ私の目は政治や社会の学ぶべき深い真実を見抜くことができないとしても、あなたにとって開かれた知識の多くの扉が私に永遠に閉ざされているとしても、また私は暗闇の中を推測し、計算し、手探りしながら進み、誰の手も借りずに一人で不確かな結論（終着点）に到達するとしても、……私はあらゆる不利な条件を背負いながら私自身の限られた方法で精一杯やり抜くつもりでいます。私の最良の作品は真の巨匠たちのそれと比べると不完全で貧弱でありますが――中でも特に現代の最高の作家であるサッカレー（私は彼を心から精一杯尊敬しているので）の作品と比べると全く取るに足りないものですが――それでも私は見かけ倒しであったり、まがい物ではないと信じています。

(4)

　『ジェーン・エア』に対する書評は一部の保守的なものを除くとその大部分は極めて好意的で、数年来の傑作という高い評価をする批評家も少なくなかった。従って売れ行きも順調そのもので、第2版は3か月後の1月22日に、そして第3版も同じく3か月後の4月半ばに出版された。それだけに彼女の第2作が上梓されることを読書界はもちろん批評家も待ち望んでいた。『ジェーン・エア』の出版会社「スミス、エルダー社」はそれをなお一層期待して当然であった。従ってこの第2版が出た頃からウィリアムズがブロンテに宛てた手紙の中に彼女の次の作品に対する注文や助言がしばしば見られるようになった。それに対して彼女は丁寧に自分の考えを伝えているので、執筆の計画やその過程を知る上で大いに役立つ。

　『ジェーン・エア』に対する書評の中で、苦言を呈した項目の一つはルイス

宛の手紙からも読み取れるように（255〜56 頁参照）、メロドラマ的色合いが
濃いという指摘であった。彼女はこれらの批判は謙虚に受け止め、今後の参考
にすることに努めた。しかし保守的な宗教色の強い偏見に満ちた機関紙や、あ
ら捜しを目的にした書評にたいしては猛然と反論した。それは彼女がウィリア
ムズに宛てた手紙にも見られるが、『ジェーン・エア』の序文に顕著に表われ
ている。だがこれについては、本章の第 3 節で既に紹介したのでそれを参照し
ていただきたい（263〜64 頁参照）。このような経緯を経て彼女は自立した作家
としての自信と自覚は日増しに高まり、次の作品を書く時これらの書評を貴重
な指針にすることを厭わなかった。そしてこの頃から以前のように『教授』の
改訂版にさほどこだわらなくなり、多くの書評が求めるような実体験に基づい
た一層写実的な作品を書くことを志した。しかし前述の 1 月 28 日のウィリア
ムズ宛書簡の中で述べているように（266〜67 頁参照）、経験不足の自分は「暗
闇の中を手探りしながら、誰の手も借りずに一人で」解決しなければならいこ
とを重々覚悟していた。

　このような暗中模索の中で、3 月 11 日のウィリアムズ宛の手紙の最後に、
次作の『シャーリ』の執筆を匂わす言葉が見られる。それは隣国フランスでは
労働者が政府の政策に抗議して激しいデモを繰り返している事件に触れて次の
ように述べている。

　　　Are the London republicans—and <u>you</u> amongst the number—cooled down
　　yet. I suppose not—because your French brethren are acting very nobly: the
　　abolition of slavery and of the punishment of death for political offences are two
　　glorious deeds; but how will they get over the question of the organization of
　　labour? (*Letters*, p. 104)
　　　ロンドンの共和主義者——あなたもその一人ですが——はもう鎮まりました
　　か。私はそうは思いません。何故なら、あなたのフランスの同胞は立派に行動
　　しているからです。奴隷制度の廃止と政治犯死刑の廃止は二つの輝かしい政策
　　でしたが、労働組織の問題をどのように乗り越えるでしょうか。

　そしてこれより 2 か月後の 5 月 12 日の同じくウィリアムズ宛の手紙で、女性
の家庭教師 (governess) の職業について論じているが、それは非常に知的レベ
ルの高い女性が求められている割に給料が安く、その上本来の仕事以外の召使
や子供の遊び相手までさせられる、等々と女性の自活の難しさを論じている。
そして最後の手紙の余白に、次の作品では女性家庭教師の問題にできるだけ触

れないようにすると、次のように述べている。

I have forgotten to answer a question you ask respecting next work—I have not therein so far treated of governesses, as I do not wish it to resemble its predecessor. I often wish to say something about the "condition of women" question—but it is one respecting which so much "cant" had been talked, that one feels a sort of repugnance to approach it. (*Letters*, p. 108)

私は次の作品に関するあなたの質問にお答えするのを忘れていました。わたしは次の作品では女性家庭教師についてさほど扱っていません。前の作品（『ジェーン・エア』）に似せたくないからです。私は何度も「女性の身分」の問題について何か言いたいと思っていますが、その問題（女性家庭教師の件）は余りにも多く話題にされてきたので、この問題に触れると人は嫌気を催すほどです。

上記の書簡文から、この頃ブロンテは『シャーリ』をすでに書き始めており、そしてこの新しい作品には『ジェーン・エア』のような女性家庭教師の登場はもちろん、女性の身分に関する社会的問題などについて深く立ち入らないことを執筆を始める前から決めていたことが分かる。しかし実際は家庭教師に対する身分差別は相当根強く残っていたことを裏づける場面が何度か鮮明に描かれている。

(5)

　シャーロット・ブロンテの妹エミリとアンのそれぞれの小説『嵐が丘』(*Wuthering Heights*) と『アグネス・グレイ』(*Agnes Grey*) は、『ジェーン・エア』より2か月遅れて、12月14日にロンドンの出版業者 T. C. ニュービ (Newby) によって、「エリス・ベル」(Ellis Bell) と「アクトン・ベル」(Acton Bell) の偽名で出版された。しかし姉の作品が余りにも有名であったために、二人の妹の作品も姉（カラー・ベル）によって書かれた、と推測する読者は少なくなかった。つまり、これら三作はすべて同一作家によって書かれたと推測したのである。シャーロットは『ジェーン・エア』の第3版（1848年4月）でこれら三作はそれぞれ別人の作であることを公表しなければならないほどであった。それから2か月後の6月22日に、アンは第2作『ワイルドフェル邸の住人』(*The Tenant of Wildfell Hall*) を同じニュービによって出版した。ところがこの出版業者もこれらの作品はすべてカラー・ベルによって書かれたと宣伝した。

　ちょうどその頃シャーロット・ブロンテ（カラー・ベル）は彼女の新作『シ

ャーリ』を書き始めたところであった。その作品を「スミス、エルダー社」は
アメリカの出版会社に売る約束を予め交わしていた。ところが、その新作をシ
ャーロットがアメリカの別の会社に売り渡すという偽りの報道を（ニュービか
ら）聞いて驚いたスミスは、それを確かめる手紙を彼女に送った。7月7日に
それを受け取ったシャーロットは最早自分の名を隠しておくわけにはいかず、
急遽その日の夜行列車でアンと一緒にロンドンに向かった。そして6年半前ベ
ルギーへ旅立つとき父と一緒に泊まった同じ宿 (Chapter Coffee House) に投宿
し、早速スミスの会社を訪ね、カラー・ベルとアクトン・ベルは同一人物でな
いこと、そしてニュービ氏が伝えた報道は真っ赤な嘘であることなど身をもっ
て証明した。さらにニュービ氏とも直接会って彼の偽の報道に対して厳しく抗
議した。そして三日間のロンドン滞在中、ジョージ・スミスやウィリアムズか
ら大歓迎を受け、オペラ・ハウスへの招待を初めとして、ナショナル・ギャラ
リやその他の展示会へ案内してもらった。また彼らの家にも招かれたが、家族
には自分たちの本名は隠したままであり、サッカレーやルイスとの面会も断っ
た。しかしブロンテ姉妹がハワースに戻ってからしばらくしてウィリアムズは
家族に彼女について本当のことを話したらしく、7月31日のウィリアムズ宛
の手紙で、「あなたとあなたの家族が私たちの秘密を守ってくださることに感
謝いたします。その秘密を守っていただくことは私たちにとって本当に有難い
のです。」(I thank you both you and your family for keeping our secret—It will
indeed be a kindness to us to preserve in doing so—) と述べている。小説を書
くことは自分の心の内を公に晒すことを意味しているので、自分の名を公にす
ることはとりわけ女性にとって快くない上に、自分の名を隠すことによって自
由に本心を語ることができたからである。

　シャーロット・ブロンテにとってウィリアムズは『ジェーン・エア』の出版
計画が始まった当初からの最も縁の深い文通仲間であったが、7月11日に直
接会った後は自分を隠す必要もなくなり、以前に増して彼との文通は親密の度
合いを増していった。従って、彼女が彼に送った手紙はブロンテの小説に対す
る考え方や創造背景を知る上で不可欠なものとなっている。その中の一つに7
月31日の非常に長い手紙がある。それによると、ウィリアムズは彼女に作家
として成長するためには社交界に顔を出すことも大切であると助言したらし
く、それに対する彼女の返事は実に興味深い。

第 6 章 『ジェーン・エア』の評価とその後　271

An existence of absolute seclusion and unvarying monotony, such as we have long—I may say indeed—ever been habituated to tends I fear to unfit the mind for lively and exciting scenes—to destroy the capacity for social enjoyment.

　　The only glimpses of society I have ever had, were obtained in my vocation of governess—and some of the most miserable moments I can recall, were passed in drawing-rooms full of strange faces. At such times my animal spirits would ebb gradually till they sank quite away—and when I could endure the sense of exhaustion and solitude no longer, I used to steal off, too glad to find any corner where I could really be alone. (*Letters*, p. 114)

私たちは長い間、本当に全く辺鄙で変化のない孤独の生活に慣れてきましたので、私たちの心は活気のある場面には不向きで、社交を楽しむ能力を駄目にしているように感じます。

　　私が実際に目にした唯一の社交界は、家庭教師をしていた頃に経験したものです。私が思い出すことのできる最も惨めな瞬間は、見知らぬ人たちの顔で一杯の応接室で過ごしている時でした。そのような時、私の動物的精神は次第に衰退してゆき、そして疲労と孤独に最早耐えられなくなったとき、部屋を抜け出したものです。私が本当に一人でいられる片隅を見つけた時の嬉しさは言葉に表せません。

　このような行動は、『教授』の第 3 章でウィリアム・クリムズワースが舞踏会の部屋を抜け出して、母の肖像画のかかった静かな部屋でその絵を見つめている場面に反映している（64 頁参照）。そしてさらに『ジェーン・エア』第 2 巻第 2 章のソーンフィールドで催されたパーティの部屋におけるジェーンの行動、即ち彼女が窓際に隠れるように座って華やかな夫人たちの言動をじっと観察している姿にそのまま反映している。上記に続く次の一節は『ジェーン・エア』のこの場面を想い起させる（170 頁参照）。

　　Still I know very well, that though that experiment of seeing the world might give acute pain for the time, it would do good afterwards; . . . I mean to try to take your advice some day—in part at least—to put off, if possible that troublesome egotism which is always judging and blaming itself—and to try—county spinster as I am—to get a view of some sphere where civilized humanity is to be contemplated. (*Letters*, p. 114)

　　私が人間社会を見ることは当分厳しい苦痛を伴いますが、後で役に立つことを十分承知しています。……私はあなたの助言の、少なくともその一部を何時か実行する積りでいます。私は自身を批判したり非難するあの厄介な自己中心癖をできれば脱ぎ捨て、そして年増の田舎娘である私が文明社会をじっくり観察できる場所を見つける努力をするつもりでいます。

実際、彼女はこの言葉を裏付けるように、当時執筆中の『シャーリ』に、ジェーンのような田舎娘が部屋の片隅からパーティの男女の姿を覗き見している場面は一度も出てこない。前述の卑屈な女性家庭教師をこの小説から排除したことと合わせて、見落としてはならない興味深い言葉である。そしてここにも次の小説『シャーリ』が目指すリアリズムの特徴が垣間見える。

さて、上記より15日後の8月14日に同じくウィリアムズに宛てた手紙は『ジェーン・エア』を正しく解釈する上で大いに参考になる。小説のヒーロー、ロチェスターの存在意義について作者自身の真剣な解釈が見られるからである。ウィリアムズはアンの第2作『ワイルドフェル邸の住人』（269頁参照）の主人公がロチェスターに似ていると解釈したことに対して、シャーロットは二人の性格が本質的に異なることを次のように強調している（イタリックは筆者）。

> You say, Mr Huntingdon reminds you of Mr. Rochester—does he? Yet there is no likeness between the two; the foundation of each character is entirely different. Huntingdon is a specimen of the naturally selfish sensual, superficial man whose one merit of a joyous temperament only avails him while he is young and healthy, whose best days are his earliest, who never profits by experience, who is sure to grow worse, the older he grows. Mr. Rochester has a thoughtful nature and a very feeling heart; he is neither selfish nor self-indulgent; he is ill-educated, mis-guided, errs, when he does err, through rashness and inexperience: he lives for a time as too many other men live—but being radically better than most men he does not like that degraded life, and is never happy in it. *He is taught the severe lessons of Experience and has sense to learn wisdom from them—years improve him*—the effervescence of youth foamed away, what is really good in him still remains—his nature is like wine of a good vintage, time cannot sour—but only mellows him. Such at least was the character I meant to pourtray. (*Letters*, pp. 116–17)

　あなたはハンティンドン氏を見るとロチェスター氏を想い出すと仰いますが、果たしてそうでしょうか。この二人の間に似たところは一つもありません。互いの性格は本質的に全く異なっています。ハンティンドンは生来自己中心的な上辺だけの感覚的男性の見本で、彼の唯一の利点である愉快な気性は彼が若くて健康な間だけ役立つでしょう。だがそのような最良の日々は最初の若いときだけで、経験によって得たものでないので、彼が年をとればとるほどきっと悪くなっていくでしょう。一方、ロチェスター氏は深く考える性質と感受性豊かな心を持っています。彼は利己的でもなく、我がままでもありません。彼は立派に教育されておらず、指導もされていません。短気と無経験のために過ちを犯すこともあります。また他の大多数の男性がするような生活もしました。

しかし彼は大抵の男性より基本的に立派ですので、あのような堕落した生活を好まず、それを幸せとは思いません。彼は自らの厳しい体験によって教育され、その経験から知恵を学び取る感性を持っている。そして年齢が彼を改善し、若い沸き立つ情熱が解け去って彼の本当に良い所がそのまま残るでしょう。そして彼の性質は立派なヴィンテージの葡萄酒のように、時が過ぎると酸っぱくならずに、ただまろやかになるのみです。以上は私が少なくとも描こうとしていた彼の性格です。

　僅か数行の中にこれほど的確にロチェスターの人格を定義した文章を他に見出すことができないほど見事に要約している。そして彼のような人物こそブロンテが理想とする男性であったに違いない。その観点からも、『ジェーン・エア』は彼女の意中を告白した「自叙伝」的意味を持っていたと言えよう。そしてさらに筆者が特にイタリックで示した言葉が意味するように、この小説は「成長物語」の流れに乗った作品であることを彼女自ら力説しているように思う。

　上記の手紙を書いてからおよそ3週間後の9月上旬、ブロンテは何時ものようにウィリアムズと手紙による文学談義をする中で、大衆受けのする作品に話題が移り、今もなお皆一様に美男・美女のヒーローとヒロインによるロマンスが好まれるようであるが、彼女はそのような因習に従うぐらいなら、作家活動はきっぱり止めると次のように断固たる態度を示している。彼女の作家としての信念を理解する上でこれまた不可欠な言葉である。

　　The standard heroes and heroines of novels, are personages in whom I could never, from childhood upwards, take an interest, believe to be natural, or wish to imitate: were I obliged to copy these characters, I would simply—not write at all. Were I obliged to copy any former novelist, even the greatest, even Scott, in anything, I would not write—Unless I have something of my own to say, and a way of my own to say it in. I have no business to publish; unless I can look beyond the greatest Masters, and study Nature herself, I have no right to paint; unless I can have the courage to use the language of Truth in preference to the jargon of Conventionality, I ought to be silent. (*Letters*, p. 118)

　　小説の標準的なヒーローとヒロインは、私が子供の頃から今日まで全く興味を持てず、自然であるとは信じられず、また真似たいと思ったことのない人物です。だからもし私はこのような人物をそのまま写すように強要されたら、私は書くことをあっさり断ります。もし私は過去の小説家の真似をしろと強要されたら、たとえ最も偉大な作家であろうと、たとえスコットであっても、私が述べるべき何かを持っていなければ、また自分流に語ることができなければ、作品が何であろうと私は絶対に書かないでしょう。私は出版に関わる用が全く

ありません。私は最も偉大な巨匠の向こうを見つめ、自然そのものを探求できなければ、私に描く資格がありません。私は因襲の戯言を真似るより真実の言語を用いる勇気がなければ、（何も書かずに）黙っているべきでしょう。

　作家は、自分の書きたいことを書く、己の信ずるところを勇気を持って書く、大衆の好みに迎合しない、因習や常識に絶対縛られない。自然を広く深く観察し、真実の言葉に耳を傾ける、これが作家シャーロット・ブロンテの座右の銘であり、信条であった。彼女はこの信念の下に『ジェーン・エア』のヒーローとヒロインを創造したのである。

(6)

　ブロンテは上記の手紙を書いてから数日後（9月中旬）『シャーリ』の第1巻を書き終えて清書した。手紙ではもっぱら『ジェーン・エア』に関することばかり話していたが、その裏で新作の執筆に精を出していたのである。彼女はこの執筆に着手したのは恐らく春を過ぎた頃であったと推測できるが、必ずしも順調ではなかったと想像できる。その最大の原因は弟ブランウェルが心身共に崩壊してゆく姿を目の当たりにして、家族全員を苦しめていたからである。彼の異常な行動についてはこれまで何度か言及したが、この春ごろから末期的症状を帯び始めた。7月28日の親友エレン・ナッシー宛の手紙の最後に次のように述べている。言葉は短いが、家族の苦しみは手に取るように見える。

> Branwell is the same in conduct as ever—his constitution seems much shattered—Papa—and sometimes all of us have sad nights with him—he sleeps most of the day, and consequently will lie awake at night— ... (*Letters*, p. 112)
> ブランウェルの行動はいつもと同じです。彼の体はぼろぼろに壊れているように見えます。時々、私たち姉妹は父と一緒に悲しい夜を過ごしています。父は日中ほとんど眠っているので、夜は床に入ったまま眠らずにいます。

　これよりおよそ2か月後の9月24日、ブランウェルは死亡した。家族は悲しいながらも長年の苦しみからようやく解放されたのである。それから8日後（10月2日）シャーロットがウィリアムズに送った手紙は、いかなる伝記よりも的確にブランウェルの最後の数年間の姿を伝えている。恐らくこれは彼女でしか語れない真の姿であった。

第 6 章 『ジェーン・エア』の評価とその後　275

"We have buried our dead out of our sight." A lull begins to succeed the gloomy tumult of last week. It is not permitted us to grieve for him who is gone as others grieve for those they lose; the removal of our only brother must necessarily be regarded by us rather in the light of a mercy than a chastisement. Branwell was his Father's and his sisters' pride and hope in boyhood, but since Manhood, the case has been otherwise. It has been our lot to see him take a wrong bent: to hope, expect, wait his return to the right path; to know the sickness of hope deferred, the dismay of prayer baffled, to experience despair at last; and now to behold the sudden early obscure close of what might have been a noble career. . . . My brother was a year my junior; I had aspirations and ambitions for him once—they have perished mournfully—nothing remains of him but a memory of errors and sufferings—There is such a bitterness of pity for his life and death—such a yearning for the emptiness of his whole existence as I cannot describe—I trust time will allay these feelings. (*Letters*, p. 120)

　「私たちは私たちの死者を見えないところに埋めました。」1 週間の憂鬱な騒ぎの後にようやく凪が始まりました。他の人が死者のために悲しむように、私たちは彼のために悲しむことはできません。従って私たちの唯一の弟（兄）の死は、私たちにとって天の懲罰というよりもむしろ御慈悲のように見えます。ブランウェルの少年時代は彼の父の、そして彼の姉妹の誇りであり希望でありました。しかし大人になってからは、事態が逆転しました。彼は悪い方角へ向かってゆくのを見ること、彼が正しい道へ戻るのを希望し、期待し、待つこと、そして希望が延び延びになる苦しさ、祈りが破られる空しさを知り、最後に絶望を経験することが私たちの宿命でした。そして今、気高い経歴であったかも知れない若者の人知れぬ突然の死を見るのが私たちの運命でした。……私の弟は私より一つ年下でした。私は彼に対してかつては憧れと野望を抱いていました。しかしそれはずっと昔のことで、とうに悲しく消え去りました。今では彼の想い出は過ちと苦しみ以外に何も残っていません。有るものはただ、言葉では表せない彼の生と死に対する苦い同情と、彼の人生の空しさに対する切ない思いしかありません。このような感情もいずれ時間が和らげてくれると信じています。

　彼女はウィリアムズにこのような手紙を送ってから 4 日後（10 月 6 日）、「時間が彼女の心を和らげた」のであろうか、ブランウェルの最後の祈る姿を思い出して過去の罪をすべて赦す優しい心に変わっている。

The remembrance of this strange change now comforts my poor Father greatly. I myself, with painful, mournful joy, heard him praying softly in his dying moments, and to the last prayer which my father offered up at his bedside, he added "amen". How unusual that word appeared from his lips— . . . (*Letters*, p. 122)

この不思議な変化を想い起して父の心は今癒された気分になっています。私自身も悲痛な喜びをもって彼が死ぬ瞬間に優しく祈るのを聞きました。そして父が彼の寝床の側で捧げた祈りの言葉に彼が「アーメン」を付け加えたのです。その言葉が彼の唇から出てくるとは何と不思議なことでしょう。

　ブロンテは以上のような弟ブランウェルの最後の十数日の間に『シャーリ』の第１巻を完成したのである。彼女の精神力の強さと旺盛な創造力を改めて思い知らされる。
　しかし彼女の試練はこれで終わることはなかった。弟の死後休む間もなく、彼女にさらに大きい試練が襲ってきたからである。それは最愛の妹エミリの最期の壮絶な死との戦いを３か月間目の当たりにしながらその悲しみに耐え抜いたことである。この間におけるエミリの病状の急激な悪化とそれに耐える彼女の異常な姿について、シャーロットがエレン・ナッシーと、今ではエレンに次ぐ親友となったウィリアムズに送った手紙は全てを語っている。まず、11月23日にナッシー宛ての手紙はエミリの深刻な病状の報告で始まっている。

　　　I told you Emily was ill in my last letter—she has not rallied yet—she is <u>very</u> ill:
　　I believe if you were to see her your impression would be that there is no hope: a
　　more hollow, wasted pallid aspect I have not beheld. The deep tight cough
　　continues; the breathing after the least exertion is a rapid pant—and these
　　symptoms are accompanied by pain in the chest and side. (*Letters*, p. 125)
　　　私は先日の手紙でエミリ（の病状）が悪いと述べましたが、全然回復していません。彼女は非常に悪いのです。もしあなたは今彼女を見れば、「もう絶望」という印象を受けるでしょう。私自身もあれほどやつれ果てた青白い顔を見たことがありません。深い乾いた咳が絶えず起こり、ほんの少しでも無理に体を動かすと喘ぐような激しい呼吸をする。そしてこのような症状は胸とわき腹に痛みを伴います。

　エミリはこのよう状態であったにもかかわらず、自分の病気の深刻さを知られることも認めることも拒否し続けた。従って、彼女の脈拍を計ることでさえ容易ではなく、ましてや医者を呼ぶことを彼女は頑固に拒否し続けた。このような状態についてシャーロットは上記に続いて次のように伝えている。

　　　Her pulse, the only time she allowed it to be felt, was found to be at 115 per
　　minute. In this state she resolutely refuses to see a doctor; she will give no
　　explanation of her feelings, she will scarcely allow her illness to be alluded to.

Our position is, and has been for some weeks, exquisitely painful. God only knows how all this is to terminate. More than once I have been forced boldly to regard the terrible event of her loss as possible and even probable. But Nature shrinks from such thoughts. I think Emily seems the nearest thing to my heart in this world. (*Letters*, p. 125)

　彼女がただ一度だけ計らせてくれた脈拍は 1 分間に 115 回であることが分かった。このような状態であっても彼女は医者を呼ぶことを断固拒否した。彼女は自分の気分について説明しようともせず、また彼女の病気に言及することさえ許そうとはしなかった。私たちの立場は現在も過去数週間も本当にひどく苦しい状態でした。これら全てはどのように終結するのか、神のみぞ知るですが、私は一度ならず何度も、彼女の死という恐ろしい出来事も可能で、有り得ると敢えて考えざるを得ませんでした。だがそのように考えると気力も萎縮してしまう。エミリはこの世の中で私の心に一番近い存在であるように思います。

　ブロンテは上記の手紙を書く前日（11 月 22 日）ウィリアムズにも手紙を書いているが、それは妹エミリの病気を治す医術としてホメオパシー (homeopathy) 療法は良いのではないかという彼の親切な手紙に答えた返事である。この手紙の中でもシャーロットは上記と同じような返事をしている。即ち、彼女に何かを一方的に薦めると絶対に受け入れない頑固な性格であるので、ウィリアムズの親切な手紙も黙って見せるだけにした。すると彼女はさっと目を通して、これは「幻想」(delusion) で、ただの「いんちき療法」(quackery) と切り捨てた。このようなエミリの頑固な性格を、「これまで彼女は薬を拒否し、医学的助言を断り、どのように説得しても懇願しても、彼女を医者に会わせることができなかった」(Hitherto she has refused medicine, rejected medical advice—no reasoning, no entreaty has availed to induce her to see a physician.) と説明をしている。

　それから 2 週間後ウィリアムズはホメオパシーに関するカリー博士 (Dr. Curie) の著書を送ってきた。12 月 7 日の手紙はそれに対する礼状を兼ねた返事であるが、その中でエミリの末期的な症状と、それに対する家族の心境を次のように伝えている。

I can give no favourable report of Emily's state. My Father is very despondent about her. Ann and I cherish hope as well as we can—but her appearance and her symptoms tend to crush that feeling. . . . I <u>must</u> cling to the expectation of her recovery; I <u>cannot</u> renounce it. (*Letters*, p. 126)

> 私はエミリの病状について全然明るい報告ができません。父は彼女について全く悲観的ですが、アンと私は可能な限り希望を抱いています。しかし彼女の姿と彼女の症状はそのような期待を打ち砕いてしまう。……私は彼女の回復への期待に縋りつかねばならない、私はそれを拒否できません。

　この手紙を書いてから12日後の12月19日、エミリはシャーロットの期待も空しく他界した。4日後ナッシーに送った手紙で、「彼女は前途有望の人生の盛りで死んだ」(She has died in a time of promise—we saw her torn from life in its prime) と述べた後、現在の自分の心境を「人生最大の悲しみを味わったが、今は不思議なほど落ち着いている。」しかし妹アンの顔を見ると、彼女は決して良好とは言えない、と不安を漏らしている。彼女もエミリと同じ肺結核に侵され、医者の診断によるとかなり進行しており、シャーロットの心配と不安は尽きることがなかった。従って、手紙の最後に次のように書き加えている。

> Try to come—I never so much needed the consolation of a friend's presence. Pleasure, of course, there would be none for you in the visit, except what your kind heart would teach you to find in doing good to others. (*Letters*, p. 128)
> 　是非とも来てください。私は今ほど友人の慰めを必要としたことがありません。もちろん来てくださっても、あなたの優しい心が他人を幸せにできることを学び取るであろう喜び以外に何もないと思いますけど。

この手紙を受け取ったナッシーは28日にハワースへ駆けつけ、翌年1月9日まで2週間近くシャーロットと一緒に過ごした。

　上記の手紙より二日遅れてウィリアムズにもエミリを失った悲しみを切々と語った手紙を送っているが、より一層リアルで胸を打つものがある。その一部を引用しよう。

> . . . her deep, hollow cough is hushed for ever; we do not hear it in the night nor listen for it in the morning: we have not the conflict of the strangely strong spirit and the fragile frame before us—relentless conflict—once seen, never to be forgotten. A dreary calm reigns round us, in the midst of which we seek resignation. (*Letters*, p. 128)
> 彼女の深い乾いた咳が永久に鎮まった。私たちは夜その音を聞くこともなければ、朝それを耳にすることもない。彼女の不思議なほど強い精神力と弱い肉体との苦闘、一度見れば二度と忘れることがない容赦しない苦闘を私たちは最早見ることもありません。恐ろしい静けさが私たちを取り巻いていますが、その中で私たちは諦観を探しています。

(7)

　こうして 1849 年を迎えたシャーロットは気を取り直して、弟の死以来途絶えていた『シャーリ』の執筆に着手しようと沈んだ心を奮い立たせていた。ところが妹アンはエミリの死とほぼ同時に、姉と全く同じ肺結核の症状を示し始めた。リーズ (Leeds) から名医を呼び寄せて診察してもらった結果はシャーロットの不安を裏付けるものだった。彼女はそれを信じたくなかったが、アンをエミリと同じ運命にさせたくなかったので、暖かい国に転地するなどあらゆる方法を考えた。1 月 13 日にウィリアムズに送った手紙はこの間の彼女の心境をつぶさに伝えている。

　まず初めに、彼女はアンと同じ部屋に座っているが、アンは勉強はもちろん本を読む元気も失っている。医者は聴診器を当て、肺結核と診断した。彼女はそれを聞いて最初に思い付いたことは「アンを温かい所へ今直ぐ移す」ことだった。しかしこの寒い冬の最中に彼女を旅させることは危険で、暖かい自分の部屋にいる方が安全ということになった。その上、70 歳を超えた父は娘に同伴することが不可能ということも原因して春まで延ばすことにした。彼女はこのような主旨の報告をした後、エミリが死んで病身の妹と二人だけになった現在の心境を次のように語る。

> 　When we lost Emily I thought we had drained the very dregs of our cup of trial, but when I hear Anne cough as Emily coughed, I tremble lest there should be exquisite bitterness yet to taste. However I must not look forwards, nor must I look backwards. Too often I feel like one crossing an abyss on a narrow plank—glance round might quite unnerve. (*Letters*, p. 130)
>
> 　私たちはエミリを亡くした時、私たちの試練のコップを最後の一滴まで飲み干したと思いました。だがアンがエミリと同じ咳をするのを聞いた時、あの極限の辛い思いをまた味わうのではないかと身震いがしました。しかし私は前を見たり、後ろを見たりすべきではありません。私は見回すと気が遠くなるような深い谷に渡した狭い板の上を歩く人のような思いを何度も経験しているのです。

　そしてさらに続けて、「このような境遇」であるので、小説の執筆は当分彼女の頭から「消え去ったまま」と、次のように伝えている。

My literary character is effaced for the time—and it is by that only you know me—care of Papa and Anne is necessarily my chief present object in life to the exclusion of all that could give me interest with my Publishers or their connexions—Should Anne get better, I think I could rally and become Currer Bell once more—but if otherwise—I look no farther—sufficient for the day is the evil thereof. (*Letters*, p. 130)

作家としての私は当分消去されたままです。だからただそれだけで今の私はどういう状態かお分かりでしょう。つまり、父とアンの世話が必然的に現在の生活の主要な目的になっていますので、私の出版業者やそれに関係した私の関心事は全て除外しなければなりません。もしアンが良くなれば、私は全力を振り絞っても再び作家カラー・ベルになるつもりですが、もしその逆であれば、先は全く見通せません。「悪いことはその日だけで十分です。」

なお、最後の一文は『新約聖書』の「マタイ伝」第6節34節からそのまま引用した言葉である。

しかしそれからおよそ1か月後の2月10日（？）ウィリアムズに、アンが少し良くなったので『シャーリ』の執筆を再開することを伝えている。

I am glad that you and Mr. Smith like the commencement of my present work—I wish it were more than a commencement, for how it will be re-united after the long break, or how it can gather force of flow when the current has been checked—or rather drawn off so long—I know not. (*Letters*, p. 132)

あなたとスミス氏は私が現在の作品の執筆を開始したことを喜んでくださっているので嬉しく思います。それは只の開始以上のものであることを願っています。何故なら、長い間中断した後それはどのように再結合するのか、また流れが随分長い間せき止められていたので、或いはむしろ引き延ばされてきたので、どのように水力を集められるのか、私は分からないからです。

しかしこれより1か月半後の3月24日のウーラー嬢宛の手紙の冒頭で、アンがさらに悪化して最早絶望に近い状態であることを伝えている。

I have delayed answering your letter in the faint hope that I might be able to reply favourably to your enquiry after my Sister's health. This, however, it is not permitted me to do. Her decline is gradual and fluctuating, but its nature is not doubtful. The symptoms of cough, pain in the side and chest, wasting of flesh, strength and appetite—after the sad experience we have had—cannot be regarded by us as equivocal. In Spirit she is resigned: at heart she is—I believe—a true Christian: She looks beyond this life—and regards her Home and Rest as elsewhere than on Earth. May God support her and all of us through the trial of lingering sickness—and aid her in the last hour when the struggle which separates soul from body must be gone through!

(*Letters*, pp. 133–34)

　私の妹の体調に関するあなたのお問い合わせに対して、もしかして良い返事ができるかも知れないと期待して今日まで返事を遅らせてきました。しかしそうはさせてくれませんでした。彼女の病気は変動しながらも徐々に悪くなっています。それは疑いの余地がありません。咳、わき腹と胸の痛み、そして体と力と食欲の衰退、私たちがこれまで経験してきたことから判断して、これは曖昧な状態とはとても思えません。彼女は精神的に諦観しており、真のキリスト教徒になっていると私は信じています。彼女はすでに来世を眺め、彼女の安らぎの我が家は地上以外の場所と考えています。どうか神様、この長引く病の間、彼女と私たち全ての試練を支えてください、そして彼女の魂と肉体が分離する苦しみに耐えなければならない最後の時にどうか彼女をお助けくださいますように。

シャーロットはこのように述べた後、エミリが死んでからこの日までいかに厳しい試練の日々を過ごしてきたかを切々と語っている。その一部を引用しよう。

Yet I must confess that in the time which has elapsed since Emily's death there have been moments of solitary—deep—inert affliction far harder to bear—than those which immediately followed our loss— . . . I have learnt that we are not to find solace in our own strength; we must seek it in God's omnipotence. Fortitude is good—but fortitude itself must be shaken under us to teach us how weak we are. (*Letters*, p. 134)

　エミリが亡くなってから日々が過ぎていく中でしばしば味わった寂しい、深い、無気力な苦悩は、正直に申しまして彼女の死の直後のそれより遥かに耐えがたいものでした、……私たちは自分自身の力で慰めを見出すことはできないことが分かりましたので、神の全能の中に求めなければなりません。不屈の精神は確かに立派ですが、不屈の精神そのものが人の力の許では必ずぐらつき、私たちがいかに弱いかを教えてくれます。

　以上のような精神状態の中でシャーロットは『シャーリ』の第2巻を書き続けたのだった。そして遅くとも5月上旬にそれを書き終え、第3巻の執筆に恐らく取り掛かっていたに違いない。正味3か月で第2巻を書き終えたことになる。彼女の筆の速さを考えると特別驚くこともないが、あれほどの精神的逆境の中で執筆に集中できた彼女の精神力の強さに改めて驚かされる。恐らく、創作に集中することによって悲しみを忘れることができたのかも知れない。しかしこの創造力も5月20日前後からおよそ1か月半中断を余儀なくされた。彼女は妹アンの病気急変のため、懐かしい想い出の地スカーバラ (Scarborough,

North Yorkshire, 英国東海岸の保養地）へ向かう最後の旅の友として付き添った。アンは数年前ロビンソン家の家庭教師をしていた頃そこを訪れた時の楽しい想い出を忘れていなかったからである。彼女が死ぬ前にもう一度その美しい海を眺めたいという強い希望を、シャーロットは是非叶えてやりたいと思った。そして5月14日にその計画をナッシーに次のように伝えている。

> Anne was worse during the warm weather we had about a week ago—she grew weaker and both the pain in her side and her cough were worse— ...We have engaged lodgings at Scarbro [sic]—We stipulated for a good sized sitting-room and an airy double-bedded lodging room—with a sea-view—and—if not deceived—have obtained these desiderata at No 2 Cliff—Anne says it is one of the best situations in the place— ... We hope to leave home on the 23rd and I think it will be advisable to rest at York and stay all night there—I hope this arrangement will suit you as it will give you more time to see George.
>
> (*Letters*, p. 135)

> アンはおよそ1週間前の温かい天候の間に一層悪くなり、一層弱り、そして脇腹の痛みと咳が一層ひどくなりました。……私たちはスカーバラに宿を予約しました。結構広い居間と風通しの良いダブルベッド付の部屋、そして海の眺めの良い部屋を契約しました。そして予約した通りであるとすれば、クリフ2番地にこれら望み通りのものを確保しました。アンは当地で一番良い位置だと言っています。……私たちは23日に家を出る予定です。そしてヨークで一休みしてそこで一晩過ごすと良いと思います。あなたが（兄の）ジョージと会う余分な時間が持てるので、このような計画はあなたに都合が良いと思います。

こうしてアンは我が家に別れを告げる最後の日が来た。しかしその当日彼女の病状は非常に悪く、旅に出られる状態ではなかったので1日延ばして24日に出発した。重病の妹を伴った長旅はシャーロットにとって大変な苦労であったに違いない。幸い途中でナッシーと落ち合い、彼女の助けを借りてスカーバラに向かった。その少し手前のヨークで予定通り下車して一夜を過ごし、25日に目的の海辺の宿に着いた。そして翌26日は馬車で海辺を心行くまで見て回り、二日目の26日は部屋に閉じこもったまま美しい海の景色を眺めながら人生最後の1日を静かに過ごした。その日の夜、病気が急変して、翌28日の朝息を引き取ったからである。

アンが息を引き取る直前の様子やその後のシャーロットの悲痛な心境について、彼女がウィリアムズに送った3通の手紙は他のいかなる伝記的著作よりも真に迫るものがある。まず、アンの死後2日目（5月30日）に書いた手紙は、彼

女の混乱した心境をそのまま映して僅か3行半で終わっている。

> My poor sister is taken quietly home at last. She died on Monday—With almost her last breath she said she was happy—and thanked God that Death was come, and come so gently. I did not think it would be so soon. You will not expect me to add more at present. (*Letters*, p. 136)

妹は終に静かに天に召された。彼女は月曜日に亡くなりました。彼女が殆ど息を引き取る直前に彼女は幸せと言った。そして死が訪れたことを神に感謝した。そして死が静かに訪れた。私はそれほど早く訪れるとは思いませんでした。今はただこれだけしか話せません。

　そしてこれより4日後、多少落ち着きを取り戻したシャーロットはアンが死んだ時の様子をエミリのそれと比較しながら感慨深げに語っている。小説『シャーリ』のヒロインを解釈する上で見逃せない文章である（イタリックは筆者）。

> You have been informed of my dear Sister Anne's death—let me now add that she died without severe struggle—resigned—trusting in God—thankful for release from a suffering life—deeply assured that a better existence lay before her—she believed—she hoped, and declared her belief and hope with her last breath—Her quiet—Christian death did not rend my heart as Emily's stern, simple, undemonstrative end did—I let Anne go to God and felt He had a right to her.
>
> I could hardly let Emily go—*I wanted to hold her back then—and I want her back hourly now*—Anne, from her childhood seemed preparing for an early death—Emily's spirit seemed strong enough to bear her to fulness of years—they are both gone— . . . (*Letters*, p. 136)

アンの死について既にお知らせしましたが、彼女は厳しい苦しみもなく諦観し、神を信じ、苦しい人生から解放されたことを感謝しながら死んだことを新たに付け加えさせてください。また彼女の未来により良い生活が待っていることを心から確信し、神を信じ、希望を持っていました。そして最後に息を引き取るとき、彼女の信念と希望をはっきり口にしました。彼女の静かなキリスト教徒らしい死は、エミリの厳しく簡素で感情をはっきり見せない死と違って、私の心を引き裂くことはありませんでした。私はアンを神の許へ行かせ、神が彼女を受け入れる権利を持っているように感じます。

私はエミリを神の許へ行かせることが殆どできなかった。その時私は彼女を呼び戻したかった。そして今も絶えず彼女を呼び戻したいと思っている。一方、アンは子供の頃から夭折する準備ができているように見えました。エミリの精神は寿命が来るまで生きられるほど強く見えましたが、結局二人とも逝ってしまいました。

筆者がイタリックで示したシャーロットの「エミリを（黄泉の国から）呼び戻したかった。今も絶えず呼び戻したいと思っている」という悲痛な願望こそ、『シャーリ』のヒロイン創造の最大の原動力であった。シャーロット自身もシャーリはエミリの生まれ変わりであることを吐露している。これを予め理解してこの小説を読めば、小説の奥に秘めた彼女の心情が手に取るように見えてより深い共感を覚えるに違いない。

さて、シャーロットはアンの葬儀その他を全て済ませた後、6月7日にスカーバラを発って、7マイル南の海辺の町ファイリ（Filey）へ向かった。そこに1週間近く滞在した後さらに数マイル南の港町ブリドリングトン（Bridlington）へ移り、そこに1週間滞在して6月22日の夜、約1か月ぶりにハワースに戻った。家族は父一人だけの寂しい我が家に帰ったときの心境をその翌日ナッシーに宛てた手紙の中で次のように述べている。夜8時に家に帰ると父と召使そして2匹の犬は心から温かく迎えてくれたが、「私の喜びに何時もの感動がなかった。家全体は静かで、部屋全体はがらんとしており、三人が寝ていた部屋を想い出した」と述べる。そして彼女たちは再び地上に姿を現すことがないのだと思うと、「侘しさと悲しさがにわかに私の心を捉えた。」そして最後に、

> The great trial is when evening closes and night approaches—At that hour we used to assemble in the dining room—we used to talk—Now I sit by myself—necessarily I am silent.—I cannot help thinking of their last days—remembering their sufferings and what they said and did and how they looked in mortal affliction—perhaps all this will become less poignant in time. (*Letters*, p. 139)
>
> 大きい試練は日が暮れて夜が近づく時です。その時間に私たちは何時も食堂に集まって話をしたものです。だが今は私が一人で座っている。必然的に私は黙っている。私は彼女たちの最期の日々のことを考えざるを得ない。彼女たちの苦しみ、彼女たちが言ったこと、行ったこと、そして死の苦しみの表情を想い出している。恐らくこれも全ては時と共に和らいでゆくのでしょう。

と、心情を語っている。正に誰の心にも共感を呼ぶ言葉である。

シャーロットはこの手紙を書いてから間もなく『シャーリ』の最終巻の執筆に取り掛かり、悲しみを振り払うように一心不乱に書き続けた。そして8月半ばには後2〜3週間で完了するところまで書き進んだ。8月16日のウィリアムズ宛ての手紙の冒頭でそれを伝えている。

Since I last wrote to you—I have been getting on with my book as well as I can, and I think I may now venture to say that in a few weeks I hope to have the pleasure of placing the M.S. in Mr. Smith's hands: I shall be glad when it is fairly deposited in those hands. (*Letters*, p. 140)

　先日あなたに手紙を出してから全力を振り絞って私の本を書き続けました。それで2~3週間後にスミス氏の手にその原稿をお渡しできる、とあなたに前もってお伝えしたいと思います。その原稿が無事彼の手に渡れば嬉しく思います。

　それからおよそ3週間後の9月上旬に彼女の約束通り『シャーリ』の原稿はスミスの手に渡された。そして7週間後の10月26日に早くも出版された。500頁以上の長編小説を2か月足らずで出版するのは正に異例の早さである。ブロンテの第2の小説が読書界から期待されていた証拠であると同時に、『ジェーン・エア』の人気がいかに高かったかを裏付ける何よりの証拠と言えよう。

(8)

　上述のように『シャーリ』はシャーロット・ブロンテの人生で最大の試練の中で書かれた。彼女がこの作品の第1巻を書き終えた後、僅か8か月の間に弟と二人の妹を亡くすという最大の悲劇と不幸を乗り越えて完成した彼女の熱意と執念の作と言うべきであろう。しかしその間に二度の長い中断があった。最初の中断は最も長く、弟ブランウェルの死に続いて妹エミリの死の前後4か月余り、そして第2の中断は妹アンの死の前後1か月余りであった。しかもその苦しい体験は小説とは全く縁のない、それどころか創造力を根こそぎにするような悲劇の連続であった。言い換えると、彼女の創作意欲が、彼女の作家魂がいかに強く、そして小説の構想が執筆当初からいかに明確に定まっていたかを物語っている。要するに、彼女は『ジェーン・エア』の大成功によって、作家として立派に自立できる自信と自覚が出来上がっていたのである。そしてさらにこの作品に対する夥しい数の書評に触れることによって、次に書く小説の新たな様式と方向性が確立し、その目標に向かって筆を進める決意が固まっていたことを物語っている。彼女が二度の長い中断にもかかわらず筆が鈍ることなく最後までほぼ予定通り書き終えることができたのは彼女の精神力の逞しさと炎の情熱以外の何物でもない。そして最後に絶対に忘れてならないのは、前述のように最愛の妹エミリの蘇生を求める魂の声であった。これを知らずに『シャーリ』のヒロインの存在の意味を論ずべきではない。

シャーロットは『シャーリ』の最終原稿を届けてからおよそ2週間後（2月21日）、つまりウィリアムズがそれを読み終えた頃、彼に送った手紙の中で彼女はこの小説の創作に深く関わる注目すべき発言をしている。そもそも彼女は写実的な作家になるには余りにも経験が浅く、その幅が狭いことを強く意識していた。従って、写実性を保つには限られた登場人物の言動や表情を緻密に詳細に観察して、それを的確に表現することに特に注意を払ってきた。そしてこれが彼女の作家としての最大の価値であった。彼女の最後の作『ヴィレット』はその代表作と言えよう。『ジェーン・エア』はその写実性よりも彼女の想像力に力点を置いていたが、『シャーリ』では一転して（時代の要求に応える意味を兼ねて）写実性に価値を求めた。しかしその写実性を、彼女が直接目にする事件ではなく数十年昔の歴史上の事件にその題材を求めざるを得なかった。彼女は上述のように実人生の経験が浅く、ハワースという狭い世界の中で生活してきたために現実の社会に広く題材を求めることに限界を感じていたからである。9月21日のウィリアムズ宛の手紙はこの問題から話が始まる。そこで彼女はまず次のように断っている。

> Besides the book is far less founded on the Real—than perhaps appears. It would be difficult to explain how little actual experience I have had of life, how few persons I have known and how very few have known me. (*Letters*, p. 143)
> その上、『シャーリ』は恐らく見かけよりも遥かに事実に基づいていません。私がいかに実人生の経験が浅く、いかに僅かの人しか知らず、そしていかにごく僅かな人しか私を知っていないことを、あなたに説明することは容易ではありません。

彼女はこのようにごく狭い限られた実体験の中から、実際に見たり聞いたりした人物をモデルにした例を挙げ、読者の意見に左右されることなく、「自分の力の赴くままに筆を進めてゆく」(I shall bend as my powers tend.) と述べ、最後に二人の妹への深い愛情が執筆の支えとなっているので、小説の中にそれが色濃く反映していることを明言した後、さらに作家として生きる決意を次のように誓っている。

> The two human beings who understood me and whom I understood are gone: . . . The loss of what we possess nearest and dearest to us in this world, produces an effect upon the character: we search out what we have yet left that can support, and when found we cling to it with a hold of new-strong tenacity.

The faculty of imagination lifted me when I was sinking three months ago, its active exercise has kept my head above water since—its results cheer me now—for I feel they have enabled me to give pleasure to others—I am thankful to God who gave me the faculty—and it is for me a part of my religion to defend this gift and to profit by its possession. (*Letters*, p. 144)

私を理解し、また私が理解した二人の存在は今はいません。……私たちにとってこの世の中で最も近い最愛の存在を失くしたことは登場人物に影響を及ぼします。私たちは残してきた支えとなり得るものを探します。そしてそれが見つかれば新たな力で固く握りしめて離さないでしょう。

　私は3か月前私は沈みかけていましたが、その時想像力の機能が私を引き上げてくれた。それ以来その活動的機能が私の頭を水面の上に保ち続けてきた。その結果は今の私を明るくしてくれている。何故なら、私が他の人々に喜びを与えることを想像力は可能にしてくれたと感じているからです。私にその力を授けてくださった神様に感謝しています。その贈り物を大切に守り、それを所有することによって役に立つことが私の宗教の一部になっています。

観察力と共に想像力こそ、彼女の創造を支える最大の武器になっていることを力説した貴重な言葉と言えよう。

第7章

『シャーリ』
──ロマンスとリアリズムの融合

　『シャーリ』(*Shirley: A Tale*) は『ジェーン・エア』のように一人のヒロイン
が小説のナレーターとなって自分の成長の歴史を回想する「成長物語」と違っ
て、性格の全く異なった二組の男女の愛と結婚の歴史を第三者の作家がナレー
ターとなって詳細かつ客観的に観察しながら、4人が愛から結婚へ向かう2年
間の歴史を可能な限り写実的に描いている。ブロンテがこのような作風を選ん
だ動機は、前の作品が大好評であったにもかかわらずメロドラマとか非現実的
という厳しい批判に応えたいという強い意志の表れに他ならなかった。しかし
ナレーターである作者自身がヒロインとなる場合と違って、ヒロインの感情表
現に作者の感情移入がそのまま強烈に伝わってこないという迫力に欠ける恐れ
がある。この弱点は、『シャーリ』が『ジェーン・エア』と比べて見劣りする
最大の理由と言えよう。ブロンテはこれを意識しながら敢えてこのような作風
を選んだ。従って、彼女がこの結論に達するのにかなりの時間と強い決断を要
したことは彼女の手紙から十分読み取れる。要するに、前作品のロマンスから
リアリズムへ大きく舵を切ったのである。ブロンテはこのような決意の下に
『ジェーン・エア』出版よりおよそ半年後に執筆を開始した。従って書き始め
た時にはその構想が固まっていた。

　しかし前章でも説明したように、この作品の第1巻が完成した直後に弟ブラ
ンウェルの急死に続いて、僅か3か月後に最愛の妹エミリの死に直面した。そ
れから5か月後の1849年5月28日に妹アンまで他界した。『シャーリ』の第
2巻はエミリの死の悲しみを乗り越えてようやく書き上げた後、休む間もなく
アンの死亡に直面し、第3巻はそれから1か月余後に気を取り直して書き始め
て僅か3か月後の8月末に完成した。『シャーリ』はこのような彼女の人生で
最も衝撃的な悲しい試練の連続の中で書き上げた作品であるだけに、ブロンテ
自身も述べているようにその間の彼女の感情が登場人物の描写に表れて当然で
あった。彼女がこの作品において個人的な感情を可能な限り抑えて、極力写実

[288]

的になろうとする意図は全篇に鮮明に表れているが、同時に彼女自身の感情が主要登場人物の言葉にも折に触れて鮮明に表れている。本小説の見所の一つは正しくここにあると言って過言ではなかろう。筆者はこの点に特に留意しながらこの小説を解説してゆきたい。

『シャーリ』第1巻

(1)

　第1章「レビ族」(Levitical) の冒頭でブロンテは読者に向かって次のように述べている。

> If you think, from this prelude, that anything like a romance is preparing for you, reader, you never were more mistaken. Do you anticipate sentiment, and poetry, and reverie? Do you expect passion, stimulus, and melodrama? Calm your expectations; reduce them to a lowly standard. Something real, cool, and solid, lies before you; something unromantic as Monday morning, when all who have work wake with the consciousness that they must rise and betake themselves thereto. (p. 5)

> 読者よ、君はこの序章からロマンスのような物語が用意されていると考えるならば、これほどの大きな誤解はないであろう。君は感傷や詩や幻想を予想しているのか。君は情熱や刺激やメロドラマを期待しているのか。どうか君の期待を冷やしてほしい。それを低い標準的なものに戻してほしい。現実的で、冷めたく固いものが君の前に横たわっている。仕事のある人なら誰もがさあ起きて仕事に就かねば、と意識しながら目を覚ます、月曜日の朝のような非ロマンチックなものが君の前で待っているのだ。

　これは『ジェーン・エア』に対する当時の書評、例えばルイスのそれに代表される苦い批評（257〜58頁参照）に応えて、『シャーリ』はあくまでもリアリズムに徹していることを宣言した言葉と解釈してよかろう。「感傷や詩」「情熱や刺激」のない「標準的」なものに読者の期待を落とすことは、この作品が最初から魅力に欠けることを告白しているようなものである。従ってこれは上記のような書評に対する皮肉を込めた返答であると同時に『ジェーン・エア』のようなロマンスとの決別の宣言と理解してよかろう。人生の大半をハワースの牧師館とその周囲の原野で過ごした彼女は、家族との幾度もの死別という悲劇を除けば人生経験の極めて狭い、リアリズム作家を志向する上で不利な条件

が揃っていたと言える。彼女はこの悪条件を彼女特有の才能である鋭い観察と超精密な描写によって補おうとした。その特徴は『ジェーン・エア』でも折に触れて何度か見られたが、『シャーリ』では一層顕著になっている。時には、さほど重要でもない人物の描写に数頁を費やすほどである。しかもそのような雑多な人物が『ジェーン・エア』と違って数多く登場するので、読者の集中力を損なう頁も少なくない。写実性の濃度を高める手段としてやむを得ないのかもしれない。

　前置きはこの程度にして本題に入ると、小説の初めにも述べているように時代背景はナポレオン戦争も末期に近い1811～12年の西部ヨーク州 (West Yorkshire) における工場労働者の暴動（通称 "Luddite Riots"）を絶えず念頭に置いている。そしてその標的となった工場主の代表的人物としてロバート・ムア (Robert Gérard Moore) を小説の主人公に据え、彼を軸に物語が展開してゆく。小説はその序章から暴動の襲撃を警戒するムアを手助けする人物として、4人の仲間の牧師補からピーター・マローン (Peter Malone) が選ばれて彼の事務所へ馳せ参じるところから始まる。

　第2章「荷車」(The Waggons) はマローンがムアの事務所を訪ねた場面で始まる。ムアはテーブルに夕食の準備をして誰かを待っている。だがその食事はマローン以外の客のものであった。その客は6時に来る予定であったが、9時になっても姿を現さないので、その夕食をマローンと一緒に食べることになった。マローンは満腹したので陽気に喋っているが、ムアはその話に耳を貸さずに馬車の音を絶えず気にしている。小説はここまで述べたところで、「ムアがテーブルに向かって座っている姿」の描写を始める。前述のようにシャーロット・ブロンテの写実的才能の最大の見せどころである。それは丸1頁近くに及んでいるので、ムアの人物像を知る上で必要な部分だけ引用しておく。

> He is still young—not more than thirty; his stature is tall, his figure slender. His manner of speaking displeases; he has an outlandish accent, which, notwithstanding a studied correctness of pronunciation and diction, grates on a British, and especially on Yorkshire ear. (pp. 24–25)

> 　彼はまだ若く、30歳未満であった。背は高く、ほっそりしていた。彼の話し方は快くなかった。彼には外国語のなまりがあった。発音と語法は勉強して正確であったにもかかわらず、英国人とりわけヨーク州の人には耳障りに聞こえた。

それもそのはずで、彼がベルギー育ちの英国人であることを、およそ2頁に渡って詳細に説明している。それを簡単に説明すると、彼の母はアントワープ (Antwerp) の商人ジェラード (Gérard) 家の出で、英国ヨーク州出身の商人ロバート・ムアと結婚した。従って、その夫婦の間で生まれた小説のヒーローもアントワープで育った。しかしフランス革命でベルギーはフランスの支配下に置かれたために父の商売も破綻して、一家は郷里のヨーク州に戻った。息子のロバートも父祖の地を受け継いで一家の再興を考えていた。こうして彼はヨーク州の片田舎に羊毛工場を借り受け、そこに新しい機械を入れて成功を狙った。しかし折しもナポレオン戦争のただ中で国家の財政は厳しく、労働者の生活はなお一層厳しくなっていた。それに輪をかけたのは新しい機械の導入であった。これによって仕事を奪われた労働者が工場や経営者の自宅を襲う暴動は各地で起こった。主人公ムアの工場にもその危険が迫っていた。

　マローンが彼と会ったその夜、新しい機械が届くことになっていた。しかし約束の6時が過ぎ、9時になっても音沙汰がなかった。そして11時になってようやく車の音が聞こえたので、外に出てみると空の馬車が到着した。途中で暴徒に襲われて機械が破壊され、機械を運んできた下男のジョー・スコット (Joe Scott) 等は手足を縛られて座っていた。そして側に、「ホロゥ工場の悪魔へ」(To the Devil of Hollow's-Miln) と書いた紙が置かれていた。ムアが心配していた通り、暴徒の襲撃を受けたのである。

　続く第3～4章は、今後小説の中に何度も登場する二人の主要人物ヘルストン (Helstone) とヨーク (Yorke) の紹介で占められている。前者は第5章で登場する小説のヒロイン、カロラインの叔父で、ウェリントン公爵 (Duke of Wellington) を熱烈に支持する牧師である。従って、第3章の前半はナポレオンを尊敬するベルギー生まれのロバート・ムアとこの点に関して熱っぽい論争が交わされる。そして後半はヘルストンとヨークの激しい意地の張り合いに続いて、最後は共にフランス語の達者なムアとヨークとのフランス語による口論で終わっている。そして第4章はこのヨークという風変わりな人物の紹介で全頁が占められている。ヨークはヘルストンに次いで小説の準主役の位置を占めており、物語の要所に頻繁に登場する。作者自身がヨークの「人物 (person) を描写するのは容易ではないが、彼の心 (mind) を説明するのはさらに困難である」と前置きした後、彼の欠点を三つ挙げている。その第一は「尊敬の念」(veneration) の欠如、第二と第三に、「比較能力」(powers of comparison) と「慈愛の精神」(organs of benevolence) の欠如を挙げている。言い換えると横柄で自己中的、そしてへそ曲がりで、非常に扱いにくい男である。しかし彼の家の中に入ると、壁には各地の旅行中に買い集めた著名な画家の絵を壁一杯に広げて趣味が豊であることを示し、床には楽器なども並べている。そして最後に、口には出さないが、彼がかつて愛していた女性 (Mary Cave) をヘルストン氏が横取りして結婚したので、彼の恋敵でもあった。ブロンテが創造した特異な人物であることは間違いない。さらにその上、彼の息子マーティン (Martin) は父以上に風変わりで、小説の第 3 巻の後半に登場して、カロラインと重傷のロバートとの恋の仲介をし、最終章の結婚式では花嫁を新郎に手渡す付添人 (bridesman) の役を務めている。

(2)

さて第 5 章「ホロゥの小屋」(Hollow's Cottage) に入って、ここで初めて小説前半のヒロイン、カロライン・ヘルストン (Caroline Helstone) が登場する。小説の主題は実質的にここから始まると言ってよかろう。ロバート・ムアは前夜の暴徒の襲撃事件のせいかいつもより早く目を覚まし、下男のジョーを起こして一緒に工場へ出かける。そしてやがて従業員がやってくるのをじっと見守っている。それが終わると自宅「ホロゥの小屋」へ戻って姉のホーテンス (Hortense) と一緒に朝食をとる。二人の会話は全てフランス語である。しかし「これはイギリスの本だから英語に訳しましょう」(as this is an English book, I shall translate it into English.) と断ってから、二人の対話に入る。会話の内容は全く取るに足りないものだが、彼女は頑固なまでに故郷のアントワープの生活習慣を守り、英国の習慣に一向に従おうとしない誇りの高さを明確に示している。その女性の下でカロラインはフランス語の教育を受けていた。彼女はムア家とは遠い親戚であったのでムア一家と以前から親しくしていたからである。従って、ムア姉弟の会話も何時しかカロラインに関する問題に話題が移っていった。そしてこの話に熱が入ったとき、彼女は何時もより半時間早く姿を現した。通常 10 時に来ることになっていたからである。

　彼女は 18 歳前後のほっそりとした体に冬のマントを上品に纏っていた。ロバート・ムアは「どうして半時間も早く来たのだ。僕はまだ朝食もとっていな

いのだ」と聞くと、彼女は「今朝叔父様から昨夜の事件を聞いて、心配なので」と答えた。そして彼に何もなかったことを知って安心した様子だった。さらに外で下男がロバートの馬に鞍を乗せて出かける準備をしているのを見かけたので、どこかへ出かけるのかと聞いた。「ウィンベリまで仕事に出かける」と答えると、彼女は「ヨーク氏も出かけるので彼と一緒に行った方が安全だ」と勧め、そして何時ごろに帰宅するのかと聞いた。側から姉のホーテンスは9時頃と言ったので、カロラインは暗くなると危険だから6時までに帰るように強く勧めた。このように彼女は小説の最初からロバート・ムアの安全に気を使うなど、彼に寄せる好意の深さを暗示している。こうして何時の間にか10時が過ぎ、彼女の勉強の時間が来た。彼は出かける前に、何か手助けすることがないかと言って彼女の鉛筆を2~3本丁寧に削ってあげた。そして彼が部屋を出た後、彼女は窓から彼の姿をじっと見つめていると、彼は一旦馬に跨った後しばらく考えた末、馬から下りて引き返してきた。そして忘れ物をしたと言って何かを探しているふりをした後、彼女に「君は家では特別な仕事がないのだろう」(You have no binding engagement at home, perhaps, Caroline?) と問いかけた。彼女は「ない」と答えると、「気晴らしに夜までここで過ごしたらどうか。叔父は反対ではなかろう」と言った。彼女は微笑んでそれを受け入れると、彼は次のように話しかけた。

> Then stay and dine with Hortense; she will be glad of your company: I shall return in good time. We will have a little reading in the evening: the moon rises at half past eight, and I will walk up to the Rectory with you at nine. Do you agree? (pp. 63–64)
>
> それではここに留まって、ホーテンスと一緒に食事を取りなさい。姉も君と一緒なら喜ぶだろう。私は良い頃に帰って来るから、夕方には一緒に本を読もう。月は8時半に昇るので、9時に私は牧師館（彼女の家）まで君を送って行くから。賛成だね。

「彼女は頷いた。そして彼女の目は輝いていた。」ロバートはしばらく出かけるのを躊躇した後、「彼女の机にかがみ込んで、文法書に目をやった。そして彼女のペンに手を触れ、花束を取り上げてもじもじしていた。」一方、外では下男は主人の余りにも遅いのに苛立ち、咳払いをして早く来るようにせかしていた。こうして遂にロバートは再び、"Good-morning" と言って部屋を出た。その後ホーテンスの授業が始まったが、カロラインは上の空で勉強が全くできて

いなかった。第5章は次の1行、即ち "Hortense, coming in ten minutes after, found, to her surprise, that Caroline had not yet commenced her exercise." 「ホーテンスはそれから10分後に入ってきて、驚いたことにカロラインがまだ勉強を全く始めていないことを知った。」(p. 64) で終わっている。

(3)

　ロバート・ムアが去った後カロラインはなおも彼のことが忘れられず、勉強が全く手に付かなかった。第6章「コリオレイナス」(Coriolanus) はカロライン嬢の詳しい紹介で始まる。まず、彼女の容姿 (appearance) についておよそ半頁に渡って詳しく説明している。その一部を引用しよう。

> 　　To her had not been denied the gift of beauty; . . . she was fair enough to please, even at the first view. Her shape suited her age; it was girlish, light, and pliant; . . . her face was expressive and gentle; her eyes were handsome, and gifted at times with a winning beam that stole into the heart, with a language that spoke softly to the affections. (p. 64)
> 　　彼女には美貌の贈り物が拒否されていなかった。……彼女は、最初一目見ただけで人を楽しませるに十分美しかった。彼女の体型は年齢に相応しく、少女っぽく軽やかで、しなやかだった。彼女の顔は印象的で優しく、目は綺麗で、愛情にそっと忍び寄って来る魅力的な光を時々見せ、人の愛情に優しく語り掛ける言葉が伴っていた。

　上記の一節から、カロラインはシャーロット・ブロンテを映していないことが明らかである（多分、妹アンを意識していた）。従って、ジェーン・エアとは全く異なることもまた明らかである。そして次に、彼女の身分や続柄についても詳しく説明しているので、それを要約すると次のようになる。

　カロラインの母はロバート・ムアの父の異母妹であり、ヘルストンと結婚したが、彼女を出産して間もなくカロラインを夫の許に残したまま離婚した。従って、彼女は今もどこかで住んでいるのだろうが、カロラインは母の顔を全く知らない。そして父が母と離婚した後間もなく死亡したので、弟のヘルストン氏に預けられた。しかし彼は姪の教育には無関心であったが、折よく彼女の従弟のロバート・ムアとその姉ホーテンスがアントワープからヨーク州の彼女が住む牧師館の近くに移ってきたので、ホーテンス嬢の教育の下に置かれることになった。幸いホーテンス嬢もこの仕事が自分の性格に向いていたので、少々

頑固で偏った所があるが彼女を熱心に教育してきた。

　さて、ロバートが家を出た後、カロラインはホーテンスと二人きりで終日過ごすことになった。第5章の前半はその時の二人の様子の説明に費やされている。そして6時が近づくとカロラインは急に落ち着かなくなる。ホーテンスは彼女の気持ちを察せずにロバートはいつも9時ごろに帰宅すると言った。その事について彼女はしばらく口論した後、今度は台所でコーヒーの作り方で女中のセアラと言い争いを続けていた。その時台所の扉が開いてロバートが入ってきた。カロラインの期待通り6時に帰ってきたのである。彼女はそれまで閉じていた口を開いて、「あなたが帰って来ないと思ったとき私は惨めでしたが、今は幸せ」と言うと、彼も「少なくとも今晩は幸せだ」と答える。こうして二人の間で、とりわけカロラインの方から彼を心から尊敬し、将来を期待している言葉が幾度となく交わされる。その間ホーテンスが部屋を出たり入ったりしているが、二人はそれには構わず、話題を文学に転じてシェイクスピアの『コリオレイナス』(Coriolanus) を書棚から取り出し、彼にその朗読を求める。この英雄の雄々しい生き方がロバートに共通していることを気づかせるためであった。そして最後に彼女はフランスの詩の一部を朗誦して二人の文学談義は終わる。彼女が朗誦している時の顔の表情を、ナレーターはロバートの心境をそのまま映して次のように描写している。

　　　The sunshine fell on soft bloom. Each lineament was turned with grace; the whole aspect was pleasing. At the present moment—animated, interested, touched—she might be called beautiful. Such a face was calculated to awaken not only the calm sentiment of esteem, the distant one of admiration; but some feeling more tender, genial, intimate: friendship, perhaps—affection, interest.

(p. 81)

　　　陽光は柔らかい紅色の頬に落ちた。顔の隅々まで上品になった。顔全体が愛らしくなった。今この瞬間、生き生きした興味深い感動的な表情に変わり、美しいと言える顔になった。そのような顔は静かな尊敬の感情と仄かな敬愛の念を呼び覚ますだけに留まらず、それ以上に優しく、寛容な親しみの感情、恐らく友情、そして愛情と関心を呼び覚ますように作られていた。

　詩の朗誦が終わった後、ロバート・ムアはしばらく黙っていた。その時9時を知らせる時計の音が聞こえた。彼女の帰宅時間である。ちょうどその時彼女を迎える使いが訪れた。しかしムアは彼女を牧師館まで見送る約束を忘れていな

かったので、半マイルの夜道を彼女と一緒に歩くことになった。そして家の庭で別れるとき、互いに接吻することも、手を固く握ることもなかったが、彼は「興奮し、困惑した喜び」の表情を浮かべて彼女を見送っていた。そして帰宅して庭の門の側に佇み、沸き上がる情熱を自制する呟きで第5章を結んでいる。

> "This won't do! There's weakness—there's downright ruin in all this. However," he added, dropping his voice, "the phrenzy is quite temporary. I know it very well: I have had it before. It will be gone to-morrow." (p. 82)

> 「これではいかん。弱さがある。この全てに完全な崩壊がある。しかし」と言って、声を低くして付け加えた。「この愛の狂気は一過性のものだ。それは私が良く知っている。以前にも経験したことがあるからだ。明日になれば消え去っているだろう。」

(4)

　第7章「茶席の牧師補」(Thc Curates at Tea) は、カロラインがロバート・ムアと別れた後の24時間の行動を詳細に記したものである。全部で25頁と最も長く、作者が最も力を入れた一章と解釈して間違いなかろう。冒頭「カロライン・ヘルストンはちょうど18歳であった。そして18歳になって人生の真の物語がやっと始まったと言える。」(Caroline Helstone was just eighteen years old, and at eighteen the true narrative of life is yet to be commenced.) という2行で始まる。作者はこの18歳という年齢にいかに力を入れているかが分かる。このように述べた後、18歳までの少女時代は見るもの全てが「希望」と「夢の世界」(dream-scenes) であることを約1頁に渡って力説している。だが18歳は少女時代の夢を曳きずったまま新しい人生経験に立ち向かう重要な転機である。そしてこの厳しい容赦しない「経験」こそその人の将来を決める重要な鍵を握っていることを次のように説明する。

> Alas, Experience! No other mentor has so wasted and frozen a face as yours: none wears a robe so black, none bears a rod so heavy, none with hand so inexorable draws the novice so sternly to his task, and forces him with authority so resistless to its acquirement. It is by your instructions alone that man or woman can ever find a safe track through life's wilds: . . . (p. 83)

> ああ経験よ。君ほど厳しく冷たい顔をしたメントール（教師）は他にいないだろう。君ほど黒い衣を纏い、重い鞭を携え、容赦しない手で初心者を厳しく仕事に引きこみ、権威の力で休む暇もなく習得させるものは他にいないであろう。

男も女も人生の荒野を安全に通る道を見つけるのは一に経験の教えによるものである。

ジェーン・エアも 18 歳で慣れ親しんだ母校ロウ・ヘッドの教師を辞してロチェスター家の家庭教師となり、数々の厳しい試練を経て最後に幸せを掴んだ。『シャーリ』のヒロインもジェーンと同様に厳しい試練を体験した末に愛するロバート・ムアと結婚する。小説の筋書はこのような道を歩むことをこの時すでに決めていたに違いない。

さて本題に入って、カロラインはロバートに見送られて自宅の側で別れた後、自室に引きこもり、就寝前の叔父との祈りの時間が来るのを待った。そして祈りが終わった後、就寝の身支度をしながら、ロバートの優しい言葉を想い起して楽しい瞑想に耽った。そして彼女の未来に有るものは単なる夢や「幻想」(delusion) ではなく「しっかりした期待」(solid expectations) であり、その先に「結婚」が待っているように思えた。その間彼女が自らに語った言葉の一部を引用しよう。

> How kind he was, as we walked up the lane! He does not flatter or say foolish things; his love-making (friendship, I mean: of course I don't yet account him my lover, but I hope he will be so some day) is not like what we read of in books—it is far better—original, quiet, manly, sincere. I *do* like him: I would be an excellent wife to him if he did marry me: . . . (p. 85)
>
> 私たちは小道を歩いたとき、彼は何と優しかったことか。彼はお世辞を言うのでもなく、馬鹿げたことも言わなかった。彼の愛の行為（それは友情を意味している。もちろん私は彼を私の愛人とは考えていないが、何時かはそうなることを希望している）は、私たちが本の中で読むようなものではなく、それより遥かに立派で、個性的で、静かで、男らしくて真剣だ。私は彼が好きです。もし彼が私と結婚すれば、私は彼にとって素晴らしい妻になるでしょう。

彼女はこのような楽しい希望に胸を膨らませて床に就いた。そして翌朝叔父と会った時、何時もなら挨拶程度で済ましたが、その日は彼女から積極的に話しかけた。そして叔父が妻と死に別れてから独身を通してきたことに触れて、彼の結婚観についていろいろと露骨に質問を浴びせた。彼の結論は結婚は不幸の始まりで、愛は所詮「狂気」(mad) に過ぎないと断じた。しかし彼女はそれには納得できず、さらに自分の両親の離婚に話が及び、母は今もどこかで生きているはずだから、彼女の居場所を教えてほしいと迫る。叔父も知らないと答

えた末に、カロラインのことは今ではすっかり忘れているだろうと述べた。そしてもう 10 時だからホーテンス嬢のところへ勉強に行きなさいと彼女を突き離した。

彼女はロバートと会えることを期待して彼の工場 (Hollow's mill) の方に向かって走った。そして工場が見えるところへ来たとき門の側に立っている彼の姿が見えた。彼女は直ぐに声をかけずに一瞬大きい木の陰に隠れて、彼をじっと見つめた。そして改めて彼の魅力に惹かれ、自分が彼を誰よりも愛していることを確認した。「私は彼の顔が好きだ。彼の姿が好きだ。私はそれほど彼を好いている。あの口先だけの牧師補の誰よりも好きだ」(I do like his face—I do like his aspect—I do like him so much! Better than any of those shuffling curates, . . .) と心の中で叫んだ (p. 89)。だが近づいて声をかけると、彼の挨拶は実にそっけないものだった。それは「従兄か、兄か、友人の様で、愛する人の挨拶ではなく、言葉では表現できない前夜の魅力的な態度は何処にも見られなかった。」そこで彼女は「このような冷たい挨拶とは異なったより一層愛情に満ちた表情を示してくれるまで彼の目をじっと見つめていた。」彼女のプライドはそれを口に出して求めることを許さなかったからである。一方、ロバートは前夜彼女と別れた後、彼女に対する愛情は一過性の「狂気」(phrenzy) に過ぎない、と自らに諭した結果、あのような冷たい態度を敢えて見せたのだった。愛よりも目の前にある現実、即ち工場を暴徒の襲撃から守ることこそ最も重要であると自覚していたからである。

しかしそれに気付かない彼女は終日失望感を拭いきれず、ホーテンス嬢の授業も上の空であった。そして帰宅した後も同じ心境で過ごした。そしてベルが鳴ったので、彼ではないかと思って飛んでゆくと、三人仲間の牧師補の一人マローンであった。そして彼を追って他の二人、ダン (Donne) とスウィーティング (Sweeting) も訪ねてきた。さらにしばらくすると、今度はサイクス夫人 (Mrs. Sykes) と三人の娘が訪ねてきた。その声を聞いた三人の男性は、それまで 2 階のヘルストンの部屋で談笑をしていたが、彼女たちのいる 1 階の広い応接室へ入ってきた。こうしてヘルストン神父を囲んで賑やかな社交の場が出来上がった。カロラインは彼らを接待するために忙しく走り回った後、面白くもない冗談や世間話を聞かざるをえなくなった。こうして何時しかお茶の時間が来た。それに長い時間をかけた末、最後に余興としてピアノや笛の演奏が始ま

った。それを黙って聞いていたカロラインは疲れも加わり、終に耐えられなくなってそっと部屋を抜け出した。小説はこれら全ての記述と描写に第7章全23頁の半分を費やしている。物語の進展に何の役割も果たしていないが、写実性の度合いを高めるための一つの手段と解釈すればよかろう。

　さて一方、部屋を抜け出したカロラインは食堂で一人で静かにくつろぎ、半マイル彼方に住むロバート・ムアへ想いを馳せた。彼女は夢うつつの中で彼の姿を見ていたのだ。するとその時、ベルの紐が揺れて鳴る音が聞こえた。驚いて目を覚ますと、フランス語なまりで女中のファニに話しかけるロバートの声が聞えた。彼はヘルストン氏に是非話したいことがあると切り出したが、彼は今応接室で客の接待に忙しいと女中が答えると、伝言を紙に書いておくから筆記用具と明かりを持ってきてくれ、と言ってカロラインのいる台所へ入ってきた。彼女は一瞬逃げ出そうと思ったが、彼が扉をふさいで彼女を押し戻した。こうして二人だけの対話が始まる。それは第7章最後の2頁に過ぎないが、極めて意味深い内容である。まず、彼の伝言とは彼の荷車を襲撃した暴徒の一人が見つかったので、すぐに逮捕して収監する積りだと伝えた。これを聞いた彼女は、逮捕すると彼の仲間が復讐するだろうから逮捕しない方が良い、と自制を促した。しかし彼は笑って取り合わなかった。そしてこれをきっかけに互いの本心を語り始める。彼は十分警戒しているから心配ご無用と答えると、彼女は「あなたは私の従兄です。だからもし何かが起これば」と声を詰まらせた。すると彼は日頃滅多に口にしない「神の摂理というものがあるではないか」(there is a Providence above all—is there not?) と述べた。彼女は「神があなたをお守りくださるように」と答えた。これに対して彼は「私のためにこのように時々祈ってくれたのか」と聞くと、彼女は「絶えずです」(always) と答えた。この言葉に感動した彼は心に秘めていた本当の自分の姿を語り始める。彼は一般の人から見ると、一家を破産から救うために手段を択ばぬ工場主と見られているが、彼の本心は「慈愛に満ちた心」の持ち主であることを彼自ら次のように語る。

　　If I could guide that benignant heart, I believe I should counsel it to exclude one who does not profess to have any higher aim in life than that of patching up his broken fortune, and wiping clean from his bourgeois scutcheon the foul stain of bankruptcy. (p. 106)

もし私はあの慈愛の心を導くことができるならば、壊れた財産を立て直してブルジョワの紋章から破産の汚名を拭い去ること以上に高い人生の目的を持っていないと公言するような人を排除するように、その（優しい）心に助言するであろう。

この言葉を聞いた彼女は彼の真情を「鋭く感じ、かつ明確に理解した」(felt keenly and comprehended clearly) と思い、急いで次のように答えた。

Indeed, I only think—or I will only think—of you as my cousin. I am beginning to understand things better than I did, Robert, when you came to England; better than I did, a week—a day ago. I know it is your duty to try to get on, and that it won't do for you to be romantic; but in future you must not misunderstand me, if I seem friendly. You misunderstood me this morning, did you not? (p. 106)

本当に私はあなたを従兄と、ただそれだけ考えています。今後もそのようにだけ考えます。私はあなたが英国へ来た時より、1週間前より、そして昨日より一層深くあなたのことを理解し始めています。あなたがやり遂げる努力をするのがあなたの義務であることを、そしてあなたがロマンチックであってはならないことを、私はよく承知しています。だが将来私が只の友人のように見えても私を誤解してはいけません。あなたは今朝私を（そのように）誤解したのではありませんか。

彼は「それはどうして分かるのだ」と聞いたので、彼女は「あなたの顔つきや態度を見れば」と答えた。すると彼は「今はどうだ」と尋ねたので、「今は全く違います」と彼女は答えた。これに対して彼は、「私は何時も同じだ。ただ工場にいるときは商人のままだが、君と二人きりでいるときは、ムア氏ではなくロバートだ」と答えた。彼女もそれに相槌を打った。だがそのとき応接間の扉が開いて来客が一斉に廊下に出てきたので、ロバートは話を打ち切り、二人きりでいる所を見られないように開いた窓から飛び出して外に出た。だが彼女と別れ際に三度キスをして去って行った。

(5)

第8章「ノアとモーセ」(Noah and Moses) は、上記のロマンチックな恋人ロバートから一転して商人ムア氏の厳しいリアリズムの顔を見せている。それはこの小説の主題を象徴する一章とも言える。労働者の代表 (deputation) と称する12人の集団がムア氏と談判するため工場にやってくる。ムアはそれを予想していたので、それに立ち向かうため懐にピストルを忍ばせて出てゆく。その

リーダーの一人は先日ムアの荷馬車を襲撃した暴徒の一人であることを彼は知っていたからである。彼は集団の前に立って、言いたいことは全て話してほしいと伝えた。するとリーダーの二人は交互に話したが、二番目に話した男は言葉巧みにムア氏に脅しをかけてきた。この男こそ先日の真犯人で、他にも強盗を働くなどの余罪があったので、それまで家の陰に隠れていた警官が出てきて彼を忽ち逮捕してしまった。残りの11名がそれを阻止しようしたので、ロバートはピストルを構えて退散するように命じた。これで騒動が終わったが、その集団の中に、彼の工場の機械化のために職を追われた真面目な労働者ウィリアム・ファレン (William Farren) がいた。第8章の後半は、その場面を見ていたホール (Hall) 牧師が彼の家を訪ねて励まし、新しい仕事（行商）の準備金として数ポンドを貸して急場を救う場面で終わっている。なお、この牧師は本小説の中で最も慈愛に満ちた人物として何度も登場し、最終章ではカロラインとロバートの結婚式で媒酌を務めている。

　続く第9章「百姓小屋」(Briarmains) は、ロバート・ムアはファレン一家の窮乏を何としても救ってやりたいと思ってヨーク氏を訪ねる場面である。しかし彼がこの話を切り出すのはこの長い章の最後である。章の大部分はヨーク一家の詳しい紹介と彼らの対話で占められている。その最大の特徴はヨーク夫婦を除く6人の子供たち、とりわけ二人の姉妹はブロンテの親友テイラー姉妹をモデルにしている点である。彼らは小説の展開に特別何の関りも持たないが、実在の人物を登場させることによって小説の写実性を高めることに成功した典型的な一例である。中でも最も注目すべきは、妹ジェシー (Jessy) の死の描写はブロンテの心情をそのまま映している。それはメアリ・テイラーの妹マーサそのものに他ならなかったからである。本書の第2章でも述べたように彼女はブリュッセル留学中に疫病に罹って23歳の若さで急死したシャーロットの最愛の友であった。それだけに彼女に対する思いが文章に溢れ出ている。ブロンテはマーサの幼少の頃を想像しながら、その愛くるしい顔の表情や仕草をジェシーに当てはめながら次のように描写している。

　　He has no idea that little Jessy will die young, she is so gay and chattering, arch—original even now; passionate when provoked, but most affectionate if caressed, by turns gentle and rattling; exacting yet generous; fearless— . . . Jessy, with her little piquant face, engaging prattle, and winning ways is made to be a pet, and her father's pet she accordingly is. (pp. 127–28)

　父は幼いジェシーが若くして世を去るとは夢にも考えられない。彼女はそれ
ほど明るく、よくしゃべり、お茶目で、今でもそのように個性的だ。怒らせる
と激しいが、可愛がられると最高に可愛いく、優しさとがみがみは交互だ。無
理を言うが寛容でもある。……ジェシーは可愛い怒った顔をして魅力的な仕草
をしながら喋るので、可愛がられる。特に父から可愛がられている。

　このように可愛い幼女がそれから数年後、少女の面影を残したまま世を去る
とは誰一人想像していなかった。ブロンテはその悲しい場面を、マーサ・テイ
ラーが 1842 年の春ブリュッセルの墓地に埋葬された時のそれと重ね合わせて
次のように語っている。

　　Here is the place; green sod and a gray marble headstone—Jessy sleeps
　below. She lived through an April day; much loved was she, much loving. She
　often, in her brief life, shed tears, she had frequent sorrows; she smiled
　between, gladdening whatever saw her. Her death was tranquil and happy in
　Rose's guardian arms, for Rose had been her stay and defence through many
　trials: the dying and the watching English girls were at that time alone in a
　foreign country, and the soil of that country gave Jessy a grave. (p. 128)

　　ここにその場所がある。緑の芝土そして灰色の大理石の墓石がある。ジェシ
　ーはその下で眠っている。彼女は青春の日を過ごした。彼女は大いに愛され、
　大いに愛した。彼女は短い人生の中で涙を流し、しばしば悲しみに耽った。彼
　女はその間微笑み、彼女を見るものすべてを喜ばせた。彼女の死は穏やかで、
　姉ローズの保護の腕に抱かれて幸せだった。何故なら、ローズは彼女の多くの
　試練の中で支えとなり、防御となってきたからだ。当時異国で若い娘の死とそ
　れを見送る若い英国人は彼女達だけであった。そして異国の土がジェシーに墓
　を与えたのだった。

　そしてマーサの死後 2 年数か月後に姉のメアリは弟ウオーリング (Waring)
の後を追ってニュージーランドへ移住した行為についても、上記に続いて次の
ようにジェシーの姉ローズの行動に当てはめている。

　　Now behold Rose, two years later. The crosses and garlands looked strange,
　but the hills and woods of this landscape look still stranger. This, indeed, is far
　from England; remote must be the shores which wear that wild, luxuriant
　aspect. . . . The little quiet Yorkshire girl is lonely emigrant in some region of the
　southern hemisphere. Will she ever come back? (p. 128)

　　それから 2 年後のローズを御覧なさい。国旗の十字と花冠は見慣れないが、
　この国の丘や森の景色はさらに一層見慣れない。実際ここはイングランドから

遠く離れている。あの荒涼として木々の生い茂る岸辺は辺鄙な所に違いない。……小さい物静かなヨークシャー生まれの乙女は南半球のある場所に一人で移民したのだ。彼女は果たして帰ってくるのかしら。

　この後もヨーク姉妹の性格や容貌その他について詳しく比較描写しているが、これらは何れもブロンテ自身がテイラー姉妹について感じた生の印象をそのまま彼女たちに反映させている。このように作者ブロンテの心に残る最愛の人物を小説の登場人物に映すことによって、彼女たちに対する愛惜の情を心行くまで言葉に表すことができただけでなく、写実の迫真性とその人物に対する共感を高めることに成功した。他の作品におけるその最もよい具体例は『ジェーン・エア』の第6章に登場するヘレン・バーンズであろう。

　さて、第9章の終わり近くになって本題に入り、ロバート・ムアはヨーク氏を訪ねてきた目的を話す。それは第8章の最後にも登場したウィリアム・ファレンの窮地を救うため就職口の紹介を求めて来たのだった。しかしヨークもその口は知らないと断ったが、ムアは「あなたは大きな果樹園を持っているので、彼をそこで働かせてはどうか」と提案した。これでこの問題は簡単に解決したので、ヨークは「それよりも君自身に問題を抱えているのではないか」と問いただした。彼は「その通りだ」と答え、自分の窮状は一朝一夕で解決できない難しい問題と述べた後、さらに続けて、「あなたもご承知の通り、私は全ての借金を返済して、かつての土地に昔の会社を再建するという立派な目的を持っている」(You are aware I had fine intensions of paying off every debt, and re-establishing the old firm on its former basis.) (p. 140) と話す。それを聞いたヨークは、「そのためには資金が必要だ。君の欲しいのはそれが全てだね」と念を押した後、それを解決する最良の方法は金持ちの一人娘と結婚することだ、といろいろ話を持ち出す。しかしムアは金のために好きでもない女性とは絶対結婚したくないことを伝えて、この長い第9章が終わっている。

(6)

　第10章「老女」(Old Maids) は、上述のように仕事に半ば命を懸けた彼は英仏戦争が長引く中で商売が極めて厳しくなるのを座視するわけにはいかず、ナポレオンとの休戦を政府に働きかける運動に自ら進んで参加した。戦況は英国軍に多少有利であったが、それがいつ終わるか全く見当が付かなかったからで

ある。これを知ったカロラインの叔父ヘルストン氏はロバートと激しい口論の末、彼を「ジャコバン」と呼び、彼女に彼との付き合いを禁じただけでなく、彼の姉からフランス語を学ぶことさえ許さなかった。そして英国の女性がフランス語を学ぶこと自体に強い疑問を投げかけただけに留まらず、フランス文学を堕落の元凶と主張した。こうしてカロラインは当分の間ムア一家との付き合いを完全に絶たれることになった。一方、ロバートも彼女と顔を合わせることもなくなり、また仕事で忙しく政府に陳情に出かけるなど、彼の家 (Hollow's cottage) に帰らぬ日も多くなった、とホーテンスが語った。

それから幾日か過ぎた日曜日の朝カロラインは教会へ出かけた。その日は天候が悪く、参集者もまばらであった。ロバートが来ていないかと思って見渡したところ彼を見かけた。だが彼は何か考え事をしていたのか、彼女の存在に全く気付かなかった。従って、彼女はじっくり観察することができた。その時の彼の表情を次のように描写している。

> During the sermon, he sat with folded arms and eyes cast down, looking very sad and abstracted. When depressed, the very hue of his face seemed more dusk than when he smiled, and to-day cheek and forehead wore their most tintless and sober olive. By instinct Caroline knew, as she examined that clouded countenance, that his thoughts were running in no familiar or kindly channel; that they were far away, not merely from her, but from all which she could comprehend, or in which she could sympathize. Nothing that they had ever talked of together was now in his mind: he was wrapt from her by interests and responsibilities in which it was deemed such as she could have no part. (p. 147)

> 説教の間彼は腕を組み、とても悲しそうにぼんやりうつむいたまま座っていた。彼は意気消沈している時、彼の顔色は微笑んでいる時よりも暗く見えたが、今日の彼の頬と額は色を全く失った味気ないオリーブ色だった。カロラインはあの曇った顔をじっと見つめていると、彼がいつもの優しい考えを巡らせているのではなく、彼女から遠く離れた彼女が理解も共感もできない思いに耽っていることを本能的に察知できた。二人がかつて一緒に話したような事柄は今の彼の脳裏には全くなかった。彼女が全く関与できないと思われる利害や責務によって、彼は彼女から完全に閉ざされていた。

シャーロット・ブロンテの詳細かつ鋭い観察力とその忠実な表現は彼女の小説の写実性の最大の武器であることは、これまで何度も指摘してきたが、上記はその短い一例である。

第 7 章 『シャーリ』　305

　さて上記に続いて、カロラインはロバートが仕事について何を考えているの
か、様々に思いを巡らせ、自分のロマンチックな思いを捨てて彼の考えを共有
しようと努力した。この心境を次のように述べている。

> Her earnest wish was to see things as they were, and not to be romantic. By dint
> of effort she contrived to get a glimpse of the light of truth here and there, and
> hoped that scant ray might suffice to guide her. (p. 147)
> 彼女の心からの願いは事実を有りのまま見ることであり、ロマンチックな気分
> を捨てることであった。彼女は自らの努力によって様々な真実の光を一目見よ
> うと色々と工夫した。そして僅かな光で自分は十分やっていけそうに思った。

　しかし彼の思考の世界は彼女のそれとは全く異なっており、彼の心に「私のこ
とを考える余地も暇もない」(he has no room, no leisure to think of me.) ように
思えた。その上彼は彼女の存在にさえ気付かず、結局二人は目を合わすことも
なく教会を出た。こうして彼女は半ば絶望的な気分になって家に帰った。その
後彼女は何も手に付かず、ほとんど自分の部屋に閉じこもったまま幾日か過ご
した。それを見かねた女中のファニは彼女に外に出て人と会うように勧めた。
その訪問の相手として二人の中年の独身女性 (old maids) を薦めた。彼女たち
から学ぶことが多いと考えたからであろう。何れも人生の苦難を乗り越えて、
あるいはそれを押し隠して現在の平静と安定を保っている人であった。しかし
50 歳代の独身女性と 18 歳の彼女とでは本質的に異なるので、彼女たちの手本
や教えはカロライン自身の努力にもかかわらず無為に終わった。第 10 章の結
びの一節はその後の彼女の暗く落ち込んだ失意の描写で終わっている。

> 　Yet I must speak truth; these efforts brought her neither health of body nor
> continued peace of mind; with them all, she wasted, grew more joyless and more
> wan; with them all, her memory kept harping on the name of Robert Moore: an
> elegy over the past still rung constantly in her ear; a funeral inward cry haunted
> and harassed her: the heaviness of a broken spirit, and of pining and palsying
> faculties, settled slow on her buoyant youth. Winter seemed conquering her
> spring: the mind's soil and its treasures were freezing gradually to barren
> stagnation. (p. 158)
> 　しかし私は真実を話さねばならない。これらの努力は彼女の体に健康をもた
> らさず、心に継続的平和ももたらすこともなかった。このような努力にもかか
> わらず、彼女は荒廃し、さらに喜びを失い、青ざめて行った。そして努力すれ
> ばするほど彼女の記憶はロバート・ムアの名を奏で続け、過去の想い出の哀歌

が彼女の耳の中で絶えず鳴り響き、葬儀の泣き叫ぶ声が彼女の心に纏わり悩ませた。そして失意と痛ましく麻痺した機能の重石がゆっくりと彼女の若い躍動する心にのしかかってきた。冬が彼女の春を征服しているように見えた。心の土壌と宝物は徐々に凍り付き、不毛の淀みに変わっていった。

(7)

　前章はロマンスとリアリズムの狭間の中で悩み苦しむヒロインの描写で終わったが、第1巻最後の第11章「フィールドヘッド」(Fieldhead) は第二のヒロイン、シャーリとの出会いによって復活への希望の暗示で終わっている。

　伯父からロバート・ムアと会うことを禁じられたカロラインは毎日動き回り、体を極限まで疲れさすことによって悲しみを忘れようとした。しかし夜床に入ると眠れない日々が続いた。その間彼女は彼が仕事をしている工場の事務所の見える場所へ行って、夜に明かりが灯れば彼の存在を意識して自らを慰めた。そして窓に影が映れば愛しい彼の姿を目に浮かべながら我が家に帰った。そして5月の穏やかな月夜に、「フィールドヘッド」(Fieldhead) と呼ばれる古い邸宅の門の側の木陰で休んでいると、突然玄関の扉が開いて中から二人の紳士が現れた。よく見るとロバートとヨーク氏だった。彼らは彼女の存在に気付かずそのまま遠ざかって行った。さすがにショックを受けた彼女は黙って家に帰ったが、その翌朝叔父は彼女の顔色が悪いのを見て、どうしたのかと聞いた。彼女はただ一言、「体が良くないので、変化が必要です」(I am not well, and need a change.) と答えた。彼女は 'change' を「転地」の意味で言ったのだが、叔父は現在の生活や環境の「変化」の意味に捉えたので、彼女は「家を出ると良くなると思います」(I should be well if I went from home.) と言い直した。しかし叔父はそれを女性特有の「気紛れ」と笑って相手にしなかった。彼女は黙っていると、医者を呼ぼうかと聞いたので、医者では治せないと答えた後、しばらく間をおいて「家庭教師」(governess) になりたいと告げた。ここで初めて叔父は真剣になって怒りだした。『ジェーン・エア』の中でも何度か言及しているように、当時教養のある女性の仕事といえば「家庭教師」しかなかった。しかしその職業も雇う人の目からは女中頭程度の低い身分であったからだ。しかし男性の家庭教師は 'tutor' と言ってさほど軽蔑されていなかった。本小説のヒロイン、シャーリは自分の家庭教師（ロバート・ムアの弟ルイス）と最後に結婚するほどであった。

伯父の怒りを聞いたカロラインは、彼女の願いは「気紛れ」(whim) でも「妄想」(fantasy) でもなく、自分は本当に仕事を持ちたいこと、家庭教師になりたいことを繰り返し主張した。それでも叔父は全く相手にせず、外に出て頭を冷やして来いという意味の言葉を吐いて部屋を出てしまった。一方、彼女は叔父の勧めにもかかわらず人との付き合いを避けて部屋に閉じこもったまま数日を過ごした。やつれた顔を見られたくなかったからである。

ところがある日の朝、彼女が居間で絵を描いていると叔父が入って来て、「絵道具を仕舞って、ボネットを被り、私と一緒に訪問に出かけよう」と言った。向かった所は、先日ムアとヨーク氏が玄関から出てきたフィールドヘッドであった。以前からそこには老いた庭師しか住んでいないと聞いていたので、「彼を見舞に行くのですか」と聞くと、「シャーリ・キールダ嬢に会いに行くのだ」(We are going to see Miss Shirley Keeldar.) と答えた。その家の外形について作者は何時ものように詳しく述べているが、結論から言って、「その家は壮大でもなく、居心地も良くない」マナー・ハウス (manor house) であった。先代の領主に男児がなかったので、一人娘が最近そこに移って来たのである。

カロラインは叔父の後に付いて居間に入って行くと、そこに一人の中年の女性が椅子に座っていた（ここでも部屋の様子とその女性の姿について、それぞれ半頁以上に渡って描写している）。彼女は普通一般の中年の女性と違って、自分自身に自信がなさそうな気後れした態度を見せていた。それはカロラインと共通していたので、「もし二人きりであれば、すぐに仲良くなるだろう」と思った。彼女は一通りの挨拶を交わすと、後は何を話してよいのか分からず、時間を持て余している所へシャーリ・キールダ嬢が庭から花束を抱えて入ってきた。主役の登場である。彼女はヘルストン氏を見ると開口一番、"I knew you would come to see me, though you do think Mr. Yorke has made me a Jacobin. Good-morning."「あなたは必ず私に会いにいらっしゃると思っていました。ヨーク氏は私をジャコバンに仕立ててしまった、とあなたはお考えでしょうけれども。ようこそ、お早うございます」と挨拶した。

彼は先日パーティの席でヨーク氏と一緒に初めて彼女と会い、彼女の言葉遣いからジャコバンと判断したのであろう。ヘルストン自身も彼に劣らず保守的であったためにロバート・ムアをジャコバンと評して、姪のカロラインに彼との付き合いを禁じたことを想い起すと、ムアとシャーリの思想的な繋がりはこ

こで早くも予想できる。さて、シャーリは上記のように挨拶した後、例の中年の女性を次のように紹介する。

> Mrs. Pryor, you know, was my governess, and is still my friend; and of all high and rigid Tories, she is queen; of all stanch churchwomen, she is chief. I have been well drilled both in theology and history, I assure you, Mr. Helstone.
>
> (p. 168)

> ご存じのようにプライヤ夫人はかつて私の家庭教師でした。そして今は私の友人です。彼女は全ての高位で頑固な保守党員の中の女王であり、全ての筋金入りの国教会女性信徒の長です。私は彼女から神学と歴史の両方を十分教え込まれました。それは確かです、ヘルストン様。

　相手が頑固な保守主義者であることを承知の上でプライヤ夫人も同様の保守主義者であることを如才なく紹介しているのである。彼はこれを聞いて先ほどまでの彼女に対する態度を一変させて深々とお辞儀をする。そして二人の間で調子の合った対話が交わされる。機嫌をよくした彼はシャーリの両手を握って、彼の側に座らせる。その時彼女が持っていた花束が床に落ちた。側にいる愛犬に踏み潰されないように大急ぎでヘルストン氏と一緒に拾い集めた。そしてそれを自分のエプロンに入れる手伝いをカロラインにしてもらうとき、彼女の顔をじっと見つめながらヘルストン氏に「あなたのお嬢さんですか」と尋ねた。彼は「私の姪です」と答えた。シャーリはなおもじっと見つめた。カロラインもそれに応じて彼女の顔をじっと見つめた。ここでシャーリの詳しい人物描写が半頁以上に渡って続く。その特徴の一部を引用する。

> . . . perhaps in stature she might have the advantage by an inch or two; she was gracefully made and her face, too, possessed a charm as well described by the word grace as any other. It was pale naturally, but intelligent, and of varied expression. She was not a blonde, like Caroline: clear and dark were the characteristics of her aspect as to colour: . . . Her features were distinguished; . . . they were, to use a few French words, "fins, gracieux, spirituels:" . . . (p. 170)

> ……おそらく身長はカロラインより1~2インチ高いかもしれない。彼女の姿は優美で、顔もまた優美という言葉でしか表現できない魅力を持っていた。その顔は生まれつき淡色で、知的で変化に富んだ表情をしていた。彼女はカロラインのようなブロンドではなかったが、彼女の顔色の特徴は綺麗な浅黒い色合いだった。……彼女の表情は際立っていた。……それはフランス語を2、3用いると「繊細で優美で知的」であった。

彼女はヘルストン氏にカロラインの年を聞いた。「18歳と6か月」と答える
と、彼女自身は21歳と述べた後、何も言わずに花の仕分けをして、それを絹
のリボンで縛り、その一つをカロラインの膝の上に置いた。その間も彼女はカ
ロラインの顔をじっと見つめていた。そして「歩いて来たので疲れたの」と尋
ねた。「1マイルの距離ですから、全然疲れていません」と答えた。側からヘル
ストン氏は「彼女はかつてはどの花よりも明るい顔をしていた」と述べた後、
彼女が変化を求めているので、その前に是非キールダ嬢と知り合いになっても
らおうと思って連れてきたことを話した。それを聞いていたプライヤ夫人は彼
女がフィールドヘッドに何度でも訪ねてくることを歓迎した。このような会話
が交わされている間に、ロバート・ムアも商用でここへ訪ねてくることも話し
た。そして彼はキールダ家の借家人 (tenant) であることを告げ、彼が借家人で
あることを彼女は誇りに思っているが、隣人としてはまだ何とも言えない」と
いう趣旨の話をした。先日の夜、カロラインは彼がヨーク氏と一緒にこの家か
ら出てくるところを見たが、商用で訪ねてきたことをこの時初めて知ったに違
いない。

　ヘルストン氏とシャーリの間でムア氏について議論がなおも続いた。彼はム
アの名前を自分の名簿から消してしまった、と言ったので、彼女は「彼はどう
かしたのか」と尋ねたところ、横からカロラインは、「叔父と彼とは政治に関
して意見が合わないのです」と口を挟んだ。シャーリは「彼の政治は何ですか」
と聞き直すと、今度はヘルストン氏が横から「商人の政治だ。彼は戦争の継続
を嫌っている。私は彼には我慢がならない」と突き放した。これに対してシャ
ーリは、「確かに戦争は彼の商売を害している。昨夜も彼はそのことを話して
いた。他に反対することがありますか」と聞き返した。彼は憮然として、「他
に何もない」と答えた。だがシャーリは、「彼は文字通り紳士に見える。彼が
そのような人だと思うと、とても嬉しい」(He looks the gentleman in the sense
of the term, and it pleases me to think he is such.) とやり返した。その言葉を聞
いたカロラインは思わず、「正しくその通りです」(Decidedly he is.) と、はっ
きり言った。驚いたシャーリは、「あなたは彼の弁護をするところを見ると、
彼の友人ですね」と問うと、彼女は「彼は私の友人であると同時に親戚です。
ロバート・ムアは私の従兄です」と答えた。するとシャーリは、「親戚の方な
ら、彼のことは良くご存じでしょう」と言ったので、彼女は狼狽して押し黙っ

ていると、プライヤ夫人がヘルストン氏に色々と関係のないことを質問して彼
女の窮地を救ってくれた。

　一方、シャーリもそれ以上は質問はせず、花束をヘルストン氏に贈り物とし
て手渡した。彼は感謝の印として彼女の手に接吻をした。そして別れ際に男勝
りの彼女に向かって、馬に下り坂を乱暴に走らせて大怪我をしないように注意
をした。それに対して彼女は、「私は下り坂が好きです。坂道を素早く走り切
るのが大好きです。特にあのロマンチックなホロゥ（ロバートの事務所と工場
のある所）が心の底から好きです」(I like a descent. I like to clear it rapidly; and
specially I like that romantic Hollow, with all my heart.) と、ロバートに強い関心
を抱いていることを巧妙に告白したのである。これに対してヘルストンは「工
場のあるホロゥがロマンチックか」と応酬した。彼女は「そこに工場があるか
らロマンチックです。あの古い工場と白い小屋（事務所）はどちらもそれなり
に素敵です」(Romantic—with a mill in it. The old mill and the white cottage are
each admirable in its way.) と応えた。そしてさらに、「あの事務所は私の紅色の
応接室より良い。私はあの事務所を愛している」(The counting-house is better
than my bloom-coloured drawing-room: I adore the counting-house.) と追い討ち
した。彼は「商売も好きか」と聞いたので、彼女は、「商売は本当に尊いもの
です。……商人は英雄的に見えると思います」(The trade is to be thoroughly
respected. . . . I thought the tradesman looked heroic.) と断言した。そしてこの
二人の対話で『シャーリ』第 1 巻の最後を締め括っている。即ち、

　　　"Captain Keeldar, you have no mercantile blood in your veins: why are you so
　　fond of trade?"
　　　"Because I am a mill-owner, of course. Half my income comes from the works
　　in that Hollow."
　　　"Don't enter into partnership, that's all."
　　　"You've put it into my head! you've put it into my head!" she exclaimed, with a
　　joyous laugh. "It will never get out: thank you." And waving her hand, white as a
　　lily and fine as a fairy's, she vanished within the porch, while the Rector and his
　　niece passed out through the arched gateway. (p. 174)
　　　「キールダ隊長、君の血管には商売の血が流れていない。君はどうしてそん
　　なに商売が好きになったのだ。」
　　　「私は工場の所有者ですから、もちろん。私の収入の半分はあのホロゥの仕
　　事から得ているのです。」

「君はその仕事に加わってはいけない。私の言うことはそれだけだ。」

「あなたはそれを私の頭に叩き込みました。本当に頭に叩き込みました。その言葉は私の頭から決して消えません。ありがとう」と彼女は明るく笑って叫んだ。そして彼女はユリのように白く、妖精のように繊細な手を振りながら玄関の中に消えた。その時、牧師と彼の姪はアーチ型の門をくぐっていた。

　最後に一言付け加えると、本章で初めてシャーリと並んで登場する中年の女性プライヤ夫人 (Mrs.Pryor) はカロラインの実の母であった。それは第3巻の第1章で明らかにされるが、叔父のヘルストンがその事実を知った上で、彼女をシャーリと会わせるためフィールドヘッドへ連れて来たのだった。従って、彼の真の目的はシャーリよりもむしろプライヤ夫人に会わせるのが本意であったのかもしれない。彼女は夫の暴挙に耐えかねて家を出て以来家庭教師の仕事をしながら自活の道を歩んできた。そして最後にシャーリの家庭教師となり、今では彼女から最も信頼される家政婦であると同時に親友になっていた。彼女は部屋で十数年ぶりに娘のカロラインと会った時、中年の女性としては珍しく「気後れ」(embarrassment) したような動揺した態度を見せたのも当然と言えよう。一方、カロラインはこのような彼女の態度から強い親近感を覚えたことを次のように述べている。

> Miss Helstone . . . , sympathized with the stranger, and, knowing by experience what was good for the timid, took a seat quietly near her, and began to talk to her with a gentle ease, communicated for the moment by the presence of one less self-possessed than herself. She and this lady would, if alone, have at once got on extremely well together. (pp. 167–68)
>
> ヘルストン嬢は……その初めて会う人に共感を覚え、自分の経験から内気な人に対してどうすれば良いかを知っていたので、プライヤ夫人の近くの椅子にそっと座り、気楽な調子で彼女に話しかけた。自分より気後れしている人を前にすると今は話しやすかった。この夫人と、もし二人きりであれば二人は忽ち意気投合していたであろう。

　ブロンテはプライヤ夫人の紹介に1頁近くを費やし、カロラインとの仲を最初から上記のように述べているのを見ると、二人の本当の関係を未だ知らない読者にとっても彼女の存在の大きさ、つまりカロラインの母であることに勘づくかもしれない。実際、次の第2巻から彼女の存在はシャーリの次に重要な位置を占めることになる。こうしてカロライン、シャーリ、プライヤが互いに主

役を務めながら小説が進展してゆく。そして第3巻の第1章で二人の関係が明らかにされ、そこで上記の一場面を読者に改めて思い起こさせている。要するに、このような二人の人間関係は小説を書き始めた当初から綿密に計画されていた何よりの証拠と言えよう。

『シャーリ』第2巻

　第1巻を書き終えた後第2巻の執筆を開始するまで5か月近い空白があったことは前章の第6節で詳しく説明したように、その間に弟ブランウェルと妹エミリの死に直面した。とりわけ最愛の妹の死がシャーロットに与えた衝撃は大きく、彼女の死を容易に受け入れることができなかった。そこで彼女を小説の中に復活させたいという強い願望が自ずと湧いてきた。シャーリを第2巻以下のヒロインにする計画は執筆当初から予定されていたが、中でも彼女の男性的な強い性格描写や、カロラインが彼女と一緒に散策した時の楽しい想い出などは実体験そのものであり、執筆時点で新たに想い起して書かれたと考えられる。第2巻を読むときの興味の一つはその部分を見つけ出すことでもある。

　さて次に注目すべき点は、今や小説の主役の一人となったプライヤ夫人のカロライン嬢に対する愛情溢れる態度の進展にある。中でも第10章は「プライヤ夫人」(Mrs. Pryor) のタイトルが示すように彼女一人に絞って論じている。そして彼女と関連して注目すべき点は、女性の地位の低さに言及した男性優位に対する強い抗議を表明した部分である。第10章はその典型例として、「家庭教師 (governess) だけは絶対にするな」とカロラインに忠告する一節は作者ブロンテ自身の体験と感情を映したものであり、メアリ・ウルストンクラフトの後継者に相応しい迫真性を持っている。

　第3に注目すべき点として、事件の進展は第8章「夏の夜」(A Summer Night) の暴徒がロバート・ムアの工場を襲撃して暴徒の一人が死亡するという騒動を除くとほとんど皆無と言ってよいほどである。そして本小説の主題となるべきはずのカロラインのロバート・ムアに対する純愛（物語）は、彼女の胸の中で激しく燃え続けていたとしても外面的には全く進展を見せていない。従って、読者の関心の的は主役を中心とした対話の中身に注がれて当然である。ここでは作者ブロンテが日頃から心に抱く結婚や文学についての考えや人生哲学を詳

しく論じているので、彼女の内なる世界を知る上での興味深い一章と言える。しかし物語性を極端に排除した面白みのない一巻とも言える。メロドラマないしはロマンス的要素を極力排除しようとするブロンテの強い意志の表れと理解すべきであろう。以下、これらの３点に注目しながら論じることにする。

(1)

さて第１章「シャーリとカロライン」(Shirley and Caroline) は、プライヤ夫人とシャーリとの日常的な対話で始まるが、ヘルストン氏に話が及んだ時、夫人は何時も彼をかばうような態度に出る。シャーリがそれを指摘したので、彼女はそれを逸らすように「今朝は散歩に行かないの」と促す。そしてもしカロラインと一緒に散歩するのなら、「今朝は風が冷たいので、彼女が弱い体だから暖かい服装をするように注意してください」と、いかにも母らしい気遣いを早くも見せている。こうしてシャーリとカロラインの二人の散歩が始まる。その舞台は近くのナンリ・コモン (Nunnely Common) であるが、実際はブロンテの郷里ハワース周辺の荒野である。そして二人の散策する幸せな姿は、在りし日の最愛の妹エミリと一緒に散策した時の想い出をそのままそこに再現させている。それは二人の対話を含めて数頁に及ぶ詳しい描写であるが、その中から、朝の美しい風景描写と対話の一部を引用しておく。

> They both halted on the green brow of the Common: they looked down on the deep valley robed in May raiment; on varied meads, some pearled with daisies, and some golden with king-cups; to-day all this young verdure smiled clear in sunlight, transparent emerald and amber gleams played over it. (pp. 177–78)

> 二人はコモンの緑の高台に立ち止まった。そして５月の衣装をまとった深い谷間を見下ろした。様々な彩の牧場、ある場所は雛菊の真珠、ある場所はキング・カップの黄金に輝いていた。今日はこの若い緑は全て日光を浴びて明るく微笑み、透明なエメラルドと琥珀の輝きがその上に戯れていた。

> We will go—you and I alone, Caroline—to that wood, early some fine summer morning, and spend a long day there. We can take pencils and sketchbooks, and any interesting reading-book we like; and of course we shall take something to eat. (p. 179)

> 私たちは出かけましょう。二人だけで、カロライン。初夏の素晴らしい朝、あの森へ。そして終日そこで過ごしましょう。私たちは鉛筆とスケッチブック、

そして私たちの大好きな面白い読み物を持って行けます。そしてもちろん私たちは食べ物も持って行くでしょう。

このように二人はまるで幼友達のように仲良く散策していたが、そのうちに若い女性に共通の結婚に話が及ぶ。まずカロラインは叔父の意見として、「結婚ほど馬鹿げたものはない。結婚する男は馬鹿だ」と述べる。それに対してシャーリは「男性は皆彼のようではない」と答えると、カロラインは「男性は結婚するまでは自分を愛する女性に対して優しくて親切だが、結婚すると間もなく様変わりするのではないか」と誘いをかける。こうして二人は互いに結婚観を述べ合うが、そのうちに話がロバート・ムアに及ぶ。そして二人は共に彼を尊敬し愛していることをそれとなく告白する。こうして散歩が終わり、牧師館に近づいた時、シャーリに立ち寄って行かないかと誘うと、彼女は「明日あなたが私の家にいらっしゃい。車で迎えに行きますから」と言って別れた。

シャーリとカロラインの最初の付き合いはひとまずこれで終わり、第1章の後半に入る。さて二人の付き合いが始まってから幾日も過ぎない或る日、プライヤ夫人が牧師館を訪ねてきた。もちろんカロラインと会うためである。これは二人が初めて「二人きり」で話し合う機会であった。その時間は非常に短いものであったが、彼女がカロラインの実の母であることを早くも匂わす対話が交わされている。彼女が帰り際に壁に掛けられた二人の紳士、即ちカロラインの叔父と父ジェームズ・ヘルストンの肖像画をいかにも興味深げに眺めていた。そこでカロラインは二人の兄弟の似ている点について話しかけた。プライヤ夫人は即座に、「二人は互いにある程度似ていますが、性格の違いは額と口の異なった形にはっきり表れています」(They resemble each other in some measure, yet a difference of character may be traced in the different mould of the brow and mouth.) (p. 186) と、カロラインの父をいかにも知っているかのように話した。そこでカロラインは「あなたの仰る違いとは何か、またどの点にあるのか」と聞くと、プライヤ夫人は単刀直入に、「あなたの叔父様は原理原則の人物です。彼の額と唇はしっかりしており、目は一点を見据えています」(Your uncle is a man of principle: his forehead and his lips are firm, and his eye is steady.) と述べた後、さらに続けてカロラインの父について次のように厳しい評価をしている。

The other, my dear, if he had been living now, could probably have furnished little support to his daughter. It is, however, a graceful head—taken in youth, I should think. My dear (turning abruptly), you acknowledge an inestimable value in principle? (p. 187)

　一方の男性は今もし生きていたとして、彼の娘の支えには恐らく殆どなれなかったでしょう。でも、顔は優美ですね、若い時分の肖像でしょう。（急に彼女の方を見ながら）原理原則に計り知れない価値があることをあなたも認めているでしょうね。」

　シャーロット・ブロンテは人間の真の価値は自分の言動に「原理原則」があるか否かによって決まることを、彼女のどの作品においても一貫して力説しているが、プライヤ夫人の言葉はそれを端的に反映したものであり、彼女はそれをわが子に教えているのである。

　こうしてカロラインはプライヤ夫人ともシャーリと同様に親しくなり、フィールドヘッドをしばしば訪れるようになった。そして二人のうちどちらか一人がいれば終日そこに滞在するようになった。

　ここで作者は二人のヒロインがこれほどまでに仲良くなった互いの性格について詳しく分析して説明している。その注目すべき相違点を一言で説明すると、シャーリはリアリズム、カロラインはロマンスの世界をそれぞれ代表する存在であり、前者は後者にとって頼れる姉のような存在である。従って、二人を和合させると「理知」(head) と「情念」(heart) の見事な調和が成立することになる。そして両人はそれぞれの価値観から、両面を見事に持ち合わせたロバート・ムアに深い愛情を示しているが、互いに異なった愛情心理のために恋敵になることはない。それどころか二人は手を組んで彼の愛を求める空気さえ読み取れる。これは第2巻全篇を通して見られる二人の関係であるが、第1章では、自然を散策したり、詩や芸術を観賞する「趣味」(taste) に関して相通じるところがあった。

　　Caroline's instinct of taste, too, was like her own: such books as Miss Keelder had read with the most pleasure, were Miss Helston's delight also. They held many aversions too in common, and could have the comfort of laughing together over works of false sentimentality and pompous pretension.

(pp. 188–89)

　カロラインの趣味もまた、シャーリ自身のそれに似ていた。キールダ嬢がこれまで一番喜んで読んできた本もまた、ヘルストン嬢の大好きな本だった。彼

女たちの毛嫌いする多くの本もまた共通しており、偽りの感傷や大袈裟な見せかけの本に対して一緒に笑い飛ばす楽しみを持つことができた。

このように述べた後さらに続けて、シャーリの趣味は大多数の意見に左右されない彼女独自のものであることを次のように強調している。これは作者自身の声であると同時に、またそれ以上にエミリの独創性を意味している点に注目したい。

Few—Shirley conceived—men or women, have the right taste in poetry: the right sense for discriminating between what is real and what is false. She had again and again heard very clever people pronounce this or that passage, in this or that versifier, altogether admirable, which, when she read, her soul refused to acknowledge as anything but cant, flourish and tinsel, or at the best, elaborate wordiness; curious, clever, learned perhaps; haply, even tinged with the fascinating hues of fancy, but, God knows, as different from real poetry as the gorgeous and massy vase of mosaic is from the little cup of pure metal; . . .

(p. 189)

詩に関して正しい趣味、つまり何が事実で、何が偽りであるかを識別する正しい感性を持っている人は、男女を問わず少ないとシャーリは思った。非常に賢そうな人々が声を揃えて、あれこれの詩人のあれこれの一節が素晴らしい、と褒め称えるのを何度も聞いたので、彼女自身も読んでみると、それは単なる上辺だけの飾り立てた安っぽい、精々良くて念入りな言葉の羅列としか彼女は心から認めることができなかった。それは恐らく新奇を求める利口で学識豊かな、そして多分魅力的な空想で色付けられた表現であろう。真の詩とは、豪華で巨大なモザイク模様の花瓶と純金の小さな花瓶との違いと同じほど大きいことは神もご存じである。

シャーリのこのような文学的感性に対してカロラインは心から共感を覚え、姉妹のような親友を見つけた気分になった。即ち、

Caroline, she found, felt the value of the true ore, and knew the deception of the flashy dross. The minds of the two girls being toned in harmony, often chimed very sweetly together. (p. 189)

カロラインは純金の価値を感じ、そしてキラキラした浮きかすは偽物であることに気付いた。二人の娘の心は調和して響き、しばしば一つになって非常に美しいチャイムを鳴らした。

その後もこのような文学的対話は何度も交わされるが、その中でクーパー (William Cowper, 1731–1800) の詩『見捨てられた人』(*The Castaway*) を巡って

2 頁ほど議論した後、カロラインは突然ルソーに言及し、次のように自身の見解を述べる。

> "And what I say of Cowper, I should say of Rousseau. Was Rousseau ever loved? He loved passionately; but was his passion ever returned? I am certain, never. And if there were any female Cowpers and Rousseaus, I should assert the same of them." (p. 191)
>
> 「クーパーについて言えることは、ルソーについても言えるでしょう。彼は愛されたことはありますか。彼が情熱的に愛しても、その愛は報われたでしょうか。決して報われなかった、と私は思います。そしてもし女性にクーパーやルソーのような人がいたすれば、その女性は必ず彼らと同じ悲運に会うでしょう。」

　これを聞いたシャーリは「この話は誰から教わったのか。ムアからか」と尋ねたところ、カロラインは「誰からも教わっていない。自分の本能で分かる。ムアはクーパーやルソーや愛について一度も私に話したことはない。私はその声を孤独の中で聞いて知っているのです」と答えた。要するに、彼女はムアを熱愛しているが、その愛は所詮報われないことを「本能的」に感じている、とシャーリに暗に伝えたのである。

　それを鋭敏に感じ取ったシャーリは、「あなたの従兄のロバートと会えないので、あなたは寂しいに違いない。そうでしょう」と問いかけると、彼女は「そうです」と白状した。こうしてカロライン自身のロバートに対する愛の説明に始まり、女性の自立と結婚の問題に話題が移り、最後に彼女の髪の一部が切り取られているのに気づいたシャーリは、ロバートがロンドンへ旅立つ形見に彼女が送ったのではないかと問い質されて、その弁解に慌てるところで第 1 章は終わっている。彼女のこれらの答弁の中にブロンテ自身の考えをそのまま代弁または反映している言葉が少なくないので、その一部を引用しておく。

　まず、ロバートがロンドンへ出かけている間の彼女の寂しい思いを、「彼が不在のとき私は空虚に、何かが欠けているように感じました。ブライアフィールド（彼の工場のある場所）は一層退屈に見えました。もちろん（日中は）何時ものように仕事をしていますが、それでもやはり彼がいないのは寂しかった。」(I found his absence a void: there was something wanting; Briarfield was duller. Of course, I had my usual occupations; still I missed him.) (p. 192) しかし夜になると耐え難くなり、アラビアン・ナイトに登場する魔法使いの杖があれば、た

ちまち彼の姿が浮かび出て、今何をしているか分かるだろうに、と彼への強い思慕の情を語っている。だが、男性と女性の愛の質と度合いが違うので、「私が彼を慕うほど彼は私のことを思ってくれないだろう」と、自分の愛情の空しさを漏らしている。

　次に、シャーリは突然カロラインに、「あなたは職業に就きたい」と思うかという質問を投げかけてきた。これに対して彼女は、「1日に何度もそれを願っている」(I wish it fifty times a day.) と答えた後、仕事に集中することの意義を次のように説明する。

　　"As it is, I wonder what I come into the world for. I long to have something absorbing and compulsory to fill my head and hands, and to occupy my thoughts. . . . it can give a varieties of pain, and prevent us from breaking our hearts with a single tyrant master-torture. Besides, successful labour has its recompense; a vacant, weary, lonely, hopeless life has none." (p. 193)
　　「今のままでは、私は何のためにこの世に生まれてきたのかしらと思います。私は自分の頭と手を精一杯使い、私の思考を十分に働かせるような我を忘れる義務的な仕事を持ちたいと願っています。……そのような仕事は様々な苦しみを与えるので、一つの絶望的な独裁的苦しみによって心が破滅することから私たちを守ってくれます。その上、仕事が成功すればその分報われます。一方、何もしない退屈で孤独の絶望的生活は何の報酬もありません。」

上記の「一つの絶望的な独裁的苦しみ」は、一人の男性（ロバート・ムア）を一途に愛し続けても所詮報われる希望のないことを暗に意味している。それよりも苦しい仕事によって彼のことを忘れる方がむしろ幸せ、という訳である。

　さて、シャーリはカロラインから職業を持つことの意義を聞いて、「だが女性が職業に専念すると男性的になるのではないか」と質問を投げかける。これに対して、カロラインは職業を持つことは同時に独身主義を守る決意、つまり男性の保護を受けずに「自活」することを意味していたので、次のように答える。まず、「独身主義者に女性らしい魅力や優美さがあるかどうかは全く無意味なことだ」と述べた後、さらに向きになって、「年増の独身女性にとって最も必要なことは、外見に関する限り、道端で男性とすれ違うとき男性の目に絶対的に不快な印象を与えないことです」(The utmost which ought to be required of old maids, in the way of appearance, is that they should not absolutely offend men's eyes as they pass them in the street; . . .) と断固とした口調で答えた。

彼女の胸の内を完全に見抜いていたシャーリは、「あなたがそのように真剣に話すのを聞いていると、まるであなたは年取った独身女性のようだ」と話した後、しばらく時間をおいて、「私は以前あなたの右側の髪の不揃いで、一部が切り取られていることを注意した時、それはロバートが間違って切り取ったのだと、あなたは説明してくれましたね」と切り出した。そして「ロバートが何時もあなたに無関心だとあなたは仰いますが、それでは何故あなたの髪を彼が盗んだりしますか」と問い詰めた。カロラインはこれに答えて半頁近い長い弁明が続く。即ち、ロバートがロンドンにしばらく滞在することになったので姉のホーテンスが弟の形見として頭髪の一部を切り取って保存しているのを見たカロラインは、自分も同じように彼の形見が欲しいと告げると、彼はその条件として彼女の巻き毛 (curl) の一部を要求したので、彼女は自分の手で切り取って彼に手渡した。しかし今は馬鹿な真似をしたと後悔している――"It was my doing and one of those silly deeds it distresses the heart and sets the face on fire to think of one of those small but sharp recollections that return, . . ."「それは私がしたことです。このような馬鹿な行為、些細ではあるが厳しい回想は私の心を苦しめ、思い出すだけで顔が真っ赤になります。」――と述べる。

シャーリはこれを聞いて驚いた様子を見せたが、カロラインはさらに真剣に次のように述べる。

> "I do think myself a fool, Shirley, in some respects: I do despise myself. But I said I would not make you my own confessor; for you cannot reciprocate foible for foible: you are not weak. How steadily you watch me now! turn aside your clear, strong she-eagle eye: it is an insult to fix it on me thus." (p. 194)
> 「シャーリ、私は幾つかの点で馬鹿だと思う。私は自分を軽蔑します。だが、私はあなたを私の聴罪司祭にしたくない、と言いました。何故なら、あなたは愚かに対して愚かに応酬できないからです。あなたは（私のように）弱くありません。あなたは今私をじっと見つめていらっしゃるが、あなたの澄み切った鋭い鷲の目を背けてください。このように私を見つめることは侮辱です。」

シャーリはこれを受けて、「あなたは実に興味深い性格の持ち主だ。あなたは確かに弱いけれど、あなたが考えている意味での弱さでありません」(what a study of character you are! Weak, certainly; but not in the sense you think.) と意味ありげな返事をした時、玄関の扉を叩く音がしたので開けると、「ムア氏からの手紙です」という配達人の声がした。蝋燭を手にしてそれを見たシャーリ

は「商用の手紙だ」(A communication on business) と呟き、カロラインに対する気遣いか手紙を開いて見ようとはしなかった。手紙の配達に続いて、今度は牧師館から下女のファニがカロラインを迎えに来たので、そのまま一緒に帰宅した。第1章はここで終わっている。

　以上、『シャーリ』第2巻第1章の解説に最も多くの頁を費やしたが、それは正しく「序章」(introduction) に相応しい第2巻全体の主題の方向を象徴的に示しているので、第2章以降の主題の流れを的確に把握するためにも詳しい説明が是非とも必要であった。端的に言って、その主題は二人のヒロインの関係、とりわけロバート・ムアに対する愛情を軸にした二人の異なった意識の流れが主要なテーマになっている。従って、第2章以下もこれに焦点を絞り、それ以外の多くの枝葉は概説程度に留め、必要に応じて詳しく論じることにする。

(2)

　第2章「更なる商談」(Further Communications on Business) は、ある晴れた月夜にカロラインは何時ものようにロバートの工場の見える丘まで散歩に出かけた。そして木陰に座ってほんやり瞑想に耽っていると、月明かりの中に2本の影が見えた。それが近づいてくるとその一つは明らかにシャーリであることが分かった。そして一方の6フィートもある高い影はロバート・ムアだった。二人が仲良く並んで歩いている様はいかにも恋人同士に見えた。かつてこの道を彼女自身もロバートと互いに手をしっかり握って歩いたことがあった。シャーリと彼とは手を握っていなかったが、にこやかな表情から紛れもなく愛し合っているように見えた。彼らの話し声が聞こえるところまで近づいたとき、彼らに気づかれないようにそっとその場を立ち去った。だが、彼女がその場を去った後の話し声は愛とは全く無関係の仕事の上での話だった。その話の一部は、先日彼の荷車を襲った暴徒の主犯が逮捕されたので、彼の部下は必ず復讐してくるので、しっかりそれに備えて準備しておかねばならない、という内容であった。二人の話はさらに続くが、その内容は実用的なものばかりで、互いの愛に触れる会話は最後まで聞かれなかった。それどころか、ロバートを絶望的な心境から救ったのは他ならぬカロラインの愛情であることをはっきり匂わす次の言葉で二人の会話は終わっている。

"Existence is neither aimless nor hopeless to me now, and it was both three months ago. I was then drowning, and rather wished the operation over. All at once a hand was stretched to me,—such a delicate hand, I scarcely dared trust it:–its strength, however, has rescued me from ruin." (p. 201)

「今の私にとって生きることは無目的でも、絶望的でもない。3か月前はその両方でしたけれど。当時私は溺れかけていた。そしてむしろ死んでしまいたいと思っていた。ところが突然救いの手が私に差し伸べられた。それはとても信じられないほどか弱い手であった。しかしその力は私を破滅から救ってくれた。」

一方、このような二人の対話の内容を知らずに牧師館に帰ったカロラインは悶々とした一夜を過ごした。だがその翌晩、カロラインはシャーリと一緒にフィールドヘッドで過ごす約束をしていた。彼女は今住んでいる場所から永遠に姿を消してしまいたいという気持ちを抑えながら、夜までの数時間を縫い物をしながら過ごした。こうして彼女は仕方なく前夜の暗い気持ちをそのまま引きずってシャーリの館を訪ねた。彼女の温かい歓迎にもかかわらず、何時もの明るいカロラインと全く異なった暗い無口の表情を見て、その原因を全く知らないシャーリは心配して様々な方法で元気付けようとする。そして遂にカロラインが側に座っているプライヤ夫人の方を向いて口を開いた言葉は、「あなたのような家庭教師になりたい」(I wish to be a governess as you have been.) であった。これを聞いた夫人は誰よりも驚いたものの敢えて感情を抑えて黙っていたが、シャーリは感情をむき出しにして、「馬鹿な、何という考えなの。家庭教師になるなんて、今すぐ奴隷になる方がましよ」(Nonsense! What an idea! Be a governess! Better be a slave at once!) と叫んだ。そこでプライヤ夫人は優しく、「あなたは家庭教師になるにはまだ若すぎます、そして十分強くはありません。家庭教師の引き受ける任務はしばしばとても厳しいのです。」(My dear, you are very young to be a governess, and not sufficiently robust: the duties a governess undertakes are often severe.) とだけ話した。一方、シャーリはカロラインの本当の理由を知らないまま何としても彼女の暗い沈んだ心を明るくしようと、あの手この手と勇気づける言葉を投げかける。そして最後にこの夏をプライヤ夫人も含めて三人一緒にスコットランドからシェトランドで過ごそうと、楽しい夢のような計画を立てる。カロラインはその話に乗せられてようやく明るい顔を見せ始めた時、門の扉を開く音が聞こえ、ロバート・ムアが部屋に入ってきた。以下、第2章後半の全11頁は『シャーリ』第2巻の主要テー

マと評してよいカロラインとロバート・ムアとの愛の真相を読者に伝えるクライマックスの一場面と理解してよかろう。それだけに作家ブロンテの文才の正に見せ所と言ってよい力の入れようである。

　さて、ロバートは部屋に入ってくるとまず最初にシャーリに向かって、「私は今スチルブロから帰ったばかりで、その結果を報告するために立ち寄りました」と語りかけた。そしてカロラインの側の椅子に座り、彼女の手に触れて、体の調子はどうか尋ねた。彼女は窓から差し込む夕日を背中に受けていたために彼女の表情がはっきり見えなったが、前夜の衝撃をなお強く引きずっていたために極度の動揺を隠すことができなかった。一方それに気づかない彼は、夕日をまともに浴びて座っているシャーリに向かってその日の仕事の成果を報告している。その内容の一つは、先日彼の馬車を襲った犯人の主役が逮捕されたので、何れ近いうちに彼の仲間は復讐に来るだろうから、それに対する備えは十分できている、といった事務的な報告であった。またヨークシャーの主要な町でも激しい暴動が起こっているニュースを報じた新聞を彼女に手渡した。それを読んでいる彼女の姿は、「総合的に見てきらびやかなところがあり」(there was something brilliant in the whole picture.)、それを見ていたロバートもそのように思ったであろう。しかし彼はそれを顔の表情にも口にも表さなかった。一方、カロラインは顔色が冴えない上に花も飾りも身に付けておらず、地味な色のモスリンの服を着ていたので、シャーリと比べると「鮮やかな色の油絵と鉛筆のスケッチ」ほどの違いがあった。このようなシャーリが毅然とした男らしいロバートと仕事の話を生き生きと交わしている姿を、口出し一つせずにただじっと聞いていたカロラインの目に映った印象を次のように述べている。

　　Miss Keeldar, in speaking to Mr. Moore, took a tone at once animated and dignified, confidential and self-respecting. . . . there was nothing coquettish in her demeanour: whatever she felt for Moore, she felt it seriously. And serious, too, were this feelings, and settled were his views, apparently; . . . Miss Keeldar looked happy in conversing with him, and her joy seemed twofold,—a joy of the past and present, of memory and of hope. (pp. 211–12)

　　キールダ嬢はムア氏と話している時、生き生きとして威厳のある、そして親密であり自尊心に満ちた口調であった。……彼女の態度に媚びた様子は全くなかった。彼女がムアに対して感じることは全て真剣に感じていた。そして彼もまた真剣に感じており、彼の考えも浮ついたものではないように見えた。……キールダ嬢は彼と話している時幸せそうに見えた。そして彼女の喜びは、過去と

現在、そして想い出と希望の二重の喜びだった。

　カロラインはこのような二人の関係を、自分のような単なるロマンスではなく、確かな結婚への地盤固めと予感した。そして「悩むまいと努力しても却ってひどくなり、本当に惨めな気分になった」(she tried not to suffer; but suffered sharply, nevertheless. She suffered, indeed, miserable: . . .)。だがそのとき9時の時計の音がして、牧師館から下女のファニが彼女を迎えに来た。

　彼女はシャーリにお休みなさいと挨拶した。シャーリは「もう帰るの」と聞いた。そして「今日は楽しかった？　スコットランド旅行の計画は忘れないでね」と付け加えた。ロバートはカロラインの手に触れ、彼女のボネットとショールを持って帰りを促し、自分も一緒に付いて外に出た。そしてファニに対しては先に走って帰るように命じた。こうして彼とカロラインは二か月前の夜と同じように、彼女の手をしっかり握って夜道をゆっくりと歩いた。そして牧師館の前で彼女と別れるまでの最後の短い時間を6頁もかけて詳しく記している。筆者の説明を待つまでもなく『シャーリ』第2巻の最高の見せ場、二人の愛のクライマックスである。二人の会話の一部を紹介すると（大意）、まず彼は彼女に対して、「体に気を付けなくてはいけない。運動を忘れないように。君は少しやつれたように見える。叔父さんは優しくしてくれるのか」と尋ねた。また、「互いに永らく別れていると疎遠になるのではないか」と心配すると、彼女は「私も時にはそのように感じる。だが私はあなたを決して忘れない」と答える。だが彼女は一度だけ、彼がシャーリと一緒に歩いているのを陰から見たが、二人の話を聞かなった、と告げた。すると彼自身も、一緒にフランス語の本を読んでいた時の彼女の姿を思い浮かべ、そして夕方外に出ると、小鳥の羽ばたきや木の葉の揺れる音が彼女の動く影に見えたりしたと述べた。その他、様々な場所や様々な時間に彼女の幻影を見たことを具体例を挙げて話した。それを黙って聞いていた彼女は日頃のてきぱきした行動的男性からは想像できない夢想家の姿を知って、「あなたが仕事で頭が一杯のはずなのに、そのような幻想に耽る暇があるとは不思議ですね」(I wonder you have time for such illusion, occupied as your mind must be.) と述べた。すると彼は自分の本当の姿を次のように説明した。

　"I find in myself, Lina, two natures; one for the world and business, and one for home and leisure. Gérard Moore is a hard dog, brought up to mill and market: the person you call your cousin Robert is sometimes a dreamer, who lives elsewhere than in Cloth-hall and counting house." (p. 215)

「リーナ、私は自分の中に二つの性質を持っている。その一つは社会と仕事に、他は家庭と休暇に向いている。ジェラード・ムアは工場と市場用に育てられた厳しい犬であり、君が従兄のロバートと呼ぶ人物は時々夢想家になり、織物取引所や事務所以外の場所に住んでいるのだ。」

　ムアのこの自己分析こそ小説『シャーリ』の流れや主題を象徴する言葉と解釈してよかろう。そして性質の異なった二人のヒロインの存在意義を見事に代弁している。つまり、ロバートとカロラインの関係はロマンス、即ち愛と夢想の世界、シャーリとの関係はリアリズム、即ちビジネスと現実の世界をそれぞれ象徴している。そして二人のヒロインに象徴される二つの主題は互いに力を競うように交互に或いは同時に姿を現す。以上の観点から第2章は小説の中で最も意味深い一章と言えよう。

　さて、カロラインはロバートのこの言葉に応えて、次のように述べる。

"Your two natures agree with you: I think you are looking in good spirits and health: you have quite lost that harassed air which it often pained one to see in your face a few months ago." (pp. 215–16)

「あなたの二つの性質はあなたにピッタリ合っている。今あなたは上機嫌で健康そうに見える。2～3か月前あなたの顔を見てしばしば胸を痛めたあの苦しい表情はすっかりなくなっています。」

ロバートはこれに応えて、「今の私は難しい問題から解放された。（座礁しそうな）浅瀬から解放されて広い海に出ている」と述べると、カロラインは、「順風に乗ってあなたの旅がうまく行くといいですわね」と相槌を打つ。「しかし希望は当てにならない」と彼が述べると、彼女は、「あなたは熟練の船乗りですから嵐を乗り越えることができます」と励ます。このような二人の対話はなおも続く。そして何時の間にか牧師館の墓地の側に来ていた。先に帰ったファニがポーチで彼らを待っていたので、ロバートは彼女を家に入らせてから、キャロラインに、「今夜は特に帰りたくない」と強く訴えた。そのとき教会の鐘が10時を告げ、彼女の叔父が何時ものように玄関に出てきた。二人は背の高い記念碑の背後に身を隠した。見つかればただでは済まないことを知っていたが、それでもなお彼は帰りたくないと呟いた。何も知らぬ叔父は夜空を見なが

ら家の北側に向かってゆっくり歩き始めた。その隙を見てカロラインは台所の戸口から中に入り、2階の自分の部屋の窓辺に立って、心配げにロバートの行動をじっと見つめていた。彼は高い記念碑の陰に身をかがめてじっとしていたが、やがて叔父がその場を離れて家の中に入るのを見たロバートは堂々と両手を振って家路についた。

　その夜カロラインは眠れなかった。床に就いて目を閉じるとロバートの姿が次から次へと浮かんできて、彼女を幸せな夢の世界へ導いた。しかし夜が明けて朝陽が彼女の部屋に差し込むと夢が遠のき、現実が彼女の前に立ち塞がった。言い換えると、シャーリの存在が彼女の夢を打ち砕いた。彼女が彼と結婚するものと思い込んでいたからである。第2章は彼女が失意の絶望の淵に沈んでゆく姿で終わっている。

> With returning silence, with the lull of the chime, . . . she still resumed the dream nestling to the vision's side—listening to, conversing with it. It paled at last: as dawn approached, the setting stars and breaking day dimmed the creation of Fancy: the wakened song of birds hushed her whispers. The tale full of fire, quick with interest, borne away by the morning wind, became a a vague murmur. The shape that, seen in a moonbeam, lived, had a pulse, had movement, wore health's glow and youth's freshness, turned cold and ghostly gray, confronted with the red of sunrise. It wasted. She was left solitary at last: she crept to her couch, chill and dejected. (p. 218)

> 　静けさが戻りとチャイムの子守歌と共に、……彼女は幻想の側に寄り添う夢に再び浸り、その夢に耳を傾け、夢と対話を交わしていた。しかし遂に夢は色褪せた。夜明けが近づき、星が沈み、夜が明けると、空想の創造が力を失った。目を覚ました小鳥の歌声は空想の囁きを黙らせた。興味深い活気に満ちた物語は朝の風に運び去られて、そのささやきがぼやけた。月光の下で生き生きと鼓動し、行動し、健康の輝きと青春の新鮮さを帯びていた姿は、日の出の赤い光に直面すると冷たくなり、幽霊のような灰色に変わった。それは力を失くした。彼女は終に寂しく孤独になり、冷え冷えとした失意の状態で寝床に潜り込んだ。

この最後の失意の姿は第2巻の最後まで変わることなく続き、彼女の健康を次第に蝕んでゆく。一方、視線を外に向けると、工場主のロバート・ムアに恨みを抱く暴徒の一味が復讐の機会を窺っていた。彼は自ら述べているように、カロラインの目から離れると、仕事の虫になり、「厳しい犬」となって自分の工場を暴徒の襲撃に備える準備に取り掛かった。第3章以下は、カロラインの内なる世界とロバート・ムアの外の世界、言い換えるとロマンスとリアリズムの

相異なった世界が主流となり、互いに並行して進行してゆく。

(3)

第3章「シャーリは仕事に救いを求める」(Shirley seeks to be saved by Works) は、前夜の悪夢から目を覚ましたカロラインがその時の心境をそのまま引き継いで次の言葉で始まる。

> "Of course, I know he will marry Shirley," were her first words when she rose in the morning. "And he ought to marry her: she can help him," she added firmly. "But I shall be forgotten when they *are* married," was the cruel succeeding thought. "Oh! I shall be wholly forgotten! And what—*what* shall I do when Robert is taken quite from me? Where shall I turn? . . ." (p. 119)
>
> 「もちろん彼はシャーリと結婚することは分かっている。」これは彼女が朝起きた時に発した最初の言葉であった。「そして彼は彼女と結婚すべきだ。彼女は彼を助けることができるからだ」と、彼女は毅然として付け加えた。「だが彼らが結婚すれば私は忘れられるであろう」と、残酷な思考が後に続いた。「ああ、私は完全に忘れ去られるのだ。ロバートが私から完全に奪い取られると、私は一体何を、何をすればよいのか。私は何処へ向かえばよいのか。……」

以下、延々と1頁に渡って絶望的な言葉が続く。

彼女はその日の午後シャーリと会う約束をしていたが、到底その気にはなれなかったので部屋に引きこもっていると、外でシャーリの声が聞こえた。「どうして来ないのか」という彼女の叱責の声だった。彼女が弁解に窮していると、シャーリは「昨夜、自宅まで僅か1マイルの距離を45分もかけるとは、途中でロバートと何をしていたのか」と詰問した。このような怪訝な会話がしばらく続いたが、結局仲直りして何時もの姉妹の関係に戻った。そして話題は貧しい村人の生活に移り、彼らを救済するためのファンドの設立について話し合い、シャーリはその発起人となり、自ら率先して300ポンドを提供した。そしてその後援者としてカロラインの叔父を初めとして近隣の牧師数名に協力してもらうことになった。こうしてロバートを含めた賛同者がシャーリの家に集まり、その計画の具体案について議論し、牧師は各人5ポンド提供することで落ち着いた。ここで注目すべきは、「シャーリはその仕事を切り開き、具体案を示した」(Shirley opened the business and showed the plan.) (p. 229) という言葉が語るように、男性顔負けの積極的な行動派の女性であり、自ら "Captain Keeldar"

と名乗って憚らない姿に注目したい。一方、彼女と対照的な性格のカロラインはこの計画に加わることによってロバートに対する苦しい一途な恋慕から一時的に解放された。

　さて続く第4章「ダンの追放」(Donne's exodus) は、前夜に続いてシャーリの邸宅で基金集めの会合が開かれ、例の4人組の牧師補の中の二人マローンとダンがまず最初にやってきたのだが、この二人を怪しんだ彼女の愛犬が彼らに猛然と襲い掛かるところから始まる。マローンは勇敢に抵抗したが、犬嫌いで臆病なダンは命からがら家の中に逃げ込み、部屋に隠れて鍵をかけてしまった。そして招かれた他の客も皆集まり、会が開かれてもダンの姿は見えない。結局彼が隠れている部屋の外から鍵を開けて、怖がる彼を無理やり連れ出してくる始末。こうしてパーティが始まり、食事が終わると客は皆庭に出て社交を楽しんだ。その間シャーリは見事な社交的手腕を存分に発揮し、カロラインと対照的な性質の一面を見せている。そして最後に、問題の牧師補ダンはシャーリに近づいて更なる寄付を求めた。彼女はすでに300ポンド寄付しているので5ポンドさらに寄付すると答えた。しかし彼はそれには応じず、彼女を強欲だと口汚く詰った。さすがの彼女は我慢ができず、彼を門の外へ引きずり出して追い出してしまった。

　一方、カロラインは多くの来客とは殆ど接触せずに常にホール牧師 (Mr. Hall, the vicar of Nunnely) の側にいた。彼自身も特に彼女を選んで親しく話し合っていた。ホール牧師と言えば、第1巻の最後に登場する貧しい人たちに恵みを施す優しく慈悲深い40歳をとうに過ぎた中年の独身男性である。物語の進展とはほとんど関りのない平凡な日常的題材の第4章の中で、ホール牧師とカロラインとの対話は唯一ロマンチックな感傷的香りを漂わせている。つまり、シャーリのリアリズムとカロラインのロマンスとの対照をこれほど鮮明にした章は他にないと言っても過言ではなかろう。二人は仲良く並んで歩きながら彼女の結婚に話が及んだ時、彼女は結婚するつもりはないとはっきり断った。彼は結婚の必要を一度は勧めたが、意志が固いことを知ると、彼女が牧師館を出なくてはならない時期が来たとき、彼と妹のマーガレットはカロラインを必ず待っているから、と優しく慰めてくれた。それを聞いたカロラインは近くの草むらからワスレナグサ (forget-me-not) を摘んで、その一部を自分が持っている

本に挟み、残りの一部を彼の胸飾りにするようにと差し上げた。その時の二人の対話を引用しておく。まずカロラインは、

> "There are your flowers." . . . "Now, you don't care for a bouquet, but you must give it to Margaret: only—to be sentimental for once—keep that little forget-me-not, which is a wild flower I gathered from the grass; and—to be still more sentimental—let me take two or three of the blue blossoms and put them in my souvenir." (p. 240)

> 「あなたに花を差し上げます」。……「あなたは花束がお好きでなければ、マーガレットに上げてください、ほんの一度の感傷のために、あの小さなワスレナグサを。それは私がその草むらから摘んだ野生の花です。そしてなお一層感傷的になるために、その青い花を2〜3本摘ませてください。想い出の品として持っています。」

と述べた。これに応えてホール氏は微笑み、シャーリを見てはにかみながら次のように述べる。

> "Now," . . . "I trust we are romantic enough. Miss Keeldar, I hope you are laughing at this trait of '*exaltation*' in the old gray-headed Vicar; but the fact is, I am so used to comply with the requests of this young friend of yours, I don't know how to refuse her when she tells me to do anything. You would say it is not much in my way to traffic with flowers and forget-me-nots; but, you see, when requested to be sentimental, I am obedient." (p. 240)

> 「確かに」……「私たちは十分ロマンチックだと思う。キールダ嬢、白髪交じりの老牧師がこのように有頂天になっているのを見て笑ってくれたらよい。だが実は、私が君のこの若い友人の願いには何でも応じる習慣になっているので、何かをしてほしいと言われるとどう断ってよいのか分からないのです。私が花やワスレナグサと関わるのは私本来の道ではないと、あなたは仰るでしょう。だがご覧のように、感傷的になるように（カロラインから）頼まれると私は応じてしまうのです。」

この一節を読んで必然的に想い起すのは、ローレンス・スターンの小説『感傷旅行』(Lawrence Sterne, *A Sentimental Journey*, 1768) の主人公ヨリックと清純な乙女の一場面である（詳しくは、拙著『作家メアリ・ウルストンクラフト』133〜35頁参照）。これは「感傷主義」(sentimentalism) の代表例であるが、上記のホール牧師とカロラインの一場面はその流れを汲む典型的な感傷主義、即ちロマンスの世界そのものである。作者ブロンテがこの日常的な出来事の中でこの異色の場面に特に力を入れたことは、この主題に対する彼女の関心の強さを裏

付けている。

(4)

　職を失った貧困労働者を救済するための基金はシャーリを中心として多くの人たちの協力によって計画どおり順調に集まった。従って、教区の貧しい労働者はひとまず落ち着いて静かになったが、ノッティンガムやマンチェスターそしてバーミンガムの暴徒集団の本部では本格的な行動を起こす機会をうかがっていた。ロバート・ムアはこれらに対してもちろん警戒を怠ることはなかった。第5章「聖霊降臨節」(Whitsuntide) はこのような社会の情勢について、ロバートとシャーリとの真剣な対話で始まる。

　一方、カロライン嬢やヘルストン牧師が住む教区 (Briarfield) や隣の教区の人々は聖霊降臨祭の祝いの準備に奔走していた。第5章はそのタイトルが示すようにその準備の風景の描写に終始している。従って、物語の進展と殆ど無関係なこの祭りの模様に特別関心のない読者にとって、この一章は退屈そのものと映るかもしれない。しかし作者ブロンテはこの小説の写実性を高める好機と考えたに違いない。しかしこの祭りの準備に協力したシャーリとカロラインのその間の行動から、二人の性格の対照的な違いは鮮明に浮き彫りにされている。そしてこの祭りに指導的役割を演じたカロラインの多忙な明るい1日は、ロバートへの苦しい想いを忘れる好機となったことも確かな事実であった。実際、この祭りの間にロバートの登場はもちろん、彼の名さえ出てこないのを見ても分かる。

　さて、続く第6章「学校の祭り」(The School-Feast) は祭りの本番である午後の長い行列の細やかな描写で始まり、本会場の学校でのパーティの様子を人々の会話の内容を含めて丹念かつ精緻に描写している。ブロンテが最も得意とする精密な写実の見せ所である。しかしこのような祭りに興味のない読者には退屈以外の何物でもない。だが章の後半で遂にロバート・ムアが会場に姿を現し、雰囲気が変わると同時に物語の進展に期待を持たせる。その直前にシャーリは、「私はムア氏を待っているのです。昨晩彼と会ったとき、姉と一緒に来るという約束をさせたので、きっと来るはずですが、遅すぎます」とカロラインに話していた。彼女は「彼が来る」という言葉を聞いた時、心臓が高鳴り、顔が赤くなった、と述べている (pp. 258–59)。やがて彼は姿を現し、シャーリの隣に

座ろうとしたが、彼女が彼のために予め取っておいた席が無神経な別の男性に
占拠されていたので、彼はしばらく彼女たちと話した後、会場の中を歩き回り、
数名の人と話を交わして外へ出て行った。それから彼女たちも会場の騒音と蒸
し暑い空気に耐えかねて外に出た。広い庭のかなり離れたところで彼が数名の
男性と何か真剣に話し合っている姿が見えた。その中にカロラインの叔父ヘル
ストン氏もいた。そして話が終わった時、彼と握手をして別れた。その日まで
彼はムア氏を「ジャコバン」と呼んで、カロラインが彼と会うことを固く禁じ
ていたほどであった。彼らは政治的に意見が一致したに違いない。

　シャーリは彼がヘルストン氏らと話し合っている様子を遠くから見て、その
話の内容はただならぬ深刻なものであることを敏感に感じ取った。そこで彼女
は彼が彼らと別れて家に帰るのを見た途端、「近道を通って先回りをし、彼を
待伏せしよう」と言って、無理矢理カロラインの手を引いて走り出した。そし
て目的を達成して彼を正面から迎えた後、二人が話し合った内容の記述に最後
の２頁を当てている。まず、シャーリが最初に切り出した言葉は、

> "Mr. Moore,—what are you going to do? What have you been saying to Mr.
> Helstone, with whom I saw you shake hands? Why did all those gentlemen
> gather round you? Put away reserve for once: be frank with me." (p. 267)
> 「ムア氏、あなたは何をしようとしているのですか。あなたはヘルストン氏に
> 何を話していたのですか。あなたが彼と握手をするのを私は見ました。この際、
> 隠していることを吐き出しなさい。私に対して率直になりなさい。」

であった。これに対してロバートは「私は何時も率直だ。話すべきことがあれ
ば明日話そう」と答えた。彼女は、「今直ぐです。引き延ばしてはだめです」
と促した。しかし彼は、「今話しても半分しか話せない。時間が限られている。
無駄な時間が全くないのだ。今話せない分を明日全て率直に話すから」と答え
た。そして「今夜はこれ以上何も話せないので帰る」と言って、別れの挨拶を
した後カロラインの手を握ろうとしたが、彼女は手を引っ込め、「頭を軽く下
げ、優しくまじめな微笑を浮かべた。」彼が立ち去ってから、シャーリは「何
故手を引っ込めたのか」と尋ねると、カロラインは本当に愛していれば何も大
袈裟に態度で示す必要がない、という意味の返事をした。

　以上で第６章は終わるが、第５と６章の大部分は聖霊降臨祭の賑やかな描写
で占められ、それに関心のない読者にとって退屈そのものだが、その最初と最

後の数頁はロバートとシャーリの緊張した対話、即ち暴徒が彼の工場を今にも襲撃してきそうな恐怖を予感させる対話で占められている。作者ブロンテは緊張と弛緩の劇的効果を狙ったのかも知れない。

　続く第7章は、シャーリとカロラインがロバートと別れた後、教会のミサに出席する積りで側まで来たが、中に入らずに夕暮れの景色を楽しんでいるところから始まる。そこで交わされる対話の中で、シャーリの言葉に特に注目したい。それはカロラインが「漠然として幻想的」(vague and visionary) と評したように、シャーリの正しく「幻想的」「異端的」性質を鮮明に表している。言い換えると、それはシャーロットの最愛の妹エミリの隠れた天性の感受性と解釈してよかろう。次にその言葉の一部を引用しよう。

> "Nature is now at her evening prayers: she is kneeling before those red hills. I see her prostrate on the great steps of her altar, praying for a fair night for mariners at sea, for travellers in deserts, for lambs on moors, and unfledged birds in woods." (p. 269)
> 「自然はいま夕べの祈りを捧げている。自然はあの赤い山々の前に跪いている。自然はその祭壇の大きな踏み台にひれ伏し、海原の水夫のため、砂漠の旅人のため、荒野の仔羊のため、そして森の羽が生えていない雛鳥のために、平和な夜であるように祈っている。」

シャーリはこのように語りながら「真っ赤に燃える西空をじっと見つめ、やがて楽しい恍惚状態に沈んだ。」(she fixed her eyes on the deep-burning west, and sank into a pleasurable trance.) 一方、カロラインは少し離れて「牧師館の庭の壁の下を、彼女なりに夢想しながら行ったり来たりしていた。」その時、シャーリは突然「お母さん」と呼んだ。カロラインはこの声を聞いた途端、空想の母ではなく実在の母の姿を目の当たりに想い浮べた。

　第7章はこのような詩的な幻想的雰囲気の中で始まるが、その二人の前に教会から出てきたばかりのウィリアム・ファレン (William Farren) が不意に現れた。こうして彼女たちを包んでいた幻想的世界が完全に壊れ、現実の世界に戻ってしまう。後は彼とシャーリとの対話が続く。そしてこれが終わると、次にロバート・ムアの忠実な下男ジョーが現われ、理屈の通らぬ男尊女卑の信念を守り通す。このように物語の進展とは何の関係もない粗野で単純な男たちの対話で第7章は終わる。緊迫したリアリズムの直前の息抜きである。

(5)

　第8章「夏の夜」(A Summer Night) は『シャーリ』第2巻だけでなく全3巻の文字通りクライマックスである。それは物語の流れの中だけでなく、二人のヒロインの中のシャーリの存在が真の意味で主役に躍り出る絶好の転機、つまり主役交代のクライマックスである。

　聖霊降臨祭の締め括りとしての教会のミサも終わり、参加者はすべて家路についた。彼女たちも帰ろうとしていた時、カロラインの叔父ヘルストン氏と会った。彼は友人の誘いで今晩は彼の家で泊ることになったので、家は不用心だからシャーリも牧師館に是非泊ってほしいと頼んだ。だが彼が友人と会うというのは単なる口実で、実はロバート・ムアの工場と事務所を暴徒の襲撃から守るために彼の支援者が集まる約束をしていたのである。その日は祭りのために人々が陽気に浮かれていた時、ロバートだけがただ一人そこに姿を現さずに別の場所で仕事に明け暮れていたが、暴徒の動きを探るためであった。そして祭りが殆ど終わりに近づいた頃やっと彼は現れたが、彼の表情は硬く、しかも数名の仲間と遠くで真剣に話し合っていた。シャーリはこれを目敏く感じ取り、彼の先回りをしてその点を聞き質したことは、前節で説明したとおりである。要するに、彼女はその時その夜の襲撃事件を彼の表情と言葉からはっきり感じ取っていたのである。単純なカロラインの思うことはただ一つロバートの愛だけで、このような重大な問題は彼女の思考の圏外であった。従ってその夜、叔父が出かけて行った本当の理由も、シャーリに牧師館に泊まるように頼んだ理由も、彼女は深く考えようとはしなかった。しかしシャーリは真相の全てを理解していた。だがカロラインも牧師館に帰った頃からその雰囲気を感じ取り、彼女と歩調を合わせ始めた。家の戸締りを全てしっかり済ませた後、夜が更けても眠ろうとはせず、シャーリと並んで耳を澄ませ、息を飲んで窓辺に立っていた。

　そしてしばらくすると遠くから人の足音と話声が聞こえてきた。シャーリの愛犬は激しく吠えた。彼女はカロラインと一緒にそっと外に出て、道に沿って生い茂る生垣に隠れて彼らの話を聞いた。彼らは牧師館を襲撃して見つかれば牧師を殺す計画を立てていた。だがその時、犬がさらに激しく吠えたてたので仕方なくその場を立ち去った。シャーリは彼らが次に襲うのはロバートの工場

に違いないと判断したので、それを知らせるために障害の多い近道を取って彼等の先回りを試みた。しかし彼女たちが工場の見える丘まで来た時すでに襲撃は始まっていた。以下、暴徒の襲撃とそれに立ち向かうロバートを中心とした味方の反撃の場面が数頁に渡って続く。その描写は、『リーズ・マーキュリ』(*Leeds Mercury*) の 1813 年 4 月 18 日の報道から採用した、とテキストに注が付けられている (p. 560)。

　激しい戦いは 1 時間ほどで終わったが、その跡は破壊された建物とがれきの山、それに混じって一人の死体と数名の重傷者が横たわっていた。これらは全て暴徒で、味方は軽傷程度で済んだ。小説の見所はこの間のカロラインの言動とそれに対するシャーリの見事な対応である。これによって二人の主役としての存在価値の違いがはっきりしてくる。即ち、カロラインは暴徒の襲撃の場面を見て考えることはただ一つ、彼女はその戦いの現場に飛んで行ってロバートを救い出すことである。シャーリはこれを必死に抑えて説得する。ロバート・ムアは彼女たちに危険が及ばないようにその日の襲撃のことを話さず、男たちだけで工場を守り切る決意を固めていた。カロラインがそれに気づかず、ただ愛情だけを頼りに命を顧みない彼女の英雄的行動を、シャーリは戒めたのである。その一場面を次に紹介しよう。

　まず、カロラインは、"We must go to him! I will go to him. . . . I came only for him. I shall join him." 「私たちは彼のところへ行かねばならない。私は行きます。……私は彼のためにここへに来たのです。私は彼の側に行きます」と叫んでそこを飛び出すのを、シャーリは必死に制する。しかしカロラインはそれを聞き入れようとはせず、頑固に行動に移そうとする。そこでシャーリは両手で彼女をしっかり押さえつけて、「一歩もここを出てはいけない。このような時、ムアはあなたと私のどちらかを見れば、衝撃を受けて狼狽するでしょう。男性は本当に危険な時、女性が彼らの側に決していてほしくないのです」(Not one step shall you stir. At this moment, Moore would be both shocked and embarrassed, if he saw either you or me. Men never want women near them in time of real danger.) と説得する。それでもなおカロラインは、「私は迷惑をかけません。私は彼を助けたいのです」(I would not trouble—I would help him,) と頑固に主張する。それを見たシャーリは次のように述べる。

"How? By inspiring him with heroism? Pooh! These are not the days of chivalry: it is not a tilt at a tournament we are going to behold, but a struggle about money, and food, and life." (p. 288)

「どのようにして？　彼にヒロイズムを吹き込むのですか。現在は騎士道の時代ではありません。私たちが見に行くのは槍試合の一騎討ちではありません。金銭と食べ物と生きるための争いなのです。」

カロラインのヒロインとしての存在価値をこれほど的確に表現した言葉は外にない、と言って過言ではなかろう。つまり、彼女はロマンスを、そしてシャーリはリアリズムを象徴または代弁する存在価値を備えている。ブロンテは後者により高い価値を置いていることは言うまでもない。小説『シャーリ』第2巻の見所は正しくここにある。従って、この後も同様の対話が幾度も交わされる。その典型例は、1時間続いた激戦は終わり、暴徒が逃げ去った後 額から血を流したロバートが水で洗っている姿を見たカロラインはたまりかねて彼の側へ駆け寄ろうとする。泣き叫ぶ彼女をシャーリは必死に抑えながら次のように宥める。

"Why do you cry, Lina?" . . . "You ought to be glad instead of sorry. Robert has escaped any serious harm; he is victorious; he has been cool and brave in combat; he is now considerate in triumph: is this a time—are these causes for weeping? (p. 293)

「何故泣くのです、リーナ。」……「あなたは悲しむより喜ぶべきです。ロバートは重傷を負わずに済んだのです。彼は勝ちました。彼は冷静に勇敢に戦ったのです。彼は今勝利を噛みしめているのです。泣いたりする時ですか。悲しむ原因はどこにありますか。」

カロラインはこの言葉を聞いて終に聞き入れ、シャーリの善意を理解して感謝の言葉を述べた。そして二人は一緒に夜明けの道を牧師館に向かって歩いた。

(6)

　第9章「翌朝」(To-morrow) は、牧師館に帰ったカロラインとシャーリの就寝する直前の描写で始まる。シャーリは牧師館で寝るのが初めてであったが、床に就くと直ぐに寝込んでしまった。一方、カロラインは前夜の興奮が脳裏に残って眠れそうにもなく、朝食のベルが鳴るまで目を開けていた。ここにも二人の性質の違いが鮮明に表われている。まず、シャーリについて次のように述べている。

Perfect health was Shirley's enviable portion; though warm-hearted and sympathetic, she was not nervous: powerful emotions could rouse and sway, without exhausting, her spirit: the tempest troubled and shook her while it lasted; but it left her elasticity unbent, and her freshness quite unblighted. As every day brought her stimulating emotion, so every night yielded her recreating rest. (p. 294)

　完全な健康はシャーリの羨ましい部分であった。心は温かく優しかったが、神経質ではなかった。強力な感情は彼女の精神を疲れさすことなく呼び覚まして、揺り動かすことができた。嵐が続いている間彼女を困らせ、動揺させたが、それが終わると彼女の弾力は元通りになり、彼女の新鮮さが色褪せることはなかった。毎日、日中は彼女に刺激的な感動を呼び覚ましたが、それと同様に毎日、夜は回復の眠りを彼女に与えた。

一方、カロラインはシャーリとは「全く違った性質」(different temperament) のために、前夜の「恐ろしいドラマ」が影響して一睡もできなかった。「この世は正しく試練の場」(This world is the scene of trial and probation.) と思った。だが信仰心の厚い彼女は、「神は愛する人に懲罰を与える」(Whom He loveth, He chasteneth.) と自らを慰めた。このようなことを考えているうちに時間が経ち、家の使用人は朝の準備を始めたので彼女も床を離れて身繕いをして晴れやかな顔をしようとつとめたが、シャーリの目が「生き生き」(lively) としているに対してカロラインの目は「うつろ」(languid) だった。朝食のベルが鳴ったので食堂に下りてくると、前夜の事件の噂で持ちきりだった。その時玄関の扉を激しくたたく音が聞こえ、フィールドヘッド（シャーリの館）の下男が飛び込んできて、プライヤ夫人からの緊急の手紙を彼女に手渡した。彼女は大急ぎでカロラインと一緒に自宅に戻った。彼女の領地に住む住民は皆、前夜の事件を聞いて彼女の帰りを待っていた。彼女は彼らを落ち着かせて何時ものようにミルクとチーズを配って帰らせた。

　彼女を急遽フィールドヘッドへ呼び戻した用件はこれだけではなかった。もっと重要な、彼女の許可なしにはできない仕事が山積していた。それは前夜の事件で協力してくれた兵士や一般市民がお腹を空かし、疲労困憊してホロゥ（ロバート・ムアの工場のある所）で待機しており、さらに傷ついた暴徒たちの介護の必要に迫られていたからである。シャーリはこれを聞いて目の色を変え、家の隅々まで聞こえるような高い声で、食糧貯蔵庫から全てを集めて直ちに持って行くように命じた。彼女のその時の姿は使用人が恐れて震えるほどの威厳

を持っていた。これを和らげたのはカロラインの何時もと変わらぬ優しい笑顔であった。シャーリ自身もそれを見て自分が感情を露わにしたことを恥じたほどであった (p. 302)。

　それからしばらくしてシャーリが車に荷物を積んでいると、一人の男性がシャーリの側に立って、「ご機嫌よう」と声をかけた。彼女は見上げるとそれはロバート・ムアだった。彼女は不愛想を装いながら何の御用ですか、と聞いた。彼は彼女の温かい援助に対して謝礼を述べた後、「我々は連隊ではなく、数名の兵士と市民だけだから、余った物をお返ししたい」と述べた。こうして二人の打ち解けた会話が始まった。彼女は彼に、「傷はどうなの」と聞くと、「君が裁縫しているとき針で指を突く程度だ」と答えた。それに対して彼女は、「額の傷はどうなったの」と聞いたので、彼は驚いて、「どうしてそれを知っているのだ」と聞き直した。彼女は噂を聞いて知っている、とごまかした。こうして二人の会話は本章の最後まで続く。一方、カロラインはしばらく彼らの話を静かに聞いていたが、途中でその場を離れてプライヤ夫人の部屋に向かった。彼女が去った後二人の話題の中心はカロラインのことだった。シャーリが述べたその一部を引用しておく。それはカロライン嬢がムア氏にとって将来似合いの夫婦になることを暗に予言した言葉と解釈してよかろう。

　　　　"The point I wish to establish is, that Miss Helstone, though gentle, tractable,
　　　and candid enough, is still perfectly capable of defying even Mr. Moore's penetra-
　　　tion." (p. 305)
　　　　「私が結論する要点は、ヘルストン嬢が穏やかで、従順で、十分率直なこと
　　　に間違いはありませんが、それでもムア氏の突きにさえも堂々と立ち向かえら
　　　れることです。」

(7)

　第 10 章「プライヤ夫人」(Mrs. Pryor) は、前夜の襲撃事件に際してプライヤ夫人が臨機応変に対処できなかったことをシャーリから厳しく責められ、すっかり落ち込んでいる夫人をカロラインが優しく慰めているところから始まる。そこへシャーリがそっと入って来て、自分が彼女に厳しく言い過ぎたことを深く反省しているので謝罪したい、とカロラインに告げる。こうして二人は元通りの関係になる。そして次にヘルストン氏が入ってくる。彼は大変興奮しており、姪の存在にも気が付かない。そしてロバート・ムアの前夜の勇敢で沈着な

行動を絶賛する。彼はそれまでロバートを「ジャコバン」と悪しざまに呼び、カロラインが彼の家に立ち寄ることを禁じていたのとは大変な違いである。彼はこのようにロバートを褒めまくった末、最後に「半分冗談めかし、半分真面目に、キールダ嬢が彼に特別御執心のようだ」と付け加えた。そしてさらに続けて話そうとしているところへ、あの辛辣なヨーク氏が入ってくる。そしてシャーリとの間に激論が交わされる。中でもロバートについて彼が理屈に合わない批判をし始めた時、彼女は猛然と反論し、彼を徹底的に擁護した。顔を真っ赤にして反論する彼女の姿に魅力を感じた彼は、腹を立てずにこやかに聞いていた。だが、彼女がロバートを愛しているからそのように強く弁護するのだろう、と言えば彼女は必ず大人しくなるだろうと思い、密かにほくそ笑む。そこで話が一旦中断するが、再び激論が始まり、最後に彼は彼女の急所を突いたつもりで、「君は何時結婚するのだ」と聞く。彼女は「誰の結婚？」と聞くと、「ホロゥ小屋のロバート・ジェラード・ムアとフィールドヘッド・ホールのキールダ嬢とだ」と答えた。彼女はこれを平然と受け止め、「キールダ家の後継者として相応しくない結婚ですか」と質した。そしてこのような応答がしばらく続くが、彼女の言葉に謎めいたところがあり、ヨークは彼女の真意が全く分からない。彼が終にお手上げの状態に達したが、彼女はそれを楽しんでいるかのように、「私がキールダの名を捨ててムアの名を取るとき、あなたは私を彼に引き渡してくださいますか」(Will you give me away when I relinquish the name of Keeldar for that of Moore?) と、彼女の結婚式の仲介を彼に打診した。

　上記のヨーク氏の言葉から、シャーリとロバートの結婚話は彼らの周辺で噂されており、彼自身も当然と考えていたことが分かる。しかしシャーリのヨーク氏に対する受け答えから、彼を煙に巻こうとしていることは明らかだ。実際、彼女のこれまでのロバートとの関係を見てきたは我々読者の目には、二人の間に恋人同士の様な甘い言動は全く見られず、差し迫った重要な問題について真剣かつ対等に話し合う関係であった。言い換えると、二人は心の通う友人または同志の域を出なかった。一方、カロラインと彼との関係は互いに心を許すとき優しい恋人同士の関係であることを何度も見てきた。そしてシャーリ自身も、前章の最後に述べたように「二人は似合いの夫婦になる」ことを半ば予言している。しかしこの言葉を聞いていないカロラインは世間一般の噂のように、シャーリとロバートこそ理想の夫婦になるものと自らに信じ込ませていた。そし

てこれが彼女のうつ病の原因となり、日増しに元気を失くしていった。彼女はこの苦しい心境から逃れるために、叔父の許を離れて一人で家庭教師の道を歩む決意を密かに抱いていた。第10章の後半はこの決意をプライヤ夫人に打ち明けるところから始まる。

　ヘルストン氏とヨーク氏が帰ったその日の午後、プライヤ夫人とカロラインは二人だけでフィールドヘッド周辺の広大な自然の中を散歩に出かけた。そこで夫人は初めて彼女に自分の過去の歴史や人生について思う存分話す機会を得た。そこでカロラインも自分が直面する悩みを解消するために家庭教師になる決意をしていることを打ち明けた。これを聞いた夫人は自分の苦しい惨めな体験から、家庭教師にだけはなるものではないと断固反対した。その体験談は作者ブロンテ自身の体験と妹のそれを基にして詳細に語っている。そしてこれが終わると次の主題は結婚の意味、特に女性にとって結婚が幸せに繋がるかであった。ここで二人の討議は一気に熱を帯びてくる。夫人は自ら離婚という苦い経験をしており、カロラインは叔父から結婚の不幸について何度も聞かされていたからである。そして何よりも彼女自身が最愛のロバートとの結婚を密かに望んでいたからである。第10章後半の多くはこの問題の討議で占められているが、その中から最も興味深い二人の対話の一幕を引用しておく。不幸な離婚を経験したプライヤ夫人と、ロバート・ムアを心から愛しているカロラインとの結婚観の違いが面白いほど鮮明に表れている。

　　"My dear," she [Mrs. Pryor] murmured, "life is an illusion."
　　"But not love! Love is real: the most real, the most lasting—the sweetest and yet the bitterest thing we know."
　　"My dear—it is very bitter. It is said to be strong—strong as death! Most of the cheats of existence are strong. As to their sweetness—nothing is so transitory: its date is a moment,—the twinkling of an eye: the sting remains for ever: it may perish with the dawn of eternity, but it tortures through time into deepest night."
　　"Yes, it tortures through time," agreed Caroline, "except when it is mutual love."
　　"Mutual love! My dear, romances are pernicious. You do not read them, I hope?"
　　"Sometimes—whenever I can get them, indeed; but romance-writers might know nothing of love, judging by the way in which they treat of it."
　　"Nothing whatever, my dear!" assented Mrs. Pryor, eagerly; "nor of marriage;

and the false pictures they give of those subjects cannot be too strongly condemned. They are not like reality: they show you only the green tempting surface of the marsh, and give not one faithful or truthful hint of the slough underneath."

"But it is not always slough," objected Caroline: "there are happy marriages. Where affection is reciprocal and sincere, and minds are harmonious, marriage *must* be happy." (pp. 318–19)

「人生は幻想ですよ」と、プライヤ夫人はつぶやいた。

「でも愛は幻想ではありません。愛は現実です。最高の現実、最高の永続する現実です。最高に甘美ですが、最高に苦しいものであることを私は知っています。」

「確かにそれは非常に苦しいものです。その苦しみは強烈、死と同じほど強烈と言われています。存在する欺瞞の大部分は強烈です。その甘美に関してですが、それほど儚いものは他にありません。その期間は一瞬、目の瞬きです。後に残るのは永遠の疝痛です。その痛みは永遠の夜明けと共に消滅するかもしれません。しかし時が経つと痛み出して漆黒の暗闇の中に入ってゆきます。」

「そうです、それは互いに愛し合っている時を除いて、時が経つにつれて苦しくなります」と、カロラインは同意した。

「愛し合うなんて、そのようなロマンスは有害で危険です。あなたはそのような本を読んでいないでしょうね。」

「時々読みます。実は手に入った時はいつでも読んでいます。でもロマンス作家が扱う方法から判断すると、彼らは愛については何も分かっていないのかも知れない。」

「一切何も分かっていない」と、プライヤ夫人は熱を込めて同意し、そして「結婚についても同様です。そして彼らがこれらの問題について述べる偽りの描写は、いくら強く非難されてもし過ぎることはありません。それらは事実に反している。彼らは沼の魅力的な緑の表面だけを見せて、その下にある泥については一言も誠実に真実を語っていない」と述べた。

「しかし結婚は必ずしも泥沼とは限りません」と、カロラインは反論し、そして「世の中には幸せな結婚もあります。互いに真心から愛し合い、心が通っていれば、結婚は幸せに違いありません」と述べた。

二人はこのような議論を続けた結果。カロラインは結論として自活の道を探すことを改めて考え直した。これを聞いたプライヤ夫人は、シャーリは何れ近いうちに（ロバート・ムアと）結婚するだろうから、自分はこの家を出なくてはなるまい。夫人はその時のために家を購入しているので一緒に暮しましょう、と告げる。彼女もそれを了承し、互いにキスをして別れる。

(8)

　『シャーリ』第2巻は聖霊降臨祭の描写で始まり、真夜中の暴徒の襲撃事件を頂点にした丸二日間の、ロバートとシャーリそしてカロラインの行動の歴史に全10章が費やされた。第11章「二人の生活」(Two Lives) は、それからしばらく時間を置いたこれら三人の主役、とりわけ二人のヒロインの全く対照的なそれぞれの生きる姿と心理状態を改めて、総括の意味を兼ねて論じている。ここで最も興味深い描写は、シャーリが積極的な社交性と奔放な性格に加えて詩人的な「夢想家」(visionary) であることを強調している点である。常識や形式にこだわらない奔放にして夢想家と言えば、他ならぬエミリ・ブロンテの特徴である。姉シャーロットはこの第11章を書いている時、妹がもしシャーリ・キールダ嬢と同じ境遇で今も生きていたとすれば、このように行動したであろうと想い描いていたに違いない。中でも特に彼女の「夢想家」的想像力の広がりは第1章に続いてここでも強調されている。それはエミリのそれを強く意識しながら書かれたものと解釈したい。その様な時の彼女の姿を次のように表現している。最愛の妹エミリの御霊に贈る献辞と解釈してよかろう。

> A still, deep, inborn delight glows in her young veins; unmingled—untroubled; not to be reached or ravished by human agency, because by no human agency bestowed: the pure gift of God to His creature, the free dower of Nature to her child. This joy gives her experience of a genii-life. (p. 326)
>
> 静かで深い天性の歓喜は彼女の若い血潮——純粋で濁りのない血潮の中で輝いている。それは人の手に触れられ、汚されていない純粋な喜びである。何故なら、それは人の手によって授けられたものでないからだ。それは神が創ったものに与えられる神の純粋な贈り物、神の子に賦与される自然の遺産である。この喜びは彼女に天才的生命の経験を授けている。

　次に、カロラインについては全く対照的な描写をしている。シャーリがロバートと結婚するものと思い込んでいる彼女は、家を離れて自活の道を選ぶ決意をしたことはすでに述べたとおりである。彼女はこのような鬱々とした気分の中で、生涯独身を守り通した幾人かの女性を例に挙げて、思い悩む心境を独白の形式で3頁半に渡って語っている。その切々たる訴えを一部引用しておく。

> "God surely did not create us and cause us to live, with the sole end of wishing always to die. I believe, in my heart, we were intended to prize life and enjoy it,

so long as we retain it." . . . "I believe single women should have more to do—better chances of interesting and profitable occupation than they possess now." . . . "My consolation is, indeed, that God hears many a groan, and compassionates much grief which man stops his ears against, or frowns on with impotent contempt." (pp. 328–29)

「神様は私たちが常に死を望むために私たちを創造し、生かせているのではありません。私たちは生きている限り命を大切にし、享受するように意図して生を受けている、と私は心の中で信じています。」……「独身女性は今よりもっと多く働き、もっと興味深くて有益な仕事をする機会をさらに多く持つべきだ、と私は信じます。」……「本当に私の慰めは、神様が数多くの苦しみに耳を傾け、そして多くの悲しみに哀れみをかけてくださることです。それに対して人は耳を閉ざすか、渋い顔をして何もせず軽べつするだけです。」

(9)

　第 12 章「夜明け」(The Evening Out) は、暴徒の襲撃事件の後、教区に再び平和が戻ったが、カロラインは牧師館で孤独の日々を過ごしていると何時しか真夏の太陽が彼女の部屋を照らしていた。彼女は物思いにふけりながら縫い物をしていると玄関の扉を叩く音が聞こえ、女中が 1 通の手紙を持って入ってきた。何とはなしにそれを見るとロバート・ムアの姉ホーテンスからの手紙であった。彼女は突然目を覚ましたように封を切ると、久しぶりに会いたいので今直ぐ訪ねてくるように、という手紙であった。ロバートもその日の夜市場から帰ってくるとのことであったので、大急ぎで身支度して家を出た。第 12 章の大部分は彼女の家で会った人たちとの会話から成り立っており、小説の展開とは何の関わりもない他愛ない場繋ぎに過ぎないとも言える。だがその中で唯一興味を引いたヨーク夫人の言葉は、カロラインの言動に対する批評である。それはある意味で彼女の本質を突いているからである。この小説の解釈の一助ともなるので引用しておく。

　"You are led a great deal by your *feelings*, and you think yourself a very sensitive, refined personage no doubt. Are you aware that, with all these romantic ideas, you have managed to train your features into an habitually lackadaisical expression, better suited to a novel-heroine than to a woman who is to make her way in the real world, by dint of common sense?" (p. 338)

「あなたは大いに自分の感情によって導かれている。そしてあなたは間違いなく自分自身が非常に感受性が強く、繊細な人物と考えている。あなたはこのよう

なロマンチックな考えで、自分の顔を習慣的に物悲しい表情に作ろうと工夫してきたこと、そしてそのような表情は、現実の世界を常識に頼って生活している女性よりも、小説のヒロインにより一層適していることに気付いていますか。」

　さて、このような対話が長く続き、ヨーク夫人らがようやく帰った後、最後の数頁で突然空気が変わる。ロバートが弟のルイスと一緒に帰ってきたからである。ルイスの名は第1巻の第5章で一度だけ出てきたが (p. 55)、人物として登場するのはこれが最初である。小説の第3巻でロバートと並んで主役の一部を担うだけでなく、最後にシャーリと結婚する相手であるので、第2巻の最後に紹介の意味を兼ねて是非登場させておく必要があったのであろう。こうしてカロラインも急に明るくなり、初めて会う彼と話が弾んでいた時、シャーリから花束が贈られてきた。その贈り先はパーティではなく、ロバート宛であった。これに気付いたカロラインはそれまでの明るさが消えて忽ち暗い表情に変わる。彼女は彼の顔を見ないまま、夜も遅くなったので、一人で帰ることにした。だがロバートは気づかず、花を贈られたことで皆と一緒に有頂天になっていた。第2巻最後の言葉は、"Home she would go: not even Robert could detain her now."「彼女は家に帰ろうとした。だがロバートでさえこの時は彼女を引き留めることができなかった」で終わっている。

『シャーリ』第3巻

(1)

　フィールドヘッド（シャーリの家）から帰った後のカロラインは気分が冴えず、その後も良くなる気配を見せず、床に就いたまま日毎に体力が消耗していった。心配したプライヤ夫人は毎日見舞に来たが、2週間後には牧師館に泊まり詰めで看病するようになった。従ってカロラインの気分は癒されたが、肝心の病気は一向に良くなる気配を見せなかった。ところが正午の時間が近づくと彼女は決まったように起き上がり、窓際の椅子に座って外の景色をじっと眺めていた。不思議に思ったプライヤ夫人は彼女に気付かれないようにしてその様子を注意して見ていた。そして分かったことは、12時前にロバートが牧師館の前の道を通ってウィンベリの市場 (Whinbury market) へ出かけることを知っていた彼女はその姿を窓から見るためであった。実にいじらしい乙女の一途な

恋心である。要するに彼女の病は自分の思いが通じない絶望感が原因であった。しかし彼女の病気は日毎に悪化し、終には窓辺に座ってロバートへの強い思いを長々と口にするようになった。それは次の言葉で始まる。

> "Oh! I should see him once more before all is over." . . . "God grant me a little comfort before I die!" . . . , "But he will not know I am ill, till I am gone; and he will come when they have laid me out, and I am senseless, cold, and stiff." (p. 356)
> 「ああ、全てが終わってしまう前に一度彼と会いたい。」……「神様、私が死ぬ前に僅かな慰めを与え給え。」……「だが彼は私が死ぬまで病気であることを知らないでしょう。そして私が床から外に運び出され、意識を失い、冷たくそして固くなるまで、彼は来ないのでしょう。」

プライヤ夫人はこの独り言を聞いて驚き、彼女の病因は精神的なものであることを知った。カロライン自身も冷静な時、「自分の最悪の病気は悲しみである」ことをはっきり自覚していた (I believe grief is, and always has been, my worst ailment.) (p. 361)。しかし彼女の病気が悪化する一方で、その間にもロバートと会った夢や幻覚をしばしば見るようになった。プライヤ夫人は彼女を慰めるために色々と工夫したが、自分が彼女の生みの母、実の母であることを打ち明けるしかないと遂に決断した。そしてこの事実を詳しく丁寧に説明した。彼女は最初信じられないような顔をしていたが十分理解すると、「あなたが私の母であれば、私にとって世界は全て変わった。私はきっと生きられる。私は早く治りたい」(If you are my mother, the world is all changed to me. Surely I can live—I should like to recover.) (p. 362) と述べた。そしてしばらく時間をおいて、「私は医者がいりません。ママは私の唯一の医者になるでしょう」(I don't want a doctor; mama shall be my only physician.) (p. 367) と、叔父に伝えた。その夜、彼女は母の腕に抱かれ、母の胸を枕にして朝までぐっすり眠った。その描写で第3巻の第1章は終わっている。

> Caroline enjoyed such peaceful rest that night, circled by her mother's arms, and pillowed on her breast, that she forgot to wish for another's stay: . . . (p. 368)
> その夜カロラインは母の腕に抱かれ、母の胸を枕にして平和な休息を楽しんだ。だから別の（人の）支えを求めていることを忘れていた。

「別の人の支え」とはロバート・ムアの愛情を意味していることは言うまでもあるまい。

さて第2章「西風吹く」(The West Wind Blows) は前夜の続きで、カロラインが母の愛に包まれて日に日に快方に向かっていく姿を描いている。天気の良い日には庭に出て、ガーデン・チェアに座り、下男のウィリアム・ファレンに押されてあちこち散策して回った。その間彼と気楽に様々な話題について話し合った。プライヤ夫人はわが子があのような身分の低い無教養な男と気やすく話しているのを見て、彼女に怖くはないのかと尋ねると、彼女はにっこり笑ってそれを否定して、彼が「素晴らしい感情」(fine feelings) を持っているからと説明した。彼女は人間の価値を何よりも「心」(heart) に求めた最大の証である。それは同時にブロンテ自身の声そのものでもあった。第2巻の第12章で彼女はヨーク夫人から、「あなたは大いに自分の感情によって導かれている」(原文は341頁参照) と皮肉られたが、それは彼女の心情であると同時にプリンシプルでもあった。そしてこれが彼女の感傷とロマンティシズムに繋がっていた。彼女とシャーリとの性質の違いは正しくここにあった。第1章と第2章は彼女の本質を作者が心行くまで存分にその姿を表現している。その特徴は特に母子の関係において、カロラインが母に精一杯甘えている姿に象徴されている。5歳の時に母を失くしたブロンテは母の愛を殆ど記憶していない寂しさを、これら二つの章の中で心行くまで自らの言葉によって慰めたと解釈してよかろう。第2章最後の彼女の言葉——"You will spoil me, mama. I always thought I should like to be spoiled, and I find it very sweet." (p. 376)「ママ、あなたは私を甘やかすでしょう。私は甘やかされたいと何時も思っています。そしてそれが幸せであることを知っています。」——はそれを見事に裏付けている。

　以上のように、カロラインはただ一途に愛し、愛されることを生きる喜びとしてきた純真無垢な乙女、言い換えるとロマンスの理想的なヒロイン像の典型として描かれてきた。一方、彼女とは対照的にシャーリは現実をたくましく生き抜くリアリズムの典型として描かれてきた。だが同時にその半面で、カロラインに劣らぬ繊細な感受性と豊かな想像力に富んだ一面を持っていることが第2巻の第1章と第12章で強調されている。ところが第3巻の第3章で、カロラインでさえ理解できない不可解な言動に気付いた。その原因は新しく登場するロバートの弟ルイス・ムアと深い関係があることが次第に明らかになる。

(2)

　第3章「古い作文帳」(Old Copy-books) は、夏の休暇を湖水地方で過ごした
シャーリがフィールドヘッドに帰ってくると早速、病気のカロラインを見舞に
訪れた。そして彼女がすっかり良くなっていたので以前と同じように二人の交
際は始まった。そこで彼女はシャーリにプライヤ夫人が母であることを告げた。
するとシャーリは以前からそれを感じ取っていたので、その知らせを平然と受
け止めた。彼女がそれを知りながら何故教えてくれなかったのか、カロライン
は不可解に思った。それから幾日かしてカロラインはシャーリの叔父のシンプ
ソン (Sympson) の家へ一緒に遊びに行くことになった。そこは一番年下の15
歳になる男児ヘンリー (Henry) を除くと他は全部女性だった。カロラインの従
兄のルイス・ムアは、シンプソンン一家が当地に移って来る前からそこの家庭
教師 (tutor) をしていた。そして当時シャーリは叔父の家に住んでいたので、
ヘンリーと一緒にルイスから教わっていたことは間違いない。そこでカロライ
ンはシャーリにそのことを尋ねてみた。彼女は何時もなら快活にすぐ返事をす
るのに、この時に限って少し時間を置いて、「もちろん、よく知っている」と
答えた。その後さらに続けて彼についていろいろ質問したところ、彼について
あまり話したくないような渋い返事ばかり返ってきた。カロラインは愛するロ
バートの弟が家庭教師という身分であることを内心恥ずかしく思っているので
はないかと、勝手に想像したりした。

　一方、その間ルイスはホール牧師と一緒に庭の散歩を楽しんでいた。そして
シャーリの愛犬ターターは彼の後に遜るように付き添い、彼から頭を撫でられ
るといかにも嬉しそうな仕草をして、彼に心から懐いているように見えた。そ
れを見ていたシャーリは「プライドが傷つけられたかのように青白い顔をして
いた。」(p. 383) そして「彼のことは今後互いに話さないことにしましょう。意
見が違って喧嘩になるから」と言って打ち切った。

　しかし彼を知っている人からの評判は極めて良く、中でもホール牧師は、彼
が「ケンブリッジを出てから会った友人の中で最高の男」と絶賛して、さらに
次のように付け加えた。カロラインとの対話の中から一部を引用しよう。

　　"The Sympsons are most estimable people, but not the folks to comprehend
　　him: they think a great deal about form and ceremony, which are quite out of

Louis's way."

"I don't think Miss Keedlar likes him."

"She doesn't know him—she doesn't know him; otherwise, she has sense enough to do justice to his merits." (p. 384)

「シンプソン家の人たちはみな立派ですが、彼を理解できる人たちではありません。彼らは慣例や形式を大切にしますが、彼はそのようなものを全く気にしません。」

「私はキールダ嬢が彼を好いているとは思いません。」

「彼女は彼を知らないのです。彼女は彼を知らないからです。そうでなければ、彼女は彼を正しく評価するだけの感覚を持っているはずです。」

　要するに、ルイスは「シンプソン家の単なる付随物」(a satellite of the house of Sympson.) に過ぎなかったのである (p. 379)。だが一番年下のヘンリーだけは例外で、教師のルイスと気性が合い、彼から可愛がられていた。

　ある日のこと、ヘンリーはカロラインと一緒に勉強室に入ってルイスの机の引き出しを開けて必要な品物を探していたところ、束にした古い作文帳 (old copy-books) を偶然見つけた。その中にフランス語で書かれた帳面があった。そのフランス語は実に立派で、"Shirley Keeldar, Sympson Grove"と署名してあった。カロラインは驚いて、プライヤ夫人に手伝ってもらって書いたものと思い、その点についてヘンリーに尋ねると、彼女はルイス先生と同じほど自由にフランス語が話せる、と答えた。そして授業中は先生に迷惑をかけることも多かったが何時も明るく、勉強を楽しんでいた、ということだった。そんなわけでヘンリーは彼女にすっかり惚れこんでいたと付け加えた。

　このような話をしている時、シャーリがランチを持って部屋に入って来た。そしてその作文帳を手にとって、"auld lang syne"「古き良き時代」と言いながら懐かしそうに見つめていた。それからしばらくすると、ルイスはホール牧師と一緒に散歩から戻ってきた。そして彼女たちが彼の机の引き出しから作文帳を勝手に取り出して読んでいるのを見た。しかし彼はそれを咎めたりせず、微笑んで引き出しの中にしまって鍵をかけた。そこでシャーリはその機会を捉え、ルイスの方を見ながら「皆さんランチを召し上がりませんか」と声をかけた。そして、彼女は自らの手でかいがいしく食事を配った。こうして食事が始まり、シャーリは皆を代表して乾杯の主役 (toaster-general) を務めた。そして食事の間もホステスらしくいそいそと振る舞った。その時の彼女の魅力的な姿を次の

ように描写している。

> But Shirley was cool and lofty no longer—at least not at this moment. She appeared unconscious of the humility of her present position—or if conscious, it was only to taste a charm in its lowliness. It did not revolt her pride that the group to whom she voluntarily officiated as handmaid should include her cousin's tutor: it did not scare her that while she handed the bread and milk to the rest, she had to offer it to him also; and Moore took his portion from her hand as calmly as if he had been her equal. (p. 390)

> だがシャーリは少なくともこの瞬間は最早冷たくも高慢でもなかった。彼女は現在の立場が卑しいとは意識していないように見えた。またもし意識していたとしても、その卑しさの中に魅力を味わうことだけであった。彼女が自ら進んで女中として仕事する相手の仲間の中に、彼女の従弟の家庭教師（ルイス・ムア）が含まれていても、彼女のプライドを傷つけるものではなかった。つまり彼女は彼以外の人にパンとミルクを手渡すとき、彼にも同じように手渡さなければならないことを苦にもしていなかった。そしてムア自身も彼女と全く対等であるかのように冷静に彼女の手から彼の分を受け取っていた。

　要するに、ルイスはシャーリに対して、シンプソン家の家庭教師という劣等意識を全く持っておらず、彼女自身にもそのような差別意識が全く見られなかったことを強調しているのである。さらに言い換えると、将来夫婦となるに相応しい対等の意識、否むしろ妻として夫に従う喜びさえ予感させる雰囲気が彼女の態度に見られた、という意味を暗示している。そしてこれらの言葉の裏には、彼女が17歳の頃ルイスからフランス語の勉強を教わり、その間に彼に対して仄かな恋心を抱いていたことを暗示している。カロラインが最初彼女に彼の話をすると、「不機嫌な」(morose) な態度を示した裏にはそのような背景、つまりそれを覆い隠そうとする意識が働いていたからであろう。また、第2巻の最後の章でルイスがロバートと一緒に牧師館を訪れていることを知った上で、特にロバートに宛てて花束を贈ってきた裏にも同様の背景があったものと思われる。

　以上のようにして、シャーリとルイスのシンプソン家での1日は終わった。第3巻における二人の主役としての存在感を予感させる最も貴重な一章である。

(3)

　第4章「最初のブルー・ストッキング」(The First Blue-stocking) は前章に続

いて、シャーリとルイスの心の深い繋がりを裏づける一章である。しかし数週間の時が過ぎた秋の出来事である。シャーリが数年前まで一緒に暮していたシンプソン一家が一人息子のヘンリーを除いて皆、彼女とは全く気の合わない俗物であることを前章で強調したが、そのシンプソン氏は彼女に強引に結婚話を持ちかけてきた。もちろん愛情とは無関係の自分にとって都合の良い縁組である。彼女はその話を悉く躊躇なく断った。その理由はただ一つ、「結婚する前にまず相手を尊敬し、賞賛し、愛する決意」(Before I marry, I resolve to esteem—to admire—to love.) が絶対条件であったからである。これを聞いて驚いたシンプソン氏は彼女を、"preposterous stuff!—indecorous!—unwomanly!"「とんでもない奴だ。無作法な、女性らしくない」と叫び、彼女に "mad girl" という烙印を押してしまった (p. 394)。

　それから幾日かして、彼女はブリストル郊外の温泉地クリフトンで休暇を楽しんでいる間に、若い準男爵フィリップ・ナンリ卿 (Sir Philip Nunnely) と知り合い、親しくなった。これを誰よりも喜んだのは叔父のシンプソン氏だった。自分の甥に貴族ができるからであった。フィリップは文学が唯一の趣味で、絶えず詩を口ずさみ、彼女は辟易としていたが、好人物であったのでそのまま付き合っていた。そして彼女がフィールドヘッドに戻った後も彼女の家を何度も訪ねてきた。そしてルイスが住んでいるシンプソン氏の家にも来てパーティを開いたりするようになった。以上は本章の本題に入る前の序文に相当する。

　さて本題に入ると、主役のルイス・ムアはホール牧師と近くの貧しい家々を訪ねて風邪が移り、幾日か床に伏しているところから始まる。彼を看病しているのは彼の生徒ヘンリーである。そこへそっと扉を叩いて気遣いながら入って来たのはシャーリだった。彼女はパーティを抜け出して彼を見舞に来たのだった。シャーリは優しくルイスに話しかけた。飲み物や果物など欲しくないか、何かお手伝いできないか、と語りかけた。しかしルイスは彼女の優しい問いかけを悉く断った。彼は静かに病床に伏している間、開いた窓から彼女とフィリップ卿との対話をすべて克明に聞いていたので、彼女に対して嫉妬心を少なからず燃やしていたからである。彼女は自分の好意がこのように拒否されたので、自尊心が傷つけられた思いで病室を出て行った。

　それから幾日かしてルイスは本来の元気を取り戻した。そして時折彼女と出会うことがあったが、互いに「古き良き時代」のよしみからあの病室での疎遠

な態度はすっかり消えていた。そしてある晴れた日、シャーリはシンプソン一家が外出している間に庭に出て花を摘んでいると、ヘンリーが家から出てきて、「ムア先生が教室であなたと会って、あなたがフランス語を読むのを少し聞いてみたい」と伝えた。彼女は「彼はそのように言ったの」と聞き直すと、彼は次のように答えた。

"Certainly: why not? And now, do come, and let us once more be as we were at Sympson-grove. We used to have pleasant school-hours in those days." (p. 403)
「その通りです。当たり前じゃないですか。さあ、いらっしゃい。私たちがシンプソン・グローヴにいた頃と同じようにもう一度しましょう。あの頃私たちが楽しい授業を受けたように。」

こうして彼女がかつてと同じように頭を下げて大人しく教室に入ると、ルイス先生は生徒の彼女に以前読んだことのあるフランスの文学作品の一節を読むように命じた。彼女は一瞬躊躇したが、先生の顔を見ると威厳のある静かな表情をしていたので黙って命令に従わざるをえなかった。しかしかつてのように流暢に読めなかったので、先生が先に読んで見本を示してほしいと頼んだ。彼女はそれを言葉通り真似て次第に昔の流暢さを取り戻した。と同時にかつての幸せな師弟関係の感情が蘇ってきた。そして互いに心が打ち解けてくると、彼女は彼女特有の反抗の態度さえ見せるようになった。その時の彼女の魅力的な姿を次のように描写している。"She turned aside her head; the neck, the clear cheek, forsaken by their natural veil, were seen to flush warm." (p. 410)「彼女は顔を背けた。うなじと綺麗な頬は自然のヴェール（頭髪）から露わになり、紅く火照っているように見えた。」これを側で見ていたヘンリーは、「ほら、先生、彼女は昔の自分を忘れていない。彼女は悪い子であったことを覚えている」(Ah! She has not forgotten, you see, sir. She knows how naughty she was.) と、からかった。

このようにして彼女はルイス先生と互いに作品の朗読を繰り返すうちにかつての自分の姿を急速に取り戻していった。ここで描かれるルイスとの関係は、ブロンテがブリュッセルの学校でエジェ教授から受けた授業を想い起してそれを反映させたものであろう。そしてその日の夕暮れが近づいた頃、二人の関係は昔の幸せな姿を完全に取り戻していた。第4章はその描写で終わっている。次にその一部を引用しておく。

Shirley, by degrees, inclined her ear as he went on. Her face, before turned from him, returned towards him. When he ceased, she took the word up as if from his lips: she took his very tone; she seized his very accent; she delivered the periods as he had delivered them: she reproduced his manner, his pronunciation, his expression.

It was now her turn to petition.

"Recall 'Le Songe d'Athalie,'" she entreated, "and say it."

He said it for her; she took it from him; she found lively excitement in the pleasure of making his language her own; she asked for further indulgence; all the old school-pieces were revived, and with them Shirley's old school-days.

(pp. 412–13)

　　シャーリは彼が朗読を続けている間に彼女の耳を次第に彼の方に傾けていった。それまで彼女の顔は彼から背けていたが、今では彼の方に戻っていた。彼が朗読を止めると、彼女はその言葉を彼の唇から取るように取り上げた。彼女は彼自身のアクセントを捉えた。彼が数節を朗読すると彼女もそのように朗読した。彼女は彼の態度や発音そして表情をその通り真似た。

　　そして今度は彼女の方から先生に頼んだ。

　　「『アタリーの夢』を思い出して、それを語ってください」と彼女は頼んだ。

　　彼は彼女のために語った。彼女は彼からそれを真似た。彼女は彼の言葉を自分のものする喜びに新たな興奮を覚えた。彼女はさらに多くの朗読を依頼した。昔の学校時代の作品が全て蘇ってきた。それと同時にシャーリのかつての学校時代が蘇ってきた。

こうして二人の「感情は今や一つになった。」(a simultaneous feeling seized them now.)

　『シャーリ』は『ジェーン・エア』のようにナレーターが小説の主人公ではなく第三者になっているので、登場人物の考えや感情が客観的視点から論じられることが多い。言い換えると、作者ブロンテの感情や考えがそのまま登場人物の言葉となって表現されない場合が多い。これは写実性を重視する場合に成功するかもしれないが、読者の感動を呼び起こす点において力強さを欠くことになる。『シャーリ』の弱点は正しくここにあるのだが、上述の第4章前半のシャーリの愛なき結婚に対する毅然とした態度や、常識や形式主義に対する断固たる反論は、自由奔放な妹エミリの本質でもあるが、同時にシャーロット自身の信念でもあった。そしてとりわけ後半におけるルイスとシャーリとの教室における勉強方法は、作者ブロンテ自身がブリュッセルの学校でエジェ教授から個人指導を受けた姿そのものを映しているばかりでなく、そこから二人の間

で愛情が芽生えてくる過程をそのまま反映させている。それだけにこの一章は特別な価値を持っている。

(4)

　第5章「フィービ」(Phoebe) は、前日ルイスと久しぶりにフランス語の勉強をした幸せが翌朝シャーリの表情にそのまま表れていた。日頃ほとんど話もしないシンプソン嬢に陽気に語り掛け、ヘンリーと庭の散歩に出て楽しそうに話していた。ところが、それから2時間後に彼女と会うと表情が完全に変わっていた。「気分が良くないのか」と問いかけても、「悪くない」というだけで口を利こうともしない。そしてさらに不思議なことに、彼女はヘンリーに遺言を書き残しておきたいと言う。彼は心配と悲しさに耐えかねて、ルイス先生にこの話を打ち明ける。ただ事ではないと感じたルイスは、彼女が教室に来るように伝えてほしいとヘンリーに依頼する。彼女が果たして来るかどうか、そしてもし来ればどのように接すればよいのか迷っていると、彼女はそっと教室に入ってきた。以上で第5章の前半は終わり、後半はルイスと彼女との二人きりの対話になる。そしてじっくり話し合った結果、彼女が狂犬に腕を噛まれたことが原因であることが分かった。事実はこれだけのことであるが、後半の見所は二人の対話に見られる心の深い繋がりである。そしてこれに劣らず注目すべきは、彼女が狂犬に噛まれた傷口を真っ赤に焼けた火箸の先端で消毒した豪胆な行為にある。それは妹エミリが実際に狂犬に噛まれたときの大胆な処置をそのまま映したものである。彼女は男性顔負けの大胆な行動と家畜や小動物に対する優しい態度、そして自由奔放な態度の半面、夢想家 (visionary) としての魂の高揚を持っていた。『シャーリ』の第2・3巻の随所にその特性が彼女の言動に表れている。

　さて本題の後半に戻って、彼女が狂犬に噛まれたことを全て打ち明けて心が晴れやかになった後、彼に対する思いをより率直に話すようになった。それに応じてルイスも過去数年間の彼女に対する感情を率直に話すようになる。こうして二人の仲は本来あるべき理想の自然な姿へ向かってゆく。次にその対話の一部、2年ぶりに再会した時のシャーリの疎遠な態度に言及した言葉を引用しておく。互いに打ち解けてウィットに富んだ応答に注目したい（ルイス自身がナレーターになって読者に語り掛ける文体に注意）。

"At the end of two years, it fell out that we encountered again under her own roof, where she was mistress. How do you think she bore herself towards me, Miss Keeldar?"

"Like one who had profited well by lessons learned from yourself."

"She received me haughtily: she meted out a wide space between us, and kept me aloof by the reserved gesture, the rare and alienated glance, the word calmly civil."

"She was an excellent pupil! Having seen you distant, she at once learned to withdraw." (p. 432)

「（互いに別れて）２年間が過ぎた頃、彼女（シャーリ）自身の屋根の下で私たち（ルイスとシャーリ）はたまたま落ち合った。その時彼女はその家の女主人だった。その時君は私にどのような態度を取ったと思いますか、キールダ嬢。」

「あなた自身から直接教わった授業によって十分な利益を得た人のような（態度をとりました）。」

「彼女は横柄な態度で私を迎えた。彼女は私たちの間に広い距離を置き、そして控え目な態度と稀に見る他人行儀な目つき、そして静かで丁寧な言葉使いで、私を遠ざけた。」

「彼女は素晴らしい生徒でした。彼女はあなたが距離を置いているのを見たので、直ちに引き下がることを学び取ったのです。」

(5)

第６章「ルイス・ムア」(Louis Moore) は僅か８頁だがその大半は、ルイスのシャーリに寄せる恋心を心行くまで語りつくした告白文で占められており、この小説を解釈する上で重要な鍵を握っている。冒頭、次の言葉で始まる。

Louis Moore was used to a quiet life: being a quiet man, he endured it better than most men would: having a large world of his own in his own head and heart, he tolerated confinement to a small still corner of the real world very patiently. (p. 434)

ルイス・ムアは静かな生活に慣れている。彼は静かな人であるので、大抵の男性よりそれにうまく耐えられた。彼は自分自身の頭と心の中に自分自身の広い世界を持っているので、現実の世界の狭い静かな片隅に閉じ込められてもおとなしく我慢できた。

ある日、シンプソン一家はフィリップ卿の家に招待された。もちろんルイスも一緒に招待されたが、静かな孤独の生活を選んだ。彼は一家を見送った後広い家の中を見て回り、シャーリの部屋に来た時、中に入って彼女の勉強机を見

ると、引き出しの鍵がかかっていなかったので興味半分に中を調べてみた。そして彼女への強い想いがこみ上げてきたので、それを有りのままにノートに書き留めることにした。その中から最も注目すべきシャーリとカロラインのそれぞれの性格の特徴を、対比させて詳しく論じた個所を一部引用しておく。まず、シャーリについて次のように切り出す。

"I have called her careless: it is remarkable that her carelessness never compromises her refinement; indeed, through this very loophole of character, the reality, depth, genuineness of that refinement may be ascertained:" (p. 438)
「私は彼女を気楽な人と呼んできた。彼女の気楽さが彼女の洗練された姿と決して妥協しない点に特徴がある。実際、この気楽さという抜け穴を通してあの洗練された現実と深みと純粋さを確かめることが可能だ。」

この「気楽さ」という意味の中には、世の中の常識や礼儀作法に左右されずに自由奔放に振る舞う行為も含まれていることは言うまでもない。言い換えると、彼女の多様性に真の魅力がある。一方、もう一人のヒロインのカロラインは彼女とは全く対照的に揺るがぬ一途な純粋さにあることを、次のように論じている。"There she is, a lily of the valley, untinted, needing no tint. What change could improve her? What pencil dare to paint?"「彼女は色が付けられない、また色を付ける必要のない谷間の白百合だ。どのように色を変えて改善できるのか。どの鉛筆が色を付けると言うのか」と。ルイスはこのように述べた後再びシャーリの特徴に戻って、さらに20行近くに渡って述べている。その中の一部を引用しておく。

My sweetheart, if I ever have one, must bear nearer affinity to the rose: a sweet, lively delight guarded with prickly peril. My wife, if I ever marry, must stir my great frame with a sting now and then: . . . I was not made so enduring to be mated with a lamb: I should find more congenial responsibility in the charge of a young lioness or leopardess. (p. 439)
もし私が恋人を持つとすればその恋人はバラに一層近くなければならない。甘くて生き生きした喜びは棘のある危険によって守られているからだ。もし私が結婚するとすれば、私の妻は私の大きな体を時々棘で突いて鼓舞しなければならない。……私は羊のような女性を妻にするには耐えられないようにできている。私は若い雌ライオンか雌豹を世話する方が、一層自分に合った責任の取り方だと思う。

作者ブロンテはこのように述べたとき、亡き妹エミリがもし健在で恵まれた身分であれば、シャーリのような女性になっていたであろう、という願望に似たイメージを描いていたに違いない。一方、カロラインは純白の「谷間の百合」に象徴されるように、ロマンスのヒロインの理想の姿であった。そして結論として前者の現実的な愛に一層高い価値を求めていたに違いない。言い換えると、ロマンチックな愛より現実的な愛に強い焦点を当てようとしていたのである。次の第7章でこの主題が一層鮮明になる。

(6)

　第7章「ラッシュエッジ、告白聴聞所」(Rushedge, a Confessional) は、前章でシャーリとルイスは互いに愛し合っていることが明らかになったが、それをさらに決定づける激しい対話がルイスの兄ロバートと彼女との間で交わされる。それはロンドンから久しぶりに帰って来たロバートと一緒に戻ってきたヨーク氏との対話の中の間接話法の形式で語られている。彼女がフィリップ卿から求愛されているという噂を耳にしたロバートは、以前から互に親しく付き合ってきた彼女を他人の手に渡すのが悔しくなり、意を決して結婚を申し込んだ。結果は彼女から激しい口調で拒絶されることになる。第7章の見所は正しくその対話にある。彼女は以前シンプソン叔父から結婚話を持ち込まれたとき、「結婚より先に愛が絶対条件」と述べて断固その話を拒絶したが（448頁参照）、今回のロバートの求婚はそれ以上にすさまじい口調で拒絶され、狼狽した彼はその弁明に四苦八苦する。その激しい口論の中から、彼女の現実に立ち向かう強い性格を最も鮮明に表した一節を引用しておく。作者ブロンテ自身の感情を反映した迫真の訴えである。

　　'Whatever my own feelings were, I was persuaded *you* loved *me*, Miss Keeldar.'

　　'Is it Robert Moore that speaks?' I heard her mutter. 'Is it a man—or something lower?'

　　'Do you mean,' she asked aloud—'do you mean you thought I love you as we love those we wish to marry?

　　It was my meaning: and I said so.

　　'You conceived an idea obnoxious to a woman's feelings,' was her answer: 'you have announced it in a fashion revolting to a woman's soul. You insinuate that all the frank kindness I have shown you has been a complicated, a bold, and an immodest manoeuvre to ensnare a husband: you imply that at last you come here out of pity to offer me your hand, because I have courted you. Let me say this:—Your sight is jaundiced: you have seen wrong. Your mind is warped: you have judged wrong. Your tongue betrays you: you now speak wrong. I never loved you. Be at rest there. My heart is as pure of passion for you as yours is barren of affection for me.' (p. 448)

　「私自身の感情は何であれ、キールダ嬢、あなたが私を愛しているものと思い込んでいました。」

　「それはロバート・ムアの言うことかしら。それは人間の言うことか、それとも下等動物の言うことかしら」と、彼女がつぶやくのを私は聞いた。

　「それは、互いに結婚したいと思っている人達が愛するように、私があなたを愛している、とあなたは考えていたという意味ですか」と、彼女は声を出して聞いた。

　それは私が言おうとしている意味だったので、私はそのとおりだと言った。

　これに対して彼女は次のように答えた。「あなたは女性の感情を傷つけるような考えを抱いていたのです。あなたは女性の魂を逆撫でするような言い方をなさってきた。私があなたに示してきた率直な親切は全て、夫を確保するための複雑で大胆かつ厚かましい手法であると、あなたは自らに言い聞かせている。私はこれまであなたを優しく迎えてきたので、遂にあなたは憐れみの手を私に差し出すためにここに来た、と言うつもりでしょう。私に言わせれば、あなたの目は甘すぎる。あなたは間違った見方をしている。あなたの考えは歪んでいる。あなたは間違った判断をしてきた。あなたの舌はあなたの魂胆を暴露している。あなたは今間違ったことを話している。私はあなたを決して愛してはいません。さあ落ち着いてください。私の心に抱いたあなたに対する情熱は、あなたの私に対する愛情が低俗であるのと同程度に純真です。」

このように彼女は感情が高ぶって激しい口調で述べたが、最後に泣き崩れて気分が鎮まり、従前どおり友人同士で付き合うことで話が収まる。

　さて第8章「叔父と姪」(Uncle and Niece) は、ロバートがヨーク氏と一緒に自宅のホロゥ小屋に向かって旅をしている時間とほぼ同じ頃、シャーリと叔父のシンプソンが結婚話で大喧嘩をしている場面で占められている。前にも一度同じ問題で喧嘩をしたが、今度は結婚の相手は若くて人の好いフィリップ卿で、彼女も好意を抱いているように見えたので、話は成功すると確信して彼との結婚を強く勧めた。しかし予想に反して今度も一発で跳ねのけられた。こうして二人の間で激しい口論が始まり、時間と共に激しさを増してゆく。そして最後に彼女がロバート・ムアと結婚するのではないかという世間の良くない噂に触

れられ、もし彼と結婚すればシンプソン家の家庭教師ルイスの妹になり、一家の名を汚すと言われた。家庭教師 (tutor) は使用人 (usher) と同等の身分であったからだ。ここに至って彼女の怒りは頂点に達し、胸の内を爆発させた。その時の二人の対話の一部を引用しよう。

"> ". . . we cannot suit: we are ever at variance. You annoy me with small meddling, with petty tyranny; you exasperate my temper, and make and keep me passionate. As to your small maxims, your narrow rules, your little prejudices, aversions, dogmas, bundle them off: Mr. Sympson—go, offer them a sacrifice to the deity you worship; I'll none of them: I wash my hands of the lot. I walk by another creed, light, faith and hope than you."
>
> "Another creed! I believe she is an infidel."
>
> "An infidel to *your* religion; an atheist to *your* god."
>
> "*An—atheist!!!*"
>
> "Your god, sir, is the World. In my eyes, you too, if not an infidel, are an idolater: I conceive that you ignorantly worship: in all things you appear to me too superstitious" (p. 466)
>
> 「私たちは合うはずがありません。私たちは永遠に食い違っているのです。あなたは小さな干渉とちっぽけな独裁的力で私の気性を激昂させ、私を感情的にさせているのです。あなたの小さな金言、あなたの狭い規律、あなたの小さな偏見、嫌悪、教義、これ等全てを束ねて捨てなさい。シンプソンさん、そのようなものはあなたが崇拝する神の生贄として奉納しなさい。私はそれとは無縁です。私はそのような運命から手を洗っていますから。私はあなたとは異なった信条、光、信仰、そして希望を持って歩いています。」
>
> 「異なった信条！　彼女は異教徒に違いない。」
>
> 「私はあなたの宗教に対して異教徒です。あなたの神に対して無神論者です。」
>
> 「ああ、無神論者とは！！！」
>
> 「あなたの神は世間です。あなたもまた、私の目には異教徒とは言わないまでも、偶像崇拝者です。あなたは何も分からないまま崇拝しているだけと思います。あなたは全ての物に関して迷信にはまり込んでいるように見えます。」

このようにして叔父と姪は喧嘩別れをしてしまった。一人残った姪のシャーリは興奮から覚めると気が抜けたように眠ってしまった。それからしばらくして、彼女は人の気配を感じて目を開けるとそこにルイスが立っていた。彼は彼女に手紙を見せて、ロバートが暴徒に背後から銃で撃たれ、一命を取り留めたが重傷であることを知らせた。

(7)

　第9・10・11章は、ヨーク家の15歳の息子マーティン (Martin) とカロラインとの対話が中心になった一種の幕間劇のような緊張緩和の意味を持っており、物語の展開にほとんど影響はない。第1巻でヨーク氏の紹介に丸一章を費やしたのと共通の意味を持っている。さて、凶弾に倒れてヨーク家に担ぎ込まれたロバートはヨーク夫人と姉ホーテンスの厚い看護の下に置かれる。彼女たち二人は看病を独占したいという一念から他の親族を誰一人として病室に入れさせない。ロバートの健康を心配するカロラインは何度もヨーク家を訪ねて、彼と一目会わせてほしいと頼んでも許してもらえない。それでも彼の健康が心配で毎日彼の部屋の窓が見えるところまで来て、カーテンの開き具合で彼の健康状態を読み取ろうとしていた。一方、風変わりなマーティンは毎日近くの荒野に出てきて瞑想に耽っていた。その時たまたまカロラインと会った。彼女がロバートを愛していることを噂で聞いて知っていたので、この機会を捉えて彼女にうまく取り入ろうと画策した。その最良の策は彼女を何としてもロバートの病室へ案内することであった。そのためには彼を絶えず監視しているヨーク夫人とホーテンスと、さらに厳しい看護婦の三人が同時に彼の部屋を空ける時間を計り知ることであった。彼は周到に計算して遂にそれを実行に移し、見事に成功した。

　彼女は15分間というマーティンとの約束でそっと部屋の中に入った。やつれ果てた6フィートの長身がベッドに横たわっていた。彼女を見ると微笑んで元気を取り戻したように見えた。こうして二人の間で20分間（4頁に渡って）話が交わされる。話の内容は一口に言って愛の確認であるが、中でも注目すべきは体力も気力も失ったロバートは孤独の中で死だけを待つ日々が続いたこと、一方カロラインも彼と会えない寂しさから死人のように痩せ衰えたことなどを話した。だがそれを救ったのは母を名乗り出たプライヤ夫人の愛情であることを付け加えた。それを聞いた彼は自分に力が足りなかったことを心から悔いた。そして最後の別れ際の場面を次のように述べている。

> She took those thin fingers between her little hands—she bent her head "et les effleura de ses lèvres," . . . Moore was much moved: a large tear or two coursed down his hollow cheek.

"I'll keep these things in my heart, Cary: that kiss I will put by, and you shall hear of it again one day." (p. 489)

　彼女は彼の痩せ細った指を小さな両手で握った。そして頭を垂れ、「そっと唇を当てた。」ムアは感極まって大粒の涙が1～2滴、窪んだ頬を伝わった。

　「私はこれらを心の奥に大切に保存しておきます、キャリー。あの接吻も仕舞っておこう。そして何時か再び（会ったとき）それについて聞いてください。」

　以上で第9・10章は終わった。続く第11章はまたもやマーティンの登場である。カロラインを再び病室でロバートに合わせるため、日曜日の朝教会で会う約束をしていたからである。雪が深く積もって歩きにくい中を誰よりも早く教会に着いて彼女を待っていたが、一向に姿を見せないので苛々していると、人群れに紛れて何時の間にか近くの椅子に座っていた。ミサが終わって外に出ると、彼女の姿を見失った。家路に向かって歩いていると、強風に向かって広げた雨傘が見えた。その傘に身を隠してカロラインは座っていたが、彼を見るといきなりロバートの健康状態を聞いてきた。マーティンは面白くないので、「彼は何時もと同じで、同じ扱いを受けている。あのように一人で閉じ込められてカビが生えている。彼女たちは彼を馬鹿か気違いにするつもりだろう」と答えた。そして彼の母を殴り倒しても会えばよい、と突き放した。彼女は「助けてくれないのなら自分で何とかする」(If you won't help me. I shall manage without help.) と答えると、彼が「自分でやれ。自力本願、独立ほど良いものはない」(Do: there is nothing like self-reliance—self-dependence.) と、言って彼女と別れた。彼は一人になってから、「この世には他人のことにあれほど頭を使う人がいるものだな」とつくづく感心した。要するに、マーティンも父親と同類、つまり「慈愛の精神に欠けた」少年である。

(8)

　第12章「物事は幾らか進行するが大したものではない」(Matters Make Some Progress, But Not Much) はロバートの帰宅の場面で始まる。体力が急速に回復したので自宅に帰る日が終にやってきた。ヨーク夫人は家に帰れば誰が看病するのか、と言って強く引き止めたが、彼の決意は固かった。看護婦も反対したが謝礼の金を渡すと納得した。そして別れ際にヨーク氏に「やっと厄介払いができるね。あの銃弾は本当に不運だった。ブライアメーン（ヨークの家）は病

院に変わったのだから。近いうちに私の小屋を訪ねてください」と言って、迎えの車に乗った。こうして彼は6か月ぶりにホロゥの我が家の前に下り立った。そして潜り戸にもたれて自らの考えを次のように語り始めた。

"Six months ago I passed out at this gate, . . . a proud, angry, disappointed man; I come back sadder and wiser: weakly enough, but not worried. A cold, gray, yet quiet world lies round—a world where, if I hope little, I fear nothing. . . . Formerly, pecuniary ruin was equivalent in my eyes to personal dishonor: It is not now: I know the difference. Ruin *is* an evil; but one for which I am prepared; . . ."

(p. 499)

「6か月前私は、誇り高い怒れる失意の人間となってこの門をくぐり抜けた。……そして以前より真剣で、より賢くなって戻ってきた。随分弱くなったが、困ってはいない。冷たくて灰色だが、静かな世界が周囲に広がっている。その世界は希望を殆ど持てないが、私は何の不安も持っていない。……以前は金銭的破滅が人間的な不名誉、と私の目に映ったが、今ではそうではない。私はその違いが分かる。破滅は確かに悪だが、それに対する備えが私にできている。」

彼はこのように述べた後、これから半年間の猶予をもらって成功しなければ、ルイスと一緒にアメリカ大陸に渡って新しい道を開く考えであることをはっきり口にしている。よほど強い覚悟の上でヨーク家を出てきたに違いない。

こうして我が家の玄関をくぐると姉のホーテンスは何時ものように彼を出迎え、彼がコートを脱ぐのを手伝った。彼の口から、「我が家に帰って嬉しい」（I am pleased to come home.）という言葉が自ずと出てきた。彼はその日までホロゥ小屋を「我が家」と呼んだことは一度もなかった。半年間の愛のない試練の日々を過ごした彼の心底から出た自然な言葉であった。そして居間に入ると部屋は綺麗に一新していた。彼はこの喜びを親しい人にも味わってほしいと思い、数名の人の名を挙げたが、結局カロラインを今すぐ招待することになり、女中のセアラに迎えに行かせた。彼女はそれを待っていたかのように直ぐにやってきた。その時の様子を次のように描写している。美しいロマンスの再開を予兆している。

The gentle salutation, the friendly welcome, were interchanged in such tranquil sort as befitted cousins meeting; a sense of pleasure, subtle and quiet as a perfume, diffused itself through room; the newly kindled lamp burned up bright; the tray and the singing urn were brought in.

"I am pleased to come home," repeated Moore.

They assembled round the table. Hortense chiefly talked. She congratulated Caroline on the evident improvement in her health: her colour and her plump cheeks were returning, she remarked. It was true: there was an obvious change in Miss Helstone: all about her seemed elastic; depression, fear, forlornness, were withdrawn: . . . (p. 501)

優しい挨拶と温かい歓迎が、従兄同士の面会に相応しい静かな態度で交わされた。香水のような繊細で静かな喜びが部屋全体に広がった。新たに灯されたランプが明るく燃え、お盆とぶくぶく泡立つ壺が運び込まれた。

「我が家に帰って嬉しい」とムアは繰り返し述べた。

皆テーブルの周りに集まった。ホーテンスが主に喋った。彼女はカロラインの健康が明らかに回復したことを祝福した。彼女本来の顔色と丸い頬が戻ってきた、とホーテンスは述べた。それは本当だった。ヘルストン嬢には明らかな変化があった。体全体が弾力があり、かつての失意と不安と侘しさが消えてなくなっていた。

お茶の時間が終わった後ホーテンスは2階の自分の部屋に戻ったので、ロバートと二人きりになったカロラインは自由にのびのびと話し始めた。その時の彼女の魅力的な姿を次のように描写している。

She fell into her best tone of conversation. A pleasing facility and elegance of language gave fresh charm to smiling topics: a new music in the always soft voice gently surprised and pleasingly captivated the listener; unwonted shades and lights of expression elevated the young countenance with character, and kindled it with animation. (p. 501)

彼女は一番きれいな声で会話を始めた。滑らかで優美な楽しい言葉が明るい話題に新鮮な魅力を添えた。何時も優しい声の新たな音楽は聴く人を優しく驚かせ、楽しい虜にした。以前に見られなかった表情の光と影はその若い顔に更なる個性を持たせ、活気の火を付けた。

ロバートはこのように明るい彼女を久しぶりに見て自分も自ずと楽しくなり、彼女の変容の原因は何処にあるのかと訊ねた。彼女はその原因の一つに、母親プライヤ夫人の愛情が大きいことを半頁に渡って詳しく説明する。そこで次に第2の原因を尋ねると、ロバートと再び友人になれたことだと述べる。これに対して彼はシャーリと広く噂をされるような関係にあったことを詫びる。特に、彼は「お金が目的で彼女に結婚を申し込んで、激しい怒りと罵倒の末に拒否された」ことを話した。彼女はこのような事柄を全て知った上で彼との友情の復活を心から喜んでいたのである。その最大の理由として、シャーリは本

心から結婚を望んでいる男性が一人いることを、彼にそれとなく伝えた。ロバートはそれが知りたくて彼女に執拗に食い下がったが、彼女はヒントだけ与えて名前をあくまでも明かそうとはしなかった。そのうちに夜も遅くなり、ファニが迎えに来たのでこの話は打ち切りになった。第12章はここで終わっているが、この間の二人の対話の中で、シャーリの性格について極めて貴重な解釈がなされている。それは作者ブロンテの情熱以上に妹エミリのそれに深く結びついているので引用しておく。『嵐が丘』のヒロインの情熱そのものである。

> "Robert—Shirley is a curious, magnanimous being."
> "I daresay: I can imagine there are both odd points and grand points about her."
> "I have found her chary in showing her feelings; but when they rush out, river-like, and pass full and powerful before you,— . . . you gaze, wonder, you admire, . . . then I saw Shirley's heart."
> "Her heart's core? Do you think she showed you that?"
> " Her heart's core."
> "And how was it?"
> "Like a shrine,—for it was holy; like snow,—for it was pure; like flame,—for it was warm; like death,—for it was strong." (p. 504)

> 「ロバート、シャーリは少し変わった心の広い人物です。」
> 「多分そうだろう。彼女には奇妙な点と雄大な点の両方があるように思う。」
> 「私は彼女が自分の感情を示すのに用心深いことを知っています。しかし一度堰を切ると、あなたの前を川のように、そして精一杯力強く流れ過ぎて行きます。……あなたは凝視して驚き、賞賛するばかりです。……あの時私は彼女の心を見ました。」
> 「彼女の心の真髄ですか。彼女はあなたにそれを見せたと思いますか。」
> 「彼女の心の真髄でした。」
> 「それはどのようでしたか。」
> 「お社のようでした。何故なら、それは神聖でしたから。それは雪のようでした、純粋でしたから。炎のようでした。それは温かったからです。また死のようでした。それは強力だったからです。」

(9)

　第13章「教室で書かれた」(Written in the Schoolroom) は、ルイスの愛情がシャーリの心に通じて結婚を約束する場面である。しかしそれはいかにもシャーリらしく、特異なプロセスを辿っている。従って、この一章のナレーターは

作者ブロンテではなく、ルイス本人の言葉で語られている。彼女を中心とした主役の微妙な心境を生の形で伝えるための最良の策と言えよう。さて、シンプソン一家のフィールドヘッドでの滞在は長引き、クリスマスの数日前まで続いた。ルイスはそこの家庭教師の仕事を辞することを既に伝えていたが、その日までヘンリーの教育だけは続ける積りでいた。以下はその最後の1週間に書いた記録である。

　ルイスは何時もの時間に教室に入って行った。教室にはヘンリーと一緒にシャーリもいた。その時の彼女の魅力的な印象をノートに詳しく記している。次にその一部を引用しておく。

> Her hair was always dusk as night, and fine as silk; her neck was always fair, flexible, polished—but both have now a new charm: the tresses are soft as shadow, the shoulders they fall on wear a goddess-grace. Once I only *saw* her beauty, now I *feel* it. (p. 511)

> 彼女の髪は常に夜のように黒く、絹のように繊細だった。彼女のうなじは常に美しく、弾力があり、艶々していた。しかし今日は両方とも全く新しい魅力があった。髪の房は影のように柔らかく、髪が垂れた両肩は女神のように優美だった。かつての私にはただ美しく見えただけだったが、今日の私はそれを美しいと感じた。

　上記のイタリックの動詞に注目したい。これはロマン派を代表する詩人コールリッジ (Samuel Taylor Coleridge, 1772–1834) の代表作『失意のオード』(*Dejection: An Ode*) の中の名文句であるが、感情が感覚を優先、または「心」(heart) が「頭脳」(head) を優先するロマン主義的な思考態度をそのまま受け継いだ表現である。ブロンテがこれを意識していたかどうかは別として、彼女は「感覚」より「感情」を、「頭」より「心」を重視していたことだけは間違いない。

　さて、ルイスは教室に入ってきた時、彼女と二人きりでじっくり1時間話し合いたいと願っていたので、ヘンリーの勉強が終わると直ぐに彼を部屋の外へ追いやった。そしていつもと同じ場所に彼女と向かい合って座り、胸につかえた思いを伝えようと思った。だが焦る気持ちを抑えながら兄ロバートと一緒に自由を求めてアメリカ大陸へ渡る計画から話し始めた。その話を黙って聞いていた彼女は、現地のインディアンの女性を妻に迎えるのでしょうねと聞いた。彼はそれを否定して、「英国から愛する女性を連れてゆくつもりだ」と答えた。彼女がそれを聞いて「心が動かされないはずがない」と彼は思った。事実「彼

女の心は動かされた」(she *was* moved.)。その時の彼女の赤く染まった優美な頬を次のように描写している。

> Her cheek glowed as if a crimson flower, through whose petals the sun shone, had cast its light upon it. On the white lid and dark lashes of her downcast eye, trembled all that is graceful in the sense of half-painful, half-pleasing shame.
>
> (p. 514)
>
> 彼女の頬は、真紅の花が花弁を通して受けた陽光をその頬に投げかけたかのように輝いた。優美の全てがその白いまぶたと、うつむいた黒いまつげの上で、半ば苦しそうに、そして半ば嬉しそうに震えた。

彼はこのような彼女を見ながら自分がどのような態度に出ればよいのか色々と想いを巡らす。そしてようやく心を鎮めて、次のように語り始める。

> "Still, I know I shall be strangely placed with that mountain nymph, Liberty. She is, I suspect, akin to that Solitude which I once wooed, and from which I now seek a divorce. These Oreads are peculiar: they come upon you with an unearthly charm, like some starlight evening; they inspire a wild but not warm delight; their beauty is the beauty of spirits: their grace is not the grace of life, . . . theirs is the dewy bloom of morning—the languid flush of evening—the peace of the moon—the changefulness of clouds. I want and will have something different." (p. 515)
>
> 「なおも私はあの自由という山のニンフと不思議にも一緒にいるだろうと思う。そのニンフは、私がかつて求愛したが今では離婚しているあの孤独に似ているように思う。これらの山の神々は特異な存在である。それは星の輝く夕暮れのように幻想的な魅力をもって君に近寄ってくる。それは野性的ではあるが温かさのない喜びを呼び起こす。その美しさは精神の美しさであり、その優美さは生命の優美ではない。……それは朝露を受けた花であり、夕暮れの力のない閃光、月の平和、雲の変わりやすさである。私はこれらとは異なった何かを求め、それを持とうと思う。」

要するに、これまでのルイスはロマン主義的な夢想家、つまり 'visionary' であったが、今後は現実的な 'materialist' になることを決意したのである。そして現に今の自分は正にそのような人間になっている、と次のように述べる。

> "Certainly I feel material from head to foot; and glorious as Nature is, and deeply as I worship her with the solid powers of a solid heart, I would rather behold her through the soft human eyes of a loved and lovely wife than through the wild orbs of the highest goddess of Olympus." (p. 515)

「確かに今の私は全身物質的だ。自然は輝かしく、そして私は自然を固い心の固い力で深く崇拝しているけれども、オリンポスの最も崇高な女神の野性的な眼を通してよりもむしろ、愛され愛する妻の優しい人間的な瞳を通して自然を見つめたい。」

　彼はこのように述べた後、アメリカ大陸の開拓地で自然と共にたくましく生きる白人女性を妻にしたい。そしてその女性はシャーリであることを明言する。それまで黙って彼の話を聞いていた彼女はここできっぱりそれを断る。彼の楽天的な現実主義への転向を皮肉ったのである。しかし彼はこれには耳を貸さずに自らの方針を主張する。こうして口論が 2 頁近くに渡って続く。そこで彼はこのままでは破局しかないと思い、努めて冷静を装いながら、「君はフィリップ・ナンリ卿の求愛を受け入れたのか」と突然聞いた。彼女は、「私が受け入れたと思いますか。どういう根拠でそのような質問をするのか」と問い返した。ルイスはこれに答えて、フィリップとの「身分の一致、年齢の一致、知的趣味の一致」の 3 点を挙げた。これに対してシャーリは猛然と反論する。中でも特に年齢の一致は、結婚の理由に全くならないことを次のように強調する。彼と年は同じでも、彼はまるで子供同然で、精神的には自分は 10 歳年上だ。従って、それはまるで雌豹が仔羊を可愛がるようなものだと述べる。そして自分の夫は私を指導し、「改善」(improve) してくれるような年上の人だと強調する。そして最後の「趣味の一致」については真っ向から反対する。彼は詩を自ら書いて朗読するのが好きだが、その詩は言葉を並べただけで、安っぽいビーズのネックレスのようなものとあしらう。この言葉の裏には、ブロンテにとって詩とは「心の叫び、魂から溢れ出た声」という強い信念があったことを忘れてはならない。

　そして最後にルイスは自分は貧乏な家庭教師の上に不細工な男であることを敢えて口に出すと、彼女は愛犬ターター (Tartar) のそれに譬える。これを聞いたルイスは自分もターターのようになりたいと、半ば皮肉を込めて心の内を明かす。中でも次の言葉は彼女がターターの名を借りて内心彼を愛している何よりの証拠ではないかと同意を促している。

　　　 ". . . you call him sometimes with a whistle that you learned from me. In the solitude of your wood, when you think nobody but Tartar is listening, whistle the very tunes you imitated from my lips, or sing very songs you have caught up by ear from my voices: I do not ask whence flows the feeling which you pour into these songs, for I know it flows out of your heart, Miss Keeldar." (p. 519)

　「……君は時々私から聞いて覚えた口笛でターターを呼んでいる。また誰もいない森の中でターターしか聞いていないと思った時、私の唇から学んだ曲を真似て口笛を吹いたり、私の歌声から聞いて覚えた歌そのものを歌っている。君がこれらの歌の中に注ぎ込む感情は何処から湧いて来るのか、私は尋ねない。何故ならそれは、キールダ嬢、君の真心から溢れ出ていることを私は知っているからだ。」

そしてさらに「ターターは君の香しい膝に寝そべり、自分の白い額に接吻をしてもらっている」等々と述べた後、最後に、「私はターターの様だ。だから私もターターの様に扱ってほしいと要求できるのではないか」(I am like Tartar: it suggests to me a claim to be treated like Tartar.) と要求する。これに対して彼女は、「一文も一人の友人もない若い孤児の娘を見つけたらそのように要求すればよい」とやり返す。だが彼はそれには屈せず、「私はそのような女性を見つければ、自分の思い通りに慣らせて教育し、12人の子供の母となり、私が仕事から帰ってくると玄関でじっと待っている、そのような女性を見つけなければならない」（大意）と応じる。彼女は怒って口をへの字に曲げて黙っているので、彼は「そのような女性が何処にいるのか教えてくれないか。君は知っているだろう。君は教えなければならない」と食い下がった。これに対して彼女はただ一言「知らない」と言って、教室から出ようとした。しかし彼は扉の前に立ちふさがって帰らせなかった。このような言葉の応酬が何度か続いた後、最後に彼は、「私はそれを聞くためには死んでもよい。私はそれを聞かねばならない。君が今敢えて黙っていることをぜひ聞きたい」と強く迫った。彼女は話を逸らすように、「あなたの仰る意味はよく分かりません。あなたは何時ものあなたではありません」(I hardly know what you mean: you are not like yourself.) と言った。これを聞いたルイスは意外な自分に気づいて、「確かに私は何時もの自分ではなかったようだ。何故なら、私は彼女を脅していたからだ。それが私に分かった。だがそれは正しかった。彼女を勝ち取るためには脅さなければならない」(I suppose I hardly was like my usual self, for I scared her; that I could see: it was right; she must be scared to be won.) と自らに言って聞かせた (p. 520)。そして彼女に次のように述べた。

"You *do* know what I mean, and for the first time I stand before you *myself*. I have flung off the tutor, and beg to introduce you to the man: and, remember, he is a gentleman." (p. 520)

　「君は私の意味が分かっているはずだ。私は今初めて君の前で自分自身の姿で立っている。私は家庭教師を完全に脱ぎ捨てた。そして君にその男を紹介させてほしい。彼が一人の紳士であることを忘れないでほしい。」

　これを聞いて彼女は震えながら彼女の手を彼の手の中に「鍵を錠に挿入する」ように差し出した。彼は彼女に「大きな変化」を見た。そして「彼女の情熱から新たな精神が私の心の中に入ってきた」ように感じた。彼は今初めて「彼女自身を、彼女の若く美しい姿を、彼女の乙女らしい優美と威厳と謙虚な姿を見た。」こうして二人の間で愛を巡って対話の応酬が続き、互いの愛が一層強く確認されてゆく。その過程で特に注目すべき対話を一部紹介しよう。その一つはシャーリを「雌豹」と呼び、他の一つはルイスを「ターター」と呼んでいる互いの愛の言葉である。

　'I am not afraid of you, my leopardess: I *dare* live for and with you, from this hour till my death. Now, then, I have you: you are mine: I will never let you go. Wherever my home be, I have chosen my wife. If I stay in England, in England you will stay; if I cross the Atlantic you will cross it also: our lives riveted; our lots intertwined.' (p. 522)

　「私の雌豹よ、私はもう君が怖くない。私はこれから死ぬまで君のために君と一緒に生きてゆくつもりだ。今や私は君を捉えた。君は私のものだ。私は君を絶対に離さない。これから私がどこに住もうと、私は妻を既に選んだのだ。私は英国に留まれば、君も英国に留まり、私は大西洋を渡れば君もまた渡るだろう。私たちは鋲で留められており、私たちの運命は互いに絡み合っているのだ。」

　'Poor Tartar' said she, touching and patting my hand: 'poor fellow; stalwart friend; Shirley's pet and favourite, lie down!'
　'But I will not lie down till I am fed with one sweet word.'
　And at last she gave it.
　'Dear Louis, be faithful to me: never leave me. I don't care for life unless I may pass it at your side.' (p. 523)

　「可哀そうなターター、可哀そうな人、頑固な友人、シャーリのペット、そして大好きな人、お座り」と、彼女は私の手を触り、撫でながら言った。
　「だが私は君から甘い言葉の餌をもらうまで座るつもりはないよ。」
すると彼女は遂に甘い言葉をくれた。
　「可愛いルイス、私に忠実でいなさい。決して私の許を去ってはいけません。

私はあなたの側で過ごせないのなら、自分の命などどうでもよいのです。」

　彼女はこのように述べた後、最後に、「あなたは今後いかなる事が起きても、金と貧乏と不平等という卑屈な言葉を二度と口にしない」という条件の下で、次のように述べてフィールドヘッドにおける教室での二人の会談は終わった。

　'Your judgment is well-balanced; your heart is kind; your principles are sound. I know you are wise; I feel you are benevolent; I believe you are conscientious. Be my companion through life; be my guide where I am ignorant; be my master where I am faulty; be my friend always.' (p. 523)

　「あなたの判断は常にバランスが取れ、あなたの心は優しく、あなたの原則は健全です。あなたが賢いことは、私は分かっています。あなたが慈悲深いと私は感じています。あなたが良心的であると私は信じています。どうか一生私の伴侶でいてください。私が何も分からない時には私の案内者になってください。私が間違った時には私の先生になってください。そして常に私の友人でいてください。」

　それから数日後ルイスは彼女の部屋にいた。彼女は黙って縫い物をしていた。彼は窓際に座って、時々彼女の顔を見ながら本を読んでいた。その姿を女中が見ていた。それからしばらくするとシンプソン氏が入って来た。騒動が起こることを覚悟していたシャーリは一人でそれを受け止めるのが嫌だからルイスの方へ体を寄せてきた。それを見たシンプソンはなお一層腹を立て、「その行為は不謹慎だ」と怒鳴った。それに対して彼女は、「自分たちは友人だ」と答えた。これを見ていたルイスは、「彼女に問題があるのなら、まず私に話してくれ」と彼女をかばった。シンプソンは、「お前は彼女と何の関わりがあるのか」と罵った。これに対してルイスは、「彼女を保護し、見守り、助けるためだ」(To protect, watch over, serve her.) と答えた。シンプソンは彼女に、「彼の肩を持つのか」と咎めると、彼女は「はい、そうです」と言って、ルイスを抱きしめながら叔父に向かって「詳しいことは全て彼から聞いてください」と述べた。これを聞いたシンプソンは激昂して彼を、「乞食、悪党、体の良い偽善者、ご機嫌取りの破廉恥な召使い、私の姪から離れろ」(The beggar! the knave! the specious hypocrite! the vile, insinuating, infamous menial! Stand apart from my niece!) と、罵倒した。これに対してシャーリは、「私は未来の夫の側にいるのです。彼と私には誰も手を触れさせません」(I am near my future husband. Who dares touch him or me?) と反論し、口には出さないが結婚の決意をしたことを告げた。この言葉を聞いたシンプソンは、「お前を彼に絶対手渡さない」と怒号し、さらに卑劣な、言葉では言い表せない暴言を吐いた。この言葉にショックを受けたシャーリはソファに倒れ込んでしまった。それを見たルイスはさすがに我慢ができず、怒りが爆発して彼に飛び掛かり、押し倒して彼の首を絞めようとした。この騒ぎを見た女中が大声で叫んだので事なく済んだ。これは一瞬の出来事であったが、ルイスはそれを覚えておらず、後でシャーリから聞いて知った事実であった。常に冷静で大人しいが彼にとって、彼女の叔父の暴言はよほど許しがたいものであったに違いない。

　この事件があってから数日後シンプソン一家も自宅に帰り、フィールドヘッドではシャーリはルイスと二人きりになった。ところがどうしたことか、彼女は突然彼に対して疎遠な態度を示し始めた。その時の彼女の態度を詳しく描写しているが、それは彼女が余りにも性急に彼に対して優しく振る舞い過ぎた反省の上に立っての慎重な行動に他ならなかった。そしてこのような行動は次の最終章に入ってもなおしばらく続いている。

(10)

　シャーリとルイスの結婚への道は、カロラインとロバートのそれと比べてあらゆる面で対象的であった。カロラインの愛は長い年月（2年間？）の中でも一貫して変わらなかった。その間ロバートは多忙な日々の中で幾度となく長期に渡って家を離れ、彼女に関心を寄せる暇さえなかった。しかもその間、彼がシャーリと結婚するのではないかという噂まで広がった。彼女はそれら全てを忍耐強く耐えぬき、彼の愛を確かなものにした。彼がアメリカ大陸へ移住すると言い出した時、彼女は恐らく彼に着いて行く覚悟をしていたに違いない。ところが幸運が突然外から飛び込んできた。ウェリントン公が率いる英軍はサラマンカでフランス軍に対して決定的な勝利をおさめ、「枢密院令」(the Orders in Council) つまり自由貿易禁止令が撤廃された。ロバートの工場経営にも明るい未来が開けてきたのだった。

　最終章「風立ちぬ」(The Wind-up) はこのような時代背景（1812年夏）の中で始まる。しかしただ一人ルイスは浮かぬ顔をしている。シャーリが結婚を何かと理由を付けて引き延ばしていたからだ。その上フィールドヘッド邸での慣

れない監督の仕事を彼に任せきりで、彼女は何もしようとしない。しかし遂に
結婚の日取りも決まり、彼女はそれに従わざるを得なくなったが、結婚の準備
もやはり彼に任せきりだった。だがそこには彼女特有の深い理由があった。こ
れは彼女が結婚してから1年後に告白したことだが、ルイスがフィールドヘッ
ド邸の主となれば彼が経験したことのない様々な仕事をしなくてはならないの
で、結婚前からその準備をしてもらっておく必要があると考えていたからであ
る。賢明な彼女の深慮遠謀の結果であった。

　さて一方、カロラインは結婚の予定さえ決まらぬ状態であったが、ある晴れ
た気分の良い日に庭の花に水をやっていると、背後から誰かが彼女の体に手を
回した。振り返るとロバートだった。彼はとびきり明るい顔をしていた。彼は
その理由を次のように話した。

　　　"The repeal of the Orders in Council saves me. Now I shall not turn bankrupt;
　　now I shall not give up business; now I shall not leave England; now I shall be no
　　longer poor; now I can pay my debts; now all the cloth I have in my warehouses
　　will be taken off my hands, and commissions given me for much more; this day
　　lays for my fortunes a broad, firm foundation; on which, for the first time in my
　　life, I can securely build." (p. 536)
　　　「枢密院令の撤廃によって私は救われた。私はもう破産しないだろう。私は
　　もう仕事を捨てないだろう。私はもう英国を離れないだろう。私はもう貧乏で
　　はない。私は借金を払える。私が倉庫に保管している反物は全て私の手から離
　　れるだろう。そして今まで以上に注文が入るだろう。今日のこの日は私の運命
　　に広い確かな地盤を開いてくれた。その地盤の上に私は人生で初めて確かな家
　　庭を築くことができる。」

　1812年8月17日、サラマンカ占領を祝う教会の鐘が英国全土に響き渡った
その日に、シャーリとルイスそしてカロラインとロバートの二組の結婚式が同
じ教会で続いて行われた。最初の式はヘルストン氏の媒酌で、二番目の式は慈
善家のホール氏の媒酌でそれぞれ行われた。そして花嫁を新郎に引き渡す付添
人 (bridesman) の役を二人の若いヘンリー・シンプソンとマーティン・ヨーク
はそれぞれ見事に果たした。小説『シャーリ』もここで完結するが、上記の最
後の三人は、小説の中で幾度となく登場し、それぞれの花嫁と花婿に愛され信
頼された特異な存在であった。ブロンテが創造したキャラクターと解釈してよ
かろう。

結び

　『シャーリ』は本章の冒頭でも述べたように、1811～12年のヨークシャーを中心とした一連の労働者による工場襲撃事件を時代背景にした作品であるが、それはあくまでも小説のリアリズムを重要視する批評家に対する都合の良い見せかけに過ぎず、本題は性格の異なった二組の男女の愛と結婚を主題にした作品である。従ってこれら4人の主役以外の脇役も全てこの主題の重荷をしっかり背負って生きている人物である。男性は離婚して生涯独身を貫くか、あるいはプラトニック・ラブを楽しんでも結婚を拒否し続ける人たちである。一方、女性も同様に離婚して自立の生活を立派に果たすか、最初から結婚を拒否して独身生活 (spinster) を楽しんでいる、の何れかである。それを代表する男性はカロラインの叔父ヘルストン牧師であり、彼はシャーリとルイス・ムアの結婚式で媒酌を勤めた。生涯独身生活を楽しんだ代表者は慈善家の牧師ホール氏で、彼はカロラインとロバート・ムアの結婚式で媒酌を勤めるなど、小説の中で存在感のある役を果たしている。離婚した女性の典型例としてカロラインの実の母プライヤ夫人を除いてめぼしい人は他にいない。だが一生独身を貫いている女性はムア兄弟の姉ホーテンス以外にも興味深い人は数名登場している。このように結婚という観点から見てもこの小説はリアリズムに重きを置いていることは明かである。さらに見落としてならないのは、ブロンテ自身に直接関わる友人を有りのままに描写した一場面もある。それは第1巻第9章のジェシー・ヨークの夭折した時の記述は、親友メアリ・テイラーの妹マーサがブリュッセルで疫病に罹って死んだときの悲しい想い出をそのまま表現している（301～02頁参照）。これらは全てこの小説の写実性を高めることに大いに役立っていることは言うまでもないが、それと同時にブロンテ自身の感情移入が強く働いていることも忘れてはなるまい。このように的確な写実と同時に作者の感情移入が見事に機能している記述や描写が随所に見られる。これらは全てシャーロット・ブロンテ小説の優れた特徴でもある。しかしこの小説の最大の見所は、ヒロイン、シャーリを最愛の妹エミリと重ねて見ている場面である。その代表例は第3巻第2章の彼女とカロラインがフィールドヘッド周辺の荒野を一緒に散策している場面である。これは在りし日のエミリと一緒にハワースの荒野を日々散策した時の想い出をそのまま描写している。この時ほど執筆に充実感を

覚えて多幸感に浸った瞬間は他になかったに違いない。そして小説の最終段階でシャーリが叔父のシンプソン氏と結婚問題で大喧嘩をする場面は作者自身の激しい怒りをそのまま感情移入させてエミリと力を会わせて権力に対抗しているように読み取れる。ブロンテのロマン主義的な権力への反抗が強烈に表面に現れた一場面と観てよかろう。しかし小説の真のクライマックスはこの後の第13章のルイス・ムアのシャーリへの真剣な愛の告白の場面と、その現場を見たルイスの雇用者シンプソン氏の侮辱的言葉に対して見せた怒りの爆発の場面に見られる。しかもこの場面は第三者の描写ではなく、ルイス自身の直接話法によって全てが語られている。ナレーターとヒーローが一体になった唯一の章と解釈してよかろう。この観点からもこの章に対するブロンテの力の入れようが十分読み取れるであろう。

　これ以外にも作者の感情や思考を登場人物の言葉を通して強烈に社会に訴えた章として、第2巻第9章「プライヤ夫人」の女性家庭教師の身分の低さを力説した一章に注目したい。またブロンテ自身の文学談義の一つの表れとして、安っぽい詩を書いて相手かまわず朗読して回るフィリップ卿を風刺した一節からも、彼女の文学に対する真摯な態度が十分読み取れる。このように一見写実に徹しているように見える小説にも作者個人の思想や感情が随所に浮き彫りにされている。そして最後に、カロラインのロバートに寄せる一途で純な恋心の一貫した表現に加えて、シャーリと家庭教師ルイスとの熱烈な愛情表現を読むとき、ブロンテ自身のブリュッセル時代のエジェ教授への強烈な愛の告白を想起せざるを得ない。このように考えてみると、この写実を主眼とした小説の根底にロマンスの流れが根強く躍動し続けていることが分かる。言い換えると、この小説はリアリズムとロマンスの融合と合体を狙った作品と解釈できよう。それを象徴するヒーローはロバート・ムアであった。『シャーリ』第2巻の第2章で、カロラインが彼に、「あなたがそのような幻想に心が奪われる時もあるとは不思議ですね」と問いかけた時、それに対して彼が答えた次の言葉はそれを代弁している。

　　「リーナ、私は自分の中に二つの性質を持っている。その一つは社会と仕事、他は家庭と休暇に向かっている。ロバート・ムアは工場と市場で育てられた厳しい犬であり、君が従兄と呼ぶ人物は時々夢想家となり、織物工場や事務室以外の場所に住んでいるのだ」(原文は323頁参照)。

純粋で一途なカロラインはそれに気づかず、自分は彼から無視されていると取り違えて悩み苦しむことも多かった。次に、彼以上に現実と幻想の二つの要素を強烈かつ見事に兼ね備えたヒロインは他ならぬシャーリであった。その特徴は小説の随所で言及されているが、その決定的な証は、ロバートと現実的な問題で深く付き合ってきたが、最後は大方の予想を裏切って哲学的夢想家のルイス・ムアと結婚している。作者ブロンテはこのような異なった性質の融合と合体こそ、バランスの取れた理想の人間像であると同時に社会のあるべき姿と考えていたに違いない。

第8章

『ヴィレット』完成までの3年間（1850～52年）
──名声の影に隠れて

(1)

　『ジェーン・エア』が世に出てからおよそ2年後の1849年10月26日に『シャーリ』は前回と同じカラー・ベルの名で同じ出版会社から上梓されたが、その間にも前書の人気は衰えるどころかさらに広く一般大衆の間で読まれるようになっていた。そしてその作者の本名もブロンテの意志に反して徐々に知られるようになった。とりわけ『ジェーン・エア』の舞台となったヨークシャーでは彼女の人気は隅々まで浸透しているようにさえ見えた。彼女は『シャーリ』を書き終えてから10月に入って幾日かして気分転換と休養のため、親友エレン・ナッシーを訪ねて月末までそこで過ごした。そして帰宅した翌日（11月1日）ウィリアムズに送った手紙は実に興味深い。まず、この小説が出版されてまだ数日しか過ぎていないにもかかわらず、第1章は特に良くないというルイスの書評がウィリアムズの耳に届いた。しかし彼女はこのような意見は全く気にすることなく、エレン・ナッシーと過ごした時の町の人々の間での、彼女の人気の高さに驚いた様子を次のように伝えている。

> During my late visit I have too often had reason—sometimes in a pleasant—sometimes in a painful form to fear that I no longer walk invisible—"Jane Eyre" it appears has been read all over the district—a fact of which I never dreamt—a circumstance of which the possibility never occurred to me—I met sometimes with new deference, with augmented kindness—old schoolfellows and old teachers too, greeted me with generous warmth—and again— ecclesiastical brows lowered thunder on me. (*Letters*, pp. 145–46)

> 　先日、私は当地を訪問している間、時には愉快な、時には苦しい姿で、人から見られずに最早歩けない、という不安を抱く理由を余りにもしばしば持ってきました。『ジェーン・エア』はその地域の至る所で読まれているように見えます。そのような事態は私が夢にも思っていなかった。そのような境遇は私に起こる可能性が全くなかったからです。私は時々新たな尊敬と、以前に増して親切な態度に出会いました。かつての学友や教師もまた寛大で温かく挨拶して

くれたが、宗教家の眉間は再び私に雷を落としました。

最後の1行は、頑な宗教家が『ジェーン・エア』を激しく批判したが、この地方でも同様に厳しい目で彼女を見た、という意味である。

このように『ジェーン・エア』が今もなお人気絶頂の中で『シャーリ』は出版された。それだけになお一層後者に関する世間の評価を気にして当然であった。この作品は前者と違って様々な性格の人物が多く登場して極めて写実的に描写されているので、登場人物の実在のモデルが誰か、またその作者は現在ヨークシャーに住んでいる誰々ではないか、という興味が何よりもまず読者の関心となった。それを予言するようにウィリアムズは同様の関心を示す手紙を早くも9月半ばに送ってきた。9月21日の彼宛の手紙はそれに答えたものであるが、それは次の言葉で始まる。これは本書第6章の最後にも引用したので原文は割愛する（286頁参照）。

> 私は（ヨークシャーの人から）ほとんど知られていません。その上『シャーリ』は見かけより遥かに事実に基づいていない。私はいかに実人生の経験が浅く、いかに僅かの人しか知らず、いかに僅かの人しか私を知っていないことを、あなたに説明するのが難しいぐらいです。

そしてさらに続けて、小説の準主役のヘルストン氏とホール氏を例にとって次のように説明している。まず前者について、

> If this character had an original, it was in the person of a clergyman who died some years since at the advanced age of eighty. I never saw him except once—at the consecration of a Church—when I was a child of ten years old. I was then struck with his appearance and stern martial air. At a subsequent period I heard him talked about in the neighbourhood where he had resided—some mentioned him with enthusiasm—others with detestation—I listened to varied anecdotes, balanced evidence against evidence and drew an inference. (*Letters*, p. 143)

> この人物は私が創造したものであるとしても、実は、数年前80歳の高齢で他界した牧師をそのまま映したものです。私は彼を10歳の子供の頃ただ一度だけ、教会の奉納式に見ただけです。私はあの時、彼の容貌と厳めしい軍人のような風貌に驚きました。その後、私は彼が住んでいた近所で彼に関する話を耳にしました。ある人が（彼について）情熱的に話し、ある人は憎らしげに話すのを。また様々な逸話も聞きました。私はこれらの証拠をうまく釣り合わせて推論を引き出したのです。

次にホール氏については、「実物を見たまま描写しました。私は彼を少し知っています。私が彼を間近かで観察して登場人物に採用したことを彼は直ぐに気づくでしょう。そして私が小説を書いているのではないかと直ぐに疑うでしょう」と述べている。ブロンテのこれらの言葉から、作家としての彼女の貴重な創造過程 (creative process) を読み取る必要があろう。

さて、ブロンテは上記のように述べた後、最愛の妹二人を永遠に失くした今こそ、読者の毀誉褒貶は気にせずに我が道を行くのみ、と自らを鼓舞した後、最後に「想像力」こそ、わが命と確信してこの手紙を閉じている（次の一節も第6章の最後に引用したので訳文のみ引用）。

> 3か月前私は沈みかけていたが、そのとき想像力が私を引き上げてくれた。それ以来その活動的機能が私の頭を水面の上に保ち続け、その結果は今の私を明るくしてくれている。何故なら、それは他の人々に喜びを与えることを可能にしてくれたと感じているからです。その力を私に授けてくださった神様に感謝しています。だから私はこの贈り物を大切に守り、それによって役立つことが私にとって宗教の一部と考えています。（原文は 287 頁参照）

要するに、ブロンテの作家としての写実的価値は緻密な観察力にあることは言うまでもないが、それ以上に彼女の真価を高めているのは彼女独自の想像力にあることを力説しているのである。この手紙は、人生最大の試練を乗り越えて大作『シャーリ』を書き終えた瞬間の高揚感と新たな作家使命の芽生えを裏づける力強い言葉でもある。だがその一方で、その成果の評価に対する期待と不安もまた大きかった。それは前述の 11 月 1 日のウィリアムズへの手紙の後半にはっきりと表れている（イタリックは筆者）。

> I have just received "Daily News". Let me speak the truth—when I read it my heart sickened over it. It is not a good view—it is unutterably false. If "Shirley" strikes all readers as it has struck that one—but—I shall not say what follows.
> On the whole I am glad a decidedly bad notice has come first—a notice whose inexpressible ignorance first stuns and then stirs me. Are there no such men as the Helstones and Yorkes?
> Yes there are.
> Is the first chapter disgusting or vulgar?
> It is not: it is real.
> As for the praise of such a critic—I find it silly and nauseous—and I scorn it.
> *Were my Sisters now alive they and I would laugh over this notice—but they*

sleep—they will wake no more for me—and I am a fool to be so moved by what is not worth a sigh— (*Letters*, p. 146)

　私はただ今『デイリー・ニューズ』を受け取りました。私の本当の気持ちを話させてください。私はそれを読んだとき胸が悪くなりました。それは立派な書評ではなく、言葉で言えないほどのいかさまです。もし『シャーリ』が全ての読者にその書評を書いた人と同じような衝撃を与えたとすれば、だが、これ以上何も言いたくありません。

　だが概して決定的な悪評が最初に来たことを嬉しく思います。その書評の無知蒙昧は私を一度は茫然自失に追いやりますが、次の瞬間に奮い立たせてくれます。ヘルストンやヨークのような人（辛口だが心の温かい人）がいないものでしょうか。

　いや、きっといます。

　（『シャーリ』の）第1章は（本当に）不快で低俗でしょうか。

　それは決してそうではなく、有りのままに描いたものです。

　そのような批評家の褒め言葉は馬鹿らしくて胸が悪くなります。私はそれを軽蔑します。

　もし私の二人の妹が今も生きていれば、彼女たちと私はこのような書評を一笑に付すでしょう。だが彼女たちは眠っており、私のために目を覚ますことはありません。私はこのように溜息をつく価値もない書評に動揺するとは本当に馬鹿だと思います。

彼女はこのように述べた後、さらに次のように書き添えている。"I fear I really am not so firm as I used to be—not so patient—whenever any shock comes, I feel that almost all supports have been withdrawn."「私は本当にかつてほど強固で、辛抱強くないように思います。少しでもショックを受けると何時も、私の支えのほとんど全てが取り外されたような気分になります。」

　『シャーリ』に登場する人物の実在のモデル探しはエレン・ナッシーを初めとした知人の間でも盛んに行われていた。11月16日に彼女に宛てた手紙の次の一節はそれを裏書きしている。作家ブロンテの創造過程を知る上で貴重であるので全文を引用する。

　　You are not to suppose any of the characters in *Shirley* intended as literal portraits—it would not suit the rules of Art—nor my own feelings to write in that style—we only suffer Reality to <u>suggest</u>—never to <u>dictate</u>—the heroines are abstractions and the heroes also—qualities I have seen, loved and admired are here and there put in as decorative germs to be preserved in that setting. Since you say you could recognize the originals of all except the heroines—pray whom did you suppose the two Moores to represent? (*Letters*, p. 147)

　『シャーリ』の登場人物はどれも皆文字通りの肖像画と仮定しないでください。それは芸術のルールに合わないし、私自身の作風にも気分的に合いません。私たち作家はただ現実に示唆を許すだけで、その口述筆記ではありません。ヒロインもヒーローも抽象的人物です。つまり私が見てきた人、愛し、尊敬してきた立派な人物を、その舞台のために大切に保存してきた宝飾品のように、ここ彼処にちりばめるのです。あなたはヒロイン以外の全ての登場人物の実在の人間を探し当てられると言いますが、それではムア兄弟のモデルに誰を想像しているのか教えてください。

　一方書評に関しても、『シャーリ』が出版されてから3週間が過ぎ、その内容も穏やかでまともになってきた。上記のナッシー宛ての手紙の中で言及している『イグザミナー』(*Examiner*) や『自由の基準』(*Standard of Freedom*) はその良き一例であった (*Letters*, pp. 147–48)。さらに彼女を喜ばせたのは、ギャスケル夫人 (Mrs. Elizabeth Gaskell, 1810–65) からの温かい手紙であった。彼女の作品『メアリ・バートン』(*Mary Barton*) をブロンテはこの年の2月に読んで感銘を受け、『シャーリ』を彼女に贈呈していた。その彼女から初めて手紙を受けたので感激もひとしおであった。11月17日の彼女宛の手紙はそれに対する礼状であった。なお、この礼状はウィリアムズの手を通して送った返信であり、ここでも自分を「カラー・ベル」の偽名で使い、実名を隠している点に注目したい。その中の注目すべき一部を次に引用しておく。

　　Currer Bell will avow to Mrs. Gaskell that her chief reason for maintaining an incognito is the fear that if she relinquished it, strength and courage would leave her, and she should ever after shrink from writing the plain truth.
(*Letters*, p. 148)

　　カラー・ベルがギャスケル夫人に明言したいことは、彼女が匿名を堅持している主たる理由は、もしそれを廃止すれば彼女から力と勇気を奪い去り、ありのままの真実を書く勇気が萎縮してしまう恐れがあったことです。

　彼女はこの手紙を書いてから間もなく、ロンドンへ旅立つ計画を立てた。前年の7月妹アンと一緒に訪れて以来実に1年半ぶりの単独の長旅となった。11月16日のナッシー宛ての手紙でその計画を知らせている。ブロンテに新たな明るい道が開けたことを意味している。

(2)

　ブロンテは 11 月 29 日から 12 月 14 日までロンドンで過ごした。その間の彼女の生活については、彼女がナッシーに送った 2 通の手紙と父パトリック宛の 1 通、そしてハワースへ戻った直後ナッシーに送った 1 通を基にして論じることにする。

　まず、彼女がロンドンに着いて最初に訪ねたのは前回と同じジョージ・スミスだった。彼女は彼の家族に早速紹介されたが、今回は彼女が『ジェーン・エア』の著者であることを知らされていたので、「スミス夫人と娘たちから尊敬と驚きの入り混じった」(with a mixture of respect and alarm) 表情で迎えられ、手厚い接待を受けた。そしてロンドン滞在中は彼の家を根城にしてほしいと強く説得された。こうして最初の数日は観劇やナショナル・ギャラリ、ターナーの絵画展示場を訪ね、芝居は『マクベス』と『オセロ』を観ただけでなく、主役のマクレディ (William Charles Macready) と会った。そして小説家のサッカレーとも会い、スミス氏の家で他の多くの紳士と一緒に食事もした。サッカレーは「6 フィート以上もある長身で、決してハンサムではない、非常に醜い風変わりな顔をしており、概してどことなく皮肉っぽい厳しい表情だが、同時に優しい面」もあった。彼女は公の場では身分を明かさないことにしていたが彼がそれを忘れて、ギャリック・クラブ (Garrick Club) の食事の席で誇らしげに、ジェーン・エアと一緒だと叫んだ。一方、スミス夫人は絶えず彼女のために細心の心遣いをしてくれ、他の客と話をしている時でも注意を怠らなかった。また或る日、彼の家で『ザ・タイムズ』が目に入ったので、それに目を通していると、『シャーリ』の書評が出ていた。それは余りにもひどい酷評であったので、彼女は耐えきれずに涙を流したほどであった。家の者は彼女の目の届かぬ所に置いていたはずだったが、不運にも彼女の目に留まったのである。このように彼女は日頃の生活からは想像できない目まぐるしい 2 週間を過ごして 12 月 15 日に帰宅した。そして 4 日後ナッシーに送った手紙で旅の印象を総括して伝えている。冒頭、「私は再びハワースへ戻ってきました。興奮の渦から逃れてきた感じです」(Here I am at Haworth once more. I feel as if I had come out of an exciting whirl.) で始まり、ジョージ・スミスの親切な気の遣い様を次のように強調している。

My strength and spirits too often proved quite insufficient for the demand on their exertions—I used to bear up as well and as long as I possibly could—for whenever I flagged I could see Mr. Smith became disturbed—he always thought something had been said or done to annoy me—which never once happened—for I met with perfect good breeding even from antagonists— . . . I explained to him over and over again that my occasional silence was only failure of the power to talk—never of the will—but still he always seemed to fear there was another cause underneath. (*Letters*, 152–53)

私の体力と気力は余りにもしばしば彼らの精一杯の歓待に十分応えられなかった。私はいつもできる限り元気に、そしてできる限り長く頑張りました。何故なら、私が元気を失くしていると何時もスミス氏は動揺していることが分かったからです。私が気にするようなことを誰かが言ったり、振る舞ったりしたのではないかと常に気を配っていました。実はそのようなことは一度も起きなかったのですが。というのも、私と反対派の人たちでさえも完全に紳士的に私に接してくれたからです。……私が時々口を閉ざしているのは、話す力不足だけのことであって、自分の意志でないことを繰り返し彼に説明しても、私が口で言えない原因があるのでないか、と彼はいつも不安に思っているようでした。

そしてさらに彼の紳士的態度について、「ジョージはイギリスの若いビジネスマンの非常に立派な見本です。だから私は彼を尊敬し、彼の支援者の一人であることを誇りにしています」(George is a very fine specimen of a young English Man of business—so I regard him and I am proud to be one of his props.) と付け加えている。そして小説家のサッカレーについて、「彼は知的巨人です。彼の存在と力は知的観点から私に深い印象を与えました。だが一人の男性として彼を見ていませんし、また何も知りません」(Thackeray is a Titan of Mind—his presence and powers impress me deeply in an intellectual sense—I do not see him or know him as a man.) と述べるに留まっている。そして最後に、彼女はスミス邸に招かれた客の大多数から、ロンドンの華やかで刺激的な社交界にもっと多く顔を出すように勧められたことを次のように述べている。

I believe most of them expected me to come out in a more marked, eccentric, striking light—I believe they desired more to admire and more to blame. I felt sufficiently at my ease with all except Thackeray—and with him I was painfully stupid. (*Letters*, p. 153)

彼らの多くは私にもっと際立った、奇抜な、刺激的な人物として姿を表すことを期待しており、今よりもっと多く称賛したり、非難すべきところを持っていてほしいと思っていると確信した。私はサッカレー以外の全ての人たちと十分気

やすく付き合えた。だが彼と一緒にいると自分が痛ましいほど馬鹿です。

　スミス氏は 12 月 4 日に続いて 9 日にもディナー・パーティを開き、そこで彼女は作家のマーティノゥ (Harriet Martineau, 1802–76) と初めて顔を合わせた。ブロンテは 1 か月前彼女に『シャーリ』を贈呈し、それ以来文通する仲になっていた。従ってこの日以来彼女とさらに深い付き合いが始まった。そして彼女がロンドを去る前日の 13 日にもディナー・パーティが開かれ、その席にはロンドンの有名な出版会社の『シャーリ』書評を担当した記者や批評家が招待されていた。もちろんその中には厳しい批評をした人も混じっていた。

(3)

　上述のように『シャーリ』出版以後のブロンテは実に目まぐるしい月日を過ごした。新たな作家人生の始まりと言ってよかろう。彼女は最早カラー・ベルではなく作家シャーロット・ブロンテの実名が知れ渡ったからである。だが 2 週間余りのロンドン生活を終えてハワースに戻り、親友エレン・ナッシーを迎えて彼女本来の自分を取り戻した。そして 1850 年に入って 1 月 3 日にウィリアムズに送った手紙の中で、新たに文学的友人となったマーティノゥと、古くからの親友とを比較して次のように述べている。

> . . . no new friend, however lofty and profound intellect,—not even Miss Martineau herself—could be to me what Ellen is, yet she is no more than a conscientious, observant, calm, well-bred Yorkshire girl. She is without romance—if she attempts to read poetry—or poetic prose aloud—I am irritated and deprive her of the book—if she talks of it I stop my ears—but she is good—she is true—she is faithful and I love her. (*Letters*, p. 154)
>
> 新しい友人がいかに知識が高く奥深くても、たとえマーティノゥ嬢であったとしても、彼女は私にとってエレンの様にはなれないでしょう。でもエレンはただ良心的で、良く気の付く、穏やかで、育ちの良いヨークシャー生まれの女性に過ぎません。彼女にはロマンスもなく、詩や散文詩を朗読しようとしたりすると、私は苛々して彼女からその本を取り上げるでしょう。もし彼女が本について語れば、私は自分の耳をふさぐでしょう。しかし彼女は善良で、信頼できます。彼女は誠実で、私は彼女を愛しています。

　今や文壇の寵児となり、ロンドンの社交界でもてはやされても、彼女の本質は生まれ育ったヨークシャーの自然と昔なじみの友の中にあることを強調した

第 8 章 『ヴィレット』完成までの 3 年間（1850〜52 年）　381

言葉として見落としてはなるまい。

　しかし彼女の名声はあくまでも『ジェーン・エア』によるものであり、第 2 作の『シャーリ』は批評家や書評だけの対象であって、一般読者の目から圏外に置かれていた。そしてこの年に入った頃から『ジェーン・エア』はもちろん『シャーリ』までブロンテが書いた小説であることがヨークシャーの田舎にまで知れ渡るようになった。2 月 5 日のナッシー宛ての手紙はそれを物語っている。ある日ブロンテの女中マーサがその事実を初めて知って驚き、彼女に「あなたは今まで見たこともない大きな本を 2 冊も書いたんですってね。 私の父はハリファックスの職人仲間を集めて会合を開き、その本を注文すると言っている」（大意）と述べた。これはブロンテ自身にとって決して嬉しいことではなかったが、前年の秋ごろから彼女は何処へ行っても彼女を見る目が大きく変わったことは事実であった。

　1850 年におけるブロンテの生活は前年とは全く趣を異にしていた。彼女の交際範囲はそれまでとは質量ともに大きな変化を示した。まず 3 月 8 日に、有名な医師であると同時に政府の要人でもあったケイシャトルワース卿 (Sir James Kay-Shuttleworth, 1804–77) 夫妻の訪問を受けた。そして 4 日後彼らに同行してランカシャーの彼の邸宅 (Gawthorpe Hall) を訪ね、そこに 5 日間（12〜16 日）滞在した。それから 2 か月半ほどハワースで静かに過ごしたが、5 月 30 日にロンドンへ出かけて何時ものようにジョージ・スミスの家に 6 月 25 日まで滞在した。その間彼女は肖像画家ジョージ・リッチモンド (George Richmond) に好きでもない肖像画を描いてもらった。彼女が有名になった証である。そして 6 月 25 日にロンドンを発って、途中エレン・ナッシーの家に立ち寄り、そこで 1 週間過ごした後、7 月 3 日から三日間ジョージ・スミスと彼の弟妹と一緒にエジンバラを中心にスコットランドの旅を楽しんだ。そして帰る途中に再びナッシーの家に立ち寄り、そこに 10 日間滞在して 7 月 15 日にハワースの自宅に戻った。実に 1 か月半の長旅であった。彼女の旅はそれだけで終わらなかった。それからおよそ 1 か月後の 8 月 19 日に、ケイシャトルワース卿からウィンダミア山麓の別荘に招待を受けたからである。その翌日ギャスケル夫人も招待を受けて訪ねて来たので、二人の有名な女流作家を直接会わせたいという彼の粋な計らいに他ならなかった。ブロンテは文通を通して既に親しく付き合ってきた尊敬する作家と初めて顔を合せた。こうして 5 日間そこに滞在する間に二

人の仲は一層深まり、ギャスケル夫人の大作『シャーロット・ブロンテ伝』(*The Life of Charlotte Brontë*) 執筆の第一歩が始まった。8月24日ハワースに戻ったシャーロットはその後目立った旅をすることもなくハワースで父と二人で静かに3か月半過ごした。だが12月半ばにマーティノゥ嬢から招待を受けて湖水地方のアンブルサイド（Ambleside, ウインダミア湖北端の町）で彼女と一緒に1週間（16〜23日）過ごした。8月にウィンダミアを訪ねた時、彼女が夏の多くの来客を避けて不在であったので、改めて招待を受けたのである。

(4)

　上述のように、1850年はそれ以前の彼女からは想像もできない多忙で刺激的な一年となった。そして彼女にしては珍しく社交的になり、多くの名士や作家と出合い、親交を重ねることによって作家としての道が広がった。それだけにこの間、彼女は新しい作品に手を付ける余裕はなかったが、作家としての貴重な充電期間となった。そしてハワースでの孤独の日々を過ごす間に読書と思索の幅を一層広げ、一層深めるのに大いに役立ったに違いない。

　3月18日（1851年）にジョージ・スミスが送ってきた本の中に、『ロバート・サウジーの伝記』(*The Life and Correspondence of Robert Southey*, 1849–50) 後半の3巻とオースティンの小説『エマ』(*Emma*) が含まれていた。4月12日のウィリアムズ宛の手紙はそれぞれの本から受けた感想を率直に述べたものである。我々はそこから作家ブロンテの本質を読み取ることができるので是非紹介する必要があろう。まずサウジーについて、彼の特に人間として立派な尊敬すべき点を次のように述べている（全文引用）。

　　The perusal of Southey's Life has lately afforded me much pleasure; the autobiography with which it commences is deeply interesting and the *Letters* which follow are scarcely less so, disclosing as they do a character most estimable in its integrity and a nature most amiable in its benevolence, as well as a mind admirable in its talent. Some people assert that Genius is inconsistent with domestic happiness, and yet Southey was happy at home and made his home happy; he not only loved his wife and children <u>though</u> he was a poet, but he loved them the better <u>because</u> he was a poet. He seems to have been without taint of worldliness; London, with its pomps and vanities, learned coteries with their dry pedantry rather scared than attracted him; he found his prime glory in his genius, and his chief felicity in home-affections. I like Southey.

(*Letters*, p. 161)

最近私はサウジーの伝記を大変楽しく読ませてもらいました。冒頭の自伝は非常に興味深いが、後に続く手紙はそれに劣らず興味深い。そこで明らかにされる性格の高潔さは極めて尊敬すべきものがあり、彼の知性が才能において素晴らしいのと同様、彼の性質は寛大さにおいて立派である。天才は家庭的幸せとは無縁という人もいるが、サウジーは家庭でも幸せで、自分の家族を幸せにした。彼は詩人であったが妻を愛し子供を愛した。それどころか彼は詩人であるがゆえになお一層家族を愛した。彼には俗世の汚れが全くないように見えた。ロンドンの華美や虚栄、そして無味乾燥な学識を衒う連中は彼を魅了するよりもむしろ彼を怖がらせた。彼は自分の才能に一番の誇りを持ち、家庭愛に最大の幸せを見出した。私は彼が好きです。

ここで特に注目すべきは、「天才は幸せとは無縁」という言葉である。彼の親友コールリッジは詩人・天才の何れにおいても共通していたが、サウジーは上述のように妻を愛し、家庭を大切にしたが、コールリッジは文字通り「家庭的幸せとは無縁」であった。後者は天才特有の放縦と甘えがあり、アヘン中毒に陥り、家庭不和が一生付きまとった。ブロンテがこの時コールリッジをほんの僅かでも意識していたかどうかは別として、奇抜さを衒う天才よりも隣人を愛し、家族の幸せを願う優しい男性を希求する女性本来の姿を見せている。

そして上記に続いてオースティンの小説『エマ』を読んだ感想として、彼女の理性の堅実に対して情熱の不足を鋭く突いている。1年4か月前のルイス宛書簡のオースティン批判と併せて読むと（257～59頁参照）、ブロンテの女流作家としての本質がより一層鮮明になるであろう。まず、オースティン自身が認める感性と常識の適切さを称賛した後、彼女の欠点を次のように指摘する。シャーロット・ブロンテのオースティンに対する決定的な評価と解釈してよかろう。

... anything like warmth or enthusiasm; anything energetic, poignant, heart-felt, is utterly out of place in commending these works: all such demonstration the authoress would have met with a well-bred sneer, would have calmly scorned as outré and extravagant. She does her business of delineating the surface of the lives of genteel English people curiously well; there is a Chinese fidelity, a miniature delicacy in the painting: she ruffles her reader by nothing vehement, disturbs him by nothing profound: the Passions are perfectly unknown to her; she rejects even a speaking acquaintance with that stormy Sisterhood; even to the Feelings she vouchsafes no more than an occasional graceful but distant recognition; too frequent converse with them would ruffle the smooth elegance of her progress. Her business is not half so much with the human heart as with the human eyes, mouth, hands and feet; what sees keenly, speaks aptly, moves flexibly, it suits her to study, but what throbs fast and full, though hidden, what the blood rushes through, what is the unseen seat of life and the sentient target of Death—this Miss Austen ignores; she no more, with her mind's eye, beholds the heart of her race than each man, with bodily vision sees the heart in his heaving breast. (*Letters*, pp. 161–62)

暖かさや情熱のようなもの、そして精力的で辛辣で、心から感じるものはすべて、（オースティンの）これらの作品を推奨する上では完全に場違いである。この作家はそのような表現を品の良い嘲笑で出迎え、奇抜で大袈裟なものとして静かに軽蔑したであろう。彼女の仕事は上品な英国人の生活の外面を奇妙なほど入念に描くことにある。その描写には支那人の忠実さと精密画の繊細さがある。彼女は絶対に激しい言葉で読者を騒がしたり、深遠な表現で読者を乱したりしない。情熱は彼女にとって完全に無縁である。彼女は話をする知人に対してもあの口煩い修道女会の身振りで口止めする。また人の感情に対してでさえ、彼女は時折上品だが疎遠な認識を示すだけである。余りにもしばしば感情的に話せば、彼女の優雅で滑らかな歩みを乱すというのであろう。彼女の仕事（作品）は人間の目と口と手と足に関することの半分も、人の心に関心を持っていない。鋭く観察し、適切に話し、柔軟に行動すること、これが彼女の研究の目的に適っているが、密かであっても激しく胸一杯鼓動するものや血の躍動するもの、そして目には見えない生命の座席や死の精神的標的に関して、オースティン嬢は完全に無視している。そして彼女は、男性が自分の高まる胸の中にある心臓を肉体の目で見るのと同様、女性の心を心の目で見ようとしない。

　ロマン主義の時代に育って最もロマン主義的でないオースティンに対する、リアリズムの時代に育って最もロマン主義的なブロンテのこの批判は、彼女を解釈する上で極めて貴重である。緻密に計算された構想と中産階級の常識と体面を重視する人間社会を主要舞台にしたオースティンの世界と、理性より情熱、頭脳より心、感覚より感情と想像力を重視したブロンテの世界を比較対照するとき、上記の言葉は正しくブロンテ文学の真髄を吐露した言葉と解釈して間違いなかろう。

　彼女はこの年の12月初めに妹エミリとアンの2作『嵐が丘』と『アグネス・グレイ』を「スミス・エルダー社」から改めて出版したが、前者に新たに付けた「序文」で、エミリの規律と原則に縛られない奔放な想像力の成果を称え弁護している。その意とするところは上記のオースティン批判の正しく裏返しの賞賛を贈っている。その「序文」の結びの一節を引用しておく。

第 8 章　『ヴィレット』完成までの 3 年間（1850～52 年）　385

'Wuthering Heights' was hewn in a wild workshop, with simple tools, out of
homely materials. The statuary found a granite block on a solitary moor; gazing
thereon, he (Ellis Bell) saw how from the crag might be elicited a head, savage,
swart, sinister; a form moulded with at least one element of grandeur—power.
He wrought with a rude chisel, and from no model but the vision of his
meditations. With time and labour, the crag took human shape; and there it
stands colossal, dark, and frowning, half statue, half rock; in the former sense,
terrible and goblin-like; in the latter, almost beautiful, for its colouring is of
mellow grey, and moorland moss clothes it; and heath, with its blooming bells
and balmy fragrance, grows faithfully close to the giant's foot.

(*Wuthering Heights* and *Agnes Grey*, p. lviii)

　　『嵐が丘』は身の回りにある材料から素朴な道具で乱暴にたたき切って作っ
た作品です。彫刻家は孤独の荒野に 1 個の大理石の塊を見つけた。彼はそれを
じっと見つめていると、その岩石から野蛮で浅黒い不気味な男の顔、少なくと
も壮大で力強い要素で形成された姿が想い浮かんだ。彼は荒っぽい鑿で、彼の
瞑想から生まれた幻影を唯一モデルにして彫り刻んだ。長い時間と労力をかけ
てその岩石はようやく人間の姿を帯び、巨大な暗く渋い顔の半分彫像で半分岩
石の姿が出来上がった。その彫像らしき部分は恐ろしい悪鬼に似ていたが、岩
石の部分は美しいほどであった。何故なら、その岩の色は円熟した灰色で、荒
野の苔で覆われており、鈴の形をした花が香ばしい匂いを放つヒースがその巨
大な岩の足元でけなげに寄り添っていたからである。

　これを前記のオースティン批判と読み比べてみると、ブロンテの意味する文
学のあるべき理想の姿が一層明確に浮かび出るであろう。そしてオースティン
の小説に登場するヒロインと、ブロンテの『ジェーン・エア』はもちろん、『シ
ャーリ』のそれと比べると、より一層両作家の見る世界が、また創造的世界が
本質的に異なることに気付くであろう。

　またブロンテが上記の『嵐が丘』の「序文」とほぼ同時に書いた「エリスと
アクトン・ベルの伝記」(Biographical Note of Ellis and Acton Bell) の中で、エ
ミリとアンの性格の違いについて繰り返し力説しているが、特に注目すべき最
後の一節を引用しておく。『シャーリ』に登場する二人のヒロインの解釈に興
味深いヒントを投げかけているからである。

In Emily's nature the extremes of vigour and simplicity seemed to meet. Under
an unsophisticated culture, inartificial tastes, and an unpretending outside, lay a
secret power and fire that might have informed the brain and kindled the veins
of a hero; but she had no worldly wisdom; her powers were unadapted to the
practical business of life; . . . Her will was not very flexible, and it generally

opposed her interest. Her temper was magnanimous, but warm and sudden; her spirit altogether unbending.

Anne's character was milder and more subdued; she wanted the power, the fire, the originality of her sister, but was well endowed with quiet virtues of her own. Long-suffering, self-denying reflective, and intelligent, a constitutional reserve and taciturnity placed and kept her in the shade, and covered her mind, and especially her feelings, with a sort of nun-like veil, which was rarely lifted.

(*Wuthering Heights* and *Agnes Grey*, pp. l–li.)

　エミリの性質には活力と素朴の両極が合体しているように見えた。素朴な教養、簡素な趣味、そして気取らない外見の下に秘密の力と炎が潜んでいた。それが脳を刺激してヒーローの血潮を燃やしたのかも知れない。だが彼女は世間のことは何も知らなかった。彼女の才能は人生の実用的な仕事には全く不向きであった。……彼女の意志は非常に固く、概して利に反することが多かった。彼女の気性は寛大であったが、暖かくて性急であった。彼女の心は絶対に折れることがなかった。

　アンの性格は穏やかで、一層従順であった。彼女は姉が持つ才能と情熱と独創性を欠いていた。しかし彼女独特の静かな美徳が立派に備わっていた。非常に辛抱強く、自己主張をせず、内省的かつ知的で、体質的に控え目で無口な性格は、彼女を常に日陰に放置し、そして自分の心、特に感情を、滅多に上げない尼のベールのように覆い隠していた。

　上記の一節を、エミリとアンが死に際して見せた態度の違いについて述べたシャーロットの手紙（283 頁参照）に照らしてみると、なお一層二人の性格の違いが鮮明になるであろう。シャーロットは『シャーリ』の執筆中二人の姿を想い起し、それが作品に反映して当然であった、という意味のことを手紙で述べている。これを想い起すとき、この小説の二人のヒロインの性格の対照的な相違もまた当然と言わざるを得ない。言い換えると、シャーリはエミリの、そしてカロラインはアンの蘇りと解釈できるであろう。シャーロットは最愛の妹二人の死と直面しながら、その悲しみを乗り越えてこの作品を書き上げたのである。これを思うとき、この大作は妹二人の御霊に捧げる愛情と感謝、そして鎮魂の作品であったと言えよう。こうしてさらに 1 年が過ぎ、二人の妹が志を半ばにして夭折した無念さを思い起こし、彼女たちの秘めた才能を世に広く知らしめるために改めて「スミス・エルダー社」から二人の作品を、彼女自身の序文を新たに付けて出版したのだった。

　さて、ブロンテは長い夏の社交シーズンを終えて 8 月下旬にハワースに戻った後、3 か月半余りハワースで過ごした。上記の「序文」は、9 月 27 日にウィ

リアムズに送った手紙から判断してその頃書き終えたものと思われる。彼女は
この間に過去のどの時期よりも多くの著書や作品を読み、多くの人に手紙を書
いた。それは次の作品執筆のための充電期間であったとも言えよう。しかし最
愛の妹のいない孤独の生活は時には耐えがたい気分にさせた。それを救ったの
はアンブルサイドに住むマーティノゥ嬢からの招待状であった。ブロンテは彼
女の家で12月16日から23日まで過ごすことになるが、18日に親友ナッシー
に送った手紙は次の言葉で始まる。

> I can write to you now for I am from home and relieved, temporarily at least
> by change of air and scene from the heavy burden of depression which I confess
> has for nearly 3 months been sinking me to the earth. I never shall forget last
> Autumn. Some days and nights have been cruel— . . . My loathing of solitude
> grew extreme; my recollection of my Sisters intolerably poignant; I am better
> now. I am at Miss Martineau's for a week. (*Letters*, p. 180)

> 今やっと私は手紙を書けます。何故なら、私は家を離れて空気と景色の変化に
> よって、少なくても一時的に重く落ち込んだ気分から解放されたからです。正
> 直に言って、私はこの3か月近く地まで沈んでいました。私はこの秋を決して
> 忘れないでしょう。その間における昼夜の幾日かは残酷そのものでした。……
> 私の孤独に対する嫌悪は極限に達した。私の妹たちへの想い出は耐えがたいほ
> ど厳しかった。だが今は楽になりました。マーティノゥ嬢の家に1週間滞在し
> ているからです。

彼女の手紙によると、マーティノゥ嬢は客がいても自分独自の生活態度を絶対
に崩さなかった。従って、ブロンテも自分の部屋で自由に行動し、午後の数時
間だけ彼女と一緒に散歩するといった気楽な1週間を過ごすことができた。だ
がクリスマスに多くの来客が来るので、23日にアンブルサイドを発ち、その
足でハワースを通過してバーストール (Birstall) に住むナッシーを訪ね、年の
暮まで一緒に過ごした。

(5)

1851年は次の新たな作品の構想で始まった。2月5日のジョージ・スミス宛
の手紙はそれを象徴的に物語っている。この手紙について第3章で、『ヴィレ
ット』の執筆に至る過程の中でその一部を引用したが（59頁参照）、ここで改
めて『ヴィレット』執筆に至る序章としての観点から論じることにする。原文
の引用は割愛して、その要旨を改めて説明すると、（『ヴィレット』の前身とも

言うべき『教授』は無名の作家の最初の作品であったために、どの出版会社からも断られ、都合11回断られた。その中にはもちろん「スミス・エルダー社」も入っていた。しかしブロンテ自身のこの作品に対する愛着は尋常一様ではなく、彼女の言葉を借りると、「白痴の子供を溺愛する親の気持ちに匹敵」していた。とは言え彼女自身はこの作品の価値を知っており、「品物が小さければ小さいほど、価値はその分高くなる」はずだ。ところがその原稿は「スミス・エルダー社」に保管されたままになっているので、いずれそのうちに廃棄される運命になると思い、彼女の許に是非返してほしい、という主旨の手紙であった。

　彼女はこの手紙を最後に『教授』の出版を諦めたが、この作品に対する愛着は減少した訳ではなく、これを転機に『ジェーン・エア』や『シャーリ』に匹敵する大作に書き直す決意をした。何はともあれ、『教授』はブロンテの作家人生の原点であり、彼女の数少ない体験の中で唯一最大の貴重な体験、つまり「男性教師と女生徒との熱愛」というテーマを身をもって体験したからである。しかしあの体験から8〜9年過ぎ、その直後に書いた当時の情熱も静かに純化され、質的に大きく変化していた。とは言え、それが故になお一層この最大の貴重な体験を、作家人生の一つの大きな区切りとして書き残しておきたいという願望が日増しに高まって不思議ではなかった。1851年の前半は恐らくこの構想で彼女の頭が一杯であったに違いない。

　そこで彼女はまず第一に考えたことは、『シャーリ』で見せた二人の妹の面影を作品から払拭することであった。彼女はこの小説を出版してから7か月後の1850年5月22日にウィリアムズに宛てた手紙の中で、「私の心に何時までも残って消えない妹の面影をほんの一瞬でも忘れたいとしばしば願う」ことがあると述べているからである。そして次に考えたことは、エジェ教授に対する激しい情熱が6年以上の時を経て薄らいだ現在の心境を作品に反映させると同時に、新たに芽生えた友情に近い仄かな愛情を作品の主題の一つに加えてみようと考えたに違いない。それは言うまでもなく、若い美男子のジョージ・スミスとの友情に他ならなかった。作品はこの二つの愛の絡みの中で静かに進行してゆく。言い換えると回想と現実の愛の調和の中で解決に向かってゆく。彼女は恐らくこのような構想を練ったに違いない。しかし小説の主流はブリュッセル留学時代の生の体験をいかに作品に反映させ、具体化するかにかかっていた。

つまり二つの愛の主題にいかに枝葉を付けるかにかかっていた。

　彼女はこのような構想を巡らしているうちに（1851 年）夏の社交シーズンが近づいてきた。そして 5 月半ばを過ぎると早くもジョージ・スミスから招待の手紙が届き、5 月 28 日にロンドンに赴き、彼の家に丸 1 か月滞在することになった。ロンドン滞在中は前年と同様観劇や美術館の訪問、夕食パーティや朝食会、またサッカレーの講義に出席するなど、多忙な充実した日々を過ごした。そして 6 月 27 日にロンドンを発ち、途中マンチェスターの郊外に住むギャスケル夫人の家を訪ね、そこに 3 日間滞在した後 30 日に帰宅した。『ヴィレット』の構想に本格的に取り組み始めたのはそれ以降であった。そして 9 月に入った頃いよいよそれを実行に移す時がきたので、その計画をスミスとウィリアムズに知らせたに違いない。当時長篇小説はサッカレーやディケンズのそれに見られるように連載 (serial) の形式をとっていた。従って、ブロンテの次の小説も連載にしてはどうかという提案がスミスから届いた。9 月 22 日の彼に宛てた手紙はそれに対する丁寧な断りの返事である。彼の提案があくまでも彼女に対する好意から出た言葉であっただけに、彼女の返事は非常に気を遣った、思い悩んだ末のデリケートな文章になっている。

　　Oh that Serial! It is of no use telling you what a storm in a tea-cup the mention it stirred in Currer Bell's mind—what a fight he had with himself about it. You do not know—you <u>cannot</u> know how strongly his nature inclines him to adopt suggestions coming from so friendly a quarter; how he would like to take them up—cherish them—give them form—conduct them to a successful issue; and how sorrowfully he turns away feeling in his inmost heart that his work—this pleasure is not for him. (*Letters*, p. 195)

　　おお、あの連載の件。カラー・ベル（私）はその話を聞いた時、彼の心の中のコップが嵐のように波打ち、それについてどれほど激しく自問自答したか、あなたにそれを説明しても無駄でしょう。あなたの親切な心から出た提案を彼が何としても採り入れようという気にどれほど強くなったか、あなたは分からない、分かるはずがありません。また彼はその提案を採用し、それを大切に思い、それを形にして、立派なものに仕上げてみたいとどれほど強く思ったか、そして最後に、この連載の仕事が、この楽しみが彼にとって全く不向きであることを心の底で感じて、いかに残念な思いでそれに背を向けたか、あなたはご存じでないでしょう。

　連載小説は途中で投げ出したり、中断したりするわけにはいかず、それだけ

になお一層精神力と体力に自信がないとできない仕事である。彼女はサッカレーやディケンズのような実力はいまだ備わっていないことを百も承知であった。その上、彼女はこの小説を書き始めてみて、『ジェーン・エア』の時のように筆が滑らかに進まないことが分かった。従って、スミスからクリスマス休暇の1週間をロンドンで過ごすように招待を受けたが、上記の文章に続いて、次のような体の良い理由を付けて断っている。

What is it you say about my breaking the interval between this and Christmas by going from home for a week? No—if there were no other objection—(and there are many) there is the pain of that last bidding good-bye—that hopeless shaking hands—yet undulled—and unforgotten. I don't like it. I could not bear its frequent repetition. Do not recur to this plan. Going to London is a mere palliative and stimulant: reaction follows. (*Letters*, p. 195)

　私がこの日とクリスマスの間の1週間自宅を離れて休暇を取ってはどうか、というあなたの提案ですが、それはお断りします。他に反対の理由がないとしても、（実は他にも沢山ありますが）最後に別れるときの辛さ、あの絶望的な、しかし敏感なそして忘れ得ぬ握手。私はそれを好みません。私はその繰り返しには堪えられません。この計画に二度と触れないでください。ロンドンへ行くことは単なる緩和と刺激剤に過ぎず、後に反動がきます。

彼女はこのように述べた後、現在の自分の心境について次のように本心を語っている。

Meantime I really do get on well; not always alike—and I have been at intervals despondent; but Providence is kind, and hitherto whenever depression passes a certain point—some incident transpires to turn the current—to lighten the load; a cheering sunrise has so far ever followed a night of peculiar vigil and fear. Hope indeed is not a plant to flourish very luxuriantly in this northern climate—but still it throws out fresh leaves and a blossom now and then—proving that is far from dead— . . . (p. 195)

　ところで私は本当に元気に過ごしていますが、何時もこのような状態ではありません。時々落ち込むことがありました。だが今日まで神様の優しい摂理のお陰で一定の線を超えると何時も何らかの出来事が起こってその流れを変え、重荷を軽くしてくれます。不安で眠れぬ特別な夜の遥か後から明るい日の出が必ず付いてきます。希望は本当にこの北国では贅沢に花咲く植物ではありません。だがそれでも新鮮な葉や花を時々開き、絶滅からは遥かに遠いことを証明しています。

(6)

　以上の手紙の文面から、その頃『ヴィレット』の執筆は決して順調でなかっ
たことが分かる。しかし新しい年（1852 年）を迎えた頃にはその第 1 巻もよう
やく書き終えていた。だがその後更なる憂鬱が彼女を襲い、執筆は殆ど手に付
かない状態が何か月も続いた。その原因は何であったのか定かではないが、彼
女の心を乱した要因の一つに、スミス・エルダー社のジェームズ・テイラーか
らひと頃一時結婚を申し込まれたことがあった。5 月 4 日のナッシー宛ての手
紙で、ブロンテがインドにいる彼に宛てて手紙を何度も書いているのに、彼か
らは前年の 10 月 2 日（日付）の手紙以来一度も返事をもらっていないことに触
れて、大いに不安を漏らしている。彼女はそれから 3 週間後の 5 月 27 日から
6 月 24 日まで気分転換のため、ヨークシャー東海岸のファイリのホテルで独
りで過ごしている。そこは 3 年前に妹アンの葬儀をスカーバラで済ませた後、
ナッシーと一緒に泊った同じ宿であった（284 頁参照）。だが今回はそこで『ヴ
ィレット』の原稿を書くために筆記用具を持ってきていたが、殆どそれに手を
付けずに終わった。もっとも今回の旅は亡き妹追憶の旅でもあったが、3 年前
に注文した彼女の墓の碑文に間違いがないか確かめる目的も兼ねていた。6 月
23 日にそこからかつての恩師ウーラー嬢に次のような手紙を送っている。ま
ず始めに、「あなたの親切な嬉しい手紙がこの場所に届きました。私は 3 週間
前からここに全く一人で過ごしています。変化と海の空気が必要になったから
です。」(Your kind and welcome note reached me at this place where I have been
staying three weeks—quite alone. Change and sea air had become necessary; . . .)
(*Letters*, p. 205) と、気分転換が必要になったので当地に来たことを告げた後、
ここに来た当初の心境について次のように述べている。

　　The first week or ten days—I greatly feared the sea-side would not suit me—
　　for I suffered almost constantly from head-ache and other harassing ailments;
　　the weather was too dark, stormy and excessively—bitterly cold; my Solitude,
　　under such circumstances, partook of the character of desolation; I had some
　　dreary evening-hours and night-vigils. (*Letters*, 205.)

　最初の 1 週間から 10 日間、海辺は私の体に合わないのではないかと大いに
心配した。何故なら、私は殆ど絶えず頭痛や他の病気に苦しんだからです。天
候は暗くて大荒れで、極度にひどく寒く、このような環境の下で孤独だったの

で、天候と同じ暗い沈んだ気分になった。侘しい夕暮れの数時間と眠れぬ夜が幾日か続きました。

しかしそれが過ぎると、「快方に向かい、今ではずっと強く良くなっている。この調子だと後一両日で家に帰れると思います」と述べている。そして最後に、『ヴィレット』の執筆は永らく中断して絶望的な状態になっている事実を次のように明かしている。

> As to my work—it has stood obstinately still for a long while: certainly a torpid liver makes torpid brains: No Spirit moves me. If this state of things does not entirely change—my chance of a holiday in Autumn is not worth much.
>
> (*Letters*, p. 205)
>
> さて私の仕事の件ですが、ずいぶん長い間頑固に止まったままです。確かに、乾き切った肝臓のお陰で頭脳まで乾いてしまったのでしょう。全然気力が湧かないのです。もしこのような状態に全く変化がなければ、今秋の休暇はあまり期待できないでしょう。

こうして彼女はハワースに帰った後、気持ちを新たに相当な覚悟と決意を持って『ヴィレット』後半の執筆に取り組んだに違いない。これより２か月後の８月24日にナッシーに宛てた手紙はそれを裏づけている。

> The evils that now and then wring a groan from my heart—lie in position—not that I am a single woman and likely to remain a single woman—but because I am a lonely woman and likely to be lonely. But it cannot be helped and therefore imperatively must be borne—and borne too with as few words about it as may be. . . .
>
> Understand—that I remain just as resolved ever not to allow myself the holiday of a visit from you—till I have done my work. After labour—pleasure—but while work was lying at the wall undone—I never yet could enjoy recreation.
> (*Letters*, p. 207)
>
> 私の心臓からしばしばうめき声を引き出す悪は居座っている。それは私が独身女性であり、将来も独身のままでいそうであるからではなく、私は寂しい女性であり、将来もそうでありそうだからです。だがそれはどうにもならないことですので、毅然として耐えなければなりません。しかもそれを可能な限り殆ど口に出さずに。……
>
> どうか理解してください。私は自分の仕事を成し遂げるまでは、あなたから休日の訪問を受けてはならない、と決断した状態でいることを。その仕事が終わった後なら嬉しいのですが、仕事がまだ出来上がらずに壁に掛かったままの間は、私は余暇を楽しむことがとてもできないのです。

第 8 章 『ヴィレット』完成までの 3 年間（1850 ～ 52 年） 393

このように 1852 年の秋、ブロンテは全てを投げ打って『ヴィレット』の完成に向かって執筆に没頭した。そして 10 月 26 日、この作品の第 1・2 巻（1 ～ 27 章）の原稿を清書してスミスの許に送った（第 3 巻は 11 月 20 日に届けた）。そして 30 日にこの作品に関する彼の率直な意見を求める手紙を書いた。それは次の言葉で始まる。

> You must notify honestly what you think of "Villette" when you have read it. I can hardly tell you how much I hunger to have some opinion besides my own, and how I have sometimes desponded and almost despaired because there was no one to whom to read a line—or of whom to ask a counsel. "Jane Eyre" was not written under such circumstances, nor were two thirds of "Shirley". I got so miserable about it, I could bear no allusion to the book— (*Letters*, p. 207)
>
> あなたは『ヴィレット』を読み終わったら、あなたの感想を是非正直に教えてください。私は自分以外の人の意見をどれほど強く求めているかを、そして自分の作品の一部を読み聞かせたり、意見を求めることのできる相手が一人もいないので時々気落ちして絶望することさえあることを、あなたに話しても殆ど分かっていただけないでしょう。『ジェーン・エア』はそのような（絶望的な）境遇の下で書かれたものではなく、また『シャーリ』もその三分の二は聞いてくれる人が側にいました。私はその点に関して（今回は）本当に惨めでした。その本について誰にも話しをすることができなかったのですから。

上文に若干の説明を付け加えると、ブロンテは『ジェーン・エア』を書いた時、二人の妹が（存命であったので）絶えず側にいて意見を述べてくれたので心強く、のびのびと書けた。そして『シャーロット』執筆の少なくとも三分の二はアンがまだ生きていたので、彼女の意見を聞くことができた。しかし『ヴィレット』執筆中は二人の妹がこの世にいなかったので、シャーロットは完全な孤独の中で、誰からも意見を聞くことなく執筆を余儀なくされた。それだけに一層他人の意見や感想を聞きたかった、という意味である。そしてこれが執筆遅延の最大の要因である、という意味を含めている。

さて、彼女はこのように述べた後、この小説の意図について作家ブロンテの本質に触れる重要な発言をしている。

> You will see that "Villette" touches on no matter of public interest. I cannot write books handling the topics f the day—it is of no use trying. Nor can I write a book for its moral—Nor can I take up a philanthropic scheme though I honour Philanthropy—And voluntarily and sincerely veil my face before such a mighty

subject as that handled in Mrs. Beecher Stowe's work—"Uncle Tom's Cabin".

(*Letters*, 208)

　読んでお分かりのように、『ヴィレット』は公共の利益に関する問題に触れていません。私は今日の諸問題を扱った本が書けません。書こうと努力しても所詮無駄です。また道徳のための本は書けません。また私は博愛を尊重しますが、博愛主義的な主題を取り扱うこともできません。ビーチャー・ストウ夫人の『アンクル・トムの小屋』で扱っているような壮大な題材に対して、私は自発的かつ誠実に目をつぶります。

　要するに、ブロンテは自ら体験し、それに共感し、感動した題材しか扱わないこと、つまり、彼女の心の底から湧き出る感情の世界しか扱わないことを力説しているのである。さらに言い換えると、『アンクル・トムの小屋』がいかに爆発的な大流行を納めたからといって、それを真似たりしないで、我が道を行くことを強調している。ストー夫人も題材が異なるものの、心境は全く同じである。つまり、「彼女の感情はその作品全体を通して真剣そのものであり、決して上辺ではない」(The feeling throughout her work is sincere and not got up.)ことを強調している。従って、彼女もたとえ厳しい批判を受けても自分の信じる所を変える気が全くないことを、手紙の最後に次のように表現している。

　Remember to be an honest critic of "Villette" and tell Mr. Williams to be unsparing—not that I am likely to alter anything—but I want to know his impressions and yours. (*Letters*, p. 208)

　あなたは『ヴィレット』の正直な批評家であることを忘れないでください。そしてウィリアムズ氏にも容赦なく批評するようにお伝えください。その批評によって私は何一つ変えることはないでしょう。私はただ彼とあなたの印象を聞きたいだけです。

　この後ブロンテは『ヴィレット』出版の準備に多忙な日々を送り、翌1853年1月5日に印刷の最終校正をするためロンドンのスミスの家に向かった。そして同月28日遂に出版された。執筆の準備を始めてから完成まで、彼女にしては珍しく1年半の時間を要した。遅れた要因は、上記のように彼女を側で勇気づけてくれる妹二人は最早この世にいなかったことが恐らく最も大きかったのであろう。それは前年10月30日のスミス氏宛の手紙の文面（393頁参照）からも十分読み取れるが、さらに1849年11月1日のウィリアムズ宛書簡のイタリックの部分（375～76頁参照）はそれを裏づけている。

第9章

『ヴィレット』
——続・秘めた愛の自叙伝

　シャーロット・ブロンテは『ヴィレット』(*Villette*) 執筆に際して目指したことは、これまでに書いた三つの作品を通して経験した問題点と、多くの批評家の意見や書評を通して学んだ注目すべき点などを総合して、厳しいリアリズムの枠組みの中にロマンスを潜ませることであった。言い換えると、精緻な観察と写実の中に男女の愛を主題に描くことにあった。だがこれ以上に忘れてならない本小説創造の最大の動機は、彼女の人生で最も鮮烈に記憶に残る２年間のブリュッセル留学の貴重な体験を題材にした未発表の小説『教授』を新たな姿で復活させたいという強い執念以外の何物でもなかった。彼女が『ヴィレット』を書き始めた頃（1851 年２月５日）ジョージ・スミスに送った手紙の中で、『教授』に対する尽きぬ愛着を強調した一節をここで是非想い起してみる必要があろう（59 頁参照）。

　しかしブリュッセル留学を終えてから既に７年が過ぎ、エジェ教授への激しい恋慕の情も懐かしい過去の想い出となってきた。とは言え、この体験はブロンテの作家生命にとって最大の活力となり、心的遺産になった。従って、その間に『教授』を皮切りに３作品を創造することによって、胸に蓄えた知識と情熱の多くを紙面に発散させ具体化してきた。しかしその最も新鮮な情熱の産物である『教授』が未発表のままに放置されることは、彼女の最も貴重な創作的遺産を暗闇に放置することになる。『ジェーン・エア』と『シャーリ』の出版によって作家としての地位を確立した今、作家人生に一つの区切りを付けるためにもブリュッセル留学の想い出を改めて作品に具体化することを決意した。『ヴィレット』創造の主たる動機は以上のように解釈するのが最も自然であろう。本章の副題はこのような意味を含んでいる。

　さて、本小説の主題を一言で説明すると、『シャーリ』と同様に、伝統的なロマンスの流れを汲んだ純愛物語に対して、厳しい現実と戦いながら真実の愛を最後に勝ち取る自立心の極めて強い女性の生きる姿を描いている。ブロンテ

は前者より後者に一層の重きを置いていることは言うまでもないが、『シャーリ』との質的な違いは、『ヴィレット』においてはこの一つの主題に全精力を集中し、複雑な回り道をしていない点である。そして最も明白な違いは、舞台をブロンテの郷里のヨークシャーからベルギーのブリュッセルに移し、彼女がそこで英語教師をしていた時の体験を物語の根底に置いていること、つまり自伝的要素が極めて強い点である。従って、これを読む前に、その前身とも言うべき『教授』をぜひ読んでおく必要があろう。この最初の未発表の作品は留学の体験が生々しく残る時期に書かれたが、『ヴィレット』は8〜9年後であっただけにその記憶も浄化され、その間に様々な体験を経てきたので、質的に大きく変化し、新たな題材も加わって当然である。中でも特に、本小説のヒーローである恩師エジェ教授をモデルにしたポール・エマニュエル (Paul Emanuel) に対するヒロインの接し方とその描写に作者の最大の苦心が払われている点に注目したい。

第1巻（1〜15章）

(1)

　小説『ヴィレット』のヒロインであると同時にナレーターでもあるルーシー・スノゥ (Lucy Snowe) は、ブロンテがこれまでに書いた他の3作品のヒロインと同様に孤児として冒頭から登場する。しかし他のヒロインとの違いは、彼女の両親や血筋について全く触れられていない点である。第1章「ブレトン」(Bretton) は、ルーシーが彼女の名付け親 (god-mother) のブレトン夫人と一緒に生活している場面で始まる。夫人は未亡人だが、地名が同じブレトンであることから古い由緒ある家の婦人であることが分かる。彼女には一人息子がいるが、友人の家に遊びに出かけて不在である。ルーシーと未亡人とは非常に気が合う仲であることは文面からはっきり読み取ることができる。

　そのような毎日を過ごしている時、1通の手紙が届き、それを読んだ夫人は「驚いて困惑した」表情を見せたが、ルーシーには何も話さなかった。ところがルーシーはそれから長い散歩に出かけて帰ってみると、自分の寝室に変化が起きていた。小さな子供のベッドが新たに加わっていたからである。そしてしばらくするとベルが鳴ったので玄関に出てみると、小さな女の子が毛布にくる

まって背の高い男性に抱かれ、側に若い保母 (nurse) が立っていた。その男性ホゥム氏 (Mr. Home) はブレトン夫人の夫の友人で、遠い親類であった。彼は妻を亡くしてから鬱病に罹り、その病気を治すため旅に出ている間、6歳になるこの一人娘を預かってほしいという願いを夫人が引き受けたのである。ホゥム氏はスコットランド人の父と母方のフランス人の血を引き継いだ貴族で、当時フランスに住んでいた。娘の正式の名はポーリナ・メアリ (Paulina Mary) であったが、日ごろはポリー (Polly) と呼ばれていた。

　彼女はブレトン夫人に迎えられて膝の上に抱かれると、彼女の呼び名を聞くなど二人の間で対話が始まったが、間もなく彼女は膝から下り、足台 (footstool) を持って部屋の片隅へ行き、しくしく泣いていた。父と別れて見知らぬ場所で暮らすのがよほど辛く悲しかったのであろう。しかし彼女は声を出さずに泣く習慣を早くも身に付けていたので、ブレトン夫人は全くそれに気づかなかった。そして彼女に就寝の時間がきた時、ブレトン夫人に「お休み」と言ったが、私（ルーシー）には黙っていたので、その理由を聞くと、同じ部屋で寝るのだからその時に言うと答えた。それからしばらくして私が自分の部屋に戻ると、彼女は寝ずに床に座ったまま祈っていた。私は直ぐに眠ったふりをして様子を見ていると、彼女はなおも座って、泣いているように見えた。そして翌朝彼女は私より早く起きて、顔を洗い、寝間着その他を几帳面にたたみ、自分で衣服をきちっと着た。そして不十分な点は保母に直してもらった。このように彼女は幼いながらも父にはできるだけ心配をかけないように彼女自ら気を遣ってきたのである。だが朝食の席に就くと食事を手にしたまま口にしようとはしなかった。このようなポーリナの行動を見ていると、ルーシーには、ブレトン家の生活になじむのは容易ではないという不安を拭うことはできなかった。

　第2章「ポーリナ」(Paulina) は、それから1週間が過ぎても彼女の態度に全く変化が見られず、部屋の片隅に一人で黙ってふさぎ込んだ生活が続く描写で始まる。彼女が時々祈っている姿を見かけたが、その祈りの言葉は「パパ、大好きなパパ」ばかりであった。このようなポーリナの行動を心配したブレトン夫人は彼女に変化をもたらすために、窓辺に座って、前の道を通る人の中でレディが（一定の時間内で）何人通るか数えてごらん、と告げた。彼女は言われた通り窓辺に座って黙って退屈そうに眺めていたが、突然急に彼女の目が輝き、

「それだ」(It is!) と叫んで、「矢のように」部屋から飛び出し、玄関の扉を開けて道路に出た。すると通行人の中の一人の紳士が彼女を抱き上げ、彼の外套を彼女に着せて、そのまま玄関に入ってきた。そして階段を駆け上がってブレトン夫人と対面するなり、「マダム、私はとても我慢ができなかったのです。私は国を離れる前に自分の目で、彼女が落ち着いているのか是非確かめたかったのです」("I could not help it, madam: I found it impossible to leave the country without seeing with my own eyes how she settled.") と述べた。こうしてホゥム親子の再会が始まった。そこでまず父が娘に、「パパの可愛いポリー、元気か」(How is papa's little Polly?) と問いかけると、彼女は「ポリーのパパこそ元気ですか」(How is Polly's papa?) と逆に問いかけた。そして父が娘の要求に応じてキスをしたとき、彼女は普通の幼児のように高い歓喜の叫び声を出さずに小さな声で喜びの大きさを表現した。そして父が彼女に、玄関へ行って父の外套のポケットからハンカチを取って来て欲しいと頼むと、彼女は直ぐに部屋を出て、それを持って戻ってきたが、父がブレトン夫人と話し込んでいた。彼女はしばらく父を見つめていたが気付いてくれなかったので、黙って父の手の指を一つずつ開いてハンカチを手渡し、その指をそっと閉じた。

　このような彼女の父への深い愛情と優しい心遣いに読者は感心させられるが、次の軽食の席で父に対して見せた振る舞いは、世話好きな女房が見せる態度以上に徹底している。まず召使のウォレンに指図して椅子を並べさせ、父とブレトン夫人を自分の両側に座らせ、次に食事の皿を彼女自身の手で配るという徹底ぶりである。要するに、彼女は日頃から父の愛を独占するあまり、幼いながらも妻の分まで勤めようと努力していたのである。このような彼女であったからこそ父と別れて暮らすことが何よりも悲しく、逆に父との再会は最高に嬉しかった。第2章「ポーリナ」はこのような彼女の表現に最大の注意を払っている。そして最後に、小説前半のヒーローとなる予定のブレトン夫人の一人息子グレイアム (Graham) の登場となる。

　彼は当時16歳の少年で、父が医者であったので自分も医者になるための勉強をしていた。彼は友人の家に出かけてしばらく留守であったので、ポーリナに会うのはこの日が初めてであった。彼はまだ大人になっていなかったが、彼の容貌を作者は次のように表現している。

Graham was at that time a handsome, faithless-looking youth of sixteen. I say faithless-looking, not because he was really of a very perfidious disposition, but because the epithet strikes me as proper to describe the fair, Celtic (not Saxon) character of his good looks; his waved light auburn hair, his supple symmetry, his smile frequent, . . . (p. 16)

　グレイアムはあの頃ハンサムで不誠実な顔をした 16 歳の若者だった。私は「不誠実」と表現したが、それは本当にすごく不誠実な性質のものではなく、美しさを表現するのに適切な形容詞であると強く感じたからである。彼の（サクソン的ではなく）ケルト的な特徴の美しい顔、波打つ明るい黄褐色の頭髪、しなやかな均整の取れた体形、頻繁に浮かべる微笑……

　さて、小さな彼女の存在に気付いたグレイアムは、母から一応の説明を聴いた後、自ら進んで次のように自己紹介した。

“I have the honour to be in fair health, only in some measure fatigued with a hurried journey. I hope, ma'am, I see you well.” (p. 16)

　「私は健康の栄誉に浴しています。ただ急ぎの旅で多少疲れてはいますが。お嬢様は健やかにお見受けいたします。」

　このように丁重な挨拶を聞いたポーリナは改まって、「まずまずです」(Tor-rer-ably well.) と答えた。グレイアムは椅子を彼女の方に近づけてさらに次のように聞いた。

“I hope, ma'am, the present residence, my mother's house, appears to you a convenient place of abode?” (p. 16)

　「私の母の家である現在の住まいは、お嬢様が住むのに便利な場所に見えるでしょう？」

　これに対して彼女は、「特に便利ではありません。私は家に帰りたい」(Not par-tic-er-er-ly. I want to go home.) (p. 17) と答えた。しかし少年は彼女が楽しくなれるように精一杯尽くすと告げた。これに対して彼女は、「私は間もなくパパと一緒にここを出なくてはなりません」と答えた。 だが少年はなおも懲りずに、ここにいれば仔馬に乗ったり、面白い本が山ほどある」と、滞在を勧める。こうして二人は次第に気楽に話すようになってゆく。そして最後に、彼女が寝る時間が来たのでその場を離れようとすると、彼は、「君は僕と会うために今まで起きていたのではないか」と述べる。これに対して彼女は、「パパと会うために起きていたのです」と否定する。しかし彼は、「君がパパより僕が

好きになるようにしてあげる」と言って、突然彼女を片手で高々と抱き上げた。彼女はこの「突然の馴れ馴れしい無礼な行動」(the suddenness, the freedom, and the disrespect of the action) に対して、初めて大声で「早く下して」と叫び、下してもらってから、「もし私が逆にそのようにしたら、あなたはどう思うか」と抗議しながら、床に就くため「部屋を出て行った。」第2章はこの言葉で終わっている。

(2)

　第3章「遊び友達」(The Playmate) は題名が示す通り、ポーリナとグレィアムとの仲がどのように発展していくかに焦点が当てられる。第2章の最後に彼の乱暴な態度に彼女が一度はひどく腹を立てたが、その行動はあくまでも彼女に対する彼なりのいたずらっぽい愛情表現に他ならなかった。従って時間が経つにつれて二人の仲はほぐれて急速に深まってゆく。そして最後に彼女はグレィアムを父よりも愛し、大切に思うようになる。作者ブロンテはこの過程を実に丹念に時間をかけて写実的に描写している。

　さて、ポーリナがグレィアムと初めて会ったその翌晩（日中彼は学校にいる）彼は彼女の関心を惹こういろいろ努力する。その一つに、彼女が見ている所で自分の机の引き出しを開けて、彼女の興味ありそうな珍しいものを次々と取り出している。彼女はそれを横目で見ているが、前夜のように「自尊心」(dignity) が傷つけられるのが嫌で黙っている。その中に彼女の大好きな可愛い動物の絵があった。彼女は思わず "Nice Picture!"「良い絵」と声を出した。それを聞いた彼は「欲しくないか、ポリー」と聞いたので、欲しいのを無理やり我慢して、"I would rather not, thank you."「まあ要りません、有難う」と断った。彼女の本心を読んだ彼は、「君も要らないのだから、細く切り刻んで蝋燭の火付けにする」と言ったので、彼女は "No!" と叫んで止めようとした。だが彼は、「でも僕は切るよ」(But, I shall.) と、あくまでも切ろうとした。以下、原文をそのまま引用する。

> "Please don't."
> Graham waxed inexorable on hearing the pleading tone; he took the scissors from his mother's work-basket.
> "Here goes!" said he, making a menacing flourish. "Right through Fido's

head, and splitting little Harry's nose."

"No! *No!* NO!"

"Then come to me. Come quickly, or it is done."

She hesitated, lingered, but complied.

"Now, will you have it?" he asked, as she stood before him.

"Please."

"But I shall want payment."

"How much?"

"A kiss." (p. 20)

「お願い、止めて」

グレィアムは彼女の嘆願を聞いて一層頑固になり、母の裁縫箱から鋏を取り出した。

「さあ、切るよ」と言って、鋏を振りかざして脅して見せた。「ファイドの頭を真っ二つに、そして可愛いハリーの鼻をふたつに切るよ。」

「だめ、止めて、絶体にだめ。」

「それじゃ、僕の側に来なさい。直ぐに来なさい。でないと切りますよ。」

彼女は躊躇して、じっとしていたが、遂に折れた。

「ほら、君はこれが欲しいんだろう。」と、彼女が彼の前に立った時に聞いた。

「ちょうだい」

「だが、代金を支払ってほしい。」

「いくらですか。」

「キス 1 回。」

これを聞いたポーリナは決して負けてはおらず、「それより先にその絵をください」と言った。彼女は絵を受け取ると即座にその場を逃れて、父のチョッキ (waistcoat) の中に顔を隠した。グレィアムは怒ったふりをして彼女の後を追いかけ、彼女に無理矢理キスをしようとしたところ、彼女は彼の顔に拳骨を食らわした。彼は大して痛くもないのに、目を激しく突かれたかのような大袈裟な振りをして長椅子に倒れ込み、手で目を抑えながらうめき声をあげた。これは単なる芝居であることに気付かない彼女はひどく心配して彼の側に近寄ってゆく。彼はなおも呻きながら、「もし目が見えなくなったら」と、さらに不安を誘う。彼女は、「私はあなたの目ではなく、口を叩いたつもりだったけど。そしてそんなに強く打ったとは思わないけど」と呟いた後しばらくして、「ごめんね」を繰り返しながら泣きくずれてしまった。これを側で見ていたブレトン夫人はグレィアムに、「あの子を試すのもこの程度にしなさい」と咎め、ホゥム氏は、「これは皆芝居だよ」と言った。事実が露見したグレィアムは突然

起き上がって彼女を前夜に続いて再び高く持ち上げた。彼女は彼の髪の毛を引っ張りながら、"The naughtiest, rudest, worst, untruest, person that ever was."「この世界中で一番いたずらで、一番乱暴で、最悪の一番嘘つき」と叫んだ (pp. 20–21)。

　さてその翌朝、ポーリナの父ホゥム氏はブレトン家に二泊しただけで出発することになった。出発前に親子二人が話している言葉の「一部を私は聞いた」(I heard part of it.) と前置きしてその会話をそのまま引用し、その様子を端的に伝えている。作品の写実性を強く印象付けるための手法の一例である。その内容を簡単に説明すると、彼女は父と一緒に旅に出たいとせがむが、小さな子供には無理だと言って聞かせる。父思いの彼女は父をこれ以上困らせてはいけないと思って素直に納得して見せる。そして遂に出発の時間が来た時、彼女は別れの接吻を求める。父は娘を抱き上げて接吻しながら涙をこぼすが、娘は涙をじっとこらえている。しかし父と別れた後、彼女は椅子に座ったまま泣き崩れた。

　父が去ってから二日間ポーリナは殆ど口も利かずに部屋に閉じこもっていたが、三日目に彼女が床に座って黙り込んでいるのを見たグレィアムは優しく抱き起したところ、彼女は何も抵抗せず、彼の胸に顔を埋めてそのまま眠ってしまった。そしてその日から彼女の彼に対する態度が一変した。朝食の時、彼は学校の準備に忙しくて食堂へ出てくる暇がなかった。ブレトン夫人が彼の部屋までお茶を持って行こうとすると、彼女はそれを遮って、自分が持って行くと申し出た。そしてグレィアムの部屋に入ると、何か食べるものを持ってきましょうかと尋ねたりしていた。こうして二人の仲は急速に深まり、グレィアムの存在は父の価値を凌ぐほどになった。そしてある日、グレィアムがポーリナに、「君は僕の小さな妹のように、僕を愛しているか」と聞いたところ、彼女は「本当にものすごく好きだ」(I do like you very much.) ときっぱり答えるようになった。

　さて、ポーリナがブレトン家に来てから2か月が過ぎた頃、彼女の父から手紙が届いた。彼は最早英国に戻る気がなく、ベルギーの母方の親戚の近くに永住する場所を見つけたので、娘が直ぐ父の許に来るように、という内容の手紙だった。彼女が折角ブレトン家の生活に慣れ、グレィアムを兄のように慕うようになった今、彼女を突然そこから引き離すのは余りにも酷だ、とブレトン夫

人は言って伝言を躊躇するので、その辛い仕事をルーシーが引き受けることになった。以下、ポーリナと「私」との5頁に及ぶ対話と、その間の彼女の幼い感情表現は作家ブロンテの才能の正しく見せどころである。

　ポーリナがいる応接間に入ると、彼女は一人で真剣に絵本を読んでいた。彼女は私を見ると早速その本の話を始めた。その本はグレイアムから借りたもので、地球上に住む不思議な動物や住民の姿や生活様式について書いてあった。彼女はその話を彼の説明を借りて夢中になって語り始めた。彼女の話は途切れなく1頁近くに及んだが、私は頃合いを見計らって話を切り出した。まず初めに、彼女に「旅が好きですか」と尋ねると、彼女は「今はだめだが、大人になったらスイスやアンデスの山々に登りたい」と答えたので、私はさらに、「パパと一緒に旅をしたら、どう？」と聞くと、彼女はしばらく黙っていたが突然きつい顔に変わって、「何故パパの話をするの。私が幸せになり始めた時に」（大意）と、歯向かってきた。そこで私はやっと本当の話を彼女に伝え、「パパの許へ帰るのが嬉しくないの」と聞いた。彼女は何も返事をせずに、私を「厳しく真剣に見つめた。」私は再び同じ質問をすると、彼女はただ一言、「もちろん」(Of course.) と答えた。彼女はこの父からの通知を非常に深刻に受け止めていた。従って、夕食の時グレイアムが姿を見せると、彼女は私の側に近寄り、「私が帰ると彼に伝えて」(Tell him I am going.) と小声で言った。そこで私は彼にその事実を伝えたところ、彼は学校の試験のことで頭が一杯だったので、いい加減に聞き流した。そこでこの報せを繰り返し話すと、まるで他人事のように、「ポリーが帰るの。彼女がいなくなるのは残念だ。だが、また僕たちのところに戻って来るのだろう、ママ」と言って、再び勉強に取り掛かった。その間ポーリナは彼の足元の絨毯の上にうつむきになって、手で顔を抑えて寝そべっていたが、保母が彼女に寝る時間だと告げると素直に起き上がり、みんなに「お休み」と言って部屋を出て行った。

　それから1時間後私は彼女の後を追って寝室に入った。彼女は私が予想したように寝ずにベッドの上に座っていた。彼女は私の方を向いて、「私は眠れない」を繰り返した。私は「どうかしたの」と聞くと、「ひどく惨め」(Dedful miz-er-y!) と、舌足らずの哀れな声を出した。私は「ブレトン夫人を呼びましょうか」と聞くと、彼女は「馬鹿らしい」と全く相手にしなかった。彼女は夫人に対してあくまでも他人行儀であったからだ。だが、「グレイアムにはもう

一度お休み、と言いたくないの」と聞くと、彼女は起き上がり、私に抱かれて応接間に向かった。ちょうどその時彼は部屋から出てきたので、私はそのことを告げると、彼は「甘えん坊な子だ」と言って彼女を抱き上げて頬と唇にキスをした。そして、「君はパパより僕の方が好きなんだね」と言った。これに対して彼女は、「私はあなたが好きだが、あなたは私を何とも思っていない」(I do care for you, but you care nothing for me.)と、呟きながらキスを返した。

　私は「ポーリナ、あなたはグレイアムを愛するほど彼があなたを愛してくれないことを嘆いていけない。それは当たり前です」(Paulina, you should not grieve that Graham does not care for you much as you care for him. It must be so.)と戒めた。彼女は「何故？」と聞いたので、私は、「彼は男の子で、あなたは女の子。そして彼は16歳で、あなたは6歳だから、彼の性質はあなたのとは違います」と説明した。しかし彼女はなおも、「私は彼をすごく愛しているのに、彼は私を少ししか愛してくれない」と不満を述べた。そこで私は、「確かにそうですが、彼はあなたが大好きで、彼の最愛の子です」(He does. He is fond of you. You are his favourite.)と慰めた。そしてさらに私は、「彼は他のどの子供よりも、あなたが好きです」と述べると、彼女は安心して微笑んだ。そこで私は、「だが、彼から余りにも多くを期待してはいけません。そうすると、彼はあなたを迷惑な子だと思い、全てが終わりです。」(don't expect too much of him, or else he will feel you to be troublesome, and then it is all over.)と教えた。これを聞いた彼女は、「ルーシー・スノゥ、私は良い子になります」と答えた後、「彼は私を赦してくれるでしょうか」と聞いた。そこで私は、「彼は赦してくれます。」だからあなたは「ただ未来のことだけを楽しみに待っていればよいのです」(she had only to be careful for the future.)と安心させた。彼女は「未来のこと」と嬉しそうに問い返した。

　だが彼女はその後もなお続けて同じような質問を繰り返し私に尋ねてきた。私はその度毎に彼女を安心させる言葉を繰り返した。だが彼女は依然として眠らずに起きているので、体が冷たくなり、終に震え出したので、私の床に来るように勧めた。彼女は直ぐに床に滑り込んできた。彼女はしばらく震えていたが、間もなく暖かくなり、いつの間にか眠っていた。そして次の言葉で第3章を閉じている。

"A very unique child," thought I, as I viewed her slumbering countenance by the fitful moonlight, and cautiously and softly wiped her glittering eyelids and her wet cheeks with my handkerchief. "how will she get through this world, or battle this life? How will she bear the shocks and repulses, the humiliations and desolations, which books and my own reason tell me are prepared for all flesh?"

She departed the next day; trembling like a leaf when she took leave, but exercising self-command. (p. 34)

　　私は時折差し込む月明かりで彼女の寝顔を見たとき、「大変変わった子供だ」と思った。そして彼女の涙で光る瞼と濡れた頬を私のハンカチで注意深くそっと拭いてあげた。「この子はどのようにしてこの世の中を渡り、人生を切り抜けていくのだろうか。この子はどうして幾多の衝撃や反撃、そして書物と私自身の理性から学んだ全ての人間が備えておくべき屈辱や侘しさをどのように耐えていくのでしょう」（と思った）。

　　彼女はこの翌日出発した。家を出るとき木の葉のように震えていたが、しっかり自制していた。

　以上、第3章の最後の数頁を詳しく丁寧に紹介したが、とりわけ結びの数十行から小説のヒロインとなるはずのポーリナの今後の運命に大きな期待を持たせると同時に、小説の向かうべき方向を読者に半ば予想させる。つまり、彼女が向かった異国の地で、数年後に成長したグレィアムと再会してロマンスに発展し、最後に理想的な結婚で幕が下りる筋書（様式）を期待させる。言い換えると、そこに至る過程で様々な試練や障壁を乗り越えて成長してゆく 'Bildungs-roman' の典型を予想させる。そしてこれが小説の主題の一つであるならば、この第3章はその序章としての価値を持っていると言えよう。そしてこれと同時に、シャーロット・ブロンテの分身で、小説のナレーターを務めるルーシー・スノゥをヒロインとする第二の一層重要な主題の「序章」でもあることも忘れてはならない。ブロンテは以上のような構想の下にこの小説を書き始めたと解釈したい。そしてその主要な舞台は題名が示す通り、ヴィレット即ちブリュッセルである。従って、これに続く第4章は舞台をヴィレットに移すまでの十年間を埋めるための繋ぎの一章と理解すればよかろう。

(3)

　さて第4章「マーチモント嬢」(Miss Marchmont) は、ポーリナがブレトン家を去って数週間後に同じくブレトン家を出て親戚の許へ帰ったルーシー・ス

ノゥの生活から始まる。だがそれから間もなく、ブレトン夫人は株式相場に失敗して遺産の大部分を失い、一家はブレトンを出なくてはならなくなった。こうしてルーシーは彼女の唯一の保護者である名付け親の許に帰ることができなくなり、厳しい自活の道を選ばざるを得なくなった。そしてようやく見つけた仕事は、手足の不自由な老女マーチモントの世話、つまり 'companion' の仕事であった。しかし老女の病気は回復の見込みがない死ぬまで続く性質のもので、ルーシーは全く自由のない牢獄にいるような生活を永遠に強いられることになった。こうして数年が過ぎた時、老女は急に元気を取り戻して死んだ愛人の話を始めた。そしてこれを話し終えて間もなく突然息を引き取った。従って、ルーシーには予定していた遺産が一文も支払われなかった。残りの給料15ポンドを受け取っただけで、強欲な遺族の手によって即座に追い出されてしまった。こうして彼女は知人を頼って相談した結果、僅か15ポンドの資金で一か八かの冒険の旅に出ることを決めた。それは海を渡り、隣国のベルギーで英語を教える仕事を見つけることであった。

　第5章の後半と第6章は、ロンドンに向かう長旅と、初めて見るロンドンの風景、そしてロンドン港からベルギーに向かう船旅の詳しい描写で全頁を満たしている。ここに至って初めてブロンテ自身の体験がリアルに作品に反映されることになり、自伝的色合いを強く見せ始める。まず第4章の後半で、ルーシーがコーチ（乗合馬車）でロンドンに到着した真冬の夜の情景に、シャーロット自身が1843年1月に二度目のブリュッセル留学のためロンドンの駅に着いた時の情景をそのまま反映させている。即ち、「夜遅く、暗くて冷たい雨の降りしきる中を荒涼とした大都市に着いた時」（. . . arriving as I did late, on a dark, raw, and raining evening in a Babylon and a wilderness . . .）と表現する。そしてホテルに着いた時の様子を、シャーロットがエミリと共に最初にブリュッセルへ向う途中（1842年2月）ロンドンのホテルに着いたときの従業員の言葉遣いや服装などの印象を小説にそのまま映している。

　そして第6章は、翌朝部屋の窓を開けると目の前にセント・ポール寺院の「雲に届くほど高い」ドームを見て、ルーシーの「閉ざされた心」に新たな活力が湧いてきた言葉で始まる。

　　　The next day was the first of March, and when I awoke, rose, and opened my
　　curtain, I saw the risen sun struggling through fog. Above my head, above the

house-tops, co-elevate almost with the clouds, I saw a solemn, orbed mass, dark-blue and dim—THE DOME. While I looked, my inner self moved; my spirit shook its always-fettered wings half loose; I had a sudden feeling as if I, who had never yet truly lived, were at last about to taste life: in that morning my soul grew as fast as Jonah's gourd. (p. 48)

　その翌日は 3 月 1 日だった。私は起き上がって、部屋のカーテンを開けると、太陽が濃霧と苦闘しながら昇っているのが見えた。私の頭上に、家々の屋根の上に、暗青色の仄かな堂々たる丸い塊の「ドーム」が、雲と高さを競い合っているのが見えた。私がそれを見ている間に、私の秘めた自我は動いた。私の魂はいつも閉ざされているその翼を半ば広げた。恰も真の意味で生きたことのない私が今終に生命を味わおうとしているかのように突然感じた。その朝私の魂はヨナのヒョウタンのように急速に大きく成長していった。

　そしてこの言葉を補うように、ルーシーは服を着替えながら、「私の周囲に感じる大ロンドンの精神が好きだ」(I like the spirit of this great London which I feel around me.) と呟く。そして外に出てセント・ポールのドームに登ると、大ロンドンの全景が眺望できた。ドームを下りてから足の向くまま「自由と歓喜に胸を静かに躍らせながら」(in a still ecstacy of freedom and enjoyment) 市街の中心部に入って行った。その時の興奮と喜びを次のように描写している。

　　I saw and felt London at last: . . . I mixed with the life passing along; I dared the perils of crossings. To do this, and to do it utterly alone, gave me, perhaps an irrational, but a real pleasure. (p. 49)

　私はついにロンドンを見た。そして感じた。……私は通り過ぎていく生命と混ざり合った。私は道を横切る危険も大胆に行った。これをすること、これを完全に実行することが、恐らく非合理的ではあるが生きた真の喜びを私に与えてくれた。

ルーシーはさらに続けて、「ウェスト・エンドの立派な広場や公園の楽しみよりも、シティの雑踏と活気により大きい興奮を覚えた」（大意）と述べている。

　こうして彼女はロンドン観光を終えてホテルに戻り、食事を済ませてからしばらくぐっすり眠った。そして今後の生活について真剣に考えた結果、外国へ行くことを決めた。ホテルの従業員からその日の夜オランダのオステンドに向かう定期船が出ると教えられたので、早速勘定を済ませて大急ぎで港に向かった。車の運転手にチップを渡していたにもかかわらず、予定の場所ではなく、船頭たちの集まるところに下されたので、大変な苦労の末かろうじて出航の間

に合った。この間の苦労について詳しく述べているが、これはシャーロットが二度目の渡航の際（1843年1月）実際に体験したことを有りのまま記述したものである。

　さて、出航に間に合った私（ルーシー）は船客の様々な人間模様を鋭く観察し、それぞれの特徴を的確に描写している。その最後の一例を紹介すると、先客の中に一人のうら若い娘がいた。彼女に父親らしい中年の男性が付き添っており、周囲を注意深く眺めていた。信頼できそうな話し相手を探していたのであろう。やがて出航のベルが鳴ると、父は大急ぎで船を離れた。そして彼女は一人になると私に近づいてきて、「海の旅がお好きですか」と話しかけてきた。私は「海の旅は初めてです」と答えると、彼女は、「まあ何と魅力的なこと。旅が初めてとは羨ましいわ。第一印象はとても楽しいものですから。でも何度も経験すると、最初の印象はすっかり忘れてしまいます。私は海の旅には全く慣れっこになりました」と述べた。彼女は私をテストするために近づいたと思ったので、黙って笑顔だけ見せると、「何故笑うのですか」と聞いたので、「あなたはとても若いのに、何事にも慣れているからです」と答えた。すると彼女は「私は17歳です」と言ったので、「16歳にしか見えません。一人旅が好きですか」と私は聞いてみた。こうして話が弾み、さらに会話は3頁に及んでいる。結論から言って彼女は後に本小説の主要人物の一人になるので、彼女を紹介する意味も兼ねて、残りの3頁を要約しよう。

　彼女の名はジネヴラ・ファンショー (Ginevra Fanshawe)。裕福な家庭の娘で、フランスやドイツの様々な女学校に滞在してきたが、全く勉強はせず、ただダンスその他の楽しい遊びや社交術だけ身に着けてきたお茶目で色っぽく可愛い娘である。従って、肝心のフランス語もドイツ語も会話だけで、まともな文章は書くことも読むこともできない。父は多額の金をつぎ込んで留学させているので、「有り金を全部捨てた」(had thrown away all his money) ようなものである。

　私は彼女に、「今どこに住んでいるの」と聞くと、「ラバスクール (Labasse-cour, ベルギーの偽名) 王国の首都ヴィレットにいる」と言うので、「学校にいるの」と聞くと、そうだと答えた。学校は楽しいか、と聞くと、先生も教授も生徒も皆「つまらない」(au diable) と言う。私は笑っていると、何故笑うのかと聞く。「自分のことを考えて笑った」と答えると、「その考えは何だ。これか

ら何処へ行くのか」と聞いたので、私は「運命の導くところ。生活費の稼げるところ」と答えた。彼女は「あなたは貧乏なんだ」と言うので、私は「ヨブのように貧しい」と答えた。すると、彼女の父も実は貧乏だが、彼女の名付け親で叔父のドゥ・バソムピエール (De Bassompierre) の資金援助で学校に来ていると答えた。ところで、ドゥ・バソムピエールといえば、小説の第3章で登場したヒロイン、ポーリナの父と同じ貴族名であり、ジネヴラ・ファンショーの名付け親の兄（弟）でもあった。従って、ここにも小説のもう一人の主要人物の名前が出てきたことになる。言い換えると、ブロンテはこのさほど重要でもなさそうな短い航海の中で、二人の主要人物の名を読者の耳に予告したのである。これによって第3章に登場するブレトン夫人と息子のグレイアムを含めると、ポール・エマニュエル (Paul Emanuel) 教授以外の主役は全員すでに登場したことになる。

　さて、船は沖合に出ると大きく揺れ、ファンショー嬢は船酔いに苦しんだが、その日の夜中に無事オステンドの港に着いた。他の乗客は友人に迎えられてそれぞれの目的地に向かって足早に去って行ったが、私はただ一人行く当てもなかったので、とりあえず適当な宿を見つけることにした。そこで船のスチュワーデスにチップを渡して宿の世話を頼むと、別の仲買人にそれを任せて自分は去っていった。こうして私は二度もチップを払ってようやく宿に着いた。私はとにかく疲れていたので、夕食もとらずにそのまま床に就いた。

(4)

　以上で小説『ヴィレット』の序幕は終わった。第7章からいよいよ舞台をその題名の通りヴィレットに移して、ルーシーの試練の自活が始まる。

　異国で最初の朝を迎えた「私」（ルーシー）はよく眠ったせいで気分がすっきりしていた。心身ともに健全であると考え方も冷静で前向きになる。前夜ファンショー嬢と話した時、彼女が暮らすヴィレットの学校のマダム・ベック (Madam Beck) は女教師を探しているので、そこへ行けば仕事が見つかる、と話したのを想い出した。詳しい住所などを聞いておけばよかったと思ったが、何はさておき、まずヴィレットへ行こうと決断して、朝食をとるため1階へ降りて行った。階段も床も全て大理石で天井は高く、豪華なシャンデリアが赤々と輝いていた。自分の狭い部屋からは想像できない豪華さだった。ホテルの従

業員は私の服装を見てあの部屋に案内したのだろうと思った。食堂は男性客ばかりだったので、私は片隅の小さなテーブルに座った。こうして食事を済ませると早速出発した。駅馬車 (diligence) の窓から大陸の見慣れぬ景色を興味深く眺めた。その景色はブロンテが父とエミリと三人一緒に初めてベルギーを旅した時と同じ眺めだった。あの豪華なホテルの食堂も三人一緒に泊った時のそれを想い起して描写したに違いない。

　駅馬車がヴィレットに着いたとき辺りはすっかり暗くなっていた。停留所に着くと他の乗客はそれぞれ自分の手荷物を受け取って去って行ったが、ルーシーだけ最後まで待っても荷物がなかった。気が動転してうまくフランス語を話せないでいると、一人の若い紳士が立派な英語で「どうかしましたか」と尋ねてきた。事情を話すと。彼は駅馬車の御者にかけあってくれた。彼女の荷物ははみ出したので、1 日遅れて次の馬車で届けられるとの返事だった。暗くてはっきりしないがランプの光で、紳士は「若くて、際立ってハンサム」に見えた。その上とても親切で、彼女にこれから何処へ行くのかと尋ねたので、ホテルでも探そうと思うと答えると、女性が暗い所を一人で歩くのが危険だから途中まで案内しようと言って歩き出したので、彼女は遅れないように後から付いて行った。そして途中まで来ると、そこからホテルまでの簡単な道順を丁寧に教えてくれた。ルーシーは心から丁寧にお礼を言って別れた。彼女はその時の感情を次のように表現している。

　　The remembrance of his countenance, which I am sure wore a light but not unbenignant to the friendless—the sound in my ear of his voice, which spoke a nature chivalric to the needy and feeble, as well as the youthful and fair—were a sort of cordial to me long after. He was a true young English gentleman. (p. 63)

　　友達のいない人（私）にとって軽いけれど優しさを帯びた彼の顔の想い出、そして若くて美しい人（女性）に対するのと同じように貧しくて弱い人（私）に対して語りかける騎士道的な性質の声の響きは、その後いつまでも長く私の心の慰めになった。彼こそ真の若き英国紳士であった。

彼女はこの時、この紳士は彼女が十年前ブレトン夫人の家で見た一人息子のグレィアムであるとは夢にも思っていなかっただろう。しかしやがて再び彼と出会ってそれが分かり、彼女の心に密かにロマンスが芽生えてくる。上記の言葉はそれを見事に暗示している。

　さて、ルーシーは彼と別れた後、彼から教えられた通りを歩いて行くと、背

第 9 章 『ヴィレット』　411

後から怪しい男連れが一定の距離を保ちながら執拗に付いてきた。そこで彼女は大急ぎで逃げているうちに道を間違えてしまい、ホテルに向かう道に戻れなくなった。しかしなおも探していると、それらしき大きな建物が見えたので、近づいてみると、大門に「女子寄宿学校」(Pansionnat de Demoiselles) の下に「マダム・ベック」と書いた真鍮の看板があった。彼女はこれを見た途端、マダム・ベックが女教師を探している、とファンショー嬢が話していたことを思い出した。「運命が私をここへ導いてくれたと思い、勇気を出して行動に移すことを決意し、ドアベルを鳴らした。」

　女中が扉を開けたので、「マダム・ベックにお会いできますか」(May I see Madame Beck?) と英語で聞いた。もしフランス語で聞いていれば追い返されたのだろうが、英語の教師が大切な用事で訪ねて来たのだろうと思って中に通してくれた。そして応接間でしばらく待っていると小太りの女性が現れて、いきなり「あなたは英国人か」と聞いてきた。「私」はここへ来た動機と経緯を正直に話し、仕事は教師でも、子供の世話でも、小間使いでも何でもすると答えた。ベック女史は注意深く聞いていたが、明日また出直してくるように告げた。「私」は他に行く所がないので、ここで是非働かせてほしいと粘ると、彼女は紹介状を持っているかと聞いた。だがちょうどその時、廊下で男の人の足音が聞こえた。それは誰であるか、側にいる教師に聞くと、「ポール氏です。彼は今晩第 1 クラスで行う購読の授業に来たのです」(M.Paul. He came this evening to the reading to the first class.) と答えた。ベック女史は「今直ぐ彼と話したいことがあるので、ここへ呼んでください」と告げた。彼は「眼鏡をかけた小さな色黒の痩せた男」(a small, dark, and spare man, in spectacles) だった。彼は人相術に精通しているので、「私」が信頼できる人か調べてもらおうと思ったのである。彼は「私」の顔を突き通すようにじっと見つめた。そして「私の良い性質が活躍すれば、大きい利益をもたらすだろう」という答えが出たので、その日から早速「私」を雇うことになった。マダム・スヴィニ (Madame Svini) というずぼらな教師を辞めさせて、ルーシーを採用する妙案をとっさに思いついたからであった。そしてこのように「私」の運命を決めたポール氏こそ小説の後半で絶対的なヒーローとなる重要人物であった。以上で、本小説に登場する主要人物の紹介は全て終わり、次の第 8 章から、本題の「ヴィレット」における「私」の新生活が始まる。

(5)

　ルーシーのベック女学校の職員採用が決まると、早速ベック女史の案内で彼女の寝室へ案内された。彼女の職種は児童教育係 (nursery-governess) だったが、実際はベック女史の三人の子供の「子守」(bonne d'enfants) の仕事であった。従って、部屋に入ると、そこには 3 人の子供が小さなベッドで既に寝ていた。そして一番奥に大人のベッドが一つあり、側に机と椅子と衣装箪笥が置かれていた。ところがその椅子には一人の大柄な女性が机にもたれていびきをかきながら寝込んでいた。そして机の上に空になった酒の瓶がころがっていた。この酒浸りの女性こそ、前章の最後に「マダム・スヴィニ」と呼ばれたスウィーニ夫人 (Mrs. Sweeny) であった。しかしルーシーは彼女の存在には一切かまわず、その机と衣装箪笥に自分の所持品を片付けた後ベッドに疲れた体を横たえた。そして眠っていると軽い物音がしたので目を開けると、ベック女史が彼女の所持品をそっと調べていた。そして調べ終わると丁寧に元の状態にして出て行った。英国では考えられない用心深い監視の目である。

　さてその翌朝、ベック女史はスウィーニの激しい抗議には一切耳を貸さず、警官の立会の下で彼女を追い出してしまった。それは朝食までのほんの僅かな時間の出来事だった。その間ベック夫人は表情一つ変えずに黙々と仕事をやってのけたのである。彼女の経営者としての強い性格の一面を鮮明に表した出来事である。

　生徒の数は通学 (externat) が 100 名、寄宿生 (pensionat) は 20 名であり、スタッフは教師 (teacher)5 名、男性講師 (master)8 名、召使 (servant)6 名から成っており、ベック女史はこれら全てを見事に管理していた。しかし彼女は、ルーシーの言葉によると、このような狭い所（学校）で仕事するより、もっと広い国政の場で活躍すると本領を発揮するのではないか、と思うほど有能で胆力のある女性であった。そんな彼女はある日突然ルーシーに、「英国では家庭教師をしていたのか」と聞いてきた。彼女が否定すると、「では子供を教えるのはここが初めてか」と言って、しばらく何も言わずに彼女の顔を突き刺すようにじっと見つめていた。ベック女史はこれまでにも彼女の子供を教える様子はもちろん、彼女の所持品まで丹念に調べるなど、彼女を隅々まで調べつくしてきた。これによって確信を持った女史は、それからしばらくしてルーシーに、

第 9 章 『ヴィレット』　413

「第二のクラスで英語の書き取りの授業をやってみないか。担当の男性講師が
無断欠勤したので」と、有無を言わさぬ口調で話しかけてきた。この英国人の
教師は生徒の評判も良くなく怠慢でもあるので、辞めてもらおうと思っていた
が代わりの教師が見つからなかった。従って、この際ルーシーの力を試してみ
ようと考えたのだった。第二クラスは生徒数が 60 人と一番大きく、それを目
の前に想い浮かべただけで身の縮まる思いがした。しかし彼女は「やります」
と答え、ベック女史に導かれて教室に向かった。女史の厳しい顔を見ると後に
引けないと思ったからである。こうして教室に入ると、女史はさっと教壇に上
がり、彼女を紹介した後、そのまま部屋を出て行った。彼女は覚悟を決めて教
壇に上がり、生徒たちを見渡した。すると教壇のすぐ前に陣取った三人娘はた
ちまち新米教師をからかい始めた。その時の様子を次のように述べている。

> Mesdemoiselles Blanche, Virginie, and Angélique opened the campaign by a
> series of titterings and whisperings; these soon swelled into murmurs and short
> laughs, which the remoter benches caught up and echoed more loudly. This
> growing revolt of sixty against one, soon became oppressive enough; my
> command of French being so limited, and exercised under such cruel
> constraint. (pp. 79–80)

> ブランシュ、ヴァージニ、アンジェリーク嬢はくすくす、ひそひそ笑いの連
> 続でその作戦を開始した。この声は間もなく囁きと短い笑い声に膨れ上がり、
> それがさらに遠くのベンチまで届き、一層高く反響した。ただ一人に対するこ
> の 60 人の大きく膨らむ反乱は相当な圧力となった。私の限られたフランス語
> でこのような残酷な攻撃の下でしゃべったのだ。

そこで「私」は英語で彼女たちをありったけ怒鳴りつけた。結果は十分な効果
があった。それだけに留まらず、首謀者のブランシュ嬢の練習帳を取り上げ、
教壇に戻ってその中身を読み上げて頁を引き裂いた。これによって生徒は一旦
静まり返ったが、戸口に座っていた大柄な生徒が只一人反乱を止めようとしな
かったので、「私」は彼女の側に近寄り、彼女を部屋から突き出して隣の小部
屋に閉じ込めて鍵をかけた。これで全員が大人しくなったので、「私」は平静
を装って授業を開始した。これを最後まで見ていたベック女史は、授業が終わ
って外に出ると、「結構、それでよいのです」と言った。そして次の一節で第
8 章を閉じている。

From that day I ceased to be nursery-governess, and became English teacher. Madame raised my salary; but she got thrice the work out of me she had extracted from Mr. Wilson, at half the expense. (p. 81)

その日から私は幼児家庭教師ではなくなり、英語の教師になった。マダムは給料を引き上げてくれたが、辞めさせたウィルソン氏の仕事の三倍私にさせた。給料は彼の半分だったが。

　ところで、ルーシーが初めて教壇に立ったとき彼女の目の前に座っていた三人のお転婆娘は、『教授』の第10章で主人公のクリムズワースが初めて教壇に立った時と同じ姿で登場する。名前はオーレリア (Aurelia)、アデール (Adèle)、ジュアナ (Juana) と異なるが、容貌も態度も言動もすべて同じである（本書76頁参照）。シャーロット・ブロンテがブリュッセルで初めて英語を教えた時の苦い体験が余りにも強烈に記憶に残っていたので、これら二つの作品で特に採り入れたのであろう。同様の観点から、この最初の作品を念頭におきながら『ヴィレット』を読むと、その自伝的意味合いがなお一層鮮明に見えてくるはずである。

(6)

　第9章「イシドール」(Isidore) は、「私」が正式に教師となって直ぐに経験した生徒全体の（英国では見られない）特徴についてまず論じる。そして本題に入って、主役の一人であるジネヴラ・ファンショー (Ginevra Fanshawe) の常軌を逸した無責任な快楽主義の留学生活について、彼女との対話を通して詳しく報じている。

　まず生徒全体の特徴について、彼女たちを「叛徒」(mutineers) とか「豚の群れ」(swinish multitude) と呼び、そのような行動を止めさせる方法を、熟考の末、次のように力説する。

Imprimis—it was clear as the day that this swinish multitude were not to be driven by force. They were to be humoured, borne with very patiently: a courteous though sedate manner impressed them; a very rare flash of raillery did good. Severe or continuous mental application they could not, or would not, bear: heavy demand on the memory, the reason, the attention, they rejected point-blank. (p. 83)

まず第一に、この豚の群れを力で追い払えないことが、白日のように明らかになった。うんと我慢して、彼女たちの機嫌を取る必要がある。静かではある

が丁重な態度を彼女たちに印象付けなければならない。ごく稀に激しく罵倒することも効き目がある。彼女たちは厳しい、またくどい説教に耐えられないし、また耐えようともしない。記憶や理性そして注意を厳しく要求すると、彼女たちは真っ向から拒絶した。

そしてさらに続けて次のように述べている。

> Where an English girl of not more than average capacity and docility, would quietly take a theme and bend herself to the task of comprehension and mastery, a Labassecourienne would laugh in your face, and throw it back to you with the phrase,—"Dieu que c'est difficile! Je n'en veux pas. Cela m'ennuie trop." (p. 83)

> ごく平均的な能力と従順さを持った英国の女子なら黙ってその題材を受け入れて、それを理解して習得しようと頑張るであろうが、ラバスクールの女子は教師に向かって笑い、次のように言ってそれを投げ返すであろう。「まあ、これは難しい。これはしたくない。退屈過ぎます。」

『教授』の中でもこれに似た体験を述べているので、ブロンテ自身がブリュッセルで初めて教壇に立った当初の体験を有りのままリアルに述べたに違いない。

さて本題に入って、このようなブリュッセルでの学校生活の中ですっかり留学慣れしたファンショー嬢は勉強は全くせず、虚栄と快楽の向かうままに生きている。彼女はこのような自分の生活を反省するどころか満足して、それをむしろ得意にしている。それを見かねた「私」は様々な手段を講じて彼女を改善しようと試みるが、結果は空しく終わる。中でも最後の最も良くない彼女の行動は、彼女を熱愛している小柄な青年イシドールを手玉に取って高価な装飾品を身に付け、社交界に出て若い士官に熱を上げている。このような行為に対して諄々と説いて聞かせたが、彼女が全く耳を貸そうとしないので、遂に彼女を部屋から追い出してしまうところで終わっている。

続く第 10 章「ドクター・ジョン」(Dr. John) は、「私」がバスでヴィレットに着いた最初の夜、親切にしてくれたあの英国紳士が医師としてベック女学校へ迎えられ、ベック女史から特別な歓待を受ける場面である。小説前半の主題の一つである彼を中心としたロマンスが始まる最初の興味深い一幕である。まず初めに、ベック女史の特異な性格、感情に流されずに着実に目的を果たす経営者としての強い性格を詳しく紹介する中で、彼女の二番目の娘が高い所から

落ちて腕を骨折した。早速いつもの医者を呼んだところ、彼が不在のために代わりの若い医者がやってきた。子供はもちろんベック夫人も最初は彼の力量を疑っていたが、彼の優しいてきぱきとした処置に驚く。しかも彼は非常にハンサムで好感の持てる青年であったので、感情に動かされないベック女史も心を動かされてしまう。さらに彼女ばかりでなく、長女のデジレ (Desirée) もすっかり心を惹かれてしまい、仮病を使って毎日看病に来てもらうことになる。ベック夫人はわれにもなく彼を恋し始めていたので娘の仮病をむしろ歓迎している。こうして彼を中心にしたコミック・ロマンスが始まる。作者ブロンテ自身もこれを「笑劇」と呼んでいる。次にこの治療を終えた後の彼らの行動の一部を引用しておく。

> What surprised me was . . . that Dr. John consented tacitly to adopt madame's tactics, and to fall in with her manoeuvres. He betrayed, indeed, a period of comic doubt, cast one or two rapid glances from the child to the mother, indulged in an interval of self-consultation, but finally resigned himself with a good grace to play his part in the farce. Desirée ate like a raven, gambolled day and night in her bed, pitched tents with the sheets and blankets, ... Madame Beck, I knew, was glad, at any price, to have her daughter in bed out of the way of mischief; but I wondered that Dr. John did not tire of the business. (p. 97)

> 私が驚いたことに、……ジョン医師はベック女史の策略を取り入れ、その巧妙な手口に調子を合わせることを暗黙の裡に了承した。実際、彼は一時おかしいなと疑念を抱いて、子供（デジレ）から母親の方を二、三度ちらっと眺め、しばらく自問自答に耽った。だが遂にその笑劇に一役買うことを快く同意した。デジレはカラスのように（その役に）食いつき、昼も夜もベッドの中で小躍りし、シーツと毛布でテントを張った。……マダム・ベックは娘をいかなる犠牲を払ってもベッドに入れて悪戯できないようにしたことを喜んだ。だが私は、ジョン医師がその仕事に飽きはしないのかと不思議に思った。

さて第 11 章「女中の小部屋」(The Portresse's Cabinet) は、学校に風邪が流行り、ベック夫人の三女ジョルジェット (Georgette) を初めとして他の数名の生徒たちにも感染したところからはじまる。そのような事情でジョン医師が以前に増して足しげく学校に通うようになり、彼とベック夫人との関係が従業員の間に知れ渡り、二人の結婚の話が噂されるようになる。ある日の朝「私」はジョルジェットの部屋に薬を届けるため、女中のロザンヌ・マトゥ (Rosine Matou) の部屋の前を通った。その時、部屋の扉が少し開いていたので、中から話声が

聞こえてきた。だが近くのピアノの音や歌声にかき消されて聞き取れなかった。しかしそれは男性の優しい声で、ただ一言「お願いだから」(For God's sake!)だけがはっきり耳に入った。そして間もなくその部屋から一人の男性が頬を紅く火照らし、額に困惑と苦悩の色を浮かべて出てきた。私は彼とまともに出会ったので、すぐにジョン医師であることが分かった。そして扉の隙間から中を覗くと若い女性ロザンヌが一人で椅子に座っていた。彼女は「綺麗で小柄なフランス人の浮気娘」(pretty little French grisette) であった。彼女は何事もなかったかのように陽気に声を張り上げて歌っていた。私は一瞬「これは問題だ」と思ったが、彼が彼女の腕の脇に手を通すような馬鹿な男ではないと確信していたので、そのままジョルジェット嬢の部屋へ向かって階段を上がって行った。

　部屋に入ると、ジョン医師がジョルジェット嬢のベッド脇の椅子に座り、ベック夫人は彼の前に立っていた。ジョンは平静を装ってジョルジェットを診察していた。診察が終わると彼女は拙い英語で「私」に話しかけてきたので、「私」も英語で答えた。それを聞いていたジョンは初めて私を同じ英国人であることに気付いて驚いた様子だったが、それ以上何も話さなかった。一方、ベック夫人は、「ジョンの顔色が良くないのではないか」と「私」に意見を求めたので、何時もはただ一言で返事を済ませるところを、あの現場を見た直後であったので彼に注意を促す意味を込めて、"He looks ill at this moment; but perhaps it is owing to some temporary cause: Dr. John may have been vexed or harassed." (p. 104)「彼は今は気分が良くないように見えます。恐らく彼には一時的な原因があるからでしょう。ドクター・ジョンには何か困った悩ましいことがあるのかも知れません」と答えた。ベック夫人が彼に体に気を付けるように再び注意すると、彼は笑って「丁重にさよならと挨拶して」出て行った。

　彼が去った後、彼女はがっくり肩を落として椅子に座り込み、「屈辱的な暗い顔をして、深いため息をついた。」ちょうどその時朝食のベルが鳴ったので、鏡に向かって顔の表情を整えた後、出て行った。彼女はジョン医師があの若い浮気なフランス娘の部屋に入っていたことをとうに知っていたが、自分の弱い面を見せたくなかったので必死にそれと戦っていたのである。従って、第11章は次のように多少の皮肉を込めて結んでいる。

　　She did not behave weakly, or make herself in any shape ridiculous. It is true she had neither strong feelings to overcome, nor tender feelings by which to be miserably pained. It is true likewise that she had an important avocation, a real business to fill her time, divert her thoughts, and divide her interest. It is especially true that she possessed a genuine good sense which is not given to all women nor to all men; and by dint of these combined advantages she behaved wisely, she behaved well. Brava! once more, Madame Beck, I saw you matched against an Apollyon of a predilection; you fought a good fight, and you overcome! (p. 105)

彼女は振舞いに弱さを見せず、人から揶揄われるような姿をしなかった。彼女は打ち勝つべき強い感情を持っておらず、また惨めに苦しむほどの優しい感情も持っていなかったことは事実である。彼女は自分の時間を満たし、思考を紛らせ、そして興味を分けることのできる重要な仕事、現実の仕事を持っていたことも、同様に事実であった。彼女は全ての女性も男性も持ち合わせているわけではない純粋の良識を所有していたことは、中でもとりわけ事実であった。彼女はこれらの長所をすべて結びつけることによって、彼女は賢く振る舞い、立派に振る舞っていた。ブラボー、マダム・ベック、あなたがまたもや、偏愛の強敵（浮ついた感情）と戦うのを私は見た。あなたは立派に戦った。そしてあなたは打ち勝った。

しかしベック夫人は果たして「打ち勝った」のか、その結果は次の第12と13章で明らかになる。

(7)

　第12章は、学校の広い裏庭のルーシーが大好きな奥まった場所を歩いていると、彼女の足下に小さな小箱がどこかの窓から投げ落とされる場面で始まる。拾って中を開けてみると1通の手紙が入っていた。その手紙のあて名は「灰色の服を着た人」(Pour la robe grise) と書いてあった。彼女自身も「灰色の服」を着ているが、他の生徒や教師も同じような色の服を着ているので、まさか自分ではあるまいと思いながら開けてみた。内容は明らかにラブレターであった。次に、その最後の数行だけ引用しておく（一部はフランス語だが、大部分は英語に訳されている）。

But why, my angel, will you not look up? Cruel, to deny me one ray of those adorable eyes!—how a single glance would have revived me! I write this in fiery haste; while the physician examines Gustave, I snatch an opportunity to enclose it in a small casket, together with a bouquet of flowers, the sweetest that blow—yet less sweet than thee, my Peri—my all-charming! Ever thine—thou well knowest whom! (p. 112)

第9章『ヴィレット』　419

　私の天使、君は何故目を上げてくれないのですか。あの美しい瞳の光を一つも
見せてくれないとは、残酷です。私はその光を一つでも受ければ、私はどれほ
ど蘇ることでしょうか。私は大急ぎでこの手紙を書いています。医者がギュス
ターヴを診察している間に私は一瞬の機会を捉えて、小箱の中にこの手紙を入
れます。咲く花の中で最も美しい花（といっても私のペリである君ほど美しく
はありませんが）の束と一緒に。私の魅力一杯の君、永遠に君の物である私が
誰であるかを知っている君へ。

　「私」はこれを読んで、いったい誰が誰に宛てて書いたのだろうか、と真剣
にいろいろと考えたが、確かな答えは出てこなかった。時間はすでに9時半を
回り、校舎の窓も閉まり明かりも消えていた。「私」もそろそろ家の中に入ろ
うと思っていたその時、玄関のベルが鳴り、中から門番のロザンヌが出てきて、
一人の男性を迎え入れた。「私」はその声を聞いてすぐにジョン医師であるこ
とが分かった。二人はしばらく戸口で話をしていたが、やがて彼は明かりを持
って公園の方へ歩いてきた。そして「私」のいる秘密の小道を左右に目を配り
ながら何かを真剣に探していたので、「ドクター・ジョン、ここにあります」
と言って、その小箱を彼に手渡した。彼はそれを読んで顔を真っ赤にしながら、
「これは全くひどすぎる。これはむごい、これは屈辱的だ」(This is indeed too
much: this is cruel, this is humiliating) (p. 113) と呟いた。だが私は、これに関
して彼に何の罪もないと信じた上に、もしこのことをベック夫人に知らせたな
ら、大事になると考えたので、「その小箱と花束と手紙を持っていてください。
私の方はこの一件を全部喜んで忘れますから」(Take the casket, the bouquet,
and the billet; for my part, I gladly forget the whole affair.) と告げた。
　だがちょうどその時、玄関の扉が開いてベック夫人が「私」のいる場所に向
かって近づいてきた。それを見たジョンは慌てて身を隠してその場を去り、ロ
ザンヌに助けられて無事家の中に入った。一方「私」は余りにも帰りが遅いの
で、夫人が心配して探しに来たのだろうと思い、叱られるのを覚悟していた。
ところが以外にも愛想よく話しかけ、気持ちの良い夜だからもう少し一緒に散
歩しましょう、と誘ってきた。こうして部屋に戻り、その時の彼女の態度を想
い出して自ずと「笑い」がこみ上げてきた。彼女は私たちを絶えず隙間から
「監視」(surveillance) しながら、全く平然とした顔をして私の様子を探りに来
たことを改めて気づいたからである。ドクター・ジョンを主役にした笑劇の謎
解きはさらに続く。

第13章「季節外れのくしゃみ」(A Sneeze out of Season) は、生徒全員が教会に出かけて広い寝室に誰もいないはずの時間に戻ると、物音は全然しないのに人の気配がした。部屋は薄暗いのではっきり見えないが、「私」の机の上を調べている人の姿が見えた。よく見るとベック夫人だった。前にも一度経験したことだが、彼女はあの時と同じように私の所持品などをすべて丹念に調べていたのである。彼女特有の "surveillance"「監視」を気付かれないように行っていたのだった。「私」は身を隠して彼女の行動を最後まで見ていた。恐らく彼女は「私」とドクター・ジョンとの関係を探りに来たのであろう。しかし私には疑われるような証拠は何一つないので彼女はがっかりしただろうと思うと自然と「笑い」が込み上げてきた。彼女は前夜のことを思い出しながら次のように述べている。

> How I laughed when I reached the school-room. I knew now she had certainly seen Dr. John in the garden; I knew what her thoughts were. The spectacle of a suspicious nature so far misled by its own inventions, tickled me much. Yet as the laugh died, a kind of wrath smote me, and then bitterness followed: . . . I never had felt so strange and contradictory an inward tumult as I felt for an hour that evening: soreness and laughter, and fire and grief, shared my heart between them. (p. 119)

> 私は教室に入った時どれほど笑いこけたことか。彼女が庭園でジョンを確かに見たことを私は今（やっと）知った。そして何を考えていたかを知った。彼女自身の考えによってあのように誤解して、自分の疑い深い性質が産んだその光景を、私は思い出してくすくす笑った。しかし笑いが止まると、ある種の怒りがこみ上げ、苦々しい思いが後に続いた。……私はあの夜1時間感じたほど、不思議で矛盾した心の動揺を感じたことは過去に一度もなかった。その動揺の間に、心痛と笑い、そして炎と悲しみが一緒になって私の心を満たした。

そしてその翌日、ベック夫人は急用ができたので数時間出かけて来るので、病床のジョルジェッタがジョン医師の来るまで眠らずに待っているように注意してください、と依頼して出て行った。三女の病気がほぼ全快していたにもかかわらず彼を頻繁に招いていたのである。彼女は外見を何時もうまく繕っているが、彼女の魂胆はおよその見当がついていた。この突然の外出も「私」と彼との関係を探る好機と自ら考案したに違いなかった。

こうして彼女を家から見送った後、ジョルジェッタとベッドの側で一緒におしゃべりしていると玄関のベルが鳴り、ロザンヌが急いでジョンを迎え入れた。

しかし彼は直ぐに病室には来ず、玄関で彼女としばらく話し合っていた。「私」はその話を聞き耳を立ててじっと聞いていた。その内容は前夜のあの投げ捨てられた小箱の件であった。ロザンヌはそれについてあれこれ聞いていたが、ジョンは恐らく知っているのだが確かな返事をしなかった。そして最後に金貨1枚を彼から受け取ると、さっさと自分の部屋に戻った。「私」はこれを見て、彼女に対するこれまでの疑いが綺麗に晴れた。しかし二人の対話をじっと聞いていて、例の小箱に関する謎は晴れるどころか、かえって複雑になってきた。ルーシー自身の言葉を借りると、

> But who then was the culprit? What was the ground—what the origin—what the perfect explanation of the whole business? Some points had been cleared, but how many yet remained obscure as night? (p. 123)
> それでは犯人は誰だったのか。その根拠、その原点は何だったのか。この全体の出来事を完全に説明すればどうなるのか。幾つかの点は明かになったが、夜のように不明な点がまだどれほど多く残っていたことか。

と心の中で呟いた後、「いずれにせよ自分とは何の関係もないことだ」と思いながら寝室の窓から庭園の向こう側の家並を眺めていると、その一軒の家の格子窓から手を振りながら何か白いものを落とすのが見えた。それを見た「私」は思わず「あそこだ」(There!) と叫んだ。側にいたジョンはその時診察を終えて帰る準備をしている所だったが、その声を聞いて真剣な口調で、「何処だ、何だそれは」と言って窓の方を見た。「私」は見たことを説明すると、彼は「今すぐそこへ行って、それを拾って持って来てくれ。君なら気づかれずにすむから」と、真剣な口調で告げた。「私」は直ぐに出かけて、それを見つけて持ち帰り、彼に手渡した。彼はそれを受け取ると何も読まずにそのまま破り捨ててしまった。彼はその手紙を投げた人は誰か、またその手紙の内容は何か、恐らく知っていたのだろう。彼は「彼女には罪がないのだ」と口走ったので、「彼女とは誰ですか」と聞くと、「君は知らないのか」と聞き返した。私は「何も知らない」と答えると、彼は次のように自分の心情を吐露した。

> "If I knew you better, I might be tempted to risk some confidence and thus secure you as guardian over a most innocent and excellent but somewhat inexperienced being." (p. 124)
> 「もし私が君をもっとよく知っていれば君をいくらか信頼し、そして極めて無邪気で立派であるが、幾分経験不足の人物の保護者として、このように君を

確保したい気になっているかも知れない。」

　「私」はこの言葉を聞いて、彼を助けてあげたい気分になった。ヴィレット の停留所に初めて着いた時、彼から助けてもらったあの親切な行為を忘れてい なかったからである。そこで「私」は「何かに強い関心を持っている人のお手 伝いをしてみたい」と答えた。これを聞いて彼は、「自分は只の傍観者だが」 と前置きした後、彼の意中の女性の魅力について次のように語り始めた。

　　“Her exquisite superiority and innate refinement ought, one would think, to scare impertinence from her very idea. It is not so, however, and innocent, unsuspicious as she is, I would guard her from evil if I could. In person, however, I can do nothing; I cannot come near her.” (p. 124)
　　「彼女の傑出した美しさと持って生まれた気品は彼女の考えから高慢な気性を 奪い去って当然と、人は思うでしょう。しかしそうではないのだ。彼女は無邪 気で疑うことを知らないけれど、私はできることなら彼女を悪から守ってあげ たい。しかし個人的には何もできない。私は彼女に近寄ることもできないのだ から。」

　彼はここで言葉が詰まったので、「私が助けてあげますからその方法を教え てください」と言った後、彼の意中の人は誰であろうか、と生徒たちの顔を一 つ一つ思い浮かべてみた。そしてまさかベック夫人ではあるまい、と思うと自 ずと笑いがこみ上げてきた。彼は「私」の心を読み取って顔を赤くして静かに 笑った。そこで私は大まじめに、「あなたのお手伝いをしたいので、あなたの 天使の名前を教えてください」と頼むと、彼は「自分で見つけなさい」と言っ て、帰る準備を始めた。だがその時、扉の外で女性のくしゃみをする音が聞こ えた。それは随分我慢をしていたが辛抱しきれずに発した音であった。そして 扉が開いてベック女史が表情一つ変えずに静かに入って来た。彼女は外側の鍵 穴から二人の話し声を聞きながら少なくとも 10 分以上立っていたことは誰の 目にも明らかであった。しかし彼女はそれを繕うため、「風邪をひいてしまい ました」と言いながら無理矢理くしゃみをして見せた。そして馬車の旅の話を し始めた。だがその時「祈祷のベルが鳴ったので、私はドクターと一緒に彼女 と別れた」(The prayer-bell rang, and I left her with the doctor.) と、第 13 章を結 んでいる。
　ベック夫人は「私」とドクターとの仲を疑い、「監視」を怠らなかったが、こ

の立ち聞きによって彼女の疑いは半ば晴れたに違いない。一方「私」はドクターが告白した「無邪気で、疑うことを知らない」女性があの浮気な虚栄にみ満ちたファンショー嬢だとは、この時夢にも想像していなかった。しかしこれらの謎は次章でほとんど全て解決される。全26頁と小説の中で最も長く、第1巻の正しくクライマックスと評して好かろう。

(8)

　第14章「祭り」(The Fête) はベック女学校の夏の学園祭の準備の場面で始まる。そこで主役を務めるのはポール・エマニュエルと最後に登場するドクター・ジョンである。そして物語の山である「謎」の解決は最後の数頁で展開される。

　さて、学園祭の準備で学校全体が忙しく騒がしい中でひと際目立っているのは、ポール教授が指導する芝居のリハーサルの場面である。彼は美人のファンショー嬢をその主役に選んだが、「魂が入っていない」とか「熱意が足りない」と、大声で厳しく演技指導をしている。その彼の姿や表情を次のように描写している。

> A dark little man he certainly was; pungent and austere. Even to me he seemed a harsh apparition, with his close-shorn, black head, his broad, sallow brow, his thin cheek, his wide and quivering nostril, his thorough glance and hurried bearing. (p. 129)
> 彼は確かに辛辣で厳めしい小男だった。（同じ教師の）私にさえも、彼の外見は冷酷な化け物に見えた。きちっと刈り込んだ黒い頭髪、広く青白い額、やせた頬、広くて震える鼻孔、鋭く見通す視線、敏捷な動作に表れていた。

　これはブロンテのブリュッセル留学時代の恩師エジェ教授をモデルにした描写であることは間違いない。何故なら、彼女自身が1842年5月にエレン・ナッシーに宛てた手紙の中で、彼について次のように述べているからだ。

> He is professor of Rhetoric—a man of power as to mind but very choleric & irritable in temperament—a little black ugly being with a face that varies in expression—Sometimes he borrows the lineaments of an insane Tom-cat—sometimes those of a delirious hyena— . . . (*Letters*, p. 36.)（訳は31頁参照）

　一方、「私」はこのような騒がしい仲間を避けて庭の木陰で静かに読書を楽

しんだ。そして祭りの当日も同様に人だかりを避けて人のいない教室の片隅で読書に没頭していた。すると廊下で男の足音が聞こえ、扉を開けて「私」に近寄り、いきなり独り言を言うように、「彼女はお澄ましのイギリス人だが、あの役に向いている」（大意）とフランス語で話しかけてきた。顔を見上げると、それはポール・エマニュエルだった。彼が企画した芝居の主役の一人が病気のために出られなくなったので、その代役に「私」を選んだのである。しかもそれは、実際に上演が始まる僅か2時間前のことである。彼は有無を言わせずその役を「私」に押し付けたのだ。彼を相手に抵抗しても所詮無駄であることを知っていたので、しばらく押し問答した末、一か八かで引き受けることにした。すると彼の表情は急に緩み、芝居の台本を「私」に手渡した。それを一読して「私」の性格に全く合わない役柄であることが分かったが、自分にもプライド(amour-propre)があるので引き受けた。その時、外で騒がしい人の声が聞こえたので、彼は静かな所へ案内すると言って、3階の物置部屋に案内し、「私」をそこに押し込んで外から鍵をかけて行ってしまった。そこは埃まみれで、鼠と油虫がうろうろしていた。しかし「私」は覚悟を決めてセリフを声に出して全部暗唱した。外で耳を澄まして聞いていたポールは扉を開けて入ってきて「よくやった」と叫び、「まだ20分ほど時間があるから、もう一度やってみろ」と言って出て行こうとしたので、「私は腹ぺこです」と叫ぶと、「ついて来い」と言って食堂で「私」の大好きなパイとコーヒーを料理人に命じて出してくれた。このようにポールは言葉と態度が荒っぽいながらも心は優しく、「私」に対して精一杯気を遣っていたことが分かる。こうして「軽食」(collation)が終わると早速芝居が行われる部屋へ連れて行って演技の準備に取り掛かった。ここでも彼は言葉が荒いが臆病な彼女を巧みに勇気づけている。

　こうして遂に本番が始まった。ポールは、「勇気を出して、落ち着いて」そして、「観客を見ても考えてもいけない。屋根裏部屋で鼠に向かっていると思いなさい」と元気付けた。こうして「私」は初めて舞台に立ち、せりふが始まったときの自分の演じる姿を次のように表現している。

That first speech was the difficulty; it revealed to me this true fact, that it was not the crowd I feared, so much as my own voice. Foreigners and strangers, the crowd were nothing to me. Nor did I think of them. When my tongue once got free, and my voice took its true pitch, and found its natural tone, I thought of nothing but the personage I represented— . . . (p. 140)

最初のセリフは困難そのものであった。私が恐れているのは観衆よりむしろ私自身の声である、というこの事実がはっきり浮き彫りになった。外国人、見知らぬ人、群衆は私にとっていないのと同然だった。私は彼らについて何も考えなかった。私の言葉がひとたび自由になり、声が本来の調子を取り戻して自然な響きになると、私は演じる人物のことしか考えなかった。

　一方、ファンショー嬢は社交界で何時も自分の美貌が目立つように派手に振る舞っているので、舞台でも同様に観客を強く意識しながら演技している。そしてとりわけ驚いたことに、観客の中の特定の人物、ハンサムで目立った存在の一人に向かって笑みを浮かべて秋波を送っていた。その目的の人物はよく見るとドクター・ジョンであった。さらにここで、二人の演技をかなり詳しく述べているが、これを小説に適用すると純文学に対して、低級な大衆小説を揶揄しているようにも見えてくる。そして芝居が終わって「私」が一人になって静かに考えてみると、自分の性質は確かに芝居に向いていると思ったが、これは当分温存しておき、二度と引き受けまいと自らに誓った。その理由について、自分がまだ人生を表面だけしか見ていないからだ、と次のように述べている。自分は作家として人生の深奥をさらに探求しなくてはならない、という自戒と解釈してよかろう。

A keen relish for dramatic expression had revealed itself as part of my nature; to cherish and exercise this new-found faculty might gift me with a world of delight, but it would not do for a mere looker-on at life: the strength and longing must be put by; . . . (p. 141)

劇的な表現に対する鋭い興味は私の性質の一部として自ずと表面に現れた。この新しく見出した才能を育んで実行することは、私に大きい喜びを与えるかも知れないが、それは単なる人生の傍観者には役に立たないであろう。だからその力と憧れは脇に置いておかねばならない。

　さて、芝居が終わった後パーティが開かれた。だがそこには若い男性は、ベック女史の監視の下でごく一部限られた者しか入れなかった。第14章の後半はこの舞台での出来事で占められている。その第一の出来事として、ファンショー嬢が「私」を大きな姿見の前へ連れて行って並んで立ち、「王国を上げると言われてもあなたにはなりたくない」(I would not be you for a kingdom.) と、露骨に話しかけ、そしてさらに続けて、「もしあなたが私になれるとすれば幾

らくれますか」(what would you give to be ME?) と訊ねてきたので、「私」は「6ペンスも出しません。あなたは只の哀れな人だ」と答えた。すると彼女は「心ではそう思っていないくせに」と反論してきた。そしてさらに、自分が身分が高くて美しく、誰よりも幸せであることを言葉を尽くして得意げに語った末に、「私」に対して、身分の低い醜い孤児とさげすんだ。これを聞いた「私」は最早怒る気もせず、「(あなたの言うことはもっともだが) あなたの体と魂を買うために6ペンスでも出したくない」(I would not give you to purchase you, body and soul.) とはねつけた。二人の口論がさらに続くが、彼女は突然話を止めて「私」の耳に口を近づけて、「イシドールとアルフレッド・ドゥ・ハマルが二人ともここにいる」(Isidore and Alfred de Hamal are both here.) と囁いた。そして「私」を彼らのいる所へ連れて行った。その途中彼女はこの二人の男性について1頁以上に渡って詳しく説明している。まず、ドゥ・ハマルの美貌と華奢な体格そして立派な服装など、彼の外見を褒めちぎった後、イシドールに対して、彼の説教くさいのが大嫌いだ、と散々こき下ろした。彼女はこのように話しながら人込みをかき分けて彼らの側に近づいた。すると突然、背後から「私」にドクター・ジョンが声をかけてきた。その声は、廊下が冷たいのでファンショー嬢が風邪を引くといけないからショールを持ってきてあげて、という親切な気遣いであった。それに対する彼女の応答は、「それは自分で決める。ショールなんか必要ない」と、極めて横柄 (hauteur) であった。しかし彼は腹を立てずに、「君は薄着だ。ダンスをした後だから温かいが」と、彼女の体を気遣った。これに対して彼女は、「あなたは何時も説教している。何時も諭している」(Always preaching, always admonishing.) と、冷たくはね付けた。敬愛する心の優しいジョンに対してこのように横柄な態度を示す彼女を見て、私はさすがに怒りを抑えきれず、彼女を庭に連れ出して厳しく注意をして、彼女の間違いを気づかせようと精いっぱい努力した。しかし彼女はそれを聴こうとはせず、「ドゥ・ハマルが貴族であるのに対してジョンは小市民だ」と口走り、「私」の腕を振り払って逃げ去った。イシドールは彼女がジョン医師に付けた仇名であった。

　「私」は仕方なく部屋に戻ると、入り口でジョンが待っていた。そして彼との真面目な対話が始まる。その要旨を説明すると、彼はファンショー嬢を正しい方向に向かうように導いてほしい、と繰り返し頼んだが、「私」はこれまでいかに努力しても所詮無駄であったことを力説する。しかし彼は「彼女はまだ

若くて、何も分からないのだ」と彼女を強く弁護する。しかし「私」は彼女がそのような無邪気な娘ではないことを強調し、彼女の「友人」になれる期待を捨てるように説得する。そして最後に二人の対話から、彼がこの学校に足繁く通ってくる理由と、夜中に手紙の入った小箱を探しに来た謎が解けたことを（読者を強く意識して）次のように語っている。

"I have learned that Ginevra Fanshawe is the person, under this roof, in whom you have long been interested—that she is the magnet which attracts you to the Rue Fossette, that for her sake you venture into this garden, and seek out caskets dropped by rivals." (p. 150)

「ジネヴラ・ファンショーこそ、あなたをこの学校に興味を持たせた当の人物であること、あなたをフォセット通り（学校のある場所）へ引き付けた磁石であること、そして彼女のためにあなたがわざわざこの庭に入り、あなたのライバル（ドゥ・ハマルを指す）が落とした小箱を探しに来たことを、私はようやく学び取りました。」

この後なおしばらく彼との対話が続くが、小説の流れを左右するような深い意味を含んでいない。つまり彼は「私」の強い説得にもかかわらず、なお依然として彼女を「あのように素朴で、無邪気な少女っぽい妖精」(such a simple, innocent girlish fairy) という妄想から脱出できなかった。しかし「私」の再度の強い説得で、少なからず自信が揺らいで暗い気分になったのか、彼と別れた時ガラスに映った彼の美しい顔が暗く沈んで見えた。だがこれを転機に、彼は自分を直視して彼女から次第に身を引くようになった。だが「私」はこの時それに気づいていなかったと前置きして、その事実を次のように語っている。

I did not then know that the pensiveness of reverse is the best phase for some minds; nor did I reflect that some herbs, "though scentless when entire, yield fragrance when they're bruised." (p. 152)

裏返しの沈鬱は人の心によっては最良の転機であることを私はこの時まだ気付いていなかった。また、薬草は「完全なままだと匂いはしないが、傷を付けられると香りを放つ」ことを私は考えてもみなかった。

(9)

さて、学園祭が終わると１年最後の試験が始まり、その後に３か月近い長期休暇に入る。生徒はもちろん教師も全て校舎を出て、夏の休暇をそれぞれ自由

に楽しむ生活に入った。学校に残ったのは、「私」ルーシー・スノゥと、他に白痴の少女と料理人がいるだけである。従って「私」が一人でその厄介な生徒の世話をすることになる。第15章「長期休暇」(The Long Vacation) は、このような日々の生活の記述で始まる。しかし幾日か過ぎるとその白痴の生徒の親族が引き取りに来た。従って、その厄介な負担から解放されたが、その後に予想もしない恐ろしい孤独の生活が始まった。本章は、その長期に及ぶ孤独と、それによる鬱病との苦しい戦いの記録、そして最後に、教会でカトリック教の告白の場に居合わせて自らも告白してしまう場面で終わっている。本章の見所はこの最後の一幕であることは言うまでもない。

　「私」即ち作者ブロンテはここで、鬱病との闘い、迫る死の恐怖との闘いを1頁以上に渡って書き綴っているが、その迫真の筆は自ら体験した者にしか書けない迫力がある。そして遂にこの恐怖から逃れるため、宿舎を出て夕暮れの街中を歩きながら教会の鐘の音に吸い込まれるように中に入ってゆく。そこに至る絶望的な心境とその行動を次のように表現している。

> . . . that insufferable thought of being no more loved, no more owned, half-yielded to hope of the contrary—I was sure this hope would shine clear if I got out from under this house-roof, which was crushing as the slab of a tomb, and went outside the city to a certain quiet hill, a long way distant in the fields. Covered with a cloak (I could not be delirious, for I had sense and recollection to put on warm clothing), forth I set. The bells of a church arrested me in passing; they seemed to call me to the *salut*, and I went in. (pp. 160–61)

> ……自分は愛されていない、誰のものでもない、というあの耐え難い思いは、それとは真逆の希望に半ば服従した。そして平らな墓石の下敷きになったように圧し潰されたこの家の屋根の下から抜け出せば、この希望が綺麗に晴れると確信した。そこで私は町の外に出て、遠くの野原の中の静かな丘に向かった。(暖かい服装をするだけの分別と記憶を持っていたので、幻覚に侵されていない証拠だったが) 私は外套を纏って飛びだした。途中で教会の鐘の音を聞き、それが私を招く救済のように思えたので中に入った。

　中に入ると数名の告白する信者が順番を待っていたので、「私」もそこに座った。そして遂に自分の番がきた。その直後の様子と行動を次のように述べている。

The priest within the confessional never turned his eyes to regard me; he only quietly inclined his ear to my lips. He might be a good man, but this duty had become to him a sort of form: he went through it with the phlegm of custom. I hesitated; of the formula of confession, I was ignorant: instead of commencing with the prelude usual, I said:—"Mon père, je suis Protestante." (p. 161)

神父は告白室の中で私を見るために目を向けずに、ただ耳を静かに私の唇の方に傾けた。彼は立派な人のようであったが、義務的にこのような形式をとってきた。つまり彼は何も感じず習慣に従ってそれをやり通してきたのだった。私は躊躇した。告白の形式について何も知らなかったからだ。従って、最初の挨拶抜きでいきなり次のように言った。「神父様、私はプロテスタントです。」

　彼は驚いて私を見つめて、何故ここに来たのか、と尋ねた。そこで「私」は次のように答えた。「助言か、慰めの言葉が欲しくてたまらなかったのです。私はここ数週間全く孤独の生活をしてきました。私は病んでいます。私は最早その重みに耐えられないほど、精神的な圧迫に苦しんでいます」と。彼はこれを聞いてさらに驚き、それは「罪かどうか」尋ねたので、「私」は過去の経験の概略を話した。彼は考え込み、自分はこれまでこのような告白を一度も聞いたことがないので、今日はこの程度で帰宅して、明日午前10時に彼自身の家に改めて来るように求めた。それまで彼はこの問題について真剣に考えておくと言った。この時、彼が実際に話した言葉を一部引用すれば、形式に囚われないおおらかな善人であることは一層明らかになるであろう。

"I assure you your words have struck me. Confession, like other things, is apt to become formal and trivial with habit. You have come and poured your heart out; a thing seldom done. I would fain think your case over, and take it with me in my oratory." (p. 162)

「あなたの言葉を聞いて私は驚きました。告白は、他の事柄と同様に、習慣によって形式的でつまらぬものになりがちです。あなたはここに来て、心の内を全部吐き出しました。このようなことは滅多にできないものです。私はあなたの悩み事をゆっくり考えなおして、それを私の祈祷所まで持ち帰りましょう。」

この短い言葉の中にシャーロット・ブロンテのカトリック教に対する批判だけにとどまらず、作家として形式に囚われない真実探求の精神がにじみ出ている。

　こうして彼と別れるとき、「また来るように」(return) という呼びかけに対して、ただ頭を下げただけであったが、あの根っから善良な優しい神父の言葉に誘われない人は恐らくいなかったであろう。「私」も当然彼の善意に「動かされない」(impervious) はずがなかった。従って、もしその翌日彼の家を訪れていれば、「私はこの異端の物語を書かずに、ヴィレットのクレシ通りのカルメ

ル会派の修道院の独居室で、ちょうど今頃数珠を数えているかも知れない」(I might just now, instead of writing this heretic narrative, be counting my beads in the cell of a certain Carmeline on the Boulevard of Crécy in Villette.) と述べている。しかし彼と会ったお陰で心が安らぎ、あの孤独の苦しみから解放された。そして最後に、「彼に天の祝福あれ」(May Heaven bless him!) と結んでいる (p. 163)。「私」はこの後、暗闇の大通りを冷たい風雨を突いて寄宿舎の建物に向かってひたすら歩いたが、その玄関の階段の前に来た時、力尽きて意識を失ってしまった (p. 163)。

　以上で、小説『ヴィレット』の第 1 巻は終わるが、この最後の「告白」の一場面は、シャーロット・ブロンテがブリュッセルに一人で留学していた 1843 年 9 月 1 日に、自ら体験した行動そのものであり、作家としての写実的才能の真髄を端的に示す一場面と言える。彼女はこの貴重な体験をその翌日の 9 月 2 日に妹エミリに宛てた手紙の中で殆ど紙面一杯に詳しく報じている。この作品のリアリズムの度合いを確認する意味において、その全文を引用して比較するのは最良の方法であるが、2 頁にも及ぶ長い手紙であるので引用は一部に留め、他は筆者の解説で補いたい（なお、第 2 章の 36~37 頁にもこの一部を既に引用している）。

　まず初めに、彼女は長い期間一人の話し相手もなく、一人で暮らしていると、「必然的に失意の淵に落ち込んでしまう」(inevitably fall into the gulf of low spirits) ので、その気晴らしにブリュッセルの大通りや狭い道を至る所を何時間も歩き続けていると述べる。そして時には田園地帯や墓地、さらに「地平線まで続く広い平野の中の丘」まで足を延ばすこともある。そして夕方になっても憂鬱な校舎に帰るのが嫌で、「学校の近くの道をうろうろしている」と、たまたまセント・グドゥール教会の前に来た。その時宵の「救済」(salut) の鐘が鳴った。「私」は一人で吸い込まれるように中に入った。中には数名の老女が夕べの祈りを捧げていた。その祈りが終わるまで「私はそこに留まっていた。教会を去りたくないのと同時に学校に帰りたくなかったからである。」そこで彼女は何時もの「気紛れ」(whim) が出たと前置きして、告白の順番を待つ数名の列に自分も加わった。そのときの様子と自分の心境を次のように述べている。

> In a solitary part of the Cathedral six or seven people still remained kneeling by the confessionals. In two confessionals I saw a priest. I felt as if I did not care

what I did, provided it was not absolutely wrong, and that it served to vary my life and yield a moment's interest. I took a fancy to change myself into a Catholic and go and make a real confession to see what it was like. (*Letters*, p. 43)

教会の寂しい隅で6~7人が告白席の側で膝まづいたままじっとしていた。二つの告白席に一人の神父がいるのを見た。私は自分の行動が絶対的に悪くさえなければ何をしても気にしないような気分だった。そしてそれが私の人生に変化と一瞬の興味を覚えるのに役立つように感じた。私は自らカトリック教徒に変わる空想をして、それがどのようなものかを見るために本当の告白をしてみようという気まぐれを起こした。

こうして彼女は自分の順番を待った。そしてようやく前の席が空いたので、そこに座って隣の告白が終わるのを待った。そして遂に自分の番がきた。その時の神父の様子と自分の落ち着かない態度、そして自分が話した最初の言葉を次のように述べている。

I saw the priest leaning his ear towards me. I was obliged to begin, and yet I did not know a word of formula with which they always commence their confessions. . . . I commenced with saying I was a foreigner and had been brought up a Protestant. (*Letters*, p. 44)

神父が耳を私の方へ傾けるのを見たので、私は始めなければならなかった。しかし通常告白を始めるときの形式的な言葉を私は知らなかった。……そこで私はまず自分は外国人で、清教徒として育ったという挨拶から始めた。

神父は「それでは君は清教徒だね」と念を押したので、「私は嘘をつくのが嫌だったので、はいと答えた。」すると彼は、「あなたに告白する権利はない」と言った。しかし「私は告白することを心に決めている」と言い張ると、彼は「それはカトリック教徒に改宗する第一歩だ」と言って告白を許してくれた。こうして「私」は胸に詰った悩みを告白した。その告白の内容について、この手紙の中では一言も触れていないが、第2章で説明したように、エジェ教授への苦しい恋慕の情であったことは間違いない。

さて、「私」の告白が終わると、彼は自分の家の住所を教えて、彼の家に来るように強く勧めた。「清教徒であることの過ちと罪深さを私に教え諭す」(i.e. "he would reason with me and try to convince me of the error and enormity of being Protestant!) ことが主な目的であったらしい。「私は行くことを約束したが、もちろんそのような冒険はせず、彼とはその後一度も会うことがなかった」と述べている。

以上でエミリ宛ての手紙は終わるが、『ヴィレット』第15章最後の「告白」の一幕と上記の手紙と読み比べてみると、ブロンテの写実的・創造的プロセスが一層明らかになるだけでなく、このエピソードを第1巻の最後に採り入れた意味の深さがなお一層明白になる。小説ではこれを転機に小説の流れは新たな方向に向かっていく。

『ヴィレット』第2巻
(1)

第16章「懐かしき昔」(Auld Lang Syne) は題名の示す通り、10年昔に別れた名付け親のブレトン夫人一家と再会する一幕である。そして上述のように、これを機に小説の流れは新たな段階 (phase) を迎える。第2巻の序幕として、作家ブロンテ特有の才能を最高度に発揮した一章と言える。

第15章は、「私」が教会で告白を終えた後、闇夜の通りを何度もさ迷った末に（寄宿舎と取り違えた）大きい建物の入り口の階段に着いた時、気を失って倒れ込んでしまった所で終わっている。従って、本章は「私」がようやく意識を取り戻した状態から始まる。そして現実の自分が今どのような状態であるかを明確に自覚するまでの過程の描写に4頁以上を費やしている。その間の意識の微妙な変化と目に映る室内の様々な描写は、正しく精緻極まるものでシャーロット・ブロンテ特有の写実的表現の極意と評してしかるべきであろう。このような表現や描写は、風景はもちろん人物の顔の表情や行動の全てに隙間なく筆が届いている。その観点から見て『ヴィレット』は彼女の最高傑作と称して間違いではなかろう。第16章はその典型例と言ってよい。本章では特に、部屋の外観が異なるもののそこに置かれている家具や飾り物は全て昔懐かしいブレトン一家の品物であることを強調した一節は注目に値する。次に、その初めの数行だけ引用しておく。

> Strange to say, old acquaintance were all about me, and "auld lang syne" smiled out of every nook. There were two oval miniatures over the mantlepiece, of which I knew by heart the pearls about the high and powdered heads;" the velvets circling the white throats; the swell of the full muslin kerchiefs; the pattern of the lace sleeve-ruffles. (p. 166)

不思議なことに、私の周りにあるものは全て昔私が知っていたものばかりだっ

た。その「昔の懐かしいもの」は部屋の隅々から微笑んでいた。マントルピースの上に2個の卵形のミニアチュアが置かれており、粉を振った高い頭の辺りに付けた真珠、白い喉に巻いたビロードの織物、全部モスリンのスカーフの膨らみ、レースの袖口の波、など全部私は記憶していた。

　これらを見てもなお「私」は幻想に違いないと思って、床から起き上がってカーテンを上げて窓の外を眺めた。しかしそこは英国ではなくベルギーの平坦な田舎の風景であった。そして再び部屋の中を見ると先ほどと同じ家具や調度品が目に入った。そして壁に目を移すとそこには16歳の頃のあの美少年グレィアムの肖像画が架かっていた。「私」はそれを見て、「ロマンチックな女子生徒なら誰もがその額縁の中の少年を恐らく恋したかもしれない」(Any romantic little school-girl might almost have loved it in its frame.) と思った。そしてさらに「その（少年の）目はもう少し年を取るとぱっと明るく愛に反応するだろう」(when somewhat older, they would flash lightening response to love) と想像した。この言葉からルーシーは10年後の彼、即ちドクター・ジョンを潜在的に愛していたことがはっきり読み取れる。このように少年グレィアムの肖像画を見つめながら想いに耽っていると、思わず彼の名を声に出して呼んでしまった。ちょうどその時、彼の母ブレトン夫人が部屋に入ってきた。そして「あなたはグレィアムに会いたいのですか」(Do you want Graham?) と声をかけた。ルーシーは驚いて振り向くと、「絵と反対側に同じほど良く覚えている生きた姿、現実の生身の背の高い、綺麗な服装の女性、貴婦人」(the equally well-remembered living form opposite—a woman, a lady, most real and substantial, tall, well-attired, . . .) が立っていた (p. 171)。「私」は夢かと思ったが、やはりそれは「私の名付け親」のブレトン夫人で、幻影ではなかった。

　こうして「私」は10年昔の最愛の家族と再会した訳であるが、ブレトン夫人はもちろんこの時「私」が10年前のルーシー・スノゥであることに気付いてはいなかった。

　「私は何処にいるのですか」と聞くと、彼女は「ここは保養所だからゆっくり休みなさい」と優しく話してくれた。そして「私はどうしてここにいるのか」と尋ねると、「息子が後で詳しく説明してくれるでしょう」と答え、今はゆっくり休むことが大切だと述べた。こうして二人が色々と話しながら、女中が運んできた軽食を食べると元気が出てきた。2階の寝室が寒いので夫人に手を引

かれて１階の温かい居間へ移った。ブレトン夫人は話しながら編み物をしていたが、その間も絶えず息子の帰りを気にしているように見えた。そしてやがて門の扉が開く音が聞こえ、彼が帰ってきた。三人は暖炉を囲んでしばらく互いに話を交わしていたが、「私」がルーシー・スノゥであることをグレィアムはもちろん気付くはずもなかった。しかしブレトン夫人は女性特有の直感でそれを明らかに感じ始めていた。従って、母から直に教えられてようやく気付く始末であった。その間の三人の言葉のやり取りを２頁以上に渡って非常に詳しく記している。作者ブロンテの写実的手法の一端である。

　こうして「私」は10年昔のあのルーシーであることが分かったので、彼らの質問に答えて今日に至るまでの長い苦難の歴史を説明した。ブレトン夫人も同様の過去の歴史を語った。しかしグレィアムは持ち前の明るさから順調に事が運び、医者の仕事に就いたので、３か月前にブリュッセルの郊外に邸宅を購入したので、母を呼び寄せた。その際、自分の家は売り払ったが、想い出の家具や調度品は全部そのまま持ってきたことを話した。こうして夜も更けて11時を過ぎたので、グレィアムに促されるまま全員が各自の部屋に戻った。「私」は床に就く前、神に祈りを捧げながら「友」(Friend) を得た喜びに浸った。「激しく情熱的」(vehement, passionate) ではないが、「私」に相応しい「優しくて寛容な」(tender, genial) 友を得たことを感謝した。そしてさらにその祈りの中で、次のように自らをたしなめて、この注目すべき第16章を結んでいる。

　　"Do not let me think of them too often, too much, too fondly," I implored; "let me be content with a temperate draught of this living stream; let me not run athirst, and apply passionately to its welcome waters: let me not imagine in them a sweeter taste than earth's fountains know. Oh! Would to God—I may be enabled to feel enough sustained by an occasional, amicable intercourse, rare, brief, unengrossing and tranquil: quite tranquil!" (p. 178)

　　私は神様に嘆願した。「願わくは、私がこのような幸せを余りにもしばしば、余りにも多く、そして余りにも喜んで、考えないようにさせてください。この生きた流れを適度な量で満足させてください。私が渇望に走って、この有難い水を熱狂的に飲まないようにさせてください。この地上の泉が知っている以上に甘い味の水を私に想像させないでください。おお神様、願わくは、私は時々仲良くお付き合いできる関係、稀で、短く、控え目で、そして静かな、全く静かな交際に、支えられて十分と感じることができるようにしてください。」

この神への願いは、シャーロット・ブロンテの声そのものであり、彼女本来の性格を見事に反映している。『ジェーン・エア』の大成功によって名声を博し、今や文壇の寵児となった彼女はそれに奢ることなく自らに自制を求めている。そればかりでなく、小説の作風においても過去の2作のヒロインに見られる激しい情熱の発露よりも、抑えられた静かな情熱のヒロインの姿を求めている。『ヴィレット』のヒロイン、ルーシー・スノゥこそ正しくその理想の姿であった。それは彼女自身の名、即ち、静かに降り積もる純白の「雪」(Snowe) に象徴的に表されている。

(2)

第17章「テラス」(The Terrasse) は、前章に続いてブレトン家の一室で、息子のドクター・ジョンと母ブレトン夫人と「私」の三人の対話が大部分を占めている。二日目の朝、「私」は気分が良く、体力も幾らか回復したので、終日寝室で気楽に過ごした。しかし夕方になって狭い部屋に独りでいるのが嫌になり、階下の居間へ降りて行った。部屋に入るとジョンが立ち上がって、私を迎えた。その時ブレトン夫人が安楽椅子にもたれて居眠りをしていたので、彼は母に気を遣って静かに迎えてくれた。こうして彼と二人だけの会話が始まった。まず、彼が今住んでいる家の位置の説明から始まった。そして窓辺に立って外を眺めながら、ここは古い「下町」(Basse-Ville) で、家は "chateau" というよりもむしろ "manoir" と称すべきものだと述べた後さらに、"They call it 'La Terrasse' because its front rises from broad turfed walk, whence steps lead down a grassy slope to the avenue."(p. 182)「人々はそれを「テラス」と呼んでいる。家の正面は芝生の小道から高く立ち上がっており、その小道から草の斜面を階段で下りて大通りに通じているからだ」と説明してくれた。従って、第17章の題名はブレトン一家を指していることが分かる。

さて、二人はこのような話をしながら窓辺に近寄って月夜の景色を眺めた。グレィアムがロマンチックな感傷に浸っているのを見て、ファンショー嬢を思い浮かべているのだろう、と話しかけた。すると彼は直ぐにそれを逸らして二日前の「私」の異常な状態に話を向けて詳しく話し始めた。即ち、彼はその日の夜、緊急患者の治療に丸一日を費やして帰宅する途中、道端に立っている一人の神父に出会った。彼は建物の階段に倒れ込んだ若い女性を見守っていた。

よく見るとその女性は「私」ルーシーだった。そして牧師はグレィアムと知り合いのシラス神父 (Père Silas) だった。神父の話によると、「私」は彼の教会を訪ねてきて他の信者と同じように彼の前で告白した。グレィアムは「私」がカトリック教に改宗したと思い、それについて尋ねた。「私」はきっぱり否定して、「私は長い孤独の生活に耐えかねて、心の内を打ち明ける相手が無性に欲しかっただけ」（大意）と答えた (p. 185)。こうして二日前夜の事件の話は終わった。その間ブレトン夫人はソファーで居眠りをしていたが、やっと目を覚まして 3 人の対話が新たに始まり、それが章末まで続く。そして次の一節で終わっている。

> That second evening passed as sweetly as the first—*more* sweetly indeed: we enjoyed a smoother interchange of thought; old troubles were not reverted to, acqaintance was better cemented; I felt happier, easier, more at home. That night—instead of crying myself asleep—I went down to dreamland by a pathway bordered with pleasant thoughts. (p. 187)

> 二日目の夜は最初の夜と同じように楽しく、実際もっと楽しく過ごした。私たちは互いの考えをより一層自由に楽しく話した。過去の不幸な問題に戻らず、友情は一層確かなものとなった。私は一層幸せに、一層気楽に、そして一層くつろいだ気分になった。その夜私は泣きながら眠りに就くのではなく、楽しい思いで縁取られた小道を夢の国に向かって下って行った。

(3)

第 18 章「私達は口論する」(We Quarrel) は、前章で話しかけて中断したジネヴラ・ファンショー嬢とグレィアムとの関係について、改めて激しい口論が交わされる一幕である。グレィアムとポーリナ・ホゥム嬢とのロマンスが成立するまでの過程で避けて通れない一つのステージと解釈すべき一章である。

ある日、グレィアムはファンショー嬢のことを聞きたくても口に出せなくて躊躇していたが、終に勇気を出して切り出した。しかし彼はなお依然として彼女の愛を信じ込み、冷静かつ理性的に彼女の本心を見抜こうとしない。さすがの「私」も我慢がならなくなり、激しい口調で次のように述べた。

> "Dr. Bretton," I broke out, "there is no delusion like your own. On all points but one you are a man, frank, healthful, right-thinking, clear-sighted: on this exceptional point you are but a slave. I declare, where Miss Fanshawe is concerned, you merit no respect; nor have you mine." (p. 189)

私は激しい口調で言った、「あなたほど幻想にとりつかれている人はいません。あなたは一つの点を除くとあらゆる点において、率直で、健全で、正しい考えで、見通しの利く男性ですが、ただこの例外的な点においてあなたは只の奴隷です。私は断言します。あなたはファンショー嬢に関する点において全く尊敬に値しません。私からも尊敬されません。」

　このような厳しい忠告にもかかわらず、彼は一向に耳を貸そうとはせず、ただ一途に彼女が「無邪気」(naïve) であることを信じ込んでいる。従って、彼が様々な装飾品や花束などを彼女に贈ったときの冷たい態度を、決して悪くは取らずに無邪気の所為にしている。彼の「愚かさ」と「盲目」の最たる例として、彼が話した言葉を引用しておく。

> "You should have seen her whenever I have laid on her lap some trifle; so cool, so unmoved: no eagerness to take, not even pleasure in contemplating. Just from amiable reluctance to grieve me, she would permit the bouquet to lie beside her, and perhaps consent to bear it away. Or, if I achieved the fastening of a bracelet on her ivory arm, however pretty the trinket might be, . . . the glitter never dazzled her bright eyes: she would hardly cast one look on my gift."
>
> (p. 194)

> 「私が些細な贈り物を彼女の膝の上に置いた時の態度を君は是非見ておくべきだった。彼女のあのように冷たく、あのように冷ややかに、そして全くすげなく、それを見ようとさえしないあの態度を。だが彼女は私を悲しませたくないという可愛い気遣いから、私がその花束を彼女の脇に置くことを許してくれ、そして恐らくそれを持ち帰ることに同意してくれた。また、私が彼女の象牙のように白い腕に腕輪を直接はめることができたとき、その装飾品がいかに綺麗であっても、……そのきらめきは彼女の明るい瞳を迷わせることはなかった。彼女は私の贈り物に殆ど目をやることさえしなかった。」

　「私」はこれを聞いて、「彼女はもちろんその贈り物を外して、返したのでしょうね」と質すと、彼は次のように答えた。

> "No, for such a repulse she was too good-natured. She would consent to seem to forget what I had done, and retain the offering with lady-like quiet and easy oblivion." (p. 194)

> 「とんでもない。彼女は非常に良い性質だからとてもそのように突き返すことができなかった。私がしたことを彼女はすっかり忘れたような振りをしてくれた。そして貴婦人のように静かに、そして気楽に忘れて、私の贈り物を付けたままだったよ。」

これを聞いた「私」はただただあきれ果て、その言葉の真偽を計りかねたまま話を打ち切った。

(4)

　上記に続く第19章「クレオパトラ」(The Cleopatra) の主要舞台は、ブリュッセルの美術館内のクレオパトラの肖像画の前である。ここで小説の二人の主役、ドクター・ジョンとポール・エマニュエル教授のそれぞれの性格、特に美点を「私」との対話を通して明確に提示することが本章の主要テーマである。一見焦点が定まらないように見えるが、中でも特にポール教授との対話は彼の気難しい性格を知る上で貴重な一幕と言えよう。

　さて、長い夏休みも終わり、学校の授業が始まるが、「私」は体力が十分回復していないというジョン医師の計らいで2週間の休暇延長の許可を得た。その間「私」は美術館へ一人で何度も通った。第19章の前半はジョン医師の素晴らしい人物像について改めて詳しく説明している。前章でも述べたように、彼はファンショー嬢を「盲愛」するという「愚かさ」を内に秘めているとはいえ、その他の点で正しく非の打ちようがない「私」が理想とする男性であることを繰り返し強調している。中でも特に彼の知識の質の深さとその表現の仕方を次のように述べている。それは作家の基本条件であることを暗示しているようにも見える。

> It was not his way to treat subjects coldly and vaguely; he rarely generalized, never prosed. He seemed to like nice details almost as much as I liked them myself; he seemed observant of character: and not superficially observant, either. These points gave the quality of interest to his discourse; and the fact of his speaking direct from his own resources, and not borrowing or stealing from books— . . . (pp. 196–97)

> 彼は（話の）主題を冷やかに、そして漠然と扱うようなことはしなかった。彼はそれを減多に一般化せず、また決して陳腐なものにしなかった。彼は私自身が好むのとほとんど同じように微妙な細かい点を好んでいるように見えた。彼は人の性格を（詳細に）観察しているように見えた。そしてまたそれをただ表面的に観察してはいなかった。このような点は彼の談話を興味深いものにした。そして彼が話す事柄は、自らの経験から直接出たものであり、決して本から借りたり、盗んだりしたものでなかった。

さて舞台を美術館に移して、「私」は巨大なクレオパトラの絵の前の椅子に座ってじっと見つめている。しばらくすると周囲に人の数が増えてきたので、人の少ない静物画でも見ようと思って立ち上がろうとすると、ポール・エマニュエルが背後から肩を叩いた。そして矢継ぎ早に話しかけてきた。まず、場所を移そうと言って、部屋の片隅へ移動した。そして「君のような若い娘が一人でここに来たのか」と、驚いた態度を見せ、次に「あのような絵を若い女性は見るべきでない」と、一方的にたしなめた。というのも、クレオパトラは淫らな態度でソファーに横たわり、身の回りは整頓されずに雑多な品物が散らばっていたからである。だが、この絵はルーベンス (Peter Paul Rubens, 1577–1640) の傑作ということで、その前はいつも人だかりになっているのを見ても分かるように、私は、「この絵は男性だけが見るべきだ」と言う彼の主張に対して真っ向から反対した。それに対して、彼は「何時もの絶対的な口調で」(with his usual absolutism) (p. 202) 私を黙らせようとした。そしてこれがきっかけで彼との対話が 3 頁に及んでいる。ここが本章の一番の見所と言ってよかろう。二人の話はクレオパトラから、夏休みの間「私」が孤独の中でどのように過ごしていたのか、という質問に移った。「私」はあの「低能」(the cretin) (p. 202) の少女を日夜「可能な限り」世話をしていたが、「彼女の叔母が来て連れ帰った時、本当に肩の荷が下りた」(when her aunt came to fetch her away, it was a great relief.) (p. 203) と話した。これに対してポールは、「君はエゴイストだ。世の中には、彼女と同じ不幸な人で一杯の病院で世話をしている女性もいる」と反論したので、「ではあなたにそれができますか」とやり返した。すると彼は、「本当に女性の名に値する女性はかかる義務を果たす能力において、粗野で間違い易くて自分に甘い男性より遥かに上だ」(Women who are worthy the name ought infinitely to surpass our coarse, fallible, self-indulgent sex, in the power to perform such duties.) (pp. 203–04) と答えた。そしてさらに彼は、「君はあの白痴の世話をすることで病気になったのか」と聞いたので、自分の病気は孤独が原因でうつ病になったと答えた。すると彼は、「では孤独が君にあのクレオパトラの絵を平然と見る厚かましさを与えたわけだ」(Solitude merely gives you the temerity to gaze with sang-froid at pictures of Cleopatra.) と皮肉った。「私」は腹が立ったが、彼には何時もどことなく憎めないところがあったので黙っていた。一方、彼はクレオパトラは確かに魅力的だが、彼女を自分の

妻にも、妹にもしたくない、となおもしゃべり続けていたので、「私」は再び
その絵の方を眺めていると、体形も顔立ちもまるっきりポール教授と異なるド
クター・ジョンの姿が目に入った。そして横を見るとポールの姿が消えていた
ので、仕方なくジョンの方へ近寄って行った。ここで二人の対照的な姿を次の
ように表現している。

> . . . Dr. John, in visage, in shape, in hue, as unlike the dark, acerb, and caustic
> little professor, as the fruit of the Hesperides might be unlike the sloe in the wild
> thicket: as the high-couraged but tractable Arabian is unlike the crude stubborn
> "sheltie." (p. 205)
> ……ドクター・ジョンは顔、体形、色彩において、浅黒く、渋く、そして棘の
> ある小さな教授とはまるで違う。ヘスペリデスの園の果実が野生の茂みのリン
> ボクの実に似ておらず、また勇敢だが従順なアラビア産の馬が粗野で頑固なシ
> ェトランド産の仔馬に似ていないのと同じだ。

　こうして二人は美術館の中をゆっくり見て回った。その時の楽しい気分を次
のように述べている。その前半だけを引用する。本章の初めに彼の話の新鮮な
面白さについて強調した一節（438 頁の引用文参照）と併せて読んでいただき
たい。

> 　We took one turn round the gallery; with Graham it was very pleasant to such
> a turn. I always liked dearly to hear what he had to say about either pictures or
> books; because, without pretending to be a connoisseur, he always spoke his
> thought, and that was sure to be fresh: very often it was also just and pithy. It
> was pleasant also to tell him some things he did not know—he listened so
> kindly, so teachably; . . . (p. 205)
> 　私たちは展示室の中を一回りした。このようにグレイアムと一緒に見て回る
> のは実に楽しい。私は何時も彼が絵や本について話すのを聞くのが大好きだ。
> 何故なら、彼は玄人のような振りをせず、何時も自分の考えを話し、しかもそ
> れは確かに新鮮であるからだ。それはまたしばしば当を得て含蓄に富んでいる。
> 彼が知らないことを彼に話すのもまた楽しい。彼は非常に優しく、そして非常
> によく聞いてくれるからだ。

　二人は美術館を出た時、彼にクレオパトラの絵について感想を聞いてみた。
彼は次のように答えて、この興味深い一章を終えている。最後の 1 行から彼は
なお依然としてファンショー嬢に惚れ込んでいることが分かる。言い換える
と、彼女をヒロインにした「笑劇」(farce) がまだ終わっていないことを意味し

ている。

> "Pooh!" said he, "My mother is a better-looking woman. I heard some French fops, yonder, designating her as 'le type du voluptueux;' if so, I can only say, 'voluptueux' is little to my liking. Compare that mulatto with Ginevra." (p. 206)

彼は「プー」と叫んで、「私の母の方がずっときれいだ。あそこにいるフランス人の色男たちは彼女を『官能的の典型』と定義しているが、もしそうなら、『官能的』はあまり私の好みではない。あの混血女性とジネヴラを比べてみろよ」と言った。

(5)

　上記に続く第20章「コンサート」(The Concert) はその笑劇が終わり、ヒロインが新しく変わって理想的なロマンスに移行する予感を感じさせる。まず、ブレトン母子と「私」の三人がコンサートが開かれるオペラハウスに向かうところから始まり、劇場の華やかな雰囲気の描写が続き、コンサートが始まったところでその前半が終わる。コンサートには国王夫妻を初めとして政府の高官や多くの貴族を迎えるので、一般客の中にも華やいだ気分に加えて期待と興奮が漲っている。小説に登場する主要な人物は皆そこに姿を現している。従って、これら全体の雰囲気はもちろん、観客の表情や会話の内容が細かくリアルに描写されている。リアリズムを重視するシャーロット・ブロンテの筆の見せどころである。

　さてその後半は、コンサートの内容や国王夫妻の行動とは無関係の小説のヒロインとヒーローの互いの言動とその反応に話題の重点が移っていく。そしてここでもまず、二人のヒーローの対照的な違いを浮き彫りにしている。特にポール・エマニュエルの描写は際立っている。つまり小説後半の絶対的な主役となる彼の存在価値の種を（随所に）撒いているのである。その好例を紹介すると、舞台では関係者がコンサートの準備に忙しくしている中で、出しゃばりなポールは何の関係もないのに顔を出して余計な世話を焼いている場面の描写は興味深く笑いを誘う。ルーシーが彼について論じるとき、そこには常に優しさが伴っている点に注目したい。

> M. Paul amused me; I smiled to myself as I watched him, he seemed so thoroughly in his element—standing conspicuous in presence of a wide and grand assemblage, arranging, restraining, over-aweing about one hundred

young ladies. He was, too, so perfectly in earnest—so energetic, so intent, and above all, so absolute: and yet what business had he there? What had he to do with music or the Conservatoire—he who could hardly distinguish one note from another? I knew that it was his love of display and authority which had brought him there—a love not offensive, only because so naïve. (p. 212)

　ポール氏は私を楽しませた。私は彼を観察して、一人で微笑んだ。彼はそれほど徹底的に本性を発揮しているように見えた。つまり、広くて雄大な群衆の面前で際立った存在であり、百人くらいの若い女性に威厳を振りまきながら群衆を整頓したり抑制しているように見えた。彼はまた完全に真剣で、極めて精力的で、一途で、とりわけ全く絶対的であったが、しかしそこで彼がする仕事は何なのか。楽音の区別もほとんどできない彼が、音楽や音楽学校と何の関係があるのか。彼がそこに現れたのは、彼の見栄っ張りと権威好きの所為であることを私は知っていた。だが彼の見栄っ張りは不快感を与えなかった。何故なら、ただ偏に純真だったからだ。

　しかし彼を避けて、ドクター・ジョンと親しい態度を示していると、彼は嫉妬を含んだ渋い顔をしてじっと睨みつけている。彼女はそれを次のように表現している。彼の飾らない「純真な」性格の別の表現と解釈してよかろう。

. . . he had penetrated my thought and read my wish to shun him. The mocking but not ill-humoured gaze was turned to a swarthy frown, and when I bowed with a view to reconciliation, I got only the stiffest and sternest nods in return.
(p. 222)

　……彼は私の考えを見抜いていた。そして彼を避けたいという私の思いを読んでいた。嘲るような、しかし悪意のない凝視は黒ずんだ渋い表情に変わった。そこで私は和解の積りでお辞儀をすると、その返事として最高に固く最高に厳めしい頷きだけが返ってきた。

　一方、ドクター・ジョンに目を向けると、彼は何時もの明るい笑顔を絶やさないでいたが、一度だけ激しい怒りの表情に変わった。彼の「純真な」(naïve) ロマンスの流れに一大転機が襲った瞬間だった。彼はそこに至る過程を詳しく説明しているが、端的に言って、彼はこれまでジネヴラ・ファンショー嬢の魅力に屈して、様々な侮辱にも耐えてきたが、先ほど母が彼女から受けた侮辱だけは絶対に赦せなかったと前置きして、次のように説明する。即ち、ファンショー嬢が望遠鏡で彼の母を覗き込みながら「嘲笑った」(ridiculed) 行為を母に対する最大の侮辱と捉えた彼は、「一緒に笑う」(laugh with) のと、母を「見て笑う」(laugh at) のとは全く違うと切り出した後、「少なくとも私の許可なしに

母を嘲笑うべきではない。それは私の怒りを、私の反感を」とまで言って声を詰まらせ、怒りを顔全体に表した。「私」はそのような彼の表情をそれまで見たことがなかった。「私」は「何故そのように怒るの」と問い質すと、「ジネヴラは純な天使でもなければ、純な心を持った女性でもない」(Ginevra is neither a pure angel nor a pure-minded woman.) と私の耳元に囁いた。「彼女は決してそれほど悪くない」と否定すると、「だが私にはひどすぎる。そこが君の盲目なところだ」と述べた後、この話はこれで打ち切ろう、と言って話題を別の方向に転じた。だがその後の彼は黒い雲が消えたように明るく晴れ晴れとした表情になっていた。彼の心から彼女の影が一掃されたからである。ブロンテは本来の彼に戻った姿を次のように表現している。彼の新しい人生の始まりであると同時に、「私」を含めた新たなロマンスの始まりでもある。

> Graham was quite cheerful all the evening, and his cheerfulness seemed natural and unforced. His demeanour, his look, is not easily described; there was something in it peculiar, and, in its way, original. I read in it no common mastery of the passions, and a fund of deep and healthy strength which, without any exhausting effort, bore down Disappointment and extracted her fang. His manner now, reminded me of qualities I had noticed in him when professionally engaged amongst the poor, the guilty, and the suffering, in the Basse-Ville; . . .
>
> (p. 223)

　グレィアムは一晩中全く陽気だった。彼の明るさは自然で、有りのままに見えた。彼の振舞いを描写することは容易ではない。そこには何か特異なもの、それ特有の独特なものがあった。私はそこに尋常ではない激しい情熱の制御を、深く健全な力の源泉を読み取った。それはあらん限りの努力をせずとも失望を抑え込み、その牙を引き抜く力を持っていた。彼の態度は、医者として彼が下町の貧しい人、罪深い人、そして苦しむ人々の中で働いていた時に彼の中に私が見てきた性質を、今想い出させてくれた。

(6)

　第21章「反動」(Reaction) は、ルーシー・スノゥの愛の始まりと同時に想像力の広がりについて、稀に見るほど情熱的に論じている。小説前半のロマンスを主題にした過程の中で最初のクライマックスと評してよかろう。

　華やかなコンサートが終わってから3日後、「私」はジョン医師に伴われて久し振りに寄宿学校へ戻ってくる。そして彼と別れを惜しむその瞬間、それまで抑えていた愛情が一挙に噴き出す。11月の冷たい雨に濡れた歩道の街灯が

心細く光っていた。ちょうど1年前に初めてここを訪れた夜も同じように雨が降っていた。ジョンは車から荷物を下ろしてベルを押すと、玄関番のロザンヌが直ぐに出てきた。ジョンが中に入ろうとしたので「私」は引き止めたが、かまわずに入ってきた。「私」はその瞬間から既に胸が一杯で、目に涙が溢れていた。その時の心境を次のように表現している。

I had not wished him to see that "the water stood in my eyes," for his was too kind a nature ever to be needlessly shown such signs of sorrow. He always wished to heal—to relieve—when, physician as he was, neither cure nor alleviation were, perhaps, in his power. (p. 228)

私は「目に涙が溢れている」ことを彼に見られたくなかった。何故なら、彼の性質は余りにも優しく親切なので、悲しみの印を不必要に見せたくなかったからだ。彼は医者であるけれども、おそらく自分の力では治すことも痛みを軽減することもできない場合に、いつも何とか直して痛みを和らげたいと（心から）願っていた。

　彼は「私」が涙を流しているのを見て、「ルーシー、勇気を出すのだ。私の母も私も君の真の友であることを決して忘れるな」と言った。「私は決して忘れません」と答えた。彼は私のトランクを中に持ち込み、互いに握手をして別れた。しかし彼は物足りないのか、戻って来て、「とても寂しいのか」と尋ねて、「母も時々訪ねてくるし、私自身も暇を見つけて手紙を書くから」と慰めてくれた。「私のことは構わずに仕事に専念してください」と答えた。この最後の一幕を次に引用しておく。

"I'll tell you what I'll do. I'll write—just any cheerful nonsense that comes into my head—shall I?"

"Good, gallant heart!" thought I to myself; but I shook my head, smiling, and said. "Never think of it: impose on yourself no such task. *You* write to *me!*—you'll not have time."

"Oh! I will find or make time. Good-bye!" (p. 228)

「ではこうしましょう。私は頭に浮かぶ陽気なくだらないことを何でも手紙で知らせましょう。それでよいですか。」

　私は「素晴らしく優しい心だ」と思った。しかし私は只微笑んで顔を横に振り、そして「それは考えないでください。そのような仕事を自分に課してはいけません。あなたが私に手紙を書くなんて、とんでもありません。そのような時間はないでしょう。」

「いや、私は時間を見つけます、つくります。ではさようなら。」

玄関の重い扉が音を立てて閉まった。「私は葡萄酒を飲むように涙を飲み込んだ」後、まずマダム・ベックの部屋を訪ねて帰校の挨拶を済ませた後、いくつかの部屋を通り抜けて広い寝室にたどり着いた。そして、「グレィアムは本当に手紙をくれるのかしら」と考えながら、「ベッドの隅にぐったり座りこんだ。」すると「理性」(Reason) が静かに忍び寄り、次のように囁いた。

> "He may write once. So kind is his nature, it may stimulate him for once to make the effort. But it *cannot* be continued—it *may* not be repeated. Great were that folly which should build on such a promise—insane that credulity which should mistake the transitory rain-pool, holding in its hollow one draught, for the perennial spring yielding the supply of seasons." (pp. 228–29)
>
> 「彼は一度は書いてくれるかもしれない。彼の性質はとても優しいので、一度だけ無理矢理努力するかもしれない。しかし続けられないでしょう。繰り返せないかもしれない。そのような約束を信じるのはよほどの馬鹿だ。窪みに一服の雨水がたまった仮初の水たまりを、年中湧き出る永遠の泉と取り違えて、あのように信じることは狂気の沙汰だ。」

そしてさらに続けて、「理性は私の肩にその萎びた手を置き、そして老婆のように冷たい真っ青な唇を私の耳に氷のように当てて、なおも囁いた。」(Reason still whispered me, laying on my shoulder a withered hand and frostily touching my ear with the chill blue lips of eld.) と述べた後、「仮に彼が手紙を書いたとしても、あなたは喜んで直ぐに返事を出すのですか。馬鹿な、仮に出すにしても短くしなさい。心から喜んで希望を持ったり、浮き浮きして友人のように親しく付き合ってはいけません」と警告した。そこで「私は口で言えないことを手紙で思いの丈を伝えてはいけないか」と尋ねたところ、そのような危険を冒せば惨めな結果に終わるだけ、と突き返された（以上大意）。そして遂に我慢がならなくなった「私」は唯一の救い手である「想像力」(Imagination) を「理性」の対抗馬として持ち出した。こうして理性との激しい戦いが始まり、それまで抑えていた激情が堰を切ったように理性を退けて想像力の擁護に突っ走る。ブロンテ自身がこれまで抑えてきた胸に秘めたロマン主義的感情が一気に溢れ出た、と解釈すべきであろう。次にその長広舌の一部を引用しよう。

> Reason might be right; yet no wonder we are glad at times to defy her, to rush from under her rod and give a truant hour to Imagination—*her* soft bright foe, *our* sweet Help, our divine Hope. We shall and must break bounds at intervals,

despite the terrible revenge that awaites our return. Reason is vindictive as a devil: for me, she was always envenomed as a step-mother. If I have obeyed her it has chiefly been with the obedience of fear, not of love. Long ago I should have died of her ill-usage; her stint, her chill, her barren board, her icy bed, her savage, ceaseless blows: but for that kinder Power who holds my secret and sworn allegiance. (p. 229)

理性は正しいかもしれないが、しかし私たちは時には嬉々としてそれに挑戦することがある。理性の鞭から逃げ出して、想像力に逸楽の時間を委ねることがある。それは理性に対する優しくて明るい敵であり、私達の楽しい助勢、私達の聖なる希望である。私達の帰りを待ち受ける恐ろしい（理性の）復讐があっても、時々殻を破らねばならない。彼女（理性）は悪魔のように執念深い。私にとって彼女は継母のように常に毒を含んでいる。私が彼女に服したとすれば、それは主に恐怖からであり、愛情からではない。私の秘密を守り、同盟を誓ってくれたあの一層優しい想像力の助けがなかったならば、彼女の虐待、即ち、彼女のけちで冷たい僅かな食事と氷のような寝床、彼女の果てしない暴力によって、私はとっくの昔に死んでいたであろう。

この後も想像力に贈る賛辞は丸１頁続く。そして次の言葉で締め括っている。

Sovereign complete! Thou hast, for endurance, thy great army of martyrs; for achievement, thy chosen band of worthies. Deity unquestioned, thine essence foils decay! (p. 230)

完全な君主。汝は忍耐のために殉教者の大群を持っている。また達成のために汝が選んだ尊い一団を持っている。確かな神よ、汝の真髄は凋落を撃退する。

シャーロット・ブロンテは理性に対する想像力の価値をこれまで随所に力説してきたが、これほど強力かつ情熱的に絶対的な高みにまで称えた例はない。彼女は『ヴィレット』のナレーターであると同時に自らヒロインとなって小説をここまで導いてきたが、その間常に心掛けてきたことは、冷静で極端に走らないことであった。彼女は常に冷静で公正な観察者の目で筆を進めてきた。ここが『ジェーン・エア』からの大きな質的変化であった。つまりメロドラマに流れることを徹底的に避けるために激情を極力抑えてきたに違いない。その欲求不満がここで初めて爆発したと筆者は解釈したい。何故なら、彼女は本質的にロマン主義的感情の優勢な作家、つまり情熱的な「炎の作家」であったからだ。

しかしこの情熱的な想像力も眠りから覚めて夜が明けると現実の前に本来の力を失っていく。何時ものルーティンに乗った日常の生活の始まりである。彼

女はそのような境遇の中で半ば諦めに近い気分でいたとき、ドクター・ジョン
からの手紙が届いた。夢が現実になったと胸をときめかせた。彼女はその大切
な贈り物を後で人目を避けてゆっくり読むために机の引き出しに鍵をかけて大
切に仕舞い込んだ。彼女はその手紙を受けた時の絶対的な喜びを約1頁に渡っ
て表現しているが、次にその一部を引用しておく。

I experienced a happy feeling—a glad emotion which went warm to my heart,
and ran lively through all my veins. For once a hope was realized. I held my
hand a morsel of real solid joy: not a dream, not an image of the brain, not one of
those shadowy chances imagination pictures, . . . (p. 239)
私は幸せな気分を経験した。それは私の心に温かく沁み込み、全身の血管を生
き生きと流れた。今正に希望が実現したのである。私はこの小さな現実の確か
な喜びを手にしっかりと握りしめた。それは夢ではない、頭で描いたイメージ
ではない。想像力が描くあの影のような望みではない。

(7)

　第22章「手紙」(The Letter) は、ドクター・ジョンの手紙を静かな所でゆっ
くり読もうと思って部屋を探すが見つからないので、3階の屋根裏部屋で読む
ことに決めたところで始まる。そして中に入って、ようやく封を開いて読みか
けたところ、顔をベールで覆った尼僧の亡霊が突然現れた。恐怖の余り手紙を
その場に捨てて、マダム・ベックの部屋に駆け込んだ。部屋には背中を彼女の
方に向けた男性の来客が一人いたが、彼を含めて4人全員はルーシーの後を追
って屋根裏部屋に駆け込み、隅々まで探したが何もいなかった。だが彼女にと
って何よりも大切な手紙がなくなっていた。全員が部屋から引き揚げた後も彼
女は「手紙、手紙」と口走りながら部屋の中を気が狂ったように探しまくって
いる。そこへ先ほどの男性の来客が現れた。見るとドクター・ジョンだった。
彼が彼女の探している手紙を拾って持っていたことが分かった。その後、二人
の長い対話が始まるが、中でも興味深いのは、彼がファンショー嬢への盲愛を
今や完全に払拭した事実を強調した最後の部分である。それは彼のロマンスが
これまでの「笑劇」とは全く性質の異なった新たな段階を迎えようとしている
ことを予言している。

　　"Transformed, Lucy: transformed! Remember, you once called me a slave!
　But I am a free man now!"

He stood up: in the port of his head, the carriage of his figure, in his beaming eye and mien, there revealed itself a liberty which was more than ease—a mood which was disdain of his past bondage.

"Miss Fanshawe," he pursued, "has led me through a phase of feeling which is over: I have entered another condition and am now much disposed to exact love for love—passion for passion—and good measure of it too." (pp. 250–51)

「ルーシー、私はすっかり変わりました。君は一度私を奴隷と呼んだことを覚えているだろう。だが私は今では自由人です。」

彼は彼特有の身振りで頭を上げ、彼特有の顔立ちと、輝く目と仕草をしながら、立ち上がった。そこには、気楽を超えた伸びやかな自由が、自分の過去の束縛を馬鹿らしく思う気分がはっきり顔に表れていた。

彼は続けて言った。「ファンショー嬢は私の盲愛を弄んできたが、その感情は消え去った。私は全く別の状態に入りました。だから今では、愛に対して愛を、情熱に対して情熱を要求する気分に大いになっている。しかもそれをたっぷりとです」と。

(8)

第 23 章「ワシテ」(Vashti) は、上記の予言が実現する過程のロマンス第 1 幕である。それはドクター・ジョンの誘いで劇「ワシテ」を観に出かけるところから始まる。その前半は劇を演ずる主役の感情を全身に表す衝撃的な名演技の描写と、それに対するジョン医師の反応、つまり彼の顔の表情と言葉遣いがブロンテ特有の精緻な筆で描かれている。これによって彼の本質、とりわけルーシーの性格との（良い意味での）本質的相違点を明らかにしようとしている。ブロンテはこれまでも繰り返し彼の優れた人となりを性格の面から強調してきたが、その際立った一面がこの章において浮き彫りにされる。芝居の主役の感情を豊かに表現する名演技を見て、それに対する反応の仕方からその人の性格、特に感受性が最もはっきり読み取れるからである。ブロンテはここに最大の関心を寄せ、その表現に苦心して言葉の限りを尽くしている。次にその一部を引用しよう。

His natural attitude was not the meditative, nor his natural mood the sentimental; *impressionable* he was as dimpling water, but, almost as water, *unimpressible*; . . . Dr. John could think, and think well, but he was rather a man of action than of thought, he *could* feel, and feel vividly in his way, but his heart had no chord for enthusiasm: . . . (p. 259)

彼（ドクター・ジョン）の生来の性格は瞑想的ではなく、彼の生来の気質は感傷的でもない。彼はさざ波のように印象を受けやすいが、殆ど水のように印象を残さない。……彼は十分考え抜くことができるが、思考よりもむしろ行動の人だ。彼は彼なりに生き生きと感じることもできるが、彼は心に情熱を掻き立てる弦を持っていない。

そして芝居が終わった頃、劇場の天井桟敷 (gallery) で火事があり、観客が一斉に出口に向かって殺到して大混乱が起こった。そのような時でもジョンは悠然と落ちついていた。その時の様子を次のように述べている。

And Dr. John? Reader, I see him yet, with his look of comely courage and cordial calm.

"Lucy will sit still, I knew," said he glancing down at me with the same serene goodness, the same repose of firmness that I have seen in him when sitting at his side amid the secure peace of his mother's hearth. (p. 361)

ところでドクター・ジョンはどうしているのか。読者よ、（そのような中でも）ゆったりと落ちついた涼しい顔をしている彼を私は見た。

「ルーシーは静かに座っているだろう。私は分かっていた」と、彼は私を見下ろしながら言った。その表情は、彼の母の暖炉の保証された平和の中で、私が彼と並んで座っている時に見たのと同じ、穏やかな人の好い確かな落ち着き様であった。

そしてさらに、このような混乱の中で、彼のすぐ側で一人の可憐な少女が群衆に押されて倒れ、肩を強打して気を失った。それを見たジョンは「私は医者だ」と叫んで彼女を助け上げ、群衆をかき分けて外に出た。その時の勇気と落ち着きぶりは正しくドクター・ジョンに相応しい冷静な英雄的姿であった。もちろん少女の父も彼に続いて外に出た。彼はジョンに心から感謝を述べ、互いに英国人であることが分かった。ジョンは「自分はラ・テラスに住むブレトン医師です」(I am Dr. Bretton, of La Terrasse.) と自己紹介すると、少女の父は自分の住所を「クレシ通りのホテル・クレシ」(Hotel Crécy, in the Rue Crécy) と述べ、一緒に彼の家まで来るように依頼して、自分の馬車で大急ぎで走り出した。ジョンとルーシーは少し遅れて彼らの住所に向かった。彼の住まいは豪壮なホテル様式の集合住宅 (a collection of dwelling houses) の２階にあった。ベルを押すと召使が現れ、二人は応接間に通された。いつも少女の世話をしている婦人 (Mrs. Harriet Hurst) は前日から姉の家に遊びに行って不在だったが、他にも女中が数名いた。少女はソファーに倒れ込んでいたので、ジョンは彼女を寝室

へ運ぶように女中たちに命じ、「私」がその指示役を任された。寝室で彼女の服を脱がせる仕事を「私」が引き受けたが、その時に見た彼女の手足の美しさや顔の表情について1頁近くに渡って丁寧に描写している。ジョン医師の真のヒロイン役を演じる女性に相応しい容姿であることを読者に暗に教えているのである。

こうして彼女の治療に当たったジョン・グレイアムは、何時ものように医師としての落ち着いた優しい態度で彼女に接した。それに応える彼女の表情や態度についても非常に詳しく細やかに述べているが、その最後の部分を引用しておく。

> I saw her large eyes, too, settle on his face like the solemn eyes of some pretty, wondering child. I know not whether Graham felt this examination: . . . I think he performed his work with extreme care and gentleness, sparing her what pain he could; and she acknowledged as much, when he had done, by the words:—
> "Thank you, Doctor, and good night." very gratefully pronounced: as she uttered them, however, it was with repetition of the serious, direct gaze I thought peculiar in its gravity and intentness. (p,264)

> 私は、彼女の大きな瞳が、可愛い驚いた女の子の真剣な目のように、彼の顔をじっと見ているのを見た。グレイアムがこの真剣な目つきに気が付いていたかどうか、私には分からない。……彼はできるだけ彼女が痛くないように極度に注意深く、そして優しく自分の仕事を果たしていたと思う。そして彼が治療を終えた時、彼と同様に（優しく丁寧に）彼女は感謝を言葉で表した。
> 「有難う、ドクター、お休みなさい」と真心から感謝の声をかけた。しかし彼女はこの言葉を発したとき、真剣な眼差しで繰り返しまともに彼を見た。その生真面目さと意思の強さに特別な意味があるように私は思った。

幸い、彼女の怪我は肩の捻挫に過ぎないことが分かった。彼女の父はジョン医師に深く感謝をした。そして翌日また是非訪ねてくるように頼んだ。それを喜んで受け入れたことは言うまでもない。この時、彼女が10年前に一時ブレトン夫人の家で一緒に暮したあの可愛いポーリナ嬢であるとは私たち二人は夢にも考えていなかった。

(9)

第24章「ドゥ・バソムピエール氏」(M. de Bassompierre) は、前章の最後にルーシーがジョンと一緒にホテル・クレシを出た後、学校に戻って約7週間が

過ぎた頃、ブレトン夫人から突然の招待を受けたところから物語が始まる。その間の「私」は退屈な日々の生活の中で楽しみはただ一つ、グレイアムからの手紙を待つことだけであった。彼とファンショー嬢との関係が完全に途切れた今、「私」の彼に対する思慕の念は日増しに高まっていたからである。そのような時、彼の母から手紙が届いたので、幾分失望しながら封を切ると、「木曜日の午後学校が休み」だから是非訪ねてくるようにとのことであった。一体何の用だろうと思いながら迎えの馬車を待った。馬車が来るのは非常に遅く、ラ・テラスのブレトン家に着いたとき6時を過ぎていた。そして応接間に通されると、暖炉の火が赤々と燃えており、数本の蝋燭が部屋を明るく照らしていた。そして鏡の前の蝋燭と蝋燭の間に、「何か服を着た物、空気のような妖精、小さなほっそりとした白い物、冬の精霊」(something dressing itself—an airy, fairy thing—small, slight, white—a winter spirit) が見えた。最初それはグレイアムの言う単なる「幻影」(spectral) と、思ったほどだった。だがよく見ると、その大きな瞳が「私」をじっと見つめていた。その魅力的な美しい目を次のように描写している。

> Turning quick upon me, a large eye, under long lashes, flashed over me, the intruder: the lashes were as dark as long, and they softened with their pencilling the orb they guarded. (p. 275)
> 私の方に向けられた大きな目は長い睫毛の下で、侵入者である私に向かってきらりと輝いた。その睫毛は長さに劣らず黒く、睫毛が守るその目を黒く縁取って優しく見えた。

　ジョン医師が彼女を治療した翌日、ホテル・クレシを訪ねて彼女の父と改めて名刺の交換をしたとき初めて、10年前にブレトン家で互いに知り合った仲であることが分かった。従って、彼女がブレトン家を訪ねてきた時には、「私」のことを十分知った上でのことだった。一方、「私」はそのことを知らされていなかったので、しばらく二人の話がかち合わなかったが、彼女は十分それを楽しんだ末に、自分はあの「小さなポリー」(little Polly)、即ち「ポーリナ・メアリ・ホゥム・ドゥ・バソムピエール」(Paulina Mary Home de Bassompierre) であることを明かした。こうして二人はさらに打ち解けて懐かしい昔話に花を咲かせた。要するに、ここでも第2巻最初の章（第16章）の題名 "Auld Lang Syne" の一幕が再現されたのである。そしてやがてポーリナとグレイアムとの間に、

小説前半の主題である「ロマンス」のクライマックスが始まる準備ができたと言えよう。

　最後に、本章で最も注目すべきは、ポーリナ嬢の美しさを言葉の限りを尽くして褒め上げて理想化している点である。それは彼女と従姉妹関係にあるジネヴラ・ファンショー嬢の低俗な振る舞いとは全く対照的である。後者のこれまでの存在は前者をより一層理想化するための手段としての価値しか持っていなかったように思えた。その証拠にこの第24章で二人を対比させて、それぞれの美しさの特徴を詳細に論じている。次にその一部を引用しよう。

> Paulina Mary was become beautiful—not with the beauty that strikes the eye like a rose—orbed, ruddy, and replete; not with the plump, and pink, and flaxen attributes of her blond cousin Ginevra; but her seventeen years had brought her a refined and tender charm which did not lie in complexion, though hers was fair and clear; nor in outline, though her features were sweet, and her limbs perfectly turned; but, I think, rather in a subdued glow from the soul outward. This was not an opaque vase, of material however costly, but a lamp chastely lucent, guarding from extinction, yet not hiding from worship, a flame vital and vestal. (p. 276)
>
> ポーリナ・メアリは美しくなった。だがそれは、バラのように目を刺激する美しさ、丸くて赤いふくよかな美しさではない。また彼女の金髪の従姉ジネヴラのように、むっちりとした紅色の亜麻のような美しさではない。彼女の17歳という年齢が、顔には現れない、洗練された優しい魅力を産み出してきた。もちろん彼女の顔色も美しく透き通っていたが。また彼女の顔立ちは綺麗で、手足も申し分のない形をしているが、彼女の魅力は外見ではない。それはむしろ、魂から外に向かって輝く控え目な光にある、と私は思う。それはいかに高価な素材であっても光を通さない花瓶ではなく、元気で淑やかな炎が消えないように保護しながらも神々しさを隠さない淑やかに光るランプである。

「私」はこのようなことを考えながらポーリナと話していると、10年昔の彼女の表情の全てが鮮明に蘇ってきた。しかしポーリナの10年間は幼少から青春時代にかけての期間であるので、「私」が覚えているようには覚えていないだろうと思い、この点について質してみた。すると答えは意外にも、ブレトン家で過ごした時の記憶が「私」と全く同じであった。従って、第24章の最後の1頁は当時の思い出話で占められている。

　第25章「小さな伯爵夫人」(The Little Countess) は場所も時間も同じで、上

記の話をそのまま受け継いでいる。部屋が 10 年前とは異なっているが、そこに置かれている家具や調度品は全て当時のままであるので、その想い出はなお一層現実味を帯びてくる。ポーリナはグレィアムが使っていた銀製の「きらきら光るコップ」(glancing cup) を手に取り、高く掲げて、"Auld Lang Syne" と声を上げた。この「懐かしき昔」は彼女の父とグレィアムが帰ってくれば、正しく完成することになる。それだけになお一層、二人は懐かしい想い出話に花を咲かせながら、互いに口には出さないものの二人の男性の帰りを絶えず心待ちしていた。こうしてしばらくすると 1 階から、「子供たち、すぐ下りてきて」というブレトン夫人の声が聞こえたので、グレィアムが帰ってきたと思って大急ぎで下りた。彼はポーリナの父ドゥ・バソムピエールと一緒に馬車で帰って来たのだった。彼らの外套と帽子は雪まみれだった。こうして「私」を含めたブレトン家族全員が 10 年ぶりに一つの屋根の下で同じ家具や調度品に囲まれて集まったのである。

　本小説第 2 巻の最初の一章（第 16 章）のタイトルは "Auld Lang Syne" であったが、その時はブレトン母子と「私」だけの三人だったが、今回はポーリナを中心とした全 5 人が集まった文字通り「懐かしき昔」は実現したのである。中でもグレィアムとポーリナの仲は特別なものがあった。十年前の少年と幼い少女が立派に成長して「懐かしき昔」を楽しく語り合う姿は、父一人を残して家族全員と死別した天涯孤独の作者ブロンテにとって何よりも望ましい夢の世界、理想のロマンスであったに違いない。本章の最後の数頁は完全なロマンスの成就に向かう理想の二人の姿の描写で満たされている。ブロンテ自身も少女の頃、弟ブランウェルと二人の妹と 4 人一緒に集まって自分たちが創造した物語を互いに朗読して楽しんだあの頃の姿を夢見ていたに違いない。ポーリナが 10 年前にグレィアム少年に読んでもらった本を開いて、タイトル・ページに彼自身が署名した名前を指で辿りながら昔を懐かしむ珠玉の一節を引用して、このクライマックスの一場面を閉じることにする。

> And then she turned to the title-page, and looked at the name written in the schoolboy hand. She looked at it long; nor was she satisfied with merely looking: she gently passed over the characters the tips of her fingers, accompanying the action with an unconscious but tender smile, which converted the touch into a caress. Paulina loved the Past; but the peculiarity of this little scene was, that she *said* nothing: she could feel, without pouring out

her feelings in a flux of words. (p. 290)

そして次に彼女は（その本の）タイトル・ページに目をやり、学童の字で書かれた彼の名前を見た。長い間じっと見つめた。彼女は見つめるだけで満足せず、その文字を指先で優しくなぞった。そしてなぞりながら無意識ではあるが優しい笑顔が伴い、指の接触から愛撫に変わっていた。ポーリナは過去を愛していた。しかしこの小さな場面の特殊性は、何一つ声に出しては言わなかったことである。つまり、彼女は感情を言葉に溢れ出さずに感じることができたのである。

シャーロット・ブロンテが自ら実際に体験したことのないロマンスの一場面を、これどまでに感情移入して表現できる作家は他にいないと思う。言い換えると、彼女の作家としての最高の才能は正しくここにあると言って過言ではなかろう。彼女の限られた体験の中から、小説のその場面に最も的中した感情を引き出して表現する彼女の感受性と想像力の限りない広さと深さに改めて驚嘆させられる一節である。その中でも特に最後の、「言葉」ではなく「感情」を強調した1行（"she said nothing . . ." 以下）は、彼女特有のロマン主義的思考の典型例であることを力説しておきたい。

(10)

第2巻最後の2章は、ポーリナのグレイアムに対する純真で一途な愛を目の当たりにしたルーシーは彼に対する秘めた愛を押し殺して、二人の理想のロマンスの完成に手を貸すところで始まり、それが見事に成功する場面で終わっている。

まず第26章「埋葬」(A Burial) では、ルーシーが宝のように大切に机の引き出しに鍵をして仕舞っていたグレイアムからの手紙は、マダム・ベックによって盗み見されただけでなく、ポール・エマニュエルにも見られたことを知り、それを永久に人の目に触れさせないため、それと同時にグレイアムに対する秘めた愛と失恋の悲しみを永遠に葬り去るため、庭の巨木の根元にできた秘密の穴に埋める決意をする。彼女はその時の心境を次のように語っている。

I knew there was such a hollow, hidden partly by ivy and creepers growing thick round; and there I meditated hiding my treasure. But I was not only going to hide a treasure—I meant also to bury a grief. That grief over which I had lately been weeping as I wrapped it in its winding sheet, must be interred. (p. 296)

周囲に生い茂った様々な蔦で一部隠された木の根元に穴があることを私は知っ

ていた。そこに私の宝物を隠すことを考えた。だが私は宝物を隠すだけでなく、悲しみをも葬るつもりでいた。私は、先ほどその巻紙の中にそれを包みながら、すすり泣いたあの悲しみも一緒に埋葬しなければならない。

そこで「私」は町の古道具屋で手紙が永久に保存できるような器を買ってきた。そして夜になるのを待って人に気付かれないようにそっと庭に出て、その木の根元の穴に手紙の入った器を埋めて、外から草を被せた。本章の見所は以上の一幕に絞られる。

さて一方、ポーリナは「父に対して相変わらず昔の少女のままであったが、私に対しては思考と感情の何れにおいても大人の女性らしく真剣に対応するようになった」（大意）。しかし肝心のグレィアムには異性を意識してか、昔の彼女でなくなってしまった。ルーシーはこれを次のように表現している。

> With Graham she was shy, at present very shy; at moments she tried to be cold; on occasion she endeavoured to shun him. His step made her start; his entrance hushed her; when he spoke, her answers failed of fluency; when he took leave, she remained self-vexed and disconcerted. Even her father noticed this demeanour in her. (p. 299)
> 彼女はグレィアムに対して内気であった。今のところ非常に内気であった。そして時には冷たい態度を取ろうとした。そして時折彼を避けようと努めた。彼の足音を聞くと、はっと驚き、彼が入ってくると声を潜めた。彼が話すと、彼女の返事は流暢さを失い、そして彼が別れを告げたとき、彼女は戸惑い、困惑したままであった。彼女の父でさえも彼女のこの振る舞いに気付いた。

これに気付いた彼女の父は、「お前はこれから一人前の大人になった時、このような内気な態度では社会生活はできないよ」（大意）と注意するほどであった。そこで彼はいろいろ考えた末、自分の娘の教育をルーシーに任すことに決めた。彼は「私」が彼女の専属の家庭教師になってくれれば現在の職業の数倍の給料を払うと提案したが、「私」は自由と自立のためにそれを断り、単なる友人として共通の勉強を共にしながら彼女を教育することに同意を得た。「私」はこれによって自分が望んでいたドイツ語の勉強を彼女と一緒に彼女の自宅 (Hotel Crécy) で行うことになった。彼女の父ドゥ・バソンピエールもこれを何よりも喜んだ。一方、これをマダム・ベックから聞き知ったポール・エマニュエルは決して穏やかではなかった。「私」が週に6日も貴族の家へドイツ語の勉強に出かけるとは教師として越権行為だと怒った。だが「ある点にお

いてポール氏ほど人の好い小さな男はいない。また他の点において彼ほど怒りっぽい小さな独裁者はいない」(Never was a better little man, in some points, than M. Paul: never, in others, a more waspish little despot.) ことを「私」は知っていたので、彼との間に亀裂が生じる心配が全くなかった。

　さて第2巻最後の第27章「ホテル・クレシ」(The Hotel Crécy) は、ラバスクール (Labassecour, ベルギーの偽名) の王子の誕生日祝賀パーティがドゥ・バソムピエール氏の邸宅で開かれ、そこに公爵を初めとして多くの貴族や政府の高官、そして学者や知識人の集まるとこから始まる。そこにはグレイアム・ブレトン医師はもちろん、ポーリナの友人として「私」と彼女の従姉ファンショー嬢も招かれた。

　その日の朝、「私」とファンショー嬢が寄宿学校の同じ寝室でそのパーティに出かけるため服装の準備をしている時、彼女は突然「私」に向かって、「あなたと私が今から全く同じレベルで同じ場所を、同じ繋がりで訪問することは、すごく異常に見えます」(It seems so odd that you and I should now be so much on a level, visiting in the same sphere; having the same connections.) と笑いながら話しかけてきた。それに対して「私」は、「どうして異常ですか。私は血の繋がりをそれほど高く評価していませんでした。（あなたが招待された）主な原因は近頃あなたは何度もここへ来たからです」(Why, yes, I had not much respect for the connections, chiefly you frequented a while ago.) と答えた。しかし彼女は血の繋がり、つまり家柄をあくまでも重視しており、「私」に対して、「それではあなたはどういうご身分？」(Who *are* you, Miss Snowe?) と、「私」の身分の卑しさを執拗に突いてくる。以下、これを巡ってパーティの会場に着くまで2頁以上話が続く。

　さて、二人はこのような議論をしながらパーティ会場に着いた。大広間はほぼ満員だったが、演壇はまだがらんとしていた。ところがそこに予想もしないポール・エマニュエルが現われ、開会の挨拶を担当した。彼は実に堂々として、学校の教壇で講義する時と同じ口調で、「鋭く、率直に、厳しく、そして畏れることなく」そして「形式的ではなく、また媚びることもなく」自分の見解を発表した。従って聴衆から拍手喝采を受けた。この後も彼のとりわけルーシーに対する言動について語っているが、そこから彼ら二人の暖かい心の触れ合い

がはっきり見えてくる。彼が近く彼女に愛の告白をする予兆と解釈すればよかろう。次にその触れ合いの一部を紹介しよう。即ち、彼の演説が終わった後、広間の入り口で二人が出会った時、彼は「私の演説についてどう思う？」(Qu'en dites vous) とルーシーに尋ねた。彼女はこれに答えて自分の感想を述べようと思ったが、とっさの質問に声が詰まって十分に話せなかった悲しさを次のように表現している。彼女のこの言葉からポールに対する好意と内に秘めた愛情を鮮明に読み取ることができるであろう。

> He should not have cared just then to ask what I thought, or what anybody thought: but he *did* care, and he was too natural to conceal, too impulsive to repress his wish. Well! If I blamed his over-eagerness, I liked his naïvete. I would have praised him; I had plenty of praise in my heart; but alas! no words on my lips. Who *has* words at the right moment? I stammered some lame expressions; but was truly glad when other people, coming up with profuse congratulations, covered my deficiency by their redundancy. (pp. 311–12)
>
> その時彼が、私がどのように考えているか、また他の誰かがどのように考えているかを聞きたがっているはずがなかったであろう。だが実は彼はそのように思っていた。そして彼は余りにも自然なためにそれを隠すことができず、また余りにも衝動的であったために自分の願望を抑制できなかった。だから私は彼の過度な熱意を仮に非難したとしても、彼の純真さが好きだった。私は彼を褒め称えていたであろうし、また実際、私は心の中で大いに褒めていた。だが、悲しいことに私はそれを口に出して言えなかった。いざ言うべき時に誰がまともに言えるでしょうか。私は中途半端な言葉を口ごもっていた。だが他の人が祝福の言葉を存分に浴びせに来てくれて、私の言葉の不足を十分すぎるほど補ってくれた時、私は本当に嬉しく思った。

　さて、王子の誕生祝賀式が終わった後、来客は各自の好みの仲間と一緒に楽しく賑やかに過ごした。本章の後半はその情景の描写で占められている。注目の焦点はポーリナとグレィアムの二人であることは言うまでもない。中でもポーリナは多くの若い紳士たちに囲まれて談笑していた。その時の彼女の魅力的な姿を次のよう描写している。

> Paulina was awed by the savants, but not quite to mutism: she conversed modestly, diffidently; not without effort, but with so true a sweetness, so fine and penetrating a sense, that her father more than once suspended his own discourse to listen, and fixed on her an eye of proud delight. (p. 312)
>
> ポーリナは学識豊かな人たちから畏敬の目で見られていたが、全く黙ってい

たわけではない。彼女は慎ましく控えめに話していた。努力はしないわけではないが、真実の可愛さと洗練された鋭い感性を持って話していたので、彼女の父は何度も自分の話を中断してその声に聞き入り、誇らしい喜びの目で彼女をじっと見つめたほどであった。

　そしてしばらくしてから彼らが彼女の許を離れると、今度は若いフランス人の群れが「彼女の上品な美しさと優しく丁重な振る舞い」(the fineness of her beauty, the soft courtesy of her manner) に魅せられて集まってきた。そこで彼らが話した主題は学問的なものではなく、「文学、芸術、そして彼女が日頃読んだり考えたりしている現実の生活」などであった。「私」はその話を聞いていたが、グレィアムも皆から離れてその話を耳を澄まして聞いていた。その時の彼の顔は「痛いほど楽しい」(pleased him almost to pain) 表情をしていた。しかし気の弱い彼は彼らの輪の中に入れないままでいた。だがやがて間もなくこのフランス人の輪も消え、舞台は別の部屋に移り、ポーリナとグレィアムは間に距離を置いて互に向かい合った状態で座っている。そして彼女の隣にファンショー嬢、グレィアムの隣に「私」がそれぞれ座っている。本章の後半はこのような状態の中で、「私」とグレィアムの対話で始まる。
　二人は 10 年昔のブレトン時代の互いの感情と今日のそれについて対話が集中する。本章の最大の見所でもある。彼女の彼に対する態度と姿の特徴は今も昔も変わらず、「静かなルーシー・スノゥ」(quiet Lucy Snowe) であり、「彼の無害の影」(his inoffensive shadow) であることを彼は強調する。これを聞いた彼女は、最大のショックを受けた。彼女は彼から受けた手紙を宝物として大切に保存し、彼の愛がポーリナに移っていることを知った後は、それを忘れ去るために木の根元の穴に手紙を瓶詰めして埋葬したほどであった。その彼女が「彼の無害の影」とは、余りにも彼女の心情を知らない鈍感な言葉である。言い換えると、彼女の心の実体である「秘めた炎の愛」を全く感じず、彼女を単なる「名付け妹」(god-sister) として仲の良い友人でしかなかったからである。彼女は「冷たい鉛の重石」を心に受けたように感じたが、その時幸い、「彼の話は別のテーマ、即ちポーリナに移っていった。」こうして本題の彼とポーリナの関係に話が移り、10 年昔の彼女はあれほど彼を慕い、心を許していたのに今の彼女は貴婦人然として高く留まっている。彼女に昔の話をすれば、彼に対して昔の姿に戻ってくれるかもしれない。そこでルーシーに、「何とかその手伝いをし

てくれないか、ルーシー、そうすれば君に一生感謝するだろう」（大意）と耳打ちした。これを聞いた彼女はさすがにむかっとした。彼女の心中を全く理解していなかったからだ。そこで彼女は「それはできない」ときっぱり答えた。もちろん彼女は口には出さなかったが、その時の心境を次のように記している。

> With a now welcome force, I realized his entire misapprehension of my character and nature. He wanted always to give me a rôle not mine. Nature and I opposed him. He did not at all guess what I felt: he did not read my eyes, or face, or gestures; though, I doubt not, all spoke. (p. 318)
> 　今や私は晴れやかな気分で、彼が私の性格や性質を全く誤解していたことを知った。彼は私がすべきではない役割をすることを常に求めていたのだ。私が本来したいことは彼と正反対だった。彼は私の感じていることを全く推測しなかった。彼は私の目や顔、或いは身振りを読み取れなかった。それらは全てを明らかに語っていたのだけれど。

「私」はこのようなことを真剣に考えていた時、突然ポール・エマニュエルの不機嫌な声が聞こえた。彼はそれまで少し離れたところから、私がグレィアムと親しく話しているのを見て嫉妬の炎を燃やし、二人の関係をなじり、侮辱的な言葉をフランス語で吐いた。これを聞いたグレィアムは笑って「おどけて」みせたが、私は耐えられなくなり、目に涙が溢れ出た。だが幸いこの時、ポーリナを取り巻いていた輪が解けて、彼女から離れて行った。グレィアムはそのチャンスを素早く捉えて彼女の側の席に座った。その時の二人の動作と表情をじっと観察していたルーシーはそれを次のように描写している。若い二人の秘めた愛が初めて完全に互いに通じた瞬間である。

> How well he looked at this very moment! When Paulina looked up as he reached her side, her glance mingled at once with an encountering glance, animated, yet modest; his colour, as he spoke to her, became half a blush, half a glow. He stood in her presence brave and bashful: subdued and unobtrusive, yet decided in his purpose and devoted in his ardour. I gathered all this by one view.
> (p. 319)
> 　丁度この瞬間、なんと上手い具合に彼は視線を向けたことか。彼がポーリナの側に来た時彼女は見上げた。彼女の目は生き生きとしているが淑やかな出会いの目と直ぐ溶け合った。彼が彼女に話しかけた時、彼の顔色は半ば赤く、半ば輝いていた。彼は彼女の前に、勇敢にそして恥ずかしそうに立った。その目は謙虚で控え目だが、強い決意と献身的な情熱に燃えていた。私は一目でこれら全てを読み取った。

「私」は二人のロマンスが成功することを確信した後、夜もかなり更けてきたので、ファンショー嬢と一緒に学校に帰ることにした。これを見たエマニュエルは「私」に近づき、いつもと全く異なった「丁重で礼儀深い」態度で、付き添いがいるのかと聞いた。「私」は冷ややかな態度で付き添いがいますと答えた。しかし彼はそれにめげずにあくまでも話を続けようとした。彼は先ほど「私」に吐いたあの無礼な言葉を深く悔いて、心から謝罪したいと考えていたのである。その間の言葉のやり取りと彼女の態度の変化を、作者ブロンテは最大の注意を払って表現している。本章の最後の見所と評してよかろう。何故なら、これを転機に二人の仲は職業上の付き合いから、互いに心の通じる友人関係に発展していくからである。言い換えると、第3巻の主題に繋がる序節として不可欠な見逃せない一幕である。次に二人の心が次第に解けていく過程を示す対話の一部を引用しておく。

>"I am not angry, monsieur."
>"Then you are worse than angry—grieved. Forgive me, Miss Lucy."
>"M. Emmanuel, I *do* forgive you."
>"Let me hear you say, in the voice natural to you, and not in that alien tone. 'Mon ami, je vous pardonne.'"
>He made me smile. Who could help smiling at his wistfulness, his simplicity, his earnestness?
>"Bon!" he cried: "Voilà que le jour va poindre! Dîtes donc, mon ami."
>"Monsieur Paul, je vous pardonne."
>"I will have no monsieur: speak the other word, or I shall not believe you sincere: another effort—mon ami, or else in English,—my friend!" (pp. 320–21)

「私は怒っていません、先生。」
「それでは、君は怒るよりもっと悪い、悲しんでいるのだね。赦しておくれ、ルーシー嬢。」
「エマニュエル先生、私は本当に赦しているのです。」
「その他人行儀な口調ではなく、もっと自然な声でその言葉を聞かせてほしい。『友よ、あなたを赦します』と。」
私はこの言葉を聞いて（思わず）微笑んだ。彼の切望、彼の素朴さ、彼の真剣さに接して微笑まない人がいるだろうか。
「よろしい」と彼は叫んだ。そして「ほら、夜もそろそろ明けてきた。だから、『私の友』と言ってください」と述べた。
「ポール先生、私はあなたを赦します。」
「私は『先生』と呼ばれたくない。別の言葉で呼んでほしい。でなければ、あなたが本心から言っているとは信じられません。頑張って別の言葉──"mon

ami" か、英語の "my friend" と言ってください。」

「私」はこのフランス語と英語の意味の微妙な違いを知っていたので、"mon ami" とはとても言えなかったので、"my friend" と彼を呼ぶと、その意味の区別を知らないポールは心から喜び、日ごろの彼の顔からは想像もできない満面の笑みを浮かべ、私を馬車の前まで案内してくれた。ちょうどそれと同時に、ドゥ・バソムピエール氏は姪のファンショー嬢を連れて出てきた。そして同じ馬車に座った時、彼女は大変に不機嫌な顔をしていた。彼女の美貌だけでは今回のように教養を必要とするパーティでは全く効果がなく、さらにその上グレイアム・ブレトン氏からも相手にされなかったからである。

『ヴィレット』第3巻

(1)

第28章「時計の鎖紐」(The Watchguard) は第3巻冒頭の一章に相応しく、小説の真のヒーローであるポール・エマニュエルと、全篇を通してヒロインを演じる「私」ルーシーとの一騎打ちの場面を、前半と後半で二度見事な筆さばきで描写している。

まずその前半では、ある日ポール・エマニュエルは授業中に、彼の本務校 (the Athénée) から緊急の連絡が届いた。しかし受付のロザンヌは授業中にそれを知らせると怒鳴り付けられるのが怖くて行けないと言うので、ルーシーは彼女に代わって行くことにした。しかし彼女が彼の前に立ってその手紙を渡そうとしたが、全く相手にせず講義を続けていた。仕方なく彼女はその手紙を彼のボネットと一緒に机の上に置いた。ところが、教壇の机の表面が読みやすいように斜面になっているので、手紙を置くとポールが最も大切にしている眼鏡と一緒に床に落ちて、レンズが粉々に割れてしまった。日頃は常に非常に短気で、些細な間違いでも激昂する彼は意外にも彼女を怒鳴りつけるようなことはせず、むしろ笑顔を見せて対応した。その時の彼の態度を次のように描写している。

Difficult of management so long as I had done him no harm, he became graciously pliant as soon as I stood in his presence, a conscious and contrite offender. . . . he declared that he dared not but obey one who had given such an instance of her dangerous prowess; it was absolutely like the "grand Empereur, smashing the vase to inspire dismay". So, at last, crowning himself with his bonnet-grec, and taking his ruined "lunettes" from my hand with a clasp of kind pardon and encouragement, he made his bow, and went off to the Athénée in first-rate humour and spirits. (p. 327)

私が彼に何の害を及ぼさなかった時でも自己制御の難しかった彼は、私が彼の前に立って自分の罪を自覚して悔いると、忽ち彼は優しく穏やかになった。……彼女のように危険な武勲の模範を示してくれた人には忍従せざるを得ない、と彼は声を出して言った。つまりそれは、「部下を狼狽させるために花瓶を叩き割った大帝王そっくりだ」、と。こうして最後に、彼はギリシャ風の帽子を取って頭にかぶり、私の手から壊れた眼鏡を受け取りながら、怒っていないから元気を出して、と優しく私の手を握り、そしてお辞儀をして最上等の御機嫌でアテネ・スクールへ帰って行った。

さて後半は上記と同様に彼の風変わりな、そして激昂しやすいが微笑むべき性格の特徴がより顕著に表われている。ある日の夕暮れ時、「私」を初めとして他の教師や生徒たちは広い学習室で銘々独自の時間を過ごしている。長い机と長い椅子がそれぞれ2脚あり、椅子がほぼ詰っている。ルーシーの隣にファンショー嬢は吸い付くように座っている。そこへポール・エマニュエルが入ってきて、「私」の後ろに立って、何をしているのか、と聞いたので、「時計の鎖紐」を編んでいると答えた。すると「誰のだ」と聞き返したので、「紳士、私の友人の一人のため」(For a gentleman—one of my friends.) と答えた。彼は先日のパーティ（第27章参照）の席で「私」がジョン・ブレトンと親しく話をしていたことに強い嫉妬を感じていたが、今再び「私の友人のため」という返事を聞いて、半ば理性を失い激昂する。そして「私の耳元でヒューという声」を出して次のように激しく詰った。

He said that, of all the women he knew, I was the one who could make herself the most consummately unpleasant: I was she with whom it was least possible to live on friendly terms. I had a "caractère intraitable" and perverse to a miracle. . . . With what pungent vivacities—what an impetus of mutiny—what a "fougue" of injustice! (p. 331)

彼は知っている全ての女性の中で、私が最も不愉快極まる女性で、そして最も友人関係になれない女性である、と言った。また私が「扱いにくい性格」で、不思議なほどへそ曲りで、……何という辛辣な陽気さ、何という反抗心、何という「激烈」な不公平と言った。

「私」はこの最後の言葉 (With what pungent . . ." 以下）を耳にしてさすがに怒

った。これを見た彼は急に我に返り、自分が言い過ぎたと反省して、「ちょっと、黙って。私は言い過ぎた、本当に。火薬みたいに爆発した」と言って声が詰まってしまった。その時の彼の表情は、「自分の不幸な特異な性癖」(the hapless peculiarity) を心から悔いている様子だった。本心は「寛大」(generous) だのに、我にもなく「激しい極端な」(excessive) な態度に出てしまう自分を心底から嘆いている様子は、自ずと憐れみを誘った (p. 331)。

　さて後半は、本題の「時計の鎖紐」から話題を服装に変えて、以前の「私」は彼の好みに合った「くすんだ素朴な色」(the austere simplicity) の服を好んで着ていたが、先日のパーティにおける私の服装に苦情を述べた。特に真っ赤な色 (scarlet) の服を批判したので、それは真っ赤ではなくピンクだと私は主張したが、彼は譲らなかった。さらに「私」の服装が一般的に「最新流行」(façons mondaines) のものだと文句を付けた。このように彼のジョン医師に対する嫉妬は簡単には消えそうにもなかった。これに対して「私」は男の人でも同じように流行を追っているではないか、と反論した。彼はしばらく黙っていたが、「私」が時計の鎖紐をしきりに編んでいるのを見ながら、自分が又もや言い過ぎたことを反省したのか、「君は私を憎んでいるだろう」と問いかけてきた。私は気にもしていなかったので黙っていた。そして最後に、彼は優しい声で「お休み」と声をかけて立ち上がったが、戸口まで行ったところで引き返して、「たとえ服装は派手であっても心は地味で素朴であってほしい」という主旨の願いを込めて次のように述べた。

> "That he would not be understood to speak in entire condemnation of the scarlet dress" . . . "that he had no intention to deny it the merit of *looking* rather well" . . . "only he wished to counsel me, whenever I wore it, to do so in the same spirit as if its material were 'bure' and its hue 'gris de poussière.'" (p. 333)
>
> 「彼は真っ赤な服を完全に否定していると理解されたくない。」……「彼はどちらかと言えば美しく見えることを否定している訳でない。」……「ただ彼は、私がそれを着るときは何時も、生地がビュール（尼が着る粗野な生地）で、くすんだ灰色であるのと同じような気持ちで着るように、お勧めしたい」と述べた。

だがこの時、ポール・エマニュエルはこの「時計の鎖紐」が自分の誕生日の贈物とは夢にも考えていなかった。それだけになお一層、彼のルーシーに対する愛情の深さがリアルに響いてくる。

(2)

　第 29 章「エマニュエル氏の誕生日祝賀会」(Monsieur's Fête) は前章「時計の鎖紐」の続篇であると同時に、彼と「私」の愛の鎖紐の完結篇でもある。ポール教授の誕生日は、午前中に彼を祝う式が行われ、午後は全校休みだった。そして祝賀式には彼が教えている生徒と教師全員が出席し、花束を贈呈するしきたりになっていた。「私」はこのような儀式が行われることを知っていたが、カトリック教徒の形式主義に反感を抱いていたので、自分独自の心のこもった贈り物をしようと考えて長い時間と金をかけて「時計の鎖紐」をこの日に合わせて作り上げたのだった。従って、その当日教室に集まった全員が各自手にした花束を、教壇に立っているポール教授の前の机の上に順番に置くことになっていた。ただ「私」だけ花束ではなく、「時計の鎖紐」を大切に仕舞った小箱を手にしていたので、最後にそれを一種のサプライズとして彼に手渡す機会を待ち受けていた。ところが、その機会が期待通りに都合よくやってこないので躊躇しているうちに、花束の贈呈が全部終わってしまい、ポール教授の挨拶の演説が始まった。だがそのとき彼は「私」だけ花束を贈呈していないことを知って怒りが骨髄に達していたので、その演説は「私」に対する怒りを爆発させる機会になってしまった。その興味深いプロセスを全部引用すると長くなるので省略するが、まずサン・ピエール嬢が「ルーシー・スノゥは英国人だからこのような慣習をご存じないのでしょう」云々と皮肉り、それを聞いた後でポールの演説が始まった。その直前に彼女が贈り物の小箱を彼に手渡す機会を失った原因を次のように説明している。

> I might yet have made all right, by stepping forwards and slipping into his hand the ruddy little shell-box I, at that moment, held tight in my own. It was what I had fully purposed to do; but, first, the comic side of Monsieur's behaviour had tempted me to delay, and now, Mademoiselle St. Pierre's affected interference provoked contumacy. (pp. 339–40)

> 　私はあの瞬間歩み出て、自分自身の手にしっかりと持った赤い小さな貝殻を散りばめた小箱を彼の手の中に滑り込ませれば全てが事もなく済んでいたかもしれない。私は最初そのつもりでいたのだが、ポール氏の滑稽な振る舞いに出会ったことで遅れてしまった。そして今、サン・ピエール嬢の気取った邪魔が入ったために反抗心を助長してしまった。

ポール氏は「（花束は）これで全部ですか」(Est-ce la tout?) を何度か繰り返して確認した後、演説を始めたが、怒りのため顔が歪み声を震わせていた。その話の内容を「私」も興奮していたので覚えていないが、「私」の挙動に気付いた彼はイギリスの女性に対する誹謗と侮辱を繰り返し、最後に英国そのものとウェリントン公爵を初めとした英雄やユニオンジャックまで罵倒したので、それまでこらえていた「私」は我慢がならなくなって思わず机を叩き、フランス語で、"Vive l'Angleterre, l'Hisoire et les Héros! A bas la France, la Ficition et les Faquins!" (p. 341)「英国万歳、歴史とその英雄万歳。フランスと虚言と悪党どもをやっつけろ」(p. 341) と叫んでしまった。

　この声を聞いた人は「私」が狂ったと思った。ポール氏は私を怒らせて勝ち誇った顔をして、話を本来の感謝の言葉に変えて演説を終えた。そして感謝の印として生徒たちを田舎へ朝の食事に連れて行った。もちろん「私」も同行したが、その後自分のベッドのある長い部屋に戻り、小箱を大切に持ったままベッドの端に座って先ほどのことを想い起していると、小箱を手渡さなかったことがひどく悔やまれた。そしてその日の午後は授業は休みだったので、部屋には誰もいないだろうと思い、自分の机の引き出しに小箱を大切に仕舞っておくためにそこへ向かった。部屋に近づくと人の気配がしたので、そっと中に入ると、「私」の机の引き出しが開く音がした。身を隠しながらよく見ると、ポール・エマニュエルが引き出しを開けて中に何かを入れていた。気付かれないようにそっと彼の背後に近づいて彼の行動を観察した。彼は「私」の息遣いで直ぐに気づいたが、全く驚いた様子もなく、何時ものように話しかけてきた。彼はこれまでも何度か「私」の留守の間にこの引き出しの中に「私」が読みたい貴重な本や資料を黙って入れていた。しかしその現場を見たのはこの日が初めてであった。そのことをいろいろ話した後、その日の朝の花束の件に話が及び、「私」だけが花束を贈らなかったのはその習慣を知らなかったからかと聞いた。「私はそれが期待されていることをよく知っており、その準備をしていたが、花束にはびた一文も使わなかった」(I *did* know that it was expected: I *was* prepared, yet I laid out no centimes on flowers.) (p. 345) と答えた。「私」が言い訳をせずに率直に答えたことを彼は喜んだ。しかし彼は「私」から花束をもらえないほど軽く思われていると判断したのか、「私」に対する自分の思いの丈を（彼にしては珍しく）情熱的に語り始めた。その注目すべき部分を引用しよう。

"Don't suppose that I wish you to have passion for me. Mademoiselle; Dieu vous en garde! What do you start for? Because I said passion? Well, I say it again. There is such a word, and there is such a thing—though not within these walls, thank Heaven! You are no child that one should not speak of what exists; but I only uttered the word—the thing, I assure you, is alien to my whole life and views. It died in the past—in the present it lies buried—its grave is deep-dug, . . ."

(p. 345)

「ルーシー嬢、あなたが私に対して情熱を持ってほしい、と私が願っていると思わないでください。神よ、あなたにご加護を。あなたは何故驚くのですか。私が情熱を口にしたからですか。よろしい、もう一度それを言いましょう。確かにそのような言葉はあります、そういうものもありますとも。この壁の内側では御法度ですが、有難いことに、あなたは子供ではないので、有るものは何を語っても良いと思いますが、私はその言葉をただ口にしただけです。そのもの（情熱）は私の一生とその見通しとは間違いなく縁のないものです。それはとっくの昔に死にました。そして現在それは埋葬されている。その墓は土の奥深くに埋められています。」

　そして最後に、「君に言いたいことはただ一つ、ポール・エマニュエルに優しく接してほしい」と述べた後、「君の誕生日に私は小さな贈り物をするために僅かな金を惜しまない」(When it is your fête-day, and I will not grudge a few centimes for a small offering.) と言った。それに対して、「私もあなたと同様です。だが僅かな金以上の費用が掛かっています」と言って、「開いた机の引き出しから小箱を取り出して、それを彼の手の中に置いた。」(And taking from the open desk the little box, I put it into his hand.)　そして、「今朝私はこれを膝の上に置いていましたので、もしあなたがもう少し我慢強く、そしてサン・ピエール嬢が余計な邪魔をしなければ、そして私自身がもう少し賢ければ、この小箱をあなたに手渡していたでしょう」と説明した。彼はそれをじっと見つめ、「私の頭文字だ」と叫んで、P. C.D.E.（Paul Carl David Emanuel の略）を指でなぞった。彼はこれが自分への贈り物とはとても信じられないほど驚き、嬉しさがこみ上げてきた。後はこの喜びとそれに応えるルーシーとの対話が1頁続く。そのブロンテの筆の運びは正しく絶妙である。こうして二人の愛は決定的な不動のものとなった。その日の夜、前夜と同じ部屋で「私」は再び彼と会った。そして前夜と同じベンチに並んで座ったが窮屈な感じが全くせず、「動きたければ動き、咳をしたければ咳をし、あくびをしたければあくびをした」と述べている。そして最後に次の言葉でこの第29章を閉じている。二人は夫婦のよ

うな自然な心境になっていたのである。

> Till the very close of the evening, he did not indeed address me at all, yet I felt, somehow, that he was full of friendliness. Silence is of different kinds, and breathes different meanings; no words could inspire a pleasanter content than did M. Paul's wordless presence. When the tray came in and the bustle of supper commenced, he just said, as he retired, that he wished me a good night and sweet dreams; and a good night and sweet dreams I had. (p. 347)

夜のとばりが下りるまで彼は私に全く何も話しかけなかった。しかし私は彼が友情で一杯であると、どういうわけか、そのように感じていた。沈黙は（昨夜とは）質が違う、違った意味を語っている。いかなる言葉も、ポール氏の沈黙の存在以上に楽しい満足感を喚起できなかった。お盆が持ち込まれて、夕食の騒ぎが始まると、彼は退席するとき私に、「お休み、良い夢を」と、ただそれだけ言った。そして私は、気持ちよく眠り、楽しい夢を見た。

(3)

続く第30章「ポール先生」(M. Paul) は、前章の流れに乗って二人の愛がどのように発展するのか、非常に興味深い点であるが、それは先生と生徒という新たな関係で始まる。端的に言って、それはブロンテ自身のブリュッセル留学時代のエジェ教授との関係を静かな回想を通して半ばドラマ化した自伝的小説の始まりと解釈したい。それは7年前に書いた『教授』の改訂版がここから本格的に始まると理解してよかろう。その関係が始まったきっかけについて、ルーシーは次のように述べている。ある日、「私は教育の面で不足している点を幾つか認め、その部分を教えてほしいと彼に頼んだところ、彼は早速私の欠点を調べた上で、その分野の本を数冊貸してくれた」（大意）ことから始まる (pp. 350–51)。こうして二人の関係は以前に増して密になり、互いの心の内を自由に口にするようになる。

最初、「私」の知らない分野や難解な部分について学んでいる時、「私」が苦しみもがいているのを見ると、「彼は非常に親切で、優しく、我慢強く、私が涙を流すと彼自身も同情して目を潤ませていた」が、題材が「私」の得意なものになると、対等に話すようになる。すると彼の表情が忽ち変わり、批判的で攻撃的になり、「私」を痛めつけて喜ぶようになった。ブロンテはそれを次のように表現している。

. . . his kindness became sternness; the light changed in his eyes from a beam to a spark; he fretted, he opposed, he curbed me imperiously; the more I did, the harder I worked, the less he seemed content. Sarcasms of which the severity amazed and puzzled me, harassed my ears; there flowed out bitterest innuendoes against the "pride of intellect." (p. 351)

……彼の親切は厳しさとなり、彼の目は光から火花に変わり、彼は苛々し、私に反対し、私を傲然と締め付けた。私がすればするほど、私が一層しっかり努力すればするほど、彼の不満は募るように見えた。彼の辛辣な皮肉は私を驚かせ、当惑させ、私の耳にきつかった。私の知的誇りに対して最も辛辣な当てこすり出を浴びせかけた。

彼のこのような攻撃に対して「私」は怯むどころか、逆に元気が出てより一層強くなった。こうして「格闘が一時は非常に厳しくなり、私はポール先生の愛情を完全に失ったように思えた。」(The combat was very sharp for a time. I seemed to have lost M. Paul's affection.)

「私」は本を全部突き返し、二日間彼とは口も利かなくなった。だがその間にこれらの本は全て「私」の机の上に返され、彼は教えに戻ってきた。そして「私が頑固に抵抗しているにもかかわらず、彼は親切で優しく、愛情を持って手を差し伸べ、あのような喧嘩があったことを忘れさせてくれた。」そして結論として、「和解は常に快いもの」(Reconciliation is always sweet.) (p. 352) であった。二人はこのような「闘争」(combat) を何度か繰り返しながら、互いの愛情を次第に確かなものにしていった。しかし互いに妥協することだけは絶対になかった。つまり、互いに厳しさを通して愛情を深めていったのである。本章最後の1頁でこの点を特に強調している。

(4)

第31章「木の精」(The Dryad) は、ある日曜日の午後校舎はがらんとして人気がなく、「私」だけ只一人寂しい第1教室の自分の机にもたれて寝入ってしまった所から始まる。そして目を覚ますと「私」の肩にショールが掛けられていた。親切な誰かが掛けてくれたに違いない。外を眺めると心地よい日差しが照り付けていた。「私」の足は自ずと庭のあの場所、ドクター・ジョンの手紙を埋葬したあの木の根元へ向かった。そしてそこに腰を下ろして静かに瞑想に耽った。まず最初に想い浮かんだことは、自分の将来の設計、つまりお金を貯

めて小さな学校を開くことであった。マダム・ベックも最初は小さな教室から始め、長い時間をかけて現在の学校を持つに至ったのだ。そこで次のように自らを励ました。

> Courage, Lucy Snowe! With self-denial and economy now, and steady exertion by-nd-by, an objet in life need not fail you. Venture not to complain that such an object is too selfish, too limited, and lacks interest; be content to labour for independence until you have proved, by winning that prize, your right to look higher. (p. 361)
>
> 勇気を出すのだ、ルーシー・スノゥ。克己と節約、そして日々絶え間ない努力によって、人生の目的は必ず成し遂げられる。そのような目的は余りにも利己的で、余りにも狭く、興味に欠けている、と不平をこぼしてはならない。君はその褒美を勝ち取ることによって一層高いものを望む権利を得たことを証明するまで、自立のため働くことで満足するのだ。

　しかしこのような「利己的な」目的を立派に果たしたとしても、それが他人の幸せにどれほど役立つのか、という「より高貴な任務」を果たしたことになるのか、またそれが（孤児の私が求める）「真の家庭」とどのように結びつくのか、などと思いが広がっていった。このような瞑想は、ブロンテがブリュッセル留学当時の自分を想い起して述べた言葉であることは言うまでもない。何故なら、彼女の留学の唯一最大の目的は学校開設の資格を取得することにあったからだ。

　このような瞑想から覚めると、「私」は今現に座っている木の根元に埋めたドクター・ジョンの手紙に心が移り、それと同時に彼への思慕の情が鮮明に蘇ってきた。こうして彼女自身と彼のそれぞれの愛情の有り様について分析を始める。中でも興味深いのは彼本来の優しさや人の好さについて分析した次の一節である。

> He had still such kind looks, such a warm hand; his voice still kept so pleasant a tone for my name; I never liked "Lucy" so well as when he uttered it. But I learned in time that this benignity, his cordiality, this music, belonged in no shape to me: it was a part of himself; it was the honey of his temper; it was the balm of his mellow mood; he imparted it, as the ripe fruit rewards with sweetness the rifling bee; he diffused it about him, as sweet plants shed their perfume. (p. 362)
>
> 彼は相変わらずあの優しい目つき、あの温かい手をもっていた。彼の声は私の

名を呼ぶときとても楽しい響きをなおも失っていなかった。彼が「ルーシー」と呼ぶ時ほど私は自分の名が気に入ったことはなかった。しかしこの優しさ、彼の誠実、この音色はどう見ても私のものでないことをやがて知るに至った。それは彼自身の一部であり、彼の性質から出た蜜であり、彼の円熟した気分の芳香であった。彼がそれを人に与えるのは、熟した果実が餌を求めるミツバチに蜜の報酬を与えるのと同じであり、また彼が周囲にそれをばらまくのは、甘い植物が甘い香りを発散するのに似ている。

このように彼の「私」に対する優しさは特別な愛情から出たものではなく、彼本来の性質に他ならなかったことを改めて自覚した。だがそれでも彼への恋慕は捨てがたく、思わず惜別の言葉 "Good night" を口に出してしまった。だがそれと同時に同じ言葉が返ってきた。驚いて見上げると目の前にポール・エマニュエルが立っていた。彼はそれまで私の行動を監視していたのだった。従って、彼女が机にもたれて寝ている間にショールを肩にかけてくれたのも彼であることが分かった。この後二人の対話は本章の最後まで全5頁に渡って続くが、その主要な話題は彼がマダム・ベックと同様にルーシーの行動を絶えず監視、つまり盗み見していることの意味と目的についての論争である。ルーシーは人の行動を「盗み見する」(to discover by stealth) 行為が罪であることを繰り返し主張するが、ポールはそれをプロテスタント、つまり清教徒の考えだと言って全く問題にしない。逆に、彼は監視することによって大きな過ちから救われた例として、彼はサン・ピエール嬢と結婚する手はずになっていたが、彼女の行動を絶えず監視することによって彼女の不品行が分かり、結婚せずに済んだことを挙げている。そして最後に、彼は一人でしばらく考え込んだ末に煙草の吸殻を草むらに投げ込み、ある日の夜彼女はそこで何をしていたのか、自分にはどうしても分からない、と次のように話を切り出した。

　　"I have seen, Miss Lucy, things to me unaccountable, that have made me watch all night for a solution, and I have not yet found it."

　　The tone was peculiar; my veins thrilled; he saw me shiver.

　　"Are you afraid? Whether is it of my words or of that red jealous eye just winking itself out?"

　　"I am cold; the night grows dark and late, and the air is changed; it is time to go in."

　　"It is little past eight, but you shall go in soon. Answer me only this question."

　　Yet he paused ere he put it. The garden was truly growing dark; dusk had come on with clouds, and drops of rain began to patter through the trees. I hoped he would feel this, but, for the moment, he seemed too much absorbed to be sensible of the change. (p. 366)

　「ルーシー嬢、私は一晩中解決しようと思ってじっと見つめていたがどうしても説明できない事柄を見た。そして今もなお分からないのだ。」

　彼の声の響きは異常だった。私の血管は震えた。彼は私が震えているのを見た。

　「君は恐れているね。それは私の言葉か、それともあの真っ赤な嫉妬の目が飛び出しているのが怖いのか。」

　「私は寒いのです。夜も暗く、遅くなり、そして空気も変わってきました。もう部屋に入る時間ではありませんか。」

　「8時を少し回ったところですが、間もなく入ることにしましょう。だがただこの質問にだけ答えてください。」

　しかし彼はそれを話す前に黙ってしまった。庭は実際暗くなり、雲と共に暗がりがやってきた。そして雨粒がパタパタと木々の間を通って落ち始めた。私は彼がこれを感じ取ってくれることを期待したが、彼はその時、天候の変化に気付かないほど、深く考え込んでいるように見えた。

　だが彼はここで急に話題を変えて、「君はプロテスタントだが、迷信を信じるのか」と話しかけた。そして昔この修道院で尼が自殺して、この木の場所に埋葬された。その亡霊が今も現れることを話した。彼自身もその亡霊を何度か見たが、それが現れる意味は、と話しかけたが口をつぐんでしまった。そして目を上げたので、「私」も同じ方向を見ると、異常な音が聞こえ、周囲の木々が揺れたかと思うとその亡霊が私たちの目の前に現れ、やがて消えていった。風はそれに応えるかのようにすすり泣き、冷たい雨が激しく降り始めた。

　第31章はここで終わっているが、ブロンテ自身の自伝的内容とフィクションとの興味深い融合である。因みに、彼女が自立のために学校を開設する計画は彼女の自叙伝そのものであり、次に、ドクター・ジョンの優しさと彼に対する恋慕の情は、すでに何度も指摘したようにロンドンの出版業者ジョージ・スミスを強く意識した彼に対する友情と思慕の念をドラマ化したものであることは間違いない。そして最後のポール・エマニュエルとの対話は実際にあった話ではなく小説の進行の上での作り話である。心の内を言葉に映す純文学作品としての価値は最初の二つにあることは言うまでもない。

(5)

　第32章「最初の手紙」(The First Letter) は、ポーリナ嬢が父と一緒にパリを中心としたフランス旅行から数週間ぶりにホテル・クレシに戻ってきたところから始まる。ルーシーは早速彼女から招待を受ける。二人が一緒になったのは、ホテル・クレシで国王の誕生日を祝うパーティで会って以来である。従って、旅の体験談など二人の対話は果てしなく続くように見えたが、途中で話題はポーリナがグレィアム・ブレトンから受けた「最初の手紙」に移り、それに対してどのような返事を書くべきか、という清純な乙女の嬉しい悩みを打ち明ける。そしてこの話題が最後まで続く。ここでブロンテが最も力を注いでいる点は、ポーリナとグレィアムの愛は何よりも清純そのものであり、こうして結ばれる愛と結婚はこの世において望みうる最も幸せな夫婦像であり、ロマンスの究極の理想像であった。ブロンテはこれを強く意識しながら愛の理想像を描こうとしている。一方、ルーシーとポール・エマニュエルの愛と結婚への道は絶えず厳しいリアリズムの壁が待ち受けており、二人の愛は幾つもの「論争」と「対決」即ち "combat" を経験しながら成長していく。本小説の真の価値、即ち見所は後者にあることは言うまでもあるまい。言い換えると、ポーリナとグレィアムとの理想的な愛と結婚は人生において実に稀なことであるが、これもまた一つには神の定めによるものと結論している。この世にはいかに努力しても不幸から抜け出せない定めを背負って一生を過ごす人も少なくないからである。本章最後のルーシーの言葉はそれを端的に物語っている。

> I think it is deemed good that you two should live in peace and be happy—not as angels, but as few are happy amongst mortals. Some lives *are* thus blessed: it is God's will: it is the attesting trace and lingering evidence of Eden. Other lives run from the first another course. Other travellers encounter weather fitful and gusty, wild and variable—breast adverse winds, are belated and overtaken by the early closing winter night. Neither can this happen without the sanction of God; and I know that, amidst His boundless works, is somewhere stored the secret of this last fate's justice: I know that His treasures contain the proof as the promise of its mercy. (p. 377)

> あなた方二人が平和に暮らし、幸せであるのは誠に結構なことです。それは天使としてではなく、生きた人間の中の稀に見る幸せです。幾人かの人生はこのように幸せです。それは神の意志によるものです。それはエデンの存在を証明

する足跡であり、その確かな名残です。しかし他の多くの人生は最初から別の道を走っている。また別の多くの旅人は発作的に吹く突風と激しく変わりやすい天候に立ち向かい、逆風と戦いながら、早く日の暮れる冬の夜に間に合わず、行き暮れてしまう。このようなことは何れも神の認可なしには起こり得ません。神の無限の仕事の中には、この最後の運命の裁きの秘密が保管されていることを私は知っています。神の（秘密の）宝物には慈愛の約束としてその証が含まれていることを私は知っています。

　筆者は上記の一節に小説『ヴィレット』のモラル、即ち思想的主題が集約されているように思う。言い換えると、『ジェーン・エア』における一人の女性の一人の男性に対する一途な愛の追求という単一的主題から解放されて、人生を多面的かつ両極から一層広く見ることを学んだ作家ブロンテの成長した姿を読み取ることができる。彼女は『シャーリ』において、二組の性質の異なったヒーローとヒロインの姿を描いたが、単一的主題からの脱皮の努力が既にここにはっきり表れている。そして『ヴィレット』においてそれを完成させたと解釈してよかろう。上記の一節の後半（"Other travellers . . ."以下）は、「私」ルーシーとポール・エマニュエルの愛の完成に向かう厳しい道程を示唆しているように思う。"weather fitiful and gusty, wild and variable" はポール・エマニュエルの性格そのものであり、ルーシーはその人物と「戦い」(encounter) ながら冬の夜空の下、神の「御慈悲」に守られながら長い家路を旅する運命にある。ポーリナとグレイアムの純愛物語とは全く対照的である。人生の真実、真の写実 (reality) はルーシーとポールとの闘争にあることは明らかであろう。

(6)

　第33章「ポールは約束を守る」(Paul Keeps His Promise) は、ポールがかねてから約束していた郊外での朝食会に生徒たちを招待する一幕であるが、そこでのルーシーに対する優しい態度は極めて意味深長で、求愛にも等しい言葉を漏らす。そして最後は、彼の決断を暗示する激しい謎めいた行動をルーシーが緊迫した思いで陰からじっと眺めている。小説『ヴィレット』後半の新たな転機を意味する重要な一章である。

　朝食は終わって生徒は皆原っぱで楽しそうに遊んでいる。ポールは椅子に座って葉巻を燻らしながら満足そうに眺めている。「私」は近くの木の根っこに腰を下ろして彼のためにコルネイユ (Pierre Corneille, 1606–84) の詩を朗読して

いる。彼は日頃の厳しい顔からは想像できないほど穏やかな表情をして聴いている。「私も良い天気なので幸せで、しかも彼の目の前にいるので一層幸せな上に、彼が親切なので最高に幸せだった」(I too was happy—happy with the bright day, happier with his presence, happiest with his kindness.)。彼は「私」に生徒たちと一緒に遊ばないのか、と問うたので、「兄のような人と一緒にいるだけでいつも満足です」と答えた。すると彼はさらに続けて、「もし私がヴィレットを去って、遠くへ行ってしまったら、残念に思うか」と尋ねた。それは余りにも急な予想もしない質問だったので、「私」はコルネイユの詩集を手から落とし、返事ができなかった。彼はさらに尋ねた、「私の妹よ、もし私が君と別れたら、どの程度長い間私を覚えていてくれるか」と。「その期間がどの程度か言ってくれないと返事はできない」と答えると、彼は「2年、3年、5年間、海の彼方へ出かけていて、帰ってきたとき私を喜んで迎えてくれますか」と問い直した。「私はその間どのように生きればよいのか」と聞くと、彼は「私はこれまで君に対して随分辛く厳しく当たってきた」(Pourtant j'ai été pour vous bien dur, bien exigeant.) と、感謝と謝罪を込めて語った。これを聞いた途端「私」は最早我慢できなくなり、本で涙を隠しながら、「どうしてそのような話をするの」と聞くと、彼は「もうこのような話はよそう」と言って、明るく元気づけてくれた。そして最後にその時の真情を次のように語っている。

> Still, the gentleness with which he treated me during the rest of the day, went somehow to my heart. It was too tender. It was mournful. I would rather he had been abrupt, whimsical, and irate as was his wont. (p. 383)
> だがその日は最後まで続いた彼の私に対する優しさがどうした訳か私の胸に強く響いた。それは余りにも優しかった。それは悲しそうだった。私は彼が以前と同じように発作的で、気紛れで、怒りっぽい人でむしろあってほしいと願ったほどである。

それから間もなく生徒は全員集合して帰途に就いた。真昼の強い陽光が遊び疲れた生徒たちをまともに襲った。しかしポールが予め準備していた二台の大型馬車は彼女たち全員を学校へ送り届けてくれた。こうして彼が約束した朝食会は成功裏に終わった。

その日の夕方、日没前にポールはマダム・ベックと一緒に玄関から中央の並木通りに出てきた。二人は歩きながら真剣に話し合っていた。彼女は「驚いた

ような、いさめるような、制止するような口調」(an amazed, expostulatory, dissuasive air) で話していた。そして最後に、彼を「慰める」(comfort) のではなく、「戒める」(remonstrate) 言葉を残して部屋に入って行った。一方、ポールはそのまま庭に残って何か深く考え事をしていた。だがやがて彼は家の中に入って来て各部屋を物凄い剣幕で何かを探し求めていた。彼はサン・ピエールに出会った時、「ルーシー嬢は何処にいるのか」と尋ねた。彼は「私」を探していたのだった。だが彼と会うのが怖くて身を隠していた。彼は「私」に是非とも話しておきたい重要なことを胸に抱えていたに違いない。私は勇気を出して彼の前に歩み出て、彼の話を聞いておけばよかったのにとひどく後悔した。彼女はその時の心境を次のように語って、この注目すべき一章を閉じている。

I felt from the first it was me he wanted—me he was seeking—and had not I wanted him too? What, then, had carried me away? What had rapt me beyond his reach? He had something to tell: he was going to tell me that something: my ear strained its nerve to hear it, and I had made the confidence impossible. Yearning to listen and console, while I thought audience and solace beyond hope's reach—no sooner did opportunity suddenly and fully arrive, than I evaded it, as I would have evaded the levelled shaft of mortality. (p. 385)

私は最初から、彼が求めているのは私であると感じていた。彼は私を探していたのだ。そして私自身も彼を求めていなかったであろうか。では何が私を連れ去ったのだ。何が私を彼の手の届かない所へ無我夢中で逃げさせたのだ。彼は私に何か言いたいことがあった。彼はその何かを私に告げようとしていた。私の耳はそれを聞くために神経を緊張させていた。そして私は打ち明け話を不可能にしてしまった。私は、聴いて慰めてあげたいと切望しながら、他方で聴いて慰めることは叶えられないことだと思っていた。その機会が突然かつ十分に訪れると同時に、正面から飛んできた致死の矢を避けるように私はその機会を避けてしまった。

(7)

　続く第34章「マレヴォラ」(Malevola) は、前章のポール・エマニュエルとマダム・ベックとの真剣な対話と、その直後の彼の興奮した一連の行動の謎が明かされる重要な一章である。

　木曜日の午後は学校が休みなので、生徒はもちろん教師も街に出て自由な時を過ごしている。ルーシーも買い物に出かけようとしていた。だがちょうどその時マダム・ベックと会い、ついでにこの果物籠をマダム・ワラヴェンズ

(Madame Walravens) に届けてほしいと頼まれた。彼女はそれを快く引き受け、自分の買い物を済ませてから半リーグ（約３キロ）離れた彼女の家に向かった。家の側に近づくと、家から牧師風の老人が出てきた。彼女がベルを押すとこれまた年取った女中が出てきて、広間に案内された。そこに老婆が座っていたので、彼女が目的の婦人かと思って果物籠を差し出すと彼女はそれを奪い取ろうとしたが、折よく先ほどの牧師がそれを遮って、ワラヴェンズのいる２階の部屋に案内してくれた。途中幾つかの暗い部屋を通ってやっと彼女の部屋に着いた。そこで見た彼女の姿を次のように精密に描写している。

> She might be three feet high, but she had no shape; her skinny hands rested upon each other, and pressed the gold knob of wand-like ivory staff. Her face was large, set, not upon her shoulders, but before her breast; she seemed to have no neck; I should have said there were a hundred years in her features, and more perhaps in her eyes—her malign, unfriendly eyes, with thick gray brows above, and livid lids all round. How severely they viewed me, with a sort of dull displeasure! (p. 389)
>
> 彼女の背丈は３フィートほどで、形を成していなかった。彼女は皺くちゃの両手を魔法の杖のような象牙の杖のノブ（丸い拳）の上に互いに重ねて置いていた。彼女の顔は大きく、両肩の上ではなく、胸の前に座っていた。彼女は首がないように見えた。彼女の顔の造作は百歳と言っても良いほどだった。彼女の目は恐らくそれ以上に見えた。彼女の意地悪な敵意のある目の上の眉毛は濃い灰色で、目の周りの瞼は土色だった。その目はいかにも不愉快そうに私をじろりと厳しく見つめた。

　その彼女は精一杯豪華な服装をし、主要な部分を宝石で飾り、大きな長い耳飾りを付け、骸骨のような手に指輪がはめられていた。彼女はルーシーを見て、「何の用だ」と男性のようなしわがれ声で聞いた。彼女は果物籠を手渡し、マダム・ベックからの伝言を伝えた。老婆は「それだけか」と聞いたので、「それだけです」と答えると、そのまま何も言わずに背を向けてしまった。

　ルーシーは用を済ませたので帰ろうとしている時、外では嵐がさらに激しくなり、雷鳴がとどろき始めた。ちょうどそこへ先ほどの牧師が現れ、「お嬢様がそのような場所に座っていてはいけません。私たちの恩人は見知らぬ人がこのような扱いを受けたことを知れば、きっと怒るでしょう」と言って、「私達の恩人」の部屋へ案内した。部屋は祈祷所のような狭い部屋で一つだけの窓にブラインドが半分下りていたので、中にいる人の顔がはっきり見えなかった。

第 9 章『ヴィレット』　477

ただ窓の明かりが彼の禿げた頭を照らしていた。彼は本を読んでいたが顔を上げて彼女の顔をじっと見た。そして彼女が誰かに気付いたようだった。彼女自身もその瞬間彼が誰かに気付いた。彼女がかつて告白したあの教会のシラス神父 (Père Silas) に違いなかった。部屋の壁に一人の女性の肖像画が架かっていた。最初はっきり見えなかったが、やがて光を受けて見えたその顔は、若い女性の肖像画であることが後で分かった。ルーシーは見た時の印象を次のように述べている。

> . . . revealed by clearer light, it proved to be a woman's portrait in a nun's dress. The face, though not beautiful, was pleasing; pale, young, and shaded with the dejection of grief or ill health. I say again it was not beautiful; it was not even intellectual; its very amiability was the amiability of a weak frame, inactive passions, acquiescent habits; yet I looked long at that picture, and could not choose but look. (p. 391)
>
> ……その絵は一層明るい光を受けると、尼僧の服を着た女性の肖像画であることが分かった。その顔は美しくはなかったが、感じが良かった。悲しみと病弱のため失意の影を持った青白い、若い女性の肖像画だった。繰り返すが、その女性は美しくなかった。また知的でもなかった。正しくその可愛さは、弱い体と消極的な情熱、そして黙従の習慣が産んだ可愛さであった。しかし私はその絵をじっと長く見つめた。見つめざるを得なかった。

　これを見た神父はこの肖像画の女性の不幸な歴史について語り始めた。それは 4 頁近くに及ぶので、その要点だけ説明しておく。この肖像画は 20 年昔のものであるが、その頃彼女より少し若い一人の青年と恋仲だった。彼はかつてこの神父の教え子であり、とても心の優しい、自分を犠牲にしてでも人のために尽くす好青年であった。二人は当然結婚するものと誰もが思っていたが、いざ結婚となると猛反対を受け、他の男性との結婚を勧められた彼女は、それを避けるため修道院に入った。しかし病弱の彼女はやがて病いが重なって他界した。その後彼女の父は仕事に失敗して破産し、間もなく死んだ。彼女の母も後を追うようにして他界した。そしてただ一人祖母だけが生き残った。文無しの老婆は当然生活に困窮した。それを知った神父の教え子、即ち当時のポール・エマニュエルは自分の収入の大半を割いて彼女とその使用人全員の生活の面倒を見る決心をした。さらに今の住まいも借り受けた。彼と孫娘の結婚を誰よりも強く反対した祖母を憎まず、彼女の宝物である装飾品を売却せずにそのまま

持たせて安楽に暮せるようにした。自己犠牲を決していとわない優しい心こそ
ポール・エマニュエルの隠れた姿であった。しかもこれが今もなお変わらず続
いている。要するに、"constancy"「変わらぬ心」こそ、彼の隠れた真の美徳であ
った (the essence of Emanuel's nature is—constancy.) (p. 395)。これを今改めて
知った「私」は最後に、"How often has this man, this M. Emmanuel, seemed to
me to lack magnanimity in trifles, yet how great he is in great things!"「この男、
このエマニュエル氏は些細なことでは寛容に欠けることが何度もあるが、偉大
な事柄において何と偉大なことか」と呟いた。そして帰り道に独りで次のよう
に考えた。

> Whatever Romanism may be, there are good Romanists: this man, Emanuel,
> seemed of the best; touched with superstition, influenced by priest-craft, yet
> wondrous for fond faith, for pious devotion, for sacrifice of self, for charity
> unbounded. (p. 396)
> ローマカトリック教はいかなるものであっても、そこには必ず立派なカトリッ
> ク教徒がいる。この男エマニュエルはその中でも最も立派な人物のように思え
> る。彼は神父の術に影響されて迷信に侵されてはいるものの、心から信仰し、敬
> 虔に献身し、己を犠牲にし、そして果てしない慈善を尽くすのには驚かされる。

　こうして「私」が学校に戻るとマダム・ベックは笑顔で迎えてくれた。そし
てシラス神父の詳しい話から、ポール・エマニュエルが昔の恋人を死後 20 年
間変わらず愛し続けた「大変な愚か者」(personage assez niaise) であることが
分かったであろう、という主旨の言葉を連発した。これら一連の言葉から、「私」
をワルラヴェンズ宅へ訪問させたマダム・ベックの本当の意図は、シラス神父
の話を聞かせて、ポールへの愛を思いとどまらせることにあった。言い換える
と、それは次章でルーシーが述べているように、「これら二人の共謀の下で行
われたのだった」(p. 397)

(8)

　第 35 章「兄妹の関係」(Fraternity) は、マダム・ベックが「私」にポール教授
のことは忘れるように説得するところから始まる。「私」がシラス神父の話を聞
いてポールの愛を諦めると、彼女は思っていたからである。だが「私」は彼の
ことを忘れるどころか逆に、彼こそ「欠点のない小さな英雄」(a stainless little

第9章『ヴィレット』　479

hero) と思うようになったと述べた後、さらに続けて次のように述べている。

> I had known him jealous, suspicious; I had seen about him certain tenderness, fitfulnesses—a softness which came like a warm air, and a ruth which passed like early dew, dried in the heat of his irritabilities: *this* was all I had seen. And they, Père Silas and Modeste Maria Beck (that these two wrought in concert I could not doubt) opened up the adytum of his heart—shewed me one grand love, . . . it had laughed at Death himself, despised his mean rape of matter, clung to immortal spirit, and, in victory and faith, had watched beside a tomb twenty years. (p. 397)

> 私は彼が嫉妬心が強く、疑い深いことを知っていた。また彼の性質に、ある種の優しさや気紛れな点を見てきた。暖かい空気のように吹く柔らかさと、朝露のように過ぎ去り、苛立ちの熱の中で乾いてしまう慈愛を見てきた。以上は私がこれまで見てきた全てであった。ところがシラス神父とモデスト・マリア・ベックは（彼等二人が共謀したと私は確信しているので）ポールの心の奥底を開いて、その壮大な愛を私に見せてくれた。……その愛は死そのものを嘲笑い、その物質の強奪という卑しい行いを軽蔑し、不滅の霊に忠誠を誓い、変わらぬ愛情を保ちつつ墓の側で20年間見守ってきたのである。

　だがそれにしても、彼女の肖像画を見ても分かるようにごく普通の女性に対して20年間自らの「操」(virginity) を守り、自己犠牲を厭わず彼女の親族にまであのような「施し」(charities) を続けてきたのか、この疑問が「私」の脳裏から消えることがなかった。そこで彼と是非会ってみたくなった。だが今度は今までとは全く違った彼の真の姿、即ち「以前よりはっきりした、そしてより興味深い頁」(a page more lucid and more interesting than ever) を読み取ることができると確信した。

　それから数日過ぎた日の午前中「私」は授業がなかったので机に向かって絵を描いていた時、エマニュエルは同じカレッジの教授二人を連れて突然やってきた。彼らは「私」の書いたエッセイを偽物と疑っているので、「私」の実力を確かめるためにやって来たのだった。「私」は自尊心を傷つけられたので，直ぐには従うわけにいかずしばらく押し問答した後、「人間の正義」(Human Justice) という題名のエッセイを書くことに同意した。私は最も得意とする短編小説の形式で短時間に書き上げた。このようなエッセイはブロンテ自身がブリュッセル留学中にエジェ教授の指導の下で何度も書いたので、この一幕は自伝的小説の一面を垣間見せたと解釈できよう。

これはさておき、「私」はその日の午後ポール氏と再び会った。彼はいきなり「君は私のことを知っているか」と問いかけた。「私」は先日ワラヴェンズを訪ねてシラス神父と会ったことを隠して、「何も知らない」と答えた。すると彼は家も友も恋人もいない寂しい男だという主旨の言葉を繰り返し強調した。例えば、". . . nothing now living in this world loves me, except some old hearts worn like my own, and some few beings, impoverished, suffering, poor in purse and in spirit, . . ."「この世で生きている人の中で私を愛する人は、私と同じように心のすさんだ老人と、金も精神も共に貧しい悩める人間以外には一人もいない」と。これを聞いた「私」はさすがに黙っているわけにもいかず、シラス神父から聞いたことを全て話した。これを聞いたポールはそれまで敢えて見せなかった隠れた真の姿を、「私」に対する思いを語り始めた。そしてこれが本章の最後まで続く。その中から最も注目すべき対話の一部を引用しよう。

> "Knowing me thoroughly now—all my antecedents, all my responsibilities—having long known my faults, can you and I still be friends?"
> "If monsieur wants a friend in me, I shall be glad to have a friend in him."
> "But a close friend I mean—intimate and real—kindred in all but blood? Will Miss Lucy be the sister of a very poor, fettered, burdened, encumbered man?"
> I could not answer him in words, yet I suppose I *did* answer him; he took my hand, which found comfort in the shelter of his. (p. 406)

> 「今や君は私の全てを、私の過去の全て、私の責任の全てを知っているのだから、そして私の欠点を長い間知ってきたのだから、(その上で) 君と私は友人になれるかね。」
> 「もし先生が私に友人を求めているのなら、私は喜んで先生の友人となりましょう。」
> 「だが私が意味するのは親友です。親密な本当の友です。血以外の全てにおいて親密な友です。ルーシー嬢は、非常に貧しく、手足を縛られ、重荷を背負った男の妹になる意思がありますか。」
> 私は言葉で返事はできなかったが、彼にはっきり返事をしたと思う。彼は私の手を取った。その手は彼の手のぬくもりの中で慰めを見出した。

(9)

第26章「争いの林檎」(The Apple of Discord) は、上記の「兄と妹」(fraternity) の契りを交わしたその日の夜から始まる。ルーシーはこの関係について改めて次のように思いを馳せた。

He had called me "sister." It was well. Yes; he might call me what he pleased, so long as he confided in me. I was willing to be his sister on condition that he did not invite me to fill that relation to some future wife of his; and tacitly vowed as he was to celibacy, of this dilemma there seemed little danger. (p. 409)

彼は私を「妹」と呼んだ。それでよかった。そうです、彼は私を信じている限り好きなように私を呼んでかまいません。彼が将来私を彼の妻として迎えないという条件の下で、私は喜んで彼の妹になるつもりです。そして彼自身も暗黙裡に今のまま独身でいることを誓った。このジレンマに関して殆ど危険がないように見えた。

　このような心境の彼女にとって夜明けは待ち遠しかった。翌日の彼の文学の授業の時、「私」に対してどのような態度をとるのか、それを見るのが楽しみだった。だが期待に反して教師が生徒に対してとる態度で「私」に接した。それから二日間彼と会う機会がなかったが、その日の午後彼が愛犬と一緒に庭で水をやっているところを見た。そしてその犬が「私」の存在に気付いて吠えたので彼も気付いて部屋に入ってきた。こうして二日ぶりに二人の対話が始まった。まず彼は、「小さな妹、この二日間君は私のことをどう思っていたのか、率直に話してくれ」と切り出した後、「私」が黙っているのを見て次のように述べた。

"I called myself your brother. I hardly know what I am—brother—friend—I cannot tell. I know I think of you—I feel I wish you well—but I must check myself; you are to be feared. My best friends point out danger, and whisper caution." (p. 417)

「私は自分を君の兄と呼んだ。だが私は自分が何者か殆ど分からないのだ。私は兄か、友人か、分からないのだ。私は君のことを考えており、君の幸せを願っている。しかし私はそこで思い留まらねばならない。君を恐れなければならない。私の最良の友人は危険だから、用心しろとささやいた。」

　シラス神父は「最良の友人」の一人であったが、彼の言葉を借りると、「ルーシーは好人物で、私も彼女を愛しているが、彼女は恐ろしく誇りの高い生真面目なプロテスタントだ。そこが危険なところ」と考えていた。ポールも友人の意見に影響されて彼女を一部そのようにみていたので、彼女の机の引き出しに彼女に是非読んでもらいたい小冊子を入れておいた、と述べる。もちろん彼女はそれを読んでいたので、この本を巡ってしばらく論争が続く。そして最後

に彼女は自分の信条を次のように強調する。

> "Monsieur, sit down; listen to me. I am not a heathen, I am not hard-hearted, I am not unchristian, I am not dangerous, as they tell you; I would not trouble your faith; you believe God and Christ and the Bible and so do I." (p. 418)
> 「先生、座って、私の話を聞いてください。私は異教徒でもなければ、心の頑なな人間でもありません。私はキリスト教徒です。彼らがあなたに話したような危険な人ではありません。私はあなたの信仰を邪魔したりしません。あなたは神とキリストと聖書を信じてる。私も信じています。」

　この後なおしばらく論争が続くが、これによって二人の仲はなお一層「気安く、率直に」話せるようになった。これによって、彼は十分に満足はしていなかったが、「プロテスタントは彼の導師から教えこまれた不敬な異教徒であるとは必ずしも言えない」(Protestants were not necessarily the irreverent Pagans his director had insinuated.) と確信して彼女と別れた (p. 418)。

　さてその翌日ほぼ同じ時間に、シラス神父がマダム・ベックの許可を得て、ルーシーをローマ・カトリック教に改宗させるためにわざわざ訪ねてきた。彼はその宗教の良い所ばかりを並べ立てて、「木の価値はその果実で判断すべし」(judge the tree by its fruits.) と説いた。それに対して彼女は、カトリック教の産物は果実ではなく、けばけばした花だけで、何の「施し」(charity) にもならない、と反論した。そして仮に実がなったとしても、それは全く味がなく、中身は「無知、下劣、盲信」(ignorance, abasement, and bigotry) と述べた後、さらに続けてカトリック教の最も歪んだ病める点を次のように痛烈に批判した。

> Poverty was fed and clothed, and sheltered, to bind it by obligation to "the Church;" orphanage was reared and educated that it might grow up in the fold of "Church;" sickness was tended that it might die after the formula and in the ordinance of "Church;" . . . (p. 420)
> 貧困は育てられて服を着せられ、そして「教会」に対する義務によってそれを縛るために住まいを与えられた。孤児が育てられ、「教会」の囲いの中で大きくなるように教育され、病気は「教会」の様式と法令に基づいて死ぬように介護された。

　批判はこれだけで終わらず、さらに激しい口調で1頁以上論じているので、その一部を引用しておく。

Neither full procession, nor high mass, nor swarming tapers, nor swinging censers, nor ecclesiastical millinery, nor celestial jewellery, touched my imagination a whit. What I saw struck me as tawdry, not grand; as grossly material, not poetically spiritual. (p. 421)

大行列、盛式ミサ、群がる蝋燭、揺れる香炉、司教の帽子、神聖な宝石、これら全ては私の想像力を全く刺激しなかった。私がそこに見たものは、壮大なものではなく、安っぽいものとして、また詩的で精神的なものではなく、粗野な物質として私の胸を打っただけだった。

　ブロンテが小説の中でこれほど露骨に大胆にカトリック教を厳しく批判した例は他に見られない。その観点からもこの一章はブロンテ解釈の上で極めて重要と言うべきであろう。しかしルーシー自身はこれをシラス神父に直接言葉に出して伝えるようなことはしなかった。彼はいかに人が良くても、凝り固まった老人であるので話しても無駄と思ったからである。その代わりに、ポール・エマニュエルに全てを、カトリックとプロテスタントとの根本的な違いについて率直に話した。とりわけ、「カトリック教のけばけば塗り立てた顔が素顔になった時と比べると、私達の宗教はいかに純粋であるか」(how pure was my own, compared with her whose painted and meretricious face had been unveiled . . .) を説明した。そして最後に神の住まいである永遠と比べるとこの物質界はいかにちっぽけであるかを強調して、「神よ、この罪深い私に御慈悲を」(God be merciful to me, a sinner!) と結んだ。これをじっと聞いていたエマニュエルは次のように応じた。

God is good, and loves all the sincere. Believe, then, what you can; believe it as you can; one prayer, at least, we have in common; I also cry—'O Dieu, sois appaisé envers moi qui suis pécheur!' (p. 422)

神は善であり、真面目な人をすべて愛している。だから君に信じられるものを信じなさい。君が信じられるように信じなさい。私たちは少なくとも同じ祈りを共に持っています。だから私も声を上げて祈ります──「神よ。病める私に御慈悲を」と。

　そしてポールはさらに間をおいて、この注目すべき一章を次のように結んでいる。

"We abase ourselves in our littleness, and we do right, yet it may be that the constancy of one heart, the truth and faith of one mind according to the light He has appointed, import as much to Him as the just motion of satellites about their planets, of planets about their suns, of suns around that mighty unseen centre incomprehensible, irrealizable, with strange mental effort only divined.

"God guide us all! God bless you, Lucy!" (p. 422)

「私たちは小さな存在と卑下し、そして正しいことをします。神が定めた光の中で調和しながら、一つの不変の心と一つの真実と誠の精神が神が定めた光に従って神の許へ回帰してゆく。それはちょうど、小惑星が惑星の周りを、惑星が太陽の周りを、そして太陽が計り知れぬ実現不可能な、不思議な精神的努力によってのみ予言可能な目に見えぬ中心の周りを回る、のと同じであるのかもしれない。

「神よ、私たち全てを導き給え。神よ、君ルーシーを祝福し給え。」

　ポールとルーシーが兄妹の契りを結ぶ上で唯一の大きい壁は宗教の違いであった。しかし今やその壁は二人の共通した不変の真理を見通すことによって見事に打ち破られた。ブロンテのブリュッセル留学時代の恩師コンスタンタン・エジェ教授も形式や常識に捉われない自由な発想で文学を論じ、彼女の作家活動に大きい影響を与えた事実を想い起すと、ポールの上記の言葉はその反映であることは明かだ。言い換えると、ブロンテはこの時、彼とエジェ教授とを重ね合わせて想い描いていたに違いない。その観点からも少なくともこの一章に限ると、この小説も『教授』と同様「願望成就」の性格を帯びていると言えよう。しかし「争いの林檎」の要因である宗教の違いという最も厳しい現実（リアリズム）の壁を乗り越えた上での願望成就であることを見逃してはなるまい。それはジョン・ブレトンとポーリナ・ホゥムとのロマンスとは全く対照的であり、そしてここでは『ジェーン・エア』でとかく批判されたメロドラマ的要素が完全に取り除かれている。

(10)

　第37章「晴天」(Sunshine) は、ジョン・ブレトンとポーリナ・ホゥムとの結婚が彼女の父から許される場面を描いている。彼女はルーシーと相談した末、勇気を出して彼を愛していることを父に告白する。父は一瞬大きい衝撃を受けて猛反対するが、娘の愛情の深さに理解を示す。そこへ折よくジョン・ブレトンが現われ、率直に結婚を申し込む。すでに覚悟を決めていた父は一言も反対せずにそれを許可する。この過程をブロンテが得意とする対話を交えておよそ10頁に渡って描写している。そして最後に、この楽しい一章を次のように結

論している。作者ブロンテが生きるための信念を凝縮した一節と言えよう。同時にそれは彼女の小説の不動のモラルでもある。

Is there, indeed, such happiness on earth? I asked, as I watched the father, the daughter, the future husband, now united—all blessed and blessing.

Yes, it is so. Without any colouring of romance, or any exaggeration of fancy, it is so. Some real lives do—for some certain days or years—actually anticipate the happiness of Heaven; and, I believe, if such perfect happiness is once felt by good people (to the wicked it never comes), its sweet effect is never wholly lost. Whatever trials follow, whatever pains of sickness or shades of death, the glory precedent will shines through, cheering the keen anguish, and tinging the deep cloud. (p. 436)

本当に、この世にこれほどの幸せがあるのか。父と娘と未来の夫が今や一つに結ばれ、全員が祝福され祝福するのを見たとき、私はこのように自問した。

その通り、この世に存在します。ロマンスの色付けも空想の誇張一つもなしにそれが存在します。現世に生きる人々の中にはある日々、ある年月の間、天国の幸せを実際に先取りすることがあります。もしこのような完全な幸せが善良な人々によって一度感じられたならば（これは悪人に絶対訪れません）、その楽しい結果は絶対完全には消えません。いかなる試練が後に続こうとも、いかなる病気の苦しみや死の影が続こうとも、栄光が先行して絶えず輝き、厳しい苦しみを明るくし、深い雲を陽気にします。

ここで最も注目すべき言葉は、ジョンとポーリナの愛は決して「ロマンス」でもなく、「空想」でもないことを強調している点である。言い換えると、それは幸せな現実の愛であることを力説している。つまり、ブロンテは 18 世紀後半に流行したロマンスや今日のメロドラマを描いているのではなく、あくまでも純文学の世界が彼女の小説の世界であり、主題であることを暗に強調している。そのリアリズムはポール・エマニュエルとルーシーの愛と、性質の違いこそあれ現実を映している点において同じである。ジョン・ブレトンがいかなる心境でも「笑顔」を失わないのは、彼の「善良さ」、つまり幸福の原点を象徴している。その実例を挙げると、".. .pain only made Dr. John laugh, as anxiety had made him smile."(p. 435)「苦痛はドクター・ジョンをただ笑わせるだけだった、心配が彼を微笑ませたように。」". . . no temper, save his own, would have expressed by a smile the sort of agitation which now fevered him."(p. 432)「今現に彼を熱くさせた精神的動揺を微笑で表現する、そのような性質を持った人は、彼を除いて他にいなかったであろう。」要するに、彼は苦しみや悲しみを希望

と喜びに変える能力と性格の持ち主であった。彼は背が高くてハンサムな青年
であったが、そのモデルはすでに指摘したようにブロンテの小説の出版を快く
引き受けたジョージ・スミスであった。彼は彼女がロンドンへ来た時いつも彼
の家に招いてもてなし、エジンバラ旅行にも彼女を誘ったりもした。彼と交わ
した数多くの手紙は、彼女が彼より 8 歳年上であったので結婚など夢にも考え
てはいなかったが、彼こそ彼女が胸に描いた理想の男性であったことを裏付け
ている。彼女のこのような彼に対する暖かい想いが上記のような性格のジョ
ン・ブレトン青年を創造させたと解釈して決して間違いではなかろう。一方、
彼とは全く性格を異にしたポール・エマニュエルは彼女のブリュッセル留学時
代の恩師エジェ教授であることは今さら指摘するまでもあるまい。ブロンテの
小説のリアリズムは彼女の想い出に最も強烈に残るこれらの人物をモデルにし
て、そこに彼女の感情を正しくリアルに移入させた点にある。

(11)

　第 38 章以下は小説の最終幕、即ち、主役のポール・エマニュエルがルーシ
ーに最後の愛の証を立てて舞台を去るまでの二週間を、読者の意表を突く斬新
な手法で描いている。まず、第 38 章「雲」(Cloud) は、ポールが急用で海外へ
出かけることになったので、その時間をルーシーの英語の授業で代替すること
にしたことを伝えるマダム・ベックの言葉で始まる。こうして彼女は無事その
授業を終えたその日の午後、ポールが最後の別れの挨拶をするために学校を訪
ねて来た。しかしマダム・ベックはルーシーにその機会を与えたくないので、
自分が彼を独占するなど様々な方法で邪魔をする。そのうちに彼は他に用がで
きたのでその場を離れて行った。彼女が悲嘆に暮れている時、小さな女生徒が
彼の使いで短い手紙を手渡した。彼女はルーシーを見つけるために学校中を探
しまくったらしい。手紙には宛名も何も書いていなかったが、手紙の最後に
「ポール」と署名してあった。文面は極めて短く、次のように書いてあった。

> It was not my intention to take leave of you when I said good-bye to the rest,
> but I hoped to see you in classe. I was disappointed. The interview is deferred.
> Be ready for me. Ere I sail, I must see you at leisure, and speak with you at
> length. Be ready, my moments are numbered, and, just now, monopolized;
> besides I have a private business on hand which I will not share with any, nor
> communicate—even to you.—PAUL. (p. 445)

私は他の人たちにサヨナラを言うとき君にも別れを言うつもりではなかった。しかし教室で君と会いたいと思っていたが、残念だった。結局、君と会うのが延びてしまった。私と会う準備をしてください。私が出発する前に君とゆっくり会ってじっくり話をしなければならない。さあ準備をしてください。時間が限られているのです。ちょうど今君と二人きりになれます。他にも個人的な用事がありますが、これは誰とも共有せず、君でさえも話すつもりはありません。ポール。

　彼女は急いで教室へ駆け込んで、彼を待った。しかしいくら待っても彼は姿を見せなかった。恐らくマダム・ベックはその邪魔をしたに違いない。結局ルーシーは夜の11時まで教室の中をくるくる回りながら待ち続けた。だが遂にそこへ来たのは彼ではなく、彼女だった。そして彼女の言った言葉は、「休む時間が過ぎています。学校のルールをすでに十分過ぎるほど侵しています」だった。それを聞いた「私」は返事をせずにそのまま歩き回っていたが、「彼女がそれを阻止しようとしたとき私は彼女を払いのけた。」それでも彼女が「私」を無理やり寝室へ連れて行こうとしたので、「私はあなたの説得に応じるつもりはない」ときっぱり断った。すると彼女は「下女は寝ずに起きて、あなたが気持ちよく眠れるように鎮静剤を用意して待っている」と述べた。これを聞いた私はさすがに怒りを抑えることができず、次のように口走ってしまった。

　　　"Madame," I broke out, "you are a sensualist. Under all your serenity, your peace, and your decorum, you are an undenied sensualist. Make your own bed warm and soft; take sedatives, and meats and drinks spiced and sweet, as much as you will. If you have any sorrow or disappointment and, perhaps, you have—nay, I *know* you have—seek your own palliatives, in your own chosen resources. Leave me, however. *Leave me*, I say." (p. 447)

　　　「マダム、あなたは物欲主義者だ。あなたの穏やかで、大人しく、そして上品ぶった顔の下には、否定できない物欲が潜んでいる。あなたは自分の寝床を暖め、柔らかくすればよい。鎮静剤と、スパイスの利いた甘い食べ物と飲み物を好きなだけ口にすればよい。もしあなたに悲しみや失望があれば、恐らくあると思いますが。それどころか、私は知っています、あなたにそれがあることを。だからあなたは自分の鎮静剤を自分のお好きな源から探せばよい。ですが私のことはかまわずに、放っておいてください、本当に。」

二人の口論がさらに続き、遂にマダム・ベックは本音を吐く、"You must not marry Paul. He cannot marry." 「あなたはポールと結婚してはいけない。彼は結婚できない」と。これに対してルーシーは、「飼い葉桶の中の犬」(Dog in the manger, 自分が食べもしないのに、他人に食べさせたくない欲深い人）と、『イソップ物語』の譬えで皮肉った後、その皮肉の真意を次のように説明している。

> . . . for I knew she secretly wanted him, and had always wanted him. She called him "insupportable;" she railed him for a "dévot;" she did not love, but she wanted to marry, that she might bind him to her interest. Deep into some of madame's secrets I had entered—I know not how; by an intuition or an inspiration which came to me— . . . She was *my* rival, heart and soul, though secretly, under the smoothest bearing, and utterly unknown to all save her and myself. (p. 447)

何故なら、彼女が彼を密かに求めていることを、そして常に求めてきたことを私は知っていたからです。彼女は彼を「我慢できない」と呼び、「狂信者」と詰っていた。彼女は彼を愛していなかったが、彼を自分の利益につなげるため結婚したかった。私はマダムの秘密の奥深くに侵入していった。どのようにしてか分かりませんが、直感か霊感によるものでしょう。……彼女は私の心と魂のライバルでした。もちろんそれは秘密で、極めて柔らかい物腰の下に隠れ、そして私と彼女以外の誰からも全く知られてはいないけれども。

　ルーシーはこのように考えながら、マダムの言葉には微動もせずに我が道を行く態度を示した。彼女はこれを見てしぶしぶ引き下がった。彼女はこの夜の対決を、「私とマダム・ベックの間でただ一度だけ起こった閃光を引き出す、真実を強引に引き出す決闘」(the sole flash-eliciting, truth-extorting, rencontre which ever occurred between me and Madame Beck) と説明している。ブロンテはこの二人の間で起こった出来事をこれほど執拗かつ真剣に詳しく述べているが、その背景にはエジェ教授との関係に少なからぬ疑念を抱いていたエジェ夫人との見えざる対決があったことを見落としてはなるまい。その観点からも、この一幕はこの自伝的小説の中の一つのクライマックスと評して間違いなかろう。

　さて、「私」はこのような緊迫した一夜を過ごしたその翌朝、気分を一新するために庭に出て泉で顔を洗ったが、疲れた顔は誰の目にもはっきり映った。その上激しい頭痛に襲われた。それを見たマダム・ベックは女中に命じて強いアヘンの入った飲み物を鎮静剤として持ってきた。「私」は喉が渇いていたのでそれを一気に飲み干した。その効果が忽ち現れたが、それは眠気を誘わず、一種の幻覚状態の中で頭が逆に冴えてきた。このような状態の中で廊下を通って玄関から外に出た。その日はちょうど祭りであったので通りには多くの通行人がいた。「私」はその中をアヘンの力を借りて誰からも見られずに自由に歩

いている気分になった。このような状態でコンサートが開かれる公園の中に入っていた。そして群衆の中で自分の居場所を探していると、後ろから私の肩をたたく人がいた。一瞬見知らぬ人かと思ったが、よく見ると学校の近くの本屋の主人のミレ (Miret) であった。「私」はその店へ何度か行ったのでよく覚えていた。ポールは誰よりも彼と気が合い、そこへしばしば通っていた。この人物は小説の最後に、ポールと「私」を永遠に結びつける重要な役割を果たすので、彼の特異な性格についてブロンテは特に詳しく述べている。その中の最も重要な記述を引用しておく。

> He was an intelligent man; under his asperity, he was a good-hearted man; the thought had sometimes crossed me, that a part of his nature bore affinity to a part of M. Emanuel's; . . . and it was in this affinity I read the explanation of that conciliatory feeling with which I instinctively regarded him. (p. 455)
>
> 彼は知的人物だった。彼の辛辣さの奥に優しい心が宿っていた。私の心に時々、彼の性質の一部がエマニュエル氏の性質の一部と良く似ている、という考えがよぎった。……そしてこの類似性の中に、私は彼を本能的に尊敬する柔軟な感情が生まれたと自らに納得させた。

　彼は人込みの中をかき分けて「私」のために椅子を探してくれるなど、彼の日頃の態度や表情からは想像できない優しい心を持っていることを知り、「つむじ曲がりに見えても決して悪い人ではなく、いかに貧しくても心の綺麗な人がいる」ことを改めて知ったと述べている。ポール・エマニュエルこそその典型的人物であることを教えるのが、この小説の主題の一つでもあったことを忘れてはなるまい。そしてここでさらに注目すべきは、ルーシーが完全な覚醒状態で彼と出会っていることである。これによって彼女はまるで体験記を語るように彼について有りのままを描写している。恐らく、彼は実在の本屋の主人で、彼女が体験したことをここに採り入れたのであろう。ブロンテ小説の写実性つまりリアリズムの真髄または特徴は正しくここにある。また背が高くてハンサムで親切なジョージ・スミスを念頭に置いて小説のヒーローを創造したジョン・ブレトンこそその代表例であった。

　さて、次に彼女が出会った人物はそのジョン・ブレトンだった。しかし本屋の主人の場合は完全に覚醒した状態で出会っているのに対して、今度は幻覚状態で見た妄想の世界である。この様子を1頁以上に渡って詳しく述べているが、これによって彼女が今なお彼に対して潜在的に強い憧れを抱いていることがな

490　炎の作家シャーロット・ブロンテ

お一層明らかになる。中でもその最後の次の一節は自伝的観点からも極めて意味深長である。

> I believe in that goodly mansion, his heart, he kept one little place under the skylights where Lucy might have entertainment, if she chose to call. . . . gradually, by long and equal kindness, he proved to me that he kept one little closet, over the door of which was written "Lucy's Room." I kept a place for him, too—a place of which I never took the measure, either by rule or compass: I think it was like the tent of Peri-Banou. All my life long I carried it folded in the hollow of my hand—yet, released from that hold and constriction, I know not but its innate capacity for expanse might have magnified it into a tabernacle for a host. (p. 457)

> あの立派な建物、即ち彼の心の中に、ルーシーが訪ねようと思えば歓迎してくれる小さな部屋を、大空の下に彼は用意している。……彼は長い間いつもと変わらず親切に、一つの小さい部屋を用意していることを私に徐々に証明してくれた。その部屋の扉の上に「ルーシーの部屋」と書かれていた。私も（心の中に）彼のための場所を大切に守っていた、私はその場所を定規やコンパスで計ったこともありませんが、それはペリ・バヌーの幕屋のようだったと思います。私はそれを私の手の窪みに折りたたんで一生持ち歩いてきましたが、万一しっかり握り締めたその手から放したら、それは主人を中に入れることができるかも知れないほど大きく広がる潜在能力があったかもしれません。

　上の言葉から、ジョン医師がポーリナ嬢と結婚した後も、彼女の心の奥底に存在する彼に対する強い憧れが、アヘンによる妄想の中で鮮明に浮かび出てきたのだったことがわかる。要するに、ここにも本書の副題である「秘めた愛の自叙伝」の一端が鮮明に表れていると解釈してよかろう。同様の観点から、ジョン医師を主役にした物語は、ポーリナとの愛と結婚という単なるロマンスではなく、ブロンテの体験と生の感情を反映させたリアリティの世界を巧みに描いている。つまり、それは第37章の最後に強調した「ロマンスの色彩が全くない、そして空想による誇張も全くない」（原文は485頁参照）写実の世界を描いたと言えよう。

(12)

　上記第38章は、マダム・ベック、シラス神父、そして背むしの老婆ウォルラヴェンズの3人が集まって話し合う場面で終わっているが、続く第39章「古くて新しい知人」(Old and New Acquaintance) はこの延長で始まる。冒頭、ポ

ール・エマニュエルが旅に出かける目的について、彼等だけが知っているその理由をここで初めて明らかにしている。それはウォルラヴェンズが60年前に結婚した時に手にした不動産を西インド諸島に放置したままにしていたが、今それを処分して大金を手にする必要があった。彼ら三人は皆その金を当てにしていたが、危険を冒してまで長い旅をする勇気が誰にも湧いてこなかった。そこで三人が相談した結果、自己犠牲を厭わないお人好しのエマニュエルに依頼することになった。彼はシラス神父の教え子でもあったので断るわけにもいかなかった。以上は彼が今回の長旅に出る主たる目的であった。

　さて、彼ら三人が誰かを真剣に待っている場面から始まる（この頃からルーシーは幻覚状態から完全に覚めていた）。彼らの話からその人の名がジュスティヌ・マリ (Justine Marie) であることを知ってルーシーは驚いた。というのも、その名はポールが20年前に愛した今は亡き女性の結婚前の姓名と全く同じであったからだ。そしてしばらく待っていると、遂にその人物が彼らの前に現れた。しかしその姿はウォルラヴェンズ家の壁に架けてあった20年昔の彼女ではなく、ごく普通の17~18歳の若い女性であった。そしてさらに良く見ると、彼女はマダム・ベックの学校に在籍していた生徒で、ルーシーも何度か見たことのある女性であった。彼女は「叔父」「叔母」と呼ばれる二人の老人に付き添われていた。そしてさらに驚いたことに、彼女の後から、旅に出たはずのポール・エマニュエルが付いてきた。彼は前夜の船 (Antigua) で出発する予定を急遽取りやめて、2週間後の船 (Paul et Virginie) に席を予約しているとのことだった。彼が出発を遅らせた理由についてただ一言、"the settlement of a little piece of business which he had set his heart upon"「心に決めたあるささやかな仕事を済ませるため」と説明しただけで、それ以上の理由は誰も知らなかった。だが、彼とジュスティヌとの間では了解が付いているようだった。彼女はポールを "parrain"(godfather) と呼び、二人はまるで恋人同士のような仲の良い関係を行動に表していた。そして彼らを取り巻く連中（マダム・ベックその他）の話によると、ポールは彼女を彼らに預けて自分が西インド諸島へ出かけ、そこで遺産を手にして帰ってきたとき、彼女を花嫁として迎える手はずになっているようだった。だが実は、これは誤解で彼女はドイツ人の商人ハインリッヒ・ミューラ (Heinrich Muhler) と婚約中で、この時もポールの側に付いており、ポールが彼女と余りにも親しくしているのを見て、彼はぼやいていた。

このような事情を知らないルーシーは彼らの話を疑ってじっくり考えてみる余裕もなく、それを鵜呑みにしてその場を離れてしまった。そして一人になってからその場を振り返り、とりわけポールと彼女の仲の良い振舞い (love scene) を思い起こすと、彼女に対して激しい嫉妬が湧いてきた。その時の心境を次のように表現している。シャーロット・ブロンテ自身の愛についての真情をこれほど真剣に激しい口調で語った例を他に見ないので全文を引用する。

> I think I never felt jealousy till now. This was not like enduring the endearments of Dr. John and Paulina, against which while I sealed my eyes and ears, while I withdrew thence my thoughts, my sense of harmony still acknowledged in it a charm. This was an outrage. The love born of beauty was not mine; I had nothing in common with it: I could not dare to meddle with it, but another love, venturing diffidently into life after long acquaintance, furnace-tried by pain, stamped by constancy, consolidated by affection's pure and durable alloy, submitted by intellect to intellect's own tests, and finally wrought up, by his own process, to his own unflawed completeness, this Love that laughed at Passion, his fast frenzies and his hot and hurried extinction, in *this* Love I had a vested interest; and whatever tended either to its culture or its destruction, I could not view impassibly. (p. 468)

私は今日まで嫉妬を感じなかったと思います。私が言うこの嫉妬は、ドクター・ジョンとポーリナとの愛を目にして耐え忍ぶような（楽な）ものではありません。私は二人の愛に対して私の目と耳をふさぎ、そこから様々な思いを引き出している間、私の調和の感覚がそこにある種の魅力を認めているからです。この私の嫉妬は激怒です。美から生まれた愛は私のものではありません。私はそれを何一つ共有しておりませんので、それに手を出すことができないからです。しかし（これとは違った）別の愛は、長い付き合いの中から遠慮しながら芽をだした愛、苦しい試練に耐え、不変の忍耐によって押印され、愛情の清くて長持ちする合金によって固められ、知性によって知性の試験に付され、そして最後に、自らの過程を経て傷一つない完成品に仕上がった愛、急拵えの狂気、熱いままに慌てて消滅する情熱をあざ笑う愛、私はこのような愛に既得権を持っていた。だから私は、それは何であれ成長に向かうのか破滅に向かうのか、平気で見ていられなかった。

　この文章からまず、ルーシーはジョン医師に深い思慕を抱きながらも、ポーリナが彼を熱愛する姿を温かく見守り、嫉妬の念を燃やさなかった理由が明らかになる。次に、彼女はポールと当初は反発を繰り返しながらも、次第に心が一つに解け合って確かな愛へ成長していく。それだけにポーリナと同じ年齢の

ジュスティヌ・マリがポールの名づけ娘として目の前に現れた時、現実的な激しい嫉妬の情を燃やして当然であった。そしてさらにこの文章から、ブロンテがこの小説で目指した二つの愛の主題の特徴がなお一層はっきり見えてくる。ジョン医師とポーリナ嬢の若くて美しい男女の理想愛に対して、適齢期を過ぎた見かけの良くない男女の対立と厳しい試練をいくつも超えて到達した現実的愛の実像が鮮明に浮かび上がってくる。ブロンテが後者に重きを置いていたことは言うまでもあるまい。

さて、ルーシーは一人でこのようなことを考えながら学校に近づいた時、突然1台の馬車がものすごい勢いで通り過ぎた。そして車窓から「私」に向かって白いハンカチを振っているのが見えた。車内の人物の顔が見えなかったが、恐らく「私」を知っている人だろうと思った（後で分かったことだが、それはジネヴラ・ファンショーが恋人と駆け落ちした瞬間であった）。そして自分の寝室に戻ってベッドに入ろうとしたとき、そこに尼の服装をした物体が横たわっていた。その服装は数か月前「私」が3階の屋根裏部屋で見た尼の亡霊と同じであった。そして衣裳の一部に、"The nun of the attic bequeaths to Lucy Snowe her wardrobe. She will be seen in the Rue Fossette no more."「屋根裏の尼はルーシー・スノゥに彼女の衣装を譲渡する。尼は今後フォセット通りに再び現れることはないであろう」という張り紙を残してあった（この謎は次章で明らかにされる）。

(13)

第40章「幸せな夫婦」(The Happy Pair) は、ジネヴラ嬢がアルフレッド・ドゥ・ハマル (Alfred de Hamal) と、前章の祭りの夜に駆け落ちして数日後、ルーシーに送ってきた手紙が本章の主題である。

さて、祭りの翌朝ジネヴラ嬢がいないことに気付いて、学校全体が大騒ぎをしている。中でも特にマダム・ベックはその驚きを隠せないでいる。そのような時、ルーシー宛にジネヴラから長い手紙が届いた。それは実に陽気な勝ち誇った手紙で、祭りの夜誰もいない時間を見て学校を抜け出して馬車で駆け落ちをしたこと、学校の近くの通りで彼女を見かけたので車窓から白いハンカチを振ったこと、そして彼女のベッドに尼の服を着せて寝かせておいた仕業はジネヴラ自身がしたこと、などを伝えてあった。それから幾日かしてルーシーが彼

女の家を訪ねた時、夫のアルフレッドが出てきて、学校の屋根裏部屋で尼の服装をして彼女を驚かせたことを改めて詫びた。彼はジネヴラと密会するために屋根裏部屋の天窓から忍び込んだところをルーシーと偶然出会ったのだった。以上のように、第40章の主題は、それまで温存してきた二つの謎を明らかにするのが主たる目的であった。

さて、第41章「郊外クロティルド」(Faubourg Clotilde) は小説の実質的な最終章である。ルーシーは先日の祭りの夜ジュスティヌ・マリと出会って以来、彼女に対する嫉妬に苦しめられ、そこからの解放を求めて苦悶する描写で始まる。ちょうどその日は8月15日の「聖母マリア被昇天祭」(the Feast of the Assumption) で、午後は休みになっていた。従って教室には生徒が一人もいなかったので、特にこの日を選んで机その他を修理するために大工が一人いるだけだった。生徒は皆郊外へ遊びに出かけたが「私」はその気にもなれず、二日後に出発予定のポールとの最後の別れの機会を心待ちしながら教室に残っていた。そこへまるで天の恵みのように彼は現れた。彼は明るく上機嫌で、「私」を見ると微笑んで挨拶した。そのような彼に対して自分は不機嫌な暗い顔をするわけにはいかず、調子を合わせて明るく返事をした。だが彼の挨拶は予想に反して非常に優しく情熱的だった。その意外な態度や表情に驚きながら、自ずと幸せな気分に浸ろうとしていると、突然背後から、「ポール、ポール、応接間に直ぐいらっしゃい」と言うマダム・ベックの邪魔が入った。彼女は「私」をポールに会わせたくなかったのだ。彼女はいきなり二人の間に分け入り、ルーシーを睨みつけながら、「ポール、来なさい」と言って連れ去ろうとした。「私」は思わず「心臓が破裂しそう」と叫んだ。実際心臓が破裂しそうな怒りを覚えたが、その瞬間ポールは「私を信頼しなさい」(Trust me!) と囁いたので、心の重荷が解けて激しくすすり泣いた。しかしマダム・ベックは全く意に介さず、前回と同様に「私」にアヘンの鎮静剤を飲ませようとした。これに対して、ポールは顔を引きつらせ、鼻孔を大きく開けて、「私にかまうな」を二度繰り返した。これを聞いたマダムは、「そうは行かない」とはねつけると、ポールは終に「ここから出ていけ」(Sortez d'ici!) と、怒りが爆発した。しかし彼女はなおも引き下がらずに、「シラス神父を呼んできますよ」と脅迫したので、ポールは「女、直ぐ出ていけ」(Femme! Sortez à l'instant!) と怒鳴りつけた。これに対して彼女

は、「あなたの行動は、信頼のできない、非現実的で、無分別で、決断力のない矛盾した性格から出たもの」と詰った。この彼女の言葉の中でもとりわけ「決断力のない」に対してポールは最も強く反発して、「自分に決断力がないかどうか今に分かる。私はこの気の毒な女性を見ると、慰めずにはいられないのだ。さあ、私から離れてくれ」と案外冷静に言った。彼女はこれに対して微動だにせず、しばらく彼をにらみつけていたが、最後は諦めて去って行った。

こうして二人の激しい闘争が終わると、「彼の激情は直ぐに消えた。そして微笑みながら、涙を拭きなさいと言って、私が落ち着くまで静かに待っていた。」その間彼は優しい慰めの言葉を何度か繰り返していた。この時の「私」の幸せな心境を次のように述べている。

I sat beside him once more myself—re-assured—not desperate, nor yet desolate; not friendless, not hopeless, not sick of life, and seeking death. (p. 482)
私は再び自分を取り戻して彼の側に座った。再び確信し、絶望せず、最早侘しくもなく、友人もいて、希望があり、生きることに飽いて死を求めることもなかった。

彼は「友人を失うことはとても悲しいのだね」と言ったので、「私」はさらに続けて、「先生に忘れられることは死に等しい。私はこの退屈な数日間あなたから一言も音信がなかったので、あなたが私に別れの挨拶もせずに去ってしまう可能性を次第に確信するようになり、私はすっかり打ち沈んでいました」("It kills me to be forgotten, monsieur," I said. "All these weary days I have not heard from you one word, and I was crushed with the possibility growing to certainty, that you would depart without saying farewell!") (p. 482) と述べた。

これを聞いた彼は、自分が信頼に値する男である証拠を見せようと言って、「私」をブリュッセル郊外の町へ連れて行った。道のりは非常に長く、途中何度か足を休めた。その間二人は会話を続けているが、その中で注目すべき例として、ポールは「神に対して誠実なのは女性だけ」という間違った考えを指摘し、自分はその点に関して完全とは言えないかも知れないが、少なくともルーシーに対しては、「私の顔をよく見てくれ」(Look at me.) と述べた。それに応えて、「私は幸せな目線を上げた。私の目は今や幸せだった。もし幸せな目をしていなければ、私の目は心の翻訳者とは言えないだろう」と、その瞬間の幸せな心境を表現している。彼は「私」の顔をじっと見つめ、しばらく黙ってい

たが、かつての「私」のじっと我慢して苦しみに耐えた顔を思い出したのか、「辛かっただろう」(painful?) と聞いた。「私はすごく苦しかった。その苦しみにはもう耐えられません」(大意) と答えた。「その時の君の顔は青白く、決して良くはなかった」と彼が言ったので、「私」は「今見ても楽しくないでしょうね」(Ah! I am not pleasant to look at?) と、思わず口にしてしまった。そしてこの言葉の奥にあった自分の心境、即ちブロンテ自身の生の心境を、「次のように告白している。彼女の小説のリアリズムの真髄は正しくここにある。

> I could not help saying this; the words came unbidden: I never remember the time when I had not a haunting dread of what might be the degree of my outward deficiency; this dread pressed me at the moment with special force.
> (p. 483)
> 私はこの言葉を要求されずに自ずと口に出ださるを得なかった。私の外見の弱点はどの程度か、という恐怖が付きまとわない時があったのか、私の記憶には全くない。この恐怖がその瞬間には特別な力をもって私を締め付けたのである。

　彼はその言葉には何も答えず、彼の優しい表情、とりわけ「彼のスペイン風の睫毛の下の青く輝く瞳」で、「さあ歩こう」と言ったので、「私」は再度、「私はあなたの目には楽しくないですか」と尋ねると、「彼は立ち止まり、短くて力強い返事を私にしてくれた」(He stopped, and gave me a short, strong answer)。これに対して「私」は何も答えなかったが、「心から深く満足した」(profoundly satisfied)。そしてこの言葉を聞いた後、他人の声は全く気にならなくなり、「自分は彼のためにいかにあるべきか、社会のために何ができるか」としか考えなくなった、と述べている。とは言っても矢張り、外見は大いに気になる。特にポールの前では適度に外見に気を配っている、と次のように付け加えている。

> Was it weak to lay so much stress on an opinion about appearance? I fear it might be—I fear it was; but in that case I must avow no light share of weakness. I must own a great fear of displeasing—a strong wish moderately to please M. Paul. (p. 484)
> 外見についてそれほど強く人の意見を気にするのは（人間の）弱さだったのか。私はそうかもしれないと思う。しかしあの場合は、弱さを軽く見てはならないと誓った。私はポールを不機嫌にすることを大いに恐れ、彼を適度に喜ばせたいと強く望んでいたことを白状しなければならない。

シャーロット・ブロンテが小説の中でこれほどまでに外見にこだわった言及をしたのはここが初めてである。この点から観ても『ヴィレット』は自伝的色合いが濃いと言えよう。それは同時に、彼女のリアリズムへの強いこだわりと解釈できるであろう。

さて、二人は歩きながら将来の生活設計についても話し合った。彼は 3 年間のグアダループ (Guadaloupe) 滞在の間にできる限り何度も手紙を出すつもりでいるが、その間「私」がどのようにして暮らすのか、尋ねた。そして「将来君は独立して学校を開く計画を立てていること」に質問が及んだ。「私」はその通りだと答えた。彼もそれを望んでいることを強調した。こうして話しているうちに目的の郊外の町に着いた。そして一軒の「こじんまりした家の白い玄関のステップの前で立ち止まった。」そしてノックもせずに自分の鍵で玄関の扉を開けて入り、彼女を招き入れて、玄関から客間 (salon) に入った。中には家具類はもちろんテーブルの上には食器まで並んでいた。「私」は素敵と叫ぶと、「ポールは私が喜ぶのを見てにっこり微笑んだ。」客間を出てから食堂に入り、そこから階段を上って 2 階へ行くとそこには小さな寝室が二つあった。そして階段を下りてさらに別の部屋の前に立った。扉には鍵がかかっていたので、別の鍵で扉を開けて入ると、そこは学校の教室になっていた。二列のテーブルに二列の長椅子、そして部屋の奥に教壇があり、そこには教師が使う椅子と机があり、背後の壁に黒板と地図などが架かっていた。要するに、教室として完全に揃っていた。「この部屋は誰が使うのですか。この郊外に学校があるとは聞いていませんけれど」と質問すると、彼は、"Will you have the goodness to accept of a few prospectuses for distribution in behalf of a friend of mine?"「手間をかけてすまないが、私の友人のために数枚の学校案内書の配布を引き受けてくれないか」と言ってその案内書を手渡した。それは次のように書いてあった。

"Externat de Mademoiselles. Numero 7, Faubourg Clotilde. Directrice, Mademoiselle Lucy Snowe."
「通学女子生徒。郊外クロティルド 7 番。校長ルーシー・スノゥ嬢」

ルーシーがこれを見た時の驚き様は、さすがの語り手も言葉にならず、「10分間私は何を考え、何を口走ったのか、またどのように叫び、感じたのか全く記憶にない」と前置きした後、少し落ち着いてから彼女が交わした短い対話で

始まっている。小説最後の最高のクライマックスの場面である。

　彼女は案内書に書いている「ルーシー・スノゥ」は、本当に「私」の名前かと尋ねる。彼は直ぐには返事をしなかったが、微笑みながら「そうだ」と答える。そして3週間の学校不在の間に駆けずり回ってこれだけの準備をしたことを告白する。そしてその間「彼の頭にあった考えは、ただルーシーと、ルーシーの家のことだけだった」(Lucy and Lucy's cot, the sole thoughts in his head.) と、彼が学校を長期欠席した理由を初めて明かした。こうして彼女はポール・エマニュエルの愛情の深さを心から真に確信したことを次のように述べている。

> It was his foresight, his goodness, his silent, strong, *effective* goodness, that overpowered me by their proved *reality*. It was the assurance of his sleepless interest which broke on me like a light from heaven; it was . . . his fond, tender look which now shook me indescribably. In the midst of all, I forced myself to look at the *practical*. (p. 487)
>
> 彼の善意の実際の証を見せられて私が驚嘆したのは、彼の先見の明であり、彼の善意、彼の静かで強い効果的な善意であった。天から下る光のように私の心を打ったのは、私のために不眠の関心を寄せてくれたその確かな証であった。そして今、言葉で表現できないほど私を震わせたのは、彼の愛情に満ちた優しい目だった。そして何よりも私自身が一番感激して見つめたのは彼の実行力だった。

　ここで筆者が特にイタリックで示した3語に注目すると、それらは効果と現実と実用性を強調していることが分かる。つまり、ルーシーがポールから得た愛は、ロマンスの世界で見たような甘い夢のような空なるものではなく、あくまでも現実的な幸せに直結する実質的な愛情である。端的に言って、それは'reality'という一語が代弁するように現実的な愛である。ブロンテが『ヴィレット』で目指した究極のリアリズムは正しくここにあった。そしてこれをより鮮明に浮かび上がらせるために、ジョン医師とポーリナ嬢の一点の曇りもない純愛物語を対照的な主題に据えた。しかしそれは決して単なるロマンスの世界ではなく、第37章の最後に強調しているように、「この世では滅多に見られない現実の幸せ」つまりリアリティの世界であった（485頁参照）。

　さて、上記に続いてポールは自分の愛は「現実的」であることを裏書きするように次のように述べる。

第9章『ヴィレット』　499

"You shall live here and have a school; you shall employ yourself while I am away; you shall think of me sometimes; you shall mind your health and happiness for my sake and when I come back—" (p. 487)

「君はここで生活し、学校を開けばよい。君は私の不在の間ここで仕事をし、時々私のことを考えてくれたらよい。君は自分の健康と幸せを私のために留意してほしい。そして私が帰ってきたとき――」

　彼はここまで言って後は絶句した。帰ってこれない予感が心をよぎったのかも知れない。しかしルーシーはこの予感に気付かなかったかのように明るく、「私は一所懸命に喜んで働き、あなたの忠実な執事となり、あなたが帰ってきたときには（利益を）計算できるように準備しておきます」と、彼女も現実的で実用的な言葉で応じた。ブロンテが目指す理想の愛がここに実現したのである。彼女自身もこのクライマックスの場面を、「彼は私の王であった、あの手の寛大さは私にとって気高かった。彼に忠誠を誓うのは私の喜びであると同時に義務であった」(He was my king; royal for me had been that hand's bounty; to offer homage was both a joy and a duty.) (p. 487) という言葉で結んでいる。

　この後二人は近くのレストランに注文して食事を持ってこさせ、ささやかなディナー・パーティを開いた。家の背後には郊外の庭が広がっており、「空気は静かで、穏やかで、新鮮」だった。そしてポールが「私に話しかけると、その声は木々の間を通り抜ける微風や泉の流れ落ちる音と混ざり合って優しく波打っていた。」そして「私」は思わず心の中で、「至福の時間よ、一瞬でも長くその羽を休めてください。白い天使よ、その光を永く留めて、後に続く雲に光の反射を残してください」と叫んだ。二人が体験した最初の、そして最後の至福のひと時、新郎新婦の静かな満ち足りた時間の疑似体験であった。

　最後に、「私」はこの家をどのようにして入手したのか尋ねた。彼が貯蓄をする性格でないことを知っていたからである。彼の答えは、あの風変わりな本屋の主人ミレ氏が、あの祭りの夜公園で「私」に椅子を持ってきてくれた親切な男性が、時価の半分で貸してくれたのだった。しかも最初の1年は「私」の持ち金だけでよいとのことだった。そればかりか、彼の三人の娘を入学させてくれるとのことだった。そして他にも英語を習いたい金持ちの女性ジュスティヌ・マリ・ソブール (Justine Marie Saubeur) がいるとポールは言った。だが「私」はこの名を聞いた途端、体が凍りついたように黙ってしまった。あの祭

りの夜に初めて出会った彼の名づけ娘 (god-daughter) であったからだ。彼女は
ポールと近く結婚するという間違った噂を半ば信じており、それが「私」の頭
から離れたことは一度もなかった。それだけに今、幸せの絶頂の中で彼自身か
ら彼女の名が出たので、彼女に対する嫉妬がそれだけなお一層激しく燃え上が
った。「私」は頑なに口を閉ざして返事をしなかったが、彼の疑うことを知ら
ない優しい態度と言葉に遂に折れて、あの夜のことをすべて話した。こうして
疑いが全て晴れ、後は二人の深い愛撫が続いた。愛のクライマックスは次の言
葉で終わっている。

> . . . he gathered me near his heart. I was full of faults; he took them and me all
> home. For the moment of most mutiny, he reserved the one deep spell of peace.
> These words caressed my ear:—
> "Lucy, take my love. One day share my life. Be my dearest, first on earth."
> (p. 491)

……彼は私を胸にひき寄せた。私は欠点で一杯だった。彼はそれを受け入れ、
私を包み込んだ。私が反抗している間ずっと彼は深い平和な合間を保っていた。
そして次の言葉が私の耳に優しく囁いた。
「ルーシー、私の愛を受け入れてほしい。いつか私と生活を分かち合おう。
この世で最愛の一番の人になってほしい。」

　そして第 41 章の最後は、ポールと「私」との不思議な関係の総括で終わっ
ている。この小説の実質的な結論と言ってよかろう。

> He deemed me born under his star: he seemed to have spread over me its
> beam like a banner. Once—unknown, and unloved, I held him harsh and
> strange; the low stature, the wiry make, the angles, the darkness, the manner,
> displeased me. Now, penetrated with his influence, and living by his affection,
> having his worth by intellect, and his goodness by heart—I preferred him
> before all humanity.
> We parted: he gave me his pledge, and then his farewell. We parted the next
> day—he sailed. (p. 492)

彼は私が彼の星の下で生まれたと考えていた。彼がその光を旗のように私の
頭上に広げてきたように見えた。かつて私は彼に知られず、愛されもせず、手
荒い赤の他人と思っていた。背の低い、筋骨質の体形、角張った顔、そして浅
黒くて無礼な態度は、私には不愉快だった。ところが今は彼の影響をまともに
受け、彼の愛情に支えられ、知性に彼の価値を、そして心に彼の善を見出し、
全人類の誰よりも彼を愛している。

私たちは別れた。彼は私に誓約した。それから彼は別れを告げた。私たちはその翌日別れた。彼は船出した。

(14)

第42章「結び」(Finis) は僅か3頁と極めて短く、ポールと別れた後彼から贈与された学校で生徒を教育しながら彼の帰りをひたすら待つ姿を描いている。その間、船が港に着くたびに彼から手紙が届けられた。そして3年が過ぎて彼から帰国予定の手紙が届いた。しかし夏が過ぎ、秋が過ぎて冬になっても帰って来なかった。死を予感させる冬の嵐が吹き荒れ、船の無事を祈った。そしてようやく嵐が治まったが、彼は帰って来なかった。小説は次の言葉で終わっている。

> Trouble no quiet, kind heart; leave sunny imaginations hope. Let it be theirs to conceive the delight of joy born again fresh out of great terror, the rapture of rescue from peril, the wondrous reprieve from dread, the fruition of return. Let them picture union and a happy succeeding life.
> 　Madame Beck prospered all the days of her life; so did Père Silas; Madame Walravens fulfilled her ninetieth year before she died. Farewell. (p. 496)
> 静かで優しい心を乱してはいけない。明るい想像力に希望を残してあげなさい。大きい恐怖から再び新しく生まれる歓喜の楽しみを予想することを彼らに許してあげなさい。或は危険から救済の喜びを、恐怖からの驚くべき解放を、帰還の実現を、彼らに予想させてあげなさい。彼らに、再会とその後の、幸せな人生を送る絵を描かせてあげなさい。
> 　マダム・ベックはその後一生栄えた。シラス神父も栄えた。そしてマダム・ウォルラヴェンズは90年の生涯を全うした。さようなら。

これほど厳しい人生の現実は他にあろうか。自分の利益だけを求めて生きた三人が栄え、互いに純粋に愛し合い信念を貫き通した二人は片方の不慮の死によって引き裂かれ、幸せは儚い希望に終わる。しかし後に残された一人は希望を捨てず、互いに誓った約束をその人のため挫けずにやり抜く。ヒロイン、ルーシー・スノゥのこの生きる姿こそ、シャーロット・ブロンテの作家として取り組むべきリアリズムの真髄であったに違いない。そこには甘美なロマンスやメロドラマの香が完全に抜き取られている。我々はここに『ジェーン・エア』からの一つの大きな飛躍を読み取ることができる。言い換えると、この初期の作品の大成功の裏で批判されたメロドラマの色合いを完全に脱ぎ捨てて、厳し

い現実の世界を自らの体験を通して映し出した純文学の道をまっしぐらに歩み始めたと言えよう。しかしブロンテ自身は『ジェーン・エア』そのものもメロドラマとは絶対に思っていなかった。自らの愛の体験から得た愛の世界を豊かな想像力によって小説化した。それを強調するためにその副題を「自叙伝」としたのである。自らの体験ほどリアリティに富んだ作品はないからである。同様の観点から、『ヴィレット』はそれ以上の自伝的写実性に富んでいると言えよう。上記に引用した小説の最後の結末は、ブロンテ自身のエジェ教授との悲恋の結末を連想させるに十分な意味の深さを含んでいる。言い換えると、この小説の結末はブロンテ自身のエジェ教授に寄せる深い恋慕を断ち切ると同時に、『教授』を原点とした愛を主題にした一連の小説の完了を暗示している。

　『教授』で描いて見せたロマンスの「願望充足」が、生ぬるくて刺激に欠けるという理由で出版を拒否されると、これに代わる新しい作品『ジェーン・エア』では想像力の羽を思う存分広げて自分が描く愛のヴィジョンを作品に表現した。つまり、小説を書くことは彼女の胸に秘めた溢れる思いを「発散する」(effuse) こと、一種のカタルシスに他ならなかった。しかしこの傑作が大成功の裏で写実性を欠いたメロドラマと批判されると、その批判を逸らすためにナレーターを主人公とは無縁の第三者に変え、さらに題材を歴史的事件に求めた。しかし結果的はそれが失敗の基になった。ブロンテの小説は作者の魂と心の表現に真の価値があり、それが読者に感動を呼び起こす主たる原因でもあった。従って、これに続く大作『ヴィレット』ではナレーターが再び主役と同一人物であるだけでなく、作者の分身でもあった。そしてメロドラマや甘いロマンスという批判を排除するために、身寄りのない年増の娘をヒロインに、その相手役のヒーローを小さな醜い中年男性に求めた。そして様々な厳しい現実の壁を乗り越えて互いに心から愛し合い、結婚の誓いを立てた直後に、男性がかねてから計画していた外国へ旅に出て帰国の途中に嵐に会って帰らぬ人となる。女性は彼から与えられた念願の学校で生徒を教えながら彼の帰りをひたすら待ち続ける。余りにも厳しい残酷な現実ではあるが、これはブロンテが夢見た「愛の願望充足」の最後に見た現実の世界であった。彼女はこの小説を書くことによって９年間のエジェ教授への未練を完全に絶ち切ったと解釈してよかろう。

　しかし一般の読者はこのような悲しい結末を歓迎しなかった。彼女はその不満を多少なりとも和らげるために、上記の結びの言葉を男性の無事帰国を期待

第 9 章 『ヴィレット』　503

させるような曖昧な言葉で結ぶことにした。彼女はこの小説を出版してから数週間後（1853 年 3 月 23）、ジョージ・スミスに送った手紙の中で、この最後の一節に言及して次のように明確な回答を避けている。

> With regard to that momentous point—M. Paul's fate—in case any one in future should request to be enlightened thereon—they may be told that it was designed that every reader should settle the catastrophe for himself, according to the quality of disposition, the tender or remorseless impulse of his nature.
>
> (*Letters*, 217)

　あの重要な点、つまりポール氏の運命に関して、将来誰かがそれについてはっきりさせてほしいと頼まれた場合、次のように伝えてくださって結構です。全ての読者のそれぞれの性質、つまり優しい気性や容赦しない気性に基づいて、自分で自由に結末を決めてください、と。

第10章
エピローグ

(1)

1853年1月5日、ブロンテは『ヴィレット』の最終校正をするためロンドンのジョージ・スミスの家に赴き、同月28日に全3巻が「『ジェーン・エア』の作者カラー・ベル」の著者名で出版された後、なお5日間ロンドンに滞在して2月2日にハワースに戻った。書評は『ジェーン・エア』ほどではなかったにしても、概して好評であった。しかしヴィクトリア朝特有の保守的な倫理観や宗教上の偏見を持った若干の批評家から酷評を受けたが、彼女はそれらの批評に対してかつてほど気にかけることもなかった。何はともあれ、彼女はこの小説の出版によって、作家人生の一つの大きな区切りを付けたと言っても過言ではなかった。彼女の処女作『教授』が全ての出版業者かから拒否されて以来、同じブリュッセル留学時代の体験を主題にした愛の自叙伝とも言うべき大作を出版することは彼女の悲願であった。それが今、7年の時を経て遂に実現したのであるから、彼女の作家使命にも近い大きな宿題を為し終えた安堵感にしばし浸っていたに違いない。

ところが1か月ぶりにハワースに戻って彼女を悩ませたのは、彼女の父と牧師補のアーサー・ニコルズ (Arthur Bell Nicholls, 1819–1906) との確執がなおも続いていることであった。彼は1843年にダブリンのトリニティ・カレッジを卒業した後、翌1844年6月からハワースの教会でパトリック・ブロンテの牧師補を務めてきた。パトリックの信頼も厚く、教区民からも慕われ、その間に他の教会から何度か招聘を受けたが、悉く断り続けてきた。その背景にはブロンテ牧師への尊敬の念もあったが、それ以上に娘のシャーロットに対する熱い思いが彼をハワースに留まらせてきた。しかしそれを言葉と行動に表すようなことは一度もしなかった。彼はそれを告白する機会を絶えず模索してきたが、彼女の二人の妹の死や、彼女の多忙な作家活動を側で見ていると、とてもその気にはなれなかった。しかし彼女が念願の大作『ヴィレット』を書き終えて心にゆとりができた頃合いを見計らい、遂に覚悟を決めて告白を試みた。それは彼女が書き終えた原稿をジョージ・スミスの許へ送り届けてから数週間後の

12月13日（月曜）の朝であった。この時のニコルズの態度や表情と、それに対する彼女の対応と心境について、それから二日後（12月15日）親友のナッシーに送った手紙は全てを詳しく伝えている。『ヴィレット』を書き終えた後の彼女の作家人生の運命を決定づける事件、即ち幸せな結婚から死に向かう僅か2年間の歴史の発端を意味する重要な問題であるので、何よりもまず、この手紙に注目したい。

　彼女はこの手紙の中に同封しておいたニコルズ氏の手紙（恐らく求婚を意味する短い手紙）にまず触れて、自分の複雑な迷った心境を次のように語っている。

> This note—you will see—is from Nicholls. I know not whether you have ever observed him specially—when staying here—: your perception in these matters is generally quick enough—<u>too</u> quick—I have sometimes thought—yet as you never said anything—I restrained my own dim misgivings—which could not claim the sure guide of vision. (*Letters*, p. 211)

> この手紙は御覧の通りニコルズからのものです。あなたがここ（ハワース）に滞在していたとき特に彼を観察したかどうか私は知りませんが、あなたはこのような問題に関して概して十分敏感、否、敏感過ぎるほどです。私は時々考えたのですが、あなたは何も言わなかったので、私自身は漠とした疑念を押し殺したまま、その疑念を解いてくれる確かな案内者を要求できませんでした。

　ブロンテはこのように述べた後、彼からこの短い手紙を受けるまでの経緯を具体的に詳しく説明している。それによると、12月13日（月曜日）の夜彼女がお茶を飲んでいると、彼は黙って入って来て彼女に愛の告白をした。彼は何か月も前から告白したいと思っていたがその勇気が出なかった。だが遂に我慢しきれなくなったと声を震わせながら切り出した。その時の彼の様子を次のように表現している。

> Shaking from hea[d] to foot, looking deadly pale, speaking low, vehemently yet with difficulty—he made me for the first time feel what it costs a man to declare affection where he doubts response. (*Letters*, p. 212)

> 全身を震わせながら、顔を真っ青にして、低い声だが情熱的にやっとの思いで話すのを見て、男性は女性の返答に自信がないまま愛情を打ち明けるときどれほど大きい代価を払うのか、私はそれを初めて経験しました。

そこでブロンテは彼に「これを父に話したのか」と聞くと、彼は「その勇気が出ない」と答えたので、「これについて明日返事をします」と約束して、彼を追い返した。そして父と会ってこの話をすると、父は額に青筋を立てて激怒して、「いかなる男にも娘を嫁にやらぬ」と断言した。その翌日彼女はそのことを彼に手紙で伝えた。ニコルズのこの「短い手紙」はその返事であった。そして最後に次のように述べて、12月15日の手紙を閉じている。

> Attachment to Mr. N— you are aware I never entertained—but the poignant pity inspired by his state on Monday evening—by the hurried revelation of his sufferings for many months—is something galling and irksome. That he cared something for me—and wanted me to care for him—I have long suspected—but I did not know the degree and strength of his feelings. (*Letters*, p. 212)
> ニコルズ氏への愛情を私が決して抱いていなかったことを、あなたはご存じでしょう。だが月曜日の夜の彼の状態と、数か月間悩み抜いた末の性急な告白から受けた厳しい同情は、どこか痛ましく、煩わしい所があります。彼は私に対して幾らか好意を抱き、私も彼に好意を抱くことを求めていたことを、私は長い間薄々感じていましたが、彼の感情（愛情）がどの程度か、またどれほど強いのか、私は分かりませんでした。

これより二日後（12月18日）シャーロットは再びナッシーにニコルズからの手紙と一緒に短い手紙を送っているが、父と彼との関係は相変わらず険悪で、互いに顔を合わすことが一度もなく、手紙で感情をぶつけていた。ニコルズは彼女に感情の共有を求めているが、彼女は彼に「勇気と元気を出して」(maintain his courage and spirits) と言うしかなかった。こうして新しい年を迎え、シャーロットがロンドンへ出発する3日前の1月2日にナッシーに前回と同様の短い手紙を送っているが、その中でニコルズを次のように弁護している。まず、

> Papa wants me to go too—to be out of the way—I suppose—but I am sorry for one other person whom nobody pities but me. Martha is bitter against him: John Brown says <u>he should like to shoot him.</u> They don't understand the nature of his feelings—but I see now what they are. (*Letters*, p. 214)
> 父も私に（ロンドンへ）行くように勧めます。騒動から逃れるためにも。だが私以外に誰一人同情しないあの方が気の毒でなりません。マーサは彼に対してひどく冷たく、ジョン・ブラウンは彼を撃ち殺してやりたいと言っているのです。彼らは彼の感情の本質を理解していません。だが私は今では彼の感情が何なのかよく分かります。

と述べた後、さらに続けて彼の「深くて密な感情」(sensations, close and deep) を、「地下の狭い溝を強力に流れる小川の様」(like an underground stream, running strong but in a narrow channel) と高く評価している。

　シャーロットは『ヴィレット』の出版を見届けてからなお数日ロンドンに留まった後、2月2日4週間ぶりにハワースに帰った。その間に父とニコルズとの関係は多少改善しているかと期待したが、さらに悪化しているように思えた。二人は相変わらず言葉を交わさず、仕事その他の件は手紙でやり取りしていた。このような状態がなお4か月近く続いた末、5月27日に彼がハワースを出ていくまでの期間、シャーロットは親友のナッシーにニコルズの様子を詳しく伝えている。それは非常に痛ましい同情に値する記述であり、彼のシャーロットに対する愛情がいかに深く、純粋であったかを真剣に伝えている。彼女が大作『ヴィレット』を書き終えた後の僅か2年間の短い人生の中で、ニコルズが彼女の心に残した愛の遺産の大きさを知る上で、これらの手紙が極めて貴重な遺品と言えよう。と同時にその間の彼女の生きた足跡を鮮明に読み取ることができる。

　まず、シャーロットがロンドンから帰宅して1か月後の3月4日の手紙に注目すると、その日にチャールズ・ロングリ主教 (Charles Longley, Bishop of Ripon) が彼の監督区であるハワースを訪れた時、ニコルズが自分の暗い気分をそのまま表情や態度に表したことを事細かく伝えている。次にその一部を引用する。

> I pity him—but I don't like that dark gloom of his—He dogged me up the lane after the evening service in no pleasant manner—he stopped also in the passage after the Bishop and other clergy were gone into the room— . . . (*Letters*, p. 216)
> 私は彼に同情はしますが、彼の暗くて鬱陶しいのが好きではありません。彼は夜の礼拝を不愉快な態度で終えた後、小道を私の後についてきた。彼は主教や他の牧師が部屋に入った後、彼はまだ通路に立ったままでした。

　彼がシャーロットと二人きりで話をしたい様子は、ここから鮮明に読み取ることができるであろう。そしてこれより1か月後（4月6日）の手紙では次のように述べている。

> 　You ask about Mr. N[icholls]. I hear he has got a curacy—but do not yet know where—I trust the news is true. He & Papa never speak. He seems to pass a

desolate life. He has allowed late circumstances so to act on him as to freeze up his manner and overcast his countenance not only to those immediately concerned but to everyone. He sits drearily in his rooms— . . . seeks no confidant—rebuffs all attempts to penetrate his mind—I own I respect him for this— . . . He looks ill and miserable. I think and trust in Heaven he will be better as soon as he fairly gets away from Haworth. I pity him inexpressibly. We never meet nor speak—nor dare I look at him—silent pity is just all I can give him— . . . (*Letters*, p. 220)

　あなたはニコルズについてお尋ねですが、彼が新しく牧師補の口を見つけたと聞いています。だが、その場所を聞いていません。そのニュースに間違いはないと思います。彼とパパは絶対に口を利きません。彼は侘しい日々を送っているようです。彼は近頃の自分の境遇を自らの行動に影響を及ぼし、自分の態度を凍らせ、顔の表情を曇らせ、自分と直接関係のある人だけでなく、全ての人々にまで影響を及ぼしています。彼は侘しく自分の部屋に閉じこもっている。……彼は自分の心を打ち明けられる友人を探そうともせず、彼の本心を聞き質そうとする人を撥ねつけます。この点に関して私は彼を尊敬しています。……彼は顔色も悪く、本当に惨めです。彼がハワースからすっきり離れてしまえばそれと同時に体が一層良くなるのであろう、と私は考え、神を信じています。私は言葉に尽くせないほど彼に同情しています。でも私たちは一度も会わず、話もしていません。また彼と顔を合わす勇気もありません。無言の同情、ただこれだけ私が彼にしてあげられることです。

　ニコルズは口には出さなかったが実に長い間シャーロットに熱い思いを寄せてきた。そして彼女が大作『ヴィレット』を書き終えた頃合いを見計らって、彼女の父に結婚の許可を思い切って願い出た。だがその結果はひどい侮辱と叱責の返事であった。以後二人の間で言葉も交わさず、彼はただひたすら黙って耐えるしかなかった。その間彼にとって何よりも辛く苦しかったことは、自分の悩みを誰にも打ち明けようとせず、自分一人の胸にしまい込んでいたことであった。そしてこの悩み（の根源）を誰にも話さなかったこと、これが彼の尊敬すべき点である、と彼女が特に強調している点に注目したい。

　次に、5月16日の手紙はニコルズ氏のさらに深刻な表情を伝えている。それは彼がハワースを去る2週間前の聖霊降臨祭（Whitsunday、5月15日）の式で、彼が最後のサクラメントの務めを果たした時のことであった。シャーロットは聖餐を受けるため自分の番を待っていた。そして順番が来て、彼女の前に彼が立ったとき、感極まって言葉が詰まり、何も言えなくなった。その時の様子を次のように伝えている。

(He) stood before my eyes and in the sight of all communicants white, shaking, voiceless—Papa was not there—thank God! Joseph Redman spoke some words to him—he made a great effort—but could only with difficulty whisper and falter through the service. I suppose he thought: this would be the last time; he goes either this week or the next. I heard the women sobbing round—and I could not quite check my tears. (*Letters*, p. 221)

（彼は）私の目の前に立った。そして受聖餐者全員の前で、顔色を失い、震えて声が出なくなった。パパがそこにいなくて本当に良かった。ジョゼフ・レドマンが彼に二言三言語り掛けた。彼は大変な努力をしたが、礼拝式の間最後まで大変な苦労をして囁くような声で詰まりながら話すことしかできなかった。これが最後の式になるだろう、と彼が考えていたと私は思います。彼は今週か、来週ここを出て行くからです。周囲の女性のすすりなく声を私は聞きました。そして私も涙をこらえることができなかった。

　こうして遂にニコルズ氏がハワースを去る日が来た。その日（5月27日）シャーロットはナッシーに送った手紙の中で、彼女がニコルズと最後に別れた時の様子を次のように伝えている。

He left Haworth this morning at 6 o'clock. . . . He went out thinking he was not to see me—And indeed till the very last moment—I thought it best not—But perceiving that he stayed long before going out at the gate—and remembering his long grief I took courage and went out trembling and miserable. I found him leaning again[st] the garden-door in a paroxysm of anguish—sobbing as women never sob. Of course I went straight to him. Very few words were interchanged—those few barely articulate: several things I could have liked to ask him were swept entirely from my memory. Poor fellow! but he wanted such hope and such encouragement as I could not give him. Still I trust he must know now tha[t] I am not cruelly blind and indifferent to his constancy and grief.

(*Letters*, pp. 222–23)

彼は今朝6時にハワースを去った。……彼は私に会うべきではないと考えながら出て行った。そして実際、最後の瞬間まで合わないのが一番良いと私も考えていた。しかし彼が門から出る前に長い間私を待っているだろうと感じ、そして彼の長い間の悲しみを想い起こし、勇気を出して震えながら惨めな気分で出て行った。彼は、女性でもそれほど泣かない泣き方で啜り泣き、悲しみに体を震わせて、庭の扉にもたれているのを見た。もちろん私はまっしぐらに彼の側に近寄った。互に僅かな言葉を、ほとんど意味の分からぬ言葉を交わした。私が彼に是非尋ねておきたかっいくつかの事柄は私の頭から完全に消えていました。本当に可哀そうな人。私が彼に与えることができなかった希望や勇気づけを彼は求めていたのです。それでも私は彼の変わらぬ心と悲しみに対して冷酷

なほど盲目で無関心ではないことを、彼は今知っているに違いないと私は信じています。

　そして最後に、彼女の今の心境と、周囲の人たちの間違った解釈について次のように述べている。

　　However he is gone—gone—and here's an end of it. I see no chance of hearing a word about him in future—unless some stray shred of intelligence comes through Mr. Grant or some other second hand source. In all this it is not I who am to be pitied at all and of course nobody pities me—they all think in Haworth that I have disdainfully refu[sed] him &c. (*Letters*, p. 223)
　　いずれにせよ、彼は行ってしまって、いないのです。これで終わってしまったのです。私は将来、グラント氏か、他の又聞きの源を通して彼の消息が折に触れて入ってることがなければ、彼について話を聞く機会が全くなくなりました。このような場合何時も、私は全く同情してもらえず、そしてもちろん私を同情する人は一人もいません。ハワースの人は皆、私が彼を軽蔑して拒否した、と考えているからです。

(2)

　ブロンテはニコルズと最後に別れた 5 月 27 日にエレン・ナッシーに送った手紙（上記）で、「これですべてが終わった」と述べたが、真の意味での二人の仲はその日に始まったと言ってよかろう。それはその日の午前 6 時に二人が門の側で最後に交わした愛の言葉からも十分予想ができるように、彼がハワースを去った後、時間が立てばたつほど彼女に対する慕情がなお一層高まった。そして 6 月に入って失意を紛らす旅を終えた後、同じヨーク州のカーク・スミートン (Kirk Smeaton) で新たに牧師補の職に就いた。こうしてようやく落ち着いた頃からシャーロットに対する情熱が新たに高まり、彼女にしばしば愛の手紙を送るようになった。そして日を追う毎に結婚の決意が揺るぎないものとなっていった。ちょうどその頃（7 月）エレン・ナッシーが彼女を訪ねてきて数日滞在する間に、彼と結婚する意志を伝えたところ、エレンから猛烈に反対された。こうして二人の間で激しい口論が始まり、それがきっかけで手紙の交換が約半年間完全に途絶えてしまった。従ってその間のシャーロットとニコルズとの愛の歴史を伝える手紙が必然的に途絶えることになった。しかし何はともあれ、二人の友情は恩師マーガレット・ウーラーの仲介によって元通りにな

第 10 章　エピローグ　511

った。それからおよそ 2 か月後の 4 月 11 日にナッシーに宛てて、ニコルズ氏
と婚約したことを告げる手紙を送っている。そこで何よりも注目すべきは婚約
に至るまでの歴史を実に要領よくまとめて伝えている点にある。それによると、
まず、9 月に彼がハワースに赴いて彼女と再会したものの父はそれを認めず、
ほんの 2、3 度会ったきりで空しく帰って行った。しかしその後も二人の間で
手紙の交換が何度も繰り返された。そして年が明けて 1854 年 1 月、彼女はそ
れを父に隠していることが「良心の負担」となり、勇気を出して父に打ち明け
た。その時の彼女の心境と、その結果を 4 月 11 日（1854 年）のナッシー宛の手
紙で、次のように説明している。

> I grew very miserable in keeping it from Papa. At last sheer pain made me
> gather courage to break it—I told all. It was very hard and tough work at the
> time—but the issue after a few days was that I obtained leave to continue the
> communication. Mr. N came in Jan[uary]. He was ten days in the neighbour-
> hood. I saw much of him—I had stipulated with Papa for opportunity to become
> better acquainted—I had it and all I learnt inclined me to esteem and, if not
> love—at least affection— . . . (*Letters*, pp. 227–28)

> 私はそれを父に隠しているのが惨めになった。そして遂に胸の痛みがそれを破
> る勇気を私に与えてくれました。私は全てを話した。その時、それは非常に困
> 難で骨の折れる仕事でした。だがその結果は、2、3 日後になってやっと、彼と
> そのまま手紙の交換を続けてよいという許可が下りました。ニコルズ氏は 1 月
> に訪ねて来ました。彼は 10 日間近所の家に滞在していたので、私は何度も彼と
> 会いました。私は父と話し合って、彼をより一層良く知る機会が持てるように
> した。私はその機会を得て、彼から学んだ全てから私は彼を一層尊敬し、そし
> て愛するまでに至っていませんが、少なくとも愛情を感じるようになりました。

そしてさらに続けて、父が相変わらず彼を「敵視」しているのが「（結婚の）
大きい障害」ではあるが、彼は辛抱強く待った。その結果遂に、3 月末の最後
のハワース訪問の間に結婚の許可が下りた。彼女はこれについて同じ手紙の中
で次のように伝えている。

> The result of this his last visit is—that Papa's consent is gained—that his
> respect, I believe is won—for Mr. Nicholls has in all things proved himself
> disinterested and forbearing. He has shewn too that while his feelings are
> exquisitely keen—he can freely forgive. Certainly I must respect him—nor can I
> withhold from him more than mere cool respect. In fact, dear Ellen, I am
> engaged. (*Letters*, p. 228)

彼のこの最後の訪問の結果は、父の許可を得たことです。父の尊敬を勝ち得たと私は信じています。何故なら、ニコルズ氏は自分に利己心がなく、我慢強いことを証明したからです。またさらに、自分の感情は極めて鋭敏だが、（心が広く）自由に赦すことができることをはっきり見せたからです。実は、エレン、私は彼と婚約しました。

　彼女はこのように述べた後、結婚するまでの日程その他について計画を簡単に説明して、最後に現在の自分の幸せを次のように語っている。

What I taste of happiness is of the soberest order. I trust to love my husband—I am grateful for his tender love to me—I believe him to be an affectionate—a conscientious—a high-principled man—and if with all this, I should yield to regrets—that fine talents, congenial tastes and thoughts are not added—it seems to me I should be most presumptuous and thankless. (*Letters*, p. 228)

私が味わう幸せは最も落ち着いた類のものです。私は夫を愛していると信じます。私は彼の優しい愛に感謝しています。私は彼が愛情に満ち、良心的で、高度な原理（信条）の持ち主であると確信しています。そしてこのように全てが揃っているにもかかわらず（これには立派な才能や、気の合った趣味や考え方が加えられていませんが）、仮にも私が後悔するようなことがあれば、私は最も自惚れの強い恩知らずと言うべきでしょう。

　さて一方、この間にジョージ・スミスとの関係にも明らかな変化が起きていた。それを象徴する手紙（1853 年 12 月 10 日）は、彼がエリザベス・ブレイクウェイ（Elizabeth Blakeway）と婚約したことを知らせる手紙に対する余りにも簡単な祝辞――"In great happiness, as in great grief—words of sympathy should be few. Accept my meed of congratulation—and believe me　　Sincerely yours." 「大きい悲しみと同様に大きい幸せについては、共感の言葉は殆どありません。私のお祝辞をお受け取りください。衷心より。敬具。」――に見られる。これより 2 か月後（1854 年 2 月 11 日）彼はブレイクウェイ嬢と結婚した。一方、ブロンテもちょうどその頃ニコルズと婚約を果たしたので、同年月 4 月 25 日のジョージ・スミス宛の手紙は、結婚という互いの共通認識の上に立って書かれている。従って、前年 12 月の手紙のような感情（嫉妬）をむき出しにした言葉ではなく、冷静に自分を見つめながら書かれている。それだけにニコルズ氏との結婚についても極めて理性的に、自分の選んだ道に強い自信をもって語っている。次にその飾り気のない淡白な言葉の一部を引用しよう。"I believe I do right in marrying him. I mean to try to make him a good wife. There has been

heavy anxiety—but I begin to hope all will end for the best." (pp. 230–31)「私は
彼との結婚が正しいと信じています。私は良い妻になる努力をするつもりです。
荷厄介な心配事もありましたが、全てが一番良いように終わることを期待する
ようになりました。」しかしこのように述べるその一方で、ジョージ・スミス
が結婚した若い女性の存在が非常に気になるらしく、彼女の容姿や性格につい
て執拗に質問している。『ヴィレット』のヒーローの一人ジョン・ブレトン医
師は彼をモデルにしていることを想い起すと、かつての彼に対する強い思慕の
念と嫉妬の情がこの言葉の中にもその影をなお残していることが分かる。

　この手紙を書いてから 2 か月後の 5 月 29 日の朝、ハワースの教会でサット
クリフ・ソーデン牧師 (Revd. Sutcriffe Sowden) の手によって二人の結婚式が
行われた。その時、親友のエレン・ナッシーが新婦の付添人 (bridesmaid) を務
め、恩師のマーガレット・ウーラーは新郎に新婦を「手渡す」(give away) 役目
を果たした。そして彼女の父は式には出席せず、家で静かに帰りを待っていた。

(3)

　さて、シャーロットはアーサー・ニコルズと結婚式を済ませると早速新婚旅
行に出発した。行き先は夫の生地アイルランドである。ハワースからキースリ
(Keighley) まで馬車で行き、そこから列車でその日の夜ウェールズのコンウィ
(Conwy) に着いた。彼らはそこで 1 泊した後、馬車でウェールズ最高の景勝地
スノゥドニア国立公園 (Snowdonia National Park) を通ってバンゴール (Bangor)
に着いた。そして 7 月 4 日にバンゴールを出て、ホリヘッド (Holyhead) の港
からアイルランドのダブリンに着いた。そこでニコルズの親族数名の出迎えを
受けた。ダブリンには 2 日間滞在し、その間街中を観光して回り、彼の母校ト
リニティ・カレッジなどを訪問した。そこから一路バナガー (Banagher) に向
かった。そこには彼が幼少年時代を過ごした叔母の家があったからだ。シャー
ロットがそこに着いて日を置かずに書いたと思われる 7 月 10 日のウーラー嬢
宛ての手紙は、それまでの旅のコースと、叔母ベル夫人 (Mrs. Bell) 一家の様
子や屋敷の広さが詳しく描かれている。そして中でも夫のアーサーがいかに立
派な人物であるかを彼らから聞かされ、改めて彼との結婚が「正しかった」こ
とを知った時の喜びを次のように語っている。

I must say I like my new relations. My dear husband too appears in a new light here in his own country. More than once I have had deep pleasure in hearing his praises on all sides. Some of the old servants and followers of the family tell me I am a most fortunate person for that I have got one of the best gentlemen in the country. His Aunt too speaks of him with a mixture of affection and respect most gratifying to hear. (*Letters*, p. 234)

私は私の新しい親族が好きだと言わねばなりません。私の夫は彼自身の故郷では全く新しい姿に見えます。彼が周囲の人たちから色々と褒められるのを私は何度も聞いてすごく嬉しかった。この家の年取った召使や従者が私に、この地方で一番立派な紳士を手に入れて一番の果報者だと言ってくれた。彼の叔母もまた彼について、聞いて最も満足できる愛情と尊敬が溶け合った褒め方をした。

　ニコルズ夫妻はここで1週間過ごした後、アイルランド西海岸の景勝地キルキー (Kilkee) に着いた。そこからシャノン湾 (Shannon Bay) を横切り、内陸を南に向かってキラニ (Killaney) からアイルランド最大の景勝地である山岳地帯 (Gap of Dunloe) の難所にやってきた。そこで彼女は危うく命拾いをしたので、急に彼女の帰りを待つ父のことを思い浮かべて帰国を早める決意をした。こうして8月1日にハワースの我が家に約1か月ぶりに帰った。父は思っていたより元気であったので安堵した。

　新婚旅行から帰ったシャーロットは結婚前の静かな生活から一変して多忙を極め、旅行中に溜まった手紙の返事を書く暇もないほどであった。8月22日にウーラー嬢に送った手紙はその間の多忙な生活の実態を有りのままに伝えている。恐らく創作の意欲の湧く暇もなかったにちがいない。牧師の妻としての仕事が後を絶つことがなかったからである。だがそのような多忙な日々の中にあって、村人の一人が乾杯の挨拶をした時、夫のニコルズを「生粋のキリスト教徒、親切な紳士」(a consistent Christian and a kind gentleman) と褒め称えるのを聞いたとき、「そのような性格はいかなる富や名声や権力よりも立派である」と思い、自分も夫のように生きることができれば「自分は幸せな女性である」と、彼と結婚した幸せをここでも強調している (*Letters*, p. 237)。こうしてその年の暮れには夫アーサーの子供を宿していた。そして年が明けて1月19日にナッシーに送った手紙は、これを裏づけるように10日ほど前から極度の食欲不振に苦しみ、体が急に痩せてきたことを告げている。そしてこれが悪阻が原因ではないかと思い、ナッシーに次のように伝えている。

Don't conjecture—dear Nell—for it is too soon yet—though I certainly never before felt as I have done lately. But keep the matter wholly to yourself—for I can come to no decided opinion at present. I am rather mortified to lose my good looks and grow thin as I am doing. (*Letters*, p. 242)

でも、ネル、そのように推測しないでください。私は以前にこのような経験を一度もしたことがないけれど、そのように推測するのがまだ早すぎるからです。だがこの問題はあなたの胸に閉まっておいてください。何故なら、今のところ私は決定的な結論に至っていないからです。それよりも私の顔色が悪くなり、このように痩せていくのがむしろ悔しいです。

この手紙を書いた後、彼女の食欲が回復するどころかますます悪化して、2月に入ると歩くことも困難になった。体の衰弱が眠っていた肺結核の病を呼び起こしたのである。2月15日のレティシア・ホイールライト (Laetitia Wheelwright) 宛の手紙では、「この3週間床に伏したままである」ことを告げている。しかしその間、夫のアーサーは全てを投げうって献身的に彼女の看病に当たった。上記の手紙の最後はそれを告げる言葉——"No kinder better husband than mine it seems to me can there be in the world. I do not want now for kind companion in health and the tenderest nursing in sickness."「この世で私の夫ほど親切で立派な夫は存在しえないと思います。私が健康な時は親切な伴侶として、病気の時は最高に優しい看護師として、今では何の不足もありません」——で終わっている。そして2月21日のナッシー宛の手紙では夫の献身的な看病を次にように述べている。

I find in my husband the tenderest nurse, the kindest support—the best earthly comfort that ever woman had. His patience never fails and it is tried by sad days and broken nights. (*Letters*, p. 243)

私は夫の中に最高に優しい介護と最も親切な支え、そしてこの世のいかなる女性も持ったことがない最高に立派な慰めを見出しています。彼の忍耐は決して切れることはなく、日中は悲しみに、夜は何度も起こされる試練に耐えています。

そして3月に入ると殆ど物も言えないほど弱った姿を、"I cannot talk—even to my dear patient constant husband Arthur I can say but few words at once." (p. 244)「私は話すことができません。私の何時も変わらず我慢強い愛する夫アーサーに対してでさえ一度に2～3語しか言えません」とナッシーに伝えている。

それから 3 週間後の 3 月 30 日、彼女は終に息を引き取った。夫のアーサーは
その翌日ナッシーに宛てて次のような死亡通知を書いている。

Dear Miss Nussey. Mr. Brontë's letter would prepare you for the sad intelli-
gence I have to communicate—Our dear Charlotte is no more—she died last
night of Exhaustion. For the last two or three weeks we had become very
uneasy about her, but it was not until Sunday Evening that it became apparent
that her sojourn with us was likely to be short—We intend to bury her on
Wednesday morn[ing] —. / Believe me / Sincerely Yours / A. B. Nicholls.

(Letters, p. 245)

　親愛なるナッシー様。ブロンテ氏の手紙を受け取って、私が伝えなければな
らない悲しい知らせを受ける用意ができていると思いますが、愛するシャーロ
ットは逝きました。彼女は昨夜消耗（肺結核）で死去しました。この 2~3 週間
私たちは彼女が非常に危ないと思っていましたが、彼女が私たちと一緒にいる
時間が短いことが明らかになったのは日曜の夜になってからでした。私たちは
水曜の朝 彼女を埋葬する予定です。衷心より、敬具。A. B. ニコルズ。

(4)

　以上のように、ニコルズがシャーロットと結婚してからの日常生活はもちろ
んのこと、彼女が死の床に伏した後はとりわけ夫として彼女に優しく接し、こ
れ以上幸せな妻はいないと思わせるほど彼女を辛抱強く看病して慰めた。正し
く彼こそ彼女にとって理想の夫であった。しかしそれは彼女の生前だけに留ま
らなかった。彼女の死後 2 年が過ぎた時、彼女が生前にあれほど出版したくて
も果たせなかった最初の作『教授』は彼の手で出版されたからである。彼はそ
れによって彼女の作家としての価値をさらに高めただけでなく、ブロンテ文学
の愛好者や研究者に計り知れない貢献をした。もし彼女のこの処女作が日の目
を見ることがなかったならば、『ジェーン・エア』や、とりわけ『ヴィレット』
の解釈に大きい支障を来たしていたに違いない。この作品はブロンテの作家人
生の原点であると同時に、彼女の「愛の自叙伝」とも言うべき上記の 2 作の原
点でもあったからである。筆者自身もこの基本的構想に基づいて本書の執筆に
着手した。
　最後に、彼女の全作品を振り返ってみると、『ジェーン・エア』は『教授』
が断られたのでそれに代わる作品として大急ぎ書かれたものである。そしてこ
の大作の副題を「自叙伝」とした。その目的の一つは、前回の小説のナレータ

ーはクリムズワースという架空の人物であったが、今回は作者自身がナレーターであると同時にヒロインになることによって、迫真性を高めることにあった。確かに最初の数章はシャーロットの少女時代を映しているが、大人になってからの本論は彼女の体験の圏外にあった。しかし作家にとって作品は心の奥に潜む魂の叫び声、または豊かな想像力の反映でなければならない、というシャーロットの固い信念に基づいてこの大作を読むならば、この小説こそ「自叙伝」に価する作品である。要するに、彼女にとって小説は詩と同様に作者の心の「発露」(effusion) に他ならなかった。彼女の絶え間ない創造力の源泉は正しくそこにあると言ってよかろう。

　彼女はブリュッセル留学時代の恩師エジェ教授に対して抱いた激しい恋慕の情をそのまま、人物をロチェスターに変えて思う存分心行くまで吐き出した。その観点からも『ジェーン・エア』こそ自叙伝の名に相応しい作品と言えるであろう。そしてこれが一般読者の共感を呼び覚まし、忽ち大反響を巻き起こして一躍ベストセラーとなった。

　だがその一方、批評家の中にはこの作品をメロドラマと酷評する者も少なくなかった。シャーロットが小説の中でも最も忌み嫌ったのは安っぽいメロドラマと半世紀前に流行ったロマンスであった。彼女は小説を書くとき何よりもこれだけは避けたいと固く胸に誓っていたので、このような批判には特に我慢がならなかった。そこで次の作品『シャーリ』ではこのような批判を避けるため客観性と写実性を何よりも重視した。その結果、小説のナレーターを登場人物とは無関係の第三者に置いた。そして人物や事件を数十年前（1812~7 年）の歴史上の事件、即ちヨーク州における工場主に対する労働者階級の一連の暴動に主題の対象を求めた。そしてさらに小説のヒーローとヒロインを従来の一組から、性質の異なった二組の男女に求めた。即ち、ロマンスの香りを漂わせるヒロインと積極的な実行力のある男性との純愛と、厳しい現実に立ち向かう裕福で男勝りのヒロインと貧しいインテリの家庭教師との恋愛、という何れも一見不釣合いな二組の幸せな結婚で終わる物語 (a tale) である。何れも常識やしきたりを無視した、厳しい現実の壁を乗り越えた末の愛の成就である。こうしてメロドラマ的要素を可能な限り排除しただけでなく、客観性と写実性を色濃くするために、ナレーターを登場人物と何の関りもない第三者とし、作者の感情移入をできるだけ避けるようにした。しかし作者の感情移入を避けることは、

ブロンテが最も重視する作品の命とも言うべき作者の魂と情熱はもちろん、自由奔放な想像力まで押し殺すことになる。彼女はこのことに気づいたのか、最後のクライマックスの場面でヒロインのシャーリは世間の常識に対して爆発的な反逆に出て、それまでの生ぬるい気分を一掃した。そしてこれによって、ロマンスとリアリズムの融合に半ば成功したと言えよう。

　さて最後の『ヴィレット』は、引き出しに7年間眠ったまま放置されてきた『教授』が大きく姿形を変えて再登場したブロンテ悲願の大作と評するのが最適であろう。彼女はこの作品の出版によって、長年胸に詰っていた宿題を見事に果たした。と同時に彼女の「秘めた愛の自叙伝」はこれでひとまず完了した、と解釈すればよかろう。ブロンテの作家人生における最も重要な最初の一幕を希望通り見事に完成させたと評すべきであろう。小説の主題は『シャーリ』と同様に二組の男女の愛と結婚を描いているが、その性格は本質的に異なる。端的に言って、『ヴィレット』は作者自身の体験に基づいている点にある。つまり自伝的要素が極めて強い点にある。一方、主役のシャーリはブロンテの妹エミリを念頭に置いているとはいえ、「もし彼女が生前とは全く異なった裕福な境遇で生きていれば」という現実からは完全にかけ離れた作者の願望の世界である。それに反して『ヴィレット』の二人のヒーローは何れも実在する男性、即ち体形と容貌、そして年齢と性格において全く異なった、ジョージ・スミスとコンスタンタン・エジェを念頭に置いている。ブロンテがこの二人の男性に寄せた秘めた思いをリアルに反映させたのであるから、小説の価値を決定する迫真性に大きい開きができて当然である。その上『ヴィレット』では、他のどの作品よりもブロンテ本来の緻密な観察力と実際の体験を最大限に生かしているので、メロドラマや甘いロマンスの匂いは完全に取り除かれている。彼女が目指す小説の集大成はここに完成したと言って過言ではなかろう。とはいえ、彼女はもしさらに10年以上健康に生きていたとすれば、『ヴィレット』の完成は彼女の作家人生における最初の一幕に過ぎず、夫婦生活という新たなた環境の中で、それまでとは全く性質の異なった第2幕が始まっていたであろうと想像すると、彼女の余りにも早い死は誠に残念と言うほかない。

あとがき

　私は2年前（令和4年10月）91歳の誕生日に『作家メアリ・ウルストンクラフト─感受性と情熱の華』を出版したが、ちょうどそれを書き終えたその日から『炎の作家シャーロット・ブロンテ』の執筆に取り掛かった。あの頃私の視力はかなり弱っていたが、努力すれば右目一つでも横文字なら何とか読めそうに思ったので、長寿を賜った神への感謝を込めて人生最後の大仕事に挑戦する決意をした。まず、ブロンテの小説を全部通読した後、執筆のテーマを絞った。そして次に、手元にあるブロンテの伝記4冊（「序」の最後に記入）に目を通した後、彼女の書簡選集を丹念に読み尽くした。こうして本書の主題がほぼ確定したので、それを念頭に置いてブロンテの全作品を年代順にさらに丹念に読み直して本書の目次を作成し、その方向に向かって各作品を三度改めて慎重に読みながら書き進めて行った。途中で確認のために読み返すことがあるので、結局どの作品も4回以上読んだことになる。こうして執筆を開始してから1年7か月ようやく完成した。その途中にブロンテの手紙を何度も読み返す以外、参考文献等は一切手に触れず、徹底した独自の解釈を貫いた。それは目次にもはっきり表れていると思う。従って、注釈が全くない本文だけの大作になっている。恐らく学会では許されない手法だと思うが、70数年間英文学一筋に生きてきた老学者の当然の権利だと思っている。

　人生の3分の1をイギリス・ロマン主義の研究に打ち込み、コールリッジとワーズワスに関する著書を既に8冊出版してきた私は、90歳を過ぎてからそれまでとは全く違った分野の二人の女流作家に関する著書の出版を何故決断したのか。これに疑問を抱き、また驚く人も少なくないであろう。しかし実は80歳を過ぎた頃から上記両詩人の研究に限界を覚えたので、若い頃の自分に戻って小説ばかり読み始めた。まず、日本の明治・大正・昭和の主要な作品を時代順にほぼ読み尽くした後、イギリスの18世紀半ば以降の小説、中でもとりわけスモーレット (Tobias George Smollett, 1721–71) に興味を持ち、彼の作風に大きい影響を与えたフランスのルサージュ (Alan-René Lesage, 1668–1747) とスペインのセルバンテス (Miguel de Cervantes Saavedra, 1547–1616) の代表作まで熟読した。そしてこれら一連のピカレスク小説から強い影響を受

[519]

けた英国 19 世紀文学を代表するディケンズの小説を改めて本格的に読み始め
た。私は学生時代からディケンズを特に愛読し、卒業論文のテーマにしようと
考えたこともあったので、この研究を完成させたいと思って、作品の全集はも
ちろん書簡集 11 巻を買いそろえた。しかしテーマが大き過ぎ、80 歳半ばでは
体力的に無理であることに気付いて断念した。そこで再びロマン主義時代に戻
って今度は女流作家の作品を手に入る限りすべて読み尽くした。その中で私に
最も強い印象を与えたウルストンクラフトと、ロマン主義の流れを汲むシャー
ロット・ブロンテの二人に目標を絞った。そしてまず手始めに、作家としての
ウルストンクラフトに的を絞り、91 歳の誕生日に上述の著書を上梓した。それ
と同時に、本来の目標であるシャーロット・ブロンテの全作品を通して観た作
家論の準備に取り掛かった。それから 2 年近くを経て今ようやく書き終えた。
私はその間二度にわたる各 1 週間の入院生活を除いて、1 日も書斎から離れる
ことなく日夜読書と執筆の生活を続けた。ウルストンクラフトについて書き始
めてから丸 3 年間散歩以外に殆ど外に出ることなく書斎に籠った生活を続けた
ことになる。90 歳を超えてからこのような生活を続ける人はこの世にほとん
どいないだろうと思う。妻から異常な人間と呼ばれて当然と思う。しかし 90
歳を過ぎてからの人生を神の贈り物と考えていた私は心機一転小説論を書くこ
とを決めた。そして研究の対象を男性よりはるかに不利な立場に置かれていた
女性で、しかも不遇の境遇に耐え抜ぬく炎の情熱を内に秘めた作家を選んだ。
目も耳も弱くなり、思索以外に何の興味も湧かない老人になると、オースティ
ンやラドクリフのような自分の心の内を見せない作家よりも、感情を直接言葉
に反映させる激しい情熱と想像力豊かな作家に惹かれるものである。さらにそ
の上、二人は共に 38 歳という若さで志半ばで世を去ったことを思うと、93 歳
を迎える私には言葉に尽くせぬ憐れみと同情で胸が締め付けられる思いがす
る。彼女たちの情熱と実行力をもってすれば、もしさらに 20 年生きたとすれ
ば、ディケンズに匹敵する数の作品を残していたであろうと思う。私が人生の
最後の著書の主題にこの二人の作家を選んだ理由は以上のような個人的な感傷
が大きかった。

　さらに、英文学者としての長い人生の最後にこの二人の天才作家を私の著書
の主題に選んだ動機は、当時の男性作家の小説はウォールタ・スコットを除く
と殆どすべてがどことなく身勝手で尊大なところがあり、共感を持てなかった。

中でも特にピカレスク小説は痛快ではあるが主役は男性本位であり、真の意味でのヒロインが存在しないと言って過言ではない。絶対的な男性優位の時代で、女性が小説を書くなど一般常識では考えられないことであった。しかしロマン主義という自由奔放な時代精神がこの風習を打ち破る手助けをした。一方、小説を読むのは男性よりもむしろ有閑階級やインテリの女性であった。18世紀後半のロマン主義時代に女流作家が数多く輩出した背景には、長い間抑圧されてきた自由への本能である自らの感情を発散することを可能にした時代精神があった。この時代精神を代表した作家は他ならぬウルストンクラフトであり、『女性の権利』はその結晶であった。彼女はその精神を小説で具体化した。男性の一方的な抑圧に苦しみ、それに耐え抜いた女性が最後に自立の道を見出すという筋書になっている。シャーロット・ブロンテはこのロマン主義の精神を見事に引き継いだ作家であった。50数年の時を経て、しかもヴィクトリア朝というリアリズムの時代に即応しながら見事に花を咲かせた。『ジェーン・エア』はその代表作であることは誰もが認める所であるが、見落としてならないのは『シャーリ』のヒロインである。彼女こそブロンテが創造した理想の女性像、ロマン主義とリアリズムを見事に兼ね備えた女性であった。従って、その生きる姿は21世紀の女性が求める理想の姿に相通じるものがある。

　『ヴィレット』のヒロイン、ルーシー・スノゥは小説のナレーターであると同時にブロンテの分身でもあるので、ロマンス的要素を極力取り除いた現実的で自立心の強い孤独の女性として登場する。彼女はシャーリが見せた激しい感情やロマンチックな幻想を、宿命的に持ってはならぬ立場に置かれている。彼女は厳しいリアリズムの世界に生き抜く象徴的存在である。従って、夢のような真実の愛をようやく勝ち得た至福の瞬間を最後に、それと別れて自活の道を歩く運命に置かれている。これもまた現在の生涯独身を決意した女性の生きるべき姿を予言、ないしはその手本を示しているように思える。以上が、21世紀的観点から私が最も重視したシャーロット・ブロンテを、私の最後の著書の題材に選んだ主たる理由である。

　私は本書を含めて10冊出版したが何れも全く同じ形式で書いてきた。本文の中に原文から重要な言葉や文章を多数引用しながら解釈と理論を発展させていく方法を採った。そして引用文には私本人の訳を必ず書き加えた。私が原文からの引用を何よりも重視した理由は、作家や詩人にとって、言葉は自身の魂

の声であり、感情の発露であるという確たる信念に基づいて書いているからである。それは純粋で質の高い作家や詩人であればなお一層その度合いが高まる。要するに、作家にとって言葉は心の叫びであり、作家としての価値を決定づける力を持っている。従って、原文のない翻訳だけの引用や日本語による解説だけでは、いかにそれが巧みであっても作家自身の本心が伝わるはずがないからである。ウルストンクラフトのように極めて個性的で激しい感情の作家においては特にそうである。彼女は『人間の権利』(*A Vindication of the Rights of Men*, 1790) の中で、エドマンド・バークの『フランス革命論考』(Edmund Burke, *Reflections on the Revolution in France*, 1770) に対して厳しい批判をしているが、中でも彼の文章を「詭弁とレトリックを弄んだ」魂の抜け殻と酷評している。そこで彼女は作家にとって、言葉は「その瞬間に溢れる感情表現」(the effusion of the moment) であることを力説している（拙著『作家メアリ・ウルストンクラフト』70 頁参照）。つまり、本質的には詩人と同じであることを強調している。シャーロット・ブロンテもこれと全く同じことを彼女の全作品を通じて機会あるごとに力説している。その一例を挙げると、『シャーリ』第 3 巻第 13 章で、「詩は心の叫び、魂から溢れ出た声」であることを強調して、「君の歌は心から溢れ出ている」(it flows out from your heart.) とムアは述べている（本書 364〜65 頁参照）。真の作家にとって言葉こそ自分の魂であり、生命そのものであり、飾りや化粧ではない。私が原文からの引用を重視した理由はこれと同じ信条に基づいていることを改めて強調しておきたい。原文からの引用を極力避けてエッセイ風に書けば読者にとって読みやすいが、結局それでは著者の感想文に終わってしまい、読者もそれを鵜呑みにして、作家本人の真の世界が何も見えてこない。私は読者も一緒に考えてほしいという強い願いから原文からの引用文を可能な限り数多く取り入れることにしてきた。

　最後に、本書の出版に当たって、私と同じ大学院の後輩である Y 氏に原稿の全頁を丹念に読んでいただき、不備な点を数多く指摘していただいた。新聞も全く読めないほど弱り切った右目一つで 1 年数か月で書き終えた 500 頁を超える大作であるから、氏の助けがなかったならば、実に不完全な著書になっていたに違いない。改めて心から感謝を申し上げたい。次に、この高齢に至るまで何不自由なく原稿を書き続けることができたのは我が愛妻のお陰であると思

う。また陰に陽に支援していただいた友人や後輩諸氏の御恩を私は決して忘れてはいない。そしてこの著書の出版を快く引き受けてくださった山口隆史氏及び印刷の労を惜しまなかった本城正一氏に深く感謝を申し上げる。

令和6年12月

高槻の寓居にて

山　田　　豊

索　引（人と作品）

ア

『イソップ物語』(*Aesop's Fables*) 488

ウィリアムズ、ウィリアム・スミス (William Smith Williams) 57–59, 119, 254, 260–61, 263, 265–68, 270, 272–80, 282, 284, 286, 373–75, 377, 380, 382, 388–89, 394

ウィルソン牧師 (Revd. William Carus Wilson) 132, 141

ウーラー、マーガレット (Margaret Wooler) 9, 11, 17–18, 30, 136, 141, 149, 280, 391, 510, 513–14

ウルストンクラフト、メアリ (Mary Wollstonecraft) 11, 20, 23–24, 28–29, 112, 121, 201, 312, 328, 519–22

　『人間の権利』(*A Vindication of the Rights of Men*) 522

　『女性の権利』(*A Vindication of the Rights of Woman*) 11, 23, 28, 121, 521

エジェ、コンスタンティン (Constantin Héger) 第 3–4 章（46–121 頁）参照。2, 30–39, 44, 149, 158, 173, 177, 181, 209, 349–50, 371, 388, 395–96, 423, 431, 467, 479, 484, 486, 488, 502, 517–18

エジェ夫人 (Mme. Zoë Héger) 30, 36–39, 44, 488

オースティン、ジェイン (Jane Austen) 257–59, 264, 382–85, 520

　『エマ』(*Emma*) 382–83

カ

キーツ、ジョン (John Keats) 181

　『ナイチンゲールに寄せるオード』(*Ode to a Nightingale*) 181

ギャスケル、エリザベス (Elizabeth Gaskell) 39, 377, 381–82, 389

　『シャーロット・ブロンテ伝』(*The Life of Charlotte Brontë*) 382

　『メアリ・バートン』(*Mary Barton*) 377

クーパー、ウィリアム (William Cowper) 316–17

　『見捨てられた人』(*The Castaway*) 316

ケイ゠シャトルワース卿 (Sir James Kay-Shuttleworth) 381

コールリッジ、ハートリ (Hartley Coleridge) 21–24, 50

コールリッジ、サミュエル・テイラー (Samuel Taylor Coleridge) 362, 383, 519

　『失意のオード』(*Dejection: An Ode*) 362

ゴールドスミス、オリヴァー (Oliver Goldsmith) 72

　『ウェイクフィールドの牧師』(*The Vicar of Wakefield*) 72

コルネイユ、ピエール (Pierre Corneille) 473

サ

サウジー、ロバート (Robert Southey) 14, 16–17, 21, 50, 230, 382–83

　『ロバート・サウジーの伝記』(*Life and Correspondence of Robert Southey*) 382

サッカレー、ウィリアム・メイクピース (William Makepeace Thackeray) 254, 258, 263–67, 270, 378–79, 389–90

サンド、ジョルジュ (George Sand) 259

シェイクスピア、ウィリアム (William Shakespeare) 295

　『オセロ』(*Othello*) 378

　『コリオレイナス』(*Coriolanus*) 295

　『マクベス』(*Macbeth*) 164, 378

ジョンソン博士 (Dr. Samuel Johnson) 29, 136

　『ラセラス』(*Rasselas*) 136, 139

スコット、ウォルター (Sir Walter Scott) 106–07, 229–30, 258, 273, 520

　『マーミオン』(*Marmion*) 229

[525]

スターン、ロレンス (Laurence Sterne) 328
　『感傷旅行』(*A Sentimental Journey*) 328
ストウ夫人 (Mrs. Beecher Stowe) 394
　『アンクル・トムの小屋』(*Uncle Tom's Cabin*)
　　394
スミス、ジョージ (George Smith) 55, 59–60,
　120, 126, 262, 270, 280, 285, 378–82, 387–
　90, 393–95, 471, 486, 489, 503–04, 512–13,
　518
スミス夫人 (Mrs. Smith) 378
セルバンテス、ミゲル・デ (Miguel de
　Cervantes) 519

タ

ディケンズ、チャールズ (Charles Dickens)
　129, 252, 254, 261, 389–90, 520
　『大いなる遺産』(*Great Expectations*) 252
　『オリヴァ・トゥイスト』(*Oliver Twist*) 129, 252
　『デイヴィッド・コパフィールド』(*David
　　Copperfield*) 252
テイラー、ジェームズ (James Taylor) 391
テイラー、マーサ (Martha Taylor) 28, 35,
　301–02, 370, 506
テイラー、メアリ (Mary Taylor) 9, 21, 27, 29,
　34–35, 51, 301–02, 370

ナ

ナッシー、エレン (Ellen [Nell] Nussey) 9–10,
　12–14, 17–18, 21, 25, 29, 32, 34, 36, 38, 44,
　46, 48, 52–53, 79, 122–25, 230, 258, 274,
　276, 278, 282, 284, 373, 376–78, 380–81,
　387, 391–92, 423, 505–07, 509–11, 513–16
ナッシー、ヘンリー (Revd. Henry Nussey) 18–
　19
ニコルズ、アーサー・ベル (Arthur Bell
　Nicholls) 9, 504–14, 516

ハ

バーク、エドマンド (Edmund Burke) 522
　『フランス革命論考』(*Reflections on the*

Revolution in France) 522
フィールディング、ヘンリー (Henry Fielding)
　258, 264
　『トム・ジョーンズ』(*Tom Jones*) 258
ブロンテ家族 (**Brontë Family**)
　アン (Anne) 6–7, 10–11, 17, 33, 123, 222,
　　269–70, 272, 278–85, 288, 294, 377, 384–
　　86, 391, 393
　　『アグネス・グレイ』(*Agnes Grey*) 33, 55,
　　　269, 384
　　『ワイルドフェル邸の住人』(*The Tenant of
　　　Wildfell Hall*) 269, 272
　エミリ (Emily) 第 7 章 [288–372 頁] 参照。
　　1, 6–7, 11, 20, 26, 28–29, 31–34, 36–37,
　　46, 56, 80, 103, 122, 127, 222, 269, 276–
　　79, 281, 283–85, 384–86, 406, 410, 430,
　　432, 518
　　『嵐が丘』(*Wuthering Heights*) 1, 33, 55,
　　　269, 361, 384–85
　姉エリザベス (Elizabeth) 6–7, 127, 223
　シャーロット (Charlotte)
　　『教授』『ジェーン・エア』『シャーリ』『ヴ
　　　ィレット』目次参照
　パトリック [父] (Revd. Patrick) 5–6, 9, 11,
　　15, 20, 28–29, 47, 50, 122, 124, 270, 274,
　　276, 278–80, 284, 378, 504
　ブランウェル (Branwell) 7–8, 35–36,
　　123–25, 274–76, 285, 288, 312, 453
　姉マリア (Maria) 6–7, 127, 133, 137–38,
　　141, 147, 149, 223
　叔母エリザベス・ブランウェル (Elizabeth
　　Branwell) 6–7, 27, 33
ベル夫人 (Mrs. Harriette Bell) 513

マ

マーティノゥ、ハリエット (Harriet Martineau)
　380, 382, 387
マクレディ、ウィリアム・チャールズ (William
　Charles Macready) 378
ミルトン、ジョン (John Milton) 250

『失楽園』(*Paradise Lost*) 250

ラ

ラドクリフ、アン (Ann Radcliffe) 23, 154, 520
　『シチリアのロマンス』(*A Sicilian Romance*)
　　154
　『森のロマンス』(*The Romance of the Forest*)
　　23
リチャードソン、サミュエル (Samuel
　Richardson) 22
　『チャールズ・グランディソン卿』(*Sir Charles
　　Grandison*) 22
リッチモンド、ジョージ (George Richmond)
　381
ルーベンス、ピーテル・パウル (Peter Paul

Rubens) 439
ルイス、ジョージ・ヘンリー (George Henry
　Lewes) 255–61, 264, 267, 270, 289, 373,
　383
ルサージュ、アラン＝ルネ (Alain-René Lesage)
　519
ルソー、ジャン＝ジャック (Jean-Jacques
　Rousseau) 317

ワ

ワーズワス、ウィリアム (William Wordsworth)
　14–17, 23, 73, 230, 519
　『水仙』(*The Daffodils*) 23
　『虹』(*The Rainbow*) 73

■ 著者略歴 ■

山 田　豊（やまだ　ゆたか）

1931 年　和歌山県粉河町に生まれる
1955 年　大阪大学文学部卒業
1958 年　大阪大学文学研究科修士課程修了
1960 年　立命館大学文学部専任講師
1965 年　同大学助教授
1970 年　龍谷大学文学部助教授
1972 年　同大学教授
1989 年　文学博士（龍谷大学）
2000 年　龍谷大学名誉教授

専　　攻　英文学

主要著書

『詩人コールリッジ──「小屋のある谷間」を求めて』（山口書店、1986年）

『失意の詩人コールリッジ──錨地なき航海』（山口書店、1991 年）

『ワーズワスとコールリッジ──『隠士』と『序曲』の間』（龍谷叢書、1997年）

『コールリッジとワーズワス──対話と創造』（北星堂書店、1999 年）

『ワーズワスと英国湖水地方──『隠士』三部作の舞台を訪ねて』（北星堂書店、2003年）

『ワーズワスと妹ドロシー──「グラスミアの我が家」への道』（音羽書房鶴見書店、2008年）

『ワーズワスとコールリッジ──詩的対話十年の足跡』（音羽書房鶴見書店、2013年）

『ワーズワスと紀行文学──妹ドロシーと共に』（音羽書房鶴見書店、2018年）

『作家メアリ・ウルストンクラフト──感受性と情熱の華』（音羽書房鶴見書店、2022 年）

Charlotte Brontë:
An Autobiography of Her Secret Love

by
YAMADA Yutaka

© 2025 by YAMADA Yutaka

炎の作家シャーロット・ブロンテ
──秘めた愛の自叙伝

2025 年 4 月 1 日　初版発行

著　者　山　田　　　豊
発行者　山　口　隆　史
印　刷　シナノ パブリッシング プレス

発行所　株式会社 音羽書房鶴見書店
〒113-0033 東京都文京区本郷 3-26-13
TEL　03-3814-0491
FAX　03-3814-9250
URL: https://www.otowatsurumi.com
e-mail: info@otowatsurumi.com

Printed in Japan
ISBN978-4-7553-0450-7 C3098

組版／ほんのしろ　装丁／吉成美佐（オセロ）
製本　シナノ パブリッシング プレス